Sämtliche Personen dieser Ausgabe sind frei erfunden. Ähnlichkeiten mit lebenden oder verstorbenen Personen sind rein zufällig.

Der Preis dieses Bandes versteht sich einschließlich der gesetzlichen Mehrwertsteuer.

Umwelthinweis:
Dieses Buch wurde auf chlor- und säurefreiem Papier gedruckt.

Lisa Jackson

Dem Feuer so nah

MIRA® TASCHENBUCH
Band 20050
1. Auflage: Juli 2014

MIRA® TASCHENBÜCHER
erscheinen in der Harlequin Enterprises GmbH,
Valentinskamp 24, 20354 Hamburg
Geschäftsführer: Thomas Beckmann

Titel der amerikanischen Originalausgaben:

Summer Rain

erschienen bei: Silhouette Books, Toronto

A Family Kind Of Gal

erschienen bei: Silhouette Books, Toronto

A Family Kind Of Wedding

erschienen bei: Silhouette Books, Toronto

Million Dollar Baby

erschienen bei: Silhouette Books, Toronto

Published by arrangement with
Harlequin Enterprises II B.V./S.àr.l

Konzeption / Reihengestaltung: fredebold&partner GmbH, Köln
Umschlaggestaltung: pecher und soiron, Köln
Redaktion: Maya Gause
Titelabbildung: Thinkstock / Getty Images, München; Corbis, Düsseldorf
Satz: GGP Media GmbH, Pößneck
Druck und Bindearbeiten: CPI – Ebner & Spiegel, Ulm
Printed in Germany
Dieses Buch wurde auf FSC®-zertifiziertem Papier gedruckt.
ISBN 978-3-95649-038-5

www.mira-taschenbuch.de

Lisa Jackson

Wie ein Kuss im Sommerregen

Roman

Aus dem Amerikanischen von
Patrick Hansen

mtb

1. KAPITEL

Trent McCullough schaute über das trockene Weideland und verscheuchte eine Wespe, die vor seinem Gesicht schwirrte.

„Lass sie, die hat nur Durst. Sie riecht deinen Schweiß.“ Jefferson Smith, der Eigentümer der Circle S Ranch, beugte sich über den Zaun und starrte mit gerunzelter Stirn auf die staubige, rissige Erde. „Dieses Jahr haben in Wyoming alle Durst.“ Obwohl der Sommer gerade erst begonnen hatte, sah das Gras fast aus wie Heu, und die Rinder hatten Mühe, grüne Halme zu finden.

„Da hast du allerdings recht.“ Trent schob sich den Stetson aus der Stirn und blickte zum Horizont. In der Ferne ragten die grauen Gipfel der Bergkette Teton Range in den blauen Himmel. „Es liegt nicht viel Schnee in den Bergen“, stellte er fest und blinzelte in die Nachmittagssonne.

„Es wird ein dürres Jahr“, ergänzte Jefferson.

„Worüber wolltest du mit mir reden? Wohl nicht übers Wetter.“

„Nein.“ Der Rancher nahm den Hut ab und strich sich über das weiße Haar. „Ich möchte dir ein Geschäft vorschlagen.“

„Was für ein Geschäft?“

„Lass uns das bei einem Drink besprechen.“

Sie gingen zur Hintertür.

„Lasst die Stiefel draußen!“, rief die Haushälterin Sarah Martin.

Jefferson zog sie aus und betrat die Küche. „Wessen Haus ist das eigentlich?“

„Und wer hält es sauber?“

Lächelnd folgte Trent dem alten Rancher ins Arbeitszimmer. Der Rest des Hauses war blitzblank und aufgeräumt, doch hier bedeckte eine dicke Staubschicht die überall verstreuten Papiere und Zeitschriften und verriet, dass Sarah dieses Zimmer nie betrat.

„Was für ein Geschäft schwebt dir vor?“, wiederholte Trent, während Jefferson Bourbon einschenkte.

„Ganz einfach“, sagte Jefferson, reichte Trent ein Glas und setzte sich in seinen Lieblingssessel. Mit einer Handbewegung lud er den Jüngeren ein, ebenfalls Platz zu nehmen. „Es ist kein Geheimnis, dass die Ranch in Schwierigkeiten steckt. Die Bank sitzt mir im Nacken und droht mit Zwangsversteigerung.“

Trent lehnte sich gegen die Fensterbank. „Ja, das habe ich gehört.“

„Ich hätte nicht in deine verdammte Ölgesellschaft investieren dürfen.“

„Es ist nicht nur meine. Sie gehört der ganzen Familie.“

„Na ja, Jonah hat mich dazu überredet. Aber du und Lila seid seine Partner.“

„Stimmt.“ Trent nippte am Bourbon. Vor einigen Jahren hatte Jefferson endlich nachgegeben und Geld in die Ausschöpfung der Quellen auf seinem Land gesteckt. Leider war kurz darauf der Ölpreis in den Keller gerauscht.

„Deshalb dachte ich mir, du könntest vielleicht helfen.“

„Weil du findest, dass McCullough Oil dir etwas schuldet.“

„Nicht unbedingt. Es war meine eigene Entscheidung. Aber es ist an der Zeit, dass du dich revanchierst und in meine Firma investierst.“

„In diese Ranch?“

„Genau. Für fünfzigtausend Dollar würde dir ein Viertel davon gehören, einschließlich des Landes, auf dem die Quellen liegen.“

Trent rieb sich das Kinn. „Bringt dich das aus den roten Zahlen?“

„Noch lange nicht. Aber es würde mir sechs Monate Galgenfrist verschaffen.“

„Also könnten wir immer noch alles verlieren?“

„Ich habe dich immer für einen Spieler gehalten, McCullough.“ Jeffersons müde blaue Augen funkelten. „Außerdem weiß ich, dass du es leid bist, unter der Fuchtel deines Bruders zu stehen.“

„Und deshalb sprichst du mit mir, nicht mit Jonah?“

„Auch deshalb“, bestätigte der Rancher.

„Ich muss erst darüber nachdenken. Mir die Zahlen ansehen.“ Trent leerte das Glas und stellte es auf den Schreibtisch.

„Die habe ich alle hier.“ Jefferson holte einen Stapel Unterlagen aus der Schublade und reichte ihn Trent. „Nimm sie mit. Ich habe Kopien.“

„Du meinst es wirklich ernst, was?“

Jefferson ließ die Schultern hängen. „Mir bleibt keine andere Wahl.“

Trent überflog die Dokumente und runzelte die Stirn. Die Circle S war total verschuldet. „Und was bekomme ich als Sicherheit?“

„Das Flugzeug.“

„Die Cessna?“

„Richtig. Aber sobald wir schwarze Zahlen schreiben, will ich sie zurück.“

„Und das war’s?“

„Nicht ganz. Ich erwarte, dass du als Manager an Bord bleibst und die Ranch führst.“

„Ich weiß nicht recht …“

„Warum denn nicht?“, entgegnete Jefferson. „Jonah leitet die Ölfirma praktisch allein, und du hast eine eigene Ranch geführt. Du kannst es noch immer. Ich will doch nur, dass du ein paar Stunden hier verbringst. Natürlich bezahle ich dich dafür.“

Das bezweifelte Trent. Die Circle S steckte tief in den roten Zahlen. „Ich denke darüber nach“, versprach er und ging zur Tür. Er fand es schrecklich, den drahtigen alten Mann am Boden zu sehen.

„Tu das.“ Jefferson nahm einen kräftigen Schluck und wischte sich den Mund mit dem Handrücken ab. „Da ist noch etwas, das dich interessieren könnte.“

„Was denn?“

„Ainsley kommt den Sommer über nach Hause.“

Trent biss die Zähne so fest zusammen, dass sie schmerzten. Er sah über die Schulter und fragte sich, was Jefferson im Schilde führte. „Und?“

„Ich weiß, wie sehr du sie mochtest.“

„Das ist Jahre her.“

Jefferson tat, als würde er seine Hände betrachten. „Hättest du den Sommer damals nicht in Houston, sondern hier verbracht, wäre die Sache vielleicht anders gelaufen.“

„Ich musste arbeiten.“

„Aber du bist zurückgekommen. Und es war noch nicht zu spät. Wärest du nicht zu stolz gewesen, hättest du ihr Ehemann werden können.“

Ainsley. Allein an sie zu denken war gefährlich. „Meinst du?“

„Ja, das meine ich. Du hast zugelassen, dass Robert Hughes sich in ihr Leben geschlichen hat. Du hättest besser aufpassen sollen.“

„Es war zu spät.“ Trent erinnerte sich nur zu gut an das letzte Mal, dass er sie gesehen hatte. „Und es spielt auch keine Rolle mehr, oder? Sie hat Hughes geheiratet.“

„Und jetzt ist er tot, und sie hat Mühe, meinen Enkel allein großzuziehen.“

„Pech für sie.“

Jefferson stand auf und musterte den jüngeren Mann. „Ja, aber es muss nicht so sein. Sie verbringt den Sommer hier. Du könntest mir helfen, sie zum Bleiben zu bewegen.“

„Warum?“

Jefferson schaute aus dem Fenster. „Ich werde nicht jünger, Trent. Und ich bin allein. Alles, was ich habe, ist dieses Fleckchen Erde, ein paar Ölquellen, die ihr Geld nicht wert sind, und eine störrische Tochter mit einem rebellischen Sohn."

„Manche Leute würden sagen, du bist reich."

„Na, da täuschen sie sich aber. Die Bank will mir die Ranch wegnehmen, meine Tochter lebt in San Francisco, und mir bleiben nicht mehr viele Jahre."

„Du redest, als würdest du sterben."

„Das tun wir alle."

„Und was hat es mit mir zu tun, dass Ainsley zurückkommt?"

Jefferson runzelte die Stirn. „Ich will ehrlich zu dir sein."

„Dafür wäre ich dir dankbar."

„Gut. Denn ich finde, du solltest meine Tochter heiraten."

Trent lachte. „Du hast den Verstand verloren! Das kann nicht dein Ernst sein."

„Doch, das ist es."

„Nie im Leben ..."

„Hör mir einfach zu."

„Jeff, ich gehe jetzt." Trent setzte den Hut auf. „Wie kommst du darauf, dass ich interessiert sein könnte?"

„Du bist ein guter Mensch. Ein viel besserer, als ihr Ehemann es war, und sie braucht Hilfe. Korey ist schwierig. Wir reden hier von meinem Enkel, meinem *einzigen* Enkel."

„Und *Ainsleys* Sohn. Meinst du nicht, dass sie ein Wörtchen mitzureden hat?"

„Natürlich." Jefferson ging zu Trent und legte den Kopf in den Nacken, um ihm in die Augen zu schauen. „Aber ich bin überzeugt, sie braucht nur einen kleinen Anstoß. Von dir."

„Gehört das zu unserem Geschäft?" Trent hielt die Papiere hoch.

„Kann schon sein."

„Nein danke."

„Überleg es dir, Trent. Irgendwann würdest du die Ranch erben – du und Ainsley. Wir wissen beide, dass es hier mehr Öl gibt. Noch lohnt es sich nicht, danach zu bohren, aber das wird sich eines Tages ändern. Je nachdem, wie sich der Markt entwickelt und was im Nahen Osten passiert, könnte diese Ranch in ein paar Jahren Millionen wert sein."

„Oder nichts. Vergiss nicht, noch gehört sie der Bank."

„Noch ein Anreiz, sie profitabel zu machen."

„Nur unter einer Bedingung."

„Welche?"
„Halt Ainsley aus dieser Sache heraus."
„Kann ich nicht. Sie und Korey sind in spätestens zwei Wochen hier." Jeffersons Miene entspannte sich, als er an seinen Enkel dachte. „Ich werde Ainsley bitten, den Jungen etwas früher herzuschicken, damit wir etwas Zeit zusammen verbringen können – allein." Er lächelte. „Wie ich es sehe, wird Ainsley hierbleiben."
„Ob sie will oder nicht?"
„Ich schlage lediglich vor, dass du sie dazu bringst."
Trent schnaubte. „Warum sollte ich das tun?"
„Weil du mal in sie verliebt warst …"
„Das ist Jahre her."
„Du hast nicht geheiratet."
„Weil ich nie der Richtigen begegnet bin."
„Na ja, jetzt kommt sie."
„Vergiss es, Jeff. Ich bin nicht interessiert."
„Warum denn nicht? Du hast dein Leben damit verbracht, das Kind deiner Schwester großzuziehen, während sie es sich in New York gut gehen lässt. Und du schuftest wie ein Sklave für deinen Bruder."
„Das habe ich mir selbst ausgesucht." Trent riss die Tür auf und marschierte auf die Veranda. Hastig zog er die Stiefel an.
Jefferson war ihm gefolgt. „Reg dich nicht auf."
Wortlos ging Trent in die Mittagssonne hinaus.
Aber der Rancher gab nicht auf. „Überleg es dir in aller Ruhe", bat er. „Wenn ich sterbe, könnte dieses Land dir gehören."
„Ja, mir und Ainsley und der First Federal Bank." Trent stieg in seinen Pick-up. „Nein danke, Jeff."
„Du solltest erst mal darüber nachdenken."
„Und du solltest aufhören, dich in das Leben deiner Tochter einzumischen. Ich weiß, wie temperamentvoll Ainsley ist, und keiner von uns will dabei sein, wenn sie herausfindet, dass du sie verheiraten willst." Er startete den Motor und legte den Gang ein.
„Mit dir! Wie vielen Männern bietet sich eine zweite Chance?", rief Jefferson, als die Reifen des alten Dodge den Kies aufwirbelten.
Wütend steuerte Trent das Firmengebäude von McCullough Oil an. Er war ziemlich sicher, dass sein Bruder Jonah bei diesem „Geschäft" die Finger im Spiel hatte.

Ainsley Hughes schaute durch die offene Balkontür ihres Ateliers. Die blasse Morgensonne schien herein und tauchte den alten Dachboden in warmes Licht.

Vor ihr erstreckte sich die Innenstadt von San Francisco entlang der Bucht. Über das Wasser drifteten noch ein paar Nebelschwaden, und Schiffe verschwanden kurz darin, bevor sie wieder auftauchten.

Sie legte den Pinsel auf der Staffelei ab und ignorierte ihren kalten Tee. Sie ging hinaus, fuhr mit den Fingern durch ihr langes kastanienbraunes Haar und hob es im Nacken an. Genüsslich atmete sie die salzige Luft ein. Der Wind strich ihr übers Gesicht, und sie wünschte, sie könnte ihre innere Unruhe ignorieren. Warum fühlte sie sich so rastlos?

Als sie einer Möwe nachsah, die aus dem blaugrauen Himmel herabstieß, hörte sie, wie die Haustür geöffnet und wieder geschlossen wurde.

„Oh nein", entfuhr es ihr. Korey stampfte die Treppe zum zweiten Stock hinauf. Ihr Sohn kam früher nach Hause. Das hatte nichts Gutes zu bedeuten.

Seufzend eilte sie hinein und ging nach unten. Leise klopfte sie an die Tür zum Zimmer ihres Sohns.

„Was?", fragte er trotzig.

„Ich möchte nur mit dir reden", erwiderte sie und schob die Tür einen Spaltbreit auf.

„Aber ich nicht!" Er warf sich auf sein ungemachtes Bett, legte den Kopf auf die verschränkten Hände und starrte an die Zimmerdecke.

„Vielleicht solltest du mir einfach erzählen …"

„Nein! Dann bist du mir nur böse!"

„Wäre das schlimmer als das hier?", fragte Ainsley, betrat das Zimmer und wurde von ihrem Sohn mit einem abweisenden Blick empfangen.

„Wahrscheinlich", erwiderte er missmutig.

Sie setzte sich auf die Bettkante und schaute betrübt auf die mit Comicheften und Crackerschachteln übersäte Tagesdecke. Auf dem Boden lagen Bücher, Spielsachen und CDs. In einer Ecke des kleinen Zimmers sprudelte ein Aquarium vor sich hin, und daneben sammelte eine längst vergessene Gesteinssammlung Staub.

„Warum kommst du so früh?"

„Sie haben mich nach Hause geschickt. So! Bist du jetzt zufrieden?"

„Nein." Sie zog ein Knie an und spitzte die Lippen. „In letzter Zeit bringst du dich oft in Schwierigkeiten."

„Ist doch egal."

„Mir nicht."

„Aber das Schuljahr ist fast vorbei.“

„Ich weiß. Genau deshalb wäre es vielleicht schlauer, sich eine Weile an die Regeln zu halten. Wenigstens bis zum Sommer.“

„Warum? Damit wir nach Wyoming fahren können? Mom, das ist so öde!“

Sie atmete tief durch. „Erzähl mir einfach, was passiert ist, okay?“

„Nichts ist passiert“, antwortete er und tat das Thema mit einem Achselzucken ab.

„Die Schule hat dich nach Hause geschickt, weil nichts passiert ist?“

„Ja.“

„Heraus damit.“ Sie beugte sich vor und schaute ihm ins Gesicht. „Sehe ich wirklich so dumm aus?“

Er musste lächeln. „Nicht so dumm …“

„Dann sag mir, was heute los war.“

„Es wird dir nicht gefallen.“

„Das habe ich mir schon gedacht.“

„Na gut.“ Wieder zuckte er mit den Schultern. „Ich … habe die Ratten aus ihren Käfigen gelassen.“

„Du hast *was* getan?“

„Ich habe dir doch gesagt, dass es dir nicht gefällt.“

„Weiter.“

„Na ja, sie sind entlaufen und haben die alte Mrs Buxton zu Tode erschreckt. Sie hat in der Bibliothek gerade einen Film über das Dezimalsystem gezeigt und ist auf einen Tisch geklettert.“

Stöhnend rieb Ainsley sich eine Schläfe. „Warum hast du das getan, Korey?“

„Ein paar von den größeren Kindern haben gesagt, ich bin ein Feigling. Da dachte ich, es wäre eine gute Idee.“

„Eine gute Idee?“, wiederholte sie fassungslos und fühlte, wie sie Kopfschmerzen bekam. „Was ist denn dann für dich eine *schlechte* Idee?!“ Seufzend sammelte sie die leeren Crackerschachteln auf. Wenn doch nur Robert noch am Leben wäre … „Du hast ab sofort Hausarrest, mein Junge.“ Sie hielt die zerknüllten Packungen hoch. „Und gegessen wird nur noch in der Küche, verstanden?“

„Verstanden“, murmelte er.

Sie ging zur Tür und drehte sich noch einmal um. „Und vergiss nicht, dieses Chaos zu beseitigen. Was ist eigentlich passiert, nachdem Mrs Buxton wieder vom Tisch heruntergeklettert ist?“

„Der Hausmeister hat die Ratten eingefangen. Alle bis auf eine.“

„Na toll. Aber ich will nicht wissen, wie es den Ratten ergangen ist, sondern dir."

„Oh."

„Ja, oh."

„Mir ist nicht viel passiert."

„Wie viel?"

Er wich ihrem Blick aus. „Ich bin für eine Woche vom Unterricht ausgeschlossen."

„Dann ist das Schuljahr schon fast um!"

„Ich weiß." Korey zupfte an einer zerrissenen Zeitschrift herum. „Tut mir leid, Mom."

„Das reicht mir nicht."

Er schob die Unterlippe vor. „Da ist noch was."

„Ja?"

„Du sollst Mr Gorman anrufen."

„Den Direktor?"

„Ja. Er will mit dir reden. Eine Besprechung oder so was. Sofort."

„Das glaube ich", flüsterte sie und ging mit einem mulmigen Gefühl im Bauch nach unten. In der Küche nahm sie ihren ganzen Mut zusammen und griff nach dem Hörer. Bring es hinter dich, dachte sie und wählte die Nummer der Schule.

Zwei Tage später saß Ainsley an einem Tisch in einem Besprechungsraum der Grundschule. Ihr gegenüber hatte Maxwell Gorman Platz genommen.

„Korey ist ein cleverer Junge", sagte der Direktor. „Er hat nur einen falschen Weg eingeschlagen."

„Ich verstehe." Sie sah sich in dem spärlich eingerichteten Zimmer um, bis ihr Blick auf den Aktenordner fiel, der aufgeschlagen vor Gorman lag.

„Seit er seinen Vater verloren hat", fuhr der große Mann fort und lächelte mitfühlend.

„Aber Sie empfehlen, ihn in die vierte Klasse zu versetzen?"

„Es gibt keinen Grund, es nicht zu tun. Rein leistungsmäßig ist Korey genau dort, wo er sein sollte." Gorman zuckte mit den Schultern. „Sicher, seine Noten sind schlechter geworden, aber er hat viel durchgemacht. Den Vater zu verlieren ist für jedes Kind hart."

„Was schlagen Sie vor?"

„Verbringen Sie möglichst viel Zeit mit ihm. Und versuchen Sie, eine

Vaterfigur zu finden, die er sich zum Vorbild nehmen kann. Vielleicht ein Onkel oder jemand, der Ihnen nahesteht.“

„Ich habe keinen Bruder“, sagte Ainsley leise. „Und Robert hatte auch keinen.“

„Nun ja, es gibt in der Stadt mehrere Gruppen, an die man sich in solchen Fällen wenden kann.“

„Ich ... werde sehen, was ich tun kann. Wir wollen jedenfalls den Sommer auf der Ranch meines Vaters in Wyoming verbringen.“

„Das tut Ihrem Sohn sicher gut.“ Gorman nahm die Brille ab und rieb sich die Augen. „Ein Ortswechsel und etwas körperliche Betätigung. Und Ihr Vater ... vielleicht kann er den männlichen Einfluss bieten, den Korey braucht.“

„Er ist fast siebzig.“

„Aber er war auch mal ein Junge.“ Gorman sah auf die Uhr, erhob sich und gab Ainsley die Hand. „Danke, dass Sie gekommen sind, Mrs Hughes.“

„Ich danke Ihnen.“ Besorgter denn je verließ sie das Schulgebäude. Sie setzte sich die Sonnenbrille auf, fuhr vom Parkplatz und lenkte den Wagen über die hügeligen Straßen ins Zentrum von San Francisco. Sie wollte in der Worthington Art Gallery vorbeischauen, in der einige ihrer Arbeiten ausgestellt waren.

Sie parkte um die Ecke, schob die Hände in die Taschen ihres Rocks und betrat die Galerie. Die Räume erstreckten sich über zwei Stockwerke und waren gut besucht.

Sie betrachtete gerade eine in grelle Neonfarben gekleidete Schaufensterpuppe, als sie ihren Namen hörte.

„Ainsley!“, rief Charlotte „Charlie“ Worthington, mit der sie auf dem College gewesen war. Die Galeristin sprang von ihrem Schreibtisch auf und eilte durch die Ausstellung. „Das ist ja eine Ewigkeit her! Schön, dass du kommst. Ich habe jemanden, der sich für deine Meereslandschaft bei Nacht interessiert.“

„Endlich mal eine gute Nachricht.“

Charlie musterte sie. „Was ist los?“

„Tja, ich verbringe den Sommer bei meinem Dad in Wyoming.“

„Du hast doch gesagt, du willst niemals dorthin zurück!“, erwiderte Charlie überrascht.

„Das hat Robert gesagt.“

„Warum erstaunt mich das nicht?“, entgegnete Charlie trocken. „Und was zieht dich so plötzlich nach Wyoming?“

„Es gibt mehrere Gründe."

„Na los, erzähl mir davon!" Charlie winkte einer rothaarigen Mitarbeiterin zu. „Angela, kannst du mich für ein paar Minuten vertreten?"

„Natürlich", erwiderte das Mädchen.

„Komm mit." Charlie zog Ainsley zu einer Treppe und ließ sie erst los, als sie den Pausenraum erreichten. Sie goss ihnen Kaffee ein, setzte sich an den Tisch und bedeutete ihrer Freundin, ebenfalls Platz zu nehmen.

„Kein Espresso?", fragte Ainsley spöttisch.

„Nur für wichtige Besucher", erwiderte die Galeristin und lächelte entschuldigend. „Und jetzt heraus damit. Was soll dieser Unsinn? Was solltest du in Wyoming?"

„Es ist kein Unsinn. Ich fahre wirklich hin. Ich wollte dir nur meine Adresse und Telefonnummer dalassen, falls du mich erreichen musst."

„Warum denn jetzt?" Charlie wurde wieder ernst. „Es ist wegen Robert, nicht wahr?"

„Indirekt", gab Ainsley zu und pustete sich das Haar aus dem Gesicht. „Aber vor allem geht es um Korey. Er hat Probleme in der Schule." Sie erzählte von den Schwierigkeiten, die ihr Sohn seit Roberts Tod machte, und schloss mit ihrem Termin beim Schuldirektor.

„Er vermisst seinen Dad, was?"

„Ja ... manchmal jedenfalls."

„Und du?"

„Mir geht es ganz gut."

„Hmm." Charlie machte ein skeptisches Gesicht. „Na ja, Korey wird es schon schaffen. Ich habe mir in der Schule auch ein paar solcher Streiche erlaubt."

„Ich erinnere mich."

„Und aus mir ist trotzdem etwas geworden."

„Als du deine wilde Zeit hattest, warst du zweiundzwanzig und auf dem College. Korey ist neun."

„Ich glaube, du übertreibst."

„Er ist mein *Sohn*. Da untertreibt man eher."

„Ehrlich gesagt", begann Charlie und zwinkerte ihr zu. „Ich sehe nur eine Lösung."

„Welche?"

„Vielleicht solltest du den Rat des Direktors befolgen und einen Mann suchen!"

„Leichter gesagt als getan", erwiderte Ainsley.

„Ach, komm schon. Ich wette, auf den Ölfeldern von Wyoming wimmelt es nur so von attraktiven Männern, die darauf warten, dass sie ihrer Traumfrau über den Weg laufen."

Ainsley zog eine Grimasse. „Wohl kaum."

Charlie trank ihren Kaffee aus. „Du kannst dich doch wenigstens mal umsehen. Aber nicht für Korey." Die Galeristin beugte sich vor und stützte die Arme auf den Tisch. „Sondern für dich."

„Für mich?"

„Genau. Seit Roberts Tod bläst du nur noch Trübsal."

„Das stimmt nicht!"

Charlie zog eine Augenbraue hoch. „Wie viele Dates hattest du seitdem?"

„Es ist noch kein Jahr her …"

„Wie viele?"

„Keins", gestand Ainsley.

„Dachte ich's mir doch." Ihre Freundin verschränkte die Arme. „Sobald du in Wyoming ankommst, schnappst du dir einen reichen Rancher oder Ölbaron."

Ainsley lachte. „Ich muss los. Hier." Sie gab Charlie eine Karte mit der Anschrift und Telefonnummer ihres Vaters.

Am Ausgang zwinkerte Charlie ihr noch einmal aufmunternd zu. „Sag Bescheid, wenn du für mich auch noch einen knackigen Outdoortypen findest."

„Mach ich", versprach Ainsley, ohne es ernst zu meinen, und mischte sich unter die Passanten. Von der Bucht herauf wehte ein kräftiger Wind. Der Rock flatterte um ihre Beine, bevor sie in ihr altes Mustang-Cabrio stieg.

Männer in Wyoming, dachte sie. Es gab davon nur zwei, die ihr etwas bedeuteten. „Und einer davon ist mein Vater", sagte sie sich und schaltete das Radio ein. „Und der andere … na ja, der ist tabu."

Trent McCullough.

Sie dachte daran, wie er sie mit seinen grauen Augen angesehen hatte, als sie ihm erzählte, dass sie seinen besten Freund Robert Hughes heiraten würde. Bis zu jenem Abend vor elf Jahren hatte sie nicht gewusst, dass Trent in sie verliebt war.

Und als sie jetzt durch die schmalen, kurvenreichen Straßen der Innenstadt fuhr, erinnerte sie sich an den Tag im August, als wäre es erst gestern gewesen …

2. KAPITEL

In jenem Sommer war Ainsley achtzehn gewesen, und Trent hatte gerade einen Job außerhalb von Wyoming angenommen. Sie hatte ihn gar nicht so sehr vermisst, denn für sie war er wie ein älterer Bruder und guter Freund gewesen. Mehr nicht.

Aber dann war er aus Texas zurückgekommen, und am liebsten hätte sie ihm sofort erzählt, was sie getan hatte. Doch das durfte sie nicht. Sie hatte versprochen, das Geheimnis nicht zu verraten. Außerdem sah sie in seinem Blick etwas, das sie beunruhigte – etwas, das sie bei ihm noch nie wahrgenommen hatte.

Seit Stunden ritten sie nun schon über die Weiden, um nach Rindern zu suchen, die durch ein Loch im Zaun vom Land der McCulloughs auf das der Circle S Ranch gewechselt waren. Es war eine staubige Angelegenheit, Insekten verfolgten die Reiter, und schon bald würde die Sonne untergehen.

Ainsleys Schultern begannen zu schmerzen. Sie saß auf dem grauen Wallach ihres Vaters. Auch das Pferd war erschöpft, und wenn es müde mit dem Schweif nach Fliegen schlug, traf es auch Ainsleys Oberschenkel.

„Ich glaube, wir haben alle gefunden“, sagte Trent und zügelte sein Pferd.

Als sie den Kopf hob, stellte sie fest, dass er sie betrachtete. Sein Gesicht war nicht mehr jungenhaft, sondern markant. Das kantige Kinn war voller Bartstoppeln, und das dichte, dunkelbraune Haar fiel über die ausdrucksvollen grauen Augen.

„Meinst du?“ Sie drehte sich im Sattel und hielt nach entlaufenem Vieh Ausschau, das sich in den immer länger werdenden Schatten versteckte. Könnte sie Trent bloß ihr Geheimnis erzählen!

„Ja, das war's. Jedenfalls für mich. Ich bin so harte Arbeit nicht mehr gewöhnt“, scherzte er und lenkte sein Pferd zu den Pinien am Ufer eines Bachs.

„Was hast du in Houston gemacht?“, fragte sie.

„Verglichen mit dem hier war es langweilig.“ Er lachte. „Glaub mir, die Arbeit in einer Raffinerie ist nicht so spannend, wie behauptet wird.“

„Vielleicht solltest du das Ölgeschäft Jonah überlassen – er interessiert sich doch dafür, oder?“

„Ja. Er und Lila.“ Sein Mund wurde schmal. „Ich sollte mich wohl auf die Ranch konzentrieren.“

„Dein Vater hätte es von dir erwartet."

„Ja, das hätte er wohl."

Er war den ganzen Tag sehr still gewesen. Hin und wieder hatte er ihr einen Blick zugeworfen, der ihr Herz schneller schlagen ließ. Dabei sah sie in Trent nur einen guten Freund. Vor allem jetzt.

Sie ließ die Zügel los, damit ihr Wallach seinen Durst im Bach stillen konnte. „Braver Junge", flüsterte sie und tätschelte seinen Hals. Zugleich beobachtete sie, wie Trent die Arme hob und sich streckte, bis das verwaschene Shirt aus den Jeans rutschte.

Ainsley konnte nicht länger hinsehen. Stattdessen stieg sie leise stöhnend aus dem Sattel. Sie zog die Stiefel aus, um die Füße ins eiskalte Wasser zu tauchen. Ihre Muskeln schmerzten ein wenig. Sie war das harte Leben auf der Ranch leid – und mit achtzehn alt genug, um eigene Wege zu gehen. Und jetzt hatte sie endlich auch die Mittel dazu.

Trent wusch sich den Staub aus dem Gesicht, zog das Hemd aus und trocknete sich damit ab. Die gebräunte Haut straffte sich über seinen kräftigen Muskeln an Rücken und Brust. Dunkles Haar verschwand in den tief geschnittenen Bluejeans.

Obwohl sie nicht wollte, sah Ainsley wieder hin. Nie hatte sie in Trent mehr als den Jungen von der Nachbarranch gesehen. Er war für sie immer wie ein älterer Bruder gewesen. Aber die drei Jahre auf dem College hatten ihn verändert, und im Licht des späten Septembertages wirkte er einfach nur männlich. Seine Ausstrahlung hatte etwas Rätselhaftes und Gefährliches.

Ihr stockte der Atem, als er sich aufrichtete und sie dabei ertappte, wie sie ihn anstarrte.

Errötend blickte sie zu Boden. „Es gibt da etwas, worüber ich mit dir reden wollte", sagte sie, während sie eine Handvoll trockener Erde durch die Finger rinnen ließ.

„Heraus damit." Lächelnd lehnte er sich gegen eine Pinie.

Sie schluckte und plötzlich bekam sie kein Wort heraus. Sie konnte Trent nicht erzählen, dass sie am Abend zuvor die Ehefrau seines besten Freunds Robert Hughes geworden war. Selbst ihre Eltern wussten nicht, dass sie und Robert heimlich geheiratet hatten, während sie angeblich tanzen waren. Und dass sie so bald wie möglich nach Kalifornien aufbrechen wollten.

„Ainsley?" Neugierig musterte Trent sie. „Was ist passiert?"

„Nichts."

„Komm schon, Ainsley. Dir geht etwas durch den Kopf. Ich sehe es dir an."

„Wirklich?" Sie sah ihn an und erstarrte, als ihre Blicke sich trafen. In seinen Augen nahm sie hinter der Belustigung etwas ganz anderes wahr – als hätte sich in diesem Sommer zwischen ihnen alles geändert.

„Sicher. Du warst den ganzen Tag so still. Nicht wie die schnatternde Elster, die ich kenne."

„Elster?", wiederholte sie und lächelte matt.

Er setzte sich zu ihr und schaute auf die Locken, die sich aus dem langen Zopf gelöst hatten. Und auf die Zunge, mit der sie sich nervös die Lippen befeuchtete. „Können wir uns vertrauen?"

„Ich glaube schon."

„Das konnten wir immer." Er hob ihr Kinn an, bis sie ihn ansah. „Es hat mit Robert zu tun, nicht wahr?"

„Ja", gab sie mit klopfendem Herzen zu und fragte sich, ob Robert sein Versprechen gebrochen und ihr Geheimnis verraten hatte. „Er … hat mit dir gesprochen?"

Trent nickte. Seine Augen wurden schmal, und er schien jeden Muskel anzuspannen. „Es tut mir so leid, wenn er dir wehgetan hat", wisperte er. „Ich wusste nicht, dass es zwischen euch etwas so Ernstes war."

„Mir wehgetan?", wiederholte Ainsley verwirrt. Endlich konnte sie Trent ihr Geheimnis anvertrauen, doch mit einem Mal erschien es ihr wie das Schwierigste auf der Welt. „Er hat mir nicht wehgetan."

Trent antwortete nicht.

Um die Stimmung ein wenig aufzulockern, bespritzte sie ihn mit Wasser.

Er reagierte noch immer nicht.

„Du solltest dich mit mir freuen!", sagte sie schließlich.

„Worüber?"

„Über die Tatsache, dass ich jetzt eine verheiratete Frau bin", erwiderte sie und wunderte sich darüber, dass sie so atemlos klang.

Trent saß vollkommen reglos da. Nur seine Augen bewegten sich, als er sie ansah. „Was hast du gesagt?", fragte er leise.

„Robert und ich haben gestern Abend geheiratet!" Lachend warf sie den Kopf zurück, bis der zimtfarbene Zopf fast den Boden berührte.

„Was?"

Sie versuchte zu verstehen, warum er plötzlich so zornig war und unter der Bräune blass wurde. „Aber … das wusstest du doch schon. Du hast gesagt, dass du mit ihm gesprochen hast."

„Ainsley, falls das einer deiner absolut nicht lustigen Scherze ist …“ Er nahm ihren Arm und zog sie zu sich.

„Es ist kein Scherz.“

„Aber du kannst ihn unmöglich geheiratet haben!“

„Doch. Gestern Abend!“ Sie fühlte, wie der Griff um ihren Arm fester wurde, und sah, wie an seiner Wange ein Muskel zuckte.

„Treib keine Spielchen mit mir!“

„Das tue ich nicht! Trent, du tust mir weh. Was ist denn los?“, fragte sie. Ihre Lippen begannen zu zittern. Noch nie hatte sie ihn so wütend erlebt. Seine Nasenflügel bebten, sein Mund war nur noch ein Strich.

„Was ist mit Lila?“

„Lila?“, wiederholte sie wie benommen. „Deine Schwester? Was hat die damit zu tun?“ Ihre Augen waren groß und rund.

„Ich kann nur hoffen, dass du lügst!“

„Warum? Du hast doch gesagt, du hast mit Robert gesprochen … Ich dachte, er hätte dir erzählt …“

Trents Blick fiel auf ihre Lippen. Dann zog er sie so fest an sich, dass sie seine muskulösen Oberschenkel an ihren fühlen konnte. „Oh, verdammt“, murmelte er, bevor er die Hände in ihr Haar schob und das Stirnband löste. Schwer atmend starrte er auf ihren Mund, und bevor sie reagieren konnte, küsste er sie.

Nein! Das geht nicht! Ainsley wollte zurückweichen, konnte es jedoch nicht. Seine Arme waren zu stark. Mit kräftigen Händen strich er über ihre staubige Bluse, während er sie mit seinem ganzen Körpergewicht langsam auf die harte Erde drückte.

„Bitte, Trent, nicht …“

Sein Atem strich heiß über ihre Haut, aber seine Berührungen waren überraschend zärtlich. Sie versuchte, ihn abzuwehren, doch sein Kuss nahm ihr die Kraft dazu. Noch während sie sich mit den Handflächen gegen seine breiten Schultern stemmte, fühlte sie, dass sein Herz so heftig schlug wie ihres. Als er sie immer leidenschaftlicher küsste, schmolz ihr Widerstand dahin.

„Sag mir, dass du lügst, Ainsley. Dass es eins deiner verrückten Spielchen ist“, keuchte er.

„Ich lüge nicht!“ Ihr kamen die Tränen. Wie konnte sie ihn küssen, wenn sie doch mit Robert verheiratet war? Wie konnte sie ein solches Verlangen empfinden? Nach einem Mann, der für sie immer wie ein Bruder gewesen war? Entsetzt über sich selbst schloss sie die Augen und wandte sich ab.

„Oh nein“, murmelte er schockiert, als er begriff, dass sie es ernst meinte. Stöhnend rollte er sich zur Seite.

„Wie konntest du nur?“, empörte sie sich. Tränen rannen über ihr Gesicht, als sie mit zitternden Fingern über ihre geschwollenen Lippen tastete. Die Scham raubte ihr den Atem. Sie hatte Trent begehrt, obwohl sie mit Robert verheiratet war. Angewidert von sich selbst wischte sie die Tränen fort.

„Wann habt ihr …“

„Als wir angeblich tanzen waren. Gestern Abend.“

„Dieser Mistkerl!“ Er schlug mit der Faust auf den Boden. An seiner Schläfe pochte eine Ader. „Dieser elende Hundesohn!“

„Wovon redest du?“, fragte Ainsley konsterniert.

Er sah sie nicht an, sondern schaute zum immer dunkler werdenden Himmel hinauf. „Gestern Abend, nachdem ihr geheiratet hattet … habt ihr … miteinander geschlafen“, sagte er mit ausdrucksloser Stimme.

„Nein!“ Sie schlang die Arme um ihre Beine und blickte in seine kalten grauen Augen. „Ich … musste nach Hause. Wir haben es unseren Eltern noch nicht erzählt.“

„Das wird ja immer besser“, erwiderte er höhnisch.

„Sie hätten mich nie nach Kalifornien …“

„Du kannst die Ehe annullieren lassen“, unterbrach er sie, den Blick auf die ersten Sterne der anbrechenden Nacht gerichtet.

„Warum sollte ich das tun?“

„Weil er dich nicht liebt“, antwortete er nur.

„Doch, das tut er! Sonst hätte er mich nicht geheiratet.“

„Glaubst du das wirklich?“, entgegnete Trent.

„Ich habe keine Ahnung, wovon du redest.“

„Er hat es auf die Circle S abgesehen.“

„Du bist verrückt! Er will diese Ranch nicht. Er hasst es, auf dem Land zu leben.“

„Aber nicht das Geld, das sie wert ist.“

„Er ist mein Mann“, sagte sie, als es käme es allein darauf an. Sie wollte aufstehen, doch Trent hielt sie am Handgelenk fest. „Lass mich los.“

„Mir ist egal, was du von mir denkst, Ainsley. Aber um Himmels willen, benutz deinen Verstand. Robert liebt dich nicht – er weiß nicht mal, was das Wort bedeutet.“

„Er ist dein bester Freund!“, rief sie fassungslos.

„Er war es.“

Sie wich zurück. „Ist er es nicht mehr?“

„Nein."
„Warum nicht?", fragte sie, obwohl ihr vor der Antwort graute. Eine böse Vorahnung beschlich sie.
„Ich habe meine Gründe."
„Dann spuck sie aus!"
„Es gibt da ein paar Dinge", begann er.
„Was für Dinge?"
„Dinge über Robert. Ich glaube nicht, dass er vollkommen ehrlich zu dir war."
„In welcher Hinsicht? Du meine Güte, Trent, hör auf, in Rätseln zu sprechen, und komm auf den Punkt!", schrie sie ihn an.
„Wärst du nur nicht mit ihm verheiratet."
„Aber das bin ich nun mal, verdammt!"
Seine Augen wurden schmal, und er wischte sich den Mund ab, als wollte er den Kuss ungeschehen machen. „Dann kann ich nichts sagen", flüsterte er. „Es ist vorbei. Du liebst ihn, nicht wahr?"
„Ja … nein … ja! Er ist mein Mann!" Ainsley fragte sich, warum sie so atemlos klang und sich so unsicher fühlte. Ihr Hals war trocken.
„Dann bist du dumm. Ich habe dich für vieles gehalten, Ainsley, aber nie für dumm."
„Was willst du mir sagen?"
„Dass er dir wehtun wird", antwortete er leise.
„Das glaube ich nicht", widersprach sie und wehrte sich gegen das Verlangen, das sie noch immer durchströmte.
Er stand auf und ging an den Bach. „Vielleicht solltest du jetzt besser nach Hause reiten."
„Das werde ich!" So würdevoll wie möglich zog sie die Stiefel an, rannte zu ihrem Wallach, schwang sich in den Sattel und galoppierte davon.
Ainsley atmete die kühle Abendluft ein und fühlte, wie ihr langes rotbraunes Haar im Wind wehte. Nur ein einziges Mal schaute sie zurück. Trent stand noch immer am Bach, die Beine gespreizt, die Fäuste auf die Hüften gestützt. Zwischen seinen Fingern flatterte das Band aus ihrem Haar, während es um ihn herum langsam dunkel wurde.

Jahre später kämpfte Ainsley sich durch den dichten Verkehr im Zentrum von San Francisco und seufzte laut. „Das alles ist so lange her", flüsterte sie und wehrte sich gegen das Selbstmitleid. Sie war keine rebellische Achtzehnjährige mehr, sondern eine neunundzwanzig Jahre alte Witwe, deren trotziger Sohn Hilfe brauchte. Trent hatte recht behalten, Robert hatte ihr immer wieder wehgetan, doch das machte nichts. Korey hatte seinen Vater vergöttert.

Ainsley rieb sich den Nacken. Es war tragisch, dass Robert bei einem Unfall auf einer Baustelle ums Leben gekommen war. Obwohl ihre Ehe so manchen Tiefschlag hatte hinnehmen müssen, wäre sie mit allem fertig geworden, solange Korey glücklich war.

„Zu spät", murmelte sie. Sie musste einen Weg finden, zu ihrem Sohn durchzudringen!

Sie öffnete das Fenster, um die warme Maibrise hereinzulassen. Das Haar wehte ihr ins Gesicht, als sie den Wagen um eine steile Kurve lenkte. Weit unter ihr spiegelte sich die Nachmittagssonne im ruhigen Wasser der Bucht, durch das Segelboote, Fischkutter, Tanker und Schlepper glitten.

Für Ainsley war San Francisco zur Heimat geworden, und es fiel ihr schwer, von hier wegzugehen. „Es ist doch nur für einen Sommer", sagte sie sich.

Nach einem kurzem Abstecher zu einem Geschäft für Künstlerbedarf fuhr sie nach Hause und parkte an der Straße. Sie stieg nicht sofort aus, sondern schaute an der dreistöckigen Fassade des viktorianischen Stadthauses hinauf, in dem sie mit Robert gelebt hatte.

Es war der ideale Ort, um einen Sohn großzuziehen, ohne auf das Malen und das Töpfern verzichten zu müssen. Jedenfalls war es das gewesen, bis sie erfahren hatte, dass ihr Mann sie immer wieder betrogen hatte. Seitdem war es für immer mit unglücklichen Erinnerungen verbunden.

Sollte sie es jetzt verkaufen? Und was dann?

Das fragte Ainsley sich, als sie ausstieg und zur Veranda ging.

Sollte sie nach Wyoming zurückkehren? Zu Trent?

„Sei nicht so naiv", flüsterte sie, bevor sie erwartungsvoll nach oben blickte. „Korey! Ich bin zu Hause!"

Sie hörte, wie er nach unten rannte.

„Und?", fragte er, als sie das Haus betrat.

„Am Dienstag gehst du wieder in die Schule, und Mr Gorman wird dich in die vierte Klasse versetzen."

„Super!"

„Das war aber ganz schön knapp", erwiderte sie. „Deshalb wartet diesen Sommer auch viel Arbeit auf dich."

„Arbeit?"

„Richtig." Sie hielt die Unterlagen hoch, die der Direktor ihr gegeben hatte. „Komm her, dann reden wir darüber."

„Jetzt?"

„Jetzt."

Wenig begeistert folgte er seiner Mutter in die Küche, wo sie die Mathematikaufgaben und Leseprojekte auf dem Tisch ausbreitete. „Das sind die Sachen, bei denen du Schwierigkeiten hattest", erklärte sie. „Aber du wirst sie bewältigen, bevor die Schule im Herbst wieder beginnt."

„Aber es ist fast Sommer …"

„Und wenn du es zu Hause nicht schaffst, gehst du in die Sommerschule."

Korey zog ein Gesicht und ließ sich auf einen der Stühle fallen. „Ich will die Ferien nicht mit dem Mist verbringen!", protestierte er und trat gegen ein Tischbein.

„Ich auch nicht", versicherte sie ihm. „Aber wir setzen uns dran. Sieh es einfach als Mutter-und-Sohn-Projekt."

„Toll", murmelte er. „Hausaufgaben und Wyoming. Einfach großartig." Er sah aus, als hätte die ganze Welt sich gegen ihn verschworen.

Sie nahm ihm gegenüber Platz und strich ihm das Haar aus der Stirn.

Er zuckte zurück. „Mom, lass das. Ich bin kein Baby mehr. Und … ich will nicht nach Wyoming."

„Warum nicht?"

„Weil alle meine Freunde hier sind! Außerdem wollten wir mit Dad hin. Ohne ihn ist es nicht dasselbe."

„Ich weiß, aber wir machen das Beste daraus."

„Ich fahre nicht …"

„Doch, du kommst mit", unterbrach sie ihn streng. „Und wir nehmen die Unterlagen mit. Du kannst von Glück sagen, dass Mrs Hayes die Aufgaben, die du bei ihr versäumt hast, nicht dazugelegt hat."

„Warum willst du überhaupt dorthin zurück?"

„Aus einer ganzen Reihe von Gründen", antwortete sie und dachte an die rätselhaften Nachrichten ihres Vaters auf dem Anrufbeantworter. Sie hatte das Gefühl, dass auf der Circle S etwas nicht in Ordnung war.

„Zum Beispiel?"

„Ich habe deinen Großvater lange nicht mehr gesehen."

„Er war doch Weihnachten hier."

„Und ich möchte die Ranch wiedersehen."

„Ich dachte, du hasst sie."
„Nein."
„Das hat Dad gesagt."
Ainsley bemühte sich, ruhig zu bleiben. Immer wieder hatte Robert sich geweigert, nach Pine Corner, der kleinen Stadt in der Nähe der Circle S, zurückzukehren. „Dein Dad hat sie gehasst." Seufzend sah sie aus dem Fenster. „Und als ich jünger war, wollte ich unbedingt weg von dort. Um die Welt zu sehen. Kalifornien war für mich das Paradies."
„Aber jetzt vermisst du Wyoming?", entgegnete er ungläubig.
„Ja, das tue ich."
„Ich aber nicht."
„Es ist doch nicht für den Rest deines Lebens", sagte sie besänftigend. „Also geh nach oben und pack deine Sachen. Ich buche einen Flug für deinen letzten Schultag … es sei denn, du möchtest lieber auf mich warten."
„Ich möchte gar nicht fliegen."
„Du musst aber."
„Toll", murmelte er und schob den Stuhl zurück. „Einfach toll."
Ainsley sah ihrem Sohn nach, als er die Treppe hinaufstampfte. „Oh Korey", flüsterte sie und schob die Unterlagen zusammen. „Ich will doch nur, dass du glücklich bist."

Mehr schlecht als recht brachte Korey die dritte Klasse zu Ende und stieg allein in ein Flugzeug nach Denver. Als Ainsley ihm dabei zusah, hätte sie ihn am liebsten zurückgeholt und bei sich behalten, bis sie zusammen nach Wyoming fliegen konnten.

Aber ihr Vater hatte darauf bestanden, dass sein Enkel früher kam, und jetzt war es zu spät, alles umzuwerfen. Sie beobachtete, wie die Boeing 727 über die Startbahn raste und abhob, und fühlte, wie ihre Augen feucht wurden. Die nächsten Tage würden ruhig sein … und einsam.

Eine Woche nach ihrem Sohn landete Ainsley auf dem Stapleton International Airport, wo es um diese Jahreszeit chaotisch zuging. Reisende aus sämtlichen Bundesstaaten schienen sich in Denver versammelt zu haben, um auf ihre Anschlussflüge zu warten.

Sie kämpfte sich durchs Gewühl, wartete ungeduldig auf ihr Gepäck und eilte, als es endlich aufgetaucht war, ins Terminal. Sie suchte in der Menschenmenge nach Koreys braunem Haar und dem wettergegerbten Gesicht ihres Vaters.

Doch keiner von beiden war zu sehen. „Wunderbar", murmelte sie enttäuscht und bahnte sich einen Weg durch die Ankunftshalle. Es dauerte eine ganze Weile, bis sie das Nebengebäude erreichte, vor dem die Privatflugzeuge parkten.

„Die ist noch nicht da", antwortete der Mann am Schalter, als sie nach der Cessna ihres Vaters fragte. Als er eine Meldung aus dem Tower bekam, hob er die Hand. „Warten Sie … sie ist gerade gelandet."

Ainsley schaute aufs Vorfeld und sah, wie das kleine Flugzeug ausrollte. Sie nahm ihre Taschen und lächelte erwartungsvoll, als die Tür über der Tragfläche geöffnet wurde.

Obwohl die Sonne sie blendete, wusste sie sofort, dass der Pilot nicht ihr Vater war. Sie kniff die Augen zusammen. Der Mann, der aus der Maschine mit dem Logo der Circle S Ranch kletterte, war Trent McCullough.

Ainsley traute ihren Augen nicht. „Was um alles in der Welt …"

Sein kaffeebraunes Haar schien in der Sonne zu leuchten, als Trent aus dem kleinen Flugzeug stieg. Ihr Herz klopfte so heftig, dass sie nach Luft schnappte. Obwohl sie ihn seit fast einem Jahrzehnt nicht mehr gesehen hatte, reagierte ihr Körper wie früher.

Sein Gesicht wirkte noch markanter, als sie es in Erinnerung hatte. Trotz seiner dunklen Sonnenbrille spürte sie den kühlen Blick. „Können wir?", fragte er, ohne sie zu begrüßen.

„Was tust du hier?"

„Ich hole dich ab."

„Das sehe ich. Mit Dads Flugzeug. Wo ist er?"

„Auf der Ranch."

„Auf der Ranch?", wiederholte Ainsley, doch bevor sie ihn ausfragen konnte, ging er an ihr vorbei zum Abfertigungsgebäude. „Warte …" Sie folgte ihm zum Schalter, unterbrach ihn jedoch nicht, als er seinen Flugplan vorlegte und sicherstellte, dass er starten durfte.

„Wir sollten jetzt aufbrechen", sagte er danach zu ihr. Dann nahm er ihr das Gepäck ab, legte eine Hand an ihren Rücken und schob sie fast zur Cessna.

„Augenblick mal."

Sein Mund wurde noch schmaler.

„Wo sind Dad und Korey? Die beiden sollten mich abholen."

„Das habe ich dir doch gesagt – auf der Ranch."

„Aber warum sind sie nicht hier?“

Trent zuckte mit den Schultern und stellte ihre Reisetaschen in den Laderaum. „Keine Ahnung. Komm schon, steig ein.“

„Dad hat versprochen, mich abzuholen. Mit Korey“, beharrte sie, als sie im Cockpit saßen.

Er würdigte sie keines Blicks, sondern schaute auf die Instrumente. „Ich weiß. Vielleicht ist er zu beschäftigt.“

Sie hatte ganz vergessen, wie frustrierend er sein konnte. „Womit denn?“

„Woher soll ich das wissen? Vielleicht wollte er lieber zu Hause bleiben und mit Spike zum Angeln gehen.“

„Du willst mir sagen, dass mein Vater, den ich seit über sechs Monaten nicht gesehen habe, mich nicht abholt, weil er angeln will? Mit einem Freund, den er jede Woche trifft?“

„Genau.“ Erst jetzt sah er sie kurz an, bevor er sich auf die Anweisungen aus dem Tower konzentrierte.

Ainsley beschloss, sich nicht provozieren zu lassen. Sie würde warten, bis sie in der Luft waren.

Also verschränkte sie die Arme vor der Brust und tat so, als würde sie einer startenden 747 nachschauen. Insgeheim beobachtete sie Trent aus den Augenwinkeln. Sein Gesicht war gebräunt, die ausdrucksvollen grauen Augen hinter der Pilotenbrille verborgen. Die Brauen, noch dunkler als sein Haar, waren nachdenklich zusammengezogen, und die schmalen Lippen hatten sich zu einem fast zynischen Lächeln verzogen.

Das kleine Flugzeug setzte sich in Bewegung.

Sekunden später rasten sie über die Startbahn. Die Maschine hob ab, und mit einem dumpfen Geräusch verschwand das Fahrwerk im Rumpf. Im Westen ragten die Gipfel der zerklüfteten Rocky Mountains auf. Im Osten stieg die Morgensonne immer höher.

Trent so nahe zu sein machte Ainsley nervös. Wie von selbst fiel ihr Blick auf sein Bein neben ihrem. Über dem muskulösen Oberschenkel straffte sich die Cordhose, wenn er mit dem Fußpedal das Seitenruder betätigte.

„Okay“, begann sie, als Denver weit hinter ihnen lag und es im Luftraum ruhiger wurde. „Erzähl mir von Dad.“

„Da gibt es nichts zu erzählen.“

„Es muss doch einen Grund geben, warum er nicht gekommen ist. Und erspar mir den Blödsinn vom Angelausflug mit Spike.“

„Ich gebe nur wieder, was er mir gesagt hat." Tiefe Falten zogen sich über seine Stirn, und die Augenbrauen verschwanden fast hinter der Sonnenbrille.

„Geht es ihm gut?", fragte sie leise.

„Soweit ich weiß, ja, aber er wird älter."

„Aber er liebt das Fliegen."

Trent nahm die Kopfhörer ab. „Hör zu, Ainsley, ich will dich nicht anlügen. Dein Dad hat es nicht leicht gehabt. Auf der Ranch sind in den letzten Jahren ein paar Dinge passiert. Ein paar davon werden dir nicht gefallen – oder vielleicht ist es dir noch immer egal."

„Was soll das heißen?"

„Nimm es, wie du willst."

„Du könntest wenigstens versuchen, höflich zu sein", fuhr sie ihn mit blitzenden Augen an.

„Das bin ich."

„Wohl kaum."

Er antwortete nicht.

Ainsley probierte es anders. „Warum bist du auf der Ranch?"

„Ich arbeite jetzt mit deinem Dad zusammen."

Das überraschte sie. Davon hatte ihr Vater nichts erzählt. Erneut beschlich sie ein mulmiges Gefühl. „Und was genau tust du?"

Als die Maschine in einer Wolkenbank verschwand, wurde der Flug unruhig. Ainsley begann zu schwitzen, doch Trent hielt die Cessna auf Kurs.

„Ich wusste gar nicht, dass du fliegen kannst", sagte sie und atmete tief durch.

„Kann ich auch nicht."

Sie sah, wie sein Mundwinkel zuckte. Also hatte er doch Humor. „Sehr komisch", meinte sie und legte lächelnd den Kopf in den Nacken. Die kastanienbraunen Locken fielen nach hinten.

Trent warf ihr einen Blick zu und biss die Zähne zusammen, als er die hellen Sommersprossen an ihrer Nase sah. Unter den dunklen Wimpern erschienen ihm ihre Augen noch blauer als früher. Selbst nach all diesen Jahren reichte das aus, in ihm ein Verlangen zu wecken, das er nicht unterdrücken konnte. „Du bist und bleibst ein Idiot", murmelte er.

„Wie bitte?"

„Nichts. Ich bin nur etwas vom Kurs abgekommen", log er – und wechselte abrupt das Thema. „Ich habe Korey kennengelernt."

Ihre Augen leuchteten. „Und was denkst du?"
„Dass er dir sehr ähnlich ist."
„So?"
„Er hat einen starken Willen."
„Ich weiß." Seufzend lehnte sie sich zurück und fragte sich, wie sie ihren Sohn jemals in den Griff bekommen sollte.
„So dickköpfig wie seine Mutter."
Und so verantwortungslos wie sein Vater, dachte sie, sprach es jedoch nicht aus. „Wenn du meinst."
„Jefferson hat erzählt, dass Korey Ärger in der Schule hat."
„Stimmt."
„Schlimm?"
„Nicht wirklich. Er ist zu jung für Mädchen ... und nimmt keine Drogen oder so etwas. Jedenfalls noch nicht."
„Aber du machst dir Sorgen", sagte Trent sanft.
„Ja", gab sie zu und blinzelte in die Sonne. „Große."
„Du denkst, das ruhige Leben auf der Ranch wird ihm guttun", erriet er, während er in einer weiten Kurve nach Nordosten flog.
„Ich weiß nicht. Ich hoffe es."
„Wie wäre es mit ein wenig harter Arbeit?"
„Die würde helfen." Sie war sich darüber im Klaren, dass Korey den Tod seines Vaters noch nicht richtig bewältigt hatte.
„Als du damals gegangen bist, schienst du das anders zu sehen", erwiderte er kühl. „Du wolltest um jeden Preis weg von der Circle S."
„Ich war achtzehn und habe davon geträumt, die Welt zu sehen."
„Und?"
Sie rieb sich den Nacken. „Und jetzt freue ich mich darauf, nach Hause zu kommen."
„Höchste Zeit", sagte Trent leise. Er sah die Trauer in ihren Augen und vermutete, dass sie an Robert dachte. Er starrte auf die Wolken vor ihnen. „Möchtest du darüber reden?"
Ainsley schüttelte den Kopf. „Da gibt es nicht viel zu bereden. Korey und sein Vater standen sich sehr nahe ... aber seit Roberts Tod ..." Sie zuckte mit den Schultern. „Es war schwer für ihn."
„Und für dich?"
Sie hob den Kopf. Trent starrte noch immer geradeaus. „Für mich war es zuerst auch schwer."
„Und jetzt?"
„Geht es mir ganz gut", wisperte sie und sah aus dem Fenster. Tief

unter ihnen schlängelte sich ein silbrig glänzender Fluss durch einen dunklen Wald und die goldgelben Wiesen dahinter.

„Keine Verpflichtungen in der Großstadt?“, fragte er und versuchte, den Duft ihres Parfüms zu ignorieren.

„Keine, die nicht eine Weile warten können.“

„Kommen die Galerien in San Francisco denn ohne deine Werke aus?“

„Leider ja. Aber wenn ich bleibe, kann ich auch auf der Ranch arbeiten. Ich hatte mal ein Atelier über der Garage …“ Sie dachte an die schräge Decke und wie gern sie dort oben stundenlang gemalt hatte.

„Ich erinnere mich. Aber auf der Ranch hat sich einiges geändert.“

„Sag jetzt nicht, dass Dad mein Atelier abgerissen hat!“

„Nein. Aber es steht voller Müll.“

„Der lässt sich wegräumen, nehme ich an.“ Sie kniff die Augen zusammen und sah ihn an. „Du redest dauernd von Veränderungen auf der Circle S. Welche meinst du? Haben sie damit zu tun, dass *du* mich abgeholt hast?“

„Ich habe dir doch gesagt …“

„Dass Dad beschäftigt ist, ich weiß. Aber ich werde den Verdacht nicht los, dass es nicht nur das ist. Seit ich mich erinnern kann, hat Dad dieses Flugzeug keinem anderen überlassen. Jetzt fliegst du es.“ Sie strich über das Instrumentenbrett. „Und als ich dich gefragt habe, was du auf der Ranch machst, hast du nicht geantwortet. Warum nicht?“

Trent nahm die Sonnenbrille ab und sah Ainsley an. Sie war noch immer so hübsch und intelligent wie vor all den Jahren, und es tat fast weh, sie anzulügen. Na ja, eigentlich log er nicht, sondern wich der Wahrheit aus, damit Jefferson ihr selbst von den finanziellen Problemen der Ranch erzählen konnte. „Ich bin der Manager der Circle S.“

„Du bist *was*?“

„Du hast mich gehört.“

„Aber warum? Dad hat noch nie in seinem Leben einen Manager gehabt!“

„Er wird älter.“

„Er ist noch nicht mal siebzig! Nicht alt genug, um die Führung der Ranch einem Angestellten zu überlassen!“

„Vielleicht ist er erschöpft.“

„Vielleicht mehr als das. Komm schon, Trent, wir kennen uns lange genug. Warum verrätst du mir nicht endlich, was wirklich auf der Circle S los ist?“

„Warum wartest du nicht, bis du mit deinem Dad reden kannst?“, entgegnete er.

Ainsley fror innerlich. Sämtliche Zweifel und Ängste, die sie bisher unterdrückt hatte, meldeten sich mit Wucht. Verzweifelt umklammerte sie seinen Arm. „Sag mir, dass es meinem Dad gut geht“, flehte sie. „Dass er nicht krank ist.“

„Ich weiß es nicht, Ainsley“, gab er leise zu. „Er hat mir nichts erzählt.“

„Dann ... warum? Warum ausgerechnet du? Brauchtest du einen Job?“

Lachend erinnerte Trent sich daran, wie Jefferson ihn überredet hatte, auf der Circle S anzufangen. „Nein. Ich führe noch immer die Ranch meiner Familie.“

„Was ist mit der Ölgesellschaft?“

„Um die kümmert sich mein Bruder Jonah.“ Er schaute wieder nach vorn, und seine Stimme verlor jegliche Wärme. „Das nennt man Arbeitsteilung.“

„Dad hat mal erwähnt, dass er vor einigen Jahren Geld in McCullough Oil investiert hat.“

Trent nickte. „Das hat er.“

„Und?“

„Und was?“

„Was ist daraus geworden?“

„Du weißt, was in der Ölbranche los ist.“

„Oh.“ Schweigend starrte sie auf den Fluss hinab, der von hier oben einem endlosen Reptil glich. Was um alles in der Welt ging auf der Circle S vor sich? Und warum schien Trent McCullough sich dort festgesetzt zu haben? Ainsley schloss die Augen und lehnte den Kopf an die Tür.

Das monotone Brummen des Triebwerks war ermüdend, und nach wenigen Minuten schlief sie ein.

3. KAPITEL

Da sind wir“, sagte Trent leise und berührte Ainsley behutsam an der Schulter. Es fiel ihm nicht leicht, sie zu wecken. Sie sah so jung und verletzlich aus, den Kopf an der Seitenscheibe, das Haar wie ein zimtfarbener Vorhang, der ihr Gesicht halb verbarg.

Ainsley streckte sich und schlug die Augen auf. Sie hatte gar nicht gemerkt, dass sie eingeschlafen war. Leise stöhnend rieb sie sich den steifen Nacken. „Wie lange habe ich geschlafen?“

„Lange genug. Ich dachte mir, du möchtest dir die Ranch von oben ansehen.“

„Danke.“ Tief unter ihnen erstreckte sich die Circle S so, wie sie sie erinnerte. Im Nordwesten bedeckten blaugrüne Pinien die sanft ansteigenden Hänge. Wolverine Creek, ein klarer rauschender Bach, schlängelte sich durch das schon fast herbstlich wirkende Land. Die Köpfe der Hereford-Rinder zeichneten sich als verstreute weiße Punkte ab. Die Ansammlung der Gebäude – das Haupthaus, Scheunen und Stallungen – stand dort, wo stattliche Pinien und Espen den Übergang zum Vorgebirge der mächtigen Tetons markierten.

Im Sinkflug konnte sie immer mehr Einzelheiten erkennen.

„Warte mal“, sagte Ainsley und starrte auf die schwarzen Ungetüme auf der südwestlichen Weide. „Was ist das?“

„Förderpumpen“, erwiderte er, während er das Fahrwerk ausfuhr. Voller Konzentration begann er mit dem Landeanflug.

„Förderpumpen?“, wiederholte sie verwirrt. „Von McCullough Oil?“

„Ja. Halt dich fest.“

Ainsley umklammerte die Armlehnen. Die Räder berührten den Asphalt, die Cessna machte einen kleinen Hüpfer, setzte wieder auf und raste zum Ende des Landestreifens, wo sie kurz vor der dahinterliegenden Weide ausrollte.

Trent löste seinen Gurt, nahm die Sonnenbrille ab und öffnete die Tür.

Bevor er aussteigen konnte, hielt Ainsley ihn am Arm fest. „Warum wird auf der Circle S Öl gefördert?“

Er schaute auf ihre kleine Hand. „Hat dein Vater es dir nicht erzählt?“

„Er hat nur erzählt, dass er in McCullough Oil investiert hat. Von Förderpumpen auf unserer Ranch hat er nichts gesagt.“

Ihre Blicke verschmolzen. Ainsleys Herz schlug schneller, und sie ließ die Hand sinken.

„Vielleicht hättest du häufiger nach Hause kommen sollen“, sagte Trent. „Auf der Circle S ist jetzt vieles anders.“

„Zum Beispiel, dass du sie managst.“

„Zum Beispiel.“

„Und die Förderpumpen?“

„Die auch. Aber das ist noch nicht alles.“

„Was meinst du?“, fragte sie.

„Das Leben hier ist nicht mehr so, wie wir es als Kinder kannten.“

„Dad hat nie erwähnt …“

„Vielleicht hätte er das nicht müssen“, unterbrach Trent sie scharf. Er war es leid, zwischen Jefferson und Ainsley zu vermitteln. „Vielleicht hättest du mehr Interesse zeigen sollen! Das Mindeste wäre gewesen, dich ab und zu hier blicken zu lassen.“

Das schlechte Gewissen raubte ihr fast den Atem. Seit dem Tod ihrer Mutter war sie nur selten hergekommen. „Vermutlich hast du recht“, sagte sie.

„Erzähl mir jetzt nicht, dass du zu beschäftigt warst, okay?“

„Das tue ich nicht. Weil es dich nichts angeht“, entgegnete sie und hob das Kinn.

„Tut mir leid.“ Er strich sich durchs Haar. „Ich finde nur, es gibt vieles, das du besser mit Jefferson besprichst.“

„Das werde ich.“

„Gut. Wie es aussieht, hast du gleich die Gelegenheit dazu.“ Er zeigte auf den alten Pick-up, der sich langsam über die staubige Piste zum Landestreifen quälte.

Ainsley kletterte aus der Cessna. „Dad!“, rief sie. „Korey!“ Der Wagen hielt, und ihr Sohn sprang aus der Beifahrertür, während ihr Vater sich mehr Zeit ließ. Dallas, der Hund ihres Vaters, bellte vom Rücksitz.

„Wie geht es dir?“ Sie drückte ihren Sohn fest an sich und wehrte sich blinzelnd gegen die Tränen der Erleichterung. Erst eine Woche zuvor hatte sie ihn zum Flughafen gebracht, aber er hatte ihr schrecklich gefehlt.

„Gut, Mom“, murmelte er und errötete, als er Trent sah.

Sie strich ihm das Haar aus dem Gesicht und sah dabei, dass seine Haut schon leicht gebräunt war.

„Und du?“, fragte sie lächelnd, als ihr Vater näher kam.

„Kann mich nicht beklagen“, erwiderte Jefferson und klopfte ihr hustend auf den Rücken. „Sieh mich nicht so an“, sagte er, als Ainsley ihn besorgt musterte, und suchte in seinen Taschen nach den Zigaretten.

„Du kannst dich nicht beklagen? Das ist nicht der Jefferson Smith, den ich kenne", scherzte sie.

„Wirklich, Kind, ich bin topfit", versicherte er und umarmte sie herzlich.

Über seine Schulter hinweg schaute sie zu Trent hinüber und sah, wie er ungläubig den Mund verzog. „Wenn du so fit bist", sie trat zurück und musterte ihren Vater, „warum hast du mich nicht selbst abgeholt?"

„Ich muss Trent beschäftigen."

„Er hat mir erzählt, dass du ihn als Manager eingestellt hast."

„Gehört alles zum Geschäft", murmelte ihr Vater.

„Genau wie die Ölquellen?"

„Ja. Aber reden wir nicht darüber, jedenfalls noch nicht. Sarah hat Erdbeerkuchen gebacken und kann es nicht erwarten, dich wiederzusehen." Er legte einen Arm um seine Tochter, den anderen um seinen Enkel und ging mit ihnen zum Pick-up.

„Na gut, Dad." Ainsley lächelte matt. „Aber ich will genau wissen, was hier in den letzten Jahren passiert ist."

„Das wirst du erfahren. Jetzt hör auf, dir Sorgen zu machen! Du bist zu Hause, das ist das Wichtigste!"

Sie drehte sich nach Trent um. Er lud gerade ihr Gepäck aus und verstaute es in dem Jeep, den er vor dem Flug nach Denver am Landestreifen geparkt haben musste.

„Kommst du auch?", rief Jefferson ihm zu.

„Gleich. Ich schiebe nur noch die Maschine in den Hangar, dann bringe ich Ainsleys Sachen zum Haus."

„Bis gleich."

Ainsley saß zwischen ihrem Vater und ihrem Sohn, als Jefferson den alten Pick-up wieder auf den staubigen Weg zum Ranchhaus lenkte.

„Wie waren deine ersten Tage hier?", fragte sie Korey.

Er zuckte mit den schmalen Schultern. „Ganz okay."

„Nur ganz okay?" Jefferson lachte und zog eine Zigarette aus der zerknüllten Packung in seiner Hemdtasche. „Besser als okay, würde ich sagen. Dein Sohn ist kein schlechter Reiter."

„Stimmt das?"

„Ach, Grandpa …"

„Natürlich stimmt das. Er kommt nach mir, weißt du?" Er steckte sich die Zigarette an.

Korey biss sich auf die Lippe und starrte aus dem Fenster.

„Komm schon, Junge, erzähl deiner Mutter, was wir getan haben", forderte sein Großvater ihn auf.

Korey warf ihr einen Blick zu, sagte jedoch nichts.

„Was ist passiert?", fragte sie.

„Nichts. Jedenfalls nicht das, was du denkst", erwiderte Jefferson. „Erinnerst du dich an das braune Stutfohlen, das deiner Ma so gefiel?"

„Jezebel?" Ainsley schluckte. Ihre Mutter hatte das temperamentvolle Tier geliebt.

Doch nach der Geburt des Fohlens war Emma Smith schwer erkrankt und hatte nicht mehr erleben können, wie es aufwuchs. Ainsley und Korey waren nach Wyoming geflogen und hatten die letzten drei Monate ihres Lebens mit ihr verbracht. Noch nie zuvor hatte Ainsley sich so hilflos gefühlt.

„Genau die. Sie ist jetzt eine kräftige Stute. Ich habe es nicht übers Herz gebracht, sie zu verkaufen. Im vorletzten Winter hat sie ein prächtiges Fohlen zur Welt gebracht, das sich zu einem großartigen Hengst entwickelt." Der alte Pick-up kämpfte sich ächzend eine Steigung hinauf. „Ich habe ihn Korey geschenkt."

Ainsley erstarrte. „Du hast *was* getan?"

„Ich habe Grandpa gleich gesagt, dass ich ihn nicht behalten darf", meldete sich ihr Sohn zu Wort.

„Du hast ihm ein Pferd geschenkt?"

„Allerdings. Wir haben es Crazy Luke getauft", erwiderte ihr Vater.

„Augenblick mal." Sie drehte sich zu ihm. „Habe ich das richtig verstanden? Du hast meinem Sohn, der in einem sehr kleinen Stadthaus mitten in San Francisco lebt, ein einjähriges Fohlen namens Crazy Luke geschenkt?"

Lachend drückte Jefferson seine Zigarette aus. „Ja, das habe ich. Und reg dich nicht auf, sondern sieh es dir erst mal an."

„Aber wir wohnen in der Großstadt, Dad!", sagte sie fassungslos und ließ sich auf das zerschlissene Polster zurückfallen.

„Du sollst ihn doch nicht mitnehmen."

„Was soll das, Dad?"

„Nichts. Ich finde nur, der Junge muss lernen, wie man mit Pferden umgeht."

„Warum?"

„Du konntest reiten, bevor du laufen konntest. Und Wilson, Trents Neffe, hat schon mal an einem Rodeo teilgenommen."

„Wilson?"

„Ja. Lilas Junge. Korey und er sind befreundet."
„Ich verstehe nicht, was Wilson damit …"
„Korey braucht ein Pferd", unterbrach ihr Vater sie. „Du hattest in seinem Alter auch eins."
„Man kann nicht mal eben durch San Francisco reiten!"
Jefferson hielt an. „Wo steht geschrieben, dass du dort leben musst? Du kannst jederzeit hierher zurückkehren."
„Aber …"
„Aber was? Robert ist tot. Was hält dich in der verdammten Stadt?"
„Meine Kunst."
„Malen kannst du hier auch."
„Die Galerien …"
„Man kann Bilder auch verschicken. Ich bin vielleicht nur ein alter Rancher in Wyoming, aber selbst ich weiß, dass Picasso nicht im Golden Gate Park gelebt hat!"
Ainsley musste lachen. „Nein, das hat er nicht."
„Dann begreifst du, was ich meine, oder?"
„Ich verstehe noch immer nicht, warum du Korey ein Pferd …"
„Warte, bis du ihn siehst, Mom!", rief ihr Sohn begeistert. „Er ist das tollste Pferd auf der ganzen Ranch!"
„Findest du?"
„Darauf kannst du wetten!" Er stieß die Beifahrertür auf und zog an ihrer Hand. „Komm, ich zeig ihn dir!"
„Warte", bat Jefferson. „Ich habe Sarah versprochen, dass ich deine Ma erst mal zu ihr bringe, damit sie Eistee trinken und ein Stück Kuchen essen kann. Danach könnt ihr euch das Pferd ansehen, okay?"
„Okay", gab der Junge nach, schaute jedoch sehnsüchtig zu den Stallungen hinüber, als sie zum Haus gingen. „Darf ich zu ihm?"
„Natürlich." Sein Großvater legte einen Arm um ihn. „Und ich komme mit. Wir bürsten ihn, satteln ihn und zäumen ihn auf – damit er deiner Mutter gefällt."
„Dad …"
Aber sie waren schon unterwegs. Der alte Hund trottete hinter ihnen her.
Seufzend sah Ainsley ihnen nach. Auch wenn sie es nicht eingestehen wollte, es tat gut, wieder zu Hause zu sein. Die Sonne brannte vom strahlend blauen Himmel, aber nach dem langen Winter an der Westküste war ihr die Hitze eine angenehme Abwechslung.
Ihr Blick fiel auf die Garage, über der sie damals ihr Atelier einge-

richtet hatte. Sie freute sich darauf, es zu renovieren. So erschöpft und verschwitzt sie auch war, sie konnte es kaum abwarten, jeden Winkel des Ranchhauses zu erkunden, über die Wiesen zu reiten und die Orte ihrer Jugend wiederzuentdecken. Als sie zum Haus ging, bemerkte sie das Unkraut, das zwischen den Pflastersteinen des Wegs wucherte. Die vordere Veranda war von einer dicken Staubschicht bedeckt, unter der die verwitterte Farbe abblätterte.

„Ainsley!", hörte sie, als sie das Fliegengitter öffnete. Sarah Martin, die Köchin und Haushälterin ihres Vaters, rannte durchs Wohnzimmer, umarmte sie und musterte sie von Kopf bis Fuß. „Du siehst toll aus!"

„Danke", flüsterte sie und atmete den vertrauten Duft von Zimt und Muskat ein. „Du auch! Wir haben uns so lange nicht gesehen!"

„Und wessen Schuld ist das?" Die ältere Frau lachte.

„Meine."

„Jetzt gehst du erst mal nach oben und machst dich frisch. Ich habe dir dein altes Zimmer zurechtgemacht. Und danach erzählst du uns alles über das Leben in der großen Stadt." Sarah schaute ihr ins Gesicht. „Du bist schmal geworden. Das letzte Jahr war hart für dich, was?"

„Ein wenig."

„Na ja, das werden wir ändern." Die Haushälterin lächelte. „Du musst ordentlich essen."

Hinter ihnen schlug das Fliegengitter gegen den Rahmen. Als Ainsley sich umdrehte, sah sie Trent mit ihrem Gepäck hereinkommen. „Wo soll ich die abstellen?", fragte er.

„Oben in ihrem Zimmer. Die Treppe hoch, dann die erste Tür rechts", wies Sarah ihn an.

„Ich erinnere mich." Er wollte weitergehen, doch Ainsley hielt ihn am Arm fest.

„Nein, warte! Ich bringe es selbst hoch." Sie ließ ihn los, und Sarah lächelte. „Wenn es dir nichts ausmacht, schlafe ich in der alten Wohnung über der Garage", sagte sie zu ihr. „Ich will viel arbeiten; manchmal töpfere ich bis spät in die Nacht."

Die Haushälterin zuckte mit den Schultern. „Wie du willst. Hauptsache, du machst es dir behaglich. Ich bringe dir nachher frische Bettwäsche."

„Du brauchst mich nicht zu bedienen."

„Unsinn! Das tue ich gern."

Ainsley ging zur Treppe. „Ich habe nicht vor, hier auf der faulen Haut zu liegen."

„Das würde dein Dad kaum zulassen."
„Stimmt." Sie ging nach oben und kehrte mit einer Ladung Laken, Handtücher, Decken und Kissen zurück.
„Trotzkopf", murmelte Sarah.
„Das habe ich gehört!" Ainsley sah Trent an. „Stell sie einfach ab."
„Auf keinen Fall", erwiderte er und folgte ihr durch die Küche auf die hintere Veranda.
„Danke." Sie eilte den Weg entlang und stieg die Stufen zum Atelier hinauf.
„Moment", sagte Trent, als sie an der Tür rüttelte. „Sie ist abgeschlossen." Er holte ein riesiges Schlüsselbund aus der Tasche.
„*Du* hast die Schlüssel."
„Klar."
„Zu sämtlichen Räumen auf der Ranch?"
„So ungefähr." Er schloss die Tür auf, ließ Ainsley den Vortritt und schaute demonstrativ auf den Staub und die Spinnweben. „Bist du sicher, dass du hierbleiben willst?"
„Absolut." Sie zog ein altes Laken von einem runden Tisch und legte die frische Wäsche darauf ab. „Glaub mir, in ein paar Stunden erkennst du das Atelier nicht wieder." Sie ging an die Jalousie und ließ den Sonnenschein herein.
„Wenn du meinst", murmelte er und stellte ihre Taschen in den Schrank. Als er die dicke Staubschicht auf den Regalen sah, verzog er das Gesicht. „Vielleicht solltest du erst einziehen, wenn alles sauber ist."
„Ich bin hart im Nehmen. Ich bin hier aufgewachsen. Erinnerst du dich?" Sie ging ins Schlafzimmer, warf einen Blick ins Bad und starrte seufzend auf die schmutzigen Armaturen. Dann strich sie mit der Fingerspitze über den Rand des Waschbeckens. „Aber ich glaube, ich dusche heute im Haupthaus."
„Kluges Mädchen."
„Klug fandest du mich das letzte Mal nicht", entgegnete sie, obwohl sie ihre letzte Begegnung eigentlich nicht ansprechen wollte.
An seiner Wange zuckte ein Muskel. „Vielleicht sollten wir das alles vergessen."
„Ich möchte immer noch wissen, warum du damals so wütend warst."
„Hat Robert dir das nicht erzählt?"
„Ich glaube, er wusste es auch nicht."

Trents Miene verfinsterte sich. „Oh, er wusste es“, sagte er leise. „Aber wozu sollen wir die alten Geschichten aufwärmen?“ Er beobachtete, wie sie das staubige Laken vom Bett zog. Das Messing war angelaufen, aber die Matratze sah sauber aus und roch nicht muffig.

Ainsley riss das Fenster weit auf. Frische Luft strömte herein. „Da ich nun mal hier bin, sollten wir ein paar Dinge zwischen uns klären. Wir haben vieles ungesagt gelassen.“

„Warum jetzt? Weil Robert tot ist?“, fragte er, den Blick auf ihre Lippen gerichtet.

„Auch deshalb. Und weil du auch hier bist. Bei meinem letzten Besuch habe ich dich nicht gesehen. Aber diesmal werden wir uns jeden Tag sehen, ob es uns nun gefällt oder nicht.“

Und genau davor graute Trent. Hätte er sich doch nur nicht auf den Deal mit Jefferson eingelassen. Er schob die Hände in die Hosentaschen. „Sag mir nur eins, Ainsley. Hatte ich recht, was Robert betrifft?“

Die Frage kam für sie unerwartet. „Robert und ich … Es war nicht alles perfekt.“

„Das kann ich mir vorstellen.“

„Aber er war ein wunderbarer Vater. Korey hat ihn vergöttert.“

„Und du? Hast du ihn geliebt?“

Sie sah den Schmerz in seinen Augen. „Ich dachte es“, gab sie zu. „Vor langer Zeit dachte ich, dass ich ihn sehr liebe.“ *Bevor du mich geküsst hast.*

„Ich stelle draußen das Wasser an“, sagte Trent und ging hinaus.

Sie hörte seine Stiefel auf den Stufen, und plötzlich erschien ihr das Schlafzimmer leer.

„Das bildest du dir nur ein“, tadelte sie sich, während sie ein paar saubere Sachen aus einer Reisetasche nahm, um im Haupthaus zu duschen.

Das heiße Wasser fühlte sich herrlich an. Ainsley schloss die Augen und dachte an den Sommer mit Korey und ihrem Vater … und Trent McCullough. Warum bekam sie ihn nicht aus dem Kopf? Warum konnte sie die Vergangenheit nicht endlich ruhen lassen?

Ainsley zog saubere Jeans und ein T-Shirt an, band das Haar zurück und eilte nach unten.

„Was möchtest du?“, rief Sarah über die Schulter. „Eistee oder Limonade?“

„Tee, bitte.“

Zitronenscheiben tanzten im Krug, als die Haushälterin das Getränk eingoss. „Bringst du das Tablett auf die Veranda? Dann komme ich mit dem Kuchen nach."

„Abgemacht."

Sarah lächelte. „Du hast ja keine Ahnung, wie schön es ist, dich wieder zu Hause zu haben."

„Ja, es ist herrlich, wieder hier zu sein." Ainsley trug das Tablett nach draußen, wo ihr Vater schon auf der alten Couch saß.

Trent lehnte am Geländer.

„Wer bekommt was?", fragte sie.

„Ich möchte einen Kaffee", erwiderte Jefferson.

„Bei der Hitze?"

„Kommt schon!" Sarah stellte das Tablett mit den Tellern und dem restlichen Kuchen auf den Tisch. „Wenn er Kaffee will, bekommt er Kaffee", sagte sie zu Ainsley.

„Was ist mit dir?", fragte Ainsley Trent.

„Ich nehme ein Glas Tee."

„Frauengetränk", knurrte Jefferson.

Trent lachte unbeschwert und trank einen kräftigen Schluck. „Kann schon sein. Ich habe immer gesagt, dass Frauen schlau sind."

Jefferson schnaubte nur.

„Hier hast du." Sarah kehrte aus der Küche zurück und reichte Jefferson einen dampfenden Becher.

„Schon besser."

„Du verwöhnst ihn", sagte Ainsley zur Haushälterin.

„Jemand muss es tun", antwortete Sarah. „So, wer möchte Kuchen?" Sie teilte gerade die Teller aus, als Korey um die Hausecke rannte.

„Bist du noch immer nicht fertig?", fragte er und trat ungeduldig von einem Fuß auf den anderen.

„In ein paar Minuten", erwiderte Ainsley. „Wasch dir die Hände und iss ein Stück Kuchen, dann sehen wir uns das Pferd an, das dein Grandpa dir geschenkt hat."

„Wirklich?"

„Ich kann es kaum erwarten." Sie warf ihrem Vater einen vielsagenden Blick zu und spießte eine dicke rote Erdbeere auf. „Mmm. Das ist ja sogar noch leckerer, als ich es in Erinnerung habe."

„Danke", sagte Sarah und sah dem Jungen nach, der ins Haus eilte.

„Bist du immer noch sicher, dass du über der Garage wohnen willst?", fragte Trent, ohne Ainsley aus den Augen zu lassen.

„Ja."

„*Was* willst du?“, fragte Jefferson.

„Ich schlafe im Atelier über der Garage. Korey kann die Couch nehmen.“

Ihr Vater stellte seinen Teller hin. „Aber er hat hier im Haus ein eigenes Zimmer mit Bett und Schrank. Wozu soll er umziehen? Und du hast dein altes Zimmer.“

„Ich weiß. Aber ich kann dort besser arbeiten. Ich stelle die Staffelei an das Fenster an der Nordseite.“

„Auf der Ranch gibt es für dich genug zu tun. Richtige Arbeit! Diesen künstlerischen Unsinn brauchst du nicht …“

„Doch, den brauche ich. Davon lebe ich. Und ich liebe das Malen! Außerdem stehe ich bei den Galerien unter Vertrag. Ich kann nicht einfach den Pinsel aus der Hand legen.“

„Warum zum Teufel nicht?“ Verärgert ging Jefferson auf der Veranda hin und her.

„Weil ich malen *will.*“

„Komm schon, Jeff, setz dich wieder“, forderte Sarah ihn auf. „Ich hole dir noch einen Kaffee.“

„Sag jetzt nicht, das du auf ihrer Seite bist.“

„Sie ist eine erwachsene Frau“, entgegnete die Haushälterin und schnitt ihm noch ein Stück Kuchen ab. „Wir sollten froh sein, dass sie zu Hause ist.“ Sie reichte ihm den Teller, wartete, bis er saß, und lächelte Ainsley zu. „Erzähl doch mal mehr von deiner Arbeit.“

„Da gibt es nicht viel zu erzählen. Zum Glück habe ich gleich nach Roberts Tod ein paar Werke verkauft. Über eine Galerie in der Stadt, die Worthington Gallery. Sie gehört Charlies Familie.“

„Charlie?“ Ihr Vater kniff die Augen zusammen. „Wann hast du den denn kennengelernt?“

Trent zuckte mit keiner Wimper, aber sie spürte seinen Blick.

„Charlie ist ein Spitzname. Sie ist eine gute Freundin.“

„Sie?“, wiederholte Jefferson.

„Ja. Charlotte Worthington. Wir waren schon auf dem College befreundet.“

„Du hast sie nie erwähnt.“

„Du hast nur nicht zugehört.“

Trents Miene entspannte sich etwas.

Ainsley verkniff sich ein Lächeln. „Seitdem habe ich eine ganze Reihe Bilder und ein paar Keramiken verkauft. Ich bin nicht reich geworden, aber ich habe auch nicht gehungert.“

„Ich finde immer noch, dass San Francisco kein Ort ist, um einen Jungen großzuziehen“, beharrte ihr Vater. „Sonst hättest du jetzt nicht alle diese Probleme, oder?“

„Deshalb bin ich hier, Dad. Um ein paar Dinge zu klären. Okay?“

Sein Stirnrunzeln verschwand. „Okay“, flüsterte er und blickte an ihr vorbei zur Scheune. „Ich habe dich nur vermisst, Mädchen.“

„Und ich dich.“

„Dann hört auf zu streiten“, warf Sarah ein.

„Sehen wir uns das Pferd an“, schlug Jefferson vor und zwinkerte seinem Enkel zu.

„Na endlich!“ Korey rannte los. „Warte nur, bis du ihn siehst, Mom!“, rief er über die Schulter.

„Ich hoffe, du weißt, was du tust“, sagte sie zu ihrem Vater.

„Natürlich tue ich das.“

„Gut. Dann kannst du mir vielleicht erklären, was ich tun soll, wenn wir nach dem Sommer abreisen müssen.“

„Vielleicht müsst ihr das ja gar nicht.“

„Dad …“

„Komm schon. Korey hat den ganzen Vormittag im Stall verbracht.“ Er lächelte seiner Tochter zu. „Das Pferd ist das Beste, was dem Jungen passieren konnte.“

„Erinnere mich im September noch mal daran.“

„Das mache ich. Und falls ich es vergesse, tut Korey es.“

Ainsley stand auf. „Ich helfe nur rasch Sarah beim Abräumen.“

Die schüttelte den Kopf. „Nicht nötig. Jeff hat recht – sieh dir das Pferd an, bevor Korey die Geduld verliert.“

Jefferson ging die Stufen hinunter. „Lass ihn nicht zu lange warten. Und verdirb ihm nicht die Freude.“

„In Ordnung“, sagte Ainsley. „Wenn du versprichst, ihn nicht länger zu verwöhnen.“

„Dich habe ich doch auch verwöhnt, und es hat dir nicht geschadet, oder?“

Sarah sammelte die Teller ein und winkte ab, als Ainsley ihr helfen wollte. „Dass der Junge hergekommen ist, tut Jeff sehr gut“, sagte sie leise und sah ihrem Chef nach, bevor sie in die Küche ging.

„Ja, das mag sein. Aber was ist mit Korey?“, fragte Ainsley. „Wenn der Sommer vorbei ist, denkt er, er bekommt alles, was er will. Er braucht nur seinen Grandpa darum zu bitten.“

„Jefferson meint es nur gut“, erwiderte Trent. Sogar der Bestechungsversuch, mit dem er Trent dazu bringen wollte, Ainsley zu heiraten, war gut gemeint. Zum Glück hatte er sich nicht darauf eingelassen. War das ein Fehler gewesen?

Er folgte Ainsley von der Veranda.

„Wie wird Korey reagieren, wenn wir das Pferd hierlassen müssen?", überlegte sie auf dem Weg zu den Ställen.

„Jefferson hofft, dass ihr bleibt."

„Da irrt er sich."

„Wirklich?"

Sie blieb im Schatten eines alten Apfelbaums stehen. „Ich kann hier nicht leben", flüsterte sie. „Die Entscheidung habe ich vor langer Zeit getroffen."

„Ich verstehe", sagte er leise. „Und du kannst deine Meinung nicht ändern."

„Das habe ich nicht gesagt."

„Vielleicht ist diese Ranch ideal für deinen Jungen."

„Steckst du etwa mit Dad unter einer Decke?", fuhr sie ihn an.

Er lächelte. „Keineswegs. Ich finde nur, es gibt Schlimmeres, als hier zu leben."

„Wahrscheinlich."

„Dann sieh das mit dem Pferd etwas entspannter."

„Könntest du das? Wenn er deinem Kind ein Hengstfohlen namens *Crazy Luke* geschenkt hätte?"

Lachend nahm Trent ihren Arm und zog sie weiter. „Du kannst Korey schlecht sagen, dass er es zurückgeben soll, oder?"

„Wohl nicht."

„Wie ich es sehe, ist der Schaden bereits angerichtet. Also mach einfach das Beste daraus. Natürlich kannst du das Pferd nicht nach San Francisco mitnehmen, aber darüber solltest du dir den Kopf zerbrechen, wenn es so weit ist."

Ainsley sah ihn an. „Du hast immer eine Antwort parat, was?"

„Meistens." Er runzelte die Stirn. „Nur in einem Fall nicht."

Sie schluckte. „Lass die Vergangenheit ruhen."

„Das fällt mir schwer."

Sie winkte ihrem Sohn zu, der gerade ein Fohlen mit glänzend schwarzem Fell aus dem Verschlag führte. Als sie näher kamen, hatte er es bereits an einen Zaun gebunden und streichelte ihm die Nase. „Ist er nicht toll?"

„Ist er."

„Und Korey reitet ihn ohne Sattel. Der Junge ist ein Naturtalent", schwärmte Jefferson.

„Tatsächlich?"

„Grandpa meint, vielleicht kann ich ihn beim Rennen in Pine Corners reiten."

„Das ist nicht dein Ernst!" Vorwurfsvoll sah Ainsley ihren Vater an.

„Warum denn nicht?"

„Weil es gefährlich ist! Deshalb!"

„Ach, Mom."

„Erzähl es ihm, Trent! Erzähl ihm, was dir passiert ist. Als du fünfzehn warst."

„Vierzehn", verbesserte er.

„Mach schon", forderte Ainsley ihn auf.

„Ich bin vom Pferd gefallen."

„Nicht nur das", ergänzte sie. „Du bist auf der Erde gelandet und unter Jonahs Pferd geraten."

„Echt?" Mit großen Augen starrte Korey ihn an.

„Und musstest mit drei oder vier gebrochenen Rippen und einem kaputten Arm ins Krankenhaus. Dabei hattest du noch Glück! Es hätte dich das Leben kosten können."

„Wow!", entfuhr es dem Jungen.

„Er musste über eine Woche im Krankenhaus bleiben."

„Mir passiert so was nicht."

„Da hast du allerdings recht. Weil du nämlich nicht reitest."

„Aber ich muss!"

Ainsley funkelte ihren Vater an. „Wie konntest du ihm von dem Rodeo erzählen, wenn du genau weißt, was ich davon halte?"

Jefferson zuckte mit den Schultern. „Zeig deiner Mom, wie gut du reiten kannst", sagte er zu seinem Enkel.

Sofort stieg Korey vom Zaun aus auf das nervöse Fohlen. Crazy Luke tänzelte, warf den Kopf hin und her und galoppierte durchs Gatter. Der Junge klammerte sich an ihm fest.

„Dad …"

Ihr Vater reagierte nicht. Ainsley sah Trent an. Er ließ Korey nicht aus den Augen.

„Du hättest es verhindern müssen!"

„Es war allein meine Idee", sagte Jefferson. „Und ich bin stolz darauf."

„Stolz?"

„Es war höchste Zeit, dass Korey aus der Großstadt wegkommt."
„Und auf Crazy Lukes Rücken, was?"
„Genau", bestätigte ihr Vater.
„Na, Mom, was meinst du?" Atemlos stieg Korey vom Pferd. Seine Augen leuchteten, die Stirn war voller Staub und Schweiß, und er strahlte übers ganze Gesicht.
„Er ist wunderschön", gab sie zu.
„Dann darf ich ihn behalten?"
„Bis wir nach Hause fahren."
„Aber Grandpa hat ihn mir geschenkt."
„Ich weiß, aber wir können ihn nun mal nicht mitnehmen."
Korey schmollte, doch Jefferson kletterte über den Zaun und versprach, mit ihm und dem Pferd zu arbeiten. Sofort erhellte sich die Miene des Jungen.
Seufzend wandte Ainsley sich ab. „Wie konntest du zulassen, dass mein Vater ihm mit dem Rodeo den Mund wässrig macht?", fragte sie Trent, als er sich ihr anschloss.
„Das war eine Sache zwischen den beiden und geht mich doch nichts an."
„Ich dachte, du bist hier der Manager?"
„Bin ich. Aber ich kann deinem Sohn oder deinem Vater nicht vorschreiben, was sie tun sollen."
„Ich leider auch nicht", erwiderte sie trocken.
„Ich muss mit dir reden", sagte Trent leise, als sie die Stufen zur Veranda hinaufstiegen.
„Jetzt?"
Er schüttelte den Kopf. „Später. Jetzt muss ich erst mal zu Hause nach dem Rechten sehen. Aber ich komme wieder."
„Wann?"
„Heute Abend."
Sie sah ihm in die Augen. „Stimmt etwas nicht?"
„Alles in Ordnung." Er lächelte. „Ich bin nach dem Abendessen zurück. Dann können wir reden."
„Na gut."
Ainsley schaute ihm nach, als er in den Jeep stieg und in einer Staubwolke davonfuhr. In Gedanken noch immer bei Trent, ging sie in die Küche. In den letzten paar Stunden schienen fast zehn Jahre ihres Lebens verflogen zu sein.
„Wohin will er denn so eilig?", fragte Sarah.

„Zurück zur Rocking M, nehme ich an. Bestimmt hat er auf der Ranch der McCulloughs zu tun."

Die Haushälterin spitzte die Lippen. „Das ist schon komisch. Sein Bruder aus Denver ist nämlich da, weißt du."

„Jonah?"

„Ja. Aber nur für eine Weile. Jedenfalls habe ich das gehört. Hoffentlich haben die Leute recht."

„Du magst Jonah nicht, was?"

„Trent ist von den drei McCulloughs der einzig Vernünftige", erwiderte Sarah, während sie Obst aus dem Kühlschrank nahm. „Jonah hat immer nur Ärger gemacht."

„Ach, komm schon", sagte Ainsley. „Das ist Jahre her. Jonah ist kein Teenager mehr."

„Trotzdem. So jemand ändert sich nicht."

Ainsley sah aus dem Fenster. Trents Jeep war hinter den Hügeln verschwunden. Ihr Vater und Korey ritten nebeneinander. Jefferson beugte sich gerade zur Seite, um seinem Enkel zuzuhören.

„Seit wann macht Dad Geschäfte mit McCullough Oil?"

„Keine Ahnung. Frag ihn. Aber ich wünschte, er hätte sich nicht mit jemandem wie Jonah McCullough eingelassen."

„Also hat Trent nichts damit zu tun?"

„Nicht, dass ich wüsste. Trent kümmert sich meistens um die Rocking M."

Ainsley fragte nicht nach, sondern holte einen Eimer, Putzlappen und Reinigungsmittel hervor. „Ich bin im Atelier, falls mich jemand sucht", sagte sie und ging nach draußen.

Über der Garage begann sie mit dem winzigen Badezimmer. Eine Stunde später stellte sie stolz fest: „So gut wie neu!"

„Hey, Mom! Wir essen jetzt!" Korey kam die Treppe herauf. „Wow! Das sieht ja toll aus. Wie hast du das gemacht?"

„Ich war fleißig." Sie zeigte auf ein Klappbett. „Das bekommst du."

„Darauf schlafe ich nicht!"

„Warum denn nicht?"

„Grandpa hat gesagt, dass ich im Haus wohnen kann."

„Offenbar hat Grandpa jetzt das Kommando", stellte sie trocken fest.

„Darf ich?"

„Wenn du unbedingt möchtest." Vielleicht brauchte ihr Sohn ein eigenes Zimmer. Insgeheim war sie stolz darauf, wie eigenständig er schon war.

„*Du* wolltest doch herkommen", erinnerte Korey sie.

„Und bist du nicht froh, dass ich darauf bestanden habe?"

„Ja, bin ich", gab er zu. „Es ist nicht so schlimm, wie ich dachte." Er ging hinaus.

Am Fuß der Treppe holte Ainsley ihn ein. „Wir sollten Grandpa nicht warten lassen." Auf dem Weg zum Haus legte sie den Arm um seine Schultern. In der Küche empfing sie der Duft von gebratenem Hühnchen. „Wenn es nach Sarah geht, nehme ich in diesem Sommer fünfzig Pfund zu", flüsterte sie.

„Sie hat ja gesagt, du bist zu mager", erwiderte ihr Sohn und rannte ins Wohnzimmer.

„Das habe ich gehört!" Lachend löffelte die Köchin Kartoffelpüree in eine Schüssel. „Und es stimmt."

Ainsley wusch sich die Hände und trug die dampfende Schüssel nach nebenan. Ihr Vater und Korey saßen bereits am Tisch und unterhielten sich über das Rodeo.

Jefferson warf ihr einen Blick zu und runzelte die Stirn. „Wo zum Teufel hast du gesteckt?"

„Ich habe mein Zimmer sauber gemacht." Ainsley setzte sich zu ihnen.

„Du willst wirklich dort oben wohnen?" Ihr Vater nahm sich vom Hühnchen und lächelte Sarah zu, als sie ebenfalls Platz nahm.

„Das habe ich doch gesagt."

„Das ist seltsam. Du machst den weiten Weg, um über der Garage zu wohnen."

„Wegen meiner Arbeit."

Jefferson schwieg, und alle ließen es sich schmecken.

„Eines möchte ich gerne wissen", begann Ainsley und schob den leeren Teller von sich. „Warum hast du Trent als Vormann eingestellt?"

„Ganz einfach. Ich brauchte Hilfe."

„Die hast du doch."

„Aber ich wollte jemanden, der die Cowboys beaufsichtigt. Ich werde älter, falls es dir entgangen ist."

„Also hat es nichts mit McCullough Oil zu tun?", fragte sie misstrauisch.

„Nicht wirklich."

„Was ist mit den Förderpumpen auf der Südweide? Warum stehen sie still?"

„Auf dem Markt herrscht Flaute. Jonah will warten, bis der Preis wieder steigt."

„Und damit rechnet er?"

„Irgendwann."

Sie lehnte sich zurück. „In welchem Verhältnis steht Trent zu der Ölgesellschaft?"

„Er ist eine Art stiller Partner, vermute ich", antwortete Jefferson nachdenklich. „Er arbeitet die meiste Zeit auf der Ranch, entweder hier oder bei den McCulloughs."

„Aber er ist Miteigentümer der Ölgesellschaft, ja?"

„Richtig."

„Und warum hat er deine Cessna geflogen?"

Jefferson stand auf. „Mir war heute nicht danach", gestand er. „So traurig es ist, dein Vater wird nicht jünger."

„Ich mag ihn nicht", verkündete Korey.

„Trent?"

„Ja."

„Warum nicht?", fragte Ainsley.

„Weil er alle herumkommandiert."

„Dich auch?"

„Vor allem mich. Das ist nicht fair."

Jefferson schmunzelte. „Ich glaube, Korey ist dem ersten Menschen begegnet, den er nicht hereinlegen kann."

„Ich wollte niemanden hereinlegen!", protestierte der Junge.

„Nein, natürlich nicht." Jefferson zwinkerte Ainsley zu. „Und ich heiße Crocodile Dundee. Trent kann Drückeberger nicht ausstehen. Gleich am ersten Tag hat er Korey eine Liste mit Aufgaben gegeben."

„Eine lange! Kannst du dir das vorstellen?", rief Korey.

„Ja, das kann ich", antwortete seine Mutter. „Ich bin mit Trent aufgewachsen. Er war immer ein Arbeitstier. Deshalb verstehe ich auch nicht, warum er die Ölfirma seinem Bruder überlässt."

„Darf ich aufstehen?", bat Korey.

„Sicher – aber hilf Sarah beim Abräumen."

„Okay." Missmutig brachte er seinen Teller in die Küche.

Ainsley half der Haushälterin in der Küche, bevor sie zu ihrem Vater auf die Veranda ging. Jefferson schaute zu den am Horizont aufragenden Bergen hinüber. Am Himmel funkelten die ersten Sterne.

„Woran denkst du?", fragte sie und setzte sich zu ihm auf die oberste Stufe.

„Ich glaube, ich gehe nach oben und lese ein wenig, bevor die Nachrichten kommen."

„Wie wäre es mit einer Partie Schach?"

Stöhnend erhob er sich. „Ich habe Korey schon eine versprochen. Danach lege ich mich hin. Es war ein langer Tag, und ich bin müde. Mit deinem Jungen mitzuhalten ist nicht einfach."

„Wem sagst du das?", murmelte Ainsley und lauschte dem Summen der Insekten. Irgendwo in den Hügeln schrie eine Eule.

Jefferson legte eine Hand auf ihre Schulter. „Aber ich bin froh, dass du zurück bist."

„Ich auch." Als sie ihm nachsah und seine drahtige Gestalt sich in der Tür abzeichnete, wurde ihr bewusst, wie sehr er in den letzten Jahren gealtert war. Sie zog das Band aus dem Haar und ließ die Locken auf die Schultern fallen, bevor sie aufstand, sich streckte und zu den Gattern ging, die die Stallungen umgaben.

Dort beugte sie sich über das Geländer und beobachtete die Pferde, die lustlos am trockenen Gras zupften. Als sie Jezebel erkannte, rief sie ihren Namen. Die kastanienbraune Stute kam näher und wieherte. „Es ist lange her, Mädchen", flüsterte Ainsley und strich dem Lieblingspferd ihrer Mutter über die samtweiche Nase. „Zu lange. Kümmert Dad sich gut um dich?"

Ein scheues kleines Fohlen lugte um Jezebel herum. Mit großen, neugierigen Augen sah es Ainsley an.

„Und wer bist du?"

„Das ist Emma's Girl."

Ainsley zuckte zusammen und blickte über die Schulter. „Ich habe deinen Wagen gar nicht gehört."

Trent stellte einen gestiefelten Fuß auf die unterste Zaunlatte und schaute auf die Wiesen hinaus. Er hatte die Ärmel hochgekrempelt, und der weiche Baumwollstoff spannte sich an den breiten Schultern. „Ich bin hergeritten", sagte er und betrachtete die kleine Herde. „Und du sahst aus, als wärest du eine Million Meilen entfernt."

Sie zeigte auf das ängstliche Fohlen. „Die da heißt also Emma's Girl?"

„Ja. Sie ist Jezebels erstes Stutfohlen. Alle anderen waren Hengste. Deshalb hat Jefferson sie nach deiner Mutter benannt."

„Ich glaube, er vermisst Mom."

„Sehr sogar." Er rieb sich den Nacken. „Dich hat er auch vermisst."

In Ainsley meldete sich das schlechte Gewissen. „Vielleicht hätte ich ihn häufiger besuchen sollen."

„Ja, vielleicht.“

Sie sah ihn an. Sein Gesicht war nachdenklich, der Mund schmal, die Augen zusammengekniffen. Gegen ihren Willen fühlte sie sich plötzlich so wie vor elf Jahren. Sie brauchte nur neben ihm zu stehen, und ihr Herz begann zu klopfen. „Was ist mit dir?“, fragte sie leise und klang ein wenig atemlos. „Hast du mich vermisst?“

„Was ist das für eine Frage?“

„Ich bin einfach nur neugierig.“

Er drehte sich zu ihr. „Ein wenig“, log er.

„Das habe ich mich immer gefragt.“

„Was?“

„Was geschehen wäre, wenn ich damals vor elf Jahren nicht schon mit Robert verheiratet gewesen wäre.“

„Schwer zu sagen, was?“ Er strich ihr das Haar aus dem Gesicht und ließ die Hand wieder sinken. „Aber es spielt keine Rolle mehr. Es ist nun mal passiert. Du hast ihn geheiratet, bist nach Kalifornien gezogen, hast einen Sohn bekommen und warst glücklich.“

„Ganz so einfach war es nicht.“

„Ich habe dich vor ihm gewarnt, Ainsley“, sagte Trent leise.

„Zu spät.“

„Hättest du mir geglaubt, wenn ich es früher getan hätte?“

„Wahrscheinlich nicht“, gestand sie, hob den Kopf und schaute ihm tief in die Augen. „Aber wie du gesagt hast, es spielt keine Rolle mehr, oder? Vorbei ist vorbei.“

Er zog die Mundwinkel herunter. „Das stimmt. Besser, man vergisst es. Außerdem muss ich arbeiten.“

„Ich … dachte, du wolltest mit mir reden.“

„Will ich. Aber erst muss ich nach den Rindern sehen. Bist du nachher über der Garage oder im Haus?“

„Im Atelier.“

„Okay. Ich komme vorbei.“

„Und worüber reden wir dann?“

„Korey. Ich glaube, es gibt da ein paar Dinge, die du über deinen Sohn wissen solltest.“

„Was meinst du?“

Trents Miene entspannte sich. „Es hat Ärger gegeben, Ainsley. Und ich fürchte, er hat mit Korey zu tun.“ Er blickte über die Schulter. „Aber lass uns darüber sprechen, wenn wir allein und ungestört sind. Ich will nicht, dass jemand uns hört.“

„Du machst mir Angst“, flüsterte sie.

„Es ist nichts Ernstes. Noch nicht. Wir sehen uns in vierzig Minuten.“ Er ging in Richtung Scheune davon.

Ainsley wollte ihm folgen, doch da ertönte hinter ihr Koreys Stimme.

„Hey, Mom!“

Sie drehte sich um.

„Rate mal“, sagte ihr Sohn.

„Was denn?“

„Ich habe Grandpa beim Schach besiegt“, verkündete er strahlend.

„Wirklich?“

„Pfadfinderehrenwort.“

„Gut gemacht.“

„Ach, und hier.“ Er gab ihr eine Thermosflasche und einen Korb. „Von Sarah. Damit du da drüben nicht verhungerst. Ich glaube, es sind Brötchen.“

„Sie will mich wirklich mästen, was?“

Korey zuckte mit den Schultern. „Vergiss nicht, was Grandpa gesagt hat. Dass ich in meinem Zimmer im Haupthaus schlafen darf.“

„Ja.“

„Darf ich das wirklich?“

„Hab ich doch gesagt.“

„Also hast du nichts dagegen?“

„Nein.“

Er ging davon, doch nach einigen Schritten drehte er sich noch einmal um und schob die Hände in die Hosentaschen. „Was hältst du von Crazy Luke?“

„Ich finde, der Name passt.“

„Er ist der Beste!“, entgegnete Korey begeistert. „Und du wirst stolz auf mich sein, weil ich das Rennen beim Rodeo gewinne!“

„Ich bin jetzt schon stolz auf dich, auch ohne Pferderennen.“ Sie beugte sich hinab, umarmte ihn und legte die Stirn an seine. „Ich bin stolz auf dich, weil du so bist, wie du bist, nicht weil du irgendwo gewinnst.“

„Ach, Mom …“ Er machte sich los. „Soll das heißen, ich darf nicht reiten?“

„Bist du denn nicht zu jung?“, fragte Ainsley hoffnungsvoll.

„Nein. Es gibt eine Altersgruppe für mich.“

„Wunderbar.“

„Und Grandpa hat mich schon angemeldet.“

„Der alte Gramps. Er hat alles im Griff, was?“

„Stimmt.“

Seufzend richtete sie sich auf. „Warum gehst du nicht ins Haus? Du musst bald ins Bett. Und wenn du deinen Großvater siehst, sag ihm, dass ich morgen früh ein Wörtchen mit ihm zu reden habe.“

„Okay.“ Korey rannte davon. Ainsley beobachtete, wie er durch die Hintertür verschwand. Dann klemmte sie sich die Thermosflasche unter den Arm, nahm den Korb und ging in ihr Atelier über der Garage, um auf Trent zu warten und mit ihm über ihren Sohn zu reden.

Ärger, hatte er gesagt. Du meine Güte, was konnte das bedeuten?

4. KAPITEL

Ainsley goss sich gerade einen Kaffee ein, als sie Trents Schritte auf der Treppe hörte. „Auf geht's", flüsterte sie und sah, dass ihre Hände zitterten.

Er klopfte, und sofort schlug ihr Herz schneller.

„Es ist offen", rief sie, während ihr einfiel, dass er einen Schlüssel hatte.

Trent kam herein und schloss die Tür hinter sich. Er sah sich um. „Du warst fleißig", stellte er mit einem Blick auf die glänzenden Armaturen und blitzblanken Böden fest.

„Ein wenig."

„Sehr." Als er lächelte, entspannten sich seine markanten Züge. „Wenn du dir etwas vornimmst, schaffst du es auch."

Sie schenkte einen zweiten Becher ein und stellte ihn auf den Tisch. „Erzähl schon. Was ist mit Korey?"

Er nippte am Kaffee. „Es sind ein paar Sachen verschwunden."

„Verschwunden? Was für Sachen?" Ihr Herz schlug noch schneller.

„Werkzeug, zum Beispiel."

Sie schaute ihm ins Gesicht. „Und du glaubst, Korey hat es genommen?"

„Es ist möglich."

„Das bezweifle ich", widersprach sie rasch. „Was sollte ein Neunjähriger mit Werkzeugen?"

„Vielleicht verkauft er sie. Außerdem fehlen noch Angelzeug, Kautabak, ein Jagdmesser …"

„Moment!", unterbrach sie ihn. „Jetzt warte mal. Kann es sein, dass du das alles selbst verlegt hast und Korey zum Sündenbock machst?"

Er schüttelte den Kopf und trank gelassen einen Schluck Kaffee. „Tue ich nicht. Ein paar unserer Leuten verdächtigen ihn."

„Und du glaubst ihnen?"

„Das muss ich."

„Und warum beschuldigst du Korey? Weil er schon mal jemandem Ärger eingebrockt hat und daher ein bequemes Opfer ist?"

„Natürlich nicht. Aber bevor er hier war, hat nie etwas gefehlt. Niemand hat einen Diebstahl gemeldet, und …"

„Korey kaut keinen Tabak!", rief sie und schlug mit der flachen Hand auf den Tisch.

„Beruhige dich, Ainsley."

„Ich will mich nicht beruhigen", erwiderte sie mit geröteten Wangen. „Erklär mir, was hier los ist, Trent. Ich kehre auf die Ranch zurück, um meinen Vater zu besuchen, und plötzlich steht die Welt kopf. Erst höre ich, dass du sein Vormann bist. Dann finde ich heraus, dass auf seinem Land Pumpen stehen, die kein Öl fördern. Pumpen von McCullough Oil, die er dir zu verdanken hat. Als Nächstes erfahre ich, dass Dad meinem Sohn ein Pferd geschenkt hat und ihn – ohne mich zu fragen – beim Rodeo angemeldet hat. Und jetzt tauchst du hier oben auf und beschuldigst Korey des Diebstahls! Was zum Teufel geht hier vor?" Sie lehnte sich gegen die Arbeitsfläche und funkelte ihn an.

„Ich beschuldige ihn nicht. Noch nicht."

„So klang es aber."

„Ich suche lediglich nach einer Erklärung und dachte, du könntest mir vielleicht helfen."

„Wie? Indem ich ihn zur Rede stelle? Oder in seinen Sachen wühle?"

„Was immer nötig ist."

Sie pustete sich eine Locke aus dem Gesicht und setzte sich an den Tisch. „Und ich dachte, Korey und ich könnten uns hier etwas ablenken", murmelte sie kopfschüttelnd. „Aber wie es aussieht, sind wir vom Regen in die Traufe geraten ..."

„Ainsley ..." Er wollte ihre Hand nehmen, doch sie zog sie zurück. Stirnrunzelnd lehnte er sich zurück und leerte den Becher. „Halt einfach nur die Augen offen."

„Schikanierst du Korey deswegen?"

„Schikanieren?"

„Du machst ihm das Leben schwer. Er muss auf der Ranch schuften."

„Hat er das behauptet?", fragte Trent belustigt.

„So ungefähr."

Schmunzelnd schüttelte er den Kopf. „Von Schuften kann keine Rede sein. Ich verlange nichts von ihm, was du in seinem Alter nicht auch getan hast."

„Er ist harte Arbeit nicht gewöhnt."

„Vielleicht ist genau das sein Problem." Als sie den Mund öffnete, hob er abwehrend eine Hand. „Jefferson hat mir von seinen Problemen erzählt."

„Und da hast du es übernommen, ihn auf den rechten Weg zu bringen?"

„Nein. Das ist dein Job."

„Schön, dass du das einsiehst."

„Ich kümmere mich nur um die Circle S, also sorge ich auch dafür, dass Korey sich hier einfügt.“ Er rang sich ein Lächeln ab. „Entspann dich, okay? Ich will Korey helfen, denn ob du es glaubst oder nicht, ich mag den Jungen. Deshalb will ich, dass er Verantwortung für sein Pferd übernimmt.“

Ainsley zählte innerlich bis zehn, und ihr Ärger legte sich etwas. „Ach ja, das Pferd. Das wilde Pferd, das er beim Rodeo ohne Sattel reiten will.“

„Das war Jeffersons Idee.“

„Ich weiß.“ Sie schaute aus dem Fenster und zum Haus hinüber. „Ich verstehe es einfach nicht – warum hat er ihm das Pferd geschenkt?“

„Er ist sehr lange sehr einsam gewesen.“

„Klar, das ist ein Grund, das Leben seines Enkelsohns aufs Spiel zu setzen.“

„So sieht er es nicht.“

„Das Rennen ist gefährlich, Trent. Ich kann nicht erlauben, dass Korey daran teilnimmt.“

„Das brauchst du mir nicht zu erzählen“, sagte er. „Ich habe noch die Narben von damals.“

Ainsley schlang die Arme um den Oberkörper. „Ich frage mich, ob es ein Fehler war, hierher zurückzukehren“, flüsterte sie. „Vielleicht bin ich nur vor meinen Problemen weggelaufen.“

„Offenbar sind sie dir gefolgt.“ Er schob seinen Stuhl zurück. „Vielleicht hätte ich die verschwundenen Werkzeuge nicht erwähnen sollen.“

„Ich bin froh, dass du es getan hast.“ Sie drehte sich zu ihm um. „Dad hat mir erzählt, dass du deiner Schwester hilfst, ihren Sohn großzuziehen.“

Trents Miene verfinsterte sich. Er stellte den leeren Becher auf den Tisch. „Wilson kann ziemlich anstrengend sein.“

„Wie Korey.“

„Die beiden sind sich sehr ähnlich. Sie haben sich angefreundet. Leider konkurrieren sie auch miteinander.“

„Wie Brüder. Wie du und Jonah.“

„Ja, das kann sein“, antwortete er nach einem Moment.

„Trotzdem freue ich mich, dass es hier jemanden gibt, mit dem Korey spielen kann. Es ist hart, ohne Freunde aufzuwachsen.“

„Das hört sich an, als würdest du aus Erfahrung sprechen.“

Sie lächelte traurig. „Ich hatte zwar keine Geschwister, aber ich hatte

Mom und Dad und …“ Sie schluckte. „Und dich“, wisperte sie. „Wir waren mal gute Freunde.“

„Wir und Robert.“

„Ja, wir und Robert“, bestätigte sie. „Mein Gott, ist das lange her.“

Er stellte seinen Becher ins Spülbecken und ging zur Tür. „Wir sehen uns morgen. Weißt du, Ainsley, ich bin nicht gekommen, um dich zu belasten. Ich dachte nur, es gibt ein paar Dinge, die du wissen solltest.“

Als sie lächelte, erschien auf ihrer Wange ein Grübchen. „Danke.“

Er griff nach dem Türknauf, zögerte jedoch. „Übrigens … ich habe dich richtig vermisst.“ Und dann ging er hinaus. Auf der Treppe wurden seine Schritte langsam leiser.

Ainsley fragte sich, wie ihr Leben verlaufen wäre, wenn sie Robert nicht geheiratet hätte. „Aber dann hätte ich Korey nicht bekommen“, sagte sie sich, bevor sie sich auszog. Sie schaltete das Licht aus und schlüpfte zwischen die kühlen Laken. Ihr Sohn, den sie über alles liebte, war die unglücklichen Jahre mit Robert allemal wert.

Die nächsten Tage verbrachte Ainsley damit, ihrem Atelier den letzten Schliff zu verpassen. Was sie an Möbeln und anderen Sachen nicht brauchte, schaffte sie nach unten in die Garage. Danach stellte sie ihre Töpferscheibe in einer Ecke des Zimmers auf und die Staffelei am Fenster.

„Nicht schlecht“, lobte sie sich, nachdem sie fast drei Tage lang geschuftet hatte. So langsam fühlte sie sich hier oben wieder zu Hause.

Summend ordnete sie ihre Werkzeuge und Farben in die Schubladen einer alten Anrichte. Ja, dachte sie so zufrieden wie schon lange nicht mehr, es ist gut, wieder hier zu sein.

Als sie aus dem Fenster schaute, sah sie Korey auf dem jungen schwarzen Hengst sitzen. Wie eine Klette klammerte er sich an Crazy Luke, während das Pferd über die Weide galoppierte.

Die Treppe knarrte. „Hey, hier sieht es gar nicht schlecht aus“, sagte ihr Vater und schaute sich bewundernd um. Dallas, sein alter Border Collie, folgte ihm hinein.

„Erstaunt dich das?“

„Ein bisschen. Ich habe nie verstanden, warum dir das Töpfern und Malen so wichtig war. Aber wenn es das ist, was du willst …“

„Ist es.“

„Okay, okay.“ Er ging ans Fenster und sah Korey zu. Nach einem Augenblick klopfte er gegen die Scheibe. „Der Junge ist begabt.“

„Weil er dein Enkel ist?“

„Nein. Er hat dir erzählt, dass ich ihn fürs Rodeo gemeldet habe, was?“

„Hat er.“

Jefferson rieb sich das stoppelige Kinn. „Vielleicht hätte ich dich vorher fragen sollen.“

„Allerdings.“

Er setzte sich in den Schaukelstuhl und kraulte den Hund hinter den Ohren. „Na ja, du warst noch nicht hier. Es war der letzte Tag der Meldefrist, und …“

„Und du wolltest ihn unbedingt beim Rennen sehen. Ich weiß auch, dass du dir immer einen Sohn gewünscht hast, der in deine Fußstapfen tritt und die Ranch übernimmt. Leider habe ich nicht in deine Pläne gepasst“, sagte sie.

„Hey, das lag nicht daran, dass du ein Mädchen bist.“

„Nein, es lag daran, dass ich in die Welt hinauswollte. Und mich mehr fürs Malen interessiert habe als dafür, Rindern ein Brandzeichen zu verpassen.“

„Manchmal bist du deiner Mutter so ähnlich …“ Ihr Vater räusperte sich und blickte blinzelnd zu dem Haus hinüber, das jenseits des Bachs den Mittelpunkt der benachbarten Ranch markierte. „Na ja, Trent führt die Circle S, als wäre sie seine. Er macht seinen Job sehr gut.“

Nervös befeuchtete Ainsley sich die Lippen. „Wie kommt er mit Korey zurecht?“

„Nicht schlecht, wenn man bedenkt, dass der Junge sich nur ungern etwas sagen lässt.“

„Soll das heißen, er mag Korey nicht?“

„Unsinn!“ Jeffersons Augen funkelten. „Du kennst Trent. Es gibt keinen faireren Mann als ihn.“

„Seit wann bist du ein Trent-McCullough-Fan?“

„Das war ich immer. Und wenn du als junges Mädchen vernünftig gewesen wärst, hättest du ihn und nicht Robert Hughes geheiratet.“

„Dad …“

„Na ja, ist doch wahr. Hughes war nicht halb so ein Mann wie McCullough.“

„Robert ist tot. Und er war Koreys Vater“, entgegnete Ainsley leise.

„Das macht es nicht besser, dass er dich nach Strich und Faden betrogen hat.“

„Dad!“ Sie fühlte, wie ihre Wangen zu glühen begannen.

„Oh, ich verstehe. Robert ist jetzt ein Heiliger und ... Sieh mich nicht so an. Ich weiß, was los war. Man muss kein Genie sein, um mitzubekommen, dass ein Mann fremdgeht."

„Aber du warst hier ..."

„Ich bin nicht blind." Er wedelte mit der Hand, als wollte er ein lästiges Insekt verscheuchen. „Aber wozu sollen wir das alles wieder aufwühlen? Hauptsache, du bist diesmal nicht so dumm. Aber du hast sicher aus der Vergangenheit gelernt und wirst einen guten Mann erkennen, wenn du ihn siehst."

„Einen wie Trent McCullough, richtig?"

„Richtig." Jefferson setzte den Hut wieder auf, verzog das Gesicht, als er beim Aufstehen das lädierte Knie belastete, und ging zur Tür. „Komm schon, Dallas." Der Hund streckte sich und trottete hinaus. Jefferson sah seiner Tochter in die Augen. „Denk daran, dass ich mich nicht ewig um dich kümmern kann."

„Dich um mich kümmern? Dad, ich bin fast dreißig."

Aber ihr Vater hörte nicht mehr zu, sondern ging die Treppe hinunter und zu der Wiese, auf der Korey sein Pferd trainierte.

„Warum schwärmen mir plötzlich alle von Trent vor?", flüsterte Ainsley.

Wie aufs Stichwort tauchte plötzlich sein Jeep auf. Sie beobachtete, wie Trent ausstieg und sich das dunkle Haar aus der Stirn strich. Groß und schlank, mit flachem Bauch, breiten Schultern und markantem Gesicht, passte er zu dem rauen Land, das ihn umgab. Unwillkürlich fragte sie sich, was aus ihrem Leben geworden wäre, wenn sie nicht Robert, sondern ihn geheiratet hätte.

„Es hätte nicht funktioniert", entschied sie kopfschüttelnd. „Er ist Rancher, du bist Künstlerin. Er liebt die Weite, du die Lichter von San Francisco. Er mag Bier und Spareribs, du lieber Weißwein und Salat."

Sie öffnete das Fenster, setzte sich auf die Kante und genoss die Nachmittagssonne, während sie zu Trent hinunterschaute.

Er stand im Schatten einer Pinie, sah Korey eine Weile zu und unterhielt sich kurz mit Jefferson, bevor er in der Scheune verschwand. Sein Anblick ließ ihr Herz schneller schlagen.

„Sei nicht so naiv", tadelte sie sich und schwang sich von der Fensterbank. „Du kannst nicht in der Vergangenheit leben. Schon gar nicht in einer, die es nicht gegeben hat."

Ainsley zog sich ein Sommerkleid an und ging nach unten. Doch dann hörte sie Hufgetrappel und blieb auf halber Höhe der Treppe stehen und blinzelte in die Sonne. Ein dunkelhaariger Junge ritt auf einem hellbraunen Pferd über die lang gestreckte Weide, die die Circle S Ranch vom Land der McCulloughs trennte. Das Pferd schwitzte heftig, und der Reiter klammerte sich an den Hals des Tieres.

„Wer ist das?“, rief Ainsley, noch bevor sie ihren Vater erreichte.

„Wilson McCullough“, erwiderte Jefferson und zog dabei eine Grimasse.

„Trents Neffe?“

„Leibhaftig.“

Kurz vor ihnen zügelte der Junge den Wallach so heftig, dass er sich aufbäumte und wiehernd knapp vor dem Zaun zum Stehen kam.

„Ist Trent hier?“, fragte Wilson atemlos.

„Dies ist meine Tochter Ainsley“, sagte Jefferson.

„Hi“, begrüßte Ainsley den Jungen.

Er kniff die Augen zusammen. „Du bist Koreys Ma.“

„Stimmt.“

Jefferson wartete, bis ihr Besucher abgestiegen war. „Jefferson müsste in der Scheune sein.“

„Onkel Jonah will, dass er zurückkommt. Er braucht seine Unterschrift.“

„Er hätte anrufen können“, meinte Jefferson.

„Na ja, ich wollte sowieso hierher, um mit Korey zum Angeln zu gehen.“

„Korey muss arbeiten. Wenn er fertig ist, meldet er sich bei dir.“

Wilson blieb, wo er war.

„War noch etwas?“, fragte Jefferson.

„Sagt Trent nur, dass Jonah ihn sprechen will. Sofort.“

Jeffersons Miene verhärtete sich. „Ich richte es ihm aus.“

Wilson stieg wieder in den Sattel. Als er Korey auf Crazy Luke näher kommen hörte, drehte er sich um.

„Hi!“, rief Korey ihm zu. „Was tust du hier?“

„Ich habe dich gesucht. Ich wollte angeln, aber dein Grandpa sagt, du kannst nicht.“

Korey schaute von Jefferson zu seiner Mutter. „Warum nicht?“

„Grandpa meint, du hast noch etwas zu erledigen“, erwiderte sie.

„Das mache ich später.“

„Ich glaube nicht. Außerdem hast du noch Hausaufgaben.“

„Die mache ich auch später.“

Trent trat ins Freie und warf seinem Neffen einen Blick zu. „Hast du nicht selbst noch ein paar Aufgaben zu erledigen?“

Wilson sah ihn nicht an. „Stimmt. Aber Jonah wollte, dass ich dich hole. Irgendein Typ ist da, und du sollst etwas unterschreiben. Es ist wichtig.“

„Ich brauche hier noch eine Weile.“

„Aber …“

„Sag ihm, ich bin gegen drei zurück. Und danach erledigst du deine Aufgaben, okay?“

Wilson zögerte, dann zerrte er am Zügel, trat seinem Pferd in die Flanken und galoppierte in einer Staubwolke davon.

„Und du hast ebenfalls noch etwas zu tun, oder?“, erinnerte Trent den anderen Jungen.

„Ich bin fast fertig“, antwortete Korey.

„Fast fertig reicht nicht. Danach kannst du mit Wilson angeln. Wenn deine Mutter nichts dagegen hat.“

„Ja, nach den Hausaufgaben“, fügte Ainsley hinzu.

Mit trotziger Miene stieg ihr Sohn auf sein Pferd und ritt zu den Stallungen.

„Der Junge braucht Strenge“, sagte Jefferson.

„Die hat er doch wohl von mir bekommen“, erwiderte Ainsley.

„Sicher, aber du bist eine Frau.“

„Was hat das denn damit zu tun?“

„Korey ist neun. In dem Alter braucht ein Junge einen Vater. Einen Mann, der ihm beim Heranwachsen hilft.“

„Das kann ich selbst.“

„Du kannst dich nicht in ihn versetzen. Korey braucht jemanden, an dem er sich orientieren kann.“

„Einen Mann.“

„Natürlich!“

Ainsley war empört. „Das ist das Sexistischste, was ich je gehört habe!“ Sie warf Trent einen Blick zu und sah das spöttische Glitzern in seinen Augen. „Ich komme durchaus allein mit Korey zurecht, vielen Dank, und brauche keinen Mann, der meinem Sohn den Daddy vorspielt!“

„Sicher, sicher.“ Jefferson rieb sich das Kinn und wandte sich zum Gehen. „Deshalb läuft es ja auch so toll für dich in San Francisco.“

„Das war unter der Gürtellinie, Dad“, erwiderte sie, aber er war bereits außer Hörweite.

Trents Mundwinkel zuckten.
„Ich nehme an, du bist seiner Meinung“, fuhr sie ihn an.
„Das habe ich nicht gesagt.“
„Was ist dann so lustig?“
„Nichts“, antwortete er lachend.
„Oh, ihr seid alle gleich!“ Sie wollte ihn stehen lassen, doch er hielt sie am Arm fest und drehte sie herum.
„Nimm es ihm nicht übel“, riet Trent. „Er meint es gut.“
„Aber er ist so …“
„Dickköpfig? Störrisch? Unverbesserlich?“
„All das, ja!“
„Komm schon, beruhige dich“, bat er. „Er macht sich doch nur Sorgen.“
„Dann sollte er mich nicht wie ein dummes Kind behandeln.“
„Er ist nun mal dein Vater, und du bleibst immer sein kleines Mädchen.“ Ihr Zorn legte sich ein wenig. „Na ja, vielleicht hast du recht.“ Sie schaute zum Haus hinüber. „Ich hätte nicht herkommen sollen.“
„Er will nur dein Bestes.“
„Also bist du tatsächlich seiner Meinung?“ Sie blickte erst auf ihr Handgelenk, das er noch immer festhielt, dann in seine Augen. „Du findest auch, ich sollte mir einen Ehemann suchen, der mir hilft, meinen Sohn großzuziehen?“
„Nein.“
„Aber …“
Trent ließ ihren Arm los und starrte zum Haus der McCulloughs hinüber. „Ich weiß, wie schwer es ist, allein mit einem rebellischen Jungen klarzukommen.“
„Du redest von Lila, richtig?“
Er nickte. „Es ist nicht leicht für sie.“
„Was ist mit Wilsons Vater?“, fragte sie.
„Er ist abgehauen. Bevor das Baby geboren wurde.“
„Wusste er davon?“
Seine Miene verfinsterte sich. „Ja, er wusste davon. Er hat behauptet, es sei nicht von ihm. Er hat sich geweigert, Verantwortung zu übernehmen, und sich nie für Wilson interessiert.“
„Und sie hat nie wieder von ihm gehört?“
„Nein.“
„Was ist aus ihm geworden?“
„Das ist nicht mehr wichtig, oder?“

„Nein, wohl nicht."
„Lila hat das Beste daraus gemacht."
„Laut Dad hast du ihr geholfen."
„Sie hat viel zu tun. Ich springe ab und zu ein. Keine große Sache." Er stützte einen Arm aufs Geländer und beugte sich vor. „Das mit Robert tut mir leid." Mit einer schwieligen Hand strich er übers Holz. „Ich weiß, es ist schwer, jemanden zu verlieren, den man liebt."
„Ich bin darüber hinweg. Wirklich."
„Und Korey?"
„Er hat gelernt, damit umzugehen – und braucht keinen Ersatzvater." Sie sah, dass Trents Blick auf ihren Lippen ruhte. Dann schien er sich einen Ruck zu geben und richtete sich auf.
„Ich glaube, ich finde besser heraus, was Jonah für so verdammt wichtig hält", sagte er und ging mit schnellen Schritten zu seinem Jeep.
Als sie ihm nachsah, registrierte sie gegen ihren Willen, wie knackig seine Jeans saßen und wie sich das Hemd an den Schultern straffte. Sie schloss die Augen und erinnerte sich daran, wie er in jenem Sommer vor ihr gestanden hatte – mit Schweißperlen auf der gebräunten Haut und noch etwas jungenhaftem Gesicht.
Erst als der Motor des Jeeps ansprang, hob sie den Kopf. „Denk nicht daran", flüsterte sie und ignorierte die Wärme, die sich in ihr ausbreitete.
Entsetzt über sich selbst ging sie in die Scheune. Von den ungehobelten Deckenbalken baumelten Spinnweben, genau wie an den kleinen Fenstern. Der Geruch von Staub und Heu stieg ihr in die Nase. Mit der Schulter stieß sie eine knarrende Tür auf und betrachtete die dahinter geparkten Landmaschinen. Zwei alte Traktoren waren verrostet und sahen aus, als wären sie seit einer Ewigkeit nicht mehr gefahren worden. Einem Anhänger schien es besser ergangen zu sein, aber an der Egge waren etliche Zinken abgebrochen. Der Motor des Mähdreschers lag in Einzelteilen auf dem Zementboden.
„Oh Dad", wisperte Ainsley. „Was ist bloß aus der Ranch geworden?"

Auf der McCullough-Ranch parkte Trent den Jeep in der Garage und ging über den asphaltierten Weg zum Haupthaus, einem weiß gestrichenen und von hohen Ahornbäumen umstandenen Gebäude im Kolonialstil. Er stieg die Steinstufen hinauf, öffnete die Tür und betrat das Wohnzimmer, in dem sein Bruder Jonah an dem alten Schreibtisch saß, der ihrem Vater gehört hatte. Hier war alles ordentlich und aufgeräumt, weit entfernt von dem Chaos, in dem Jefferson Smith arbeitete.

„Höchste Zeit, dass du kommst", sagte Jonah, ein großer Mann mit kantigem Gesicht und hellbraunem Haar, der es gewohnt war, dass man ihm gehorchte.

„Ich habe doch gesagt, ich bin gegen drei zurück", erwiderte Trent.

„Das ist zu spät. Parker ist schon weg."

„Parker?"

„Jed Parker. Erinnerst du dich?", fragte Jonah gereizt.

„Ach ja, der Immobilienmakler, richtig?"

„Der beste in Idaho Falls."

„Was wollte er?"

„Er will uns Land auf der anderen Seite der Circle S verkaufen. Er hat gehört, dass die Bank die Ranch der Hammonds versteigern lassen will, und meint, wir könnten das Land günstig bekommen."

Trent goss sich einen Scotch ein. Der hoch verschuldete Betrieb gehörte den Hammonds seit vier Generationen. Er kannte Nick Hammond, einen guten Mann mit Ehefrau und drei Kindern, der den Fehler gemacht hatte, zum falschen Zeitpunkt ins Ölgeschäft zu investieren. Genau wie Jefferson Smith. „Ich bin nicht interessiert", sagte er und trank einen Schluck.

„Das solltest du aber. Das Geschäft ist wichtig für die Firma. Nach dem Schiffbruch, den du mit Jefferson Smith erlitten hast, bleibt uns nichts anderes übrig, als das Land in dieser Gegend so billig wie möglich zu kaufen."

„Smith wird uns alles zurückzahlen."

„Wann denn?", entgegnete Jonah. „Wir wissen beide, dass die Circle S kurz davor steht, den Bach herunterzugehen."

„Wir haben das Flugzeug bekommen."

„Toll. Wer braucht das schon?"

„Wenn es sein muss, kannst du es verkaufen."

Seufzend stieß Jonah sich vom Schreibtisch ab. „Wir kaufen das Land auf der anderen Seite der Circle S."

„Ich unterschreibe nicht."

„Dann tut Lila es eben. Ich bleibe hier, bis sie eintrifft. Zum Glück fliegt sie demnächst aus New York ein. Sie ist vernünftig."

„Was soll das heißen?"

„Dass sie nicht sentimental ist. Für sie ist Bargeld gut genug."

„Und das hältst du für eine Tugend?", fragte Trent verächtlich.

„Für eine Notwendigkeit. Wir müssen ein paar schlaue Entscheidungen treffen, sonst sind wir bald aus dem Geschäft. Nicht nur die Ölgesellschaft, sondern auch die Ranches. Willst du das?"

Trent trank seinen Drink aus. „Natürlich nicht."

„Dann finde dich damit ab, dass es uns alle betrifft. Dich, mich, Lila und Jefferson Smith."

„Und Nick Hammond?"

Jonah schnaubte. „Hör auf, dir seinetwegen ein schlechtes Gewissen zu machen, und lass dich nicht davon beeinflussen, dass Ainsley wieder auf der Circle S ist."

„Du meinst, das tue ich?"

„Sie hat dir schon immer den Kopf verdreht."

Trent lächelte kühl. „Ainsley ist eine Freundin, eine gute Freundin. Ich werde bei nichts mitmachen, das sie oder ihren Vater ruiniert. Ist das klar?"

„Du hast keine andere Wahl."

Trent beugte sich über den Schreibtisch seines Bruders. „Noch gehören mir je ein Drittel dieser Ranch und der Ölgesellschaft."

„Das ist nicht genug. Lila und ich können dich überstimmen."

„Versuch es." Trent kniff die Augen zusammen. „Dann siehst du, was passiert." Er drehte sich um und ging hinaus.

Hinter den Bergen ging die Sonne unter. Seufzend stieg Trent in den Jeep und fuhr in die Stadt. Vielleicht würde ein Bier ihm helfen, nicht mehr an Ainsley und das Dilemma zu denken, in dem er steckte.

Er fuhr schneller, als er sollte, parkte in Pine Corners an der Straße und schlenderte in Diamond Jim's Bar. Er bestellte sich ein Bier, setzte sich in eine Ecke und ignorierte die interessierten Blicke der anwesenden Frauen. Plötzlich sah er Ainsleys Gesicht vor sich und malte sich aus, wie sie ihm mit ihren blauen Augen zulächelte – so vertrauensvoll wie früher, vor all dem Schmerz und den Lügen.

Stirnrunzelnd versuchte er, das Bild wieder loszuwerden. Es gelang ihm nicht. Er bekam sie einfach nicht aus dem Kopf. Vielleicht wollte er das auch gar nicht.

5. KAPITEL

Ainsley half Sarah gerade beim Abwasch, als ein Dieselmotor die abendliche Stille zerriss. Sie trocknete den letzten Teller ab und ging hinaus.

An der Garage hielt gerade ein Lastwagen.

„Was zum Teufel geht hier vor?“, fragte ihr Vater, der auf der Veranda gesessen hatte.

Der Fahrer stieg aus, ohne den Motor abzuschalten. „Ich suche Ainsley Hughes.“

„Sie haben sie gefunden“, erwiderte Ainsley.

„Gut. Tut mir leid, dass ich so spät komme. Ich bin heute zeitlich im Verzug.“ Der Mann wischte sich den Schweiß von der Stirn. „Ich habe mehrere Kisten für Sie. Wenn Sie hier unterschreiben …“ Er reichte ihr ein Klemmbrett und einen Kugelschreiber.

In diesem Moment kam Trent aus dem Stall. Ainsley hatte ihn seit ein paar Tagen nicht mehr gesehen und ließ ihn nicht aus den Augen, als er neugierig näher kam.

„Miss?“

„Ach ja!“ Hastig kritzelte sie ihren Namen auf das Formular und wartete, während der Fahrer auf die Ladefläche kletterte und drei Kisten und einen großen Karton mit den Sachen auslud, die sie zum Malen und Töpfern benötigte.

„Was ist das?“, fragte Trent.

„Ich bin wieder im Geschäft“, erwiderte sie fröhlich, während der LKW davonfuhr. „Könntest du mir helfen, die Sachen ins Atelier zu schaffen?“

„Du meinst, das alles brauchst du zum Arbeiten?“, fragte ihr Vater.

„Genau. Bis auf den Karton. In dem ist der Rest meiner Garderobe.“

„Schon besser“, sagte er.

Zusammen mit Trent und Jefferson brachte sie alles ins Atelier. „Mir ist schleierhaft, wo du das noch unterbringen willst“, murrte ihr Vater. Trent öffnete die Kisten. Zum Vorschein kamen Farben, Staffeleien, Paletten und Leinwände.

„Keine Sorge, Dad. Ich finde schon Platz dafür.“

„Ja, das wirst du wohl.“ Jefferson ging zur Tür.

„Dad?“

„Was denn?“

„Wenn es dir nichts ausmacht, würde ich gern ein paar zusätzliche Lampen installieren.“ Sie zeigte zur Decke.

Ihr Vater zuckte mit den Schultern. „Warum nicht? Ich kümmere mich morgen …“

„Überlass das mir“, unterbrach Trent ihn. „Ich weiß, wo ein paar gebrauchte Teile herumliegen. Vielleicht reichen die erst mal. Ainsley kann neue aussuchen, wenn sie in der Stadt ist.“

Jefferson blickte von Trent zu Ainsley. „Meinetwegen. Ich schnappe mir jetzt meinen Enkel, fahre mit ihm los und spendiere ihm ein Eis, wenn du nichts dagegen hast.“

„Vorausgesetzt, er hat die Hausaufgaben erledigt, die ich ihm heute Morgen gegeben habe.“

Ihr Vater murmelte etwas von „Sklaventreiberinnen“ und verschwand.

„Er lässt sich ungern sagen, wie er seinen Enkel erziehen soll“, meinte Trent.

Ainsley lachte. „Ich bin ja auch nur Koreys Mutter.“

Trent lächelte. „Ich bin gleich zurück und bringe eine Leiter mit.“ Sein Lächeln wurde breiter, und ihr Herz schlug schneller. Dann ging er die Treppe hinunter.

„Er ist ein alter Freund“, flüsterte sie. „Mehr nicht.“ Sie begann damit, ihre Sachen einzuräumen, schaute jedoch immer wieder erwartungsvoll zur Tür. Sie war fast fertig, als er mit der Leiter, zwei Sägen, einer Rolle Elektrokabel und zwei alten Leuchten zurückkehrte.

„Nichts Besonderes, aber sie reichen, bis du dir neue besorgt hast.“

Im Zimmer wurden die Schatten langsam länger und gaben dem Raum etwas Intimes. Ainsley wehrte sich gegen das erregende Gefühl, mit Trent allein zu sein.

Sie zeigte ihm, wo er die Leuchten installieren sollte, hielt die Leiter fest und versuchte, nicht dorthin zu starren, wo ihm das Hemd aus der Hose rutschte. Gegen ihren Willen registrierte sie, wie die verwaschene Jeans sich an seinen Oberschenkeln und Hüften straffte und seine Armmuskeln sich spannten, als er an der Decke arbeitete.

„Gibst du mir mal die Zange?“

„Oh … natürlich.“ Sie nahm sie vom Tisch, legte sie in seine ausgestreckte Hand, und als sich ihre Blicke trafen, schluckte sie mühsam und schaute rasch wieder nach unten.

„So, das müsste gehen“, meinte Trent nach einer Weile und stieg wieder nach unten. Dort blieb er stehen und berührte ihr Gesicht.

„Weißt du, Ainsley, dein Vater ist nicht der Einzige, der dich vermisst hat", flüsterte er.

„Das sagtest du bereits." Sie umklammerte die Leiter, als müsste sie sich daran festhalten. „Manchmal war es schwer, wegzubleiben", gab sie zu und schloss die Augen, als seine Finger den Pulsschlag an ihrem Hals fanden.

„Warum bist du denn immer zu Hause geblieben?"

„Aus vielen Gründen", antwortete sie heiser. „Für Korey, zum Beispiel. Und Robert. Eine Ehe darf man nicht einfach so gefährden."

„Er war doch der, der sich schäbig verhalten hat!"

Wieder spürte sie den alten Schmerz, weinte jedoch nicht. „Was hätte ich tun sollen?"

„Du hättest zu mir zurückkommen können." Er legte die Arme um ihre Taille und zog sie an sich. Sein Atem strich durch ihr Haar, und sie hörte sein Herzklopfen, nahm den vertrauten Duft wahr und fühlte die Wärme der kräftigen Hände an ihrem Rücken.

„Hättest du das gewollt?"

„Oh Ainsley, es gab Nächte ...", flüsterte Trent. „Wenn du wüsstest ..." Er schob die Finger in ihr Haar, drückte den Kopf behutsam nach hinten und sah ihr tief in die Augen.

In seinem Blick lagen Zärtlichkeit und Schmerz, Freundschaft und Leidenschaft. „Wenn ich was wüsste?", fragte sie leise.

„Wie sehr ich dich geliebt habe."

„Du hättest es mir sagen müssen."

„Das habe ich versucht. Aber es war zu spät. Du hattest Robert schon geheiratet." Wütend auf sich selbst, ließ er die Arme sinken und löste sich von ihr.

„Ich hatte doch keine Ahnung ..."

„Weil du blind warst, verdammt. Ein verwöhntes, blindes kleines Mädchen, das an nichts anderes mehr denken konnte als daran, die Ranch hinter sich zu lassen und die große weite Welt zu entdecken."

„War das denn so schrecklich?"

Ihm war anzusehen, wie mühsam er sich beherrschte. „Nein, wohl nicht."

„Warum warst du mir dann so böse?"

Er zögerte, öffnete die Tür und knallte sie wieder zu. „Weil ich überzeugt war, dass du einen Fehler machst, und wollte, dass du bei mir bleibst."

„Aber das kann nicht alles gewesen sein!" Sie dachte daran, wie leidenschaftlich und zornig zugleich er damals am Bach gewesen war. „Du dachtest, Robert habe mir wehgetan …"

„Lass es, Ainsley. Es spielt keine Rolle mehr." Er ging hinaus, knallte die Tür hinter sich zu, blieb auf der Treppe stehen und atmete mehrmals tief durch, um einen klaren Kopf zu bekommen.

„Trent!" Sie riss die Tür auf und sah, wie er in der Scheune verschwand. Nach kurzem Zögern rannte sie ihm nach. „Trent, verdammt noch mal, antworte mir!" Sie folgte ihm in den dunklen Raum und wartete, bis ihre Augen sich an das Halbdunkel gewöhnt hatten. „Trent!"

„Geh zurück ins Atelier, Ainsley", befahl er. Sie schaute nach oben und entdeckte ihn auf dem Heuboden, wo er gerade einen Ballen zum Rand wuchtete. Sekunden später landete das Heu vor ihr auf dem staubigen Beton. „Ich muss arbeiten."

„Die Rinder sind schon gefüttert." Sie stemmte die Hände in die Seiten. „Korey hat das erledigt."

„Dann arbeite ich eben vor."

„Du weichst unserem Problem aus."

„Und das wäre?"

„Die Vergangenheit, verdammt. Und was sie uns bedeutet."

„Glaub mir, das willst du nicht wissen." Hoch über ihr stand er inmitten der Heuballen.

„Doch, das will ich." Sie ging zur Leiter. „Und wenn du es mir nicht sagst, frage ich jemand anders."

„Das kannst du dir sparen."

Sie erreichte den Heuboden und kletterte über die Ballen.

Trent stützte sich auf eine Heugabel und sah an Ainsley vorbei. „Es war schwer – zuzusehen, wie du mit Robert abgehauen bist."

„Er war dein bester Freund."

Er beförderte den nächsten Ballen nach unten. „Ich kannte Robert gar nicht richtig. Er hatte eine Seite, von der ich nichts gemerkt hatte."

„Das hast du erst, als ich ihn geheiratet habe?"

„Sagen wir, ich habe herausgefunden, was er getan hatte."

„Was denn?"

Trent wich ihrem Blick nicht aus. „Das willst du nicht wissen", wiederholte er. „Wozu auch? Ich will deine Erinnerung an Robert nicht trüben."

„Die ist längst getrübt", flüsterte Ainsley. „Ich hätte ihn niemals heiraten dürfen." Seufzend strich sie sich das Haar aus dem Gesicht. „Das wurde mir spätestens dann klar, als wir in Kalifornien ankamen, aber ich habe gehofft, dass wir uns zusammenraufen."

„Du hättest zurückkommen können."
„Ich wollte nicht aufgeben", gestand sie.
„Das sieht dir ähnlich."
„Und dann wurde ich schwanger. Das Baby und die Ehe mit Robert wurden für mich das Wichtigste in meinem Leben."
Er stellte die Heugabel ab, rieb sich den Nacken und versuchte, nicht daran zu denken, wonach er sich in diesem Augenblick sehnte. Ainsley sah so klein und verletzlich aus. Ihre Augen waren groß und unschuldig. Es fiel ihm schwer, die Hände bei sich zu behalten.
„Außerdem habe ich mich schuldig gefühlt."
„Schuldig?" Er machte einen Schritt auf sie zu. „Weswegen?"
„Unser letztes Treffen. Am Bach."
„Da ist nichts passiert."
„Das stimmt leider nicht." Sie schlang die Arme um ihren Oberkörper. „Ich … konnte es nicht vergessen. Zwischen Robert und mir hat sich danach etwas verändert." Als sie fühlte, wie Trent die Arme um ihre Taille legte, lehnte sie sich an ihn und schloss die Augen.
„Ich wollte dir keine Probleme bereiten."
„Ich weiß." Durch die Jeans hindurch fühlte sie die Wärme seines Körpers. „Das hast du nicht. Ich hätte ehrlich zu Robert sein müssen. Was meine Gefühle für dich betraf."
Er drehte sie zu sich herum und sah ihr in die Augen.
„Hätte ich doch nur gewusst, was du empfindest, *bevor* ich ihn geheiratet habe."
„Was dann? Wärst du geblieben und hättest mich geheiratet? Einen Rancher?"
„Vielleicht …"
„Oh nein, Lady, du wolltest weg von hier. Um jeden Preis." Als er zaghaft ihr Kinn berührte, zitterte es. Langsam senkte er den Kopf und streifte ihre Lippen mit seinen. Er schob die Hände in ihr Haar und strich mit der Zungenspitze über ihren Mund.
Ainsley wollte ihn von sich schieben, doch er ließ es nicht zu. Als er aufstöhnte, weckte es in ihr etwas, das mit Vernunft nicht zu bändigen war. Wie von selbst legten sich ihre Hände in seinen Nacken, und dann küsste sie ihn mit all der Leidenschaft, die sie elf Jahre lang unterdrückt hatte.
Sie protestierte nicht, als er die Hände unter ihr T-Shirt schob und ihren Rücken streichelte, während er sie sanft auf einen Heuballen drückte.

„Es ist so lange her", wisperte er atemlos und küsste ihre Augen und Lippen.

„Oh Trent", stöhnte sie leise, als sie seine raue Hand an einer Brust fühlte.

„Ainsley, süße Ainsley", murmelte er und ließ den Mund an ihrem Hals nach unten gleiten, vorbei am Schlüsselbein und noch weiter. Heiß drang sein Atem durch den weichen Stoff. Und dann zog er ihr das T-Shirt über den Kopf und starrte fast andächtig auf die dunklen Spitzen, die sich unter dem hauchzarten BH abzeichneten. „Du bist wunderschön."

Dann senkte er den Kopf und bedeckte die Brüste mit federleichten Küssen.

Ainsley grub die Finger in sein dichtes Haar und hielt seinen Kopf fest, als wollte sie ihn nie wieder loslassen.

Heißes Verlangen durchströmte ihren Körper, als er ihre Jeans aufknöpfte. „Oh Trent … bitte", keuchte sie und bog sich ihm entgegen, um noch deutlicher zu fühlen, wie sehr er sie begehrte.

„Bitte was?"

„Ich … ich kann nicht denken."

„Dann lass es, Ainsley. Fühl einfach."

Als er sie küsste, erwiderte sie es ebenso leidenschaftlich und streifte sein Hemd von den Schultern. Doch plötzlich brach er den Kuss ab, hob den Kopf und lauschte.

Sie erstarrte und wagte nicht, sich unter ihm zu bewegen. Dann hörte auch sie, wie eine Tür knarrend geöffnet und es unten kurz hell wurde. Schritte ertönten.

„Okay! Okay! Ich tu's. Lasst mich einfach nur in Ruhe", flüsterte ein Junge. Korey! Das musste Korey sein! „Aber ich brauche fünf Dollar. Für jeden."

Verwirrt sah Ainsley Trent an. Seine Miene verhärtete sich, sein Blick wurde kalt.

Stiefel schrammten über den Fußboden. Ein zustimmendes Knurren schien die einzige Antwort auf Koreys Forderung zu sein. Die Tür knarrte wieder und fiel mit dumpfem Geräusch zu.

„Was war das denn?", fragte Trent, während er sein Hemd anzog.

„Ich … weiß es nicht."

„Na ja, ich habe vor, es herauszufinden." Ohne das Hemd in die Hose zu stecken, stieg er die Leiter hinab.

„Du glaubst doch nicht etwa, dass es mit den fehlenden Werkzeugen zu tun hat, oder?"

„Ich hoffe nicht“, erwiderte Trent.

Hastig streifte Ainsley das T-Shirt über den Kopf und folgte ihm. Draußen dämmerte bereits der Abend, und die ersten Sterne funkelten am Himmel.

Trent stand an einem alten Ahornbaum. Sein Hemd flatterte im Wind.

„Ich habe sie verpasst“, sagte er und ließ den Blick über das Land wandern.

Ainsley rührte sich nicht und lauschte.

In der Ferne schrie eine Eule, und von der Koppel kam ein leises Wiehern. Sonst war nichts zu hören. Im Haupthaus brannte Licht, und der Pick-up ihres Vaters stand davor.

Ainsley schluckte. Sie hatte gehofft, sich die Stimme ihres Sohnes nur eingebildet zu haben. „Also ist Dad zurück.“

„Mit Korey.“

„Vielleicht sollte ich mal mit ihm reden.“

„Keine schlechte Idee“, erwiderte Trent.

„Er ist kein Dieb!“, beharrte sie.

„Ich hoffe nicht, Ainsley.“ Er knöpfte sein Hemd zu. „Es ist spät. Ich fahre jetzt besser.“

Sie wollte ihn bitten, die Nacht mit ihr zu verbringen. Es war herrlich gewesen, mit ihm im Heu zu liegen, und es hatte sich richtig angefühlt. Doch sie hielt den Mund und sah ihm nach, als er zum Jeep ging. Dann war er fort, und sie blieb mit der beunruhigenden Ahnung zurück, dass ihr Leben langsam, aber sicher aus den Fugen geriet.

Mit schweren Schritten ging sie zum Haus. In der Küche war es dunkel, im Wohnzimmer lief der Fernseher. „Jetzt oder nie“, sagte sie sich leise. Ihr Vater war auf der Couch eingeschlafen. Keine Spur von Korey.

Sie schaltete den Fernseher aus. Jefferson schlug die Augen auf und lächelte, als er sie sah.

„Jetzt hast du mich bei einem Nickerchen erwischt, was?“ Er setzte sich auf und strich über sein zerzaustes Haar.

„Vielleicht solltest du lieber zu Bett gehen.“

„Es ist noch früh. Außerdem sind die Nächte auch so lang genug.“

Sie setzte sich neben ihm auf eine Lehne. „Wie war es in der Stadt?“

„Gut. Korey und ich hatten jeder eine doppelte Portion Eis.“

„Seid ihr schon lange zurück?“

Er zuckte mit den Schultern. „Eine Stunde vielleicht. Warum?“

„Wo steckt Korey?"

„Oben. Er wollte nicht mal fernsehen, sondern schon heute mit den Hausaufgaben von morgen anfangen. Aber von mir weißt du das nicht. Er will dich überraschen."

„Und er ist im Haus, seit ihr wiedergekommen seid?"

„Richtig." Jefferson lächelte verlegen. „Es sei denn, er hat sich nach draußen geschlichen, als ich geschlafen habe. Aber das ist nicht wahrscheinlich, oder?"

„Ich weiß nicht", flüsterte Ainsley.

Ihr Vater wurde ernst. „Belastet dich etwas?"

„Vieles", gab sie zu.

„Möchtest du darüber reden?"

Sie schüttelte den Kopf. „Ich glaube nicht."

„Ich mag es nicht, wenn du besorgt bist."

Sie sah nach draußen.

„Ainsley?", fragte ihr Vater leise und legte eine Hand auf ihre. „Dir geht doch etwas durch den Kopf."

„Die Ranch", antwortete sie. „Hier ist so manches kaputt."

„Stimmt."

„Warum lässt Trent es nicht reparieren?"

„Er tut sein Bestes."

„Aber der Mähdrescher …"

„Ich weiß. Die McCulloughs haben einen Cowboy, der handwerklich begabt ist. Er soll ihn sich mal ansehen."

„Du brauchst den Mähdrescher im nächsten Monat."

„Ja. Wenn wir ihn nicht wieder hinbekommen, kann ich Trents benutzen."

„Sehr großzügig von ihm."

„Tja, Missy, einen neuen können wir uns nun mal nicht leisten, oder?"

„Nein, wohl nicht." Sie stand auf und streckte sich. Sie bekam Trent einfach nicht aus dem Kopf. Eben war sie noch dabei gewesen, sich in ihn zu verlieben, und jetzt traute sie ihm nicht. Sie ging zur Treppe. „Ich sehe nach Korey."

Dessen Zimmer war das erste auf der rechten Seite. Sie klopfte leise und ging hinein. Er saß am Schreibtisch, über seine Bücher gebeugt. „Arbeitest du?"

„Ja, ich dachte mir, ich fange schon mal an, damit ich morgen mit Wilson angeln gehen kann."

Ainsley setzte sich auf die Bettkante. „Wie war's in Pine Corners?"
„Ganz gut. Die ganze Stadt bereitet sich aufs Rodeo vor!"
„Also hattest du Spaß, ja?"
„Ja."
„Und seitdem bist du hier oben?"
„Sicher. Was sollen die Fragen?"
„Mir war, als hätte ich dich vorhin in der Scheune gesehen. Mit jemand anderem."
Korey schaute wieder auf seine Hausaufgaben. „Das war ich nicht. Muss einer der Cowboys gewesen sein."
„Das glaube ich nicht", widersprach sie sanft. „Ich habe eine Stimme gehört. Sie klang wie deine. Warst du vorhin in der Scheune?"
„Ich habe doch schon gesagt, dass ich es nicht war!" Sein Gesicht war rot. „Glaubst du mir nicht?"
„Korey, ich weiß nicht, was ich glauben soll." Sie sah ihm ins Gesicht und musste lächeln. Er hatte im letzten Jahr so viel durchgemacht. „Trent sagt, ein paar Sachen sind von der Ranch verschwunden."
„Sachen?"
„Werkzeug, Angelausrüstung, Tabak, so etwas."
„Und er glaubt, dass ich sie genommen habe?"
„Er hat mich gebeten, dich zu fragen."
Korey verzog das Gesicht. „Kennst du mich denn gar nicht, Mom? Ich nehme keine Sachen, die mir nicht gehören."
„Das weiß ich, aber Trent nicht. Ungefähr seit du auf der Ranch bist, vermisst er Sachen."
„Na toll! Du weißt doch, dass er mich nicht mag."
„Warum sollte er dich nicht mögen?"
Koreys Miene verfinsterte sich. „Ich kenne die Geschichte, Mom. Grandpa hat mir erzählt, dass Trent in dich verliebt war und du nicht ihn, sondern Dad geheiratet hast!"
„Das stimmt nicht ganz."
„Aber fast. Und jetzt schmeißt er sich wieder an dich ran."
„So würde ich …"
„Komm schon, Mom. Das sieht doch ein Blinder! Er lässt dich nie aus den Augen! Wilson ist das auch aufgefallen."
„Nun warte mal. Selbst wenn Trent an mir interessiert wäre …"
„Ist er."
„Na gut. Selbst wenn er es wäre … was hat das mit den verschwundenen Werkzeugen zu tun?", fragte Ainsley verwirrt.

„Keine Ahnung. Vielleicht … vielleicht will er es mir anhängen“, erwiderte Korey trotzig und mit Tränen in den Augen. „Vielleicht denkt er sich das alles nur aus!“

„Das kann nicht dein Ernst sein.“

„Warum denn nicht? Dauernd kommandiert er mich herum. ‚Korey, füttere die Kühe. Korey, sorg dafür, dass Wasser in den Tränken ist. Korey, mach die Scheune sauber. Korey, treib die Kälber zusammen!‘“

„Das gehört nun mal zum Leben auf einer Ranch. Manchmal kommandiert er sogar mich herum.“

„Das ist anders.“

„Wieso?“

Ihr Sohn schluchzte und wischte sich mit dem Handrücken die Nase ab. „Weil er sich für dich interessiert – du weißt schon, so wie zwischen einer Frau und einem Mann. So, wie Dad sich für dich interessiert hat.“

Ainsley biss sich auf die Zunge. Robert hatte schon bald nach der Heirat das Interesse an ihr verloren. „Hör mal, Korey, ich bin nicht hier, um dich zu beschuldigen. Ich will doch nur wissen, was los ist.“

„Und ob ich nichts anstelle, oder?“

„Du bist mein Sohn.“ Seufzend ging sie zur Tür. „Mir ist klar, dass das Leben hier für dich eine große Umstellung ist, aber lass uns das Beste daraus machen, okay? Was hältst du davon, wenn wir beide morgen zusammen ausreiten und picknicken?“

Seine Augen wurden groß. „Im Ernst?“

„Natürlich.“

„Kann Wilson mitkommen?“

Ainsley ließ sich die Enttäuschung nicht anmerken. Sie wollte mit ihrem Sohn allein sein. „Vielleicht. Wenn du das möchtest.“

„Dann erledige ich jetzt meine Hausaufgaben!“, rief er.

„Gut. Wir sehen uns morgen früh.“ Sie ging nach unten und verließ das Haus. „Er ist ein guter Junge“, sagte sie sich und lehnte sich gegen den Zaun der Koppel. „Trent liegt falsch.“

Sie schaute auf die dunklen Weiden hinaus und lauschte dem Summen der Insekten. Sie wollte nicht an ihrem Sohn zweifeln. Trent hatte sie verunsichert, und sie verstand noch immer nicht, welche Rolle er auf der Circle S spielte.

Ainsley traf eine Entscheidung. Sie würde herausfinden, warum Trent wirklich auf der Ranch ihres Vaters war. Vorsichtig strich sie über das raue Holz der Zaunlatte. Sie war fest entschlossen, der Sache auf den Grund zu gehen. Mit Ausreden würde sie sich nicht abspeisen lassen.

Ainsley breitete die Wolldecke im Schatten eines Baums aus und schaute über das Tal und das weite Land der Circle S Ranch.

„Was hat Sarah eingepackt?", fragte Korey, als er vom Pferd stieg.

„Wahrscheinlich Leberwurstsandwiches."

„Igitt!" Korey verzog das Gesicht. Er wickelte eins aus und strahlte. „Hey, sieh dir das an!" Es war eins mit Truthahn.

„Schade, dass Wilson nicht mitkommen konnte." Ainsley setzte sich auf die Decke und reichte ihrem Sohn eine Coladose.

„Vielleicht beim nächsten Mal."

„Wir haben noch den ganzen Sommer." Sie lehnte sich zurück und blinzelte in die Sonne.

„Ich dachte mir, ich besuche ihn, wenn wir hier fertig sind." Als seine Mutter ihn fragend ansah, stöhnte er auf. „Die Hausaufgaben habe ich gestern Abend schon gemacht, und alles andere habe ich auch schon erledigt."

„Okay, okay", sagte sie lachend. „Du hast mich überzeugt."

„Gut." Korey biss in sein Sandwich und nahm einen Schluck Cola. „Dir gefällt es hier, was?"

„Ja."

„Warum bist du dann von hier weggegangen?"

Ainsley schloss die Augen. „Ich hatte die alberne Idee, dass ich mir die Welt ansehen muss. Du weißt schon, Surfen in Kalifornien, Skilaufen in Heavenly Valley und Bergsteigen in Oregon. Ich dachte, ich muss das alles erleben."

„Und hast du?"

„Nein. Stattdessen hatte ich schreckliches Heimweh", flüsterte sie und erinnerte sich an die einsamen Nächte, in denen Robert nicht nach Hause gekommen war. Und das in einer Stadt, in der sie keine Menschenseele kannte.

„Warum bist du nicht zurückgekommen?"

„Gute Frage. Dafür gab es viele Gründe. Einer davon war mein Stolz. Ich konnte nicht zugeben, dass ich einen Fehler gemacht hatte."

„Grandpa hätte es verstanden."

„Ja, das weiß ich jetzt auch."

„Was war mit Dad?"

Ainsley nahm einen Schluck, bevor sie antwortete. „Er wollte nie wieder hierher zurück."

„Warum nicht? Hatte er Angst, dass du ihn für Trent McCullough verlässt?"

„Was?“ Ruckartig setzte sie sich auf und sah Korey an. „Was ist das denn für eine Frage?“

„Bleib locker“, sagte der Junge lächelnd. „Ich dachte nur, es gab einen Grund, warum er wegbleiben wollte.“

„Er war Bauingenieur und liebte seinen Job in San Francisco. Davor waren wir beide auf dem College. Er … na ja, er hat sich auf der Ranch nie besonders wohlgefühlt.“

„Aber ich dachte, du magst die Großstadt.“

„Das tue ich.“

„Was willst du tun?“

„Wenn der Sommer vorbei ist, meinst du?“

„Ja.“

Sie zwinkerte ihm zu und nahm sich ein Sandwich. „Das entscheide ich, wenn es so weit ist. Aber glaub mir, ich würde niemals aus der Großstadt wegziehen, ohne dich zu fragen.“

„Gut.“

„Erleichtert?“

„Ein wenig. Ich habe mir schon Sorgen gemacht.“

Eine Brise ließ die Blätter über ihnen rascheln. „Wäre es so schlimm, hierzubleiben?“

„Ich weiß nicht.“ Er griff nach dem nächsten Sandwich, und Ainsley lehnte sich wieder zurück. Sie war erst eine Woche in Wyoming, und schon stellte sie sich vor, wie es wäre, für immer auf dem Land zu leben.

Nach dem Picknick machte Korey sich zur Ranch der McCulloughs auf. Ainsley sah ihm nach, als er auf Crazy Luke zum Zaun am südlichen Rand der Circle S galoppierte. „Er wird immer erwachsener“, sagte sie seufzend. „Und ich helfe ihm dabei.“

Sie verstaute alles in den Satteltaschen, stieg in den Sattel und lenkte Jezebel über den steilen Pfad den Hügel hinab. Unten angekommen, ritt sie nicht zum Haus zurück, sondern zum Wolverine Creek – wo sie und Trent sich damals Lebewohl gesagt hatten.

Trent stand knietief im Wasser des Bachs, als er Hufgetrappel hörte. Pferd und Reiter waren wie miteinander verwachsen – eine galoppierende braune Stute, die Ohren angelegt, mit weit ausladenden Schritten, und Ainsley, mit gerötetem Gesicht, das lange rotbraune Haar im Wind flatternd, dicht an den Hals des Pferds gepresst.

Er kniff die Augen zusammen und spürte, wie sein Herz zu klopfen begann. Während der letzten Tage hatte sich bestätigt, was er schon lange vermutete – er war nie wirklich über Ainsley Hughes hinweggekommen.

Sämtliche Frauen, denen er in den vergangenen elf Jahren begegnet war, verblassten, sobald er in Ainsleys Lächeln schaute. In ihre intelligenten blauen Augen und auf die hinreißenden Grübchen neben den Mundwinkeln.

„Einmal Trottel, immer Trottel“, murmelte er und wischte sich den Schweiß von der Stirn, als sie Jezebel am Ufer zügelte.

„Hallo.“

„Solltest du nicht in deinem Atelier arbeiten?“, entgegnete er.

„Stimmt.“ Sie nickte und versuchte, das zerzauste Haar mit den Fingern zu kämmen. „Aber mir war nicht nach Malen.“

„Oh, ich verstehe. Du gehörst zu den Künstlern, die nur dann etwas auf die Leinwand bannen, wenn sie in Stimmung sind“, sagte er spöttisch.

Sie spitzte die Lippen. „Das kommt hin.“

„Blödsinn!“

„Was soll das heißen?“

„Dass du nicht in irgendwelchen Höhen schwebst, sondern mit beiden Beinen fest auf der Erde stehst.“

„Ist das so?“ Sie beugte sich über den Sattelknauf und sah ihm in die Augen.

„Ja, so ist es. Und wenn du nicht aufpasst, zerre ich dich vom Pferd und werfe dich ins Wasser.“

„Leere Versprechungen“, erwiderte sie und wich zurück, als er nach ihr greifen wollte. Jezebel bäumte sich auf. Lachend brachte sie das nervöse Pferd wieder unter Kontrolle. „Was tust du hier?“

„Ein Nachbar behauptet, dass er nicht genug Wasser bekommt. Er hat den Verdacht, dass etwas den Bach aufstaut. Ein Biberdamm, zum Beispiel.“

„Hier?“

„Irgendwo zwischen hier und ihm.“

„Von einem Biberdamm habe ich noch nie etwas gehört.“

„Ich auch nicht. Aber es gibt immer ein erstes Mal.“ Er hatte das Hemd ausgezogen. Die gebräunte Haut spannte sich über den kräftigen Muskeln. Die Beine der verwaschenen Jeans waren klitschnass.

„Und hast du etwas gefunden?“

„Noch nicht.“

Sie stieg vom Pferd und öffnete eine Satteltasche. „Wie wäre es mit einem Snack?“

„Ich dachte, du wolltest mit Korey picknicken.“

„Waren wir schon. Er ist zu Wilson unterwegs. Aber es ist noch etwas übrig … falls du interessiert bist.“ Sie breitete die Wolldecke aus.

„Reste. Die verfolgen mich.“

Ainsleys Finger zitterten, als sie ein Sandwich auswickelte.

„Dich habe ich damit nicht gemeint“, sagte Trent sanft.

Verlegen setzte sie sich auf die Decke und versuchte, nicht zu bemerken, wie geschmeidig er neben ihr Platz nahm. „Das weiß ich“, erwiderte sie leise.

„Warum bist du hier?“

„Wie gesagt, ich gönne mir einen freien Tag.“

„Das ist nicht alles, oder?“

Sie wich seinem Blick aus und gab ihm ein Sandwich. „Es geht um Korey. Ich habe gestern Abend mit ihm gesprochen. Er behauptet, dass er nichts von den gestohlenen Sachen weiß.“

„Natürlich behauptet er das.“ Er nahm die Coladose, die sie ihm anbot. „Die Frage ist, ob du ihm glaubst.“

„Er hat mich noch nie belogen.“

„Was ist mit dem Ärger, den er in der Schule hatte?“

„Er hat mir immer die Wahrheit gesagt“, beharrte Ainsley.

„*Nachdem* man ihn auf frischer Tat ertappt hatte.“

„Er hat gesagt, dass er gestern Abend nicht in der Scheune war.“

„Wir haben ihn beide gehört“, wandte Trent ein.

„Wir haben *jemanden* gehört. Vielleicht war es nicht Korey.“

„Vielleicht.“ Er hatte das Sandwich aufgegessen und stützte sich auf die Ellbogen. „Aber ich dachte, du hast seine Stimme erkannt.“

„Sie war sehr leise.“

„Du hast ihn flüstern gehört.“

Sie schaute zum blauen Himmel hinauf. „Natürlich. Aber ich bin nicht sicher, dass er es war. Ich … will ihm glauben.“

„Ich auch.“

„Aber du kannst es nicht.“

„Ich kann nicht ignorieren, dass Sachen verschwinden, seit er auf der Ranch ist. Behalt ihn einfach nur im Auge, Ainsley.“

„Ich kann doch meinem eigenen Sohn nicht nachspionieren!“

„Das musst du nicht. Halt einfach die Augen offen.“

„Wo ist der Unterschied?“

„Hey, lass deinen Ärger nicht an mir aus“, entgegnete Trent.

„Entschuldige." Sie holte tief Luft. „Was meinst du, worüber die Leute in der Scheune geredet haben?"

„Keine Ahnung, aber es klang nicht gut, oder?"

„Nein." Sie riskierte einen Blick in seine Richtung. „Korey hat viele Probleme gehabt", gab sie zu. „Aber er ist kein Dieb."

Lächelnd hob er seine Dose. „Auf Korey. Das perfekte Kind."

„Hör auf", fuhr sie ihn an, lachte aber trotzdem, denn plötzlich schienen ihre Sorgen zu verfliegen. Das rauschende Wasser hatte etwas Beruhigendes. Sie beobachtete, wie es über die glatten Steine strömte und am Ufer kleine Strudel bildete.

Trents Augen wurden schläfrig. Er lag auf dem Rücken und schaute zu Ainsley hinauf. Ihr Haar schien im Sonnenschein zu leuchten. Über ihnen wiegten sich die Bäume in der warmen Nachmittagsbrise. „Es ist lange her, dass ich dich lachen gehört habe", sprach er aus, was er dachte.

„Ich war lange fort."

„Und vielleicht war dir nicht zum Lachen zumute."

„Vielleicht." Sie warf einen Kiesel in den Bach und spürte, wie Trent näher kam, bis sein Kopf neben ihrem Oberschenkel lag.

Sein Atem drang durch ihre Jeans, und als er den Arm hob und sie an der Schulter berührte, zuckte sie zusammen.

„Ich habe letzte Nacht kaum geschlafen", sagte er mit rauer Stimme.

„Ich auch nicht."

„Ich habe an dich gedacht."

„So?" Sie gab sich unbeschwert, doch es klang heiser.

„Und daran, was in der Scheune fast passiert wäre."

„Nichts ist passiert."

„Noch nicht." Er tastete über ihr Kinn, bis sie ihn ansah. „Aber es wird passieren. Das wissen wir beide."

„Ich … bin nicht sicher, ob ich mit einer Liebesaffäre umgehen könnte", flüsterte sie und schluckte schwer, als er sich auf einen Arm stützte, um ihr in die Augen zu schauen.

„Vielleicht könnte ich es auch nicht", gestand er. „Aber das zwischen uns lässt sich nicht ignorieren." Er nahm ihr Gesicht zwischen die Hände und küsste sie zärtlich.

Es war ein fast zaghafter, fragender Kuss, doch als er leise aufstöhnte und die Finger in ihr Haar schob, wusste sie, dass sie ihn abweisen sollte. Dass sie warten sollte, bis sie sich ihrer Gefühle sicher war … doch das brachte sie nicht fertig.

Sie erwiderte den Kuss, strich über seine breiten Schultern und genoss es, seinen Körper an ihrem zu fühlen.

Dann zog er sie an sich und rollte sich herum, bis sie unter ihm lag. „Oh Ainsley … was du mit mir machst, sollte verboten sein“, keuchte er und küsste sie leidenschaftlich.

Mit zitternden Fingern knöpfte er ihre Bluse auf, senkte den Kopf und liebkoste eine Brust mit Lippen und Zunge.

Ainsley stöhnte auf. Ihm zu widerstehen war plötzlich undenkbar, denn es gab nur noch die Lust, die er ihr bereitete.

„Willst du mich?“, fragte er atemlos.

„Ja“, wisperte sie.

„Jetzt?“

„Jetzt!“ Sie schloss die Augen und fühlte, wie ihre Jeans an den Beinen hinabglitt und seine Finger ihre Waden streiften.

Trent beobachtete das Wechselspiel ihrer Gefühle. Die Lippen waren noch geschwollen, und das rötlich glänzende Haar umströmte ihr Gesicht.

„Du weißt, dass ich dich geliebt habe?“, fragte er, als sie die Augen aufschlug.

„Ja.“

„Du weißt auch, dass ich dir nie hätte wehtun können?“

„Und … jetzt?“, flüsterte sie.

Schlagartig hielt er inne, setzte sich auf, kehrte ihr den Rücken zu und raufte sich das Haar.

„Trent?“

„Zieh dich an, Ainsley.“

„Aber …“

„Zieh dich an, bevor ich etwas tue, das wir beide bereuen werden!“, befahl er, während er nach seinem Hemd griff.

Mit brennenden Wangen zerrte sie die Jeans nach oben und knöpfte die Bluse zu. „Ich verstehe nicht …“

„Ich auch nicht!“ Er sprang auf, ging zu einer Pinie und lehnte sich dagegen. „Ich auch nicht!“, wiederholte er mit zusammengebissenen Zähnen. Als er sich endlich wieder zu ihr umdrehte, starrte sie ihn mit großen, verwirrten Augen an. „Sieh mich nicht so an!“, presste er hervor.

„Wie soll ich dich denn ansehen?“

„Vielleicht gar nicht!“, erwiderte er. „Hey, hör mal“, begann er, als sie ihre Stiefel anzog und aufstand. „Ainsley, bitte …“

Doch sie ging bereits zu ihrem Pferd. Er holte sie ein, hielt sie am Arm fest und drehte sie zu sich um.

Ihr Gesicht war gerötet. „Du musst mir nichts erklären, Trent", sagte sie mit Tränen in den Augen.

„Ich möchte nur nichts tun, was uns hinterher leidtut."

„Das ist dir verdammt spät eingefallen." Sie schwang sich in den Sattel.

„Ich will, dass alles stimmt."

Wütend wischte sie sich die Tränen ab. „Und wann wird das sein?"

„Wenn ich mich nicht mehr schuldig fühle, weil ich deine Ehe mit Robert zerstört habe."

„Bilde dir bloß nichts ein", entgegnete Ainsley und trieb ihr Pferd an. Erneut kamen ihr die Tränen, und sie wollte glauben, dass es nur am Wind lag. Doch insgeheim wusste sie, dass Trent recht hatte. Er hatte ihren Gefühlen für Robert keine Chance gelassen. Ihre Ehe war immer von den Stunden mit Trent am Bach getrübt gewesen.

„Nie wieder", schwor sie sich und zügelte die Stute, als sie die Scheune erreichte. Nie wieder würde sie Trent erlauben, ihr wehzutun. „Hoffen wir, dass es dazu nicht zu spät ist."

„Ist zwischen dir und Trent heute etwas passiert?", fragte Sarah, als sie und Ainsley allein in der Küche waren.

„Nichts Besonderes", log Ainsley.

„Warum habt ihr euch dann angeschwiegen?"

Trent war zum Abendessen geblieben, aber er und Ainsley hatten nur das Notwendigste miteinander gesprochen.

„Haben wir das?"

Sarah schnitt den Apfelkuchen auf. „Was sich liebt, das … Na, du weißt schon. Gießt du den Kaffee ein?"

Ainsley blieb fast die Luft weg. „Was sich liebt? Trent und ich …"

„Ich bin doch nicht blind. Der Mann ist verrückt nach dir."

„Trent und ich sind …"

„Nur gute Freunde?" Sarah lächelte wissend. „Erspar mir den Unsinn."

„Unsere Beziehung ist schwer zu definieren", gab Ainsley zu und füllte die Tassen.

„Das glaube ich gern." Sarah ging mit dem Tablett ins Wohnzimmer.

Ainsley setzte ein unbeschwertes Gesicht auf und folgte ihr. Dankbar nahm sie an, als ihr Sohn sie zu einer Partie Schach aufforderte.

„Schachmatt!", rief Korey nach einer Weile.

„Wie hast du das denn gemacht?“ Verblüfft starrte sie aufs Brett.

„Grandpa hat mir ein paar Bücher gegeben. Die habe ich gelesen und allein geübt.“

„Mit Erfolg.“

„Was ist los, Missy?“ Jeffersons Augen funkelten belustigt. „Soll der Altmeister dir eine Lektion erteilen?“

„Nein danke, die habe ich gerade bekommen.“

Ihr Vater lachte fröhlich. Trent dagegen sah sie mit unbeweglicher Miene an.

„Ich glaube, ich gehe nach oben“, sagte Korey. „Und lese noch ein bisschen in den Schachbüchern.“

„Das nächste Mal mache ich es dir nicht so leicht“, rief Ainsley ihm nach.

Jefferson aß seinen Kuchen auf und trank den Kaffee aus. „Leckerer Kuchen.“ Er zwinkerte Sarah zu. „Fast so gut wie Emmas.“

„Ihr Rezept.“ Die Haushälterin strahlte.

„Wenn die Damen uns jetzt entschuldigen ... Trent und ich haben noch zu tun.“ Jefferson stand auf und tätschelte den Hund.

„Lass mich euch helfen“, bat Ainsley. Vielleicht war dies die Chance, herauszufinden, wie es wirklich um die Circle S stand.

„Bei der Buchhaltung?“ Ihr Vater rieb sich das Kinn.

„Warum nicht?“ Trent stand ebenfalls auf.

Schmunzelnd schüttelte Jefferson den Kopf. „Wenn ich mich recht erinnere, war Mathe nie ihre Stärke.“

„Das ist Jahre her“, protestierte Ainsley. „Ich habe mein Konto noch nie überzogen.“

„Trotzdem“, sagte ihr Vater. „Überlass die Zahlen lieber Trent und mir.“

Zornig sah sie den beiden nach, als sie im Arbeitszimmer verschwanden. „Dad muss noch eine Menge über Gleichberechtigung lernen.“ Sie starrte auf die geschlossene Tür. „Ich würde gern Mäuschen spielen.“ Seufzend trug sie die leeren Tassen in die Küche.

„Ich nicht. Ich habe genug eigene Probleme.“ Sarah belud den Geschirrspüler. „Ich will gar nicht wissen, worüber die beiden sich den Kopf zerbrechen.“

„Also läuft es auf der Circle S nicht gut?“

„Nein, seit deine Mutter tot ist, funktioniert hier gar nichts mehr. Dein Vater hat sie sehr geliebt. Er hat den Verlust nie verkraftet.“ Sarah klappte die Spülmaschine zu.

„Ich weiß."
„Mach nicht den gleichen Fehler. Du bist jung. Zieh dich nicht zurück, nur weil Robert nicht mehr da ist."
„Das tue ich nicht."
„Hoffentlich!" Sarah hängte ein Geschirrtuch auf und sah Ainsley an. „Du bist eine attraktive Frau und hast dein Leben vor dir. Und das kannst du mit einem guten Mann genießen. Davon gibt es genug."
„Was du nicht sagst."
„Einer davon arbeitet auf dieser Ranch. Du brauchst nur die Augen aufzumachen."
„Du meinst Trent."
„Natürlich meine ich Trent", bestätigte Sarah.
„Was soll das? Warum wollen mich alle mit ihm zusammenbringen?"
„Er ist ein toller Kerl, das ist alles. Und er ist verrückt nach dir!"
Ainsley war da nicht so sicher. „Und was ist mit Korey? Er scheint Trent nicht sehr zu mögen."
„Warum sollte er auch? Trent interessiert sich für seine Mutter, und das ist für jedes Kind eine Bedrohung. Korey hat schon ein Elternteil verloren, jetzt hat er Angst, dich auch noch zu verlieren."
„Das ist doch lächerlich."
„Für dich vielleicht, aber nicht für einen Neunjährigen." Sarah nahm die Schürze ab. „Ich gehe heute früh zu Bett. Wir sehen uns morgen", sagte sie über die Schulter und ging hinaus.
Ainsley fühlte sich rastlos. Nach kurzem Zögern gab sie sich einen Ruck, klopfte an die Tür des Arbeitszimmers und schaute hinein. „Ich wollte nur fragen, ob ihr etwas braucht."
Ihr Vater saß am Schreibtisch und starrte auf ein aufgeschlagenes Scheckbuch und einen Stapel Rechnungen. „Wir haben alles. Danke", erwiderte er, ohne sie anzusehen.
„Bist du sicher, dass ich nicht helfen soll?"
„Ganz sicher."
Enttäuscht schloss sie die Tür und ging nach draußen. Frösche quakten, und Insekten surrten durch die Dunkelheit. In der Ferne ratterte ein Güterzug über die Schienen. Bei Korey brannte noch Licht.
Leise kehrte sie ins Haus zurück und stieg die Treppe hinauf. Aus seinem Zimmer kam Musik. Sie klopfte. „Korey? Bist du noch wach?", rief sie, als er nicht antwortete.
Sie klopfte erneut. Noch immer keine Antwort.
Wahrscheinlich war er eingeschlafen. Leise öffnete sie die Tür.

Seine Schulbücher lagen offen auf dem Schreibtisch, und das Radio war eingeschaltet. Aber das Bett war gemacht, und von Korey war nichts zu sehen. Sie drehte sich um. Die Tür zum Badezimmer stand offen. Auch dort war er nicht.

„Seltsam", flüsterte sie. Erst dann bemerkte sie, dass die Vorhänge sich im Wind bewegten. Das Fenster war auf. „Oh nein", sagte sie und eilte hinüber. Für einen sportlichen Jungen wäre es einfach, aufs Dach der hinteren Veranda zu klettern und von dort nach unten zu springen.

Aber warum sollte Korey das tun?

Plötzlich fiel ihr ein, was sie in der Scheune gehört hatte, und ihr stockte der Atem.

Aber ich brauche fünf Dollar. Für jeden.

„Oh Korey, hoffentlich hast du dich nicht in Schwierigkeiten gebracht", wisperte Ainsley, bevor sie nach unten eilte und in die Dunkelheit hinausrannte.

6. KAPITEL

Mit heftig klopfendem Herzen stand Ainsley in der Dunkelheit. Zweige bewegten sich im Wind und warfen Schatten an Scheune und Stallungen.

„Korey!", rief sie und lauschte. Keine Antwort. „Korey, wo bist du?"

„Mom?" Sie fuhr herum. Korey schloss gerade die Stalltür hinter sich.

„Was tust du hier draußen?"

„Ich habe nur mal nach Luke gesehen", erwiderte er und kam mit einem verlegenen Lächeln auf sie zu.

„Ich dachte, du bist in deinem Zimmer und liest."

„Das habe ich auch vorher gemacht. Aber dann wurde mir langweilig, und ich habe eine Pause gemacht."

„Ich habe dich nicht auf der Treppe gehört."

„Warum nicht?"

„Sag du es mir", schlug sie vor.

Ihr Sohn zuckte mit den Schultern. „Du warst in der Küche und hast mit Sarah geredet. Ich wollte nicht stören. Also bin ich einfach in den Stall gegangen, ohne Bescheid zu sagen."

„Und das ist alles?" Sie legte die Hände um seine schmalen Schultern.

„Ja. Was denkst du denn?"

„Das willst du lieber nicht wissen."

Er machte ein langes Gesicht. „Du dachtest, ich stehle etwas? Nur weil Trent das gesagt hat?"

„Nein." Ainsley schüttelte den Kopf. „Ich habe mir Sorgen gemacht, mehr nicht."

„Ach, Mom, ich bin schon groß." Er steckte die Hände in die Taschen und kickte einen Stein weg.

„Ich weiß. Genau das beunruhigt mich ja."

„Du kannst nichts dagegen tun."

„Stimmt, aber ich bin nun mal deine Mutter."

„Mach dir keine Sorgen, Mom. Alles in Ordnung. Wirklich." Er strahlte sie an. Es ging ihr ans Herz. „Wir sehen uns morgen."

„Ja, bis dann." Sie sah ihm nach, als er zum Haus rannte. „Wie konnte ich jemals an ihm zweifeln?", fragte sie sich leise und ging zur Garage.

In ihrem Atelier streifte sie die Schuhe ab, machte sich einen Tee und schaute auf die leere Staffelei am Fenster. Beim Ausritt am Nachmittag hatte sich ihr ein grandioser Blick auf die Ranch geboten. Aber das Malen fiel ihr schwer, seit sie wieder in Wyoming war. Die Sorge um Korey und die widersprüchlichen Gefühle, die Trent in ihr weckte, lenkten sie zu sehr ab.

Sie hörte Schritte auf der Treppe, dann klopfte es.

„Ainsley?“ Es war Trent.

„Es ist offen.“

Er trat ein. Seine Miene war ausdruckslos. „Warst du gerade draußen?“

„Ja. Korey hat nach seinem Pferd gesehen, und ich habe ihm gesagt, dass er zu Bett gehen soll.“

Sein Blick wurde misstrauisch, aber er fragte nicht nach. Zwischen ihnen gab es auch so schon genug Lügen.

„Möchtest du einen Tee?“

„Wenn es keine Mühe macht.“

„Tut es nicht. Außerdem finde ich, wir sollten einen Waffenstillstand ausrufen.“ Sie goss einen Becher ein und gab ihn ihm.

„Einen Waffenstillstand?“

„Ja. Wir waren heute Nachmittag ein bisschen … aufgebracht.“

„Scheint, als wäre es zwischen uns immer so.“

Ainsley setzte sich an den Tisch und legte die Hände um ihren Becher. „Mir ging viel durch den Kopf.“

„Mir auch.“ Er sah ihr tief in die Augen. „Ich habe nachgedacht und finde, wir sollten ein paar Dinge klären.“

„Was die Ranch betrifft, meinst du?“

„Die auch.“

„Was denn noch?“

„Uns.“

Sie starrte in ihren Tee. „Ich glaube nicht, dass es so etwas wie ‚uns‘ jemals gab.“

„Oh doch, da ist etwas. Eindeutig“, beharrte er. „Ich weiß nur nicht, wie wir damit umgehen sollen.“

„Vielleicht sollten wir einfach nichts tun“, schlug sie vor.

„Vielleicht.“ Sein Blick wurde eindringlich. „Wenn das möglich ist.“

„Schwer zu sagen. Schließlich ist es eine ziemlich vielschichtige Angelegenheit. Da gibt es zum Beispiel das Geheimnis, das du seit elf Jahren vor mir hast.“

Trent kniff die Augen zusammen. „Welches Geheimnis?“

„Sag du es mir“, entgegnete sie. „Ich weiß nur, dass du nicht ehrlich zu mir warst. Und heute Nachmittag hast du daran gedacht. Bevor wir uns der Vergangenheit gestellt haben, können wir kaum die Gegenwart bewältigen.“

Er drehte den Becher zwischen den Händen. „Lass es, Ainsley. Irgendwann …"

„Irgendwann was? Redest du es dir von der Seele?"

„Wenn ich glaube, dass es hilft."

„Na gut", gab sie auf. Mehr würde sie im Moment nicht herausbekommen. Sie lehnte sich zurück. „Dann erzähl mir von der Ranch. Ich habe die Landmaschinen gesehen und weiß, dass wir weniger Rinder haben – und weniger Leute als früher. Was ich nicht verstehe, ist, warum Dad ausgerechnet dich eingestellt hat. Oder gehört das zu dem Geschäft, dem die Förderpumpen auf unserem Land zu verdanken sind."

„Ob du es glaubst oder nicht, ich versuche lediglich, deinem Vater zu helfen."

„Wozu dann die stillgelegten Ölquellen? Wie hilft ihm das?"

„Das war ein Fehler", gab er zu.

„Ein großer Fehler." Ihre Augen blitzten empört. „Als ich das letzte Mal hier war, vor etwa vier Jahren, war alles in Ordnung. Die Maschinen funktionierten, das Vieh war versorgt, die Gebäude waren gestrichen. Was ist passiert?"

„Vielleicht hat dein Dad das Interesse verloren", dachte er laut nach. „Der Tod deiner Mutter hat ihn schwer getroffen."

„Was du nicht sagst. Ich war hier."

„Aber du bist nach San Francisco zurückgekehrt. Zu Robert."

„Also hat Dad einfach aufgegeben? Willst du mir das sagen?", fragte sie ungläubig. „Mein Vater ist immer ein Kämpfer gewesen. Er hätte alles getan, um diese Ranch zu retten. Ich habe es mehrmals erlebt."

„Als Emma noch lebte."

„Wenn es so schlimm stand, warum hat er dann in die Ölgesellschaft investiert?"

Trent zog eine Grimasse. „Das musst du ihn selbst fragen. Er hat es mit Jonah in die Wege geleitet."

„Versuch nicht, es auf deinen Bruder abzuwälzen!"

„Das tue ich nicht. So war es nun mal."

„Warum bist *du* dann hier? Gehört das auch zu dem Deal?"

„Nicht ganz. Aber es stimmt, dass das Öl die Ranch retten sollte. Und es hat auch eine Weile funktioniert – bis der Ölpreis in den Keller rutschte."

„Und jetzt fehlen der Ranch die Einnahmen?"

„Ja."

„Na toll." Ainsley trank den inzwischen kalten Tee aus und stellte den Becher ins Spülbecken. „Ich weiß gar nicht, warum ich das alles mit dir bespreche. Vielleicht solltest du besser gehen."

„Noch nicht."

„Warum?"

Er stand auf und ging zu ihr. „Es gibt da noch etwas Unerledigtes."

Sie wich nicht zurück. Mit trotzig erhobenem Kinn starrte sie ihn an. „Falls du von dem redest, was vorhin am Bach passiert ist, vergiss es! Ich bin nicht interessiert, dort weiterzumachen, wo wir aufgehört haben", log sie. Aber er war ihr so nahe, und alte Gefühle, die sie so lange unterdrückt hatte, drängten an die Oberfläche.

„Wirklich nicht? Weißt du, es wird verdammt schwer, das zu ignorieren, was wir füreinander empfinden, wenn wir uns jeden Tag sehen."

„Schlägst du gerade vor, dass ich nach San Francisco zurückkehre?"

„Nein." Er streichelte ihre Wange, und erst jetzt ging sie auf Abstand.

„Gut. Denn ich bleibe. Also geh mir einfach aus dem Weg, okay?"

Er lächelte. „Ich bin nicht sicher, ob ich das kann", flüsterte er und legte die Hände um ihre Taille.

„Hör auf, Trent", befahl sie, während er sie schon an sich zog.

„Ich kann nichts dagegen tun."

„Natürlich kannst du."

Er beugte sich hinab und küsste sie einfach.

Ainsley wusste, dass sie sich wehren sollte, solange sie noch einen klaren Gedanken fassen konnte. Aber der Druck seines festen Körpers, die Wärme seiner kräftigen Hände und der erregende Duft, der von ihm ausging, ließen ihrer Vernunft keine Chance. Ihre Sinne übernahmen das Kommando, und sie dachte kaum noch, sondern fühlte nur.

„Bitte nicht", wisperte sie, als er ihren Hals küsste. Doch dann legte sie den Kopf in den Nacken, um es ihm einfacher zu machen.

„Sag, dass du mich nicht willst", stöhnte Trent.

„Ich … will dich nicht."

„Sag, dass du nicht mit mir schlafen willst."

„Ich kann nicht!" Was war los mit ihr? Warum spürte sie jede Bewegung seiner Fingerspitzen?

„Sag, dass ich aufhören soll", befahl er heiser.

„Bitte … bitte, hör auf …"

Er umfasste eine Brust, und das Verlangen, das in ihr aufstieg, wurde zu einem Strudel, der sie mit sich riss – und sie ließ es zu. Sie schloss die Augen, als er ihre Bluse aufknöpfte. Der weiche Stoff glitt von ihren Schultern und fiel zu Boden. Sie umklammerte seine Schultern und schrie leise auf, als sie seine Zunge an einer Spitze fühlte.

„Schlaf mit mir, Ainsley“, flüsterte er. „Nur heute.“

Und was ist morgen?

Doch ihr blieb keine Zeit, sich über morgen den Kopf zu zerbrechen. Die Gegenwart wurde übermächtig, als die Jeans an ihren Beinen nach unten glitt und er ihr mit seinem Mund folgte. Sie schwankte, doch bevor ihre Knie nachgeben konnten, fing er sie auf und trug sie zum Bett.

Im Schlafzimmer war es dunkel. Nur der Mond schien durch die Pinien. Ohne den Kuss zu unterbrechen, legte er sie auf das alte Bett. Obwohl er ahnte, dass er den vermutlich schlimmsten Fehler seines Lebens beging, zog Trent seine Jeans aus und glitt über Ainsley.

„Liebe mich einfach nur“, bat er sie und nahm ihr Gesicht zwischen die Hände.

„Das habe ich immer getan“, gab sie zu, und ihre Stimme drohte zu versagen, als sie die Arme um ihn schlang. „Ich … ich habe dich all die Jahre geliebt.“ Mit Tränen in den Augen gestand sie sich ein, dass sie ihn nie hatte vergessen können. Die Lüge, mit der sie all die Jahre gelebt hatte, schnürte ihr den Hals zu.

„Süße Ainsley“, flüsterte er.

Sie fühlte, wie sehr er sie begehrte, und seufzte lustvoll, als er mit der Zunge nach ihrer tastete.

Sie stöhnte laut auf, als er sich zwischen ihre Beine schob und behutsam in sie eindrang.

Zunächst bewegte er sich langsam, fast zaghaft, doch als sie sich seinem Rhythmus anpasste, wurde er mutiger. Voller Leidenschaft steigerte er Ainsleys Verlangen bis ins Unermessliche, führte sie einfühlsam in Sphären, die sie noch nie zuvor erreicht hatte.

„Trent …“, stöhnte sie und presste ihn an sich.

Als die Lust sie beide im selben erlösenden Moment überwältigte, keuchte er: „Ainsley, es tut mir leid.“

Sag mir, dass du mich liebst, dachte sie. Bitte, Trent. Sag, dass du mich liebst.

Aber die Worte kamen nicht.

„Was soll nur aus uns werden?“, fragte er stattdessen.

„Woher soll ich das denn wissen? Ich durchschaue dich wirklich nicht“, erwiderte sie bitter, nachdem sie die Enttäuschung verkraftet hatte.

Er hob den Kopf und sah ihr lächelnd ins Gesicht. „Vertrau mir einfach."

„Das ist manchmal schwierig."

„Versuch es." Er strich über ihre Augenbraue und küsste sie auf die Stirn. „Vielleicht sollte ich jetzt besser gehen. Wir wollen doch nicht, dass jemand auf richtige Gedanken kommt, oder?"

„Ich weiß nicht. Ich glaube, mein Dad wäre überglücklich." Sie starrte an die Zimmerdecke. „Seit ich hier bin, schwärmt er pausenlos von dir. Wenn ich es nicht besser wüsste, würde ich annehmen, dass er dich für das hier bezahlt."

Jeder Muskel in seinem Körper schien sich anzuspannen, und sein eben noch zärtlicher Blick verhärtete sich. „Zum Glück weißt du es besser, oder?" Er schwang die Beine vom Bett, griff nach seinen Jeans und zog sich rasch an.

„Das hoffe ich."

Er knöpfte sich das Hemd zu. „Du vertraust mir noch immer nicht, was?"

„Es gibt da nur ein paar Dinge, die ich nicht verstehe", sagte sie leise. „Die Vergangenheit, zum Beispiel."

„Darüber haben wir doch schon gesprochen."

„Nicht genug."

„Lass es, Ainsley", warnte er und klang erschöpft.

„Das kann ich nicht. Und du solltest es auch nicht einfach verdrängen."

„Dann müsste ich jemandem Schmerz zufügen ...", entgegnete er und sah sie endlich an.

„Die Wahrheit hat noch nie wehgetan."

„Oh Ainsley ..."

„Ich muss es wissen!"

„Vergiss es einfach, verdammt!", rief er und schlug mit der Faust gegen die Wand. Ainsley zuckte zusammen. Dann kniff er die Augen zusammen, um sich wieder in den Griff zu bekommen. „Glaub mir, es ist vorbei." Er setzte sich auf die Bettkante. „Bitte. Lass es einfach."

„Ich kann nicht."

„Das ist dein Problem, nicht meins", erwiderte er kalt und stand auf. „Ich habe alles getan, was ich konnte." Er ging hinaus, knallte die Tür hinter sich zu und blieb erst an seinem Jeep stehen. Nach kurzem Zögern stieg er ein und startete den Motor.

Als er den ersten Gang einlegte, sah er, wie die Tür zur Garage aufging und Ainsleys Silhouette sich darin abzeichnete. Ihr Haar war noch zerzaust, und sie trug einen dünnen weißen Bademantel, der seine Fantasie anregte. Der Wind ließ den leichten Stoff um ihre Beine flattern, und sofort musste er an die verführerischen Kurven denken, die er vorhin erkunden durfte.

Sein Herz schlug schneller, und bevor der Rest seines Körpers reagieren konnte, schaltete er die Scheinwerfer ein und trat das Gaspedal durch. Kies spritzte auf, die Reifen drehten kurz durch, dann fuhr er davon.

„Denk nicht mal dran", befahl er sich und riskierte trotzdem einen Blick in den Rückspiegel. Er war versucht, umzukehren und zu gestehen, dass er sie noch immer so liebte wie früher, aber er biss die Zähne zusammen und packte das Lenkrad fester.

Ainsley sah ihm nach und wurde das Gefühl nicht los, dass ihre Vergangenheit sie beide zerstören würde.

Vielleicht benutzt er mich nur, dachte sie, vertrieb aber den unwillkommenen Einfall sofort wieder. Sie kannte ihn zu gut und wusste, dass sie ihm viel bedeutete. Die Frage war wie viel. Waren sie gute Freunde, die miteinander geschlafen hatten, weil es sich so ergab, oder empfand er etwas Besonderes für sie? Wie früher?

Sie ging ins Atelier zurück, löschte das Licht und ließ sich aufs Bett fallen. Es war noch warm und duftete nach ihm. „Oh Trent", seufzte sie und starrte auf den Mond hinaus. „Wie kann ich jemals aufhören, dich zu lieben?"

Während der nächsten Tage gelang es Ainsley, Trent aus dem Weg zu gehen. Sie verbrachte die meiste Zeit im Atelier und zeichnete ein paar Entwürfe auf Papier, bevor sie sie in Öl auf die Leinwand übertragen würde. Abgesehen von den Mahlzeiten blieb sie im Atelier und verließ es nur, um hin und wieder nach Korey zu sehen. Zu ihrer Erleichterung respektierte Trent ihren Wunsch, allein zu sein. Sie sagte sich mehrmals, dass es so besser sei, obwohl es sie auch ein wenig traurig stimmte, dass er kein einziges Mal an ihre Tür klopfte.

Als sie mit ihren Skizzen fertig war, stand sie vom Tisch auf und ging ans Fenster. Korey saß auf seinem schwarzen Hengstfohlen und trainierte für das Rennen in Pine Corners. Trent und Jefferson standen im Schatten eines alten Ahornbaums und sahen ihm dabei zu.

Ainsley entschied, dass es an der Zeit war, sich Trent zu stellen. Sie eilte die Treppe hinunter und steuerte gerade die Koppel an, da drehte ihr Vater sich zu ihr um. Plötzlich wurde sein Gesicht aschfahl, und er taumelte. Trent hielt ihn am Arm fest, und Ainsley rannte los. Als sie ihn erreichte, lehnte Jefferson am Baum, und langsam kehrte die Farbe in sein Gesicht zurück.

„Was war das?“, fragte sie besorgt. „Geht es dir gut?“

„Bestens“, versicherte er. „Ich hatte nur ein wenig Schmerzen.“

„Nur ein wenig? Danach sah es aber nicht aus.“

„Du machst dir zu viele Sorgen, Mädchen. Das hat deine Ma auch immer getan.“

Trent musterte ihn. „Bist du sicher, dass es dir besser geht?“

„Fit wie ein Turnschuh“, erwiderte Jefferson und straffte sich. „Kein Grund zur Aufregung.“

„Hattest du diese Schmerzen schon mal?“, fragte Ainsley.

„Hin und wieder.“

„Warst du beim Arzt?“

Lachend holte Jefferson seine Zigaretten heraus. „Was sollte der mir sagen? Dass ich alt werde? Dass ich nicht mehr rauchen darf? Dass ich mich schonen muss?“

„Ich weiß nicht, was …“

„Die Ärzte haben deine Ma auch nicht gerettet“, unterbrach er sie und steckte eine Zigarette an. „Und ich habe keine Lust, dauernd Tabletten zu schlucken oder auf Salz zu verzichten. Mir geht es gut.“

„Aber …“

„Lass mich in Ruhe, Missy. Ich lebe so, wie es mir gefällt.“ Er ging zum Zaun. „Jetzt zügle ihn!“, rief er seinem Enkel zu. „Dass er gehorcht, ist genauso wichtig wie Schnelligkeit.“

„Wenigstens weiß ich jetzt, woher du deine trotzige Ader hast“, murmelte Trent.

Bevor Ainsley antworten konnte, blickte Jefferson über die Schulter. „Hört auf, hinter meinem Rücken über mich zu reden“, sagte er. „Meine Ohren sind noch so gut wie früher.“ Er zeigte zu Korey hinüber. „Dein Sohn reitet, als wäre er hier aufgewachsen.“

Ainsleys Augen leuchteten vor Stolz. „Das stimmt.“

„Dann darf er also beim Rodeo antreten?“

Sie sah Trent an, doch der schaute zu Korey und Crazy Luke hinüber. „Dann bin ich wohl überstimmt“, gab sie seufzend auf.

„Du wirst es nicht bereuen.“ Begeistert schlug ihr Vater sich auf den Oberschenkel.

„Ich hoffe, du hast recht, Dad“, erwiderte Ainsley, als eine Wolke sich vor die Sonne schob und Schatten übers Land huschten.

7. KAPITEL

Ainsley legte den Pinsel ab, trat einen Schritt von der Leinwand zurück und betrachtete das Werk mit kritischem Blick.

Sie war noch nicht zufrieden mit ihren Versuchen, das Leben auf der Ranch einzufangen. An den Wänden lehnten mehrere unvollendete Bilder. Gelungen fand sie nur ein Porträt ihres Vaters.

Sie beschloss, sich den Rest des Nachmittags freizunehmen. Die vergangene Woche war nicht einfach gewesen. Sich von Trent fernzuhalten hatte Kraft gekostet. Wohin sie auch kam, er schien überall zu sein. Und jedes Mal, wenn ihre Wege sich kreuzten, spürte sie seinen forschenden Blick.

Er war nicht unfreundlich gewesen, hatte sie jedoch kein einziges Mal im Atelier besucht. Und sie hatte ihn nicht eingeladen. Ihre Gefühle für ihn waren zu schwer zu definieren, und sie wollte nicht zu oft an ihn denken. Denn sie ahnte, was ihr dann klar werden würde – dass sie in ihn verliebt war. Wahrscheinlich war sie das immer gewesen.

Sie spürte die warme Sommerbrise am Rücken, als sie zur hinteren Veranda ging. In der Küche goss sie sich ein Glas Limonade ein. Sie lauschte, aber es war vollkommen still im Haus.

„Sarah?“, rief sie. „Dad?“

Keine Antwort.

„Seltsam“, murmelte sie und ging ins Wohnzimmer. Draußen bellte Dallas laut, als hätte er einen Maulwurf in die Ecke getrieben. Die Standuhr tickte leise vor sich hin. Vermutlich hatte ihr Vater sich hingelegt, und Sarah arbeitete im Garten.

„Dad!“ Sie klopfte an die Tür des Arbeitszimmers, wartete ungeduldig und trat ein.

Ihr Vater saß nicht in seinem Sessel und hatte es sich auch nicht auf der Couch bequem gemacht. Sie wollte gerade wieder hinausgehen, da bemerkte sie das aufgeschlagene Scheckbuch auf dem Schreibtisch.

Sie ging hinüber und schrie leise auf, als sie die Zahlen sah. Daneben lag ein Stapel unbezahlter Rechnungen. „Oh Dad“, flüsterte sie und biss sich auf die Lippe.

Eine böse Vorahnung stieg in ihr auf. Mit angehaltenem Atem zog sie den Aktenschrank auf und fand noch mehr unbezahlte Rechnungen sowie diverse Mahnschreiben von Anwälten, die Gläubiger der Circle S vertraten.

Das konnte doch nicht wahr sein! Wo blieb das ganze Geld? Gespannt überflog sie die Liste der Scheckempfänger. Löhne, Futter, Reparaturen, aber eine verblüffende Zahl von Schecks war an McCullough Oil gegangen.

Sie fühlte sich wie nach einem Tritt in die Magengrube und zitterte am ganzen Körper, als sie wieder an den Aktenschrank ging und inständig hoffte, nichts zu finden, das Trent belastete. Sie konnte sich nicht vorstellen, dass er Jefferson absichtlich in den Ruin trieb, um die Ranch zu übernehmen.

In einem kleinen Ordner ganz hinten entdeckte sie den Vertrag zwischen Trent und ihrem Vater. Sie traute ihren Augen nicht. Ihr Vater hatte Trent McCullough nicht nur fünfundzwanzig Prozent der Circle S, sondern auch sein Flugzeug überlassen – alles zusammen für mickrige fünfzigtausend Dollar. Die Cessna allein war so viel wert! Fassungslos lehnte sie sich gegen den Schrank. In diesem Moment kam Trent herein.

Er sagte kein Wort.

Verlegen ließ sie den Vertrag auf den Schreibtisch fallen und setzte sich auf die Fensterbank.

„Was tust du hier?“, fragte er kühl.

„Ich habe Dad gesucht.“

„Hier ist er nicht.“

„Ich weiß. Aber …“ Sie zeigte auf das Scheckbuch. „Es war aufgeschlagen.“

„Also hast du ein wenig herumgeschnüffelt.“

„Ich wollte nur ein paar Antworten“, entgegnete sie aufgebracht.

„Und die hast du jetzt?“

„Ja“, flüsterte sie. „Ich glaube schon.“

„Dann weißt du, dass die Ranch in Schwierigkeiten steckt.“

„In großen sogar. Es ist schlimmer, als ich dachte“, sagte sie mit einem Blick auf den Vertrag.

Seine Miene verfinsterte sich. „Vielleicht wird es besser. Wir verkaufen demnächst Vieh und Schafe und …“ Er verstummte, als er den Vorwurf in ihren Augen wahrnahm. „Oh verdammt, Ainsley, wenn wir nach diesem Sommer keine schwarzen Zahlen schreiben, wird die Ranch versteigert.“

„Aber wie …“

„Ein paar unglückliche Entscheidungen.“

„Zum Beispiel die Beteiligung an der Ölgesellschaft.“

„Ja, auch die.“

„Was noch, Trent?“ Sie wedelte mit dem Vertrag. „Irgendwie hast du es geschafft, meinen Vater dazu zu bringen, in eure kriselnde Firma zu investieren, und dann hast du ihm mit *seinem* Geld sein Flugzeug und einen Teil seines Lands abgekauft!“

„Es war seine Idee.“

„Natürlich, was sollte er auch tun, nachdem du ihn an den Rand der Pleite getrieben hattest!“ Sie zitterte am ganzen Körper. „Und ich hätte dir fast vertraut!“

„Du hast mir nie richtig vertraut“, sagte er leise und beherrschte sich nur mit Mühe.

„Kannst du mir das verdenken? Vor elf Jahren hast du behauptet, dass Robert mich nur geheiratet hat, um sich diese Ranch unter den Nagel zu reißen. Aber es war gar nicht Robert, der es auf das Geld abgesehen hatte, nicht wahr? Du warst es! Du!“

Trent setzte sich auf eine Ecke des Schreibtischs. „Das stimmt nicht, und du weißt es genau.“

„Woher? Woher soll ich das wissen, Trent? Weil ich etwas für dich empfinde? Weil wir miteinander geschlafen haben? Weil ich glauben will, dass ich dir so viel bedeute wie du mir?“, rief sie mit Tränen in den Augen. „Du hast mich benutzt, Trent! Du hast mir nur vorgespielt, dass du dich um Korey und meinen Vater und mich sorgst. Und ich bin darauf hereingefallen!“ Sie knallte den Vertrag auf den Schreibtisch.

„Und das hier ändert alles zwischen uns?“, fragte er und tippte auf das Dokument.

„Was denkst du denn?“

„Du suchst nur nach einem Vorwand.“

„Dann erklär mir das hier, verdammt!“

„Vielleicht solltest du lieber mit deinem Vater darüber reden.“

„Das werde ich!“ Sie wollte hinausgehen, aber er hielt sie fest und drehte sie unsanft zu sich herum.

„Wir haben da noch etwas zu klären.“

„Und das wäre?“, fragte Ainsley verächtlich.

„Dass ich dich liebe. Das habe ich immer getan, und das werde ich immer. Vielleicht gefällt es mir nicht, aber ich kann verdammt noch mal nichts dagegen tun!“

„Und deshalb arbeitest du hier?“

„Ich arbeite hier, weil dein Vater mich darum gebeten hat.“

„Guter alter Trent“, sagte sie spöttisch. „Und deshalb beschuldigst du Korey, ein Dieb zu sein? Weil du mich liebst?“

„Ich wollte nur helfen."

„Helfen?", wiederholte sie sarkastisch.

„Korey braucht einen Mann, der ihm …"

„Ich bin es leid, das zu hören!", unterbrach sie ihn mit blitzenden Augen. „Korey ist *mein* Sohn, und ich kann ihn allein erziehen! Wir beide brauchen keinen Mann, der uns herumkommandiert und für ihn den strengen Vater spielt!"

„Du hast also alles voll im Griff, ja?"

„Noch nicht. Aber bald, das verspreche ich."

Er schaute auf ihre schmal zusammengepressten Lippen. „Ich möchte nur, dass du eines weißt: Das alles, die Ölquellen, mein Job hier, das Flugzeug, alles war die Idee deines Vaters."

„Sicher. Nachdem du und Jonah ihm keine andere Wahl gelassen habt."

„Ich hätte niemals zugelassen, dass Jonah deinen Vater zu etwas zwingt."

„Nein, du hast das lieber selbst getan, was?"

Er kniff die Augen zusammen. „Ich habe eine Abmachung mit deinem Vater. Und die halte ich ein."

„Natürlich. Eine solche Chance lässt du dir nicht entgehen, was?"

„Wie bist du nur so verbittert geworden, Ainsley?"

„Vielleicht hatte ich gute Lehrer", flüsterte sie und wehrte sich gegen die Tränen. „Du und Robert, ihr wusstet beide, wie ihr mich manipulieren konntet, nicht wahr? Wie konnte ich nur so dumm sein, auf euch hereinzufallen?" Sie ließ sich auf den Schreibtischstuhl ihres Vaters fallen und schaute aus dem Fenster.

„Ainsley …"

„Geh einfach, okay? Ich meine es ernst, Trent. Es ist vorbei." Sie zwang sich, ihm in die Augen zu sehen. „Ich schlage vor, wir gehen uns ab jetzt aus dem Weg. Das dürfte nicht allzu schwer sein. In zwei Monaten bin ich wieder weg."

Er drehte sich um. Sekunden später fiel die Tür hinter ihm ins Schloss.

Tränen rannen ihr übers Gesicht, als sie durch die Jalousie beobachtete, wie er zu den Stallungen ging. Seine Fäuste waren geballt.

„Warum muss ich dich bloß lieben?", wisperte sie verzweifelt.

Als sie sicher war, dass er nicht zurückkommen würde, griff sie nach dem Hörer und rief die Auskunft an.

„Welche Stadt, bitte?"

„San Francisco."

„Und der Teilnehmer?“

„Hillside Realty, bitte.“ Sie notierte sich die Nummer des Immobilienmaklers auf einem Zettel und stopfte ihn in die Tasche. Irgendwie musste sie das Geld aufbringen, um die Ranch vor der Zwangsversteigerung zu bewahren. Die Circle S war seit Generationen im Besitz ihrer Familie, und Ainsley würde nicht zulassen, dass die örtliche Bank oder McCullough Oil sie in die Finger bekamen.

Als Erstes würde sie mit dem Filialleiter der First Federal Bank reden. Wenn sie dort keinen Erfolg hatte, würde sie ihr Stadthaus in San Francisco verkaufen.

„Ich habe etwas Geld gespart“, sagte Ainsley zu ihrem Vater, „und das Haus in San Francisco ist …“

„Augenblick mal, Missy“, brauste Jefferson auf. „Ich habe diese Ranch jahrelang ohne deine Hilfe geführt und brauche sie jetzt auch nicht.“

„Aber …“

„Kein Aber! Ich nehme keinen Cent von dir an, nicht mal als Kredit“, fuhr er fort und ließ sie einfach stehen.

Wütend folgte sie ihm. „Ich will dir doch nur helfen …“

„Jetzt hör mir zu!“, unterbrach ihr Vater sie, bevor seine Stimme versagte, die Beine nachgaben, er auf die Knie fiel und langsam nach vorn kippte, die Hände an die Brust gepresst.

„Dad!“, schrie sie. „Oh Gott! Hilfe! Korey!“, rief sie über die Schulter. Aber Korey war zu weit entfernt, um sie zu hören. „Sarah! Bitte, hilf mir!“ Vorsichtig drehte sie Jefferson auf den Rücken. „Dad, kannst du mich hören? Was hast du?“

Sein Gesicht war grau, und er hatte die Finger ins Hemd gekrallt. „Es ist nichts.“

Trent kam aus der Scheune gerannt. „Das nennst du nichts?“, sagte er scharf, bevor er sich über den Gestürzten beugte und Anweisungen gab. „Ruf einen Rettungswagen. Sofort!“ Er öffnete Jeffersons Hemd.

Ainsley hastete in die Küche. Mit Tränen im Gesicht und zitternden Fingern wählte sie den Notruf. Sie berichtete, was geschehen war, legte auf und rannte wieder ins Freie.

Trent war noch immer über ihren Vater gebeugt. Sarah stand neben ihm. Die Erde erbebte unter Crazy Lukes Hufen, als Korey über die Koppel galoppierte. Mit weißem Gesicht sprang er aus dem Sattel und eilte zu seinem Großvater. „Was ist passiert?“

Ainsley zog ihren Sohn an sich. „Ich glaube, Grandpa hatte einen Herzinfarkt."

„Gütiger Himmel", flüsterte Sarah.

Koreys Augen füllten sich mit Tränen. „Er wird doch wieder gesund, oder?"

„Das hoffe ich", wisperte Ainsley, als in der Ferne eine Sirene ertönte. „Reite zur Straße, damit die Sanitäter wissen, wohin sie müssen."

Der Junge rannte zu seinem Pferd und galoppierte die Einfahrt entlang.

Kurz darauf traf der Rettungswagen ein. Zwei Sanitäter sprangen heraus, versorgten Jefferson mit Sauerstoff und untersuchten ihn, wobei sie über Handy mit einem Arzt im Krankenhaus verbunden waren. Dann legten sie ihn auf eine Trage und schoben sie in den Wagen.

„Wir fahren hinterher", sagte Trent und nahm Ainsleys Hand.

„Ich komme auch mit", rief Korey.

„Du bleibst besser bei Sarah", erwiderte Trent. „Wir melden uns, sobald wir etwas wissen."

„Aber ich will bei Grandpa sein."

Der Rettungswagen raste davon.

„Du musst dich um dein Pferd kümmern." Trent zeigte auf Crazy Luke, der mit schweißnassem Fell und zitternden Flanken dastand und heftig schnaubte.

„Mom?"

„Wir rufen vom Krankenhaus aus an. Vielleicht kann Sarah dich nachher in die Stadt fahren." Ainsley sah die Haushälterin an.

„Natürlich kann ich das. Jetzt fahrt schon. Korey, dein Pferd braucht dich."

Der Junge gehorchte.

„Du wirst ihn nicht verlieren", sagte Trent, als Ainsley und er in seinen Jeep stiegen.

„Ich wünschte, ich könnte dir glauben", antwortete sie mit ausdrucksloser Stimme.

Wenige Minuten später rannte sie ins Krankenhaus, noch bevor er den Motor ausgestellt hatte. „Ich bin Ainsley Hughes, Jefferson Smiths Tochter. Er ist gerade im Rettungswagen hier angekommen", berichtete sie atemlos.

„Füllen Sie bitte dieses Formular aus", erwiderte die Schwester und reichte ihr ein Klemmbrett.

„Aber ich muss wissen, wie …"

„Der Arzt ist jetzt bei ihm."
Wenigstens lebt er noch.
„Aber …"
„Bitte, Mrs Hughes, füllen Sie einfach das Formular aus, ja?"
Ainsley setzte sich und überflog den Bogen. Jeffersons Name, Alter, Geburtsdatum. Aber dann wurden die Fragen schwieriger. „Versicherung?", flüsterte sie. „Ich habe keine Ahnung …"
„Hier." Trent holte eine Versicherungskarte heraus.
Ainsley warf einen Blick darauf. „Du bist über Dad versichert?"
„Nicht ganz." Er wartete, bis sie fertig war, und brachte der Schwester das ausgefüllte Formular.
„Kann ich ihn jetzt sehen?", fragte Ainsley.
„Noch nicht. Der Arzt ist noch bei ihm." Die Schwester lächelte aufmunternd, und Ainsley nahm wieder Platz.
Nervös blätterte sie in einer zerlesenen Zeitschrift, nahm den Text und die Fotos jedoch kaum wahr.
„Er kommt wieder auf die Beine", sagte Trent nach einer Weile und nahm ihre Hand.
„Woher willst du das wissen?"
„Jefferson ist zäh."
„Mrs Hughes?", rief die Schwester, und Ainsley sprang auf. „Sie können jetzt mit Dr. Holmes sprechen. Rechts durch die Tür dort …"
In der Notaufnahme kam ihnen ein junger Mann mit rötlichem Haar entgegen. „Sie sind Mr Smiths Tochter? Ainsley …"
„Ja." Sie gab dem Arzt die Hand. „Und dies ist Trent McCullough, der Vormann unserer Ranch."
„McCullough? Wie die Ölgesellschaft?"
Trent nickte. „Ja."
Dr. Holmes sah wieder Ainsley an. „Ihr Vater ruht sich jetzt aus."
„Gott sei Dank", wisperte sie.
„Er hatte einen Herzinfarkt."
„Oh Gott …"
„Deshalb möchte ich ihn für ein paar Tage hierbehalten." Dr. Holmes lächelte. „Er wird nicht begeistert sein."
„Ganz bestimmt nicht. Darf ich ihn jetzt sehen?", bat Ainsley.
„Er liegt auf der Intensivstation." Der Arzt zeigte den Korridor entlang. „Links um die Ecke."
„Danke."
„Wir sehen uns sicher noch."

Ainsley und Trent betraten die Intensivstation, wo eine Schwester ihnen erlaubte, einen Blick in Jeffersons abgedunkeltes Zimmer zu werfen. Er lag flach auf dem Rücken, mit geschlossenen Augen und blassem Gesicht. Er war an Überwachungsgeräte und eine Infusion angeschlossen und sah müde und resigniert aus. Ainsley schluckte. „Dad?“

Jefferson bewegte sich nicht.

„Dad? Kannst du mich hören?“ Sie fühlte Trents Hand auf ihrer Schulter.

„Komm schon. Er braucht jetzt Ruhe. Ich lade dich zum Essen ein.“

„Ich kann nichts essen.“

„Versuch es einfach.“

Seufzend folgte sie ihm aus dem Zimmer. „Wenn mein Vater aufwacht, sagen Sie ihm bitte, dass ich später wiederkomme“, bat sie die Schwester und eilte ans nächste Telefon, um Sarah anzurufen.

Die Haushälterin nahm nach dem ersten Läuten ab, und Ainsley erzählte, wie es ihrem Vater ging.

„Gott sei Dank“, sagte Sarah. „Ich bringe Korey nachher zu ihm. Wenn das okay ist.“

„Natürlich.“ Ainsley sprach noch kurz mit ihrem Sohn, legte auf und ließ sich von Trent zum Wagen führen.

„Ich glaube, ich bin nicht passend angezogen“, murmelte sie, als er kurz darauf auf dem Parkplatz eines Restaurants am Fluss hielt. Das Country House war früher ein Hotel gewesen und jetzt die beste Adresse der Stadt.

„Keine Sorge, du wirst die Schönste von allen sein“, erwiderte er mit einem Blick auf ihr weißes Sommerkleid.

„Meinst du?“, fragte sie schmunzelnd.

„Ich weiß es.“

Er selbst trug eine verwaschene Cordhose und ein Arbeitshemd, daher protestierte sie nicht, als er ihr beim Aussteigen half, ihre Hand nicht losließ und mit ihr hineinging.

Die getäfelten Wände und der Parkettboden glänzten im Schein eines Kronleuchters, und die Glocke über der Eingangstür läutete diskret.

„Trent!“, rief eine schlanke junge Frau mit rotem Haar und einem freundlichen Lächeln und kam hinter ihrem antiken Schreibtisch hervor. „Lange nicht gesehen.“

„Ich war beschäftigt, Melissa.“

„Womit?“

Er warf Ainsley einen Blick zu. „Ich helfe auf der Ranch der Smiths aus."

„Mach dich nicht so rar", tadelte sie milde. „Jonah kommt dauernd vorbei. Wenn er mal in der Stadt ist, heißt das."

„Ja, das kann ich mir vorstellen."

„Er hat für heute Abend einen Tisch reserviert. Möchtet ihr in der Nähe sitzen?"

„Nein danke."

„Okay." Sie musterte Ainsley interessiert, aber unauffällig. „Wie wäre es mit einem Separee?"

„Sehr gern."

Keine Minute später saßen sie auf ihrem eigenen Balkon mit Blick auf den Fluss. Ainsley schaute auf das jadegrüne Wasser hinunter. „Weißt du noch, wie wir darin gebadet haben?"

„Wie könnte ich das vergessen?" Trents graue Augen glitzerten. „Ich habe dich im Evaskostüm erwischt."

Sie errötete. „Und du hast meine Sachen gestohlen."

„Ich habe sie dir zurückgegeben!"

„Eine halbe Stunde später. Ich war total erledigt!"

Er lächelte verführerisch. „Ich habe dir nur eine Lektion erteilt."

„Dir nicht zu vertrauen!"

„Komm schon, Ainsley." Er berührte ihre Hand. „Das ist Jahre her."

„Ich weiß, aber es war gemein." Sie trank einen Schluck Wein. „Ich habe mir den Rest des Sommers den Kopf darüber zerbrochen, wie ich mich an dir rächen kann."

„Das ist dir gelungen, nicht wahr?"

Sie sah den Schmerz in seinen Augen und schüttelte den Kopf. „Ich habe Robert geheiratet, weil ich dachte, dass ich ihn liebe. Ich hatte keine Ahnung ..."

Der Kellner trat an den Tisch und nahm ihre Bestellung auf. Ainsley sprach die Vergangenheit nicht wieder an. Im Moment gab es nichts Wichtigeres als ihren Vater.

„Ich wollte keine alten Wunden aufreißen", sagte Trent leise.

„Schon gut."

Er schenkte ihnen Wein nach und stieß mit ihr an. „Auf die Zukunft."

„Und was immer sie bringt", flüsterte sie. Ihr Vater musste wieder gesund werden. Nervös strich sie über den Rand ihres Glases.

„Ich liebe dich, Ainsley", gestand er unvermittelt. „Aber zur Liebe gehören nun mal zwei, und du musst lernen, mir zu vertrauen."

„Warum?“ Ihr Hals war plötzlich trocken.

„Weil du mich lieben willst. Du hast nur Angst.“

Sie wollte lachen, konnte es aber nicht. „Wovor?“

„Einem Mann zu vertrauen. Robert hat dir sehr wehgetan, und jetzt hast du dich mit einer Mauer umgeben, hinter der niemand eine verletzliche Frau vermutet.“

„Das ist doch Unsinn!“

„Es ist die Wahrheit“, entgegnete Trent gelassen.

Sie seufzte nur. Die flackernden Kerzen ließen ihr rotes Haar aufleuchten.

„Entspann dich und genieß das Essen“, fuhr er fort. „Danach fahren wir zu deinem Dad.“

Ainsley aß, so viel sie konnte, und schaute auf den Fluss hinaus. Dunkle Schatten wanderten übers Wasser. Unten im Restaurant war es voll geworden, und Gesprächsfetzen drangen nach oben. Eine Stimme war lauter als alle anderen. Sie gehörte Trents Bruder.

„Mach dir seinetwegen keine Sorgen“, sagte Jonah. „Er kommt schon zur Vernunft. Wir haben ein Angebot für die Hammond-Ranch eingereicht, und Lila fliegt heute Abend ein, um die Papiere zu unterschreiben.“

Reglos lauschte Ainsley.

„Also ist alles unter Dach und Fach?“, fragte eine andere Stimme.

„Wir brauchen nur noch unsere Namen darunterzusetzen.“ Jonah lachte triumphierend.

Ainsley brachte keinen Bissen mehr herunter. Sie sah Trent an. „Worüber reden sie?“

„Das ist Jonahs Sache“, erwiderte er.

„Will er sämtliche Rancher der Gegend von ihrem Land vertreiben?“, fragte sie entsetzt.

„Ich weiß es nicht.“

„Aber Nick Hammonds Ranch ist schuldenfrei und seit Generationen im Familienbesitz.“

„Offenbar hat er eine Hypothek aufgenommen.“ Trent fuhr sich durchs Haar. „Laut Jonah will die Bank sie zwangsversteigern lassen.“

Ainsley fröstelte. „Nick Hammond hat in McCullough Oil investiert, richtig?“

„Vor ein paar Jahren.“

„Und jetzt verliert er seine Ranch – genau wie mein Vater! Mein Gott, Trent, kannst du überhaupt noch in den Spiegel schauen?“ Sie warf die Serviette auf den Tisch und eilte nach unten. Weg von Trent und allem, wofür er stand.

Sie hörte, wie er ihr folgte, verließ das Restaurant und rannte über die Straße, ohne auf den Verkehr zu achten. Ein Wagen verfehlte sie nur knapp, aber sie achtete nicht darauf.

„Ainsley!“, rief Trent.

Sie war blind vor Tränen und sah nicht, wohin sie lief, doch sie rannte weiter. „Ainsley, bleib stehen!“

Ein Autofahrer hupte, Reifen quietschten, aber selbst das hielt sie nicht auf. Sie überquerte die Straße und erreichte den kleinen Park, wo sie sich zwischen den Pinien verstecken konnte. Sie presste den Rücken gegen die raue Rinde und atmete mehrmals tief durch, um nicht wie ein Kind zu schluchzen. Wie hatte sie Trent nur jemals vertrauen können?

Sie wollte ihn hassen, brachte es jedoch nicht fertig. Was auch immer er und Jonah getan hatten, um ihre Freunde und sogar ihren Vater um ihr Land zu bringen, sie liebte ihn.

Übelkeit stieg in ihr auf. Ihre Knie gaben nach, und sie rutschte am Stamm hinab. Verzweifelt schlug sie die Hände vors Gesicht. Warum konnte sie nicht aufhören, Trent McCullough zu lieben?

„Ainsley!“

Sie wehrte sich gegen die Tränen und hielt den Atem an.

„Ainsley! Verdammt noch mal, wo bist du?“

Seine Stimme kam immer näher. Sie versuchte aufzustehen, rutschte aus und fiel wieder zu Boden. Und dann stand er vor ihr.

8. KAPITEL

Was soll das?“, fragte Trent scharf. „Du wärst fast überfahren worden!“

„Lass mich in Ruhe.“

„Nein.“ Er half ihr auf, aber Ainsley riss sich los. Als sie wieder davonlaufen wollte, hielt er sie fest, zog sie an sich und küsste sie einfach.

„Hör auf“, flüsterte Ainsley, noch während sie die Hände in seinen Nacken legte.

„Vertrau mir“, bat er.

„Du hast Jonah doch auch gehört.“ Sie löste sich von ihm. „Mir gefällt nicht, was hier vorgeht.“

„Mir auch nicht.“

„Dann tu etwas dagegen.“ Sie klopfte sich den Staub vom Kleid.

„Ich gebe mein Bestes.“

„Das reicht offenbar nicht. Nick Hammond verliert seine Ranch – nur weil er in eure verdammte Ölfirma investiert hat!“

„Vielleicht ist das nicht der einzige Grund.“

„Und wenn schon.“ Sie ging zum Restaurant zurück.

Unter einer Straßenlaterne holte er sie ein. „Mach dir um Hammond keine Sorgen.“

„Warum nicht?“

„Vertrau mir einfach, okay?“ Er nahm ihre Hand, ging mit ihr zum Jeep und half ihr hinein.

Als sie vom Parkplatz fuhren, kam Jonah McCullough aus dem Restaurant. Sein Begleiter hatte eine attraktive Frau am Arm.

„Wer ist der Mann neben Jonah?“, fragte Ainsley.

„Jed Parker, ein Immobilienmakler aus Idaho.“

„Und die Frau?“

„Keine Ahnung.“

„Und Lila kommt zurück – heute Abend?“

„Ja.“

Schweigend fuhren sie zum Krankenhaus. Als sie Jeffersons Zimmer betrat, saß er aufrecht im Bett und lächelte ihnen entgegen.

„Na endlich!“, rief er.

„Sarah und Korey kommen auch gleich.“ Ainsley zog einen Stuhl ans Bett.

Trent zögerte. Er wollte bei ihr bleiben, aber er hatte auf der Rocking M Ranch etwas zu erledigen – mit Jonah.

„Fahr ruhig“, sagte sie.

„Bist du sicher?“

„Bin ich.“

„Kümmere dich um die Ranch“, bat Jefferson.

„Das mache ich.“

„Und um meine Tochter.“

„Dad!“, protestierte Ainsley, während Trent hinausging. Sie wartete, bis die Tür sich hinter ihm geschlossen hatte. „Ich bin dreißig und kann selbst auf mich aufpassen.“

„Ich möchte, dass du ihn heiratest.“

Verblüfft starrte sie ihn an. „Das kann nicht dein …“

„Und zwar bevor ich sterbe.“

Sie erblasste. „Was redest du da?“

„Mir bleibt nicht mehr viel Zeit. Wenn es so weit ist, will ich wissen, dass du wieder verheiratet bist. Mit einem Mann, der dich liebt und für dich sorgen kann.“

„Ich will nicht versorgt werden.“

„Sag mir, dass du Trent McCullough nicht liebst“, forderte ihr Vater sie auf.

„Ich liebe ihn nicht.“

Er nahm ihre Hand. „Schau mir in die Augen, und sag das noch mal.“

„Mr Smith?“ Eine junge Krankenschwester schaute herein. „Wie fühlen Sie sich?“

„Ich habe mich schon mal besser gefühlt.“

Sie trat ans Bett. „Zeit für Ihre Schmerztablette.“

„Ich will keine Tablette!“

„Komm schon, Dad, die bringt dich nicht um.“ Ainsley reichte ihm ein Glas Wasser, und gehorsam schluckte er das Medikament.

„Nur noch ein paar Minuten. Dann wirkt die Tablette, und er braucht seine Ruhe“, mahnte die Schwester, bevor sie verschwand.

„Hat er dir noch keinen Antrag gemacht?“, fragte Jefferson.

„Wer?“

„Trent McCullough“, sagte er schläfrig.

„Warum sollte er das tun?“

„Weil ich ihn darum gebeten habe.“

„Du hast was getan?“, fragte Ainsley fassungslos.

„Ich habe ihm gesagt, dass er dich heiraten soll … damit du einen Ehemann bekommst … und Korey einen Vater … und Trent das Land, sobald ich den Löffel abgebe …“ Ein mattes Lächeln huschte über Jeffersons faltiges Gesicht. „Er hat es als Bestechung bezeichnet."

„Bestechung", wiederholte Ainsley und fühlte, wie sie vor Scham errötete.

Die Schwester stand in der Tür. „Mrs Hughes."

„Ja?"

„Mr Smith muss jetzt schlafen."

„Natürlich." Wie benommen ging Ainsley auf den Korridor.

„Komm herein und trink mit uns", begrüßte Jonah McCullough seinen Bruder.

„Was gibt es zu feiern?", fragte Trent und nahm das Glas Whiskey entgegen.

Seine Schwester Lila lag auf der Couch. „Wir haben heute ein Gebot für die Hammond-Ranch abgegeben", erwiderte sie, ohne ihn anzusehen.

„Nick verkauft nicht."

„Muss er auch nicht, das tut die Bank für ihn."

„Nick ist ein Kämpfer und gibt nicht so schnell auf."

„Was soll das heißen?", fragte Jonah scharf.

„Warte es ab."

Jonah baute sich vor seinem Bruder auf. „Was zum Teufel hast du getan? Erst steckst du Geld in die marode Circle S und jetzt … Ich warne dich. Wenn du uns diesen Deal verdirbst …"

„Ich steige aus", unterbrach Trent ihn. „Ich habe genug vom Ölgeschäft."

„Du hast den Verstand verloren. Es ist Ainsley, habe ich recht? Die Frau hat dir den Kopf verdreht."

Trent ließ sich nicht provozieren. „Überlasst mir die Ranch, dann verzichte ich auf meine Anteile an McCullough Oil."

„Was ist in dich gefahren?" Lila sprang auf und starrte ihn an.

„Mir gefällt nicht, wie ihr mit unseren Nachbarn umspringt."

„So langsam habe ich die Nase voll von deinem weichen Herzen", fuhr seine Schwester ihn an.

„Du wirfst ein Vermögen weg", fügte Jonah hinzu.

„Lass das mein Problem sein", entgegnete Trent. „Denkt einfach über mein Angebot nach. Ich möchte die Papiere so bald wie möglich unterschreiben."

Lächelnd rieb Jonah sich das Kinn. „Ainsley setzt dich ganz schön unter Druck, was?"

„Setz einfach die nötigen Verträge auf.“
„Und verschwinde wieder?“
„Das habe ich nicht gesagt.“
„Das brauchtest du auch nicht.“ Jonah leerte sein Glas und stellte es auf den Schreibtisch. „Aber ich denke darüber nach. Meine Antwort bekommst du morgen.“
„Gut.“ Trent verließ das Haus, in dem er aufgewachsen war. Inzwischen fühlte er sich darin wie ein Außenseiter. Er schaute den Hügel hinab auf die Circle S. In Ainsleys Atelier über der Garage brannte noch Licht.
Obwohl er nicht sicher war, warum er es tat, kletterte er über den Zaun und machte sich auf den Weg zu ihr.

Frisch geduscht, nur in einem dünnen Bademantel und Sandalen stand Ainsley zwischen den Pinien hinter der Scheune. Es war noch warm, und in der Dunkelheit quakten Frösche und zirpten Grillen. Auf der Koppel drängten sich die Fohlen leise wiehernd an ihre Mütter. Die Luft duftete nach frisch gemähtem Heu und Sommerblumen.
Sie hatte es in ihrem Atelier nicht mehr ausgehalten und war froh gewesen, nur den Mond und die Sterne über sich zu haben. Aber plötzlich spürte sie, dass sie nicht mehr allein war. Sie blickte über die Schulter und sah Trent am Zaun lehnen.
„Was tust du hier?“, fragte sie verärgert.
„Ich beobachte dich“, erwiderte er gelassen.
„Weil du dafür bezahlt wirst?“ Die Frage zu stellen tat weh. Wie hatte sie ihm nur vertrauen können?
„Was soll das heißen?“
„Ich habe mit meinem Vater gesprochen.“
„Und?“
„Und er hat mir von eurer Abmachung erzählt.“
„Aber davon wusstest du doch schon. Du hast den Vertrag gesehen.“
„Von dem rede ich nicht.“
„Sondern?“
„Stell dich nicht dumm, Trent. Darauf falle ich nicht herein. Dad hat mir erzählt, dass er dich gebeten hat, mich zu heiraten. Und dass du dafür die Circle S bekommst!“
„Das glaubst du?“
„Es passt doch“, entgegnete sie empört. „Ein Viertel der Ranch gehört dir bereits. Und Nick Hammonds Ranch gehört spätestens nach

dem Sommer deiner Familie. Fehlt nur noch der Rest der Circle S, dann habt ihr das komplette südliche Ende des Tals."

„Und du denkst, das will ich?"

„Natürlich. Sobald der Ölpreis wieder steigt, bringt das Land euch ein Vermögen ein." Ihr war übel. Warum ließ er sie nicht einfach allein?

Trent verschränkte die Arme. „Und bis dahin?"

„Hast du die Ranch. Du kannst Weizen anbauen, Rinder züchten und in aller Ruhe abwarten."

„Glaubst du wirklich, ich würde mich für Geld belügen?", fragte er. „Meine Freiheit aufgeben und dich heiraten, um diese Ranch zu bekommen?"

„Ich ... weiß es nicht."

„Ich war noch nie verheiratet, Ainsley. Ich bin dreiunddreißig. Was sagt dir das?"

Sie schluckte. „Vielleicht hat man dir noch nicht das richtige Angebot gemacht."

Er beugte sich vor, berührte ihr Kinn und sah ihr tief in die Augen. „Es stimmt. Dein Vater hat versucht, mich zu bestechen. Ich heirate dich und bekomme die Circle S."

„Du Mistkerl!" Sie schlug gegen seine Brust. „Wie konntest du!"

Er hielt ihre Handgelenke fest. „Traust du mir so etwas wirklich zu?"

„Lass mich los! Ich will keine Lügen mehr hören!"

„Oh Ainsley ..." Er ließ sie los.

Sie wandte den Kopf ab, doch er nahm ihr Kinn zwischen die Finger und zwang sie, ihn wieder anzuschauen.

„Ich habe abgelehnt, Ainsley. Ich war einverstanden, ihm einen Teil der Ranch und das Flugzeug abzukaufen – bis es ihm finanziell wieder besser geht."

„Ja, sicher", sagte sie höhnisch. „Und warum geht es ihm finanziell so schlecht? Weil die Investition ins Ölgeschäft ihn in den Bankrott treibt."

Trent seufzte. „Ja, das auch."

„Und wenn es so weit ist, reißt du dir den Rest auch noch unter den Nagel."

„Nein!" Er atmete tief durch. „Du hast es noch immer nicht verstanden, oder?"

„Was?"

„Wie sehr ich dich liebe."

„Lass es, Trent", flüsterte Ainsley. „Heb es dir für jemanden auf, der dir glaubt."

„Genau das ist das Problem. Ich habe es mir viel zu lange aufgespart. Ich hätte vor elf Jahren darauf bestehen sollen, dass deine Ehe mit Robert annulliert wird. Das hätte eine Menge Probleme gelöst."

„Warum hast du es nicht getan?"

„Weil ich wollte, dass du glücklich bist. Und du hast mir gesagt, dass du Robert liebst."

„Das habe ich auch."

„Ich glaube nicht", widersprach er leise. „Ich glaube nicht, dass du Robert je geliebt hast."

Nicht so sehr wie dich, dachte sie betrübt, sprach es jedoch nicht aus.

„Damals war ich zu schwach", gab er zu und ließ den Blick über ihre Lippen zum Ausschnitt des Bademantels wandern. „Aber ich habe nicht vor, den gleichen Fehler zwei Mal zu begehen."

„Ich auch nicht. Ich werde nicht wieder auf den Falschen hereinfallen."

„Das musst du nicht, Ainsley. Denn ich bin der Richtige." Bevor sie es verhindern konnte, küsste er sie. Sie wich zurück und stieß gegen den rauen Stamm einer Pinie.

„Trent, ich … kann nicht", wisperte sie, während er ihr den Bademantel von den Schultern streifte. „Bitte …"

Sie schloss die Augen, als er den Kuss vertiefte, und legte den Kopf in den Nacken, als wollte sie ihm den Hals darbieten.

„Oh Ainsley", flüsterte er, und sein Atem strich heiß über ihre Haut. Der Bademantel glitt zu Boden, Trent zog die Nadeln aus ihrem Haar, und die kastanienbraunen Locken fielen auf ihre Schultern und Brüste hinab.

Ohne sie loszulassen, beugte er sich hinab und küsste ihre aufgerichteten Brustspitzen. Ainsley erbebte, als er das Gesicht gegen ihren Bauch presste und mit den Fingerspitzen ihren Po streichelte.

„Ich kann nicht", wiederholte sie atemlos. „Trent, bitte …"

Aber für ihn gab es schon kein Zurück mehr. Behutsam, aber entschlossen zog er Ainsley auf das Bett aus Piniennadeln unter den Bäumen.

„Liebe mich einfach, Ainsley", sagte er und warf sein Hemd zur Seite. „Für mich gab es nie eine andere."

Könnte ich ihm doch nur glauben, dachte sie verzweifelt, während ihre Hände wie von selbst über seinen Körper strichen. Sie hörte nur ihr eigenes Herz klopfen, fühlte seine erhitzte Haut und half ihm, sich seiner Jeans zu entledigen.

Er schob die Finger in ihr Haar. „Ich liebe dich. Das werde ich immer. Ich würde dir oder deiner Familie niemals wehtun. Das musst du mir glauben."

„Manchmal ist es schwer."

„Ich weiß."

Sie sah zum Himmel hinauf. Hoch über den Bäumen verschwand der Mond immer wieder hinter einer kleinen Wolke.

„Komm schon, Ainsley", fuhr Trent fort. „Flehe mich an, dich zu heiraten. Sag mir, dass du mit mir alt werden willst und kein Nein akzeptierst."

Gegen ihren Willen musste sie lachen. „Du bist verrückt."

„Ich liebe dich, Ainsley, und ich …" Er verstummte, erstarrte, und lauschte. Als sie sich bewegte, schüttelte er den Kopf und legte einen Finger an die Lippen.

Und dann hörte sie es auch. Gedämpfte Stimmen und raschelndes Laub. Leise griff sie nach dem Bademantel und zog ihn an, während Trent in die Jeans schlüpfte. Sein Blick folgte den Geräuschen. „Geh nach Hause. Ich komme nach."

„Aber …"

„Mach schon, Ainsley. Nimm den Weg zwischen den Bäumen hindurch, damit niemand dich sieht."

„Aber wer …"

„Psst. Geh jetzt."

Sie band den Gürtel zu und schlich davon. Ihr Puls raste, und zwei Mal wäre sie fast gestolpert. Ein Pferd wieherte, als sie an den Stallungen vorbeikam. In ihrem Atelier zog sie sich hastig an, schaute immer wieder besorgt aus dem Fenster und fragte sich, was Trent dort unten tat.

Trent knöpfte die Jeans zu, zog das Hemd an und versteckte sich zwischen den Bäumen. Die Stimmen wurden lauter und wütender.

„Ich habe doch gesagt, ich will damit nichts mehr zu tun haben!", rief Korey.

„Du hast mir fünf Flaschen versprochen", entgegnete Wilson.

„Die habe ich nicht bekommen."

„Weil du feige bist, deshalb!"

„Bin ich nicht!"

Die Jungen standen einander gegenüber wie zwei Boxer vor dem Kampf. Korey klein und drahtig, Trents Neffe Wilson einen Kopf größer und kräftiger.

„Du hast gesagt, du kannst Alkohol besorgen. Ich habe die fünfundzwanzig Dollar hier."

„Ich mache nicht mehr mit", beharrte Ainsleys Sohn.
„Warum? Ich dachte, du magst deinen Grandpa nicht."
Korey hatte die Fäuste geballt. „Er ist ganz in Ordnung."
„Ich habe gehört, dass er heute fast abgekratzt wäre."
Korey stürzte sich auf den älteren Jungen und warf ihn zu Boden. „Du mieses Stück!"
„Lass mich los!", schrie Wilson und versuchte, Korey abzuwehren.
„Das reicht." Trent sprang vor und zerrte Korey von seinem Gegner. „Hört sofort auf! Was ist hier los?"
„Nichts", keuchte Wilson und tastete über die Wange, wo Koreys Faust ihn getroffen hatte.
Korey schwieg mit gesenktem Kopf.
Trent sah ihn an. „Weiß deine Mutter, dass du so spät noch draußen bist?"
„Nein."
„Dann weiß sie vermutlich auch nicht, dass du deinen Großvater bestehlen wolltest, oder?"
„Aber das habe ich nicht!", beteuerte Korey. „Ehrlich nicht!"
„Was ist mit dir, Wilson?"
„Was soll mit mir sein?"
Trent seufzte. „Lass mich raten. Du bist der Zwischenhändler, stimmt's, Wilson? Du sagst Korey, was er stehlen soll, bezahlst ihn dafür und verkaufst die Sachen weiter. Mit Gewinn. Wahrscheinlich an Tom Brandon und seine Freunde."
Verblüfft starrte sein Neffe ihn an. „Woher weißt du das?"
„Es ist immer verdächtig, wenn ein Sechzehnjähriger sich mit einem Zehnjährigen abgibt. Nimm es nicht persönlich, Wilson, aber so läuft das nun mal nicht."
„Tom ist mein Freund!"
„Sicher. Solange du ihn belieferst." Trent rieb sich das Kinn. „Was mache ich jetzt mit euch? Ich könnte einen Zweig abbrechen und euch damit eine Abreibung verpassen."
Koreys Augen weiteten sich vor Schreck.
„Aber ich halte nichts von Gewalt."
Wilson atmete hörbar auf.
„Ihr geht jetzt beide nach Hause und erzählt euren Müttern, was ihr angestellt habt", befahl Trent streng. „Nein, wartet. Wilson, du beichtest es Lila, und du, Korey …"
„Ja?"

„Du gehst auf dein Zimmer. Ich rede selbst mit deiner Mom. Sie hatte einen harten Tag."

„Das ist unfair!", protestierte sein Neffe.

„Du hast mich gehört. Was ihr getan habt, ist illegal und gefährlich. Ihr könnt nur hoffen, dass Jefferson euch nicht anzeigt, wenn er aus dem Krankenhaus kommt. Sonst landet ihr nämlich im Jugendgefängnis. Um ihn gnädig zu stimmen, mistet ihr alle zwei Tage die Stallungen aus."

Korey wollte sich beschweren, ließ es jedoch, als Trent die Stirn runzelte. „Ja, Sir", murmelte er.

„Jetzt verschwindet."

Wilson rannte los. „Und richte Tom Brandon aus, dass ich mit ihm reden will", rief Trent ihm nach, bevor er Korey folgte.

Über der Garage brannte noch Licht. Er ging nach oben, klopfte leise und trat ein. Ainsley saß am Tisch, vor sich ihr Skizzenbuch, in den Händen einen Becher.

„Und?", fragte sie gespannt.

„Ich habe herausgefunden, wer die Sachen gestohlen hat." Er goss sich einen Kaffee ein.

„Korey?" Ihr Blick war voller Besorgnis.

„Der auch."

„Wer noch?"

„Wilson."

„Dein Neffe?"

Trent nickte. „Er ist der Zwischenhändler. Aber der wahre Schuldige ist Tom Brandon. Er befiehlt, und unsere Jungen springen."

„Wer ist Brandon?"

„Ein Sechzehnjähriger, der die beiden dazu angestiftet hat, für ihn zu arbeiten."

Ainsley stand auf. „Zeit für ein ernsthaftes Mutter-Sohn-Gespräch." Sie ging zur Tür.

Er kippte den Rest seines Kaffees ins Spülbecken. „Dann sehen wir uns morgen früh. Wenn ich mich recht erinnere, schuldest du mir noch einen Heiratsantrag."

„Träum weiter."

Er lächelte nur.

Auf dem Weg zum Haupthaus dachte sie an Trent und wünschte, ihre Beziehung wäre nicht so kompliziert. „Wer träumt jetzt?", flüsterte sie und sah ihm nach, als er davonging. Er verschwand in der Dunkelheit, und plötzlich fühlte sie sich unglaublich einsam.

9. KAPITEL

Drei Tage später war Jefferson wieder zu Hause. Ainsley wollte ihn nicht mit ihren Problemen belasten, aber natürlich erzählte Korey ihm sofort, dass er Hausarrest hatte und beim Rodeo nicht am Rennen teilnehmen durfte.

„Der Arme ist todtraurig", sagte ihr Vater, als er am Nachmittag mit Ainsley auf der Veranda saß.

„Ich weiß, Dad, aber er hat die Strafe verdient. Versteh mich doch."

„Das versuche ich ja, Ainsley."

Sie zögerte. „Da ist noch etwas."

„Was denn?"

„Ich muss nach San Francisco." Ihr blieb nichts anderes übrig, als ihn zu belügen. „Die Worthington Gallery stellt einige meiner Bilder aus. Die Galeristin hat gestern Abend angerufen. Ein Künstler hat abgesagt, und da ich kurzfristig einspringen kann …"

„Das hat nicht zufällig etwas mit Trent zu tun?"

„Er weiß nichts davon. Außerdem ist es nur für ein paar Tage." Sie beugte sich zu Dallas hinab und streichelte den alten Hund, der wie sie alle unter der drückenden Hitze litt.

Ein Jeep kam näher – Trents Jeep.

Sofort schlug ihr Herz schneller. Während der letzten Tage war sie ihm aus dem Weg gegangen, weil sie sich ihrer Gefühle für ihn noch immer nicht sicher war.

Er sprang aus dem Wagen, und sie ging ihm entgegen.

„Wie geht es deinem Dad?", fragte er.

„Störrisch wie immer."

„Also läuft hier alles wieder normal?"

„Er muss sich noch eine Weile ausruhen und ist davon gar nicht begeistert."

Trents Haar schimmerte im Sonnenschein, und er kniff die Augen zusammen, als er zu den Pferden hinübersah. „Ich muss morgen nach Denver."

„Das Ölgeschäft?"

„Ja."

„Das trifft sich gut. Du kannst mich mitnehmen, dann fliege ich nach San Francisco weiter."

„Was willst du dort?"

„Eine Ausstellung, die ich nicht verpassen darf. Ein anderer Künstler hat zurückgezogen, und die Galerie will meine Bilder ausstellen."

„Stimmt das?"

Ihre Handflächen waren feucht. Sie wischte sie an ihren Jeans ab. „Natürlich."

„Wie lange bleibst du in San Francisco?"

„Bis übermorgen."

„Ich kann dich dort abholen", bot er an.

Sie zögerte. „Ich brauche etwas Zeit für mich allein – um in Ruhe nachzudenken", erwiderte sie und schaute zu den Förderpumpen hinüber.

„Wenn du meinst", sagte er leise und schlenderte zur Veranda, als wäre nichts gewesen.

Ainsley musste sich zwingen, ihm nicht nachzusehen. Nach einem Moment gab sie sich einen Ruck und ging zum Atelier, um für die Reise an die Westküste zu packen.

Als Ainsley am nächsten Tag in die Cessna stieg, war sie ein Nervenbündel.

„Mach dir keine Sorgen um deinen Dad oder Korey", sagte Sarah. „Ich passe gut auf die beiden auf."

„Danke." Sie winkte der Haushälterin zu, bevor Trent die Tür schloss.

Die einmotorige Maschine rollte über die Startbahn, wurde immer schneller und hob ab.

„Warum reist du wirklich nach San Francisco?", fragte Trent, als sie die Reiseflughöhe erreicht hatten.

„Das habe ich dir doch …"

„Ich habe die Galerie angerufen, Ainsley. Ich nehme an, du willst versuchen, genug Geld zusammenzubekommen, um die Ranch zu retten."

Sie wollte nicht länger lügen. „Ich lasse nicht zu, dass es meinem Vater so ergeht wie Nick Hammond."

„Noch hat Hammond seine nicht verloren."

„Aber es ist nur eine Frage der Zeit, nicht wahr?", entgegnete sie.

Die Atmosphäre im engen Cockpit blieb angespannt, und während des Fluges schwiegen sie beide. Nach der Landung in Denver eilte Ainsley sofort zum Hauptterminal, um ihre Maschine nach San Francisco nicht zu verpassen.

Einige Zeit später beobachtete Trent, wie die 727 in den Himmel stieg. Als sie nicht mehr zu erkennen war, nahm er sich ein Taxi und ließ sich zum Finanzdistrikt fahren.

Sein Bruder erwartete ihn bereits. Er saß an seinem großen Schreibtisch und hob kaum den Kopf, als Trent eintrat, sondern beendete in aller Ruhe sein Telefonat.

„Einen Drink?“, fragte er, nachdem er endlich aufgelegt hatte.

„Nein, danke. Ich bin nur gekommen, um die Papiere zu unterschreiben.“

Jonah lächelte. „Erzähl mir nicht, dass Ainsley in einem Hotel in der Nähe auf dich wartet.“

Trent schwieg.

Seufzend griff sein Bruder nach den Verträgen. „Es war nicht einfach, Lila dazu zu überreden, dir die Ranch zu überlassen. Du weißt ja, wie sie zu Ainsley steht.“

Dass seine Schwester Ainsley nicht mochte, war keine Neuigkeit. Lila war mit Robert zusammen gewesen, bevor er Ainsley geheiratet hatte. „Hauptsache, sie hat zugestimmt“, erwiderte Trent.

„Sie möchte, dass Wilson die Sommer weiterhin auf der Ranch verbringt.“

„Das soll mir recht sein.“

„Vorausgesetzt, du bist nicht mit Ainsley verheiratet. Sie will nicht, dass Ainsley ihrem Sohn zu nahekommt. Das verstehst du sicher.“

Jonah reichte ihm die Verträge. „Eine Kopie für mich, eine für dich, eine für Lila.“

„Ich bin in einer halben Stunde mit meinem Anwalt verabredet. Gewiss macht es dir nichts aus, wenn er sie sich ansieht, bevor ich unterschreibe.“

„Damit habe ich gerechnet.“

„Gut. Ich bringe dir eure Exemplare nachher vorbei.“

„Lass dir nicht zu viel Zeit, sonst überlegt Lila es sich doch noch anders.“

Trent stand auf.

„Ich werde nie begreifen, warum du lieber Heuballen stapeln willst, anstatt zwei Türen weiter in deinem Büro zu arbeiten.“

Trent sah sich um. Dicke Teppiche, ein spektakulärer Blick auf Denver und die Rocky Mountains, bequeme Möbel und offene Fenster. Warum fühlte er sich hier trotzdem wie in einem Gefängnis? „Das wundert mich nicht“, sagte er zu seinem Bruder und ging zur Tür. „Sei einfach dankbar, dass ich deinen Job nicht will.“

Jonah wurde blass. Er wusste, dass er gegen seinen Bruder keine Chance hätte. „Glaub mir, das bin ich.“

Trent schloss die Tür hinter sich und konnte es kaum erwarten, das Gebäude zu verlassen.

Ainsley ging durch die Räume, die sie mit Robert und Korey bewohnt hatte. Die Parkettböden waren staubig, die Möbel mit Laken abgedeckt, die Teppiche aufgerollt. Das schmale Stadthaus zu verkaufen würde nicht einfach sein.

Langsam ging sie nach oben und betrat ihr Atelier. Es war luftig und hell, aber sie fühlte sich darin einsam. Sie betrat den Balkon und schaute auf das glitzernde Wasser der Bucht von San Francisco, aber sie schaffte es nicht, sich über die spektakuläre Aussicht zu freuen.

Sie bekam Trent nicht aus dem Kopf.

Als es läutete, eilte sie nach unten.

„Ich dachte, du wolltest den ganzen Sommer in Wyoming verbringen", sagte ihre Freundin Charlie lachend. „Außerdem habe ich zu meiner Überraschung erfahren, dass du in der Worthington Gallery ausstellst."

„Du hast mit Trent gesprochen."

„Ich weiß nicht, mit wem ich gesprochen habe, aber er hat eine tolle Stimme." Charlie betrachtete Ainsley von Kopf bis Fuß. „Und du siehst toll aus! Wyoming scheint dir gutgetan zu haben."

„Komm herein. Ich mache uns einen Tee. Earl Grey oder Orange Pekoe?"

„Orange Pekoe, aber wechsle nicht das Thema." Charlie folgte ihr in die Küche. „Ich will alles über den Mann wissen!"

„Was hat er zu dir gesagt?"

„Dass er sich für deine Arbeit interessiert, weil du aus seiner Gegend stammst, und dass er ein paar Bilder kaufen will, bevor sie an diesem Wochenende ausgestellt werden. Tut mir leid, aber ich fürchte, ich habe die Katze aus dem Sack gelassen."

„Er wäre auch von allein darauf gekommen."

„Bist du in ihn verliebt?"

„Was?" Ainsley starrte ihre Freundin an.

„Komm schon, heraus damit." Charlie lachte. „Er ist der Junge, den du damals zurückgelassen hast. Er hat nie geheiratet, sondern auf seiner Ranch darauf gewartet, dass du einsiehst, welchen Fehler du gemacht hast."

„Nicht ganz." Ainsley reichte ihr einen Becher und nippte an ihrem, bevor sie Charlie von dem Abend erzählte, an dem sie Robert geheiratet hatte. Sie schloss damit, dass ihr Vater Trent bestochen hatte, damit er ihr einen Antrag machte.

„Na und?", entgegnete Charlie trocken. „Er scheint dich wirklich zu lieben."

„Ich bin da nicht so sicher."

„Warst du es bei Robert?"

„Ich war noch so jung. Vielleicht wusste ich gar nicht, was Liebe ist", gab Ainsley zu.

„Vielleicht weißt du es noch immer nicht." Als es läutete, lächelte Charlie spöttisch. „Das könnte dein Cowboy sein. Er kommt auf seinem Schimmel, um mit dir in den Sonnenuntergang zu reiten."

Ainsley sah auf die Uhr. „Das müsste die Maklerin sein."

„Du willst dieses Haus wirklich verkaufen?"

„Ich habe keine Wahl." Ainsley eilte nach vorn.

Charlie blieb ihr auf den Fersen.

Vor der Tür stand eine Frau mittleren Alters in grauem Kostüm und roter Bluse.

„Mrs Hughes?"

„Ja."

„Ich bin Barbara Anderson von Hillside Realty."

„Kommen Sie herein. Ich zeige Ihnen alles."

„Du machst einen Fehler", flüsterte Charlie und hielt Ainsley fest, als die Maklerin das Wohnzimmer betrat.

„Mir bleibt nichts anderes übrig."

Charlie ließ sie los. „Na gut. Aber ruf mich an, bevor du abreist, okay?"

„Das mache ich", versprach Ainsley.

Ihre Freundin stieg in ihr Cabrio und winkte noch einmal, bevor sie davonfuhr.

„Das ist ein wirklich hübsches Haus", rief Barbara Anderson und inspizierte die Zimmer mit geschultem Blick. „Für den richtigen Preis müssten wir es noch in diesem Sommer verkaufen können."

„Gut." Ainsley fragte sich, was sie im Herbst tun würde. Sollte sie nach San Francisco zurückkehren, damit Korey nicht die Schule wechseln musste? Oder in Wyoming bleiben, wo sie Trent jeden Tag begegnen würde? Sie straffte die Schultern, rang sich ein Lächeln ab und sah die Maklerin an. „Ich zeige Ihnen den Rest, dann setzen wir uns hin und erledigen den Papierkram."

„Ich vermisse dich", sagte Ainsley zu ihrem Sohn.

„Ich dich auch, Mom."

„Bis bald", verabschiedete sie sich und legte auf. Um das leere Stadthaus etwas erträglicher zu machen, beschloss sie, sich einen Tee zu kochen und fernzusehen.

Gerade wollte sie den ersten Schluck trinken, da hämmerte jemand gegen die Tür, laut und unaufhörlich. „Ich komme“, rief sie und band sich den Bademantel fester um, bevor sie nach vorn eilte und durchs Fenster schaute.

Ihr Herz schlug schneller. Es war Trent, und er sah ziemlich wütend aus.

Lächelnd öffnete sie ihm.

„Was soll das?“, fuhr er sie an und wedelte mit dem Maklerschild vor ihrer Nase.

„Jetzt warte mal …“

„Nein! Ich warte nicht! Ich bin es leid, angelogen zu werden!“

„*Du* bist es leid“, wiederholte Ainsley empört. „Und was soll ich sagen?“

Er drängte sich an ihr vorbei und knallte die Tür zu. „Warum hast du mir nicht gesagt, dass du dein Haus verkaufen willst?“

„Es ist mein Eigentum, und ich kann damit tun, was ich will.“ Ihre blauen Augen blitzten, und ihr Blick war herausfordernd. „Und erzähl mir verdammt noch mal nichts von Lügen. Unsere ganze Beziehung beruht darauf.“ Sie sah, wie er erblasste, war jedoch nicht mehr zu bremsen. „Von Anfang an! Seit elf Jahren! Du hattest damals nicht den Mut, ehrlich zu mir zu sein, und hast ihn noch immer nicht. Dauernd redest du von Vertrauen, aber du vertraust mir nicht genug, um mir die Wahrheit zu sagen.“

„Hör auf, Ainsley“, bat er leise.

„Nein, ich will nicht aufhören. Ich hätte dich schon vor elf Jahren fragen sollen, was du mir verheimlichst. Was du zu wissen glaubst. Dann würden wir uns jetzt vielleicht nicht streiten.“

An seiner Wange zuckte ein Muskel.

„Du behauptest, dass du mich liebst“, flüsterte sie. „Aber du verlangst, dass *ich* dir einen Heiratsantrag mache, nicht umgekehrt. Aber wie kann ich das, solange du nicht ehrlich zu mir bist?“

„Glaub mir, du willst es nicht hören.“

„Doch, das will ich. Warum fandest du, dass Robert mir wehgetan hat? Was weißt du, was ich nicht wusste? Du warst fassungslos, als ich dir gesagt habe, dass ich ihn heirate.“

Seufzend setzte er sich auf die unterste Treppenstufe. „Als ich aus Houston zurückkam, hatte ich einen Ring für dich in der Tasche.“

„Einen Ring?“

„Einen Verlobungsring."
„Oh Trent", wisperte sie ergriffen.
Er griff in die Tasche und holte ein mit Samt überzogenes Etui heraus. „Ich habe ihn noch immer."
„Oh nein." Ihre Augen wurden feucht, als er es aufklappte und ein Brillantring zum Vorschein kam.
„Er ist klein. Ich hatte damals nicht viel Geld."
„Er ist … wunderschön", hauchte sie und musste schlucken. Sie setzte sich zu ihm und sah ihm in die Augen, als er den Ring auf ihren Finger schob. „Du hast nie etwas gesagt."
„Weil die Hölle losbrach, als ich nach Hause kam."
„Was meinst du?"
„Ich fand heraus, dass du das mit Robert ernst meinst, dass du sogar daran dachtest, mit ihm durchzubrennen."
„Warum hat dich das so überrascht?"
„Weil ich mir sicher war, dass Robert es nicht ernst meint. Er hat sich nämlich heimlich mit Lila getroffen."
Ainsley erstarrte. „Was?"
„Ich habe es erst erfahren, als ich nach Hause kam, und dachte, du wüsstest es." Erst jetzt wagte er, sie anzusehen. „Dad war außer sich. Zum Glück hat Mom es nicht mehr miterlebt."
„Warum?", fragte sie erschüttert und ahnte bereits, was er antworten würde.
„Weil Lila mit Wilson schwanger war."
Ainsley wurde übel, und sie hatte Angst, sich übergeben zu müssen. „Soll das heißen, dass …" Sie konnte es nicht aussprechen.
„Ja, verdammt!" Trent fuhr sich durchs Haar. „Wilson ist Roberts Sohn."
„Nein!"
Sein Blick war voller Schmerz, und Ainsley wusste instinktiv, dass er die Wahrheit sagte.
„Oh Gott." Sie lehnte sich an seine Schulter und wehrte sich gegen die Tränen. Robert hatte sie schon vor der Hochzeit betrogen. Verzweifelt atmete sie tief durch, als ihr Magen rebellierte. „Nein!"
„Es ist wahr, Ainsley. Aber nur Lila, Jonah und ich wissen davon. Wilson hat keine Ahnung."
„Wilson und Korey sind Brüder", flüsterte sie ungläubig.
„Halbbrüder."
„Und Lila …"

„Sie wollte es allen erzählen“, sagte er. „Aber Dad hat es ihr ausgeredet und sie zu einer Tante in Chicago geschickt. Wir haben alle so getan, als wäre sie mit einem Jungen zusammen gewesen, der zur Armee gegangen und dort ums Leben gekommen ist.“

„Sie muss mich hassen.“

„Vermutlich.“

Ainsleys Augen brannten. „Hat Robert es gewusst?“

„Er hat sich noch am Abend vor eurer Hochzeit mit Lila getroffen.“

„Und sie belogen?“

„Ja. Er hat versprochen, sie zu heiraten und dem Baby seinen Namen zu geben. Am Abend darauf ist er mit dir verschwunden.“

Endlich begriff sie. „Und du dachtest, er hätte es mir gebeichtet und sich von mir getrennt“, sagte sie leise.

„Es tut mir leid.“ Trent legte den Arm um sie.

„Du hättest es mir schon vor langer Zeit erzählen sollen.“

Er küsste sie auf die Stirn. „Du warst bereits verheiratet. Du hast mir gesagt, dass du Robert liebst. Ich habe dir geglaubt.“

Sie schüttelte den Kopf.

„Ehrlich, Ainsley. Ich dachte, es wäre das Beste. Für uns alle. Einschließlich Lila.“

Sie stand auf. Es tat zwar weh, aber wenigstens verstand sie jetzt, was sich damals zwischen ihnen abgespielt hatte. Fröstelnd schlang sie die Arme um sich. „Danke, dass du es mir doch noch erzählt hast.“

„Bist du sicher, dass du damit klarkommst?“

„Ja.“ Sie lächelte matt. „Ich muss. Und jetzt sollte ich dir wohl wenigstens einen Kaffee anbieten.“

„Nichts Stärkeres?“

„Mal sehen, was ich habe. Gib mir eine Minute.“ Ainsley verschwand im Bad und spritzte sich kaltes Wasser ins Gesicht, als könnte sie damit den Schmutz der Vergangenheit abwaschen. Als sie in den Spiegel schaute, erschrak sie, denn Trent stand hinter ihr.

„Es ist nicht deine Schuld“, sagte er.

„Ich weiß.“

Als er sie allein ließ, setzte sie sich auf den Wannenrand und wartete, bis die Übelkeit vorüberging. Danach ging sie auf noch immer wackligen Beinen in die Küche. Trent saß bereits am Tisch.

„Geht es dir besser?“

„Ja. Aber es wird noch einige Zeit dauern, bis ich mich damit abfinde.“

„Wenn ich etwas tun kann …“

„Danke." Es tat gut, ihn im Haus zu haben. Sie wühlte im Schrank über dem Kühlschrank und fand eine alte Flasche Whiskey. Sie hielt die Flasche hoch.

„Der ist super, danke", kommentierte Trent.

Sie goss ihm ein Glas ein und stellte die Flasche auf die Arbeitsfläche.

„Trinkst du nicht mit?"

„Ich glaube nicht, dass ein Drink mir helfen würde." Sie erhitzte ihren Tee und versuchte, nicht darauf zu achten, wie sehr ihre Hände zitterten.

„Du musst dieses Haus nicht verkaufen. Wir finden schon einen Weg, die Ranch deines Vaters zu retten – auch ohne dich."

„Wir?", wiederholte sie.

„Jefferson und ich."

Sie setzte sich und warf ihm einen skeptischen Blick zu. „Wie denn?"

„Ich habe heute meine Anteile an der Ölgesellschaft gegen die Rocking M eingetauscht. Jetzt kann ich ihm sein Flugzeug und das verkaufte Viertel der Circle S zurückgeben."

„Das wird ihm nicht gefallen."

„Er kann es in Raten zurückzahlen." Er lächelte. „So bleibt alles in der Familie."

„In der McCullough-Familie?"

Er nippte an seinem Drink. „In der Trent-und-Ainsley-McCullough-Familie."

„Oh." Ihr Herz schlug schneller.

„Genau." Lächelnd stellte er das Glas ab, stand auf und zog Ainsley vom Stuhl. „Ich erwarte nämlich, dass du mir bis spätestens morgen früh einen Heiratsantrag machst."

„Bis morgen früh?", flüsterte sie.

„Allerspätestens."

„Träum weiter", scherzte sie und hielt den Atem an, als er mit einer Fingerspitze an ihrem Hals hinabstrich.

Er senkte den Kopf und streifte ihre Lippen mit seinen. „Gib es zu, Ainsley. Du willst mich heiraten." Er schob den Bademantel auseinander und tastete nach dem Gürtel.

Sekunden später stand sie nur im Slip vor ihm und fühlte seinen Blick wie ein Streicheln. Er zog die Nadeln aus ihrem Haar und ließ die Locken über seine Hände gleiten. „Sag mir, dass du mich willst."

„Ich will dich nicht", erwiderte sie, lachte dabei jedoch.

„Sag mir, dass du mit mir wilden, hemmungslosen Sex haben willst."

„Ich …“ Sie schnappte nach Luft, als er erst ihre Brüste küsste und dann mit der Zunge am Saum des Slips entlangstrich. „Oh, bitte, Trent …“

„Das nehme ich als Ja“, sagte er und trug sie die Treppe hinauf. In der Tür zum Schlafzimmer blieb er stehen. „Du hast dieses Zimmer mit Robert geteilt?“

„Ja, aber …“

„Was ist ganz oben?“

„Mein Atelier, aber …“

Er ignorierte ihren Protest und ging die Stufen hinauf. Durch die Balkontür und die Oberlichter schien der Mond. Behutsam legte Trent sie auf die Liege und zog sich ohne jede Hast aus. Sie sah ihm dabei zu.

„Und jetzt …“ Nackt legte er sich zu ihr. „Flehe mich an, dich zu heiraten.“ Mit seinen kräftigen Händen streichelte er erst ihre Taille, dann die Innenseiten ihrer Schenkel.

„Darauf kannst du lange warten“, flüsterte Ainsley, obwohl sie den Kampf schon verloren hatte. Sie zweifelte nicht daran, dass sie ihn bitten würde, ihr Ehemann zu werden – noch bevor der nächste Tag anbrach.

„Ich weiß, wie wir uns bis dahin die Zeit vertreiben können“, sagte er lächelnd. „Also gib nicht zu schnell nach.“

„Keine Sorge“, erwiderte sie und schmiegte sich an ihn.

Die Sonne schien strahlend ins Atelier, als Ainsley sich genüsslich streckte und die Augen aufschlug. Sie hob den Kopf und sah, dass Trent neben ihr lag, auf einen Arm gestützt, den Blick auf ihr Gesicht gerichtet. „Sag das noch mal“, befahl er lächelnd.

„Was?“, fragte sie schläfrig.

„Du weißt schon.“

Seufzend schaute sie zur Decke. „Bitte heirate mich“, wiederholte sie gehorsam. Wie oft hatte sie ihn schon darum gebeten?

„Ich wollte nur sicher sein, dass du es dir nicht anders überlegt hast.“

„Habe ich nicht, aber vielleicht wäre eine Heirat unpraktisch.“

„Unpraktisch?“ Trent tippte ihr auf die Nasenspitze. „Seit wann denkst du praktisch?“

„Ich bin keine achtzehn mehr. Und nicht mehr so impulsiv. Wo würden wir leben?“

„In Wyoming.“

„Und Korey?“

„Der auch. Ich würde ihn adoptieren.“

Sie verdrehte die Augen. „Du stehst auf seiner Beliebtheitsskala nicht gerade an erster Stelle. Außerdem habe ich versprochen, ohne ihn keine Entscheidung über unseren Wohnort zu treffen.“

„Hast du ihm erzählt, dass du dieses Haus verkaufen willst?“

„Nein, aber ...“

„Was hattest du vor? Wolltest du deinem Vater das Geld geben, wieder verschwinden und hoffen, dass er nicht noch einen Herzinfarkt erleidet?“

„Natürlich nicht“, protestierte Ainsley.

„Na also. Gib es zu, du hast längst beschlossen, nach Hause zurückzukommen.“

„Ich habe daran gedacht“, gab sie zu.

„Das freut mich. Ich wollte nämlich nicht, dass du dieses Haus und dein gewohntes Leben nur aus Pflichtgefühl gegenüber Jefferson aufgibst. Aber wenn du heimkommst, weil du es wirklich willst, bin ich dafür.“

„Ich will mit dir zusammen sein.“

Er lächelte zufrieden. „Das klingt schon besser.“ Er küsste sie auf die Stirn. „Und jetzt stell endlich die Frage, die dir unter den Nägeln brennt.“

„Nick Hammond. Was wird aus ihm?“

„Nichts.“

„Was ist mit der Zwangsversteigerung?“

„Die findet nicht statt.“

Ainsley stützte sich auf einen Ellbogen. „Was hast du getan?“

„Nicht viel. Ich habe ihm seine Ölquellen wieder abgekauft.“

„Wenn du so weitermachst, bist du bald pleite“, warnte sie.

„Mit dem Risiko kann ich leben.“

Sie legte die Hände in seinen Nacken. „Ich liebe dich“, flüsterte sie. „Ich wünschte, das hätte ich vor elf Jahren begriffen.“

„Das gilt für uns beide“, sagte er. „Es hätte uns viel Leid erspart.“ Er strich ihr das Haar aus dem Gesicht und küsste sie zärtlich. „Wir haben viel nachzuholen, aber zum Glück bleibt uns dafür der Rest unseres Lebens.“

„Versprochen?“

„Versprochen. Wenn du willst, fliegen wir heute Nachmittag nach Reno und heiraten.“

Ainsley schüttelte den Kopf. „Nein“, flüsterte sie glücklich. „Diesmal will ich eine richtige Hochzeit.“

„Einverstanden.“

10. KAPITEL

Mit einem mulmigen Gefühl im Bauch blickte Ainsley starr geradeaus, als Trent vor der Landung noch einmal über der Ranch kreiste.

„Schau doch hinunter“, forderte er sie auf.

Sie tat es. Der Wolverine Creek glitzerte im Sonnenschein.

„Siehst du den Bach?“

„Natürlich.“

„Siehst du die Stelle, an der er unter dem Zaun hindurchfließt und die Circle S mit der Rocking M Ranch verbindet?“, fragte Trent.

„Ja.“

„Dort hat alles angefangen. Am Tag, nachdem du Robert geheiratet hast.“

„Wie könnte ich das vergessen?“

„Das solltest du auch nicht. Denn irgendwann werden wir beide zu Ende bringen, was wir dort unten angefangen haben“, versprach er. „Unser Abschied dort unten hat mir elf Jahre lang keine Ruhe gelassen.“ Er flog eine Kurve und setzte das Flugzeug auf dem schmalen Landestreifen der Ranch auf.

Ainsley war so nervös wie schon lange nicht mehr. Der Brillantring an ihrer linken Hand fühlte sich schwer und ungewohnt an. Ein wenig graute ihr davor, Korey erklären zu müssen, wie sehr sein junges Leben sich ändern würde.

In Trents Jeep fuhren sie zum Haus. „Sind dir Zweifel gekommen?“, fragte er, als er an der Scheune parkte und die Besorgnis in Ainsleys Augen sah.

„Nein.“

„Aber?“

„Ich habe ein wenig Angst davor, wie Korey auf das alles reagiert.“

„Vielleicht unterschätzt du ihn.“ Er zwinkerte ihr zu. „Seine Mutter heiratet wieder. Das ist eine freudige Nachricht, kein Todesurteil.“

„Du hast recht.“ Sie küsste ihn und stieg aus dem verbeulten Gefährt. „Und je früher wir es hinter uns bringen, desto besser.“

Nachdem sie Ainsleys Gepäck ins Atelier gebracht hatten, betraten sie das Haus durch die Küche.

Sarah war gerade dabei, Teig auszurollen, und strahlte ihnen entgegen. „Jeff!“, rief sie erfreut und klopfte sich das Mehl von den Händen. „Ainsley ist zurück!“

Jefferson kam herein. „Was ist mit der Ausstellung?"

„Erst will ich wissen, wie du dich fühlst."

„Wie neugeboren, und sag nicht, dass ich gut aussehe. Das kann ich nämlich nicht mehr hören."

„Du siehst gut aus", erwiderte Ainsley und küsste ihn auf die Wange.

„Du bist nicht objektiv."

„Wo ist Korey?"

„Unter der Dusche. Er hat den ganzen Vormittag damit verbracht, die Stallungen auszumisten." Ihr Vater lächelte verschmitzt. „Ich glaube, er hat seine Lektion gelernt."

„Hoffentlich."

„Setzt euch." Sarah schenkte allen Kaffee ein. „Und jetzt erzähl mal von deiner Ausstellung."

„Na ja ... die gab es gar nicht."

„Was um alles Welt wolltest du dann in Kalifornien?", fragte Jefferson.

„Ich verkaufe mein Haus."

Korey erschien in der Tür. „Das ist nicht dein Ernst!", rief er entsetzt.

„Doch."

„Aber du hast versprochen, vorher mit mir zu reden!"

„Ich weiß, aber ..."

„Du hast gelogen!" In seinen Augen glitzerten Tränen.

„Ich habe nicht gelogen, ich habe nur ..."

„Erwachsene dürfen lügen, aber Kinder nicht, was?"

„Nein, aber ..."

„Und ich wette, er war dabei!" Der Junge zeigte auf Trent. „Und dann hast du das Haus verkauft!"

„Es ist noch nicht verkauft."

„Aber bald!" Wütend eilte ihr Sohn nach draußen.

Ainsley wollte ihm folgen, doch Trent zog sie auf den Stuhl zurück. „Warte, bis er sich etwas beruhigt hat."

„Ich muss ihm erklären, warum ..."

„Später. Wenn er nicht mehr so zornig ist."

Durchs Fenster sah sie, wie Korey zu den Stallungen rannte. Kurz darauf führte er Crazy Luke ins Freie. Er stieg in den Sattel, und dann galoppierte der junge Hengst davon.

„Ich muss mit ihm reden", sagte Ainsley leise.

„Das hat noch Zeit." Jefferson runzelte die Stirn. „Sag mir erst mal, was das mit dem Hausverkauf soll. Bist du unglücklich in San Francisco?"

„Nein."

„Du willst doch nicht etwa hierher zurückziehen, weil du meinst, dass du auf mich aufpassen musst, oder?", fragte er entrüstet.

„Natürlich nicht", entgegnete Ainsley.

„Warum dann?"

„Na ja, ursprünglich dachte ich mir, du könntest hier auf der Ranch etwas Bargeld gebrauchen."

Sein Stirnrunzeln vertiefte sich. „Von dir würde ich keinen Cent annehmen."

„Ich will aber helfen."

„Eher friert die Hölle zu", knurrte ihr Vater.

„Es gibt noch einen Grund, warum ich das Haus verkaufe."

„Und der wäre?"

„Trent hat mich gefragt … nein, ich habe Trent gefragt, ob er mich heiraten will", erzählte sie mit leuchtenden Augen. „Und er hat Ja gesagt."

Trent nickte grinsend.

„Das ist ja wunderbar!", rief Sarah begeistert und umarmte Ainsley. „Oh Honey", schluchzte sie und tupfte sich die Augenwinkel mit der Schürze ab. „Eine Hochzeit!"

„Augenblick mal", sagte Jefferson. „Du hast ihn gefragt?"

„Richtig, Jeff", mischte Trent sich ein. „Schließlich soll niemand auf die Idee kommen, dass unsere Heirat mit unserem Deal zu tun hat."

„Das ist das Verrückteste, was ich je gehört habe – eine Frau macht einem Mann einen Heiratsantrag", murmelte Jefferson.

„Vielleicht ist es gar nicht so schlecht", ließ sich Sarah vernehmen. „Auf die Weise braucht eine Frau nicht ewig darauf zu warten, dass ein Mann sich endlich entscheidet, ob er sie will oder nicht."

„Wovon redest du?", fragte Ainsleys Vater. Und dann begriff er. „Sarah? Meinst du damit etwa mich?"

„Wenn der Schuh passt, zieh ihn an", erwiderte die Haushälterin leise und schob das Blech mit dem Kuchen heftiger als nötig in die Backröhre.

Sprachlos starrte Jefferson sie an.

„Ich packe meine Sachen aus, dann schnappe ich mir Korey", sagte Ainsley lächelnd. „Es sei denn, du brauchst meine Hilfe, Sarah."

„Ich würde sagen, sie hat alles im Griff", warf Trent ein, bevor er Ainsleys Hand nahm und sie aus der Küche zog.

„Unglaublich, was?“, fragte sie, als sie außer Hörweite waren.
„Ich rechne schon lange damit.“
„Ich hatte ja keine Ahnung, dass …“
„Was glaubst du, warum Sarah es hier so lange ausgehalten hat? An der Bezahlung kann es nicht liegen.“
„Nein, wohl nicht.“ Sie blickte über die Schulter. „Was sollen wir tun?“
„Deinen Dad bestechen, damit er sie heiratet?“, scherzte Trent.
Ainsley lachte fröhlich.
„Ich schlage vor, wir mischen uns nicht ein“, fuhr er fort. „Die beiden einigen sich schon allein.“ An der Treppe zum Atelier legte er die Arme um Ainsley und küsste sie zärtlich. „Ich muss zu Hause ein paar Dinge erledigen, aber ich komme nachher wieder.“
„Versprochen?“
„Versprochen.“ Er küsste sie noch mal und rannte zum Jeep. Seufzend sah sie ihm nach, bevor sie nach oben ging.

Schweißtropfen rannen zwischen Ainsleys Schulterblättern hinab, als sie Jezebel zügelte und in die untergehende Sonne blinzelte. Wo mochte Korey stecken?
Die Stute spitzte die Ohren und wieherte leise. Ainsley folgte ihrem Blick und entdeckte Crazy Luke, der an den Stamm eines alten Apfelbaums gebunden war. „Endlich“, flüsterte sie und ritt hinüber.
Ihr Sohn saß zwischen den dichten Blättern auf einem kräftigen Ast. „Was tust du hier?“, fragte er, als Ainsley unter ihm aus dem Sattel stieg.
„Ich suche dich.“ Sie band Jezebel fest und kletterte auf den Baum, um ihrem Sohn näher zu sein. „Wir müssen reden.“
„Zu spät“, murmelte Korey. „Du hättest mit mir reden sollen, *bevor* du das Haus verkauft hast.“
„Es ist noch nicht verkauft, nur auf dem Markt.“
„Das ist dasselbe.“
Vorsichtig bog sie einen Zweig zur Seite. „Vielleicht solltest du dir erst mal anhören, warum ich es getan habe.“
Er antwortete nicht, sondern wich ihrem Blick aus.
„Ich wollte dir nicht wehtun, aber du hast recht, ich hätte mit dir darüber reden sollen“, gab sie zu. „Ich weiß nicht, ob du alt genug bist, um es zu verstehen … aber es kann sein, dass dein Grandpa diese Ranch verliert.“

„Und mit dem Geld für das Haus willst du ihm helfen, sie zu behalten?"

„Wenn er mich lässt. Er ist nicht gerade begeistert."

„Ich auch nicht."

„Ich musste es tun", sagte Ainsley. „Er ist mein Dad und liebt seine Ranch. Genau wie ich."

„Würde das Geld, das du für das Haus bekommst, denn reichen?"

Sie zuckte mit einer Schulter. „Keine Ahnung. Aber ich muss es versuchen."

„Die Ranch war dir doch nie wichtig", legte Korey treffsicher den Finger in ihre Wunde. „Sonst wärst du nicht von hier weggegangen."

„Ich weiß", gab sie mit einem reumütigen Lächeln zu. „Aber jetzt bin ich zurück und will für immer bleiben." Ainsley beugte sich noch weiter vor und tätschelte sein Knie. „Ich kann auch hier, auf der Circle S, malen und töpfern."

Sein Blick war noch immer misstrauisch. „Das alles tust du wegen Trent, oder?"

„Zum Teil."

„Willst du ihn heiraten?"

Sie senkte kurz den Blick, bevor sie ihrem Sohn entschlossen in die Augen schaute. „Ja", flüsterte sie. „Das will ich."

„Wann?"

„Ich weiß nicht. Aber bald."

Korey schüttelte den Kopf. „Also war das mit dem Geld für die Ranch nur eine Ausrede, richtig? Du hattest von Anfang an vor, Trent zu heiraten!"

„Oh nein, Korey. Das stimmt nicht. Im Gegenteil, ich wollte mich nicht in ihn verlieben."

„Warum nicht?"

„Aus vielen Gründen. Einer davon bist du." Ihre Augen brannten, doch sie hielt die Tränen zurück. „Ob du es glaubst oder nicht, ich will nur, dass du glücklich bist."

„Klar." Er sah aus, als würde er ihr nicht glauben.

„Das ist mein Ernst."

„Dann lass mich morgen beim Rennen mitreiten."

Ainsley holte tief Luft. „Das kann ich nicht. Ich habe es dir verboten und muss Wort halten."

„Du hast auch versprochen, mit mir zu reden, bevor du das Haus in San Francisco verkaufst!", entgegnete Korey. „Oder zählt das nicht?"

„Doch, es zählt. Mehr, als du ahnst." Sie sah zu den fernen Bergen hinüber. „Hör mal, was hältst du davon, wenn wir einander entgegenkommen?"

„Entgegenkommen?"

„Ja. Ich kann dir nicht erlauben, beim Rennen anzutreten – du weißt warum. Aber wir nehmen Crazy Luke mit in die Stadt, und du darfst ihn bei der Eröffnungsparade reiten."

Ihr Sohn knabberte an der Unterlippe. „Wo wäre er beim Rodeo?"

„Unter der Tribüne, im Schatten."

Er lächelte. „Okay", sagte er nach einem Moment. „Abgemacht."

„Gut." Ainsley kletterte nach unten, klopfte den Staub ab und schaute zu ihm hoch. „Komm bald nach Hause, ja? Wir essen in etwa einer Stunde zu Abend."

„Okay."

Erleichtert bestieg sie ihr Pferd und ritt zurück. Der Wind zerrte an ihrem Haar und raubte ihr den Atem, als die Stute über den harten Boden galoppierte.

Beim Abendessen sprachen sie vor allem über die bevorstehende Hochzeit. Sarah und Jefferson wechselten vielsagende Blicke. Obwohl Korey stiller war als sonst, schien er sich damit abgefunden zu haben, dass er ab jetzt auf der Ranch leben würde. Nachdem sie die Küche aufgeräumt hatte, bot Ainsley ihm eine Partie Schach an, aber er murmelte etwas von Hausaufgaben und verschwand nach oben.

Nach einer Weile ging sie in ihr Atelier und versuchte zu malen, gab den Versuch jedoch endgültig auf, als sie Trents Jeep hörte. Gleich darauf kam er die Treppe herauf. Sie eilte ihm entgegen und zog ihn an sich. „Wo warst du so lange?"

„Ich habe ein paar Dinge mit meiner Familie geklärt und mit Wilson gesprochen. Er ist nicht gerade begeistert darüber, dass wir beide heiraten."

„Das kann ich mir vorstellen."

„Vielleicht sollte ihm jemand sagen, wer sein Vater ist." Sie goss ein Glas Orangensaft ein und gab es ihm.

„Ich nehme an, eines Tages wird Lila es tun."

„Aber jetzt noch nicht?"

„Nein. Die Familie musste in letzter Zeit genug Schocks verkraften. Wilson und Lila ziehen nach Denver. Ich hoffe, die beiden kommen miteinander klar. Wenn nicht, landet er vielleicht bei uns."

„Du wirst mit ihm fertig", meinte Ainsley optimistisch.

„Und du?“

„Er wird sich an mich gewöhnen.“

Trent nahm ihre Hand und betrachtete den Ring. Der Brillant funkelte. „Ich möchte bald heiraten.“

„Wie bald?“

„So bald wie möglich.“ Er sah ihr in die Augen. „Ich finde, wir haben lange genug gewartet, du nicht auch?“

„Ja.“ Sie stellte sich auf die Zehenspitzen und verschränkte die Hände in seinem Nacken.

„Wie wäre es mit nächster Woche?“

„Klingt perfekt“, erwiderte sie lächelnd. „Sarah wird im siebten Himmel sein. Beim Abendessen hat sie nur über die Hochzeit gesprochen. Sie will, dass wir hier im Rosengarten heiraten.“

„Haben wir eine Wahl?“ Er trank das Glas aus und stellte es ab.

Ainsley lachte. „Ich glaube nicht.“

„Dann soll es mir recht sein“, sagte er und küsste sie. „Wie ist es dir mit Korey ergangen?“

„Wir raufen uns zusammen“, flüsterte sie. „Heute haben wir unseren ersten Kompromiss geschlossen. Ich habe ihm gesagt, er darf bei der Parade vor dem Rodeo mitreiten, aber nicht beim Rennen. Er hat zwar ein wenig gequengelt …“

„Das hört sich an, als würde er einen Stiefvater brauchen.“

Ainsley verzog das Gesicht. „Ich heirate dich, weil ich dich als Ehemann will, nicht weil ich meinem Sohn einen Vater anschaffen will.“

„Das freut mich. Und jetzt möchte ich dir zeigen, was für ein guter Ehemann ich sein kann“, versprach Trent und trug sie ins Schlafzimmer.

Der Tag des Rodeos begann heiß und schwül, und trotz geöffneter Fenster glich der Jeep einem Backofen.

Ainsley war unruhig. Sie gab dem Wetter die Schuld daran, aber sie war ehrlich genug, sich einzugestehen, dass es mehr als das war. Nervös warf sie Trent einen Blick zu, als er den Anhänger mit Crazy Luke rückwärts in eine enge Parklücke manövrierte.

Auf dem Rücksitz rutschte Korey aufgeregt hin und her.

„Alles in Ordnung?“, fragte Ainsley.

„Sicher“, erwiderte er, ohne sie anzusehen.

„Gut. Nach der Parade lässt du Crazy Luke abkühlen und kommst zu uns auf die Tribüne“, erinnerte Ainsley ihn. „Grandpa hat eine Loge direkt über den Toren.“

„Okay", murmelte ihr Sohn und schaute durch die Rückscheibe, als der Jeep zum Stillstand kam.

„Besser wird's nicht", entschied Trent und stellte den Motor ab.

Korey stieg aus, ging zum Anhänger und machte sich mit seinen kleinen Fingern an der Verriegelung der Heckklappe zu schaffen.

Crazy Luke trat gegen die Seitenwände. „Ich glaube, er reist nicht gern", stellte Trent fest und half Korey, das Pferd in den strahlenden Sonnenschein zu führen.

„Kein Wunder", sagte der Junge und gab dem Hengstfohlen Wasser, bevor er das schwarze Fell bürstete, bis es mitternachtsblau schimmerte. „Sieht er nicht toll aus?"

„Absolut", bestätigte Ainsley lächelnd. „Wie wäre es mit einer Cola?"

„Später vielleicht", antwortete ihr Sohn, ohne den Blick von seinem Pferd zu nehmen.

„Dann sehen wir uns bei der Parade. Viel Glück." Sie kaufte sich eine Cola und ging mit Trent zur Tribüne. Er schaute immer wieder über die Schulter zu Korey hinüber.

„Beunruhigt dich etwas?", fragte sie.

„Nicht wirklich."

„Mach dir um ihn keine Sorgen. Er musste in letzter Zeit viel verkraften."

„Einen neuen Stiefvater, zum Beispiel?"

„Und dass er in Zukunft in Wyoming lebt und statt beim Rennen nur bei der Parade mitreiten darf …"

„Okay, okay. Du hast mich überzeugt." Trent wirkte ernster als sonst, und sie fröstelte ein wenig.

Jeffersons Sitze befanden sich in der ersten Reihe, direkt oberhalb der Eingänge. Er und Sarah saßen bereits auf der harten Holzbank und aßen Erdnüsse, während sie auf die Eröffnung des Rodeos warteten.

„Ich dachte schon, ihr kommt gar nicht mehr", sagte Jefferson.

„Luke war ein wenig reizbar", erwiderte Trent, setzte sich neben Ainsley und nahm ihre Hand.

„Kann ich mir vorstellen. Er ist den Anhänger nicht gewöhnt."

„Was ist mit Korey?", fragte Sarah.

„Der ist auch nervös", antwortete Trent.

„Und sauer, dass er nicht beim Rennen mitmachen darf", fügte Jefferson hinzu.

„Du hast ihn doch abgemeldet, oder?"

„Wozu? Mein Geld hätte ich so spät ohnehin nicht zurückbekommen."

Ainsley spürte Trents Anspannung noch deutlicher als zuvor. „Du machst dir Sorgen, das merke ich doch", flüsterte sie ihm zu.

„Es ist nur so ein Gefühl ..."

Die Parade begann, und die Zuschauer jubelten, als Pferde und Reiter, alt und jung, sich in der Arena präsentierten. Fahnen flatterten im Wind, Clowns vollführten akrobatische Kunststücke, die Band der Highschool spielte auf, und Mädchen in Uniformen ließen ihre Stäbe durch die Luft wirbeln.

Ainsley entdeckte Korey und winkte ihm begeistert zu, doch der Junge sah nicht auf, sondern konzentrierte sich ganz auf sein Pferd. Crazy Luke tänzelte aufgeregt und warf hektisch den Kopf hin und her.

„Bin ich froh, dass er nicht am Rennen teilnimmt", sagte Ainsley, als die Parade vorbei war und die erste Disziplin begann.

Trent erwiderte nichts, sondern behielt Korey fest im Auge. Bald nach der Parade verschwand er Richtung Tribüne.

Ainsley achtete kaum auf das Kälberfangen und Bullenreiten. Am Himmel sammelten sich graue Wolken. Die Hitze wurde immer drückender. Korey war nicht in die Loge gekommen, und sie fing an, sich Sorgen zu machen.

„Du wartest auf Korey, nicht wahr?", fragte ihr Vater. „Zerbrich dir nicht den Kopf. Wahrscheinlich lässt er sich gerade eine Riesenportion Zuckerwatte oder die zweite Ladung Popcorn schmecken."

Aber Ainsley konnte sich nicht beruhigen. Irgendetwas stimmte hier nicht. „Vielleicht sollte ich mal nach ihm sehen."

„Oder ich", schlug Trent vor und ließ den Blick über die voll besetzte Tribüne wandern.

„Ihm passiert schon nichts", sagte Jefferson.

„Und jetzt kommt das Rennen ohne Sattel", verkündete der Ansager. Ein schrilles Pfeifen drang aus den Lautsprechern, bevor er weitersprach.

„Als Erstes sehen wir die Neun- bis Zwölfjährigen. Das ist das Alter der Reiter, nicht der Pferde." Die Zuschauer lachten. „Das Rennen geht über zwei Runden, das Ziel ist an den Einlasstoren. Auf geht's! Die Nummer eins ist Jacob Hammond auf seinem Pferd White Thunder, Nummer zwei ..."

Ainsley hörte kaum hin. Hektisch hielt sie auf der Tribüne nach Korey Ausschau.

„Nummer acht ist Wilson McCullough auf Blaze …“

Sie drückte Trents Hand und starrte gebannt dorthin, wo die Teilnehmer in die Arena einritten.

„Und Nummer zwölf ist Korey Hughes auf Crazy Luke.“

„Oh nein!“, rief sie entsetzt.

Trents Miene verfinsterte sich.

„Hat er wirklich gerade ‚Korey‘ gesagt?“, fragte Ainsley.

„Ja.“

„Aber …“

„Ich schwöre, ich habe nichts damit zu tun“, sagte ihr Vater, als sie ihn zornig ansah.

„Aber er darf nicht mitreiten! Er hätte seinen Namen gar nicht sagen dürfen.“

„Sein Name war noch auf der Anmeldeliste. Ich glaube nicht, dass die Entscheidung jetzt noch bei uns liegt.“ Trent kniff die Augen zusammen. Der Startschuss fiel, und die jungen Reiter klammerten sich an ihre Pferde, während sie durch die Arena galoppierten.

„Oh Gott“, wisperte Ainsley mit großen Augen, als sie ihren Sohn auf Crazy Luke an sich vorbeipreschen sah. Ihr Herz schlug wie wild. Sie schlug die Hand vor den Mund. An der ersten Wende drängten sich die Pferde zusammen.

Korey wurde gerammt, und Crazy Luke geriet kurz aus dem Tritt, setzte das Rennen jedoch fort, als wäre er das einzige Pferd weit und breit.

Ainsley schluckte ihre Angst herunter, als Korey das Hengstfohlen antrieb. Die Tribüne bebte. Das Publikum sprang auf und ab und feuerte die Reiter an.

Die Stimme des Ansagers überschlug sich fast. „White Thunder liegt in Führung, Moonshine dicht dahinter, und Blaze, geritten von Wilson McCullough, kommt auf der Zielgeraden immer mehr auf! Direkt dahinter Crazy Luke!“

Wilson holte den Spitzenreiter ein, aber Korey und Crazy Luke ließen sich nicht abhängen. Als Blaze die Führung übernahm, legte Crazy Luke die Ohren an, schaffte es neben Blaze. Korey und Wilson lieferten sich ein dramatisches Kopf-an-Kopf-Rennen.

„Du schaffst das“, entfuhr es Ainsley.

Wilson sah Korey an und trieb Blaze mit der Gerte an. Aber es war zu spät: Crazy Luke zog unaufhaltsam an ihm vorbei. Wütend und verzweifelt schlug Wilson auf sein Pferd ein, und Blaze rammte mit der

Schulter Crazy Lukes Flanke. Das schwarze Hengstfohlen stolperte und geriet ins Taumeln. Korey verlor den Halt und flog durch die Luft.

„Nein!“, schrie Ainsley, als ihr Sohn in der Arena direkt vor ihnen im Staub landete, und die anderen Pferde auf ihn zupreschten.

Ohne zu überlegen, schwang Trent sich über das Geländer, sprang fast drei Meter tief in die Arena und warf sich schützend über den Jungen. Um die beiden herum hämmerten Hufe auf die Erde, und die Tribüne vibrierte, als die Pferde über sie hinwegsprangen.

Menschen schrien panisch, der Ansager rief nach den Sanitätern, aber Trent hörte es gar nicht. Ein Huf traf ihn an der Schulter, und der Schmerz schoss in den Arm. Ein weiterer Reiter wurde abgeworfen, sein Pferd bäumte sich auf und verfehlte Trents Kopf nur knapp.

Er machte sich so klein wie möglich und legte schützend die Arme um Korey. Und dann schien sich alles um ihn zu drehen, als ein Vierbeiner über sie beide stürzte und von hinten auf seinen Brustkorb prallte.

Wie aus weiter Ferne hörte er Ainsley seinen Namen rufen, bevor die Welt zum Stillstand kam und ihm schwarz vor Augen wurde.

„Ladies und Gentlemen, bitte …“ Der Ansager versuchte, die panische Menge zu beruhigen, aber es gelang ihm nicht. Menschen rannten durch die Arena und behinderten den Krankenwagen, der durchs Haupttor fuhr.

Ainsley bahnte sich einen Weg durch die Menge, doch als sie endlich unten ankam, legte sich eine riesige Hand um ihren Arm und hielt sie fest. „Tut mir leid, Lady“, sagte ein stämmiger Cowboy.

„Aber ich muss zu meinem Sohn … und Trent!“, schrie sie und versuchte, sich loszureißen.

„Sie können dort nicht hinein.“

„Ich muss. Bitte!“

Sein Blick war voller Mitgefühl, doch er blieb unerbittlich. „Überlassen Sie das den Sanitätern.“

Verzweifelt starrte sie an ihm vorbei in die Arena, wo die durchgegangenen Pferde nach und nach eingefangen wurden und die Besatzung des Rettungswagens sich um die Verletzten kümmerte.

„Missy!“ Jefferson kämpfte sich zu ihr durch. „Sie haben Trent und Korey mitgenommen.“

„Oh nein …“

Die Sirene heulte auf, und der Rettungswagen raste davon.

„Kommt schon“, rief Sarah, als sie Jefferson erreichte. „Wir nehmen meinen Wagen!“

Ainsley machte sich los und rannte hinter den beiden zum Parkplatz. Sarah startete den Motor. Ainsley ließ sich auf den Beifahrersitz fallen, ihr Vater stieg hinten ein. Die Straßen waren voller Fußgänger, und die Autos kamen nur stockend voran. Jede Minute erschien Ainsley wie eine Ewigkeit. Tränen liefen ihr übers Gesicht, und sie fragte sich, wie sie ohne Trent oder Korey weiterleben sollte.

Es dauerte fast eine halbe Stunde, bis sie vor dem Krankenhaus hielten. Noch bevor Sarah den Motor abstellte, sprang Ainsley ins Freie und rannte in die Notaufnahme.

Die diensthabende Schwester erkannte sie wieder. „Mrs Hughes! Wie geht es Ihrem Vater?“

Ainsley ignorierte die freundliche Nachfrage. „Mein Sohn und … mein Verlobter! Sie sind beim Rodeo verletzt worden!“

„Der Arzt ist gerade bei ihnen …“

„Mrs Hughes?“ Dr. Holmes kam aus dem Untersuchungszimmer. „Ihrem Sohn geht es gut. Nur ein paar Kratzer und ein blaues Auge. Keine bleibenden Schäden.“

„Gott sei Dank“, flüsterte sie. „Und … und Trent?“

„Er war bewusstlos, als er eingeliefert wurde. Er wird gerade geröntgt. Wenn Sie möchten, können Sie Ihren Sohn jetzt sehen.“

„Danke.“ Gefolgt von Jefferson und Sarah eilte Ainsley durch die Schwingtür. Korey saß mit baumelnden Beinen und gesenktem Kopf auf der Liege. Abgesehen von einer Schnittwunde am Kinn, einem Bluterguss an einer Braue und dem kreideweißen Gesicht schien er mit dem Schrecken davongekommen zu sein.

„Das ist alles meine Schuld“, wisperte er mit Tränen in den Augen.

„Oh nein, mein Schatz.“ Ainsley nahm ihn in die Arme und drückte ihn an sich.

„Doch, ist es!“

„Das ist mir egal. Hauptsache, dir ist nichts Schlimmes passiert.“

„Aber ich hätte nicht …“

„Oh Baby.“ Sie küsste ihn und schluchzte vor Erleichterung. „Das macht nichts. Es ist vorbei.“

„Was … was ist mit Trent?“

„Ich weiß es noch nicht. Aber bestimmt geht es ihm auch gut“, flüsterte Ainsley. Sie konnte nur hoffen, dass es stimmte.

„Bestimmt hasst er mich jetzt.“

„Nein, das tut er nicht. Oh Honey!“ Tröstend strich sie ihm über das verklebte Haar.

„Es tut mir leid, dass ich beim Rennen mitgemacht habe“, beteuerte Korey. „Und mir tut auch leid, was ich alles über Trent gesagt habe. Er ist eigentlich ein netter Typ. Ich … ich bin froh, dass du ihn heiratest.“

„Und ich bin froh, dass es dir gut geht“, sagte sie heiser. „Das ist am wichtigsten.“

Verlegen hob er den Kopf. „Wo ist Crazy Luke?“

„Den habe ich ganz vergessen“, gab Jefferson zu, und Korey begann zu weinen. „Hör zu, mein Junge, Sarah und ich kümmern uns um ihn. Wir holen ihn mit Sarahs Wagen ab. Wenn du nach Hause kommst, ist er da. Versprochen.“

„Danke, Grandpa.“

„Keine Ursache. Zieh nur nie wieder so eine verrückte Nummer ab.“

„Versprochen“, antwortete Korey kleinlaut.

„Und du, Dad, versprichst, dass du Korey nie wieder zu einem Pferderennen anmeldest“, warf Ainsley ein.

„Schon gut, schon gut. Das nächste Mal …“

„Es gibt kein nächstes Mal“, unterbrach sie ihn scharf.

Der Arzt kam herein. „Sie können ihn schon mitnehmen“, verkündete er. „Vorausgesetzt, seine Mutter unterschreibt die erforderlichen Papiere.“

„Natürlich“, sagte Ainsley.

Eine halbe Stunde später waren Sarah, Korey und Jefferson fort. Ainsley ging auf dem Korridor auf und ab und wartete auf Trent.

Als er endlich auftauchte, schlug ihr Herz noch schneller. Sein Kopf war verbunden, aber in seinem blassen Gesicht leuchteten die Augen, als er sie sah.

„Wie fühlst du dich?“

„Wahrscheinlich in etwa so gut, wie ich aussehe“, murmelte er.

„Du siehst wunderbar aus!“

„So fühle ich mich aber nicht“, erwiderte er und rang sich ein Lächeln ab, als Dr. Holmes auf die Röntgenbilder schaute.

„Sie haben Glück gehabt, Mr McCullough. Eine gebrochene Rippe, ein verstauchtes Fußgelenk, eine verdrehte Schulter und eine leichte Gehirnerschütterung. Hätte schlimmer sein können.“

Ainsleys Knie wurden weich.

„Dann entlassen Sie mich jetzt?“, fragte Trent.

Der junge Arzt schüttelte den Kopf. „Eine Weile müssen Sie schon noch bei uns bleiben. Ich möchte Sie für alle Fälle über Nacht hierbehalten. Morgen früh sehe ich Sie mir noch mal an. Vielleicht können Sie danach nach Hause."

„Ich bleibe bei dir", sagte Ainsley.

„Aber Korey …"

„Dem geht es gut. Ich glaube, am härtesten hat es seinen Stolz getroffen, aber das brauchte er vielleicht. Er hat sogar gesagt, er ist froh, dass ich dich heirate."

„Hat sein Kopf doch etwas abbekommen?", fragte Trent trocken.

„Nein", lachte sie und schmiegte sich vorsichtig an ihn. „Und seine Mutter ist auch froh, dass sie dich heiratet."

„Toller Tag für eine Hochzeit unter freiem Himmel", murrte Jefferson, als er aus dem Fenster sah, während er seine Krawatte band. Gewitterwolken ballten sich am Himmel und kündigten Regen an.

„Ein perfekter Tag, wenn du mich fragst. Jetzt geh auf die Veranda, und übergib deine Tochter an ihren Mann", sagte Sarah und setzte ihren Hut auf. Ihr Kommandoton ließ Ainsley lächeln.

„Das tue ich gern", erwiderte ihr Vater.

Die Gäste hatten sich im Garten versammelt, und der Standesbeamte wartete unter dem Rosenbogen. Trent stand neben ihm. Er war schon vor Tagen aus dem Krankenhaus entlassen worden. Sein Kopf war nicht mehr verbunden. Er strahlte über das ganze Gesicht, als Jefferson seine Tochter zum Rosenbogen geleitete.

Ainsley klopfte das Herz bis zum Hals, als sie Trents Hand nahm und mit ihm das Ehegelübde sprach. Noch nie im Leben war sie so glücklich gewesen.

„Hiermit erkläre ich euch zu Mann und Frau", sagte der Standesbeamte endlich. In Ainsleys Augen glitzerten Tränen.

Jefferson entkorkte den Champagner. Freunde und Nachbarn drängten sich um sie, um zu gratulieren.

Der Abend brach an, und die ersten Gäste gingen. Als die ersten Regentropfen fielen, zog die Hochzeitsgesellschaft sich ins Haus zurück.

„Lass uns auch hineingehen", flüsterte Ainsley ihrem frischgebackenen Ehemann zu.

„Warum?" Tief sah Trent ihr in die Augen.

„Unsere Gäste …"

„Die können warten", unterbrach er sie sanft. „Wir beide haben Wichtigeres zu tun."

„So?" Sie lächelte mädchenhaft. „Was denn?"

„Ich zeige es dir." Er zog sie zu den Stallungen, wo Trents Wallach bereits gesattelt war.

„Was hast du vor?", fragte Ainsley aufgeregt.

Er lockerte die Krawatte und schwang sich aufs Pferd. „Komm her. Du kannst vor mir sitzen." Er rutschte ein Stück nach hinten.

„Du machst wohl Scherze. Du musst dich erholen."

„Genau das habe ich vor."

„Das verstehe ich nicht. Und mein Kleid ..."

„Dem passiert nichts." Er beugte sich hinab und half ihr, so aufzusteigen, dass sie im Damensattel reiten konnten.

„Das ist verrückt ..."

„Kann schon sein", bestätigte er.

Er legte die Arme um sie, zog sie an sich und ritt an. Der Wallach fiel in einen eleganten, langsamen Galopp.

„Trent McCullough, du hast den Verstand verloren", rief Ainsley lachend.

Es regnete immer stärker, aber er achtete nicht darauf.

„Wohin reiten wir?", fragte sie und blinzelte, als der Wind ihr die Regentropfen ins Gesicht wehte.

„Das wirst du gleich sehen."

Nachdem sie zwei Weiden überquert hatten, begriff Ainsley. Trent zügelte den Wallach an der Biegung des Wolverine Creek, wo das Wasser unter dem Zaun hindurchströmte und er ihr damals seine Liebe geschworen hatte.

„Wir haben hier noch etwas zu Ende zu bringen", flüsterte er, bevor er abstieg und ihr vom Pferd half. Ihr cremefarbenes Brautkleid war nass und klebte am Körper, doch das war ihr egal. Sie legte die Hände in Trents Nacken und fühlte, wie er den Reißverschluss nach unten zog.

„Und jetzt, Mrs McCullough, machen wir da weiter, wo wir vor elf Jahren aufgehört haben ..." Er küsste sie und schmeckte den Sommerregen an ihrer Haut.

„Ich kann es kaum erwarten", sagte Ainsley atemlos.

„Wir haben den Rest unseres Lebens Zeit", erwiderte er heiser, „und werden jede Minute genießen."

„Versprochen?"

„Versprochen." Dann zog er sie mit sich ins feuchte Gras und besiegelte ihre Liebe.

– ENDE –

Lisa Jackson

Ein Kuss – und alles ist anders

Roman

Aus dem Amerikanischen von
Caroline Collins

mtb

1. KAPITEL

Das war es also.

Mit kritischem Blick betrachtete J.D. Santini die alte, grau gestrichene Villa, vor der sich ein fast vertrockneter Rasen erstreckte. An der Straße verkündete ein Schild, dass darin eine Wohnung zu vermieten war. Hierher hatte sich Tiffany geflüchtet.

Wunderbar. Einfach großartig.

In ihm regte sich ein mulmiges Gefühl. Dabei hatte er nicht vor, sie aus ihrem Zuhause zu vertreiben. Nicht wirklich. Und schon gar nicht sofort. Was er tun wollte, geschah nur in ihrem eigenen Interesse. Und in dem ihrer Kinder.

Warum kam er sich dann so schäbig vor?

„Verdammt."

Er stieg aus dem Jeep. Es war Mitte Juli, und im südlichen Oregon herrschte eine Hitze, die ihn wie ein Schlag ins Gesicht traf.

Bittersweet. Dass Tiffany sich ausgerechnet in einer Stadt versteckte, die so hieß, fand er irgendwie passend. Die ganze Geschichte hatte etwas Bittersüßes.

Er biss die Zähne zusammen, als er an sie dachte. Tiffany Nesbitt Santini. Schwägerin. Goldgräberin. *Liebhaberin.*

Verdammt, er wollte das hier nicht.

Bring es hinter dich, Santini. Was hast du erwartet, als du den Job bei deinem Vater übernahmst? Diesen Auftrag hast du dir selbst eingebrockt.

Wütend zerrte er seinen Matchbeutel und die Aktentasche vom Rücksitz.

Jetzt oder nie.

„Nie" wäre ihm wesentlich lieber.

Sein Bein schmerzte, als er durch den Vorgarten ging und den bröckelnden Fensterkitt und die rostigen Fallrohre zu ignorieren versuchte.

Aber der traurige Zustand dieses Hauses war nicht sein Problem.

Klar, und der Papst war nicht katholisch.

Alles, was Tiffany tat, betraf ihn. Ob er es wollte oder nicht. Sie war die Witwe seines Bruders, die Mutter seiner Nichte und seines Neffen, und die einzige Frau, die er nie hatte vergessen können.

Er läutete und wartete ungeduldig. Was sollte er zu ihr sagen? Dass dieses alte Haus zum Teil ihm gehörte, weil ihr Ehemann, sein älterer Bruder, ein notorischer Spieler gewesen war? Dass es besser wäre, die

Bruchbude zu verkaufen und sich etwas Moderneres zu suchen? Möglichst in der Nähe der Santinis? J. D. schnaubte abfällig. Jahrelang hatte er selbst sich von seiner Familie ferngehalten, weil sie ihm die Luft zum Atmen nahm.

Eine schwarze Katze huschte zwischen den wuchernden Rhododendren und Azaleen umher. Schritte kamen näher. Die Tür wurde einen Spaltbreit geöffnet.

„Ja?" Misstrauisch musterte ein Dreizehnjähriger ihn.

„Stephen?"

Der Junge kniff die Augen zusammen. „Wer sind Sie?"

J. D. schluckte. Das Kind erkannte ihn nicht. „Dein Onkel."

„Onkel? Du meinst …"

„J. D."

„Oh." Stephen errötete und ließ ihn herein.

J. D. betrat das Haus.

„Was ist mit deinem Bein passiert?"

„Ein Motorradunfall."

Bewundernd starrte der Junge ihn an. „Du hast ein Motorrad?"

„Ich hatte. Es ist in der Werkstatt."

„Was für eins?"

„Eine Harley."

„Cool."

„Jetzt sieht es nicht mehr so cool aus. Es hat sich mit einem Baum angelegt und verloren."

Stephen sah noch immer aus, als wollte er davonlaufen.

„Ist deine Mutter da?", fragte J. D.

Der Junge senkte den Blick. „Nein."

„Sie ist im Gefängnis!" Ein kleines Mädchen mit schwarzen Locken erschien auf der Treppe.

Der Junge warf seiner Schwester einen strengen Blick zu. „Sei still, Chrissie."

Im Gefängnis? J. D. sah ihn an. „Was redet sie da?"

„Nichts. Chrissie weiß nicht, was sie sagt."

„Weiß ich wohl!", protestierte sie.

Stephen zuckte mit den Schultern. „Mom ist bei der Polizei."

„Warum?"

„Keine Ahnung", murmelte der Junge.

Christina rannte die Treppe herunter und starrte J. D. mit großen Augen an.

„Seid ihr allein?“, fragte er.
„Ellie ist unten.“ Das Mädchen eilte in die Küche.
„Wer ist Ellie?“
„Mrs Ellingsworth.“ Verlegen trat Stephen von einem Fuß auf den anderen. „Sie wohnt unten, und wenn Mom arbeiten muss, passt sie auf Chrissie auf.“
„Und auf dich?“
Der Junge straffte die Schultern. „Ich brauche keinen Babysitter.“
J. D. stellte sein Gepäck ab. „Und … wann kommt deine Mom zurück?“
„Weiß nicht. Bald.“ Stephen zögerte. „Du kannst … hier warten … oder im Wohnzimmer, wenn du möchtest.“
Christina verschwand kurz, dann erschien ihr Gesicht am Fenster neben der Haustür. „Mommy!“, schrie sie freudig, riss die Tür auf und rannte an J. D. vorbei nach draußen.
J. D. drehte sich um und sah, wie Tiffany aus einer Limousine stieg.
Schlank und hochgewachsen, mit schulterlangem Haar, das ein ovales Gesicht umrahmte, war sie mehr als attraktiv. Sie war einfach hinreißend.
Einen Männermagneten hatte seine Mutter sie genannt.
Sie stopfte einige Papiere in eine große Umhängetasche, hob den Kopf und lächelte ihrer Tochter entgegen. Doch als ihr Blick J. D. erfasste, erstarb das Lächeln schlagartig. „Hi, Liebes!“, begrüßte sie ihre Tochter, nahm die Dreijährige auf den Arm und ging zum Haus.
„Sieh mal, wer da ist“, sagte Christina aufgeregt.
Stephen räusperte sich. „Mom, Onkel J. D. ist hier.“
„Das sehe ich.“ Tiffany zog eine anmutig geschwungene Augenbraue hoch. „Hallo, Jay.“
„Tiff.“ Sein dummes Herz schlug etwas schneller.
„Dein Timing ist wie immer perfekt.“ Tiffany betrat das Haus, bat mit einer Geste J. D. herein und schloss die Tür.
„Was ist hier los?“, fragte J. D.
„Ein Missverständnis.“
„Mit der Polizei?“
„Mit dem Jugendamt.“ Ihre Tochter zappelte, und Tiffany setzte sie ab. „Weißt du, J. D., du bist nun wirklich der letzte Mensch, mit dem ich heute gerechnet hätte.“
„Ich hätte anrufen sollen.“

„Nicht dein Stil.“

„Nein.“

„Ich bin weg. Ich und Sam wollen schwimmen und angeln“, verkündete Stephen.

„Sam und ich“, verbesserte Tiffany automatisch. „Außerdem hast du Hausarrest.“

„Ich dachte, wir haben eine Abmachung.“ Mit dem Handrücken rieb der Junge sich die Nase. „Ich habe den Müll rausgebracht, mein Zimmer aufgeräumt und die Hausaufgaben gemacht.“

Tiffany schaute auf die Uhr. „Na gut. Aber um fünf bist du zurück.“

„Ach, Mom. Es ist Sommer …“

„Um fünf.“

Stephen ging nach draußen und schnappte sich ein Skateboard, das an der Hauswand lehnte. „Bis nachher.“

„Um fünf“, wiederholte seine Mutter.

„Ja, ja.“

Tiffany schaute ihm nach. „Teenager“, sagte sie leise und seufzte. Nach einem Moment drehte sie sich zu J. D. um. „Komm mit in die Küche. Christina, du auch.“

J. D. nahm sein Gepäck und folgte ihr. Die Küche war sonnig und sah aus wie aus einer Wohnzeitschrift. Töpfe und Pfannen hingen über der Kochinsel. Es duftete nach frischen Kräutern. Am Kühlschrank klebten kindliche Kunstwerke und Zettel mit Telefonnummern.

Gemütlich.

Einladend.

Und so falsch wie ein Dreidollarschein.

„Was willst du hier, Jay?“

Er stellte seine Taschen ab und lehnte sich gegen einen Schrank. So unsympathisch Tiffany Nesbitt Santini ihm auch war, er wollte ihr nicht noch mehr Schwierigkeiten bereiten.

„Du hast nicht den weiten Weg von Portland hierher gemacht, nur um Hallo zu sagen.“

„Nein. Ich muss mit dir reden.“

„Warum habe ich das Gefühl, dass es um etwas geht, das ich nicht hören will?“

Eine ältere Frau mit Strohhut erschien an der Hintertür. Sie trug eine Sonnenbrille und hielt eine Gartenschere und einen Strauß Rosen in den Händen. Als sie J. D. sah, blieb sie abrupt stehen. „Oh, ich wusste nicht, dass du Besuch hast.“

„Roberta Ellingsworth, das ist mein Schwager J.D. Santini."

„Ich freue mich, Sie kennenzulernen." J.D. streckte die Hand aus.

Lächelnd ergriff die Frau sie. „Ich mich auch. Nennen Sie mich Ellie. Das tun alle."

„Ellie", sagte J.D.

Tiffany nahm ihr die Rosen ab. „Danke sehr. Die sind hübsch."

„Ich habe geholfen, sie auszusuchen", warf Christina stolz ein.

„Ja, das hast du", bestätigte Ellie und zwinkerte dem kleinen Mädchen zu. „Du warst eine große Hilfe."

„Genau wie du", sagte Tiffany und schnupperte an den Blumen. „Danke, dass du auf die Kinder aufgepasst hast."

„Gern geschehen, Liebes."

„Möchtest du etwas trinken? Ich habe Eistee oder Kaffee ..."

„Ein andermal. Meine Fernsehserie fängt gleich an." Lachend verschwand Ellie wieder.

„Was ist mit dir?", fragte Tiffany. „Kaffee oder Eistee?"

J.D. schüttelte den Kopf.

„Etwas Stärkeres?"

„Später vielleicht."

„Später?" Ihr Blick fiel auf sein Gepäck. „Sag nicht, dass du bleiben willst."

„Eine Weile."

„Wie lange?"

„Bis ich erledigt habe, weswegen ich gekommen bin."

„Mach es nicht so spannend, okay?" Sie stellte die Blumen in eine Vase.

„Darf ich jetzt malen?", fragte Christina.

„Tolle Idee", erwiderte ihre Mutter und griff nach den Buntstiften auf der Arbeitsfläche.

„Draußen!"

„Draußen?"

„Mit Kreide."

„Warum nicht?" Tiffany wühlte in einer Schublade und holte eine Schachtel mit Malkreide heraus.

Strahlend nahm Christina sie ihr ab und eilte durch die Hintertür.

Tiffany beobachtete, wie ihre Tochter sich auf die geborstenen Betonplatten der Terrasse setzte. Dann wandte sie sich wieder J.D. zu. „Also, Schwager, womit habe ich die Ehre deines Besuchs verdient?" Bevor er antworten konnte, hob sie die Hand. „Nein, lass mich raten.

Du willst herausfinden, ob die Witwe deines Bruders seinen Kindern eine gute Mutter ist."

Sie war immer schlau gewesen. Berechnend. „Ich bin geschäftlich hier", erwiderte er. Das war nicht gelogen. Na ja, jedenfalls nicht ganz.

„Sicher. Deshalb stehst du in meiner Küche. Mit einer Reisetasche. Komm schon, Jay, das kannst du besser." Sie ging zu ihm, und ihr Duft stieg ihm in die Nase. Es war das gleiche Parfüm, das sie bei ihrer letzten Begegnung getragen hatte.

„Warum erzählst du mir nicht, was du beim Jugendamt wolltest?", fragte er, um von sich abzulenken.

„Das geht dich nichts an."

„Nein?"

„Ich bin eine gute Mutter", sagte sie mit einem kalten Lächeln. „Egal, was der Rest der Santini-Familie von mir hält." Sie senkte die Stimme. „Ich weiß, dass dein Vater gegen mich war. Dass er in mir nur jemanden gesehen hat, der viel zu jung für Philip und nur hinter seinem Geld her war."

Wenn du wüsstest, dachte J. D.

„Und ich habe auch gehört, dass du versucht hast, Philip von der Heirat abzuhalten."

„Vorsicht, Tiff", warnte er. „Ich hatte meine Gründe."

Ihre Augen blitzten. Eine Sekunde lang rechnete er damit, dass sie ihn ohrfeigte. „Keine guten Gründe", flüsterte sie. „Keiner davon war gut."

„Gut vielleicht nicht. Aber gewichtig."

„Philip und ich hatten eine … eine starke Ehe." Herausfordernd hob sie das Kinn.

„Wenn du damit zufrieden warst …"

„War ich."

J. D. unterdrückte eine abfällige Bemerkung und starrte Tiffany an. Er ließ den Blick von ihren Lippen zum Ausschnitt wandern und sah die gerötete Haut und den Pulsschlag an ihrem Hals. Obwohl sein verletztes Knie schmerzte, wurde ihm schlagartig bewusst, wie sehr er sie noch immer begehrte. Verdammt, was für ein Schlamassel.

„Darf ich mich setzen?", bat er, wartete ihre Antwort jedoch nicht ab, sondern nahm am Esstisch Platz.

„Jay, warum erzählst du mir nicht, warum du wirklich hier bist? Soweit ich weiß, hasst du alles, was mit mir oder dieser Stadt zu tun hat."

„Hassen? So würde ich es nicht nennen." Aber sie hatte recht. Er traute ihr nicht und hatte allen Grund, Bittersweet, Oregon, eine Kleinstadt mit engstirnigen Einwohnern, nicht zu mögen.

Sie verschränkte die Arme.

„Wie gesagt, ich bin geschäftlich hier."

„In Bittersweet?" Sie strich sich eine schwarze Locke aus den Augen. „Sag bloß, du hast einen Krankenwagen den weiten Weg von Portland hierher verfolgt, um das arme Unfallopfer als Mandanten zu gewinnen."

Das tat weh. „Ich bin aus der Kanzlei ausgeschieden."

„Niemals." Sie legte den Kopf schräg, als hätte sie ihn nicht richtig verstanden. „Ich dachte, du warst Partner."

„War ich. Ich habe meine Anteile verkauft."

„Warum?"

„Dad hat mir einen Job in seiner Firma angeboten."

Sie lachte. „Wie originell. Ein Angebot, dem du nicht widerstehen konntest, was? Erspar mir den Unsinn, okay?" Sie verdrehte die Augen. „Oh, das ist heftig. Du bei Santini Brothers. Ich hätte nicht gedacht, dass ich das mal erleben würde."

„Ich auch nicht." Er streckte das schmerzende Bein aus und rieb sich das Knie. „Und da ich schon mal hier bin, dachte ich mir, ich sehe nach dir und den Kindern."

„Aha." Sie betrachtete ihre Fingernägel. „Seit wann interessiert dich, wie es uns geht?"

„Es hat mich immer interessiert."

Ihre Augen verdunkelten sich kurz. An ihrem Hals schlug der Puls schneller.

Verdammt, war sie schön. Kein Wunder, dass sein Bruder ihr nicht hatte widerstehen können. Ebenso wenig wie er. „Also? Wie ist es dir und den Kindern ergangen?"

„Das habe ich dir doch schon gesagt. Uns geht es gut."

„Keine Probleme?"

„Keine, die wir nicht bewältigen könnten, Jay." Wieder blickte sie zu Christina hinaus. „Du kannst deinem Dad berichten, dass wir zurechtkommen. Nein, mehr als das. Uns geht es bestens." Mit Philips Vater Carlo hatte sie sich nie verstanden. Mit seiner Mutter auch nicht. Sie war seine zweite – und noch dazu viel jüngere – Ehefrau gewesen, und seine Eltern hatten sie nie akzeptiert. Im Gegenteil, sie hatten in ihr nur ein geldgieriges Flittchen gesehen, das Philip wegen des Vermögens seiner Familie geheiratet hatte. Was für eine Ironie des Schicksals, dachte sie jetzt.

„Was ist mit dem Jugendamt?", fragte J. D.

„Mach dir darüber keine Gedanken."

Sein Lächeln war zynisch. Und sexy. Tiffany ignorierte es. Sie kannte J. D. – James Dean Santini – zu lange, um ihm zu vertrauen.

„Weißt du, Tiff, du gehörst noch zur Familie."

„Seit wann?", entgegnete sie. „Ich habe nie wirklich dazugehört. Ich war vierzehn Jahre mit Philip verheiratet, und eure Eltern haben mir die ganze Zeit nur die kalte Schulter gezeigt." Genau wie du, fügte sie insgeheim hinzu. Sie hatte sich immer danach gesehnt, zu einer richtigen Familie mit Mutter, Vater und Geschwistern zu gehören. Wie von selbst fiel ihr Blick wieder auf ihre Tochter, die gerade die Katze durch den Garten jagte.

„Was für einen Ärger hat Stephen sich eingehandelt?"

Sie hatte vergessen, wie beharrlich ihr Schwager sein konnte.

„Nichts Schlimmes", erwiderte sie.

„Aber so schlimm, dass du mit dem Jugendamt reden musstest."

Tiffany zählte stumm bis zehn, bevor sie ihn ansah. „J. D., das Letzte, was ich jetzt brauche, ist ein Verhör oder ein Vortrag von dir. Ich habe keine Ahnung, warum du mich besuchst, aber du bist wohl kaum hier, um mir auf die Nerven zu gehen."

Er schnaubte. „Ich habe dir eine einfache Frage gestellt."

„Komm mir nicht so. Du hast noch nie etwas ohne Hintergedanken getan."

„Und du weichst mir aus."

„Weil es dich nichts angeht."

„Der Junge ist mein Neffe."

„Das fällt dir erst heute ein?"

„Nein." Sein Blick war durchdringend. Er hatte sich nicht geändert.

„Er ist vor einem Monat mit Alkohol erwischt worden", gab sie endlich zu.

„Mit dreizehn?"

„Ja, mit dreizehn. Er war mit einem älteren Jungen zusammen, dem Bruder eines seiner Freunde, der eine Party gab. Die Nachbarn beschwerten sich über den Lärm, die Polizei kam, und alle flüchteten. Nur Stephen und ein paar andere waren nicht schnell genug. Obwohl er nichts getrunken hatte, wurde er dem Jugendamt gemeldet. Ich habe vorhin mit der zuständigen Sozialarbeiterin gesprochen."

J. D. runzelte die Stirn. „Und das nennst du nicht schlimm?"

Sie wollte ihrem Schwager, der nie verheiratet gewesen war und keine Kinder hatte, nicht zeigen, wie besorgt sie war. „Stephen ist ein guter Junge."

„Wenn du es sagst."
„Er ist ein Teenager."
„Noch nicht sehr lange."
Vergeblich versuchte Tiffany, ihre Verärgerung zu zügeln. „Hast du vergessen, was du dir in dem Alter so alles geleistet hast? Philip hat mir ein paar Geschichten erzählt. Verglichen mit dir ist mein Sohn ein Waisenknabe."
Er stand auf, verzog das Gesicht und humpelte zur Spüle, um aus dem Fenster zu schauen.
„Was ist passiert?", fragte sie besorgt, obwohl sie es nicht wollte. „Hast du dir wehgetan?"
„Ich habe mir ein paar Sehnen gerissen. Keine große Sache."
„Wann?"
„Vor einigen Monaten. Ein Motorradunfall."
„Oh." Also hatte er noch immer einen rebellischen Wesenszug. Gut. Aus irgendeinem Grund fand sie das beruhigend, auch wenn sie nicht darüber nachdenken wollte. „Das wusste ich nicht."
„Ich war ein paar Tage außer Gefecht. Wenn es lebensgefährlich gewesen wäre, hätte man dich informiert."
„Vor oder nach der Beerdigung?"
Sein Mund wurde noch schmaler. „Du tust so, als wärst du eine Aussätzige. Wenn ich mich recht erinnere, bist *du* hierher umgezogen und hast alle Brücken hinter dir abgebrochen."
Das stimmte. Sie war geflüchtet, weil die Santinis ihr die Luft zum Atmen genommen hatten.
„Warum erzählst du mir nicht, was du in Bittersweet willst?"
„Dad interessiert sich für Land in dieser Gegend. Für ein Weingut."
„Und auf dem Gebiet bist du Experte?", fragte sie erstaunt.
„Sieht so aus."
So vage kannte sie ihn nicht. Im Gegenteil, er war immer offen und direkt gewesen und hatte nie ein Blatt vor den Mund genommen. Und vor allem hatte er nie für seinen Vater gearbeitet, sondern ein angespanntes Verhältnis zu ihm gehabt. Aber wer verstand sich schon gut mit Carlo Santini, dem Patriarchen, der seinen Clan mit eiserner Faust regierte?
Irgendetwas stimmte nicht, das spürte sie. Als sie zu schwitzen begann, öffnete sie das Fenster. „Weißt du, Jay, von dir hätte ich am allerwenigsten erwartet, dass du einknickst und im Familienunternehmen anfängst."

„Das Leben verläuft nur selten so, wie man es erwartet, Tiffany. Das müsstest du doch inzwischen gelernt haben." Ihre Blicke trafen sich, und sie fühlte, wie ein Schweißtropfen ihren Rücken hinabrann. Verzweifelt wehrte sie sich gegen das, was J. D. in ihr auslöste.

Sie schluckte mühsam und wandte sich ab. Die Küche war zu klein, zu eng für sie beide. Sie schaute auf die Uhr.

„Oh, es ist fast drei!", rief sie. „Christina, Zeit für dein Nickerchen."

„Will nicht schlafen!" Das kleine Mädchen ließ die Kreide fallen.

„Entschuldige mich", sagte Tiffany zu J. D. und eilte ins Freie. Eine frische Brise kühlte ihr erhitztes Gesicht, und sie seufzte erleichtert. Sie hatte eine harte Woche hinter sich, gekrönt vom Gespräch mit der Sozialarbeiterin. Und jetzt erwartete ihr Vater – John Cawthorne – auch noch, dass sie zu seiner Hochzeit kam, nachdem sie dreiunddreißig Jahre für ihn gar nicht existiert hatte.

„Komm schon, Schatz", bat sie ihre Tochter und sammelte die Malkreide ein.

„Ich bin nicht müde."

„Doch, das bist du."

„Nein, bin ich nicht!", widersprach Christina trotzig.

„Aber Bub und Louie sind müde und warten oben im Bett auf dich." Sie nahm ihre Tochter auf den Arm.

Leider hatte J. D. die Szene vom Küchenfenster aus beobachtet. Tiffany wünschte, er würde einfach wieder gehen.

„Ich bin gleich zurück", sagte sie zu ihm, bevor sie die Dreijährige nach oben trug und zu ihren Stofftieren legte. Sie küsste sie auf die Stirn. Christina fielen bereits die Augen zu. Philip hatte bereits zwei Kinder aus erster Ehe gehabt und war nicht begeistert gewesen, als Tiffany nach Stephen erneut – und ungeplant – schwanger geworden war. Erst nach einer Woche hatte er sich damit abgefunden, zum vierten Mal Vater zu werden.

Als sie in die Küche zurückkehrte, zeigte J. D. mit dem Daumen zur Treppe. „Du hast dort oben ein leeres Zimmer."

Offenbar hatte er sich bereits umgesehen.

„Ich hoffe, dass ich es bald vermieten kann."

Er lächelte. „Dann ist heute Ihr Glückstag, Mrs Santini."

Nein! Er hatte doch nicht ernsthaft vor, bei ihr …

„Genau das, Tiff", sagte er, als könnte er ihre Gedanken lesen. „Zufällig brauche ich eine Unterkunft."

Niemals. Er war einfach zu … sexy.

„Tut mir leid, Jay, aber ich vermiete nicht wochenweise oder von Monat zu Monat. Das Mindeste ist ein halbes Jahr, zwei Monatsmieten im Voraus plus Kaution."

„Tatsächlich?"

„Keine Ausnahme", log sie.

„Na gut." Seine Augen leuchteten. „Zeig mir, wo ich unterschreiben muss."

2. KAPITEL

„Das ist doch verrückt", murmelte Tiffany, als J. D. ihr mit seinem Gepäck nach oben folgte.

Er war nun wirklich der Letzte, dem sie einen Schlüssel zu ihrem Haus in die Hand drücken wollte.

„Ein bisschen verrückt", gab er zu, bevor er das freie Zimmer betrat und seine Reisetasche auf das alte Messingbett warf.

Sie sah ihm nach, als er den Aktenkoffer abstellte und zur Balkontür humpelte. „Du solltest dir etwas im Erdgeschoss suchen."

„Mach dir meinetwegen keine Sorgen, Tiff."

„Warum brauchst du überhaupt eine Unterkunft in Bittersweet?"

„Das habe ich dir doch gesagt. Das Land für den Weinanbau ..."

„Ja, aber warum hier? Warum nicht Kalifornien? Sonoma oder Napa?"

„Dad macht gern Geschäfte in Oregon."

„Es gibt viele Weinberge in Willamette Valley, näher an Portland." Es fiel ihr schwer, einen klaren Gedanken zu fassen. Sie war hierhergezogen, um Zeit und Abstand zu gewinnen, um den Schmerz und ihr Schuldgefühl zu überwinden und ein neues Leben zu beginnen.

J. D. zuckte mit den Schultern. „Wie gesagt, ich erkunde nur ein paar Möglichkeiten."

„Und währenddessen überprüfst du, ob ich als Mutter den hohen Ansprüchen der Santinis genüge", entgegnete sie zornig. Carlo Santini hatte ihr nie vertraut und war überzeugt gewesen, dass sie seinen Sohn nur geheiratet hatte, um an sein Geld zu kommen. Philips Familie hatte nicht verstanden, dass es nicht sein Vermögen, sondern sein weltmännischer Charme gewesen war, der sie angezogen hatte. Zum ersten Mal in ihrem Leben hatte sie sich geliebt gefühlt. Sie war jung, naiv und impulsiv gewesen.

Und was Philips Geld betraf – davon hatte sie kaum etwas gesehen.

„Niemand hat dir vorgeworfen, eine schlechte Mutter zu sein." J. D. öffnete ein Fenster.

„Nein, nur eine miserable Ehefrau."

Er antwortete nicht.

„Ich weiß nicht, was sie dachten", fuhr Tiffany fort. „Ich habe gehört, dass sie mich für eine Frau hielten, die eine Vaterfigur braucht, weil sie ohne Vater aufgewachsen war."

„Und was denkst du?"

„Dass ich deinen Bruder geliebt habe. Ende der Geschichte. Nicht, dass es jemanden etwas anginge."

Er schwieg.

„Ich bin zwar bei einer alleinerziehenden Mutter aufgewachsen. Aber das bedeutet noch lange nicht, dass ich unsicher war oder bei einem älteren Mann Geborgenheit gesucht habe", fuhr sie fort. „Warum bist du wirklich hier, Jay? Und erspar mir den Unsinn über das Weingut, okay? In dieser Gegend gibt es Dutzende von Kleinstädten. Dass du ausgerechnet hier gelandet bist, ist mehr als ein unglücklicher Zufall."

J. D. antwortete noch immer nicht.

„Willst du das Zimmer wirklich mieten?" Der Platz reichte nur für ein Bett, einen Schrank, einen Tisch, eine kleine Couch und einen Fernseher. Die Küche war kaum mehr als eine Kochnische, und das winzige Bad war spartanisch.

„Es reicht mir", erwiderte er.

„Aber wozu brauchst du es? So lange bleibst du doch nicht hier, oder?", fragte sie misstrauisch.

Er betrachtete seine Finger, bevor er den Kopf hob und Tiffany ansah. „Vielleicht will ich nur in deiner Nähe sein", gab er zu, und sein Blick raubte ihr den Atem.

„Aus lauter falschen Gründen", sagte sie und bereute es sofort.

„Gibt es denn richtige?"

„Nein! Natürlich nicht", widersprach sie viel zu hastig und errötete. „Aber wenn du es unbedingt willst …"

„Ich will es."

Sie zögerte. „Dann bleibt mir wohl nichts anderes übrig, als dich willkommen zu heißen."

„Danke."

Auf dem Weg nach unten wurde sie das Gefühl nicht los, dass ihre überschaubare kleine Welt immer mehr aus den Fugen geriet. Erst sorgte Stephen dafür, dass sie zum Jugendamt zitiert wurde. Dann tauchte plötzlich ihr biologischer Vater auf, den sie lange für tot gehalten hatte. Und er kam nicht allein, sondern mit zwei weiteren Töchtern – ihren Halbschwestern, die sie nicht kannte und nicht unbedingt kennenlernen wollte. Jetzt drängte sich auch noch J. D. Santini in ihr Leben.

„Wunderbar", murmelte sie, bevor sie nach Christina schaute.

Warum musste sie J. D. ausgerechnet jetzt begegnen? Seit sie Philip geheiratet hatte, waren ihre Gefühle seinem Bruder gegenüber unberechenbar gewesen. Und jetzt war er auch noch bei ihr eingezogen.

„Ich begreife es einfach nicht", sagte Stephen und stellte sein Skateboard auf der Veranda ab. Er riss die Hintertür auf und betrat die Küche. „Warum ist er hier?"

„Er hat geschäftlich in der Gegend zu tun", erwiderte Tiffany.

„Das gefällt mir nicht."

Mir auch nicht, dachte sie. „So oft wird er nicht bei uns sein."

Ihr Sohn ging zum Herd und schaute in die Töpfe. „Isst er etwa mit uns?"

„Ich glaube nicht."

„Gut."

„Er ist nun mal dein Onkel", erinnerte sie ihn sanft. J. D. hatte das Zimmer für sechs Monate gemietet, ihr einen Scheck gegeben und sich oben eingerichtet. Dass er humpelte, war nicht zu übersehen. Hatte er sich mit seinem Vater versöhnt, weil er nur knapp dem Tod entgangen war? Oder weil Carlo seinen ältesten Sohn verloren hatte?

„Warum musstest du heute zu der Sozialarbeiterin?"

„Sie wollte nur mit mir reden."

„Das weiß ich. Aber warum?" Stephen nahm sich ein paar Weintrauben.

„Na ja, sie macht sich Sorgen um dich. Und ehrlich gesagt, ich auch."

„Mit mir ist alles in Ordnung, Mom."

Könnte sie ihm doch nur glauben. „Sie hat sich nach deiner Beziehung zu Mr Wells erkundigt."

Ihr Sohn erstarrte kurz, dann spuckte er einen Kern ins Spülbecken. „Ich habe für ihn gearbeitet, mehr nicht."

„Sie glaubt, du wüsstest, warum er untergetaucht ist." Der alte Mann war über Nacht verschwunden. Spurlos. Obwohl Tiffany überzeugt war, dass ihr Sohn nichts damit zu tun hatte, wollte sie es von ihm selbst hören.

„Ich habe keine Ahnung."

„Genau das habe ich ihr gesagt, aber jetzt hat sich jemand … ich weiß nicht, wer es ist … gemeldet und behauptet, dass er oder sie dich an dem Tag, an dem Isaac Wells verschwunden ist, auf der Ranch gesehen hat."

Stephen wurde blass. „Jemand hat mich gesehen?"

„Das hat die Sozialarbeiterin gesagt."

„Dann lügt dieser Jemand. Ich war nicht da."

„Bist du sicher?"

„Glaubst du mir etwa nicht?", rief er und befeuchtete sich nervös die Lippen.

Sie wollte ihm vertrauen. „Natürlich glaube ich dir, aber …"

„Aber was?", unterbrach er sie empört.

„Dein Wort steht gegen das des Zeugen."

„Wer ist der Zeuge?"

„Ich weiß es nicht. Aber die Ranch hat dich immer fasziniert."

„Nur seine Autos, mehr nicht. Komm schon, Mom. Du glaubst doch nicht etwa, dass ich etwas mit seinem Verschwinden zu tun habe, oder?"

„Natürlich nicht. Aber du warst vorher schon mal bei ihm."

„Mom, ich habe seinen alten Chevy gefahren. Ein einziges Mal. Das gebe ich zu. Aber ich wollte ihn nicht stehlen. So etwas würde ich nie tun." Der Junge schluckte mühsam. „Und erst recht würde ich nicht … Was traust du mir nur zu?"

„Ich weiß, dass du Mr Wells nicht wehgetan hast, Stephen." Sie legte eine Hand auf seinen Arm, doch er schüttelte sie ab. „Du sollst mir doch nur sagen, was du auf der Ranch wolltest, als Mr Wells dich erwischt hat …"

Ihr Sohn schaute aus dem Fenster. „Ich habe den Chevy nur genommen, weil mir langweilig war. Und weil jemand mich herausgefordert hatte."

„Herausgefordert?"

„Miles Dean, das habe ich doch erzählt."

Miles Dean war ein paar Jahre älter als Stephen und hatte einen schlechten Einfluss auf ihn. „Jedenfalls hat Wells mich ertappt, und ich musste zur Strafe einige Aufgaben erledigen, für die er mich nicht bezahlt hat. Damit war die Sache erledigt. Aber das weißt du doch alles."

Tiffany ging an den Herd und rührte in einem Topf. Obwohl es in der Küche warm war, fühlten sich ihre Finger eisig an. „Und was ist an dem Tag passiert, an dem Isaac das letzte Mal gesehen wurde?"

„Da war ich auch auf der Ranch", gab ihr Sohn nach einem Moment zu.

„Und?"

„Ich wollte mich gerade in die Scheune schleichen, da bekam ich plötzlich ein … seltsames Gefühl. Ich habe mich zum Haus umgedreht … Mr Wells saß in seinem Schaukelstuhl auf der Veranda. Er hatte sein Gewehr auf dem Schoß und hat mich einfach nur angestarrt." Stephen holte tief Luft. „Es war unheimlich, Mom. Echt unheimlich. Ich bin weggelaufen. Miles hat auf mich gewartet und war sauer, weil ich ihm die Schlüssel für den alten Buick besorgen sollte. Er hat gedroht, mir die … mich zu verprügeln, wenn ich ihn verrate."

„Und deshalb hast du nicht zugegeben, dass du dort warst?"
Er nickte. Seine Augen glänzten feucht.
„Oh, mein Lieber ..." Sie wollte ihn an sich drücken, aber sein warnender Blick hielt sie davon ab. „Und danach hast du Mr Wells nie wiedergesehen?"
„Nein", flüsterte er so leise, dass seine Stimme das Summen des Kühlschranks kaum übertönte.
„Warum hast du es der Polizei nicht erzählt?"
„Hab ich doch gesagt – ich hatte Angst vor Miles."
„Die habe ich jetzt auch", gestand Tiffany, während sie den Kochlöffel am Topfrand abklopfte. Sie glaubte ihrem Sohn, wünschte allerdings, er hätte sich ihr früher anvertraut. Die Küchenuhr klingelte und erinnerte sie daran, dass sie nach der Grillkohle schauen musste.
„Mommy?" Ihre Decke hinter sich herziehend, kam das kleine Mädchen in die Küche.
Lächelnd nahm sie ihre Tochter auf den Arm und küsste sie aufs zerzauste Haar. „Na, du kleine Schlafmütze?"
„Ich bin wach!", protestierte Christina, doch ihr Kopf lag bereits an Tiffanys Schulter.
„Ja, sicher." Stephen nahm sich eine Weintraube, warf sie in die Luft und fing sie mit dem Mund auf. „Dir fallen die Augen schon wieder zu."
„Tun sie nicht!"
„Deckst du bitte den Tisch, Stephen?"
Ihr Sohn murmelte etwas von „Frauenarbeit", stand jedoch auf und nahm drei Sets aus einer Schublade. „Warum gehen wir nicht zu der Hochzeit?", fragte er, während er sie auf den Tisch legte.
„Zu der Hochzeit?", wiederholte sie.
„Du weißt schon, Grandpas." Ihr Sohn verzog das Gesicht, als hätte das Wort einen schlechten Beigeschmack.
J. D. kam durch die Hintertür, und sofort schlug ihr Herz schneller.
„Welche Hochzeit?", fragte er. „Deine Großeltern sind seit über fünfzig Jahren verheiratet."
„Er redet nicht von den Santinis", sagte Tiffany und versuchte gar nicht erst, das Thema zu wechseln. Früher oder später würde J. D. es herausfinden. Bittersweet war klein, und Gerüchte verbreiteten sich in Windeseile. „Mein Vater heiratet am Sonntag."
„Dein Vater?" Er kniff die Augen zusammen. „Ich dachte ... na ja, ich hatte immer den Eindruck, dass er tot oder von der Bildfläche verschwunden ist."

„Offenbar ist er wieder da." Tiffany nahm das Hähnchenfleisch aus dem Kühlschrank, ging nach draußen und legte es auf den Grill. „Stephen, bring die Soße und den Holzlöffel mit."

J. D. kam ihrem Sohn zuvor und folgte ihr auf die Veranda. „Erzähl mir von deinem Vater."

Sie nahm ihm den Topf ab und bestrich das Fleisch mit der Soße. „Das ist eine lange Geschichte, aber wie es aussieht, ist John Cawthorne mein biologischer Vater. Das habe ich schon vor Jahren herausgefunden, aber es war einfacher, bei der Lüge zu bleiben, mit der ich aufgewachsen bin – dass mein Dad tot war."

„Einfacher?"

„Als zu akzeptieren, dass er sich nicht für mich interessiert", erwiderte sie leise, damit ihre Kinder es nicht hörten.

„Cawthorne?" Er sprach den Namen aus, als käme er ihm bekannt vor.

„Ja, ein Cowboy, der Geschäftsmann und mit Immobilien reich geworden ist. Verheiratet. Eine Tochter. Eine eheli…" Sie brach ab, weil beide Kinder neugierig zu ihr herübersahen. „Möchtest du mit uns essen?", fragte sie, obwohl J. D. der Letzte war, mit dem sie ihre Zeit verbringen wollte, und ihr Sohn theatralisch die Augen verdrehte.

J. D. schüttelte den Kopf. „Danke, vielleicht ein anderes Mal. Ich wollte dich um etwas bitten."

Sie warf ihm einen misstrauischen Blick zu.

„Ich brauche ein Telefon."

„Kein Problem", sagte sie erleichtert. Warum machte der Mann sie noch immer so nervös? „In der Küche ist eins."

„Habe ich gesehen."

„Und in meinem Schlafzimmer im ersten Stock."

„Das in der Küche reicht."

Er ging zur Verandatreppe, und sie fühlte, wie sie errötete. „Okay."

„Wenn die Rechnung kommt, übernehme ich die zusätzlichen Kosten." Er zögerte. „Danke."

„Kein Problem." Kein Problem? Alles an ihm schien ihr Leben komplizierter zu machen. „Das mit dem Essen war mein Ernst", fügte sie hinzu, obwohl sie wusste, dass es sich als Fehler erweisen konnte. Aber sie würde die nächsten Monate mit ihm unter einem Dach leben. Irgendwie mussten sie beide miteinander auskommen. „Hör mal, es ist keine große Sache, aber ich finde, wir sollten …" Sie verstummte.

„Wir sollten was, Tiffany?"

„Vergiss es. Ich wollte nur höflich sein.“

Er warf einen Blick auf den Grill und runzelte die Stirn. „Höflich? Sind wir nicht schon weiter als das?“

„Dann sollten wir einen oder zwei Schritte zurückgehen, meinst du nicht auch?“

Er schob die Hände in die Taschen. „Können wir das denn?“

„Ja, das können wir.“ Sie stellte sich so dicht vor ihn, dass sie die vereinzelten grauen Haare an seinen Schläfen erkennen konnte. „Du stürmst in mein Haus, fragst mich über uns aus und ziehst sogar hier ein. Da kann ich doch wohl erwarten, dass wir zivilisiert und manchmal auch höflich miteinander umgehen. Wenn wir das nicht schaffen, kannst du deinen Scheck nehmen und wieder verschwinden.“

Er schaute zur Hintertür. Stephen und Christina waren dabei, den Tisch zu decken, sahen jedoch immer wieder neugierig nach draußen. Er nickte. „Danke für die Einladung. Wie gesagt, ich komme gern darauf zurück.“

Als er davonging, wusste Tiffany nicht, ob sie erleichtert oder gekränkt sein sollte. Die Einladung hatte eine Art von Friedensangebot sein sollen, um die Distanz zu überbrücken, die von Anfang an zwischen ihnen geherrscht hatte.

Nein, leider nicht von Anfang an, dachte sie betrübt. Es hatte eine Zeit gegeben, da hatte sie ihrem Schwager nahegestanden. Zu nahe. Und J. D. Santini war noch immer ein außergewöhnlich attraktiver Mann. Genau die Art von Mann, die sie nicht brauchte.

„J. D. ist ein Blödmann“, verkündete ihr Sohn, als sie in die Küche zurückkehrte und den leeren Topf ins Spülbecken stellte.

„Aber das sagen wir ihm nicht, okay?“

„Warum nicht?“

„Weil es nicht nett wäre“, sagte Tiffany.

„Ich dachte, wir sollen immer ehrlich sein.“

Tiffany stellte den Nudelsalat auf den Tisch und legte ein paar Scheiben Knoblauchbrot in die Mikrowelle. Warum um alles in der Welt nahm sie J. D. in Schutz? Der Mann war ein Rätsel und brachte nichts als Ärger.

Sie schenkte den Kindern Milch ein und spielte mit dem Gedanken, sich ein Glas Wein zu gönnen. Doch dann verwarf sie ihn wieder. Solange J. D. bei ihr wohnte, brauchte sie einen klaren Kopf.

Was wollte er wirklich in Bittersweet?

J. D. war immer gefährlich gewesen. Sie musste auf der Hut sein.

„Verdammt." J.D. setzte sich auf sein neues Bett und kämpfte mit dem schlechten Gewissen, das sich in ihm regte. Schließlich war es nicht seine Schuld, dass Stephen rebellierte. Der Junge hatte seinen Vater verloren und war danach auch noch aus seiner vertrauten Umgebung gerissen worden.

Kein Wunder, dass Tiffanys Sohn nicht in der besten Verfassung war.

Was für eine verfahrene Situation. Und er selbst machte alles noch schlimmer für sie. Er wühlte in seiner Tasche, bis er den Umschlag fand, dessen Inhalt Tiffany ganz bestimmt nicht gefallen würde. Die Urkunden darin bewiesen, dass das Haus, in dem sie seit Philips Unfall lebte, zu drei Vierteln den Santinis gehörte. Nur ein Viertel gehörte noch ihr, der Rest war an seine Familie gefallen, nachdem sie seine Spielschulden bezahlt hatte.

„Großartig." Verärgert warf J.D. den Umschlag aufs Bett. Warum hatte er sich nur breitschlagen lassen, Philips Nachfolge in der Firma ihres Vaters anzutreten? Er hatte nie für Santini Brothers Enterprises arbeiten wollen, aber nach dem Tod ihres Ältesten waren seine Eltern zutiefst erschüttert gewesen, und er hatte ihnen helfen wollen.

Der Motorradunfall war ein Wendepunkt gewesen. Ein Kollege hatte ihm geraten, den Hersteller der Maschine oder die zuständige Straßenverwaltung auf Schadenersatz zu verklagen. Oder sogar die Eltern des Kindes, das direkt vor ihm auf die Fahrbahn gelaufen war. Aber er war zu schnell gefahren und dachte nicht daran, die Verantwortung auf jemand anderen abzuwälzen.

Im Krankenhaus dachte er gründlich über das Leben nach, das er fast verloren hätte. Er war es leid, vor Gericht flammende Plädoyers zu halten, nur um sich dann in einem Hinterzimmer mit der Gegenpartei auf einen nicht immer fairen Deal zu einigen. Also übernahm er Philips Schreibtisch, und zu seinen ersten Aufgaben gehörte es, sich um Tiffany zu kümmern.

Die Familie wollte sicher sein, dass es Stephen und Christina gut ging. Carlo Santini hatte Tiffany nie gemocht und ihr die Schuld daran gegeben, dass Philips erste Ehe gescheitert war, obwohl sie ihn erst nach der Scheidung kennengelernt hatte.

Oder etwa nicht?

J.D. war es völlig egal. Er konnte es kaum erwarten, nach Portland zurückzukehren.

Er schob den Umschlag in die Tasche und verstaute sie in einer Schublade. Dann setzte er sich auf die Fensterbank und schaute in den

Garten hinunter, wo Tiffany gerade ein paar Pflanzen wässerte. Plötzlich stellte sie die Gießkanne ab, drehte sich um und sah zu ihm hinauf.

J.D. blieb, wo er war.

Als ihre Blicke sich trafen, begann sein Puls zu rasen, und in ihm löste sich eine Blockade, deren Existenz ihm gar nicht bewusst gewesen war. Lange unterdrückte Erinnerungen drängten sich mit Wucht an die Oberfläche. Sein Mund wurde trocken, als er daran dachte, wie er Tiffany berührt und geküsst hatte. Sie war noch immer wunderschön.

Sie befeuchtete ihre Lippen. Sofort wurden seine Knie weich. Wollte sie ihn etwa herausfordern?

Oder war es eine vollkommen unschuldige Geste?

Verdammt. Ein Schweißtropfen rann zwischen seinen Schulterblättern hinab, und das unerwartete – und ungebetene – Verlangen raubte ihm den Atem.

Tiffany wandte sich ab, als hätten auch ihre Gedanken eine verbotene Richtung eingeschlagen. Hastig griff sie wieder nach der Gießkanne, und J.D. schloss ruckartig die Jalousie.

Es war eine erschreckende Erkenntnis – er begehrte die Frau seines verstorbenen Bruders. Das war sein ganz persönlicher Fluch, und der lastete auf ihm, seit er sie zum ersten Mal gesehen hatte.

„Hast du schon gehört? Wir bekommen eine neue Nachbarin", erzählte Doris, die Chefin der kleinen Versicherungsagentur, in der Tiffany arbeitete.

„Wer ist es diesmal?" Tiffany trank einen Schluck Kaffee und griff nach der Post. Das kleine Cottage hatte bisher einen Akupunkteur, ein Spielzeuggeschäft und einen Telefonkartenladen beherbergt.

„Eine Architektin."

Tiffany zuckte zusammen. „Doch nicht etwa …"

„Genau die. Bliss Cawthorne zieht nebenan ein."

„Na toll." Musste sie ausgerechnet in dieser Woche an ihre Halbschwester erinnert werden?

„Dachte mir, dass du dich freust." Doris, fast sechzig, geschieden und ein wahres Energiebündel, lächelte mitfühlend. „Sie war schon hier, um sich nach einer Mieterversicherung zu erkundigen. Dann hat sie dein Namensschild gesehen und angekündigt, dass sie später noch mal wiederkommt."

„Um mich zu sehen."

„Vermutlich." Als das Faxgerät ein bedrucktes Blatt Papier von sich gab, ging sie hinüber. „Noch ein Memo über Isaac Wells." Sie schnalzte mit der Zunge. „Was für ein Glück, dass er über uns versichert war. Ich möchte wirklich wissen, was dem alten Knaben zugestoßen ist."

„Du und alle anderen in der Stadt", erwiderte Tiffany nervös. Jede Erwähnung des alten Mannes erinnerte sie daran, dass die Polizei ihren Sohn im Verdacht hatte, mehr zu wissen, als er zugab. Sie fröstelte. Unmöglich. Nicht Stephen. Er war erst dreizehn.

„Wann zieht Bliss ein?", fragte sie, um das Thema zu wechseln. Würde sie es ertragen, ihrer Schwester an jedem Arbeitstag zu begegnen? Bliss Cawthorne, Johns verwöhnte „Prinzessin", das einzige seiner Kinder, das seinen Namen tragen durfte. Hör auf damit, ermahnte sie sich und öffnete die Post. Es war nicht Bliss' Schuld, dass ihr Vater seine beiden anderen Töchter jahrelang ignoriert hatte.

Bis jetzt. Als ließen sich dreißig Jahre so einfach ungeschehen machen. Nur weil er einen Herzinfarkt erlitten hatte, wollte er noch mal von vorn anfangen.

Lass es, sagte sie sich streng und konzentrierte sich auf die Arbeit.

Tiffany ließ die Mittagspause ausfallen, ging wie jeden Tag zur Bank, um die geschäftlichen Überweisungen zu erledigen, und aß nur einen Erdbeerjoghurt, während sie mit Doris über deren Kinder und die geplante Reise nach Mexiko plauderte.

Kurz vor Büroschluss läutete die Glocke über der Tür. Tiffany hob den Kopf und erstarrte. Es war Bliss.

Wunderbar. Tiffanys Stimmung sauste in den Keller.

Mit Wangenknochen, um die sie jedes Model beneiden würde, und Augen so strahlend wie ein Junimorgen verströmte Bliss Cawthorne die Selbstsicherheit einer Frau, die genau wusste, wie sie aussah. Sie trug einen weißen Rock, ein Denimhemd, einen breiten Gürtel und Sandaletten. Am linken Ringfinger funkelte ein birnenförmiger Brillant, den ihr Mason Lafferty spendiert hatte. Mason stammte aus Bittersweet und hatte es in der Fremde zu Reichtum und Erfolg gebracht.

Bliss strahlte übers ganze, makellos geschminkte Gesicht, und Tiffany wehrte sich gegen die Abneigung, die ihre Halbschwester stets in ihr auslöste.

„Hi", sagte Bliss.

Tiffany rang sich ein höfliches Lächeln ab. „Hallo."

„Hast du den Mietvertrag schon unterschrieben?", fragte Doris.

Bliss nickte, ohne Tiffany aus den Augen zu lassen. „Wie es aussieht, bin ich mindestens ein Jahr lang eure Nachbarin."

„Willkommen an Bord.“ Doris ging um ihren Schreibtisch herum und gab Bliss die Hand. „Wie ich höre, heiratest du den jungen Lafferty.“

„Im nächsten Monat.“

„So kurz nach dem großen Tag deines Vaters?“, entgegnete Doris.

„Ja, das ist es wohl“, gab Bliss zu.

Tiffany spürte, dass ihre Halbschwester auch nicht gerade begeistert war. Schließlich heiratete John Cawthorne die Frau, mit der er schon während seiner ersten Ehe mit Bliss' Mutter Margaret ein Verhältnis gehabt hatte. Der Mann war wirklich schamlos. Und durch deine Adern strömt sein Blut, dachte sie.

„Ich möchte meine Büroeinrichtung versichern“, fuhr Bliss fort.

„Sehr vernünftig“, erwiderte Doris und reichte ihr einen Stapel Prospekte.

Bliss steckte sie ein und sah Tiffany an. „Ich würde mich freuen, wenn wir uns mal zum Essen oder auf einen Kaffee treffen könnten. Um einander kennenzulernen.“

„Ist das Johns Idee?“

„Tiffany!“, rief Doris tadelnd.

„Bliss versteht mich. Seit John wieder in Bittersweet ist, mischt er sich dauernd in mein Leben ein.“

„Damit habe ich nichts zu tun.“

„Du willst mich also nicht überreden, zu seiner Hochzeit zu gehen?“

„Nicht im Traum.“ Bliss klang ehrlich. „Dieses neue Familienmodell – Stiefmutter, Halbschwestern und so – ist für mich auch nicht einfach. Aber ich gebe mir Mühe. Ein Glas Wein mit dir ... oder ein Kaffee ... oder was auch immer, wäre ein guter Anfang. Es liegt bei dir.“ Sie warf Doris einen Blick zu. „Danke. Ich rufe dich an“, fügte sie an Tiffany gewandt hinzu.

„Tu das.“

Bliss ging hinaus, und Doris sah ihr erstaunt nach. „Du hättest etwas freundlicher zu ihr sein können.“

„Nur weil sie bei uns eine Versicherung abschließt ...“

„Sie ist deine Schwester, Tiffany.“

„Halbschwester.“

Doris schob die Papiere auf ihrem Schreibtisch zusammen. „Du hast Glück, weißt du. Man sollte dankbar sein, dass man eine Schwester hat, auch wenn sie nur eine halbe ist. Sie ist ein besonderer Mensch.

Mehr als eine Freundin." Sie räusperte sich. „Es vergeht kein Tag, an dem ich nicht an meine denke."

Tiffany schämte sich. Doris' Schwester war vor weniger als einem Jahr verstorben. „Wahrscheinlich hast du recht", lenkte sie ein.

„Bliss kann nichts dafür, dass ihr Vater ein gefühlloser Kerl ist, der seine anderen Kinder nie angenommen hat. Wie ich es sehe, Tiffany, hast du jetzt die Chance, die Familie zu bekommen, die du dir immer gewünscht hast. Auf deinen Vater kannst du notfalls verzichten, aber deine Schwestern sind ein Geschenk. So, jetzt lass uns die Schadensmeldungen durchgehen, danach kannst du mir von deinem Liebesleben erzählen."

„Da gibt es nicht viel zu erzählen."

„Das lässt sich ändern. Zufällig kenne ich einen geschiedenen Vater mit vier Kindern. Nicht unattraktiv. Vierzig, eins fünfundachtzig und blaue Augen."

„Ich bin nicht auf dem Markt."

„Er hat einen tollen Job, ist humorvoll und ..."

„Ich bin noch immer nicht auf dem Markt."

„Du kannst nicht ewig trauern."

„Ich trauere nicht – nicht wirklich."

„Warum gönnst du dir nicht mal etwas Spaß?"

„Wenn ich so weit bin."

Doris ging an die Kaffeemaschine und goss sich einen Becher ein. „Wann ist das?"

„Bald", versprach Tiffany, doch das war gelogen. Im Moment hatte sie nicht das geringste Interesse an Männern. *Und was ist mit J. D.?* Sie tat das, was sie am besten konnte – sie ignorierte die spöttische Stimme in ihrem Hinterkopf.

„Ich selbst kenne mich damit ja nicht aus, aber in dieser Gegend gibt es mehrere Weingüter. Sie scheinen zu florieren, und auf unserem Boden wächst so gut wie alles."

J. D. hörte dem Grundstücksmakler kaum zu. Durch die staubige Frontscheibe vom alten Cadillac schaute er auf die kleinen Rinderherden neben der Straße.

„Bestimmt finden wir etwas, das für Sie infrage kommt", fuhr Max Crenshaw fort.

J. D. versuchte sich zu konzentrieren, aber er musste dauernd an Tiffany und ihre Kinder denken. Ihre Lage war schwieriger, als sie zugeben wollte. Stephen war auf dem besten Weg, ein jugendlicher Straftäter zu werden, und die kleine Christina wachte mitten in der Nacht auf und weinte herzzerreißend. Durch die Holzdecke hindurch hatte er gehört, wie Tiffany zu ihrer verängstigten Tochter eilte und sie leise tröstete.

Ja, sie hatte reichlich Probleme. Außer ihm gab es noch vier andere Mieter in dem alten Haus. Mrs Ellingsworth, die er bereits kennengelernt hatte, wohnte in einer der Souterrainwohnungen, ein Kunststudent in der anderen. Ein junges Ehepaar hatte sich im Erdgeschoss des Kutscherhauses einquartiert. Das Obergeschoss stand leer, seit ein Mann namens Lafferty kürzlich ausgezogen war.

Das hatte er von Max Crenshaw erfahren. Dem Makler schien nichts zu entgehen, was in Bittersweet passierte.

„Das nächste Objekt ist noch gar nicht auf dem Markt, aber da wir dort vorbeikommen ..." Crenshaw hielt auf einer heruntergekommenen Ranch mit einer bescheidenen Blockhütte, mehreren Schuppen und einer großen Scheune. „Das hier hat einem alten Mann namens Isaac Wells gehört."

„Tatsächlich?" Interessiert schaute J. D. sich um.

„Ja. Der alte Isaac hat ganz allein hier gelebt. War nie verheiratet. Er hatte eine Schwester, die schon lange tot ist, und Brüder, die sich in alle Himmelsrichtungen zerstreut haben. Vor etwa einem Monat ist Isaac dann plötzlich verschwunden. Spurlos. Eine unheimliche Geschichte, wenn Sie mich fragen. Man sollte meinen, wenn ihm etwas zugestoßen wäre, hätte man seine Leiche längst gefunden. Manche Leute glauben, dass er Geld in einem Bankschließfach deponiert oder in Blechdosen vergraben hat, aber das ist nur ein Gerücht. Wie auch immer, könnte gut sein, dass diese Ranch bald zum Verkauf steht."

Das Blockhaus war klein, es brauchte dringend einen Anstrich, und einige Fenster waren kaputt. Die Scheune sah solide aus, die anderen Wirtschaftsgebäude wirkten fast baufällig. Das Ganze machte einen verlassenen, traurigen Eindruck.

„Er war etwas seltsam, der alte Isaac, aber soweit ich weiß, hatte er keine Feinde. Wie gesagt, es ist ein Rätsel."

„Keine Hinweise?"

„Falls die Polizei welche hat, behält sie sie für sich." Der Makler legte den Rückwärtsgang ein. „Fahren wir ein wenig herum. Ich habe noch ein paar Angebote. Zum Beispiel die Ranch der Stowells. Etwa hundert Hektar, in gepflegtem Zustand, und die Eigentümer wollen unbedingt verkaufen."

Er wendete, und J. D. beobachtete, wie Isaac Wells' Ranch im Seitenspiegel kleiner wurde.

Max Crenshaw redete unaufhörlich. Aus dem Radio kam langweilige, fast einschläfernde Musik. J. D. wünschte, er wäre anderswo, und ahnte schon jetzt, dass es ein Riesenfehler gewesen war, sich in Bittersweet blicken zu lassen.

Tiffany balancierte zwei Einkaufstüten auf den Armen und schaffte es nur mit Mühe, die Haustür aufzuschließen. „Ich bin wieder da!", rief sie. Niemand antwortete, nur die Katze hob den Kopf und streckte sich genüsslich. „Jemand hier?" Sie seufzte. „Wir beide sind allein, was?" Das Tier gähnte und folgte ihr in die Küche.

Eine Nachricht in Mrs Ellingsworths krakeliger Schrift verriet, dass sie mit Christina im Park war. Stephen verdiente sich im Garten seiner Großmutter etwas Taschengeld. Tiffany stellte die Tüten ab und merkte erst beim Auspacken, dass die Einladung zur Hochzeit ihres Vaters nicht mehr in der Schublade, sondern aufgeschlagen auf der Arbeitsfläche lag.

„Toll", murmelte sie.

Sie hatte John Cawthorne erst vor ein paar Monaten kennengelernt. Jahrelang hatte sie ihn für tot gehalten. Sie war dreiunddreißig, die verwitwete Mutter von zwei Kindern, und eigentlich sollte sie dem Mann verzeihen können. Sie sollte, aber sie konnte es nicht.

SIE WUSSTE NICHT, WIE OFT SIE DEN AUF BÜTTENPAPIER GEDRUCKTEN TEXT SCHON ÜBERFLOGEN HATTE. „OHNE MICH“, FLÜSTERTE SIE. IN IHREN AUGEN WAR DIE HEIRAT EINE FARCE, AN DER SIE NICHT MITWIRKEN WOLLTE. VOR DREIUNDDREISSIG JAHREN HATTE DER MANN IHRE MUTTER EISKALT IM STICH GELASSEN, UND AUCH SEINE HANDSCHRIFTLICHE NACHRICHT STIMMTE SIE NICHT GNÄDIG.

Liebe Tiffany,

ich weiß, ich verdiene Deine Unterstützung nicht, aber ich bitte Dich trotzdem darum. Glaub mir, ich habe eine neue Seite in meinem Leben aufgeschlagen und wünsche mir, dass Du und Deine Schwestern zu meiner Familie gehören.

Gott weiß, ich habe viele Fehler gemacht. Bestimmt werde ich sogar noch mehr machen, aber es wäre schön, wenn Du einem alten Mann verzeihen könntest, bevor er vor seinen Schöpfer tritt. Auf meine ganz eigene Weise liebe ich Dich, Tiffany. Das habe ich immer getan. Das werde ich immer tun. Du bist meine Erstgeborene. Ich hoffe inständig, dass Du mit mir und Deiner Stiefmutter unsere Hochzeit feierst.

Dein Vater,
John Cawthorne

Vater. Da war es wieder, das schmerzhafte Wort. Wo war er denn gewesen, als ihre Mutter in zwei Jobs geschuftet hatte, um ihre uneheliche Tochter großzuziehen? Wo war dieser wunderbare „Vater“ gewesen, als sie ein junges Mädchen gewesen war und einen Mann in ihrem Leben gebraucht hatte? Wo war er gewesen, als sie geheiratet und niemanden gehabt hatte, der sie ihrem Bräutigam übergab? Was hatte er gedacht, als sie Kinder bekam – seine Enkelkinder?

John Cawthorne wusste gar nicht, was das Wort *Vater* bedeutete. Sie bezweifelte, dass er es jemals begreifen würde. Sie ballte die Hand mit seinem Brief zur Faust und warf die zerknüllten Seiten in den Korb neben der Hintertür. Warum verschwendete sie auch nur einen Gedanken an den Mann?

Weil er in wenigen Tagen heiratet.

Na und? Endlich heiratete er die Frau, die er angeblich schon so lange liebte – eine Frau, die Ehemänner gesammelt hatte wie andere Frauen Ohrringe.

Und Tiffany war nicht sicher, ob es zwischen ihr und ihren „Schwestern" Gemeinsamkeiten gab. Bliss war nicht nur deutlich jünger, sie war auch mit dem sprichwörtlichen Silberlöffel im Mund geboren worden – und benahm sich so. Sie hatte von Anfang an John Cawthornes Namen getragen, war nie einsam und verzweifelt gewesen und hatte niemals unter Armut leiden müssen. Und darunter, dass sie anders als ihre Klassenkameraden war. Die wussten nach der Scheidung ihrer Eltern wenigstens, wer ihr leiblicher Vater war. Tiffany war ziemlich sicher, dass sie und Bliss Cawthorne sich niemals richtig verstehen würden.

Ihre zweite Halbschwester Katie Kinkaid war ein wahrer Wirbelwind. Eine dynamische Frau, die überzeugt war, dass sie die Welt allein mit ihrer Willenskraft verändern konnte.

So naiv war Tiffany schon lange nicht mehr. Vielleicht war sie es nie gewesen. Mit Bliss und Katie verband sie nichts, und es störte sie kein bisschen. Sie ging nach oben, zog Jeans und eine ärmellose Bluse an, band das Haar zu einem Pferdeschwanz und kehrte in die Küche zurück, um die Einkäufe wegzuräumen. Sie war gerade damit fertig, als sie hinter dem Haus Stimmen hörte. Sie schaute aus dem Fenster und sah ihre Tochter auf Mrs Ellingsworths Armen.

„Mommy!", rief die Dreijährige freudig und machte sich los, um auf die Veranda zu rennen.

„Sie ist stehend k. o.", sagte Ellie.

„Bin ich nicht", protestierte Christina und gähnte.

„Ich wünschte, ich hätte nur halb so viel Energie." Seufzend wischte Mrs Ellingsworth sich den Schweiß von der Stirn.

Tiffany beugte sich hinab. Christina warf sich ihr in die Arme. „Wir haben geschaukelt und sind Karussell gefahren", verkündete das kleine Mädchen mit geröteten Wangen. „Ganz, ganz oft!", rief es stolz, bevor es seine Mutter losließ und die Katze durch den Garten verfolgte.

„Sie wird heute Abend müde sein", sagte Mrs Ellingsworth lachend.

„Das ist gut", erwiderte Tiffany. Vielleicht würde ihre Tochter endlich mal wieder durchschlafen, ohne die Albträume, unter denen sie seit Philips Tod litt. „Danke, dass du mit ihr in den Park gegangen bist."

„Gern geschehen." Erst jetzt schien sie zu bemerken, dass sie beide allein waren. „Ist Stephen noch nicht zurück?" Sie wartete Tiffanys

Antwort nicht ab. „Seltsam. Octavia hat angerufen und ihn gebeten, ihren Rasen zu mähen." Sie sah auf die Uhr. „Das ist drei Stunden her."

„Typisch", sagte Tiffany. „Er hat keine Nachricht hinterlassen, dafür lag das hier offen herum." Sie zeigte auf die Einladung. Vermutlich war der Junge mit seinen Freunden zum Angeln oder Schwimmen gegangen ... Aber wo? „Na ja, bestimmt meldet er sich bald. Wie wäre es mit einem Glas Eistee oder Limonade?"

Ihre Mieterin zog ein Papiertuch aus der Schachtel auf der Arbeitsfläche und tupfte sich die Stirn ab. „Ein Wodka Collins wäre nicht schlecht, aber dazu ist es noch zu früh. Außerdem habe ich ein Date."

„Ein Date?", wiederholte Tiffany erstaunt. „Wer ist der Glückliche?"

Mrs Ellingsworth strahlte. „Stan Brinkman. Er ist Dachdecker, hat seinen Betrieb an seine Söhne verkauft und sich zur Ruhe gesetzt. Er ist verwitwet, verbringt die Sommer hier oben und die Winter in Arizona."

„Seit wann kennst du ihn?"

„Lange genug", erwiderte sie augenzwinkernd. „Ich erzähle dir nachher, wie es war." An der Tür winkte sie Tiffany noch einmal zu, ging hinaus und wechselte ein paar Worte mit Christina, die Grashalme pflückte und in eine alte Keksdose legte.

Das Telefon läutete. Tiffany riss den Hörer von der Gabel. „Hallo?"

„Mom?"

„Hi, mein Junge." Sie lehnte sich gegen die Arbeitsfläche. „Bist du mit Grandmas Rasen fertig?"

„Ja ... schon lange."

Stephen klang angespannt. Tiffany erstarrte. „Wo bist du?"

Er zögerte.

„Stephen?"

„Ich bin auf der Polizeiwache, Mom, und ... hier ist jemand, der mit dir sprechen möchte."

3. KAPITEL

„*Du bist wo?*“ Tiffany musste sich an der Wand festhalten. Guter Gott, das durfte doch alles nicht wahr sein.

„Ich habe gesagt, ich bin in der …“

„Ich weiß, was du gesagt hast“, unterbrach sie ihren Sohn. „Warum bist du dort? Geht es dir gut? Was ist passiert?“, fragte sie panisch.

„Ja. Es geht mir gut.“

„Bist du sicher?“

„Ja. Der Polizist will mit dir sprechen.“

„Stephen, warte! Soll ich dich …“

„Mrs Santini?“, ertönte eine Männerstimme. „Ich bin Sergeant Pearson.“

Tiffanys Herz schlug bis zum Hals. „Was ist passiert? Geht es meinem Sohn gut?“

„Abgesehen von einem blauen Auge und einem schmerzenden Kiefer ist mit ihm alles in Ordnung, glaube ich.“ Der Sergeant klang freundlich, doch das beruhigte sie nicht.

„Was ist passiert?“

„Er und ein anderer Junge, Miles Dean, haben sich im Supermarkt geprügelt.“

„Geprügelt?“, wiederholte sie entsetzt. Ray Dean, Miles’ Vater, hatte im Gefängnis gesessen, und wie es aussah, eiferte sein Sohn ihm nach.

„Die Jungen haben sich gestritten. Eins führte zum anderen, und es kam zu einer Schlägerei. Eine Verkäuferin hat uns gerufen. Wir haben die beiden mitgenommen. Alles in allem geht es Ihrem Jungen gut.“

Tiffany fiel ein Stein vom Herzen, aber hinter der Stirn pochte es immer schmerzhafter. „Und Miles?“

Der Polizist zögerte. „Miles konnte schon immer besser auf sich aufpassen.“

„Ist Stephen angezeigt worden?“

„Nein.“

„Und Miles?“

„Das bleibt abzuwarten.“

„Kann ich meinen Sohn abholen?“

„Ein Kollege bringt ihn nach Hause. Er müsste in zehn Minuten bei Ihnen sein.“

„Ich muss nichts unterschreiben?“

„Nein … Augenblick." Pearson sprach mit jemand anderem. „Ja, sie wartet auf ihn. Hör zu, Stephen, ab jetzt machst du keinen Ärger mehr, klar?"

„Nein", flüsterte ihr Sohn.

„Ich meine es ernst. Das nächste Mal könntest du ein echtes Problem bekommen. Ich muss diesen Vorfall dem Jugendamt melden." Stephens Antwort war nicht zu verstehen, dann war der Sergeant wieder am Apparat. „Okay, er ist auf dem Weg zu Ihnen."

„Gut."

„Hören Sie, Mrs Santini, diesmal war es nur eine Meinungsverschiedenheit, die an einem heißen Nachmittag außer Kontrolle geraten ist. Aber wir machen uns Sorgen. Wäre einer der Jungen bewaffnet gewesen, hätte es schlimmer ausgehen können."

Er sprach aus, was Tiffany dachte. Trotz der Hitze fror sie plötzlich. Sie war nach Bittersweet gezogen, um der Gewalt in der Großstadt zu entfliehen, aber offenbar war man nirgendwo davor sicher. Nicht mal in einer kleinen Gemeinde im südlichen Oregon. Auf dem Land bekamen Jungen spätestens mit zehn Jahren von ihren Vätern ein Jagdmesser, als wäre das ein Meilenstein auf dem Weg vom Kind zum Mann. „Ich rede mit Stephen."

„Tun Sie das", riet Pearson. „Ich könnte mir denken, dass ihm die Fahrt im Streifenwagen und der Besuch auf der Wache eine heilsame Lehre waren."

„Hoffentlich."

Sie wollte auflegen, aber der Sergeant war noch nicht fertig. „Mrs Santini …"

„Ja?"

„Die Verkäuferin hat ausgesagt, dass es bei dem Streit zwischen den Jungen auch um Isaac Wells ging."

Tiffany erstarrte. „Wie bitte?"

„Der Mann, der verschwunden ist. Er hatte eine Ranch am Stadtrand."

„Ich weiß, wer Isaac Wells ist." Sie versuchte, sich die Angst nicht anhören zu lassen. „Was hat sein Verschwinden mit meinem Sohn zu tun?"

„Wahrscheinlich nichts. Aber als wir die Taschen Ihres Sohns routinemäßig durchsucht haben, hatte er mehrere Schlüssel bei sich."

„Schlüssel?", wiederholte sie. „Zu unserem Haus", sagte sie, ohne wirklich daran zu glauben. Stephen hatte einen Schlüssel. Nur einen.

„Das mag sein. Aber die Schlüssel hingen an einer Kette, in die etwas eingraviert ist."

Tiffany schloss die Augen, denn sie ahnte, was jetzt kam.
„Und zwar die Buchstaben IXW“, fuhr Sergeant Pearson fort. „Die könnten für Isaac Xavier Wells stehen.“
„Ich verstehe.“
„Reden Sie mit Ihrem Jungen.“
„Das werde ich.“ Mit zitternden Fingern und hängenden Schultern legte sie auf. Sie verstand das alles nicht. Warum trieb Stephen sich noch immer mit Miles Dean herum? Und warum hatte er Isaac Wells’ Schlüssel? Worüber hatten die beiden sich gestritten? Und hatte ihr Sohn vielleicht doch etwas mit dem Verschwinden des alten Mannes zu tun?
„Mommy!“, rief Christina aus dem Garten.
Tiffany öffnete das Fenster und rang sich ein Lächeln ab. „Was gibt es, mein Schatz?“
Ihre Tochter stand im Schatten eines Baums und hielt stolz eine alte Keksdose hoch, in die sie Erde gefüllt und Grashalme und Gänseblümchen „gepflanzt“ hatte. „Sieh mal!“
„Das ist sehr hübsch“, lobte Tiffany.
Ihre Tochter rannte die Stufen zur Veranda hoch.
„Vorsicht!“
Zu spät. Mit einem Aufschrei stolperte Christina über Stephens Inliner und fiel hin. Keksdose, Erdklumpen und Gänseblümchen segelten durch die Luft.
Blitzschnell war Tiffany bei ihrer schluchzenden Tochter und nahm sie tröstend auf den Arm. „Nicht weinen, mein Schatz. Alles wird gut.“
„Es tut so weh!“ Das Mädchen zeigte auf eine erdbeergroße Abschürfung am Knie.
„Ich weiß, aber Mommy macht es wieder heil.“
Im Medizinschrank fand sie ein Desinfektionsspray und einen sauberen Waschlappen. Sie setzte Christina auf die Arbeitsfläche und reinigte vorsichtig die Wunde.
Es läutete an der Haustür.
Vermutlich war es der Polizist mit Stephen im Schlepptau. „Ich bin gleich da!“, rief sie und griff in den Schrank.
Es läutete wieder.
„Immer mit der Ruhe“, murmelte sie und klebte ein Pflaster auf Christinas Wunde. Sie warf den Waschlappen ins Spülbecken, nahm ihre Tochter auf den Arm und ging nach vorn. Als sie die Tür aufriss, stand J.D. vor ihr.
„Du wolltest mir einen Schlüssel geben“, erinnerte er sie.

„Stimmt." *Sein* Schlüssel war das Letzte, woran sie gedacht hatte. „Ich habe es vergessen. Du hättest durch die Hintertür kommen können."

Er warf einen Blick auf die noch immer weinende Christina und runzelte die Stirn. „Was ist passiert?"

„Ich bin hingefallen!", antwortete das Mädchen nicht ohne Stolz.

„Ja, das bist du." Tiffany küsste Christina aufs lockige Haar. „Komm herein", sagte sie zu J. D. und wollte gerade in die Küche zurückkehren, da hielt ein Streifenwagen am Straßenrand. „Oh nein."

J. D. drehte sich um, und in ihm stieg ein mulmiges Gefühl auf. Seit er als Jugendlicher immer wieder mit dem Gesetz in Konflikt geraten war, reagierte er so.

Tiffany war blass geworden. „Entschuldige mich", sagte sie und drängte sich an ihm vorbei. Sie eilte über die Veranda und durch den kleinen Vorgarten.

Besorgt folgte J. D. ihr und kniff die Augen zusammen, als Stephen mit verlegenem Gesicht aus dem Streifenwagen stieg. Der Junge senkte den Kopf, doch J. D. entging nicht, dass ein Auge fast zugeschwollen war.

„Mrs Santini?" Der Polizist, ein stämmiger Mann mit dichtem, braunem Haar, kam auf sie zu.

„Ja."

„Ich bin Officer Talbot."

„Hallo."

Er sah J. D. an. „Mr Santini?"

„Ja, aber ich bin nicht der Vater des Jungen."

Braune Augenbrauen zuckten hoch.

J. D. streckte die Hand aus. „J. D.", sagte er. „Stephens Onkel."

Der Junge bedachte ihn mit einem abweisenden Blick, bevor er sich in den Streifenwagen beugte und sein Skateboard herausholte.

„Sie sollten sein Auge untersuchen lassen", riet Officer Talbot.

„Das werde ich", erwiderte Tiffany.

„Es ist alles okay", murmelte Stephen.

„Wie geht es dem anderen Jungen?"

„Der sieht nicht viel besser aus." Der Officer legte Stephen eine Hand auf die Schulter. „Hoffen wir, dass es das letzte Mal war."

„Das war es", versprach Tiffany.

Talbot lächelte nur, stieg wieder ein und fuhr davon.

„Was ist passiert?", fragte J. D. seinen Neffen.

„Nichts."

„Ein blaues Auge kommt nicht von allein."

Stephen zuckte nur mit den Schultern und ließ ihn stehen.

Christina schluchzte laut. „Mein Kinn tut weh."

„Ich weiß, Liebes." Zärtlich küsste Tiffany sie auf die Schläfe. „Wir kümmern uns gleich um dich und deinen Bruder."

Stephen schnaubte. „Um mich braucht ihr euch nicht zu kümmern."

„Da irrst du dich aber", sagte sie und folgte ihm ins Haus.

Nach kurzem Zögern schloss J. D. sich ihnen an.

„Lass mich einfach in Ruhe, Mom", bat Stephen und eilte nach oben. Sekunden später knallte die Tür seines Zimmers, dann drangen zornige Gitarrenklänge nach unten.

Tiffany schüttelte den Kopf. „Ich bin gleich zurück", sagte sie zu J. D. und ging mit Christina zum kleinen Badezimmer unter der Treppe. „Dann kriegst du auch deinen Schlüssel. Er ist in meiner Handtasche. Warte in der Küche, und nimm dir einen Eistee – oder was immer du im Kühlschrank findest."

„Danke."

Der Duft ihres Parfüms blieb zurück, als Tiffany die Tür hinter sich schloss. J. D. stockte der Atem, als eine allzu sinnliche Erinnerung in ihm aufstieg. *Hör auf damit, Santini.* Er gab sich einen Ruck und schlenderte in die Küche. Mit zusammengebissenen Zähnen schaute er in den Kühlschrank und nahm sich eine Flasche Bier.

Was ging hier vor? Ein Kind hatte eine schmerzhafte Sturzverletzung, das andere ein blaues Auge. Trotz ihrer guten Absichten schien Tiffany ihre mütterlichen Pflichten zu vernachlässigen.

Er drehte den Verschluss ab und warf ihn in den Abfalleimer.

„Aua, Mommy, das tut weh!"

„Gleich wird es besser", tröstete Tiffany.

Besorgt ging J. D. in die Nachmittagshitze hinaus und betrat den von der Sonne ausgedörrten Rasen. Etwa ein Jahr vor seinem Tod hatte Philip dieses Haus als Geldanlage gekauft. Das Hauptgebäude, die Garage und das frühere Kutscherhaus waren taubengrau gestrichen, die Türen und Fenster schwarz abgesetzt. Insgesamt wirkte das kleine Anwesen wie aus einer anderen Epoche und verströmte einen nostalgischen Charme.

Er trank einen kräftigen Schluck. Philip hatte nie vorgehabt, mit seiner kleinen, zweiten Familie nach Bittersweet zu ziehen. Auf einem Nachbargrundstück begann ein Hund zu bellen.

„Aus, Cody!“, befahl eine energische Frauenstimme.

Als ein schriller Akkord aus dem offenen Fenster im oberen Stock des Hauses drang, schaute J. D. nach oben. Sein Neffe stand in der Mitte des Zimmers. Das dunkle Haar fiel ihm ins Gesicht, während er zornig sein Instrument misshandelte. Als spürte er, dass er beobachtet wurde, hob er den Kopf und bemerkte J. D. Schlagartig verstummte die Gitarre, und der Junge verschwand aus dem Blickfeld.

J. D. fühlte sich an seine eigene, alles andere als vorbildliche Jugend erinnert. Er selbst hatte eine gebrochene Nase und ein mit zahlreichen Stichen genähtes Bein gehabt – und ein Strafregister, das zum Glück gelöscht worden war, als er volljährig wurde. Offenbar befand sich auch Stephen in akuter Gefahr, auf die schiefe Bahn zu geraten.

„Verdammt“, flüsterte J. D. und sah Tiffany entgegen, als sie mit Christina aus dem Haus kam. Das kleine Mädchen weinte nicht mehr, und das gerötete Gesicht war sauber. Ihre Mutter trug das Haar jetzt offen und hatte Lippenstift aufgelegt.

„Bist du Daddys Bruder?“, fragte Christina mit großen Augen.

„Ja, der bin ich.“

„Daddy ist im Himmel“, sagte sie so sachlich, dass ihn fröstelte.

„Ich weiß.“

„Er kommt nicht wieder.“

Tiffany warf ihm einen warnenden Blick zu. „Da hast du recht.“

„Wohnst du jetzt bei uns?“

„Eine Weile.“

„Warum?“

Gute Frage.

„Onkel Jay hat geschäftlich hier zu tun und … besucht uns“, warf Tiffany ein.

„Das ist richtig“, bestätigte J. D., denn eigentlich war es nicht gelogen.

Christina zappelte, und ihre Mutter stellte sie vorsichtig hin. „Weißt du, Jay, ich kann noch immer nicht glauben, dass du jetzt für deinen Vater arbeitest. Du warst immer …“

„… das schwarze Schaf, der abtrünnige Sohn, der nichts mit seinem Erzeuger und dessen Firma zu tun haben wollte.“ Er lächelte halb traurig, halb verlegen. „Bis sein älterer Bruder starb.“

Tiffany verschränkte die Arme. „Das Leben hat uns alle verändert.“ Ihre Blicke trafen sich, und sie fror plötzlich.

„Was ist mit Stephen los?“

„Er ist fast vierzehn.“

„Und schon mit dem Gesetz in Konflikt geraten."

„Nichts Ernstes", wehrte sie ab, bevor sie auf die Veranda ging und die Reste von Christinas Kreation zusammenfegte.

J.D. folgte ihr. „Für mich sieht es ziemlich ernst aus." Er drehte die Bierflasche zwischen den Händen.

„Du müsstest doch am meisten Verständnis für einen rebellischen Teenager haben."

Er stellte die Flasche aufs Geländer. „Du hast es nicht leicht. Ein Teenager, ein kleines Mädchen, ein Teilzeitjob und ein Mietshaus."

„Kein Problem, J.D. Na ja, jedenfalls nicht deins." Sie wischte sich die Hände an den Jeans ab. Ihre Schwierigkeiten gingen ihn und die Santinis nichts an.

„Sieht aus, als könntest du hier einen Mann gebrauchen."

„Wie bitte?", entgegnete sie empört. „Einen Mann? Hast du das wirklich gesagt?" Ungläubig schüttelte sie den Kopf. „Nur damit das klar ist, Jay – ich brauche keinen Mann. Nicht jetzt. Und nie wieder. Mir … uns geht es gut."

„Wirklich?" Er schob die Daumen in die Gürtelschlaufen.

Ohne es zu wollen, starrte sie auf seine kräftigen, gebräunten Unterarme. Seine Finger lagen neben dem Hosenschlitz, und als sie ruckartig den Kopf hob, schaute sie in sein belustigtes Lächeln.

„Lass mich dir sagen, wie ich es sehe", begann er und kam näher. Zu nahe.

Tiffanys Herz schlug schneller.

„Deine Tochter ist erst drei und versteht nicht, was mit ihrem Daddy passiert ist. Dein Sohn ist auf dem besten Wege, in Jugendhaft zu landen. Dieses Haus fällt dir über dem Kopf zusammen. Und du kannst dich vor Erschöpfung kaum noch auf den Beinen halten."

„So siehst du das?"

„Außerdem bist du Witwe und alleinerziehende Mutter."

„Was dich nichts angeht", entgegnete sie.

„Es sind die Kinder meines Bruders."

Sie beherrschte sich nur mühsam. „Komm schon, J.D., du hast dich jahrelang nicht für die beiden interessiert. Warum jetzt auf einmal? Erzähl mir nicht, dass der Motorradunfall dir die Erleuchtung gebracht hat. Das nehme ich dir nicht ab. Es ist nicht dein Stil."

„Und du weißt, was mein Stil ist?", fragte er leise. Seine Stimme klang entschieden zu sexy und weckte in ihr alte, alberne Gefühle, die sie lange unterdrückt hatte.

„Leider ja." Sie ging zu ihrer Tochter, die auf dem Rasen hockte und einem Schmetterling nachsah, der von einem Löwenzahn zum nächsten flatterte. „Chrissie, ich sehe mal nach Stephen. Bleib im Garten, ja?"

Das kleine Mädchen antwortete nicht.

„Ich passe auf sie auf", bot J. D. an.

„Die Pforte ist verschlossen. Du brauchst nicht …"

„Ich sagte, ich passe auf sie auf."

Na schön. „Ich bin dann drinnen", sagte sie, anstatt mit ihm zu diskutieren. Er würde nur ein paar Wochen bleiben. Damit wurde sie fertig. Was blieb ihr auch anderes übrig?

Eintritt verboten verkündete ein Schild an Stephens Tür. Sie ignorierte es, klopfte und ging hinein.

Ihr Sohn lag auf dem Bett, die Gitarre auf dem Bauch, und schaute zu den Postern mit Rockbands und schnellen Autos an der Decke hinauf.

„Ich möchte, dass du mit mir ins Krankenhaus fährst", sagte Tiffany.

„Vergiss es."

„Wir fahren hin. Und zwar sofort. Ich möchte, dass ein Arzt sich dein Auge ansieht. Auf dem Weg dorthin kannst du mir erzählen, worüber du dich mit Miles gestritten hast."

„Das war keine große Sache."

„Doch, das war es. Sonst wärest du nicht auf der Polizeiwache gelandet." Sie stieg über CDs und Videospiele hinweg und sah aus dem Fenster. Christina saß in dem alten Reifen, der am Baum hing, ließ sich von J. D. anschieben und lachte fröhlich. Tiffany seufzte. Wann hatte ihre Tochter das letzte Mal gelacht – wirklich gelacht? Wann hatte Philip ihr jemals auf eine Schaukel oder eine Rutsche geholfen oder am anderen Ende einer Wippe gesessen? Nie hatte er Zeit dazu gehabt.

Stephen murmelte etwas, das sie nicht verstand, legte die Gitarre zur Seite und stand auf.

„Der Polizist hat mir erzählt, dass es auch um Isaac Wells ging."

Der Junge wich ihrem Blick aus. „Ich habe doch schon gesagt, dass ich nicht weiß, warum er verschwunden ist."

„Das hast du, aber der Officer hat erwähnt, dass du Schlüssel bei dir hattest, die möglicherweise Mr Wells gehören."

Stephen wurde kalkweiß. „Das stimmt nicht."

„Sie haben die Schlüssel auf der Wache. Die Kette ist mit Mr Wells' Anfangsbuchstaben versehen." Sie ging zur Tür. Ihr Sohn nagte an der Unterlippe. „Möchtest du mir das erklären?", fragte sie ihn.

„Das waren nicht meine."

„Wessen dann?"

„Ich ..." Er schluckte. „Ich weiß nicht."

„Stephen ..."

„Wirklich, Mom. Ich habe sie gefunden. Im Park, beim Inlinerfahren."

„Und du hast mir nichts davon erzählt? Oder sie bei der Polizei abgegeben?" Sie wollte ihm glauben, aber derartige Zufälle gab es nicht.

„Nein."

„Dir ist klar, dass die Polizei überprüfen wird, ob die Schlüssel zu Mr Wells' Haus oder Wagen passen. Und wenn ja, werden sie dir Fragen stellen. Eine Menge Fragen."

Stephen antwortete nicht, und Tiffany gab auf. Vorläufig. Sie würde ihm etwas Zeit lassen, war jedoch fest entschlossen, der Sache auf den Grund zu gehen.

„Warte im Auto auf mich", befahl sie ihrem Sohn und ging in den Garten, wo Christina über den Rasen hopste, ihre kleine Hand in J. D.s großer.

„Onkel Jay hat gesagt, dass wir Eis essen dürfen!", rief sie begeistert.

„Hat er das?"

„Nach dem Essen."

„Bis dahin ist es noch eine Weile, Liebes. Ich muss mit Stephen zum Arzt. Komm mit." Sie nahm Christinas Hand.

„Ich will Eis", beharrte die Kleine trotzig.

„Nachher."

„Jetzt."

„Komm schon, Christina", bat Tiffany. Was fiel J. D. ein, ihrer Tochter etwas zu versprechen? Oder wollte er ihnen nur helfen?

Sie traute ihrem Schwager nicht. Sein plötzlicher Sinneswandel erschien ihr verdächtig. Warum war er wirklich hier?

„Ich begleite euch", sagte J. D.

„Das musst du ..."

„Komm mit! Komm mit!" Christina zog an seinem Arm.

„Ich weiß, dass ich es nicht muss." Er sah Tiffany in die Augen. „Ich möchte es. Ich passe auf Christina auf, während Stephen verarztet wird."

Tiffany fühlte sich in die Enge getrieben. „Hast du nichts Besseres zu tun?"

„Als mich um die Kinder meines Bruders zu kümmern?"

„Sie haben eine Mutter."

„Aber keinen Vater."

„Oh." Sie lachte bitter, bis Stephen ungeduldig hupte, und setzte sich in Bewegung. „Bewirbst du dich etwa um den Job? Als Ersatzvater? Das kann nicht dein Ernst sein!"

Er hielt sie fest und drehte sie zu sich um. „Was soll das, Tiffany? Seit ich hier bin, provozierst du mich. Und wenn ich reagiere, zeigst du mir die kalte Schulter."

„Vielleicht weil ich dir nicht traue."

J. D. ließ ihren Arm los.

„Jetzt komm." Christina zog an seiner Hand. Er blieb stehen. Stephen hupte erneut.

„Na gut! Komm mit", gab Tiffany nach und marschierte über den Rasen. Ihre Tochter rannte vor und kletterte auf den Rücksitz.

„Weißt du, Tiffany, wir müssen uns nicht streiten", sagte J. D. ruhig.

Seine Gelassenheit ärgerte sie. „Doch, das müssen wir, Jay", widersprach sie gereizt. „Das haben wir immer getan."

„Nicht immer", erinnerte er sie.

Tiffany spürte, wie sie errötete. „Manche Dinge bleiben besser vergessen", warnte sie ihn, bevor sie in den Wagen stieg und Stephen bedeutete, sich nach hinten zu setzen. Widerwillig gehorchte er. J. D. zuckte zusammen, als er neben ihr Platz nahm und dabei das verletzte Bein verdrehte. Nervös startete Tiffany den Motor.

Er sprang beim ersten Versuch an. Schweigend fuhren sie zum Krankenhaus.

Erst viel später, als sie wieder zu Hause waren, nachdem sie Stunden mit J. D. und den Kindern verbracht hatte, entspannte sie sich etwas.

Allein in der Badewanne und bei gedämpftem Licht erinnerte sie sich – in leuchtenden Farben – daran, wie sie J. D. Santini zum ersten Mal begegnet war.

Seufzend schloss sie die Augen und stellte sich tapfer ihren alten Gefühlen. Vor etwa fünfzehn Jahren war sie achtzehn gewesen. Und trotz ihrer harten Kindheit gutgläubiger, als ein Mädchen es in dem Alter sein sollte. Fast hörte sie wieder, wie Champagnerkorken knallten, während der Pianist am Flügel saß und „The Anniversary Waltz" spielte. Sie war viel zu jung gewesen, hatte geglaubt, einen älteren Mann zu lieben, und nie im Leben damit gerechnet, jemandem wie James Dean Santini über den Weg zu laufen.

Doch das war sie, und jetzt erinnerte sie sich so deutlich daran, als wäre es erst an diesem Nachmittag geschehen …

4. KAPITEL

Tiffany lag in der Wanne und durchlebte noch einmal jenen Abend vor so langer Zeit …

„Sieh dir den Stein an!“ Mary Beth Owens, die im Frühjahr zusammen mit Tiffany die Highschool abgeschlossen hatte, hob Tiffanys Hand an und bewunderte den funkelnden Brillanten am Ringfinger. „Wow“, hauchte sie mit leuchtenden Augen.

Errötend zog Tiffany die Hand zurück und warf einen prüfenden Blick auf das Büfett, das sie und Mary Beth für den Hochzeitsempfang auf dem Weingut der Santinis in McMinnville angerichtet hatten.

„Für so einen Ring würde ich alles tun. Philip muss wohlhabend sein“, flüsterte Mary Beth, während sie Servietten mit den Namen der Braut und des Bräutigams auf den langen Tisch legte. Der Champagnerbrunnen sprudelte bereits, und die ersten Gäste kamen aus der Kirche in das riesige Zelt, in dessen Mitte die mehrstöckige Hochzeitstorte thronte. In der Nähe türmten sich die Geschenke, und am Eingang begannen die beiden verschränkten Herzen aus Eis schon zu tropfen. „Wie viel Geld hat er? Weißt du es?“, fragte Mary Beth.

Tiffany lächelte nur. Sie hatte keine Ahnung, und es war ihr auch egal. Geld war nicht der Grund, aus dem sie Philip heiraten würde.

Mary Beth gab nicht auf. „Ich habe gehört, dass Philip das alles hier erben soll.“ Ihre ausladende Armbewegung umschloss die Weinberge, das alte Gutshaus, die Wirtschaftsgebäude und das von der Natur geschaffene Amphitheater zwischen den Hügeln, in dem der Empfang stattfand. Das Weingut der Santinis genoss weit über die Region hinaus einen ausgezeichneten Ruf, aber Tiffany interessierte sich nicht für die Gewinn-und-Verlust-Rechnung des Betriebs. An Philips Erbe hatte sie keine Sekunde gedacht, als sie sich in ihn verliebte.

„Es gibt zwei Brüder“, wisperte Mary Beth. „Philip ist der Gute. Der andere …“ Sie verdrehte die Augen. „Er macht seinem Vater nichts als Schwierigkeiten.“

„Tatsächlich?“ Auch das interessierte Tiffany nicht.

Ihre Freundin nickte. „Er sieht zwar toll aus, legt sich aber dauernd mit der Polizei an. Meine Mutter meint, J. D. Santini ist ein pechschwarzes Schaf, das man keiner Familie wünschen sollte.“

„Klingt nach einem echten Gewinner.“ Tiffany wusste nur, dass Philips Bruder etwas jünger war und seine eigenen Wege ging, anstatt im Unternehmen der Santinis zu arbeiten. „James ist eben James“, hatte

Philip geantwortet, als sie sich nach J.D. erkundigte. „Ich kann nicht erklären, warum er so ist. Und ich will es gar nicht erst versuchen.“ Tiffany hatte nicht nachgefragt.

„Plant ihr auch eine so große Hochzeit?“, fragte Mary Beth.

„Nein. Philip war schon mal verheiratet, deshalb wollen wir es so schlicht wie möglich halten.“

„Schade. Du solltest wenigstens ein schönes Kleid und Brautjungfern haben und ... oh, sieh mal, da kommen sie!“

Eine weiße Stretchlimousine hielt am Gutshaus. Die Braut, eine zierliche Blondine in einem perlenbesetzten Kleid, stieg aus, ohne die Hand ihres frischgebackenen Ehemanns loszulassen. Der wohlhabende Zahnarzt war klein und rundlich und hatte schütteres Haar und vier Ehen hinter sich.

„Dr. Ingles war auch schon mal verheiratet. Das hat ihn nicht davon abgehalten, die halbe Stadt einzuladen.“

Das stimmte, aber die fünfte Ehefrau des Zahnarztes war die verwöhnte Tochter eines örtlichen TV-Prominenten und hatte auf einer grandiosen Feier bestanden, da dies ihre erste Ehe war – und die „letzte“ ihres Bräutigams, wie sie angeblich gesagt hatte.

Tiffany legte keinen Wert auf Glamour. Sie hatte keinen Vater, der sie zum Altar geleiten würde, und konnte sich allein deshalb keine große kirchliche Heirat vorstellen. Außerdem beharrte sie darauf, als Braut für alle Kosten aufzukommen, und ihr Budget war nun mal beschränkt. „Wo ist die Bowle für die Kinder?“, fragte sie, um von ihrer eigenen Situation abzulenken.

„Dort drüben. André hat sich darum gekümmert.“ Mary Beth zeigte auf einen weiteren Tisch und konzentrierte sich ganz auf ihre Arbeit. Tiffany war froh darüber, denn in diesem Moment betrat Philip das Zelt. Groß und dunkelhaarig, hatte er alles unter Kontrolle.

Sie war ihm vor drei Monaten bei einem anderen Event begegnet. Er war bis zum Schluss geblieben und hatte angeboten, sie nach Hause zu fahren. Sie hatte abgelehnt und sich geweigert, ihm ihre Telefonnummer zu geben, aber er hatte sie trotzdem angerufen, und zwei Wochen später waren sie zusammen ausgegangen. Sicher, er war fünfzehn Jahre älter als sie, doch das machte nichts. Jedenfalls redete sie sich das immer wieder ein.

Eigentlich hatte Tiffany im Herbst an der Portland State University Betriebswirtschaft studieren wollen, während sie mit zwei Teilzeitjobs ihren Lebensunterhalt verdiente. Doch dann hatte Philip ihr einen

Heiratsantrag gemacht. Sie hatte ihn angenommen, denn er war alles, was sie sich an einem Ehemann wünschte. Ausgeglichen. Intelligent. Gebildet. Erfolgreich.

Der Altersunterschied störte sie nicht. Er und seine Exfrau gingen freundschaftlich miteinander um, und seine Kinder waren elf und zwölf und bereiteten Tiffany kein Kopfzerbrechen. Sie selbst war das einzige Kind einer alleinerziehenden Mutter und träumte von einer großen Familie. Sie würde Philips Kinder wie ihre eigenen lieben und freute sich darauf, eines Tages eigene zu haben.

Aber natürlich gab es auch Probleme. Philips Eltern waren streng katholisch und strikt gegen seine Scheidung gewesen. Sie wollten nicht, dass er noch mal heiratete. Und Tiffanys Mutter hatte sie eindringlich davor gewarnt, sich so früh an einen Mann zu binden.

„Du bist erst achtzehn", sagte Rose Nesbitt, während sie das Klavier abstaubte, an dem sie zahllose Schüler unterrichtet hatte. „Lass dir Zeit, Tiffany."

„Philip will nicht warten. Er ist dreiunddreißig, Mom."

„Und zu alt für dich."

„Wir lieben uns."

„Er hat mal eine andere Frau geliebt."

„Ich weiß, aber …"

„Es hat nicht gehalten." Ihre Mutter warf das Staubtuch in den Eimer mit Putzmitteln. „Wahre Liebe hat es nicht eilig."

„Warum sollten wir warten?"

„Warum solltet ihr es überstürzen?"

„Weil Philip heiraten will."

„Es ist nicht nur seine Entscheidung, Liebes. Zu einer Ehe gehören zwei. Geben und Nehmen. Ich weiß, ich selbst habe nie vor dem Traualtar gestanden, aber ich finde, du solltest dich erst mal mit Jungen in deinem Alter treffen."

Genau das war das Problem. Es waren eben nur Jungen, zu unreif, zu albern. Philip war ganz anders. Als sie ihn jetzt durch das festlich dekorierte Zelt schlendern sah, mit grauen Schläfen und einem selbstsicheren Lächeln auf dem markanten Gesicht, war sie stolz darauf, dass ein Mann wie er sie liebte.

Anders als der Vater, der sie und ihre Mutter vor ihrer Geburt im Stich gelassen hatte.

„Hi", sagte sie zu ihm, als er auf dem Weg zur Bar, an der Santini-Weine ausgeschenkt wurden, bei ihr stehen blieb.

„Hi."
„Alles bereit?"
„Sieht so aus." Sie lächelte zu ihm hinauf.
Philip zwinkerte ihr zu. „Gute Arbeit, Kleines."
Er verschwand zwischen den Gästen. Der Pianist spielte, sie und Mary Beth servierten den besten Chardonnay, Chablis und Rotwein, den das Weingut zu bieten hatte, und die Gäste in Designerkleidern und Maßanzügen ließen sich das Büfett schmecken.
Braut und Bräutigam schnitten die Torte an und eröffneten den Tanz auf der Plattform, die am Wasserfall und dem Fischteich davor errichtet worden war. Es war eine romantische Szene, und Tiffany sagte sich zum wiederholten Mal, dass sie so etwas nicht brauchte. Sie wollte einfach nur Philips Frau werden.
Die Gäste drängten sich an der Bar und auf der Tanzfläche, und niemand achtete auf Tiffany, als sie den Fremden bemerkte.
Groß, schlank, aber kräftig, war er ein Mann, der nicht in diese feine Gesellschaft passte.
In verwaschenen Jeans, T-Shirt und einer lässig über die Schulter geworfenen Denimjacke kam er auf Tiffany zu. Obwohl er eine Sonnenbrille trug, spürte sie seinen Blick so intensiv, dass sie fast davongelaufen wäre. Sie beherrschte sich und schenkte ihm ein frostiges Lächeln. „Kann ich Ihnen helfen?"
„Sagen Sie es mir."
„Gehören Sie zu den Gästen der Ingles?"
„Wenn dies die Party der Ingles ist."
Sollte sie den Sicherheitsdienst rufen? Nein. Dass er keinen Anzug und keine Krawatte trug, musste nicht bedeuten, dass er nicht eingeladen war. In jeder Familie gab es einen Rebellen. „Wir haben Hummer Thermidor oder Filet Wellington oder …"
„Sie sind Tiffany Nesbitt?"
Wer war der Mann? „Ja."
Er griff über den Tisch hinweg nach ihrer linken Hand und hielt sie hoch. Der Ring reflektierte das rötliche Licht der untergehenden Sonne und war nicht zu übersehen.
Der Mund des Fremden wurde noch schmaler, seine Miene noch angespannter. Sie zog die Hand zurück. Plötzlich erschien ihr der Ring auffällig und geschmacklos. „Und Sie sind …"
„J. D."
Ihr Mund wurde trocken. Sie schluckte mühsam.

„Philips Bruder."

„Ich … weiß, wer du bist."

„Gut." Er lächelte kühl. „Wie es aussieht, sind wir bald miteinander verwandt."

Sie schaffte es nicht, ihre Enttäuschung zu verbergen. Philip war kultiviert und von geschliffener Höflichkeit, dieser Mann dagegen rau und kantig wie ein Cowboy, der von einem zweiwöchigen Viehtrieb zurückkehrte. Hastig besann sie sich auf ihre guten Manieren. „Ich freue mich, dich kennenzulernen, James."

„So nennt mich kein Mensch."

„Aber Philip …"

„… ist ein Snob. Ich bin J. D. oder Jay."

„Wie du meinst", erwiderte sie verärgert. Was fiel James – Entschuldigung, J. D. – ein, in Jeans und einer abgetragenen Jacke hier aufzutauchen? Er lehnte sich gegen den Tisch und sah ihr nach, als sie zum Büfett ging und einigen Gästen Teller reichte.

Sie spürte, dass er sie nicht aus den Augen ließ, kam sich vor wie ein Pferd bei einer Auktion und wurde immer nervöser.

„Und was machst du so?", fragte sie ihn schließlich, als er sich nicht abschütteln ließ und sie das Schweigen zwischen ihnen nicht länger ertrug.

Er nahm die Sonnenbrille ab und musterte sie. „Was ich mache? Das kommt wohl darauf an, wen man fragt."

„Wie bitte?"

„Mein Vater hält mich für einen kriminell veranlagten Menschen, meine Mutter ist überzeugt, dass ich über Wasser laufen kann, und mein Bruder kann mich nicht ausstehen. Such es dir aus."

„Was denkst du?"

Sein Lächeln fiel halb jungenhaft, halb sexy aus. „Ich bin jedenfalls kein Engel."

Du meine Güte, flirtete er etwa mit ihr? Ihr Herz begann zu klopfen. „Das glaube ich gern."

„Schlaues Mädchen."

Auf dem Rasen vor dem Zelt wurden die Schatten länger. Kerzen und Fackeln flackerten im Mondschein, der Pianist spielte Walzer und romantische Melodien, und Tiffany sehnte sich nach Philip. Ihr Verlobter war geduldig und verständnisvoll, sein Bruder dagegen strahlte aufgestaute Energie und tiefe Unzufriedenheit aus.

„Und wann ist der große Tag?", fragte J. D.

„Wie bitte?“ Sie sammelte leere Teller ein.

„Euer Hochzeitstag. Wann ist er?“

„Wir haben uns noch nicht entschieden.“

„Das hört sich aber nicht nach Philip an. Der Mann hat sein Leben bis auf die letzte Minute geplant. Ich wette, er hat sich schon eine Grabstelle ausgesucht.“

Da konnte er tatsächlich recht haben. Philip überzog nie sein Konto, fuhr an die nächste Zapfsäule, sobald der Tank halb leer war, und hatte für jeden Wochentag einen besonderen Anzug. Soweit sie wusste, hatte er nur ein einziges Laster. Er spielte hin und wieder, aber nie um größere Beträge.

„Philip würde gern vor Weihnachten heiraten“, sagte sie und bereute es sofort.

„Um Steuern zu sparen?“, entgegnete J.D. spöttisch.

Weil wir uns lieben. Im Zelt war es zu dunkel, zu intim, und Philips jüngerer Bruder war zu … männlich. „Das ist nur vernünftig“, erwiderte Tiffany.

„Wirklich?“ Er musterte sie noch einmal und tippte sich gegen die Stirn. „Viel Glück. Ich glaube, du wirst es brauchen.“

„Das bezweifle ich.“

„Du hast noch nicht mit meinem Bruder zusammengelebt. Ich bin mit ihm aufgewachsen.“ J.D. schlenderte davon, unterhielt sich mit dem Barkeeper und verstieß demonstrativ gegen die Familientradition, indem er kein Glas Wein, sondern ein Bier bestellte.

Tiffany sah ihm nach, als er nach draußen ging, sich gegen einen Baum lehnte und die Flasche leerte. Lass dich nicht irritieren, dachte sie. Sie wusste, dass der komplette Santini-Clan dagegen war, dass Philip sie heiratete. J.D. war der Einzige, der es sich offen anmerken ließ.

In diesem Sommer lief sie ihm noch ein paarmal über den Weg. Immer war er ihr gegenüber wortkarg und distanziert. Er ging mit mehreren Frauen aus, war jedoch mit keiner lange genug zusammen, um sie seiner Familie vorzustellen.

Philip hielt es für eine Ironie des Schicksals, dass ausgerechnet sein Bruder, der beinahe in die Kriminalität abgerutscht wäre, Jura studieren und Anwalt werden wollte. Tiffany sah es nicht so, denn sie spürte, dass J.D. einen starken Charakter und klare Wertvorstellungen besaß. Trotzdem fühlte sie sich wohler, wenn er nicht in der Nähe war.

Sie freute sich auf ihre Hochzeit und wollte sich von niemandem verunsichern lassen. Erst als im Oktober der Indian Summer begann und die Nächte frischer wurden, bekam sie in jeder Hinsicht kalte Füße. Sie wollte Philips Frau werden und von ihm Kinder bekommen, aber alle anderen schienen etwas dagegen zu haben. Bei einem Abendessen trank Carlo Santini zu viel Wein und wechselte kein Wort mehr mit ihr, während seine Frau Frances Philip immer wieder auf seine erste Ehe und die Kinder ansprach. J. D. saß Tiffany gegenüber und sah sie weder freundlich noch feindselig an. Sein Blick war eher durchdringend, und hin und wieder rang er sich ein verlegenes Lächeln ab, als schämte er sich für seine Eltern.

Als wäre die Atmosphäre nicht gespannt genug, wechselten Mario, Philips Onkel, und seine Frau hin und wieder ins Italienische, eine Sprache, die außer Tiffany jeder am Tisch verstand. Obwohl ihr Name nicht fiel, ahnte sie, dass die beiden über sie sprachen. Der Abend erschien ihr endlos.

Als die Uhr im Eingangsbereich des Gutshauses acht schlug, fiel ihr ein Stein vom Herzen, denn Carlo, Mario und Philip wollten nach dem Essen nach Las Vegas fliegen, um an einer Winzertagung teilzunehmen.

„Wann geht euer Flug?“, fragte Frances.

„Um halb zehn“, erwiderte Philip. „Wir sollten aufbrechen.“ Er sah seinen Bruder an. „Es macht dir sicher nichts aus, Tiffany nach Hause zu fahren, oder?“

Tiffany erstarrte. Die Vorstellung, mit J. D. allein – wirklich allein – zu sein, war erschreckend. „Ich dachte, ihr wolltet mich absetzen“, sagte sie so unbeschwert wie möglich.

„Stimmt, aber dazu ist jetzt keine Zeit mehr, wenn wir den Flug nicht verpassen wollen.“

„Aber …“ Sie verstummte, als sie J. D.s belustigten Blick sah.

„Keine Angst“, beruhigte er sie. „Ich kann auch brav sein. Vertrau mir.“

Tiffany schluckte. Sie wollte protestieren, wollte jedoch keine unangenehme Szene riskieren. Philips Eltern sollten nicht auch noch glauben, dass sie ein verwöhntes junges Mädchen war.

„Na gut“, gab sie mit einem Lächeln nach, das sich so falsch anfühlte, wie es vermutlich aussah.

Philip, sein Vater und sein Onkel brachen auf. Um das Unvermeidliche hinauszuzögern, bot Tiffany an, seiner Mutter beim Abwasch zu helfen. Die wollte nichts davon hören und meinte, das Personal könne sich um alles kümmern. Keine halbe Stunde später saß sie neben J. D.

in dessen Pick-up und umklammerte den Riemen ihrer Handtasche, als hinge ihr Leben davon ab.

Sie versuchte, eine Unterhaltung zu beginnen. Schließlich war er ihr zukünftiger Schwager.

„Sag mal“, begann er, als sie über die schmale Landstraße fuhren, die sich zwischen den Hügeln am Stadtrand von Portland hindurchschlängelte. „Was findest du eigentlich an Philip?“

„Wie bitte?“ Warum interessierte ihn das? Am Himmel ballten sich dunkle Wolken vor dem Mond zusammen, und schon bald prasselten Regentropfen gegen die Windschutzscheibe.

„Jetzt mal ehrlich“, erwiderte J. D. „Er ist fast doppelt so alt wie du.“

„Willst du mir die Heirat ausreden?“

„Könnte ich es denn?“ Er warf ihr einen Blick zu.

„Nein, natürlich nicht.“

„Habe ich mir gedacht.“

Die Scheinwerfer eines entgegenkommenden Wagens tauchten sein Profil in grelles, kaltes Licht. Hastig schaute Tiffany wieder nach vorn. Seine schmalen Lippen, das markante Kinn und die zusammengekniffenen Augen waren entschieden zu männlich. Schlagartig wurde es im Pick-up wieder dunkel.

„Na ja, es ist deine Beerdigung“, sagte er leise.

„Hochzeit. Es ist meine Hochzeit.“

„Was auch immer.“

Die ersten Straßenlaternen von Portland kamen in Sicht, und Tiffany atmete auf. Sie wollte nur noch raus aus dem Wagen und weg von Philips Bruder. Ihr konnte es doch egal sein, was er oder seine Eltern von ihr hielten. Wichtig war nur, dass sie Philip liebte und er sie.

„Weißt du, du könntest dich einfach damit abfinden“, schlug sie vor, als er das Fenster öffnete. „Du hast keinen Grund, so feindselig zu sein.“

„Bin ich das?“

„Ja.“

„Wie soll ich denn sein? Freundlicher?“ Er schnaubte.

„Das wäre ein Anfang.“

„Wäre es das?“ Er schwieg, während er den Wagen um eine scharfe Kurve lenkte. „Wie viel freundlicher möchtest du mich denn?“

Tiffany zählte stumm bis zehn. „J. D., lass es, okay? Können wir nicht einfach nur höflich miteinander umgehen?“

„Warum?“

„Weil wir bald zu einer Familie gehören.“

„Die, die ich jetzt habe, ist schon mehr als genug", entgegnete er eisig.
„Sag mir doch einfach, was dir an mir nicht passt", bat sie, als sie den Willamette River überquerten.

„Es geht nicht um dich."

Lügner, dachte Tiffany. „Hier musst du abbiegen", sagte sie, als sie ihre Straße erreichten. „Wenn es nicht um mich geht, wo ist dann das Problem?"

„Willst du das wirklich wissen?"

„Ja. Das dritte Haus rechts."

J.D. parkte im Schein einer Lampe und stellte den Motor ab. Der Regen hämmerte aufs Dach. „Philips erste Ehe war ein Fehler."

„Und jetzt denkst du, er begeht den nächsten."

Er drehte sich zu ihr. „Ganz genau."

Die Temperatur im Pick-up schien zu steigen, als sein Blick auf ihren Hals fiel. Sie kurbelte die Seitenscheibe herunter. „Das finde ich nicht. Philip und ich sind verliebt und … oh!"

Er griff so schnell nach ihr, dass sie nicht ausweichen konnte. Er legte die Arme um sie und küsste sie so leidenschaftlich, dass ihr die Luft wegblieb. Sie versuchte, ihn von sich zu schieben, aber er ließ es nicht zu.

Ihr Herz klopfte, der Puls raste, und als sie leise aufstöhnte, klang es selbst in ihren Ohren wie ein Flehen.

J.D. zog sie noch fester an sich und vertiefte den Kuss.

Tiffany schloss die Augen, schmiegte sich an ihn und wollte mehr – bis ihr viel zu spät bewusst wurde, was sie gerade tat. *Das hier ist falsch. So unglaublich falsch.* Sie presste die Hände gegen seine Brust, um ihn abzuwehren, und rechnete halb damit, kämpfen zu müssen. Stattdessen ließ er sie los und lächelte spöttisch.

„Deshalb solltest du Philip nicht heiraten", sagte er, während sie sich die Lippen mit dem Handrücken abwischte.

„Geh zur Hölle."

Sein Lachen folgte ihr, als sie aus dem Pick-up flüchtete. Wie hatte sie nur so dumm sein können? Warum hatte sie zugelassen, dass er sie küsste, sie berührte und damit ein Verlangen in ihr weckte, das sie noch nie erlebt hatte? Mit weichen Knien eilte sie zur Haustür, schloss mit zitternden Fingern auf und schlüpfte hinein.

Was hatte sie bloß getan? Verzweifelt knallte sie die Tür zu und verriegelte sie, als könnte das sie vor den Folgen ihres unverantwortlichen Handelns bewahren.

Es war nur ein Kuss, sagte Tiffany sich verzweifelt. Ein Kuss. Keine große Sache.

Warum schlug dann ihr Herz noch immer wie wild? Warum kribbelten ihre Lippen? Sie wusste, wie man eine Frau nannte, die sich mit dem Bruder ihres Verlobten zu so etwas hinreißen ließ. Tiffany schlug die Hände vors Gesicht. Aber es war doch nur ein Kuss gewesen. J. D. hatte sich ihr aufgedrängt. Sie hatte nicht damit gerechnet. Nein, sie hatte nur reagiert.

Als sie sich gegen die Tür lehnte, hörte sie, wie er mit aufheulendem Motor und quietschenden Reifen davonfuhr.

Es war vorbei.

„Komm nicht zurück", flüsterte sie. „Du verdammter Mistkerl, komm niemals zurück!"

Aber er war zurückgekommen. Jahre später. Und jetzt wohnte er mit ihr in einem Haus. Schlimmer noch, auch das Verlangen, das er damals in ihr ausgelöst hatte, war zurückgekehrt.

Und diesmal war sie frei.

5. KAPITEL

Zum Glück ist heute Samstag, dachte Tiffany, als sie aufschrieb, was sie an diesem Wochenende erledigen musste. Stephen konnte den Rasen mähen und den Wagen waschen, während sie sich um die Böden und Fenster kümmerte. Ihr neuester Mieter war früh am Morgen davongefahren. Schon vor dem Aufstehen hatte sie erleichtert gehört, wie J. D. in seinen Jeep stieg.

Seit er das Zimmer gemietet hatte, musste sie an ihn denken. „Wie kann man nur so dumm sein?“, flüsterte sie.

„Mommy?“, rief ihre Tochter.

„Ich bin unten, Schatz.“

Christina erschien auf der Treppe. „Da kommt jemand.“

In dem Moment läutete es.

Tiffany ging nach vorn. Christina stand auf der untersten Stufe und schaute neugierig durch das schmale Fenster neben der Tür. Davor stand ein hochgewachsener, schlanker Mann mit blauen Augen und einem nervösen Lächeln. Tiffany zuckte zusammen, als sie John Cawthorne erkannte. Den Mann, der die Unverschämtheit besaß, sich als ihr Vater aufzuspielen. Er hielt einen staubigen Stetson in den Händen.

„Ich glaube es nicht“, wisperte sie.

„Was glaubst du nicht?“, fragte ihre Tochter arglos.

„Ach, nichts. Komm her, Liebes.“

„Wer ist das?“

Tiffany schluckte. „Mein … dein … Mr Cawthorne.“ Sie nahm Christina auf den Arm, atmete tief durch und öffnete.

„Ich dachte mir, wir sollten reden“, begann er, ohne sie zu begrüßen. Als er Christina sah, erhellte sich seine Miene, und für den Bruchteil einer Sekunde fragte Tiffany sich, ob er etwas für seine Enkelin empfinden konnte. War Blut wirklich dicker als Wasser? Falls ja, warum hatte er dreißig Jahre benötigt, um das zu begreifen?

„Jetzt?“

„Vor der Hochzeit.“

„Dann sollten wir uns beeilen, nicht wahr?“, entgegnete sie scharf. „Obwohl es zwischen uns nicht sehr viel zu bereden gibt. Aber komm herein.“

Schweigend ging sie mit ihm in die Küche und suchte insgeheim nach einem Grund, ihn so schnell wie möglich wieder loszuwerden. Was machte es schon, dass er ihr Erzeuger war? Wo war er denn gewesen, als sie einen Vater gebraucht hatte? Als ihre Mutter einen Ehemann gebraucht hatte? Oder wenigstens einen Liebhaber, auf den sie sich verlassen konnte?

Tiffany setzte Christina auf einen Stuhl, während John die Zettel und Bilder an der Kühlschranktür betrachtete. „Ich habe Waffeln im Ofen“, sagte sie zu ihrer Tochter und wünschte, der ungebetene Besucher würde wieder verschwinden. Sie hatte ihm nichts zu sagen.

„Keinen Hunger“, erwiderte Christina und wickelte sich eine Locke um den Finger, während sie den Fremden misstrauisch musterte.

John drehte sich um und lächelte ihr zu. „Du bist also die kleine Christina.“

Tiffany wurde weh ums Herz. *So* hatte sie sich ihre Familie nicht vorgestellt. Als Kind hatte sie immer von Eltern, Großeltern, Tanten, Onkeln und vielen Cousins und Cousinen geträumt. Von gemeinsamen Feiertagen. Urlauben. Erinnerungen.

Dummkopf.

„Christina, sag Hallo zu Mr Cawthorne.“

„Sie kann mich gern …“

„Mr Cawthorne.“ Tiffany warf ihrem Vater einen eisigen Blick zu, bevor sie die Waffeln aus dem Ofen nahm und Christina eine gab.

Das Mädchen verlor das Interesse an dem Fremden. „Ich will Sirup.“

„Ich möchte bitte Sirup“, verbesserte ihre Mutter. Sie öffnete eine Flasche Ahornsirup und erfüllte den Wunsch ihrer Tochter.

„Wo ist Stephen?“, fragte John.

„Der schläft noch.“ Sie schnitt Christinas Frühstück in mundgerechte Stücke und goss ihr ein Glas Cranberrysaft ein.

„Ich möchte ihn sehen.“

Tiffany traute ihren Ohren nicht. „Lass uns ins Wohnzimmer gehen.“ Sie schenkte zwei Becher Kaffee ein und gab ihm einen. „Zucker oder Milch?“

„Schwarz.“

„Gut. Chrissie, wir sind nebenan.“

„Okay.“

Warum war sie so höflich zu dem Mann? Im Wohnzimmer, das vermutlich nicht John Cawthornes verwöhntem Geschmack entsprach, hingen Fotos ihrer Mutter und Großmutter. Andere zeigten Stephen bei der Einschulung und Christina als Baby. Auf dem Kaminsims stand ein Porträt von Tiffany und Philip an ihrem Hochzeitstag. Nirgendwo war auch nur ein Schnappschuss von John Cawthorne.

Und daran würde sich nichts ändern.

„Nimm Platz."

Er schüttelte den Kopf. „Ich stehe lieber."

„Wie du willst." Sie setzte sich in den alten Ohrensessel.

John legte seinen Hut auf der Couch ab und trank einen Schluck Kaffee. „Der ist gut."

„Du bist nicht hier, um zu überprüfen, ob ich Kaffee kochen kann."

Er verzog das Gesicht. „Das stimmt."

Sie wartete, während er in seinen Becher starrte und nach den richtigen Worten zu suchen schien.

„Du weißt, dass ich am Samstag heirate", sagte er schließlich.

„Das weiß jeder in der Stadt."

„Hast du die Einladung bekommen?"

„Ja."

Er trat von einem Fuß auf den anderen, und plötzlich fiel ihr auf, wie alt er aussah. Erschöpft. Ausgelaugt. *Hör auf damit, Tiffany. Hab kein Mitleid mit ihm. Dreiunddreißig Jahre lang warst du ihm gleichgültig. Dein ganzes Leben lang. Bis jetzt. Bis er etwas von dir will.*

„Ich hatte gehofft, dass du mit den Kindern zur Hochzeit kommst." Er sprach so leise, dass sie ihn kaum verstand.

„Ich glaube nicht, dass ich das kann."

Er schloss kurz die Augen. „Das verstehe ich. Ich war dir ein miserabler Vater, aber ..."

„Kein Vater, John." Ihre Augen wurden feucht, und sie blinzelte heftig. „Du warst mir gar kein Vater, John." Was war los mit ihr? Dieser Mann war keine einzige Träne wert.

„Das ist vorbei."

„Tatsächlich?" Sie schnippte mit den Fingern. „Einfach so?"

„Gib mir doch einfach nur eine Chance."

„Oh, bitte ..."

Er kniff die Lippen zusammen. „Tiffany, ich bin kein Mann, dem es leichtfällt, seine Fehler einzugestehen. Verdammt, ich weiß, dass ich deine Mutter und dich im Stich gelassen habe. Ich kann dir nicht verdenken, dass du mich hasst, aber ich bin gekommen, weil ... wir nun mal eine Familie sind."

„Eine Familie ist mehr als Blutsverwandtschaft", sagte sie. „Eine Familie ist Liebe, Gemeinsamkeit, Zusammengehörigkeit. Man ist füreinander da, in guten wie in schlechten Zeiten. Eine Familie ist mehr, als sich bei Hochzeiten, Taufen und Beerdigungen zu treffen."

Er schaffte es, einen Moment lang so auszusehen, als würde er sich schämen. „Was kann ich sagen?“ Kopfschüttelnd starrte er in den Becher. „Ich habe mich geändert. Der letzte Herzinfarkt hätte mich fast umgebracht, und da ist mir bewusst geworden, was mir im Leben wirklich wichtig ist.“ Er räusperte sich. „Du, Tiffany. Du und deine Kinder. Ich will nicht lügen und behaupten, ich hätte deine Mutter geliebt. Aber du und meine Enkel ... das ist eine andere Geschichte.“

Als sie einen abfälligen Laut hörte, drehte sie sich um und sah ihren Sohn oben an der Treppe stehen.

„Oh Stephen, da bist du ja. Du kennst John Cawthorne?“

„Ja.“ Der Junge straffte die Schultern und kam die Stufen herunter. „Grandpa.“ Er spuckte das Wort aus, als wäre es etwas übel Schmeckendes.

John lächelte nervös und streckte die Hand aus. „Wie geht es dir, Junge?“

Stephen ging zu ihm, schüttelte widerwillig seine Hand und zuckte mit den Schultern.

John zeigte auf das zugeschwollene Auge. „Hast du wenigstens gewonnen?“

„Bei einer Schlägerei gewinnt niemand“, warf Tiffany ein.

„Es gibt immer einen Sieger.“

Sie ignorierte den Mann. „Im Ofen sind Waffeln“, sagte sie zu ihrem Sohn. Christina kam angerannt. Ihr Mund war verschmiert. Am Sirup klebten ein paar Strähnen.

„Du hast zu tun.“ John stellte den Becher ab. „Ich würde mich sehr freuen, euch alle morgen bei der Hochzeit zu sehen.“

„Wirklich?“, fragte Stephen.

„Aber ja.“

Der Junge sah seine Mutter an. „Gehen wir hin?“

„Nein.“

„Denk noch mal darüber nach“, bat John.

„Ich kann mir nicht vorstellen, dass ich meine Meinung ändere.“

Stephen kniff die Augen zusammen.

„Was für eine Hochzeit?“, wollte Christina wissen. „Mit Bräuten, meinst du?“

John nahm seinen Hut und ging vor ihr in die Hocke. „Richtig, aber es gibt nur eine Braut. Sie heißt Brynnie und würde sich riesig freuen, wenn du kommst.“ Er erhob sich. „Wenn ihr alle kommt.“

Stephen neigte den Kopf zur Seite und musterte den Mann, der sein Großvater war.

„Verlass dich nicht darauf", entgegnete Tiffany, aber das Eis in ihrer Stimme war geschmolzen. „Wir haben etwas anderes vor."

„Sicher." John lächelte traurig. Er setzte den Hut auf und verließ das Haus.

„Komischer Typ", murmelte Stephen, ging ans Fenster und schaute nach draußen. Tiffany beobachtete, wie der Mann, der sie gezeugt und im Stich gelassen hatte, in einen silbrig glänzenden Pick-up stieg. Der Wagen war so neu, dass er noch provisorische Nummernschilder hatte. „Er ist reich, oder?"

„Das wird behauptet."

„Vielleicht solltest du nett zu ihm sein. Und zu der Hochzeit gehen."

„Damit er mich nicht enterbt?" Sie verdrehte die Augen. „Nein, Stephen. Geld ist nicht alles."

„Aber er ist dein Dad."

„Das hängt davon ab, wie man sich einen Vater vorstellt", erwiderte sie. „So, jetzt muss ich Christina anziehen, und du frühstückst erst mal. Danach sollten wir uns unterhalten."

„Worüber?"

Sie nahm ihre Tochter auf den Arm und ging zur Treppe. „Wir fangen mit Miles Dean an und enden mit Isaac Wells."

„Ich habe dir alles erzählt, was ich weiß."

„Erzähl es mir noch mal. Komm, Chrissie, Zeit für dein Bad."

„Ich will kein Bad."

„Dann hast du Pech." Lächelnd tippte sie dem Mädchen auf die Nasenspitze. „Du brauchst nämlich eins. Dringend."

„J.D. Santini." J.D. gab dem Mann hinter dem Schreibtisch in dem kleinen Büro die Hand. „Danke, dass Sie sich Zeit für mich genommen haben."

Jarrod Smith nickte. „Nehmen Sie Platz."

„Ich komme gleich zur Sache", begann J.D. „Wie ich höre, interessieren Sie sich für Isaac Wells' Verschwinden."

Der Privatdetektiv nickte wieder. Offenbar war er ein Mensch, der nicht viele Worte machte.

„Nun ja, die Polizei scheint den Verdacht zu haben, dass mein Neffe etwas damit zu tun hat. Ich möchte wissen, wie sie darauf kommt", fuhr J.D. fort.

„Man erzählt sich, dass der Junge gestern mit Miles Dean aneinandergeraten ist."

„Hat ihm ein blaues Auge eingebracht."

„Und die Polizei hat bei ihm Schlüssel gefunden, die angeblich Isaac Wells gehören."

Der Mann war gut informiert. „Der Junge hat dem alten Mann nichts getan."

Jarrod nahm einen Bleistift und drehte ihn zwischen den Fingern. „Seit Tiffany Santini nach Bittersweet gezogen ist, ist der Junge immer wieder mit dem Gesetz in Konflikt geraten. Bisher waren es nur Kleinigkeiten. Das mit Wells hat ein anderes Kaliber."

„Wo steckt Isaac Wells?"

„Das ist die Eine-Million-Dollar-Frage", bestätigte Jarrod. „Normalerweise verschwinden Leute nicht, ohne eine Spur zu hinterlassen. Früher oder später taucht er wieder auf."

„Lebend."

„Das können wir nur hoffen."

J.D. holte sein Scheckbuch heraus. „Was kostet es mich, wenn Sie beweisen, dass der Junge unschuldig ist?"

„Ich arbeite bereits an dem Fall."

„Ich weiß, aber jeder braucht einen Anreiz." Er zog einen Kugelschreiber aus dem Becher auf dem Schreibtisch.

Der Privatdetektiv lächelte grimmig. „Glauben Sie mir, davon habe ich genug." Er stand auf. „Ich halte Sie auf dem Laufenden."

J.D. erhob sich ebenfalls. „Es wäre mir lieber, wenn wir eine Abmachung hätten."

„Sie haben mein Wort. Verlassen Sie sich darauf, ich finde heraus, was mit Isaac Wells passiert ist."

„Okay, mein Junge, ich will die ganze Geschichte hören. Von Anfang bis Ende", sagte Tiffany, als sie aus der Einfahrt fuhr. Mrs Ellingsworth passte auf Christina auf, also waren sie und ihr Sohn ungestört.

„Welche Geschichte?", fragte Stephen.

„Gehören die Schlüssel, die die Polizei bei dir gefunden hat, Isaac Wells?"

Stephen schaute zur Seite und zuckte mit den Schultern.

„Wir wissen beide, dass du sie nicht im Park gefunden hast."

„Na gut. Sie gehören ihm", antwortete der Junge trotzig.

Tiffany erstarrte. „Oh, Stephen ..."

„Du wolltest es wissen."

„Ich will die Wahrheit hören." Ihre Hände begannen zu schwitzen. „Heraus damit."

Er seufzte. „Es ist keine große Sache."

„Falsch. Der Mann wird vermisst. Niemand weiß, wo er steckt oder ob er überhaupt noch am Leben ist. Und du hast mich angelogen."

„Es war nichts, okay?" Stephen rieb sich den Ellbogen. „Ich habe dir doch gesagt, dass Miles Dean mich angestachelt hat, sie zu nehmen."

„Stimmt, aber du hast auch gesagt, dass du es nicht getan hast. Dass du Mr Wells auf der Veranda gesehen und es dir anders überlegt hast."

Stephen nagte an der Unterlippe. „Ich habe Mr Wells gesehen. Auf der Veranda. Aber das war, nachdem ich die Schlüssel genommen hatte. Er hat nichts gesagt, sondern mich nur angestarrt. Da bin ich abgehauen."

„Warum hast du das der Polizei verschwiegen?", fragte Tiffany mit einem mulmigen Gefühl im Bauch.

Ihr Sohn schluckte nervös. „Weil Miles gedroht hat, uns alle umzubringen, wenn ich es verrate."

„Du hast ihm die Schlüssel gegeben?"

„Nein." Heftig schüttelte er den Kopf. „Ich hatte kein gutes Gefühl, deshalb habe ich sie in meinem Zimmer versteckt. Ich wollte sie irgendwann zurückbringen, aber … das konnte ich nicht, weil auf der Ranch überall dieses gelbe Absperrband war, auf dem Tatort stand." Wieder zuckte er mit den Schultern. „Also habe ich die Fingerabdrücke abgewischt und wollte die Schlüssel in den Fluss werfen. Das war an dem Tag, an dem ich Miles im Supermarkt begegnet bin."

Ganz ruhig, befahl Tiffany sich. „Okay. Was wollte Miles mit den Schlüsseln?"

„Keine Ahnung." Stephen wurde immer blasser.

„Hat er vor, eins von seinen Autos zu stehlen?"

„Weiß ich nicht. Ist ja auch egal. Ich habe ihm die Schlüssel nicht gegeben."

Eigentlich hatte sie im Baumarkt etwas besorgen wollen, doch sie entschied sich um. „Lass uns zum Polizeirevier fahren. Dann kannst du das alles Sergeant Pearson erzählen."

„Bloß nicht."

„Doch." An der nächsten Kreuzung bog sie nach rechts ab. Das Revier befand sich in der Nähe des Parks.

Unruhig rutschte Stephen auf dem Beifahrersitz hin und her. „Mom, bitte, zwing mich nicht dazu."

„Du hast keine andere Wahl."
„Aber Miles bringt mich um!"
„Das bezweifle ich", erwiderte sie. Miles Dean war ein verstörter Teenager, der die ganze Welt hasste, aber sie würde mit ihm fertig werden.
Stephen schnaubte, als das dunkle Backsteingebäude vor ihnen auftauchte. Es beherbergte nicht nur das Polizeirevier, sondern auch das Bezirksgericht, das Gartenbauamt, die Bücherei und das Büro des Bürgermeisters.
Tiffany parkte im Schatten eines ausladenden Ahornbaums und rief Mrs Ellingsworth an, um ihr zu sagen, dass sie länger als geplant wegbleiben würden. „Okay, mein Sohn, jetzt bist du dran", sagte sie danach und öffnete die Wagentür.
Widerwillig folgte Stephen ihr ins Freie.
Sie ging zum Eingang, blieb jedoch abrupt stehen, als sie Katie Kinkaid, ihre jüngere Halbschwester, sah. „Auch das noch", murmelte sie.
„Was denn?" Erst jetzt bemerkte auch Stephen die Rothaarige. „Oh nein."
„Tiffany!" Katie winkte ihr zu. Ihre Sandaletten klapperten auf dem Pflaster. In der rechten Hand hielt sie einen ledernen Aktenkoffer.
Tiffany setzte ein gekünsteltes Lächeln auf. „Hallo, Katie."
„Hi!" Katie strahlte sie an, bis ihr Blick auf Stephens Verletzung fiel. „Du meine Güte, was ist dir denn passiert?"
„Nichts."
„Danach sieht es aber nicht aus."
„Eine Meinungsverschiedenheit im Supermarkt", erklärte Tiffany.
Katies Augen wurden groß. „*Du* warst das? Du meine Güte, ich muss darüber schreiben. Außer für die Nachrufe und die Gartentipps bin ich in der Redaktion auch für die Polizeiberichte zuständig."
„Ich komme in die Zeitung?" Entsetzt starrte Stephen sie an.
„Nein, jedenfalls nicht mit Namen. Dein Auge sieht schlimm aus. Tut es weh?"
„Ein bisschen."
Katie sah Tiffany an. „Ich habe gehört, dass John dich vorhin besucht hat."
Tiffany nickte. „Stimmt."
„Ich gehe natürlich zur Hochzeit. Die beiden sind nun mal meine Eltern, und wenn sie zusammen glücklich sind …"
Tiffany wünschte, sie wäre sich ihrer Gefühle ebenso sicher.

„Er versucht, seine Fehler wiedergutzumachen“, fuhr ihre Halbschwester fort. „Ich finde, man sollte ihm eine Chance geben. Wir sollten die Vergangenheit ruhen lassen.“

„Ich glaube nicht, dass ich das kann“, gab Tiffany zu, obwohl sich dabei ihr schlechtes Gewissen regte.

„Das ist allein deine Sache. Komm doch wenigstens zum Empfang draußen in Cawthorne Acres, und bring die Kinder mit. Mein Sohn Josh wird auch da sein und würde sich riesig freuen, einen Gleichaltrigen zu treffen.“

„Ich überlege es mir“, versprach Tiffany, ohne es ernst zu meinen.

„Tu das.“ Katie sah auf die Uhr. „Upps! Ich bin spät dran. Wir sehen uns.“ Sie rannte zu einem alten Cabrio und stieg ein. Geräuschvoll und mit einer schwarzen Abgaswolke sprang der Motor an, und winkend fuhr Katie vom Parkplatz.

Stephen sah ihr nach, bis sie mit wehenden roten Haaren um eine Ecke verschwand. „Wow.“

„Ja, wow.“ Tiffany blinzelte in die Mittagssonne. „Dass wir verwandt sind, habe ich erst hier erfahren.“

„Du hast immer gesagt, du hättest gern einen Bruder oder eine Schwester gehabt“, erinnerte ihr Sohn sie. „Jedes Mal, wenn Chrissie mich nervt, erzählst du mir, wie schlimm es für dich war, ohne Geschwister aufzuwachsen.“

„Ja, das tue ich wohl.“ Tiffany lächelte traurig und dachte daran, wie einsam sie sich gefühlt hatte. Auch deshalb hatte sie einen älteren Mann geheiratet, der schon zwei Kinder hatte. Sie hatte gehofft, drei oder vier eigene zu bekommen und Teil einer großen, chaotischen und glücklichen Familie zu werden. Aber in Philips Plänen waren mehr Kinder nicht vorgesehen gewesen.

Sie räusperte sich. „Komm schon, Stephen. Bringen wir es hinter uns.“

Mit hängenden Schultern folgte er ihr zur breiten Flügeltür des über ein Jahrhundert alten Gebäudes. „Das hier ist reine Zeitverschwendung“, murrte er.

„Das glaube ich nicht.“ Sie schob die Tür auf.

Im Polizeirevier gab es keine Klimaanlage, und die wenigen Fenster, die offen standen, waren entweder vergittert oder aus Milchglas. Sergeant Pearsons Schreibtisch war mit Formularen, Protokollen, Fotos und Büchern übersät. Drei fast leere Kaffeebecher standen um den Computerbildschirm herum. Der Polizist hatte den Telefonhörer unters Ohr geklemmt und machte sich Notizen.

„Und das war wann? Gegen acht?“ Er hob einen Finger und zeigte auf zwei Plastikstühle zwischen dem Schreibtisch und der Trennwand, hinter der ein Kollege saß. „Keine Sorge, wir kümmern uns darum“, beendete er das Gespräch, bevor er auflegte und seine Papiere zur Seite schob. „Stephen. Mrs Santini.“ Er lächelte erschöpft. „Was kann ich für Sie tun?“

„Stephen möchte Ihnen etwas erzählen.“

„Das ist gut. Denn die Schlüssel, die wir gestern bei ihm gefunden haben, passen zu mehreren von Isaac Wells’ Autos.“ Er hob die Stimme. „Jack, kommst du mal und hörst dir eine Aussage an?“ Ein hochgewachsener Mann kam um die Trennwand herum. „Das ist Detektive Jack Ramsey. Er bearbeitet den Fall.“

„Nennen Sie mich Jack.“ Der Detektive gab Tiffany und Stephen die Hand.

„Mrs Santini und ihr Sohn Stephen“, stellte der Sergeant sie vor.

„Tiffany.“

Jack Ramsey setzte sich auf eine Ecke des Schreibtisches. „Okay, Stephen, schieß los.“

„Augenblick.“

J. D.s Stimme hallte durch das Revier.

Tiffany zuckte zusammen und schaute über die Schulter. J. D. kam auf sie zu. „Ich bin der Onkel des Jungen. Was geht hier vor?“

„Wer hat Sie denn eingeladen?“, entgegnete der Detektive.

J. D.s Lächeln war kühl und herausfordernd. „Ich mich selbst.“ Er streckte die Hand aus. „J. D. Santini. Und vielleicht sollte ich erwähnen, dass ich Anwalt bin.“

Jack musterte ihn misstrauisch. „Strafverteidiger? Der Junge braucht keinen.“

„Das freut mich.“ J. D. stellte sich hinter Stephen. „Wie gesagt, ich bin Stephens Onkel und Anwalt. Und jetzt möchte ich wissen, was Sie von dem Jungen wollen.“

6. KAPITEL

Du bist kein Strafverteidiger", sagte Tiffany leise, als J. D. sie nach dem Gespräch im Polizeirevier zum Wagen begleitete. „Das brauchen sie nicht zu wissen."

„Die Polizei ist nicht unser Feind, J. D." Was fiel ihm ein, den besorgten Vater zu spielen? Sie öffnete die Fahrertür, drehte sich zu ihm um und rammte ihm den Zeigefinger gegen die Brust. „Außerdem hattest du kein Recht, ungebeten dort aufzutauchen!"

„Ich dachte mir, ihr könntet ein bisschen Hilfe gebrauchen, und wollte Stephen ermutigen, die Wahrheit zu sagen, ohne in irgendeine Falle zu tappen. Er hat sich daran gehalten."

Er sah ihr tief in die Augen. Tiffany durchzuckte etwas, das sie nicht fühlen wollte. „Ich ... habe dir gesagt, dass wir allein zurechtkommen."

„So?" J. D. zeigte auf Stephen, als er sich auf den Beifahrersitz fallen ließ. „Er sieht aus, als käme er aus einem Kriegsgebiet."

„Ich arbeite daran, Jay."

„Und was ist mit Christina? Ich höre doch, wie sie mitten in der Nacht weinend aufwacht."

„Nicht jetzt."

„Wann?"

„Wann was?"

„Wann reden wir darüber? Das müssen wir nämlich."

Ihr entging nicht, wie Stephen ihr einen warnenden Blick zuwarf. „Später", sagte sie.

„Wie viel später?"

„Ich weiß nicht ..."

„Heute Abend", sagte J. D.

„Nein, die Kinder ..."

„Die können ein paar Stunden allein bleiben."

Er winkte dem Jungen zu und ging zu seinem Pick-up. Stephen hob halbherzig die Hand, und J. D. nickte. Ohne sich noch einmal umzudrehen, stieg er ein und fuhr davon. Wütend und verwirrt setzte Tiffany sich ans Lenkrad.

„Was sollte das denn?", fragte ihr Sohn und suchte im Radio nach Musik.

„Wer weiß?" Sie schaute in den Rückspiegel und gab Gas.

„Ich kann mich nicht erinnern, dass er früher oft mit Dad zusammen war."

„War er auch nicht.“

„Was will er dann hier?“ Stephen lehnte sich zurück und starrte missmutig nach vorn.

„Vermutlich macht er sich Sorgen.“

„Ist er wirklich Anwalt?“ Nervös rieb der Junge sich den Arm.

„Ja.“ Sie sah ihn an. „Brauchst du einen?“

„Nein“, antwortete er schnell. Zu schnell.

Vorsicht, Tiffany. Du bewegst dich auf dünnem Eis. „Bist du sicher?“

„Ich war nur neugierig, okay? Das ist doch kein Verbrechen.“ Stephen erschrak über seine Wortwahl, errötete und wechselte den Radiosender. Dann schloss er die Augen und lauschte dem Song einer Band, von der er mehrere CDs hatte.

Zum ersten Mal fragte Tiffany sich, ob es eine gute Idee gewesen war, ihn aus seiner gewohnten Umgebung zu reißen. Vielleicht hätte er sich bei seinen vertrauten Freunden in Portland sicherer gefühlt.

Hier hatte er einfach nur Angst.

J.D. konnte sich nicht konzentrieren. Er saß an dem kleinen Tisch in seinem Zimmer, schraubte die Thermoskanne auf und goss sich einen lauwarmen Kaffee ein. Das Gebräu schmeckte so bitter, dass er eine Grimasse zog.

Er hatte noch nie Schwierigkeiten gehabt, seinen Gedanken eine klare Richtung zu geben. Selbst als rebellischer Jugendlicher hatte er die Highschool zügig absolviert, und auch das Studium war ihm leichtgefallen, obwohl er nebenher gearbeitet hatte, um es zu finanzieren. Als Anwalt war er mit vier Stunden Schlaf ausgekommen und hatte sich jeden Morgen mit einem Lauf durch die Berge am Stadtrand in Form gebracht, um seinen Mandanten gegen Versicherungsgesellschaften und Klinikkonzerne zu ihrem Recht zu verhelfen.

Nie hatte er seine Ziele aus den Augen verloren. Nie war er unvorbereitet gewesen. Nie hatte er sich ablenken lassen. Selbst die Frauen, die er näher gekannt hatte, waren nicht interessant genug gewesen, um ihn von seinem Kurs abzubringen.

Bis auf eine. Die Ehefrau seines Bruders.

Tiffany Nesbitt Santini war ihm von Anfang an unter die Haut gegangen.

Seine Familie hatte sie abgelehnt, aber sie hatte zu Philip gehalten, ihm zwei weitere Kinder geschenkt und ihn – soweit J.D. wusste – nie hintergangen.

J. D. hatte sie begehrt.

Schon bei der ersten Begegnung.

So sehr, dass es ihm den Atem raubte.

„Vergiss es“, flüsterte er und leerte den Becher. Er rieb sich das schmerzende Bein und beschloss, zu Bett zu gehen. Es war nach zehn, und im Haus herrschte Stille, als er ans Fenster ging.

Der Halbmond stand am Himmel und schien auf den Rasen, wo Tiffany gerade ein paar Kübelpflanzen wässerte. Ein Windstoß hob ihr weißes Sommerkleid an und gewährte ihm einen Blick auf ihre Beine. Als sie sich vorbeugte, rieb sich ihre Katze an einer Wade.

Gott, war sie schön. Das schwarze Haar war zu einem lockeren Knoten am Nacken geflochten, aber ein paar Strähnen hatten sich befreit und umrahmten das Gesicht. J. D. konnte nicht widerstehen. Obwohl er wusste, dass er eine unsichtbare, aber klar definierte Grenze überschritt, griff er nach der Flasche Wein, die er am Nachmittag gekauft hatte. Es war ein Cabernet aus der Gegend, denn es konnte nicht schaden, die Konkurrenz zu testen. Rasch ging er nach unten.

Die Treppe knarrte. Aus dem Radio in der Küche kam leise Musik. Auf dem Tisch flackerte ein Windlicht in einem Glas.

Ohne lange zu überlegen, nahm er zwei Weingläser aus dem Schrank und den Korkenzieher aus einer Schublade, bevor er auf die Veranda schlich. Tiffany füllte die Gießkanne unter einem Wasserhahn am Kutscherhaus, und er beobachtete, wie sie die Stiefmütterchen in den Blumenkästen goss.

Erst als sie sich umdrehte, löste J. D. sich aus dem Schatten.

„Oh.“ Sie zuckte zusammen, dann erkannte sie ihn. „Du meine Güte, Jay, hast du mich erschreckt“, sagte sie leise und wischte sich die nassen Hände ab. Als sie näher kam, versuchte er zu ignorieren, wie ihre Hüften sich unter dem dünnen Stoff bewegten.

Er hob die Flasche. „Das hier ist mein Friedensangebot.“

Tiffany blieb einen Schritt vor ihm stehen und zog eine dunkle Augenbraue hoch. „Warum?“

„Wegen unserer Meinungsverschiedenheit.“

Lachend schüttelte sie den Kopf. Es klang melodisch. „Wenn du bei jeder Meinungsverschiedenheit eine Flasche Wein kaufst, wird es teuer für dich.“

J. D. stellte die Gläser aufs Geländer. „Dann sollten wir vielleicht einen Waffenstillstand ausrufen.“

„Du meinst, das können wir?"
Er sah ihr in die Augen. „Wir können alles, Tiffany, das weißt du."
Hastig schaute sie zur Seite, als er die Flasche zwischen die Knie klemmte und den Korken herauszog.
„Es ist schon spät."
„Stimmt, aber wohin willst du?"
„Nach oben, zu Bett."
Er schenkte jedem von ihnen ein Glas ein. „Ein paar Minuten kannst du sicher noch erübrigen."
Sie zögerte einen Moment, bevor sie das Glas nahm und sich mit J. D. auf eine Bank unter einer Weide setzte.
„Wie wäre es mit einem Trinkspruch?", fragte er.
„Worauf?"
„Auf bessere Tage."
Als sie traurig lächelte, stockte ihm der Atem. Einen Moment lang wollte er sie an sich ziehen und ihr versprechen, dass alles gut werden würde. Aber er beherrschte sich und schaute in sein Glas, in dem sich der Mond im Rotwein spiegelte. Sie straffte die Schultern und nickte. „Auf bessere Tage", wiederholte sie und berührte sein Glas mit ihrem. „Viele davon."
„Amen."
Sie tranken einen Schluck. Aus der Küche fiel ein milder Lichtschein auf die Veranda, und irgendwo bellte ein Hund kurz und leise. Grillen zirpten, und nur gelegentlich war ein Auto zu hören.
Nach einer Weile ertrug Tiffany das Schweigen nicht länger. „Du bist nicht zufällig im Polizeirevier aufgetaucht, oder?"
„Mrs Ellingsworth hat mir erzählt, wo ihr seid."
„Aha." Sie trank noch einen Schluck. „Diskretion war noch nie ihre Stärke."
„Nein?"
Sie runzelte die Stirn. „Nein. Aber sie ist ehrlich, freundlich, liebevoll und vergöttert meine Kinder. Mit dem Rest kann ich leben."
„Sie ist einsam und braucht jemanden zum Reden."
Tiffany nickte und drehte das Glas zwischen den Fingern. „Wie läuft deine Suche? Hast du Land für das Weingut gefunden?"
„Ein paar Flächen wären geeignet. Eine davon ist die Ranch von Isaac Wells."
Sie seufzte. „Wir kommen nicht davon los, was?"
„Ich habe dir gesagt, ich helfe dir."

„Und ich habe gesagt, dass ich keine Hilfe brauche." Sie trank einen kräftigen Schluck, und er leerte sein Glas.

„Du bist eine schlechte Lügnerin, Tiffany."

„Was?"

„Du hast mich verstanden. Gib es ruhig zu. Du brauchst jede Menge Hilfe. Du hast ein Haus, das dir über dem Kopf zusammenfällt, und einen Job, der dich viel Zeit kostet. Du machst dir Sorgen um deinen Sohn. Stephen rebelliert gegen alles, was ihn umgibt. Vielleicht hat das mit Philips Tod zu tun, aber vielleicht hat es auch eine tiefere Ursache. Und du hast Angst, dass er irgendwie in Isaac Wells' Verschwinden verwickelt ist."

„Er ist noch ein Kind!"

„Ein Kind, das vielleicht zu viel weiß. Er treibt sich mit den falschen Leuten herum, prügelt sich in der Öffentlichkeit und hatte Isaac Wells' Schlüssel bei sich."

„Dazu hat Miles Dean ihn angestachelt!"

„Er hätte nicht darauf eingehen müssen", sagte J. D. ruhig. „Und dann ist da noch deine Tochter."

„Christina geht es gut."

„Warum hat sie jede Nacht Albträume?"

Tiffany stellte ihr Glas ab. „Was erwartest du, Jay? Sie war gerade erst drei, als sie mit ansehen musste, wie ihr Vater starb. Aber ich war mit ihr bei einer Kinderpsychologin." Sie verschränkte die Arme. Was wusste er von ihren Schuldgefühlen? Sie hatte am Steuer gesessen, als es zu dem Unfall kam, der Philip das Leben kostete.

„Ich mache mir nur Sorgen", sagte er so leise, dass sie ihm fast geglaubt hätte.

„Warum so plötzlich? In all den Jahren hast du dich nie blicken lassen."

„Ich hatte meine Gründe."

„Welche?"

Ihre Blicke trafen sich, und Tiffanys Herz schlug schneller.

„Das willst du nicht wissen."

„Doch, das will ich", beharrte sie.

Er stellte sein Glas auf den Boden und nahm ihre bloßen Schultern zwischen die kräftigen Hände. Sie wollte zurückweichen, aber er hielt sie fest. „Wenn du die Wahrheit hören willst ..."

„Das will ich." Wirklich?

„Die meisten Gründe hatten mit dir zu tun, Tiffany."

„Mit mir?“, flüsterte sie, während die Erinnerungen in ihr aufstiegen. An eine andere Nacht, kurz nach Philips Tod. An die Stunden, in denen sie sich in ihrer Verzweiflung und Trauer an J. D. geklammert hatte. „Du hast recht. Ich will es nicht wissen.“

„Zu spät.“ Er senkte den Kopf und küsste sie so selbstverständlich, so vertraut, als hätten sie die vergangene Nacht zusammen verbracht.

Sie gab einen leisen Laut von sich, nicht den Protest, den sie beabsichtigt hatte, sondern ein Flehen. Sie wusste, dass sie ihn ohrfeigen sollte, brachte jedoch nicht die Kraft dazu auf. Stattdessen schloss sie die Augen, genoss den verbotenen Moment und erwiderte den Kuss.

Ihre Haut kribbelte. Der Puls raste. Ihr wurde immer heißer.

Hör auf, Tiffany, sofort. Solange du noch kannst. Aber er hatte recht, es war tatsächlich zu spät, denn ihr Körper reagierte sofort und schmiegte sich wie von selbst an seinen, als er mit den Lippen über ihre Wangen und Augen strich.

Tief in ihr setzte ein lustvolles Pulsieren ein, das jeden Zweifel vertrieb.

„Tiffany“, seufzte J. D., und sein Atem strich über ihre Haut, als er ihren Hals mit der Zunge streichelte.

Sie ließ den Kopf nach hinten fallen und wusste, was für eine hingebungsvolle Geste es war. Ein Dutzend Gründe, warum sie das hier nicht tun durfte, schossen ihr durch den Kopf, doch keiner davon hatte gegen das übermächtige Verlangen auch nur den Hauch einer Chance.

J. D. umschloss ihre Taille und ließ die Hände langsam, viel zu langsam nach oben gleiten, bis die Daumen ihre Brüste streiften und nach den längst festen Brustwarzen tasteten. Er streichelte sie kurz, viel zu kurz, bevor er ihr Kleid aufknöpfte. Sie spürte die warme Abendluft an der Haut und wusste sofort, dass sie J. D. nicht aufhalten würde. Egal, wie weit er gehen wollte, sie würde ihn nicht nur gewähren lassen, sondern ihm dabei helfen.

Atemlos flüsterte sie seinen Namen. „Jay, bitte ... ooh!“

Er küsste sie durch den zarten Stoff des BHs hindurch, und mit zitternden Fingern drückte sie seinen Kopf an ihre Brust. Fast wäre sie von der Bank gerutscht, als er ihren Rock nach oben schob.

„Aaaah!“ Ein Angstschrei zerriss die Stille.

„Christina!“ Ruckartig setzte Tiffany sich auf.

J. D. ließ sie los.

Im Aufspringen knöpfte sie das Kleid zu und rannte zum Haus.

„Mommy!“, rief das kleine Mädchen. „Mommeeee!“

„Ich komme, mein Schatz!“ Tiffany riss die Tür auf und eilte die Treppe hinauf, dicht gefolgt von J. D.

„Daddy! Daddy!“

„Ich bin bei dir, Baby.“

Christina saß auf dem Bett, die Arme um sich geschlungen, und wiegte den Oberkörper vor und zurück. Tränen strömten über das kleine Gesicht. Tiffany riss ihre Tochter an sich, küsste ihre Wangen und hielt den Kopf mit der einen Hand fest. „Es ist alles gut, Chrissie. Mommy ist jetzt bei dir. Ich bin immer bei dir.“

Schluchzend klammerte das Mädchen sich an sie. „Ich habe Angst.“

„Ich weiß, Liebes, ich weiß. Aber du brauchst keine Angst mehr zu haben. Jetzt bin ich da.“ Sie nahm Christinas Lieblingsdecke und setzte sich in den Schaukelstuhl am Bücherregal, in dem sie ihre Kinder immer getröstet hatte, wenn sie weinten.

J. D. stand in der Tür und schien etwas sagen zu wollen. Bevor er es tun konnte, kam Stephen verschlafen herein und rieb sich die Augen.

„Albtraum?“, fragte er nur, und seine Mutter nickte.

„Böser Traum“, flüsterte Christina.

„Du musst etwas tun“, sagte der Junge gähnend.

„Ich bin dabei. Psst.“

„Ja, ja.“ Stephen sah seinen Onkel an, verdrehte die Augen und kehrte in sein Zimmer zurück.

„Kann ich etwas tun?“, fragte J. D. leise.

Tiffany schüttelte den Kopf, wich seinem Blick jedoch nicht aus, während ihre Tochter sich an sie schmiegte. „Wir schaffen es allein“, erwiderte sie, griff nach Christinas geliebtem Stoffhasen und legte ihn ihr in die Arme. „Hier ist Bub“, wisperte sie und küsste den Lockenkopf.

„Falls du etwas brauchst …“

„Nein, danke.“

„Ich bin oben“, sagte J. D. und ging davon.

Christina beruhigte sich langsam, wie sie es immer tat, und eine Minute später schlief sie fest. Tiffany legte sie ins Bett, deckte sie zu und schlich auf Zehenspitzen auf den Flur. Die Tür zum zweiten Stock stand offen.

Eine stumme Einladung. Von ihrem Schwager. Sie strich am Türstock entlang und zögerte. Die Versuchung, das Angebot anzunehmen und sich in seine Arme zu werfen, war gewaltig. Aber es war ein Fehler gewesen, ihn zu küssen, und dem Verlangen nachzugeben wäre emotionaler Selbstmord. Leise schloss sie die Tür und ging in ihr Zimmer.

Als sie langsam ihr Kleid aufknöpfte, sah sie sich im Spiegel. Ihr Haar war zerzaust, das Kleid zerknittert, ihr Gesicht noch immer gerötet. „Oh Tiffany. Sei vernünftig. Deiner Kinder wegen."

Sie warf das Kleid in den Korb, zog ein T-Shirt an, schlüpfte unter die Bettdecke und schaltete das Licht aus. Warum konnte sie J. D. nicht einfach aus dem Haus werfen?

Weil du ihn willst. So einfach ist das.

Und so kompliziert.

Ein einziges Mal hatte sie der Versuchung nachgegeben und es bitter bereut. Fröstelnd schloss sie die Augen. Alles hatte mit dem Unfall angefangen, dem verfluchten Unfall, der ihr Leben für immer verändert hatte. Nach einem Tag auf der Skipiste saß sie am Steuer, Philip war auf dem Beifahrersitz eingenickt, genau wie Christina in ihrem Kindersitz, Stephen hatte Kopfhörer auf. Das war jetzt fast neun Monate her, aber sie erinnerte sich so deutlich daran, als wäre es erst gestern passiert.

Die Straße war steil, und es schneite so heftig, dass die Scheibenwischer kaum nachkamen. An ihnen hatte sich Eis gebildet, und sie bewegten sich schwerfällig. Die Scheinwerfer der nach oben fahrenden Autos blendeten sie, und ihre Kopfschmerzen wurden immer heftiger. Um den Wetterbericht nicht zu verpassen, schaltete sie das Radio ein, doch die hohen Gipfel der Cascade Mountains störten den Empfang.

Als sich das nächste Scheinwerferpaar näherte, kniff sie die Augen zusammen, doch diesmal war es anders – sie kam sich vor wie ein geblendetes Reh, das vor Schreck erstarrte. Das Motorengeräusch wurde lauter, und das Rasseln der Schneeketten übertönte die leise Musik aus dem Radio.

Es ist nur ein LKW. Keine Panik. Davon gibt es Dutzende auf diesem Straßenabschnitt bei jedem Wetter.

Vorsichtshalber tippte sie leicht aufs Bremspedal und hielt sich so weit rechts wie möglich, doch die Leitplanke war stellenweise flach, und dahinter klaffte der dunkle Canyon.

Ein lautes Hupen ließ sie zusammenzucken.

Ihr Fuß rutschte von der Bremse.

Der Lastwagenfahrer hupte noch einmal.

Tiffany packte das Lenkrad fester und trat sanft aufs Pedal.

Nichts.

Der Wagen reagierte nicht.

Aber links raste der LKW auf sie zu, und rechts tat sich der Abgrund auf.

„Philip", sagte sie, als der Trucker zum dritten Mal hupte. „Philip!"

„Was?" Gähnend blinzelte er.

„Der LKW. Oh Gott!" Die Zugmaschine des Sattelschleppers schien ins Schleudern zu geraten und kam direkt auf sie zu.

Philip war schlagartig hellwach und wollte nach dem Lenkrad greifen.

„Warte!"

Sie bremste scharf. Die Räder blockierten. Der Wagen brach nach links aus.

Philip riss am Lenkrad.

„Nicht, Philip!"

Der Wagen geriet außer Kontrolle, drehte sich ein wenig und rutschte seitlich in die Straßenmitte. Der LKW wurde immer größer und nahm inzwischen fast die gesamte Frontscheibe ein. „Tiffany! Tritt auf die verdammte Bremse und fahr nach rechts!"

„Das versuche ich ja!"

„Mom?" Stephens Stimme war schrill vor Angst.

In letzter Minute schaffte sie es, den Wagen nach rechts zu lenken. Der Sattelschlepper donnerte vorbei, streifte jedoch das Heck der Limousine, die sich wie wild um sich selbst drehte, gegen die Leitplanke krachte und sie durchbrach.

„Oh mein Gott!", rief Philip.

Tiffany schrie auf, und Christina begann zu weinen.

„Oh nein", murmelte Stephen, als der Wagen mit dumpfem Geräusch auf den verschneiten Abhang prallte und nach unten rutschte. Immer schneller. Die Räder drehten sich halb in der Luft, die Bremsen waren nutzlos.

„Oh mein …"

Die Frontscheibe zerbarst. Glassplitter sausten durchs Wageninnere.

„Mommy!"

„Ich bin hier, Schatz."

Der Felsvorsprung hatte sie nur kurz aufgehalten. Die Limousine drehte sich einmal um sich selbst und rutschte weiter.

„Halt an, verdammt!"

„Ich kann nicht!"

Vor ihnen tauchte der Fluss auf. „Hilfe!" Tiffany hielt sich die Arme vors Gesicht. Die Vorderräder schlugen auf der Oberfläche auf. Eiskaltes Wasser strömte durch die zerborstene Scheibe.

„Raus aus dem Wagen!", schrie sie und tastete nach dem Gurt.

„Die Tür geht nicht auf!", rief Stephen panisch.

„Komm nach vorn!" Das Wasser stieg langsam, aber unaufhaltsam. „Beeil dich!" Ihr Sohn kletterte über die Sitze und hielt sich an ihr fest.

„Christina!"

„Ich habe sie." Philips Stimme kam wie aus weiter Ferne.

Irgendwie schafften sie es ins Freie. Um sie herum war es pechschwarz. Tiffany spürte, wie das eiskalte Wasser ihr erst die Körperwärme, dann die Kraft und schließlich das Gefühl in Armen und Beinen raubte. Es kam ihr vor wie eine Ewigkeit, bis sie hoch über ihnen ein Licht bemerkte. Es bewegte sich und kam langsam näher.

„Hallo?", rief eine tiefe Männerstimme. „Ist dort unten jemand?"

„Hilfe! Bitte helfen Sie uns!"

„Halten Sie durch, wir sind gleich bei Ihnen!"

Tiffany biss die Zähne zusammen, kämpfte gegen die drohende Ohnmacht, hielt Stephen im wirbelnden Wasser so fest, wie sie noch konnte, und betete, dass Philip und Christina es ans Ufer geschafft hatten.

An die eigentliche Rettung erinnerte sie sich nicht. Die Aktion dauerte fast eine Stunde, und sie und Stephen verloren vor Unterkühlung doch noch das Bewusstsein. Als Tiffany schließlich in einem Krankenhaus in Portland erwachte, erfuhr sie, dass ihre beiden Kinder überlebt hatten. Philip hatte Christina retten können, war jedoch auf der Fahrt in die Klinik verstorben. Alle Wiederbelebungsversuche waren erfolglos geblieben.

Philips Eltern und seine Exfrau gaben Tiffany die Schuld an seinem Tod. Außer ein paar höflichen Floskeln hatte auf der Beerdigung niemand ein tröstendes Wort für sie. Anschließend hielt sie das Schweigen und die eisigen Blicke zwei Stunden lang durch. Sie trank zu viel Wein und wehrte sich gegen die Tränen, bis sie hinter sich eine Stimme hörte.

„Lass uns von hier verschwinden. Für heute hast du genug durchgemacht."

Es war J. D. Er hatte ihren Mantel und die Jacken der Kinder über dem Arm.

Sie lächelte schwach. „Danke, aber ich habe meinen eigenen Wagen."

„Ich weiß." Behutsam nahm er ihr das leere Glas aus der Hand. „Ich glaube, ich sollte fahren. Es war ein harter Tag für euch."

„Ja." Sie holte Stephen und Christina und gab J. D. die Wagenschlüssel. Auf der Heimfahrt schloss sie die Augen und war dankbar, dass jemand sich um sie kümmerte – auch wenn es das schwarze Schaf der Santinis war.

In dem Haus in Portland, das sie mit Philip bewohnt hatte, brachte sie die Kinder zu Bett. „Ich weiß nicht, wie ich dir danken soll“, sagte sie zu J. D., als sie in der Küche allein waren.

„Gar nicht. Er war mein Bruder.“

„Danke“, sagte sie trotzdem und schenkte sich ein Glas Wein ein, obwohl sie nicht mehr ganz nüchtern war. Ich bin Witwe, dachte sie. Ihr graute vor der ungewissen Zukunft. „Möchtest du auch ein Glas?“

„Ich glaube, ich habe genug.“

„Ich auch“, erwiderte sie und trank dennoch einen Schluck vom besten Pinot Noir, den die Weinberge von Santini Brothers zu bieten hatten. Hundemüde streifte sie die High Heels ab und rieb sich die schmerzenden Füße.

„Ich bringe dich zu Bett.“

„Das musst du nicht.“

„Ich weiß.“ Mit gerunzelter Stirn betrachtete J. D. die Flasche. „Hat der Arzt dir kein Beruhigungsmittel verschrieben?“

„Das habe ich nicht genommen.“

„Warte damit, bis du wieder nüchtern bist.“

„Ich bin nüchtern“, widersprach sie und trank das Glas aus.

„Komm, ich helfe dir nach oben.“

„Ich kann allein gehen“, log sie.

„Wie du meinst.“

Auf der ersten Stufe taumelte sie und wäre hingefallen, wenn J. D. sie nicht gestützt hätte. „Es war ein harter Tag“, sagte er sanft.

Zum ersten Mal seit der Beerdigung hielt Tiffany die Tränen nicht zurück. „Alles ... okay.“

„Das sehe ich.“

„Wirklich“, beteuerte sie.

Er hob sie auf, als wäre sie federleicht, trug sie ins Schlafzimmer, legte sie aufs Bett und strich ihr das Haar aus dem Gesicht. „Du kannst ruhig weinen.“

Eine Träne rann ihr aus den Augenwinkeln, und ihr Kinn zitterte.

„Du warst mit ihm verheiratet.“

„Ich werde ihn vermissen.“

„Natürlich.“

Sie seufzte. „Ich habe solche Angst“, gab sie leise zu.

Er betrachtete sie einen langen Moment, dann zog er die Jacke aus, warf sie über einen Stuhl und setzte sich auf die Bettkante. Nach kurzem

Zögern legte er die Arme um Tiffany und hielt sie fest. Sein Atem strich über ihr Haar, und endlich konnte sie ihren Tränen freien Lauf lassen.

Schluchzend suchte und fand sie an seiner Schulter Halt, und als sie schließlich einschlief, war sein Hemd nass, und ihr Make-up hatte darauf Spuren hinterlassen.

Irgendwann in der Nacht deckte er sie beide zu, und als sie noch vor dem Morgengrauen erwachte, lag er neben ihr und sah sie an. Er sagte kein Wort. Das brauchte er nicht. Zärtlich küsste er sie. Einmal, zweimal, ein drittes Mal.

In ihr regte sich etwas. Sie küssten sich wieder, länger als zuvor. Seine Lippen waren warm, seine Hände berührten sie liebevoll.

Er fragte nicht.

Und sie sagte nicht Nein.

Ohne es aussprechen zu müssen, schenkten sie einander, was sie brauchten – Trost, Nähe und Zärtlichkeit.

Am Morgen war es vorbei. Die alte Distanz kehrte zurück. Und mit ihr ein Schuldgefühl, das sich in Tiffanys Seele einnistete und zu ihrem ständigen Begleiter wurde …

J. D. war verschwunden und rief nie wieder an. Er schrieb nicht und kam auch nicht vorbei. Sie war nach Bittersweet gezogen und hatte ihn nie wiedergesehen.

Bis zu dem Tag, an dem er unangemeldet auftauchte und das Zimmer in ihrem Haus mietete.

Sie war so sicher gewesen, dass das, was sie miteinander geteilt hatten, für immer verloren war. Ein Fehler. Ein One-Night-Stand.

Jetzt wusste sie es besser.

Und es machte ihr eine höllische Angst.

7. KAPITEL

J. D. klopfte an Stephens Tür. Keine Antwort. Er klopfte lauter.

„Was?", rief der Junge verschlafen.

J. D. öffnete und sah den Albtraum einer Mutter vor sich. Auf dem Fußboden lagen überall Kleidungsstücke, Handtücher, Zeitschriften und CDs herum. Ein entrollter Schlafsack war in einer Ecke gelandet, und der Papierkorb quoll über. Die Gitarre lehnte mit einer gerissenen Saite am Fußende des Betts.

„Was willst du?", fragte Stephen, bevor er mit dem gesunden Auge blinzelte und J. D. sah.

„Du könntest mir helfen." J. D. trat ein und hörte, wie unter seinem Schuh ein Kartoffelchip knirschte.

„Wobei?" Stephen rieb sich das Gesicht und setzte sich stöhnend auf.

„Ein paar Fallrohre müssen ausgetauscht werden. Die Abflüsse sind verstopft. Auf der Veranda wackelt das Geländer. Eine Stufe ist kaputt. An den Fenstern bröckelt der Kitt. Außerdem sind …"

„Schon kapiert." Tiffanys Sohn ließ sich wieder aufs Bett fallen. „Nachher vielleicht."

„In einer halben Stunde."

„Drei Stunden wären mir lieber."

„In dreißig Minuten", sagte J. D. scharf und ging nach unten, wo Tiffany gerade Pfannkuchen zubereitete. Als sie ihn hörte, drehte sie sich um, errötete und wich seinem Blick aus.

„Morgen, Jay", sagte sie, als wäre es ganz normal, dass er morgens um acht in ihrer Küche auftauchte.

„Hallo. Ich habe Stephen geweckt."

Tiffany lächelte und tat so, als würde keiner von ihnen daran denken, was sich gestern Abend auf der Gartenbank zwischen ihnen abgespielt hatte.

„Sonntags schläft er meistens aus." An ihren Mundwinkeln bildeten sich hinreißende Grübchen. „Mein Sohn war noch nie ein Morgenmensch."

„Welcher Teenager ist das schon?"

Ihr Haar glänzte im Sonnenschein. „Kaffee?"

„Gern." J. D. goss sich einen Becher ein und versuchte, nicht darauf zu achten, wie sich ihre Hüften in dem gelben Bademantel bewegten. „Ich habe nachgedacht, Tiffany."

„So?"

„Über Stephen."
Sie erstarrte. „Was ist mit ihm?"
„Wir wissen beide, dass er nichts mit Isaac Wells' Verschwinden zu tun hat."
„Natürlich nicht", widersprach sie aufgebracht. „Er ist erst dreizehn! Was sollte er damit zu tun haben?"
„Nichts, da hast du recht. Aber ich vermutet, dass er mehr weiß, als er zugibt."
„Was soll er denn wissen?" Sie drehte sich nicht zu ihm um. „Das ist doch lächerlich! Er ist noch ein Junge."
„Warum hat er dann nicht schon vor Wochen die Wahrheit gesagt?"
„Worauf willst du hinaus, Jay?"
„Es könnte sein, dass er jemanden schützt."
„Wen?" Erst jetzt schaute sie über die Schulter.
„Ich dachte, das könntest du mir beantworten."
Seufzend strich sie sich das Haar aus dem Gesicht. „Stephen vertraut mir nicht alles an." Geschickt wendete sie die Pfannkuchen. „Ich bin zwar sicher, dass dein Verdacht unbegründet ist, aber ich frage ihn."
„Gut." J.D. trank einen Schluck Kaffee und öffnete eins der Fenster am Tisch, denn Tiffanys Duft ließ sein Herz schneller schlagen. Ihr Haar war noch feucht vom Duschen. Er wünschte, er könnte die vielen Barrieren zwischen ihnen überwinden. „Wegen gestern Abend …"
„Gestern Abend?"
„Im Garten."
„Oh." Sie wurde rot. „Ich … finde nicht, dass wir darüber reden sollten." Sie wedelte mit dem Pfannenwender, als wäre er ein Warnsignal.
„Warum nicht?"
„Weil … weil … ach, ich weiß nicht." *Weil du mich verwirrst. Alles an dir bringt mich dazu, gegen meine Überzeugungen zu verstoßen.* „Schreiben wir es einfach als schlechtes Timing ab, okay?"
„Es war mehr als das."
Wirklich? Oh Jay, ich möchte dir ja glauben, aber ich kann es nicht. „Ich will das hier nicht hören." Sie ließ die Pfannkuchen auf einen Teller gleiten.
„Wir können nicht davor weglaufen."
„Natürlich können wir." Sie goss Teig in die Pfanne und drehte sich zu J. D. um. „Ich habe genug Probleme und brauche keinen Mann, der mein Leben noch komplizierter macht."
„Das will ich doch gar nicht."

Sie seufzte. „Ich glaube dir sogar, aber vielleicht kannst du nicht anders." Tiffany lächelte matt und atmete tief durch. Unrasiert, mit dem etwas zu langen schwarzen Haar, sah er verwegen aus. Kantig. Unnachgiebig. Ein Mann, dem sie besser aus dem Weg ging.

„Was passiert ist, war ein Fehler", fuhr sie fort. „Punkt. Du bist mein Schwager. Mehr nicht. Auch wenn Philip tot ist und deine Familie mich nicht ausstehen kann. Meine Kinder sind noch dabei, den Verlust ihres Vaters zu verkraften, und ich habe weder das Recht noch das Verlangen …"

Er zog eine Augenbraue hoch.

„Okay, falsche Wortwahl", gab sie zu. „Aber du weißt, was ich meine."

J. D. nippte am Becher und stellte ihn ab. „Du machst dir etwas vor, Tiff."

„Nein." Sie wendete den Pfannkuchen.

Er stellte sich hinter sie und legte die Arme um ihre Taille. Tiffany wollte ihn wegschieben, brachte jedoch nicht die Kraft dazu auf. Er zog sie an sich, und sie fühlte, wie sehr er sie begehrte. Ihr wurde so heiß, dass sie nach Luft schnappte. „Jay, lass das", protestierte sie, doch es klang nicht besonders überzeugend. Denn sie wollte ihn auch und konnte es nicht länger leugnen.

Als er ihren Nacken küsste, stöhnte sie leise auf. „Ich warne dich …"

„Die Warnung ist angekommen", flüsterte er.

„Das hier ist keine gute Idee."

„Stimmt."

„Ich meine es ernst, Jay."

„Morgens bist du hinreißend. Abends auch."

„Und du bist unverbesserlich."

„Hoffentlich." Er drehte sie zu sich um und legte die Stirn an ihre. Als er sie küsste, öffnete sich der Bademantel, und J. D. fühlte ihre warme Haut. Sie trug keinen BH, und ihre Brüste streiften seine Hände.

„Jay", flüsterte Tiffany, als J. D. vor ihr in die Knie ging. Sie schloss die Augen. Er küsste eine Brust und umschloss die Spitze mit den Lippen. „Oooh", seufzte sie lustvoll und lehnte sich gegen die Arbeitsfläche, als ihre Knie weich wurden. Mit den Fingerspitzen strich er über die Innenseiten der Oberschenkel.

Plötzlich zuckte sie zusammen. „Das Frühstück", keuchte sie und starrte ihn entsetzt an. Was fiel ihr ein, sich von ihm küssen und so intim berühren zu lassen, mitten in der Küche an einem sonnigen Tag? Die Kinder hätten sie dabei überraschen können. Oder Mrs Ellingsworth. Wie zwei heißblütige, leichtsinnige Teenager. Ihre Hände zitterten, als sie nach der Pfanne griff und den angebrannten Pfannkuchen in den Abfalleimer kratzte. „Ich weiß gar nicht, was in mich gefahren ist."

„Wirklich nicht?", fragte er lachend.

„Hör mal, Santini, anstatt mich ..."

„... aus der Fassung zu bringen? Das war noch harmlos. Du ahnst nicht, wie sehr ich dich aus der Fassung bringen könnte."

„Warum machst du dich nicht nützlich? Schenk den Orangensaft ein, oder deck den Tisch."

„Da habe ich eine bessere Idee." Er küsste sie auf die Wange. „Ruf mich, wenn wir frühstücken können." Er nahm seinen Kaffeebecher und ging hinaus.

Keine zwei Minuten später hörte sie, wie er eine Leiter anstellte, nach oben stieg und zu hämmern begann. Wahrscheinlich reparierte er den schiefen Fensterladen im ersten Stock.

Tiffany briet den Schinkenspeck und belegte die Pfannkuchen mit Blaubeeren. Über ihr rauschte das Wasser in der Leitung. Stephen war aufgestanden und duschte. In alten Jeans und einem verwaschenen T-Shirt kam er in die Küche, gefolgt von seiner Schwester im Schlafanzug.

„Mommy!" Christina rannte zu ihr.

„Guten Morgen, Schatz."

„Ich habe Hunger."

„Da hast du Glück. Das Frühstück ist fertig." Tiffany half ihrer Tochter in den Kinderstuhl. „Was ist mit dir?", fragte sie Stephen.

Er schlurfte zu einem Stuhl und ließ sich missmutig darauffallen.

„Blaubeerpfannkuchen und Bacon." Nachdem die beiden versorgt waren, öffnete sie das Fenster über der Spüle und rief J.D. Christina lächelte, als sie ihren Onkel die Leiter heruntersteigen sah, aber Stephen wirkte noch missmutiger.

„Gehen wir zur Hochzeit?", fragte er, als alle am Tisch saßen.

„Nein", erwiderte sie knapp.

„Ich will hin", beharrte Christina. „Ich will die Bräute sehen."

Ihr Bruder schnaubte. „Es gibt nur eine."

„Wirklich?" Das kleine Mädchen sah enttäuscht aus.

„Du weiß ja nicht mal, wer heiratet."

„Wer denn?"

„Unser Großvater."

Tiffany lag auf der Zunge, dass John Cawthorne niemals sein Großvater sein würde, aber sie beherrschte sich. Wer konnte wissen, was die Zukunft bringen würde?

„Ich finde, wir sollten hingehen." Stephen sprach mit vollem Mund, und sie warf ihm einen tadelnden Blick zu.

„Warum?"

„Warum nicht? Er hat uns eingeladen."

„Ich weiß, aber …"

„Oder bist du zu feige?"

Tiffany zögerte. „Nein, darum geht es nicht. Ich möchte dem Mann und seiner Ehe nur nicht meinen Segen geben."

„Warum nicht?"

„Das ist eine lange Geschichte. Sie hat angefangen, als ich ein kleines Mädchen und er nicht da war."

„Aber jetzt will er da sein. Zählt das nicht?", entgegnete Stephen und sah seine Mutter so durchdringend an, dass sie am liebsten unter dem Tisch verschwunden wäre.

„Doch, es zählt. Ein bisschen."

Der Junge kippte sich Blaubeersirup über den Pfannkuchen. „Du hast immer gesagt, dass man verzeihen muss."

Tiffany schluckte. Ihr Sohn hatte recht. Sagte er ihr gerade, dass sie froh sein sollte, einen Vater zu haben? Wahrscheinlich brauchte er ein männliches Vorbild, aber in ihren Augen war John Cawthorne, der als verheirateter Mann jahrelang eine Geliebte gehabt und zwei uneheliche Kinder gezeugt hatte, nicht gerade der ideale Kandidat.

„Eines Tages werde ich ihm wohl verzeihen", gab sie leise zu.

„Aber du wirst ihn nie Dad nennen?"

Sie stocherte auf ihrem Teller herum.

Stephen ließ nicht locker. „Du sagst mir dauernd, ich soll den Leuten eine Chance geben."

„Willst du, dass ich das tue?"

Stephen wich ihrem Blick aus. „Weiß nicht. Aber ich finde, wir sollten zur Hochzeit gehen."

„Zu spät." Tiffany begann zu schwitzen.

„Ich will hin!", rief Christina.

„Er ist unser Großvater!", fügte ihr Bruder hinzu.

„Ich weiß, aber …"

„Mit dieser Sache muss eure Mutter auf ihre Weise fertig werden", warf J. D. ruhig ein.

Tiffany trank einen Schluck Kaffee und dachte daran, wie einsam ihr Sohn sich nach dem Wegzug aus Portland fühlen musste. Katies Sohn Josh war etwas jünger als Stephen. Bliss' zukünftiger Mann hatte eine Tochter aus erster Ehe. Und Katie hatte drei Brüder, von denen noch keiner verheiratet war. Vielleicht würden sie Frauen kennenlernen, die Kinder mit in die Ehe brachten. Tiffany fröstelte, als sie begriff, wie sehr ihr Sohn sich nach einer größeren Familie und einer Vaterfigur sehnte – genau wie sie in seinem Alter.

Ihre Augen wurden feucht, und ihre Hand zitterte, als sie den Becher abstellte. „Wir können heute nicht zur Hochzeit gehen, aber …"

„Du meinst, *du* willst nicht", unterbrach Stephen sie.

„Aber bestimmt können wir uns bald mal mit eurem Großvater und seiner neuen Frau treffen."

„Oh ja!", rief Christina und wedelte mit den Händen. Ein Stück Bacon fiel zu Boden. Die Katze sprang von der Fensterbank und schnupperte daran.

J. D. kam Tiffany zur Hilfe und wechselte das Thema. „Du kannst mir helfen", sagte er zu Stephen.

„Wobei?"

„Der Zaun muss repariert werden, danach kümmern wir uns um die Veranda oder die Fenster."

„Ich habe keine Ahnung, wie man so etwas macht."

J. D. lächelte ihm zu. „Dann ist es höchste Zeit, dass du es lernst."

Stephen sah nicht begeistert aus, doch nach dem Frühstück folgte er seinem Onkel nach draußen.

Tiffany räumte die Küche auf und half Christina beim Duschen, während J. D. und Stephen sich an die Arbeit machten. Lächelnd schaute sie nach draußen. Fast wie eine richtige kleine Familie, dachte sie. *Vorsicht, Tiffany. Der Mann ist dein Schwager, nicht dein Ehemann.*

Kaum war Christina angezogen, rannte sie nach draußen und sah den beiden zu. Nach einer Weile jammerte Stephen, dass ihm der Rücken wehtat und er mit Freunden verabredet war, aber J. D. ließ sich nicht erweichen.

Als sie am Mittag eine Pause einlegten, brachte Tiffany ihnen Sandwiches und Limonade. Gegen halb vier sah Stephen wirklich erschöpft aus, und J. D. ließ ihn endlich ziehen.

Sofort eilte er ans Telefon und verabredete sich. „Wir gehen schwimmen", verkündete er danach.

„Wer?"

„Ich und Sam."

„Sam und ich", verbesserte sie automatisch.

Ihr Sohn verdrehte die Augen.

„Sei um sechs zurück", sagte sie, bevor er sich sein Skateboard schnappte und verschwand.

J. D. sah ihm nach. „So ein übler Kerl ist er gar nicht." Er legte Tiffany einen Arm um die Schulter. Sie standen am Rosengarten. Bienen umschwirrten die Blüten, deren Duft in der warmen Luft lag.

„Das habe ich auch nie behauptet", erwiderte sie und löste sich von ihm.

„Das war ein Scherz, Tiff. Du hast immer zu deinen Kindern gehalten. Sogar zu Philip."

„Warum hätte ich das nicht tun sollen?"

„Philip war kein Heiliger", antwortete J. D. leise.

Tiffany schaute zu Christina hinüber, die einen Grashüpfer verfolgte. „Und du bist einer?" Sie pflückte eine trockene Blüte ab.

Er lachte. „Ganz bestimmt nicht."

„Ich weiß, dass Philip Geld verspielt hat, Jay." Sie blinzelte in die Nachmittagssonne. „Und dass er seine erste Frau betrogen hat." Erstaunt sah ihr Schwager sie an. „Als Robert und Thea noch Babys waren. Er hat es mir erst nach der Hochzeit gebeichtet, aber immerhin. Soweit ich weiß, hat er *mich* nie betrogen. Und selbst wenn, wäre es mir heute egal. Wichtig ist nur, dass er Christina das Leben gerettet hat."

„Also ist er doch ein Heiliger."

„Nur ein guter Mann. Mit allen Fehlern und Schwächen."

Bevor J. D. etwas erwidern konnte, fing Christina den Grashüpfer, schrie auf und ließ ihn wieder frei. „Er hat geblutet."

„Das ist nur Spucke", sagte Tiffany lachend.

„Spucke?" Entsetzt starrte Christina auf ihre Finger. „Das juckt!"

„Komm, wir waschen dir deine Hände."

Ausnahmsweise protestierte ihre Tochter nicht, sondern ging brav mit ihr ins Bad. Danach machte Tiffany ihr ein Sandwich mit Erdnussbutter und Jelly, und das Mädchen setzte sich zufrieden vor den Fernseher. Tiffany kochte Nudeln für einen Salat und bereitete das Dressing zu. J. D. leistete ihr mit einem kalten Bier Gesellschaft, bevor er sich am Verandageländer zu schaffen machte. Christina war eingeschlafen, und anstatt sie zum Essen zu wecken, brachte Tiffany sie zu Bett.

Zurück in der Küche, schaute sie auf die Uhr. Es war halb sieben, und langsam wurde sie nervös. Stephen kam nie pünktlich nach Hause, aber eine halbe Stunde Verspätung hatte er sich noch nie geleistet. Ihm wird schon nichts passiert sein, sagte sie sich – zuversichtlicher, als sie sich fühlte, während sie Shrimps, Frühlingszwiebeln und Artischockenherzen in den Pastasalat gab. Vor einigen Wochen hatte ihr Sohn seine Armbanduhr verlegt. Vermutlich hatte er nur nicht auf die Zeit geachtet.

Dennoch ging sie ins Freie und blickte besorgt zur Straße. J. D. reparierte gerade einen Wasserhahn an der Hauswand.

„Du brauchst dich nicht um das alles zu kümmern", sagte sie zu ihm.

„Warte nur, bis du die Rechnung bekommst."

„Wie hoch wird die?"

Seine Augen glitzerten. „Mrs Santini, wir reden hier nicht von Dollars und Cents."

„Nein?"

„Ich dachte eher an ein Tauschgeschäft. Eine Hand wäscht die andere. Du massierst mir den Rücken, ich dir deinen …"

Tiffany lachte. „Wenn es dabei bleibt."

„Das kann ich nicht garantieren." Er zwinkerte ihr zu, nahm die Rohrzange in die andere Hand und drehte den Hahn auf. Zum ersten Mal seit Monaten spritzte das Wasser nicht in alle Richtungen.

„Du bist ein Naturtalent", lobte sie.

„Nicht nur als Heimwerker."

Bevor ihr eine passende Erwiderung einfiel, bog ein Wagen auf ihr Grundstück ein. Sie schauten beide hinüber. Es war ein Dodge Pick-up, der schon bessere Zeiten erlebt hatte. Ein hochgewachsener Mann, den Tiffany nicht kannte, stieg aus und kam über den Rasen.

„Sind Sie hier der Chef?", fragte er J. D.

„Normalerweise nicht."

Der Fremde zeigte auf das Schild an der Straße. „Ich brauche für ein paar Monate eine Unterkunft."

„Ich bin Tiffany Santini, und das ist mein Schwager J. D." Sie streckte die Hand aus. „Das ist mein Haus."

„Luke Gates." Er schüttelte ihr und J. D. die Hand.

Tiffany musterte ihn unauffällig. Seine Kleidung war sauber, aber abgetragen. Die Falten an seinen Augenwinkeln und die schwieligen Hände ließen erkennen, dass er harte Arbeit unter freiem Himmel nicht scheute.

„Ich habe zwei freie Wohnungen. Eine ist im Souterrain, die andere im alten Kutscherhaus." Sie zeigte hinüber. „Ich nehme zwei Monatsmieten im Voraus plus Kaution."

Er lächelte. „Kein Problem. Kann ich mir die im Kutscherhaus mal ansehen?"

„Kommen Sie."

J.D. sah ihnen nach. Schneller als erwartet kehrten die beiden zurück.

Luke unterschrieb den Mietvertrag in der Küche, bot ihr eine Liste mit Referenzen an und schob neue Hundertdollarscheine über den Tisch. Es war nicht das erste Mal, dass ein Mieter bar bezahlte, denn manche hatten noch kein Bankkonto in Bittersweet. Trotzdem machte es sie immer etwas misstrauisch. Sie selbst würde niemals so viel Geld mit sich herumtragen, aber für Luke schien es selbstverständlich zu sein. Er wollte noch heute einziehen.

„Woher kommen Sie?", fragte J.D. ihn, als sie zu Lukes Wagen gingen.

„Von überall."

„Irgendwo müssen Sie angefangen haben."

„Stimmt."

„Aber nicht in dieser Gegend, was?"

„Nein. Texas. Eine kleine Stadt östlich von El Paso." Mit einem rätselhaften Lächeln stieg er ein und fuhr rückwärts aus der schattigen Einfahrt.

„Ich traue ihm nicht", sagte J.D. zu Tiffany, als der Pick-up um die Ecke verschwand und eine bläuliche Abgaswolke hinterließ.

„Du traust niemandem", erwiderte sie, obwohl sie J.D. verstand. Luke war offenbar ein schweigsamer Mensch. Oder jemand, der nicht zu viel über sich verraten wollte.

„Das stimmt nicht." Lächelnd legte er den Arm um ihre Taille. „Aber man muss sich mein Vertrauen verdienen, und das dauert eine Weile."

„Tatsächlich?"

Sein Gesicht war ihrem so nahe, dass sie die blauen und grünen Punkte im Grau seiner Augen erkennen konnte. „Ja, eine ganze Weile sogar." Er küsste sie zärtlich, und sie stellte erschrocken fest, dass sie es genoss. Es war ein Gefühl, auf das sie nicht mehr verzichten wollte.

Als er den Kopf hob, legte sie ihren an seine Schulter. „James Dean Santini, was mache ich bloß mit dir?", fragte sie leise.

„Gute Frage. Dasselbe habe ich auch gerade gedacht." Er sah ihr in die Augen, und nach einem Moment schaute sie auf die Uhr.

„So sehr hat Stephen sich noch nie verspätet."

„Er ist dreizehn."

„Ich weiß, aber bisher waren es höchstens fünfzehn oder zwanzig Minuten."

„Er kommt schon." J. D. war immer optimistisch.

„Hoffentlich."

Er zog sie an sich und küsste sie auf die Schläfe. „Mach dir keine Sorgen."

Sie versuchte es, wurde aber immer nervöser. Einige Straßen entfernt begannen Kirchenglocken zu läuten. Tiffany seufzte.

„Dich belastet noch etwas, oder?", fragte J. D. sanft.

„Hörst du das?"

„Spätgottesdienst?"

„Nein." Tiffany rieb sich die Arme, als wäre ihr plötzlich kalt. „Ich glaube, mein Vater hat gerade geheiratet."

8. KAPITEL

„Ich habe überall angerufen." Erschöpft lehnte Tiffany sich gegen die Wand. Die Sorge um Stephen kostete sie Kraft. „Er ist verschwunden."

„Wir finden ihn", beruhigte J.D. sie. „Bitte Mrs Ellingsworth, auf Christina aufzupassen, dann suchen wir ihn."

„Wo?"

„Sag du es mir."

Mit zitternden Fingern wählte sie Ellies Nummer. Als ihre Mieterin sich meldete, erklärte Tiffany ihr, was los war.

„Ich bin gleich oben", versprach Ellie. Keine Minute später stand sie in der Küche und scheuchte Tiffany und J.D. nach draußen.

„Es ist nicht seine Art, so spät zu kommen", sagte Tiffany, als sie in J.D.s Jeep saßen und durch Bittersweet fuhren.

„Entspann dich." Er strich über ihr Knie. „Wo wohnen seine Freunde?"

„Er hat gesagt, dass er mit Sam zum Schwimmen will, aber als ich dort angerufen habe, hat niemand abgenommen."

„Wo wohnt Sam?"

„Am Stadtrand, in der Nähe des Wasserturms."

Das Blockhaus der Prescotts war dunkel, nur auf der Veranda brannte Licht. Tiffany klopfte und läutete mehrmals, doch niemand öffnete. Sams Fahrrad war an einem Pfosten angeschlossen, und sein Skateboard lehnte an der Treppe. „Wenn Sam mit Stephen unterwegs wäre, hätte er sein Rad oder das Skateboard mitgenommen."

„Denkst du."

„Ich weiß es." Obwohl es ein warmer Abend war, bekam sie eine Gänsehaut. Neben der Tür lagen zwei zusammengerollte Zeitungen. „Vielleicht sind die Prescotts gar nicht in der Stadt."

J.D.s Miene verhärtete sich. „Sieht ganz danach aus."

„Also hat Stephen gelogen." Seit Philips Tod war ihr Sohn immer verschlossener geworden. „Lass uns zu den Deans fahren. Sie leben in einem Wohnwagen zwei Meilen die Straße entlang."

Kurz darauf hielt J.D. in einer von Unkraut überwucherten Einfahrt. Tiffany sprang aus dem Wagen, noch bevor er den Motor abgestellt hatte. Sie rannte die schiefen Stufen hinauf und hämmerte gegen die Tür. Vera Dean öffnete sofort. Ihr Lächeln verblasste, als sie Tiffany erkannte.

„Hi, Vera. Entschuldige die Störung, aber ich suche Stephen. Er ist verschwunden, und ich dachte mir, er ist vielleicht bei euch."

„Nachdem er sich mit Miles geprügelt hat?" Vera schüttelte den Kopf. „Bestimmt nicht."

„Bist du sicher?"

„Absolut."

„Könnte ich mit Miles reden?"

Vera musterte J. D. von Kopf bis Fuß. „Er ist nicht da."

In Tiffanys Kopf schrillten Alarmglocken. „Weißt du, wo er steckt?"

„Miles?" Vera lachte. „Nein. Der Junge ist wie sein Vater – nie da, wenn man ihn braucht. Aber ich sage ihm, dass du hier warst." Sie steckte sich eine Zigarette an. „Noch was?"

„Nein. Könntest du Miles bitten, mich anzurufen, sobald er zurückkommt?"

Vera nahm einen tiefen Zug. „Mache ich." Sie schloss die Tür.

„Sympathische Frau", sagte J. D., als sie wieder im Wagen saßen.

„Sie mag mich nicht."

„Aus irgendeinem besonderen Grund?"

„Nicht, dass ich wüsste. Sie versteht sich mit kaum jemandem. Ihr Mann Ray wandert immer mal wieder ins Gefängnis. Im Moment ist er draußen, aber niemand rechnet damit, dass er lange auf freiem Fuß bleibt."

Am Himmel funkelten die ersten Sterne, als sie durch die Stadt fuhren. Tiffany zerbrach sich den Kopf darüber, wo ihr Sohn sein konnte. War er mit Miles zusammen? Ob ihm etwas zugestoßen war?

J. D. warf ihr einen Blick zu. „Ich habe eine Idee. Erinnerst du dich daran, was Stephen heute beim Frühstück gesagt hat? Er schien fest entschlossen, zur Hochzeit zu gehen."

Tiffany wollte nicht glauben, dass ihr Sohn sich ihr so offen widersetzen würde. „Das würde er nicht tun."

„Vor ein paar Tagen warst du überzeugt, dass er nichts über Isaac Wells' Verschwinden weiß. Inzwischen bist du nicht mehr so sicher."

Erst jetzt merkte sie, wohin J. D. fuhr. Sie verließen das Stadtgebiet und näherten sich Cawthorne Acres, Johns Ranch. „Du hast doch nicht etwa vor, mit mir auf den Hochzeitsempfang zu gehen, oder?"

Er zog eine Augenbraue hoch. „Du bist eingeladen."

„Ich weiß, aber …"

„Wir fragen nur, ob jemand Stephen gesehen hat."

„Nein!“, protestierte sie laut.

„Hast du eine bessere Idee?“

Verzweifelt suchte Tiffany nach einer anderen Erklärung, doch ihr fiel keine ein. Das mulmige Gefühl in ihrem Bauch verstärkte sich. „Na gut, fragen wir“, gab sie nach. „Aber unauffällig. Ich möchte kein Aufsehen erregen.“ Sie schaute auf ihre Jeans und die Bluse mit kurzen Ärmeln. Bestimmt hatten alle anderen sich in Schale geworfen. Und wenn schon. Hauptsache, Stephen war nichts passiert.

„Tun wir nicht“, versicherte J. D. und bog in die Einfahrt ein. Das Tor war weit offen. Links des Wegs standen Heuballen wie Wachposten auf der gemähten Wiese, rechts tollten langbeinige Fohlen um ihre kleine Herde. Vor ihnen ragte das Ranchhaus auf. Wie der Garten, der es umgab, war es hell erleuchtet.

Tiffany schluckte nervös, als sie die vielen Autos sah, die zwischen dem Haus und den Wirtschaftsgebäuden standen. Selbst eine der Wiesen diente als Parkplatz.

Was tue ich hier? J. D. hielt hinter einem schnittigen Coupé. *Du suchst deinen Sohn. Sonst nichts. Vergiss das nicht.*

„Jetzt oder nie“, sagte er und lächelte aufmunternd. Tiffany atmete tief durch und stieg aus. Eine kleine Band spielte „The Anniversary Waltz“. Unzählige weiße Lichter zierten die Bäume und den Weidezaun, als wäre es nicht Mitte August, sondern Weihnachten.

Gäste, manche in Seide und Brillanten, andere in Denim und Modeschmuck, schlenderten über das Anwesen. Nur Stephen war nirgends zu sehen. Als sie um eine Ecke des flachen Hauses bogen, wäre Tiffany fast mit einer Frau zusammengestoßen, die ihnen entgegenkam.

„Du bist ja doch gekommen!“ Bliss strahlte übers ganze Gesicht. Sie trug ein silbrig-blau schimmerndes Kleid und hatte ihr Haar zu einem lockeren Zopf geflochten. Neben ihr stand ein blonder Mann, dessen Hand fest an ihrem Rücken lag.

„Ich weiß nicht, ob ihr Mason kennt“, sagte Bliss. „Mein Verlobter Mason Lafferty. Dies ist Tiffany, meine Halbschwester.“

Trotz ihrer Nervosität schaffte es Tiffany, die beiden mit J. D. bekannt zu machen. „Wir sind nur hier, weil ich mir große Sorgen um Stephen mache. Er ist nicht nach Hause gekommen, und niemand weiß, wo er ist. Ich dachte … J. D. dachte, dass er vielleicht hier ist.“

Auch Bliss sah plötzlich besorgt aus. „Ich wünschte, ich könnte helfen, aber ich glaube nicht, dass ich ihn gesehen habe.“ Sie warf ihrem Verlobten einen fragenden Blick zu.

„Ich weiß gar nicht, wie er aussieht." Mason schaute zur Tanzfläche hinüber, die hinter dem Haus aufgebaut worden war. „Aber es sind viele Kinder hier."

„Dürfen wir uns umsehen?", bat Tiffany.

„Natürlich. Dad wird sich riesig freuen, dass ihr gekommen seid."

„Bis er erfährt, dass wir seinen verschwundenen Enkelsohn suchen."

Ihre Halbschwester nickte. „Aber sag ihm, dass du hier bist. Du und deine Kinder, ihr seid ihm wichtig. Ich weiß, ihr beide seid euch fremd, aber ich sehe ihm an, wie leid ihm das tut. Bestimmt hilft er euch bei der Suche nach Stephen und wäre schrecklich enttäuscht, wenn ihr ihn ausschließt."

„Ich bin für jede Hilfe dankbar." Sie würde alles tun, um ihren Sohn zu finden, und war sogar bereit, über ihren Schatten zu springen.

„Er ist nicht hier", flüsterte sie J. D. zu.

„Das wissen wir noch nicht."

Auf der Tanzfläche himmelte Brynnie ihren frischgebackenen Ehemann an. Einen Moment lang vergaß Tiffany ihre Besorgnis und beobachtete, wie John Cawthorne die Braut herumwirbelte, als wäre er zwanzig Jahre jünger.

Sie sahen einander tief in die Augen, und fast konnte man vergessen, dass sie kein jugendliches Liebespaar waren, sondern ein Mann und eine Frau, die jahrelang eine heimliche Affäre gehabt hatten. Nicht nur das, sie hatten ein uneheliches Kind bekommen und zugelassen, dass ein anderer Mann es als sein eigenes annahm. Katie war in dem Glauben aufgewachsen, dass Hal Kinkaid ihr Vater war. Die Wahrheit hatte sie erst vor wenigen Monaten erfahren.

John war ein Lügner und Betrüger. Brynnie war mehrfach verheiratet gewesen, bevor sie angeblich die Liebe ihres Lebens gefunden hatte. Aber an diesem Abend, im Mondschein, bei romantischer Musik und Champagner aus einem silbernen Springbrunnen, sahen die beiden aus, als wären sie wirklich ineinander verliebt.

Als gehörten sie zusammen.

Es zerriss Tiffany das Herz. Sie würde niemals zu ihrem Vater gehören. Er hatte es so entschieden, als sie noch ein Kind war. Jetzt war sie erwachsen, und es war ihre Entscheidung. Ihre Augen brannten ein wenig, als sie sich zu J. D. umdrehte. „Stephen ist nirgendwo zu sehen."

„Ich höre mich mal um", erwiderte er.

„Okay." Sie mischte sich unter die Gäste, lächelte Fremden zu und wechselte ein paar Worte mit Leuten, die sie kannte. Aber die ganze

Zeit hielt sie nach ihrem Sohn Ausschau. Sie blieb gerade unter einem Johannisbrotbaum stehen, als der Bandleader den Schneeballtanz ankündigte und den Donauwalzer anstimmte.

Tiffany achtete nicht auf John und Brynnie, als sie zur Tanzfläche ging, an der mehrere Jungen standen, die sie schon mal mit Stephen gesehen hatte. Keiner von ihnen wusste, wo er war.

Als die Musik kurz aussetzte, zog die Braut ihren ältesten Sohn Jarrod auf die Tanzfläche, während der Bräutigam Bliss aufforderte. Obwohl sie es nicht wollte, sah Tiffany ihrem Vater und ihrer Halbschwester zu, als sie fröhlich lachend miteinander tanzten. Entsetzt stellte sie fest, dass sie Bliss ein wenig beneidete.

Nach einem Moment gab sie sich einen Ruck. Sie war nicht hier, um verpassten Chancen nachzutrauern. Ihr Sohn war verschwunden, und sie musste ihn finden. Sie wandte sich ab und suchte die Menge nach ihm ab. Dass die Musik erneut aussetzte, nahm sie nur am Rande wahr, als sie das Haus ansteuerte.

Eine kräftige Hand legte sich um ihren Arm. „Darf ich bitten?"

Oh nein.

Ohne den Mann anzusehen, der sie gezeugt hatte, riss sie sich los. Sie öffnete den Mund, um John Cawthorne aufzufordern, sie – wie fast ihr ganzes Leben lang – in Ruhe zu lassen, doch dann bemerkte sie, dass über fünfzig Augenpaare sie neugierig anstarrten. Dies war die einmalige Gelegenheit, sich an ihm zu rächen und ihm in aller Öffentlichkeit zu zeigen, wie sehr sie ihn verachtete. Sie konnte den Mann, dem sie nicht mal eine Geburtstagskarte wert gewesen war, auf seiner eigenen Hochzeit stehen lassen. Wenn sie den Mut dazu aufbrachte.

„Ich …"

„Komm schon, Tiffany, tanz mit mir. Wir müssen uns endlich kennenlernen." Er lächelte unsicher.

„Aber …" Sie zögerte. Was brachte es ihr, ihm diesen Tag zu verderben? „Na gut", sagte sie schließlich. „Warum eigentlich nicht?"

Brynnie tanzte mit einem ihrer Zwillingssöhne, Jason mit Patty Lafferty, Masons Schwester, und Bliss schmiegte sich an ihren Verlobten. Tiffany fühlte sich fehl am Platz, als sie John Cawthorne verlegen folgte. Sie hatte nie richtig tanzen gelernt, aber als Tochter einer Klavierlehrerin war sie mit Musik aufgewachsen.

„Ich bin froh, dass du gekommen bist", sagte John, als er mit ihr zu tanzen begann. „Damit habe ich nun wirklich nicht gerechnet."

„Es … war nicht geplant."

„Und wenn schon." Dankbar strahlte er sie an, aber sie konnte nicht vergessen, dass er sie über dreißig einsame Jahre lang verleugnet hatte.

„Ich bin nur hier, um Stephen zu suchen."

„Ist er nicht mitgekommen?"

Tiffany schüttelte den Kopf, trat ihm auf den Fuß und wünschte, der verdammte Walzer wäre endlich zu Ende. „Er ist verschwunden. Seit Stunden. J. D. dachte, dass er vielleicht hier ist."

„Ich habe ihn vorhin gesehen."

„Hier?"

„Ich bin nicht sicher." Ihr Vater sah verwirrt aus. „Entweder hier oder bei der Trauung. Ich habe ihn erkannt und kurz mit ihm gesprochen. Ich habe nach dir gefragt, aber er ist mir ausgewichen."

„Er hat mir nicht erzählt, dass er zur Hochzeit wollte", gab Tiffany zu. „Er hat gesagt, dass er mit einem Freund schwimmen geht."

„Ich verstehe." John klang verletzt. „Na ja, ich kann dir nicht verdenken, dass du wegbleiben wolltest." Er seufzte. „Aber wie sagt man? Die Zeit heilt alle Wunden?"

„Nicht alle", widersprach sie und wünschte, sie könnte die Worte zurücknehmen, als er traurig lächelte.

„Trotzdem freue ich mich, dass du hier bist, Tiffany. Mach dir keine Sorgen um Stephen. Bestimmt steckt er hier irgendwo."

Die Musik brach ab, und ihr Vater ließ sie los. Hastig wandte sie sich ab und verließ die Tanzfläche, während die Band „And I Love Her" von den Beatles anstimmte.

Schon nach wenigen Schritten stieß sie auf J. D. „Ich habe ihn gefunden", verkündete er und wies mit dem Kopf zu den Stallungen. Auf dem Zaun der Koppel saßen einige Jungen. Tiffany setzte sich in Bewegung, doch er hielt sie fest. „Lass ihn, Tiff. Ich habe mit ihm gesprochen. Er weiß, dass du dir große Sorgen gemacht hast. Er soll ruhig noch ein paar Minuten schmoren. Dann kannst du zu ihm."

Vor Erleichterung wurden ihre Knie weich. „Ich bin nur froh, dass ihm nichts passiert ist."

„Aber er hat dich angelogen."

„Ich weiß. Und er wird einiges zu hören bekommen."

„Später." J. D. zog sie zur Tanzfläche. „Komm mit. Wir haben uns eine Belohnung verdient."

Sie schüttelte den Kopf. „Für heute habe ich mich genug blamiert."

„Noch lange nicht." Er suchte ihnen eine freie Stelle auf dem inzwischen vollen Podest. „Du hast noch viele Stunden, um dich so richtig lächerlich zu machen."

„Schmeichler. Hey, eigentlich bin ich doch diejenige, die einen neuen Tanzpartner auffordern muss."

„Du hast ihn gefunden." Sein zärtlicher Blick ging ihr unter die Haut, um sie herum schien alles zu verblassen, und sie wehrte sich gegen das intime Gefühl, mit ihm allein zu sein. Er nahm sie in die Arme, und als er seufzte, strich sein Atem über ihr Haar. „Gut so?"

„Sehr gut", gestand sie und wollte nicht daran denken, wozu es führen konnte, wenn sie so eng mit ihm tanzte. Ein paar herrliche Minuten lang schloss Tiffany die Augen, den Kopf an seine Brust gelegt, und genoss es, seinen schlanken, athletischen Körper an ihrem zu fühlen. Sie hörte sein Herz schlagen und atmete seinen Duft ein.

Was war los mit ihr? Das hier war J. D. Santini, ihr Schwager, ein Mann, der von einem Tag zum anderen für immer aus ihrem Leben verschwinden konnte.

Die Musik brach ab, und der Bandleader klatschte in die Hände. Widerwillig ließ J. D. sie los.

„Tanz ruhig weiter", sagte Tiffany zu ihm. „Ich muss zu meinem Sohn."

Er ließ sich nicht abschütteln, sondern holte sie ein, als sie zwischen den geparkten Autos zur Koppel ging. Vier Jungen saßen auf dem Zaun. Es roch nach Zigaretten.

Stephen sah seine Mutter nicht an.

„Lass uns nach Hause fahren. Wir sollten miteinander reden", sagte sie zu ihm.

„Warum?"

Sie zeigte auf die anderen Jungen. „Willst du es lieber hier tun? Vor deinen Freunden?"

Hinter ihnen schnaubte ein Pferd und trabte davon. Der Junge neben Stephen rutschte ein Stück zur Seite, als hätte er Angst, von dem mütterlichen Zorn etwas abzubekommen.

Endlich hob Stephen den Kopf. „Ich bin hier, weil ich es wollte. Du wolltest ja nicht mit."

„Also hast du mich angelogen."

„Du sagst doch immer, dass die Familie wichtig ist." Seine Augen blitzten, und in dieser Sekunde sah Tiffany den Mann, der er mal sein würde.

„Du wechselst das Thema."

„John Cawthorne ist mein Großvater."
„Er ist ein Fremder."
„Und wird es immer bleiben, wenn wir ihn nicht kennenlernen", entgegnete ihr Sohn.
Sie versuchte, ihn zu verstehen. Gehörte sein Verhalten zum Erwachsenwerden? „Es ist Zeit, nach Hause zu fahren, Stephen. Komm jetzt."
Er zögerte, und sie war kurz davor, ihn vom Zaun zu ziehen. Doch bevor sie es tun konnte, fühlte sie J. D.s Hand an ihrem Arm. Erst jetzt begriff sie, dass er sie daran hindern wollte, ihren Sohn vor seinen neuen Freunden zu demütigen.
Stephen sprang zu Boden und ging langsam zum Jeep.
Tiffany folgte ihm. „Was ist mit deinem Skateboard?"
„Ach ja. Ich hole es." Er ging zu einem fabrikneuen Dodge Pick-up und nahm es von der Ladefläche. „Ich habe mich von der Kirche hierher mitnehmen lassen", erklärte er.
„Du warst bei der Trauung?"
„Ja."
„Wer hat dich mitgenommen?" Sie kannte den nagelneuen Pick-up nicht und konnte nur hoffen, dass er sich nicht von Fremden mitnehmen ließ.
„Trevor McBaine."
Einer von Katies Zwillingsbrüdern. Auch das noch, dachte Tiffany.
Auf der Heimfahrt sprachen sie kein einziges Wort. Zu Hause angekommen, sprang Stephen aus dem Jeep, rannte über den Rasen und verschwand in seinem Zimmer.
J. D. stellte den Motor ab. Tiffany schnallte sich los und tastete nach dem Türgriff, aber J. D. legte ihr eine Hand auf die Schulter. „Gib ihm etwas Zeit."
„Er muss wissen, was er mir angetan hat."
„Das wirst du ihm sagen, aber warte, bis ihr beide darüber nachgedacht habt."
„Sprichst du aus Erfahrung?", entgegnete sie gereizt.
„Ja."
„Seit wann bist du Vater?"
„Ich war selbst mal ein Junge wie Stephen."
Sie streifte seine Hand ab. „Ich bin seine Mutter und erziehe ihn so, wie ich es für richtig halte. Du brauchst nicht in Philips Fußstapfen zu treten. Du kannst nichts dafür, dass er tot ist."
„Seltsam", erwiderte J. D. leise. „Dasselbe wollte ich dir gerade sagen."

„Deine Eltern geben mir die Schuld."

Er widersprach nicht. „Sie haben das alles noch nicht verkraftet."

„Hat dein Vater dich hergeschickt, um mich auszuspionieren?", stellte sie die Frage, die sie beschäftigte, seit er in Bittersweet aufgetaucht war.

„Er macht sich Sorgen um die Kinder."

„So?" Zornig schüttelte sie den Kopf. „Weißt du, Jay, von dir hätte ich es am allerwenigsten erwartet, dass du für ihn den ... Maulwurf spielst, oder wie immer ihr es nennt."

„Das tue ich nicht."

„Warum bist du dann hier?" Sie stieß mit dem Zeigefinger gegen seine Brust. „In meinem Haus? Warum hat dein Vater nicht jemanden geschickt, der sich mit dem Weinbau auskennt? Diese ganze Geschichte ist doch von vorn bis hinten gelogen!"

„Vielleicht konnte ich nicht wegbleiben."

„Von was? Von mir?" Sie stieß die Beifahrertür auf. „Philips Tod liegt schon Monate zurück. Monate! Wenn wir dir wirklich wichtig wären, hättest du ... Oh!"

Er zog sie an sich und küsste sie.

Das Verlangen durchzuckte sie, und als er den Kuss vertiefte, stellte sie sich vor, wie sie ...

„Tiffany." J. D. hob den Kopf, und sie sah den Schmerz in seinen Augen. „Ihr seid mir wichtig. Du bist mir wichtig", gab er zu und klang, als müsste er sich das Eingeständnis abringen. „Wichtiger, als mir lieb ist."

Ihr Herz schlug wie wild. Sie wollte ihm glauben und vertrauen, doch sie konnte es nicht. „Hör auf, Jay. Den Kindern und mir geht es gut. Wir brauchen dich nicht", log sie.

Er schaute ihr in die Augen, als könnte er die Wahrheit darin erkennen.

Tiffany wollte sich an ihn schmiegen, ihn küssen und ihm sagen, dass sie ihn liebte.

Liebte sie ihn wirklich? Der Gedanke erschreckte sie zutiefst. Unter all den Männern auf der Welt war J. D. Santini derjenige, in den sie sich auf keinen Fall verlieben durfte.

Niemals.

Sie stieg aus und eilte zum Haus, als könnte sie vor der Wahrheit davonlaufen. Sie hörte, wie er den Motor startete, aus der Einfahrt fuhr und mit quietschenden Reifen um die nächste Straßenecke bog. Tiffany drehte sich nicht um, sondern rannte ins Haus.

Gut. Er war fort. Je größer die Distanz zwischen ihnen, zwischen ihren Körpern war, desto besser. Aber er würde wiederkommen. Er hatte einen Mietvertrag über sechs Monate unterschrieben.

Ein halbes Jahr!

Sie knallte die Tür zu und lehnte sich gegen die Wand. Unmöglich, dachte sie schwer atmend. Sie konnte es nicht. Sie konnte nicht länger mit J. D. unter einem Dach leben. Keinen Tag mehr.

Sie durfte ihn nicht wiedersehen.

Aber leider blieb ihr keine andere Wahl.

9. KAPITEL

„Machen Sie dem Verkäufer ein Angebot. Fünf Prozent weniger als gefordert.“ J.D. ließ den Blick über das Land schweifen und sagte sich, dass er keine übereilte Entscheidung traf. Dass die Zalinski-Farm der richtige Standort für ein Weingut war und er sie nicht nur kaufte, um Bittersweet und Tiffany hinter sich zu lassen.

Die Hochzeit war einige Tage her, und seitdem hatte er sie nicht mehr gesehen. Die Spannung zwischen ihnen war unerträglich. Es war Zeit, von hier zu verschwinden.

Max Crenshaw zerrte an seiner Krawatte und grinste zufrieden. Schweißtropfen rannen über sein Gesicht und in den Kragen. „Ausgezeichnete Wahl“, sagte der Makler. „Die Eigentümer wollen unbedingt verkaufen und geben beim Preis bestimmt nach.“

„Gut.“ J.D. gefiel, was er sah. Die Farm bestand aus einem soliden Haupthaus und mehreren Gebäuden zwischen sanft geschwungenen Hügeln, und durch die Felder schlängelte sich ein kleiner Fluss. Pinien und Eichen säumten die Wiesen und spendeten Schatten, in dem sich Schafe und Ziegen drängten. Der Boden war ideal für die Trauben, aus denen Santini Brothers ihren Sémillon, einen weißen Bordeaux, kelterte. Keine Frage, er hatte gefunden, wonach er suchte.

Jetzt konnte er abreisen.

Bevor er sich zu sehr in Tiffanys Leben verstrickte.

Bevor er sein Herz an sie verlor.

„Ich komme am Nachmittag bei Ihnen vorbei, unterschreibe das Angebot und faxe meinem Vater eine Kopie“, sagte J. D. zu Max Crenshaw. „Er wird wissen wollen, wie es mit den Wasserrechten aussieht und ob Teile des Landes noch verpachtet sind.“

„Das dürfte kein Problem sein. Die Zalinskis sind bereits weggezogen, und das Land wird von einem Cousin genutzt, der in der Nähe von Ashland wohnt. Er kann die Farm von einem Tag zum nächsten räumen.“ J.D. sah dem Makler an, dass er insgeheim schon seine Provision ausrechnete. „Abgesehen von einer kleinen Hypothek bei einer örtlichen Bank gibt es keine Belastungen.“

„Okay.“ J.D. stieg in Max’ Wagen und sagte sich, dass dies der erste Schritt war. Schon bald würde er nach Portland zurückkehren.

Der Makler wendete und fuhr zur Hauptstraße zurück. Dabei redete er unaufhörlich von Lage, Wiederverkaufswert und solchen Dingen, aber J. D. hörte nur mit einem Ohr hin, denn nach wenigen Meilen kam Isaac Wells' Ranch in Sicht. „Lassen Sie uns hier mal anhalten", bat er.

Max warf ihm einen erstaunten Blick zu. „Aber Sie haben sich doch schon für die Zalinski-Farm entschieden."

„Ich weiß. Ich möchte mich nur kurz umsehen."

Max tat ihm den Gefallen.

„Bin gleich zurück", versprach J. D. und ignorierte das Zutritt-verboten-Schild am Tor. Er kletterte über die verwitterten Bretter und lief um das kleine Haus mit den schmutzigen Fenstern, dem überwucherten Garten und ungepflegten Rasen herum. Dahinter befand sich eine große Scheune. Die Tür war verriegelt, aber ein Fenster stand einen Spaltbreit offen, und er konnte hineinschauen. Auf dem gefegten Zementboden standen vier Autos. Sie waren mit Planen zugedeckt, und die dicke Staubschicht verriet, dass die Wagen seit Monaten nicht mehr bewegt worden waren.

Alles war ordentlich aufgeräumt. Nirgendwo lagen Werkzeuge oder Ersatzteile herum. Selbst die Radkappen und alten Nummernschilder hingen sauber aufgereiht an der Wand.

Seltsam.

Warum verschwand ein Mann, der offenbar stolz auf seine Oldtimer war, über Nacht?

Hatte man ihn dazu gezwungen? Oder war er freiwillig gegangen? Aus Gründen, die nur er selbst kannte?

Es ergab einfach keinen Sinn.

Aber J. D. war sicher, dass Stephen mehr darüber wusste, als er zugab. Er musste herausfinden, was dahintersteckte. Das war er nicht nur dem Jungen, sondern auch Philip schuldig. Und Tiffany.

Tiffany. Wie zum Teufel sollte er sie jemals aus dem Kopf bekommen? Bittersweet zu verlassen war einfach. Aber er wurde den Verdacht nicht los, dass er Tiffany mitnehmen würde – im Kopf und im Herzen.

J. D. kickte einen trockenen Erdklumpen gegen die Wand der Scheune. Egal, wie es ihm danach ging, er musste weg von hier.

„Der junge Dean war schon wieder hier", sagte Mrs Ellingsworth, als Tiffany ihre Jacke über einen Küchenstuhl warf. Der Duft von Zimt, Vanille und Nüssen lag in der Luft.

„Mommy!" Christina stand auf einem Stuhl an der Spüle und hob stolz ihre Hände. Sie waren voller Mehl.

„Hallo, Schatz." Tiffany küsste ihre Tochter auf den Kopf. „Ihr seid ja richtig fleißig."

„Ellie und ich backen Kekse."
„Was für welche denn?"
„Erdnussbutter und Jelly."
„Nur Erdnussbutter", verbesserte Ellie. „Danach gönnen wir uns einen Hamburger und gehen erst zur Vorlesestunde in die Bücherei, dann in den Park."
„Um die Enten zu füttern!", verkündete Christina.
„Genau." Mrs Ellingsworth zwinkerte ihr zu.
„Kommst du mit?", fragte Christina ihre Mutter.
„Wenn ich es schaffe, treffen wir uns am Brunnen", versprach Tiffany.
„Bringst du Onkel Jay mit?"
„Möchtest du das?"
Christina nickte heftig. „Ich mag ihn."
„Ich auch", fügte ihre Ersatzgroßmutter lächelnd hinzu.
Genau wie ich, dachte Tiffany, behielt es jedoch für sich. J. D. Santini war attraktiv, intelligent, hartnäckig und brachte sie immer wieder aus der Fassung. Sie war nämlich dabei, sich in ihn zu verlieben. Als Christina sich wieder über den Teig hermachte, zwang Tiffany sich, nicht mehr an ihren Schwager zu denken. „Der junge Dean war hier, hast du gesagt? Ich nehme an, du meinst Miles."
„Ja. Meistens verstehe ich mich ganz gut mit Kindern, aber dieser Miles beunruhigt mich. Der Junge kann einem nicht in die Augen sehen." Mrs Ellingsworth wedelte mit einem Rührlöffel. „Der Vater ist auch so ein Tunichtgut. Seit ich mich erinnern kann, ist er immer wieder hinter Gittern gelandet."
„Ich weiß." Tiffany rieb sich die Schläfe.
„Jedenfalls sind Stephen und er vor einer Weile losgezogen, wollen aber bis sechs zurück sein."
„Gut." Tiffany wehrte sich gegen die Nervosität, die sie befiel. Stephen traf sich also wieder mit Miles. Na und? Das musste nicht immer das Schlimmste bedeuten.
Die Küchenuhr läutete. Mrs Ellingsworth streifte einen Backhandschuh über und zog ein Blech mit fertigen Keksen aus dem Ofen, dann band sie die Schürze ab und half Christina vom Stuhl. „So, meine Kleine, wir beide haben jetzt ein Date." Abgesehen von dem Holzbrett, auf dem Christina die Kekse ausgestochen hatte, war die Küche sauber. „Ich habe endlich mal ein paar Worte mit dem neuen Mieter gewechselt", bemerkte sie wie beiläufig. „Attraktiver Bursche."
„Tatsächlich?", erwiderte Tiffany ebenso beiläufig. Seit ihrem Ein-

zug versuchte Ellie, sie im wahrsten Sinne des Wortes an den Mann zu bringen.

„Sieht fast so gut aus wie dein Schwager."

Tiffany zog eine Augenbraue hoch. „Fast?"

„Dieser J. D. hat etwas Liebes, und ich wette, das ist dir auch schon aufgefallen. Außerdem ist er viel kontaktfreudiger als Luke." Sie schaute aus dem Fenster und zeigte zum Kutscherhaus hinüber. „Luke ist jetzt seit ... fast einer Woche hier, aber ich habe ihn kaum zu Gesicht bekommen."

„Vielleicht weicht er dir aus."

„Nicht nur mir, sondern allen. Der Mann ist ein echter Einsiedler. Wahrscheinlich gibt es in seiner Vergangenheit ein dunkles Geheimnis."

Tiffany unterdrückte ein Lächeln. Mrs Ellingsworth verschlang einen Krimi nach dem anderen, und manchmal ging die Fantasie mit ihr durch.

„Na ja." Die ältere Frau seufzte schwer und nahm Christinas Hand. „Wir sind in ein paar Stunden zurück, richtig, Chrissie?"

„Richtig! Bis dann, Mommy." Das Mädchen hob die Arme.

Tiffany umarmte sie. „Sei brav, ja?"

„Bin ich."

Tiffany winkte den beiden zum Abschied zu, sah ihnen nach und stieg die Treppe hinauf. An der Tür zum Dachgeschoss blieb sie kurz stehen und strich über das Holz. Seit John Cawthornes Hochzeit mieden sie und J. D. einander.

Sie hatte seinen Rat befolgt und versucht, vernünftig mit ihrem Sohn zu reden, aber irgendwie kam sie an ihn nicht mehr heran. Sie wusste, dass das in seinem Alter normal war, aber noch wollte sie sich nicht damit abfinden. Die Atmosphäre im Haus wurde immer angespannter.

Zum Glück schlief Christina nachts durch und wachte nicht mehr weinend auf.

Das war die gute Neuigkeit.

J. D. war die schlechte.

James Dean Santini. Der Mann war ihr ein Rätsel. Jeden Abend dachte sie an ihn, wenn sie im Bett lag, nur durch die Zimmerdecke von ihm getrennt.

Immer wieder erinnerte sie sich an jedes sinnliche Detail ihrer Küsse. Du bist einfach nur einsam, sagte sie sich dann. Es lag lange zurück, dass ein Mann zärtlich zu ihr gewesen war, da war es verständlich, dass sie sich danach sehnte. Pech war nur, dass sie es sich von J. D. Santini wünschte.

In ihrem Zimmer streifte sie die Schuhe ab und massierte sich die Füße. Es war ein anstrengender Tag gewesen. Im Büro hatte das Faxgerät gestreikt, und mindestens ein Dutzend Kunden hatte angerufen, um sich über die gestiegenen Versicherungsbeiträge zu beschweren. Sie zog Shorts und ein T-Shirt an und band sich das Haar zu einem Pferdeschwanz. Barfuß ging sie in Stephens Zimmer. Überall standen leere Getränkedosen und Teller herum, und das Bett war nicht gemacht. Sie zwang sich, das Chaos nicht selbst zu beseitigen. Ihr Sohn musste endlich lernen, es selbst zu tun.

Als sie einen Wagen hörte, sah sie aus dem Fenster. Zu ihrer Enttäuschung war es nicht J. D.s Jeep, sondern Lukes Pick-up. Ellie hatte recht. Der Mann war interessant, aber mysteriös. Andererseits war er ein ruhiger Mieter, der bisher keine Probleme gemacht hatte. Hoffentlich blieb es so, denn sie brauchte das Geld, um nicht in die roten Zahlen zu geraten.

Tiffany rieb sich den verspannten Nacken und ging wieder nach unten. Sie stand noch auf der Treppe, da wurde die Haustür aufgestoßen, und Stephen kam herein. Sein Gesicht war gerötet, die Miene finster, der Mund schmal.

„Hi."

Er zuckte zusammen. „Mensch, Mom, ich habe dich gar nicht gesehen."

Sie eilte die letzten Stufen hinunter. „Ich wollte dich nicht erschrecken. Christina und Ellie haben Kekse gebacken. Möchtest du welche?"

„Ja, warum nicht?"

„Ellie hat erzählt, dass Miles hier war."

„Stimmt." Er ging in die Küche und nahm sich eine Handvoll Kekse.

„Was habt ihr gemacht?"

„Am Fluss abgehangen."

„Aber ihr seid nicht geschwommen." Seine Sachen und sein Haar waren trocken, und er roch nach Zigarettenrauch.

„Nein."

„Wie war es in der Sommerschule?"

„Langweilig." Stephen goss sich ein Glas Milch ein.

„Alles in Ordnung?"

„Sicher. Warum fragst du?"

Tiffany nahm sich einen Keks und biss hinein. „Nur so. Ich bin deine Mutter."

„Ich gehe heute Abend ins Kino."

„Aber vorher räumst du dein Zimmer auf."

Er schien protestieren zu wollen, ließ es jedoch und trank einen Schluck Milch.

„Mit wem willst du ins Kino?", fragte sie. Hoffentlich nicht mit Miles Dean.

„Sam."

Sie atmete auf. „Wer fährt?"

„Sams älterer Bruder Seth."

Tiffany beschloss, ihrem Sohn zu vertrauen. Seth war fast zwanzig. „Nach dem Film kommst du aber sofort nach Hause, okay?"

„Kein Problem."

Hoffentlich. Vor gar nicht so langer Zeit hatte die Polizei ihn im Zusammenhang mit Isaac Wells' Verschwinden befragt, auch wenn sie seitdem nichts mehr davon gehört hatte. Sie hatte sich einzureden versucht, dass die Polizei andere Spuren und andere Verdächtige gefunden hatte, dennoch zuckte sie jedes Mal zusammen, wenn das Telefon läutete.

Aber das war verrückt. Sie glaubte Stephen. Er wusste nicht, was aus dem alten Mann geworden war, sonst hätte er es ihr doch erzählt. Oder nicht?

Vertrau ihm, Tiffany. Er ist dein Sohn.

Jarrod Smith sah frustriert aus. Er ging in seinem Büro hin und her, während er J. D. berichtete, was er über den Wells-Fall herausgefunden hatte. „Die Polizei hat mehrere Spuren verfolgt, die jedoch nichts Neues ergeben haben." Er warf J. D. einen verlegenen Blick zu. „Ich sage es nur ungern, aber mir ist noch immer rätselhaft, wo Isaac ist. Es sieht aus, als wäre er einfach untergetaucht."

„Warum hätte er das tun sollen?", fragte J. D.

„Entweder hat ihn jemand gezwungen, oder er ist durchgedreht. In meinem Job höre ich fast jeden Tag von Senioren, die ohne Vorwarnung ihre Zelte abbrechen und verschwinden." Der Privatdetektiv rieb sich die Nase. „Aber ich habe mit Leuten gesprochen, die Isaac besser kannten als ich. Keiner glaubt, dass er dement oder geistesgestört war. Angeblich hatte der alte Knabe noch immer einen messerscharfen Verstand. Er hat seine Ranch betrieben, die Oldtimer in der Scheune gepflegt und ein zurückgezogenes Leben geführt."

Jarrod setzte sich auf eine Ecke des Schreibtischs. „Zuerst hatte ich den Verdacht, dass er die ganze Sache vorgetäuscht hat, um seine Lebensversicherung zu kassieren. Dass der oder die Begünstigte mit ihm unter einer Decke steckt. Aber das Geld reicht höchstens aus, um ihn anständig zu begraben. Die Ranch dagegen ist hundertfünfzig- bis zweihunderttausend Dollar wert."

Er griff nach seinem Kaffeebecher und stellte ihn wieder ab, als er sah, dass er leer war. „Wie wäre es mit einem Bier?", fragte er. „Ich zahle."

J. D. nickte. „Klingt gut." Er mochte Jarrod Smith. Der Mann war ehrlich und geradeheraus.

Wenig später betraten sie den Wooden Nickel Saloon, setzten sich in eine Nische und bestellten einen Krug Bier. Nur an einem der Billardtische wurde gespielt, und von den Barhockern waren nur ein paar besetzt. Aus den unsichtbaren Lautsprechern kam Countrymusic. J. D. kannte weder den Song noch den Sänger, doch das war ihm egal. Beides passte zu der entspannten Atmosphäre in Bittersweet. Verblüfft stellte er fest, dass er sich hier immer wohler fühlte.

Eine vollbusige Blondine in engen Jeans, Stiefeln und kariertem Hemd stellte das Bier auf den Tisch und goss ihnen ein. „Noch etwas?" Ihr Lächeln war nicht gekünstelt.

„Nein, Nora. Alles bestens. Danke."

„Sagt einfach Bescheid, wenn ihr noch etwas braucht." Sie zwinkerte Jarrod zu und schlenderte zum Tresen zurück.

Jarrod trank einen kräftigen Schluck. „Ich bin mit ihrer Schwester April zur Schule gegangen." Er warf einen Blick auf Noras Po, als sie sich über einen Tisch beugte. „Damals war Nora noch ein kleines Mädchen."

„Wir werden alle erwachsen."

„Stimmt." Jarrod schaute über die Schulter und beobachtete, wie sie den Tisch abwischte. Dann räusperte er sich und wandte sich wieder J. D. zu. „Ich kann Ihnen wirklich nicht sagen, ob Stephen etwas über Wells' Verschwinden weiß. Aber ich bezweifle, dass er etwas damit zu tun hat. Auch die Polizei hat ihn nicht im Verdacht."

J. D. hätte erleichtert sein sollen, doch er war es nicht. Er war noch immer ziemlich sicher, dass der Junge mehr wusste, als er zugab. Sie leerten den Krug und unterhielten sich über Baseball, Football und Bittersweet. Unter anderem erfuhr J. D., dass Smith Polizist gewesen war, bevor er sich als Privatdetektiv selbstständig gemacht hatte.

Er selbst erzählte, dass er bis vor Kurzem als Rechtsanwalt gearbeitet und sich auf Schadenersatzfälle spezialisiert hatte. „Nach dem Tod meines Bruders hat mein Vater mich überredet, in die Familienfirma einzusteigen. Ich war nicht begeistert, aber nach einem Motorradunfall hatte ich einige Wochen Zeit, darüber nachzudenken." J. D. trank sein

Glas aus. „Mir wurde klar, wie kurz das Leben ist, und ich dachte mir, ein paar neue Erfahrungen können nicht schaden."

Jarrod schaute in sein Glas. „Ich habe gehört, dass Sie die Farm der Zalinskis kaufen wollen."

„Da haben Sie richtig gehört."

Der Privatdetektiv lächelte. „In einer Kleinstadt verbreiten sich Gerüchte mit Lichtgeschwindigkeit."

„Auch deshalb mag ich die Großstadt."

Jarrod zuckte mit den Schultern. „So übel ist es hier gar nicht. Sicher, viele Leute stecken ihre Nase in Dinge, die sie nichts angehen. Andererseits hilft man sich gegenseitig."

„Nur im Wells-Fall nicht."

Jarrod seufzte. „Genau das macht mich stutzig." Er lehnte sich zurück. „Wie läuft es denn zwischen Ihnen und Ihrer Schwägerin?"

J. D. zögerte. „Ganz gut."

„Sie ist eine hübsche Frau."

J. D. nickte.

„Sie hat es nicht leicht gehabt. Erst lässt ihr Vater sie und ihre Mutter im Stich, dann verliert sie in jungen Jahren den Ehemann."

„Sie hält sich tapfer."

„Ja, sie ist eine starke Persönlichkeit. Das sind John Cawthornes Töchter alle. Muss in den Genen liegen. Nehmen Sie meine Schwester Katie. Die hat auch einiges durchgemacht, sich aber nie unterkriegen lassen. Eine erstaunliche Frau. Wenn sie etwas will, lässt sie erst locker, wenn sie es bekommen hat. Tiffany ist anders. Stiller. Nachdenklicher." Er rieb sich das Kinn. „Es kann nicht einfach sein, allein zwei Kinder großzuziehen, die altersmäßig so weit auseinanderliegen – zumal der Junge eine verdammt schwierige Phase durchmacht. Keine Frage, Tiffany Santini ist eine bemerkenswerte Frau."

J. D. kniff die Augen zusammen. „Warum erzählen Sie mir das?"

„Weil es ein großes Glück ist, mit ihr verwandt zu sein."

„Das sind Sie doch auch."

Jarrod lächelte. „Richtig. Als John meine Mutter geheiratet hat, hatte ich plötzlich zwei Stiefschwestern. Schätze, ich habe auch großes Glück."

„Sieht so aus." J. D. trank sein Glas aus.

Jarrod legte Geld auf den Tisch.

„Das nächste Mal bin ich dran", sagte J. D.

Der Privatdetektiv widersprach nicht.

„Also dachte ich mir, wenn du nicht zu beschäftigt bist, könnten wir uns morgen zum Lunch treffen – du, Bliss und ich", schlug Katie vor.

Tiffany begann zu schwitzen. „Ja, warum nicht?", hörte sie sich antworten. Katie versuchte schon eine ganze Weile, ein Treffen zu organisieren. Bisher hatte Tiffany immer eine Ausrede gefunden, aber jetzt ließ es sich nicht länger aufschieben, zumal Stephen keinen Zweifel daran ließ, dass er sich eine größere Familie wünschte. „Wie wäre es mit halb zwei? Bis dahin ist meine Kollegin zurück."

„Super! Ich rufe Bliss an, und wir treffen uns im Blue Moon Café. Dort kann man im Freien sitzen."

„Bis dann." Resigniert legte Tiffany auf. Ob sie es nun wollte oder nicht, sie würde sich ihren Halbschwestern stellen müssen.

Die Haustür wurde geöffnet.

„Tiffany?" Es war J. D., und sie atmete tief durch. Die Anspannung zwischen ihnen war zum Schneiden.

„Ich bin hier." Sie ging auf den Flur.

„Wo sind die Kinder?"

„Christina ist bei Mrs Ellingsworth, Stephen mit ein paar Freunden im Kino."

„Super."

Super? Warum fand sie es alles andere als das?

„Wir haben nämlich etwas zu feiern."

Sie fröstelte und empfand plötzlich eine gewaltige Leere. „Feiern? Was denn? Nein, sag es nicht. Lass mich raten. Du gehst."

J. D. sah ihr in die Augen. „Darauf wartest du doch, seit ich hier aufgetaucht bin."

Nein. Im Gegenteil. Sie wollte ihn nicht verlieren. „Aber ... du hast die Wohnung für sechs Monate gemietet."

„Ich weiß." Er rieb sich den Nacken. „Ich behalte die Wohnung. Ich komme nämlich wieder."

Sie ließ sich die Erleichterung nicht anmerken. „Wann?"

„Wahrscheinlich jeden Monat für ein paar Tage."

„Länger nicht?"

Er lächelte. „Sag jetzt nicht, dass du mich vermissen wirst."

„Davon träumst du nur, Santini", erwiderte sie so kühl wie möglich.

„Stimmt."

Sein Blick ging ihr unter die Haut. „Komm schon, Tiff", sagte er leise. „Es gibt da etwas, das ich dir zeigen möchte."

„Was?"

Seine Augen blitzten. „Den Grund, warum ich früher als erwartet abreisen kann."

„Oh", flüsterte sie und musste schlucken.

„Das wolltest du doch, oder?"

„Ja. Nein." Immer wieder hatte sie sich eingeredet, dass sie froh wäre, ihn loszuwerden. Dass es ihr ohne ihn besser gehen würde. Aber jetzt stellte sich die erhoffte Freude nicht ein. „Ich weiß es nicht", gab sie zu.

J. D. schien in ihrem Gesicht nach einer versteckten Botschaft zu suchen. Nach einem Hinweis darauf, was sie wirklich fühlte. Eine Sekunde lang war sie sicher, dass er sie küssen würde. Stattdessen nahm er ihre Hand. „Komm mit, Tiff."

Sie ließ sich von ihm zur Haustür ziehen und stieg in seinen Jeep. Schweigend starrte sie nach vorn, während sie die Stadt hinter sich ließen. Er überholte einen Traktor und einen Transporter mit Pferdeanhänger und wich den Eichhörnchen aus, die über die einsame Landstraße huschten.

„Kennst du die Zalinskis?", fragte J. D.

„Myra Zalinski war neulich bei mir im Büro. Sie und ihr Mann sind umgezogen."

„Aber ihre Farm haben sie erst heute verkauft."

„*Du* hast sie gekauft?"

„Santini Brothers." Er fuhr an Isaac Wells' verlassener Ranch vorbei, und trotz der Wärme wurde Tiffany kalt.

Wo mochte der alte Mann sein? War ihm etwas zugestoßen? Und was wusste Stephen darüber? *Nichts. Er weiß gar nichts. Vergiss das nicht, Tiffany. Vertrau deinem Sohn.*

Einige Meilen weiter bog J. D. auf einen Kiesweg ein. Daneben weideten ein paar Kühe, und ein schmaler Fluss schlängelte sich durch das kleine Tal, in dem das Haus stand. Die Fenster waren geschlossen, die Vorhänge zugezogen.

„Wie bist du auf diese Ranch gekommen?"

„Größe, Lage, Preis und Bauchgefühl." Er parkte unter einer ausladenden Eiche. „Noch habe ich nicht unterschrieben, aber das werde ich." Er trommelte mit den Fingerspitzen aufs Lenkrad. „Das hier ist genau das, wonach mein Vater gesucht hat."

Sie wusste nicht, was sie sagen sollte. Einerseits war sie es leid, dauernd unter Beobachtung zu stehen. Es ging die Santinis nichts mehr an, wie sie lebte. Andererseits war J. D. ganz anders als sein Vater und interessierte sich wirklich für seine Nichte und seinen Neffen. Außerdem – und das gestand sie sich nur widerwillig ein – war sie so dumm gewesen, sich in J. D. zu verlieben.

„Du glaubst also, du kannst hier unten Wein anbauen“, sagte sie und klang nicht annähernd so unbeschwert, wie sie wollte.

„Nicht nur Wein. Den *besten* Wein.“

„Natürlich.“ Sie brachte kein Lachen zustande. Er wollte Bittersweet verlassen. Bittersweet und sie.

„Na ja, es wird nicht das erste Weingut in dieser Gegend sein. Zwischen hier und Jacksonville gibt es schon ein paar Güter. Wir müssen uns nur einen Namen machen.“

„Und einen Marktanteil erobern.“

„Wenn es nach Carlo geht.“

„Das tut es doch immer“, sagte sie.

Er zögerte, als wollte er etwas aussprechen, das ihm auf der Zunge lag. Aber dann räusperte er sich, wich ihrem Blick aus und zuckte mit den Schultern. „Ja, meistens. Komm, wir sehen uns ein wenig um.“

J. D. nahm einen Rucksack von der Rückbank und hängte ihn sich um, bevor er ausstieg. „Für unsere Feier“, erklärte er, als sie zum Haus, einem von Bäumen umstandenen Cottage, gingen. Ein von Unkraut überwucherter Kräutergarten dehnte sich inzwischen bis auf die Terrasse mit Blick auf den Fluss aus.

„Es ist wunderschön hier. Zumindest wird es das.“ Tiffany versuchte, nicht länger an seine Abreise zu denken, sondern etwas Interesse am nächsten Projekt ihres Schwiegervaters zu zeigen. Hinter dem Cottage erstreckte sich ein Garten, in dem Gemüse, Obstbäume und Himbeersträucher wuchsen. An den Gittern des Laubengangs, der vom Haus zur Garage führte, rankte Wilder Wein.

„Die erste Lese dieses Jahres“, scherzte J. D. und hob eine der Reben an. Als er Tiffanys Hand nahm, fühlte sie es im ganzen Arm.

Genieß diesen Moment. Bald ist er fort, und du bist wieder allein. Wie so oft. Denn bisher ist jeder Mann gegangen, der zu deinem Leben gehörte. Erst dein Vater, dann dein Ehemann und jetzt J. D. Der Schmerz zerriss ihr das Herz und war so gewaltig, dass sie nach Luft schnappte.

Sie schämte sich ihrer Schwäche. J. D. liebte sie nicht. Was immer sie für ihn empfand, war nichts als ein albernes, romantisches Hirngespinst.

Du kannst diesen Mann nicht lieben, Tiffany. Du darfst es nicht!

Aber genau das tat sie. Es war eine schlichte, unabänderliche, schmerzhafte Tatsache. Nur mühsam riss sie sich zusammen, als J. D.

sie herumführte und ihr zeigte, warum diese Farm ideal für den Weinbau war.

Die Sonne verschwand hinter dem Horizont, und die wenigen Wolken, die über den Bergen im Westen hingen, färbten sich zu einem leuchtenden Orange. Unten den Dachbalken der Scheune zwitscherten Schwalben, am Flussufer quakten Frösche, und in der Ferne heulte ein einsamer Wolf.

„Es ist so friedlich hier draußen", sagte sie. „Ganz anders als in der Stadt."

„Nicht ganz", antwortete er lächelnd und schob das Scheunentor auf. Es knarrte und quietschte, als wäre es seit einer Ewigkeit nicht mehr bewegt worden.

„Die Rollen brauchen Öl", stellte Tiffany fest.

„Nicht nur die. Hier muss jede Menge Arbeit hineingesteckt werden, aber das habe ich nicht anders erwartet. Das Haus und die Scheune sind über hundert Jahre alt. Die Dächer und sämtliche Leitungen müssen erneuert werden. Aber mit Zeit, Geld und Mühe können aus dem Cottage eine Geschenkboutique und aus der Scheune eine Bodega für Weinproben entstehen." Auf dem Heuboden über ihnen wirbelte Staub auf, als eine Eule erschreckt aufflog.

J. D. kniff die Augen zusammen, als könnte er sich bereits vorstellen, wie das kleine, aber feine Weingut aussehen würde. Er ging mit Tiffany zu einer Tür im hinteren Teil der Scheune und öffnete sie. Davor erstreckte sich eine steil abfallende Senke, in deren Mitte sich ein kleiner Teich befand. „Hier könnte man ein natürliches Amphitheater anlegen und vermieten. Für Hochzeiten, Open-Air-Konzerte oder Sommerfeste."

„Wie auf dem Weingut, wo wir uns kennengelernt haben", sagte sie und bereute ihre Worte sofort.

Er schob die Hände in die Hosentaschen. „Ich hätte nicht gedacht, dass du dich daran erinnerst."

„Wie könnte ich es vergessen?"

J. D. sah sie an und schien ihre Gedanken erraten zu wollen. Dann umspielte ein Lächeln seinen Mund. „Du hast für den Partyservice gearbeitet und dir große Mühe gegeben, erwachsen auszusehen."

„Und du wie das schwarze Schaf der Santinis."

„Hat es funktioniert?"

„Oh ja. Jeder, der dich gesehen hat, dachte, wir hätten den Sicherheitsdienst nur deinetwegen engagiert."

Er zog eine Augenbraue hoch. „Das ist lange her."

„Sehr lange", bestätigte sie ein wenig atemlos. Da war es wieder, das Gefühl von Nähe und Intimität, gegen das sie sich nicht mehr wehren konnte.

„Du warst noch nicht verheiratet."

„Du auch nicht."

„Ich war es nie."

„Warum nicht?", fragte Tiffany. „Und erzähl mir nicht, du hättest nicht die Richtige gefunden, Santini, denn das nehme ich dir nicht ab."

Der Wind schien sich gelegt zu haben, und plötzlich war es so still, dass sie ihr Herz klopfen hörte.

„Vielleicht habe ich sie gefunden, aber sie war einem anderen versprochen."

Sie hielt den Atem an.

„Nicht nur das. Sie war mit meinem Bruder verlobt", fuhr J. D. fort.

Oh Gott. Das war es also. Seit Philips Tod hatte sie sich genau das oft gefragt. War die Nacht mit J. D. wirklich nur der Versuch von zwei trauernden Menschen gewesen, einander zu trösten? Oder war sie mehr gewesen? Tiffany schluckte mühsam. „Ich halte mich an Verpflichtungen, die ich eingegangen bin."

„Ich weiß."

„Ich … habe deinen Bruder geliebt."

Sein Mund wurde noch schmaler.

„Deine Familie dachte, dass ich ihn geheiratet habe, weil ich es auf seinen Anteil am Santini-Vermögen abgesehen hatte. Oder weil ich meinen eigenen Vater nie gekannt hatte und einen Ersatz gesucht habe. Aber die Wahrheit ist, ich hatte mich in Philip verliebt. Es war vielleicht nicht die wilde Leidenschaft, die manche Leute sich vorstellen. Unsere Beziehung hat sich im Laufe der Jahre verändert und wurde … immer schwieriger, aber ich habe ihn geliebt."

J. D. schnaubte. „Ich auch. Was glaubst du, warum ich mich so lange von euch ferngehalten habe?"

„Das weiß ich nicht."

„Was glaubst du, warum ich jetzt gehe?"

„Bitte, Jay, sag es nicht …"

„Weil ich mich dafür schäme, dass ich die Frau meines Bruders begehre." Seine Miene war ernst. „Ich habe gesehen, wie deine Ehe zerbrach", gab er zu. „Ich weiß, dass Philip dich … vernachlässigt hat.

Insgeheim habe ich mich darüber gefreut, weil ich wollte, dass ihr euch trennt."

„Nein, Jay, bitte nicht ..." Ihr Herz schlug so heftig, dass sie zu zittern begann.

„Du hast mich gefragt."

„Aber ..." Irgendwie erschien es ihr falsch. Wie ein Verrat an Philip. „Was damals zwischen uns beiden passiert ist ..."

„... hätte nicht passieren dürfen", beendete er den Satz für sie. An seiner Wange zuckte ein Muskel. „Ich weiß. Glaub mir, ich weiß es."

„Ich hatte nicht vor ..."

„Ich auch nicht", unterbrach J. D. sie scharf und ging mit ihr zu dem kleinen Teich in der Senke.

Tiffany fühlte, wie ihr Schuldgefühl immer quälender wurde. Sie war Philip immer treu gewesen und hatte nie einen anderen Mann auch nur angefasst. Ihr Herz hatte immer ihrem Ehemann gehört, außer in den seltenen Momenten, in denen sie an J. D. gedacht hatte. An den Kuss und daran, was daraus hätte werden können. Aber nie hatte sie seinen Namen ausgesprochen oder ihn angerufen, wenn Philip mal wieder auf Geschäftsreise war oder die Nacht an irgendeinem Spieltisch verbrachte. Fröstelnd rieb sie sich die Arme, obwohl der Abend noch warm war. Über ihnen kreiste ein Habicht, doch Tiffany nahm es kaum wahr.

Rebell. Schwarzes Schaf. Satansbraten. So hatte Philip seinen jüngeren Bruder genannt, aber nichts davon stimmte.

„Auf zu schöneren Dingen", sagte J. D., als wollte er die Gespenster der Vergangenheit verscheuchen. Er holte eine Flasche Wein aus dem Rucksack. „Ich dachte mir, wir taufen diesen Ort."

„Und wie stellst du dir das vor?", fragte sie voller Vorfreude.

„Ich zeige es dir." Er nahm ein Taschenmesser aus der Hosentasche und klappte den Korkenzieher auf. „Santini Brothers' bester Tropfen", verkündete er und zog mit schwungvoller Geste den Korken aus der Flasche. „Möchtest du am Korken schnuppern?"

„Ich vertraue dir", sagte sie und sah, wie seine Miene sich verhärtete. „Ich meine nur ..."

„Ich weiß, was du meinst." Er stellte die Flasche auf einen flachen Felsen am Rand des Teichs. „Aber Tatsache ist, dass du mir nicht vertraust." Er schaute ihr in die Augen. „Das hast du nie."

„Ich glaube, das beruht auf Gegenseitigkeit, Jay. Du hast mich von Anfang an spüren lassen, dass ich nicht gut genug für deinen Bruder war."

„Darum ging es nicht."
„Nein?" Sie glaubte ihm nicht. „Worum dann?"
„Ich fand, dass du zu jung für Philip warst."
„Du hattest kein Recht, darüber zu urteilen", entgegnete sie empört. „Genau, wie du jetzt kein Recht hast, herzukommen und dich in mein Leben zu drängen."
„Tue ich das?", fragte J.D. ungerührt.
„Ja! Du scheinst zu glauben, dass du tu kannst, was dir gefällt. Egal, welche Folgen es hat."
„Das ist nicht wahr, Tiffany. Hätte ich das getan, sähe es zwischen uns jetzt anders aus."
„So? Wie denn? Oh!"
Er packte sie, zog sie an sich und küsste sie einfach. Ihr blieb die Luft weg, und sie konnte keinen klaren Gedanken mehr fassen, als sie seine Zunge zwischen ihren Lippen fühlte.
Ohne zu zögern, öffnete sie den Mund. Tausend Gründe, ihn von sich zu schieben, schossen ihr durch den Kopf. Und tausend Gründe, es nicht zu tun. Ihre Knie wurden weich und begannen zu zittern, als er den Kuss vertiefte.
Durch ihr dünnes T-Shirt hindurch fühlte sie die Schwielen an seinen kräftigen Händen, als er an ihrem Rücken nach unten strich, und ihr wurde heiß, als er die Finger in ihre Shorts schob.
Ihr Verstand schien auszusetzen.
Sie wehrte sich nicht, als er mit ihr zu Boden sank und ihren Hals küsste. Wie von selbst fanden ihre Finger den Weg in sein Haar. Entschlossen vertrieb Tiffany die letzten Zweifel daran, ob es richtig war. Sie protestierte nicht, als J.D. ihr das T-Shirt auszog und sie seinen warmen Atem wie ein Streicheln an den Brüsten fühlte.
Es erschien ihr ganz selbstverständlich, dass sie an seinem Hemd zerrte, bis er ihr half, es zur Seite zu werfen. Mit den Fingerspitzen tastete sie über die straffen Muskeln an seinem Oberkörper und dem flachen Bauch.
„Ich hoffe, du weißt, was du tust", flüsterte er.
„Ich weiß es. Und ich hoffe, ich bekomme, was ich will."
„Das wirst du, Lady", keuchte er und zog ihr den BH aus. „Ganz sicher."
Sie bog sich ihm entgegen, als er ihre Brüste küsste. „Jay", wisperte sie.
„Ich bin bei dir, mein Schatz", erwiderte er lächelnd.

Sie schrie leise auf, als sie den Reißverschluss ihrer Shorts hörte. Sekunden später war sie nackt, bis auf den Hauch aus Spitze zwischen ihren Schenkeln.

„Du bist wunderschön“, sagte er fast andächtig und küsste ihren Bauchnabel, bevor er mit den Zähnen am Slip zog und ihn nach unten streifte. Mit den Lippen strich er an ihren Beinen hinab und wieder hinauf.

„Jay …“ Tiffany stöhnte auf, als er mit beiden Händen ihren Po umfasste und ihn behutsam anhob.

Irgendwie schaffte er es, sich seiner Jeans zu entledigen. „Soll ich aufhören?“, fragte er atemlos.

Sie schüttelte den Kopf. „Auf keinen Fall.“

„Bist du sicher?“ Er zögerte, doch bevor sie ihre Antwort bekräftigen konnte, legte er sich zwischen ihre Beine und drang in sie ein. Tiffany bewegte sich mit ihm, und wie von selbst passte ihr Körper sich seinem Rhythmus an. Sie dachte an nichts anderes mehr als das überwältigende Pulsieren einer Lust, die nur er befriedigen konnte.

Sie umklammerte seine muskulösen Oberarme und schlang die Beine um seine schmale Taille, als wollte sie ihn nie wieder loslassen. Sie spürte, dass sie mit ihm zum Höhepunkt finden würde, doch als sie ihn erreichte, war er so gewaltig, wie sie es noch nie erlebt hatte.

Wie aus weiter Ferne hörte sie J. D. aufstöhnen, und dann gab es nur sie beide. Sie und den Mann, der kein Recht auf ihr Herz hatte.

10. KAPITEL

Wer ist dein neuer Mieter?", fragte Katie, während sie eine Fritte in den Ketchup tauchte und abbiss. Die drei Halbschwestern saßen an einem Tisch im Garten des Restaurants. Ein großer Sonnenschirm spendete Schatten, und um sie herum waren die Blumenkübel fast zu klein für die Blütenpracht.

„Dir entgeht nicht viel, was?", entgegnete Tiffany. Bliss und Katie schienen sich blendend zu verstehen, ihre Nervosität dagegen hatte sich noch nicht ganz gelegt.

„Ich bin Reporterin, schon vergessen?" Lächelnd tupfte Katie sich die Lippen ab. An der Stirn hatten sich Schweißtropfen gebildet.

„Sein Name ist Luke Gates. Er stammt aus einer Kleinstadt im Westen von Texas. Abgesehen davon weiß ich nicht viel über ihn. Er redet kaum."

Katie rümpfte die Nase, als würde sie eine Story wittern. „Ich möchte wissen, was er hier will."

„Du liest zu viele Krimis", warf Bliss ein.

„Hey, es könnte ein echter Knüller sein." Katie nippte an ihrem Eistee und lehnte sich zurück. „Genau wie die Sache mit Isaac Wells. Das Rätsel würde ich wirklich gern lösen."

Tiffany erstarrte. Das Thema war ihr zu heikel.

Bliss räusperte sich. „Mich beunruhigt die Geschichte auch."

„Da verschwindet ein alter Mann quasi über Nacht. Ohne ersichtlichen Grund. Manche Leute glauben, dass es nicht mit rechten Dingen zugegangen ist. Die Polizei hat Verdächtige, kann ihnen aber nichts nachweisen. Ich frage mich, warum jemand Isaac Wells etwas antun sollte. Er war kein sehr umgänglicher Mensch und hatte sicher auch Feinde, aber doch wohl keinen, der ihn umbringen oder entführen würde. Und falls er entführt wurde, warum gibt es keine Lösegeldforderung?" Katie seufzte betrübt. „Ich verstehe es einfach nicht."

„Das tut niemand", sagte Tiffany und griff nach ihrem Glas Cola. Tropfen rannen daran hinab, als sie die Eiswürfel kreisen ließ. Sie dachte an ihren Sohn und war noch immer überzeugt, dass er nichts damit zu tun hatte. Du meine Güte, Stephen war erst dreizehn! Trotzdem machte sie sich Sorgen um ihn. Große Sorgen sogar.

„So, Tiffany, erzähl doch mal", begann Katie. „Was läuft zwischen dir und J. D.?"

Tiffany verschluckte sich fast. „Ich weiß nicht, was du meinst.“

„Komm schon. Ich habe euch auf dem Hochzeitsempfang gesehen. Ihr habt miteinander getanzt. Wenn du mich fragst, der Mann ist in dich verliebt.“

„Verliebt?“ Tiffany schüttelte den Kopf, obwohl sie ihrer Halbschwester gern glauben würde. Leider konnte sie es nicht. „Er ist rein geschäftlich in Bittersweet.“

Bliss und Katie wechselten einen wissenden Blick.

„Es stimmt“, beteuerte Tiffany. Er will eine Farm kaufen, damit sein Vater dort Wein anbauen kann.“

„Ich weiß, dass die Zalinskis verkaufen wollen“, sagte Katie. „Und ich habe auch gehört, dass Santini Brothers sich im südlichen Oregon ansiedeln wollen, aber das erklärt nicht, warum der Typ am Samstag seine Hände nicht von dir lassen konnte.“

Tiffany fühlte, wie sie errötete. Sie erinnerte sich nur zu gut daran, wie sie mit J. D. geschlafen hatte, wollte jedoch keine Gefühle investieren. Noch nicht. „J. D. und ich sind …“

„Sag es nicht“, unterbrach Katie sie. „Wenn du jetzt behauptest, dass ihr nur gute Freunde seid, schreie ich.“

„Das wäre vielleicht etwas übertrieben“, sagte Bliss.

„Ich weiß, was ich gesehen habe.“

„Es geht uns nichts an.“ Bliss lächelte ihrer älteren Schwester zu. „Wenn Katie sich erst mal etwas in den Kopf gesetzt hat …“

„Nicht in den Kopf“, widersprach Katie. „Ich verlasse mich auf mein Bauchgefühl.“

„Na schön. Nenn es, wie du willst.“ Bliss seufzte. „Aber ich weiß, wie hartnäckig du sein kannst.“

„Das muss ein Reporter sein.“

„Manche Leute finden es einfach nur dickköpfig.“ Bliss zwinkerte Tiffany zu.

Katie verdrehte die Augen und fächerte sich mit der Hand Luft zu. „Jetzt verstehe ich endlich, warum Schwestern sich immer übereinander beschweren. Und ich dachte, Brüder wären schlimm.“

„Ich finde nur, wir sollten uns nicht in Tiffanys Privatleben einmischen.“

„Schon gut“, wehrte Tiffany ab, obwohl sie sich immer unwohler fühlte. „Meine Gefühle für J. D. … sind kompliziert.“

„Das sagen die Leute immer, wenn sie nicht zugeben wollen, dass sie verliebt sind.“

„Sprichst du aus Erfahrung?“, fragte Tiffany, um von sich abzulenken.

„Vielleicht.“

„Ich habe Kinder. Da ist es nicht so leicht … sich auf eine neue Beziehung einzulassen.“

Katie lachte. „Wem sagst du das?“

„Wie stehen sie zu ihrem Onkel?“, wollte Bliss wissen.

„Christina vergöttert ihn. Seit er eingezogen ist, redet sie dauernd über ihn. Nach Philips Tod hat sie unter Albträumen gelitten, aber im Moment schläft sie ziemlich ruhig.“ Tiffany ignorierte den Rest ihres Salats und lehnte sich ebenfalls zurück. „Heute Abend gehe ich mit ihr in den Park. Das Theater führt ein Stück für Kinder auf. Sie will unbedingt, dass J.D. mitkommt.“

„Und? Kommt er mit?“

Tiffany schüttelte den Kopf. Sie hatte ihn noch nicht mal gefragt. „Das ist etwas für Mutter und Tochter.“

„Wie schön“, schwärmte Bliss.

Zum ersten Mal begriff Tiffany, dass die Frau, die sie immer als „Prinzessin“ angesehen hatte, sich sehnlichst Kinder wünschte.

„Und Stephen?“, warf Katie ein. „Wie versteht er sich mit J.D.?“

„Gute Frage.“ Tiffany staunte, wie leicht es ihr plötzlich fiel, sich diesen beiden Frauen anzuvertrauen. Die beiden waren zwar ihre Halbschwestern, aber eigentlich noch immer Fremde. Doch zum ersten Mal in ihrem Leben wollte sie sich darüber nicht den Kopf zerbrechen. Es tat gut, über die Dinge zu reden, die sie belasteten.

„Bei Stephen ist es … schwieriger. Zuerst hat er in J.D. eine Bedrohung gesehen. Ihr wisst schon, nach Philips Tod dachte er, er müsste der Mann im Haus sein. Aber er ist noch ein Kind.“ Sie zuckte mit den Schultern. „Wie gesagt, es ist schwierig.“

„Ich möchte euch etwas fragen“, begann Bliss nervös und trank einen Schluck Eistee. „Nach allem, was passiert ist, kommt es euch vielleicht seltsam vor, aber ich möchte, dass ihr trotzdem darüber nachdenkt. Ihr wisst ja, dass Mason und ich heiraten. Es wird eine kleine Hochzeit hier in Bittersweet, und ich würde mich freuen, wenn ihr beide mich unterstützen würdet.“

Oh nein. Tiffany wusste nicht, was sie sagen sollte. Sicher, sie fühlte sich den zwei Frauen näher, als sie erwartet hatte, aber sie war nicht überzeugt, dass es von Dauer sein würde. Ihnen beim Mittagessen etwas anzuvertrauen begründete noch keine Freundschaft oder gar eine so enge Beziehung, wie sie Schwestern zueinander hatten. Oder doch?

„Natürlich tun wir das." Katies Augen leuchteten. „Warum auch nicht?"

Aus tausend Gründen! Tiffany schaute zur Seite. „Ich … ich weiß nicht."

„Ihr müsst euch nicht sofort entscheiden", sagte Bliss. „Und ich verstehe eure Bedenken. Ich will euch zu nichts drängen, aber ich würde mich riesig freuen."

„Hast du denn keine Freundinnen, die dir helfen können?"

„Doch, aber jetzt habe ich zwei Schwestern. Na ja, Halbschwestern. Ich finde nicht gut, was Dad getan hat, und will mir lieber nicht vorstellen, wie meine Mutter sich gefühlt haben muss. Trotzdem sollten wir die Vergangenheit ruhen lassen und nach vorn sehen. Ich habe mir immer Geschwister gewünscht, und jetzt habe ich endlich welche. Ich würde euch wirklich gern dabeihaben."

„Hat John dich auf die Idee gebracht?", fragte Tiffany, denn sie traute ihrem Erzeuger noch immer nicht.

„Er weiß es gar nicht. Mason auch nicht. Es ist allein meine Entscheidung."

„Ich bin dabei." Katie trank ihr Glas aus.

Tiffany fühlte sich unter Druck gesetzt. Wenn sie ablehnte, würde es nachtragend und egoistisch wirken. Andererseits war sie sich ihrer Gefühle für ihre Halbschwester noch nicht sicher. Und wenn sie zusagte, würde sie sich nicht mehr zurückziehen können. „Ich denke darüber nach", versprach sie und musste plötzlich an ihren eigenen Hochzeitstag denken. Wie gern hätte sie ihr Glück mit Schwestern geteilt – oder mit einem Vater, der sie dem Bräutigam übergab.

„Tu das. Aber sag rechtzeitig Bescheid."

„Das werde ich", sagte Tiffany. Konnte sie Bliss' Friedensangebot annehmen?

„Gut."

„Es wird eine tolle Hochzeit!", schwärmte Katie.

Als die Kellnerin die Rechnung brachte, griff Bliss danach. „Das hier geht auf Dads Kosten."

„Was?" Entgeistert starrte Tiffany sie an.

„Er besteht darauf."

„Auf keinen Fall. Ich zahle selbst", beharrte Tiffany. John Cawthorne war der Letzte, von dem sie etwas annehmen wollte.

„Mir soll es recht sein.“ Katie warf ihre Serviette auf den Tisch. „Ich muss los.“

„Aber …“

„Lass ihn doch die dämliche Rechnung übernehmen.“ Katie hängte sich ihre Tasche um. „Das ist das Mindeste, was er tun kann.“

Bliss nickte. „Du musst ihn nicht lieben, Tiffany. Du musst ihn nicht mal mögen. Aber lass ihn wenigstens dein Mittagessen bezahlen.“

„Na gut.“ Es gefiel Tiffany nicht, aber sie hatte Wichtigeres im Kopf. Ganz oben auf der Liste standen J. D. und Stephen.

Am kleinen Tisch in seiner Wohnung überflog J. D. zum tausendsten Mal das Dokument, das sein Bruder unterschrieben hatte. Der Vertrag war eindeutig. Das Haus, in dem Tiffany mit ihren Kindern wohnte, gehörte Santini Brothers, und sie konnte absolut nichts dagegen tun. Es sei denn, Carlo ließ sich überreden, es ihr zu verkaufen.

So viel zu ihrer Unabhängigkeit.

J. D. fragte sich, war er tun sollte. Sofort meldete sich sein schlechtes Gewissen. Er hatte mit ihr geschlafen. Mit der Frau seines Bruders. Sicher, Philip war tot, und Tiffany war frei und ungebunden. Trotzdem hatte J. D. kein gutes Gefühl.

Du hast sie verführt. Du bist mit ihr und der Flasche Wein zur Ranch der Zalinskis gefahren, weil du mit ihr schlafen wolltest.

Er sah sein Spiegelbild in der Fensterscheibe. Allein im Haus, mit gepackten Taschen, hatte er nachgedacht, sich Vorwürfe gemacht und eingesehen, dass er – ob es ihm nun gefiel oder nicht – in die Witwe seines Bruders verliebt war. „Verdammt“, flüsterte er und griff zum Telefonhörer. Es war heiß im Zimmer. Stickig. Er wählte die Nummer, die er auswendig kannte, und wartete, bis sein Vater sich meldete.

„Hi, ich bin es, Dad.“

„Jay. Wie läuft es?“

„Ich steige aus.“ Es gab keinen Grund, drum herumzureden.

Sein Vater schwieg sekundenlang. „Das ist ein Scherz“, sagte er dann.

„Nein, es ist mein Ernst.“

„Du machst den Job gerade sechs Monate.“

„Ich weiß, aber es funktioniert nicht.“

„Warum nicht?“

„Aus einem Dutzend Gründen. Ich hätte den Job gar nicht erst übernehmen sollen.“ J. D. atmete tief durch. „Ich bin nicht Philip, Dad“, sagte er sanft.

„Was du nicht sagst."

Hatte sein Vater gerade verächtlich geklungen? Und wenn schon. Solange sein Vater darauf bestand, über alle zu bestimmen, konnte J. D. nicht bei Santini Brothers arbeiten.

„Hör zu, Dad, ich komme morgen nach Portland. Ich verkaufe meine Aktien, mein Boot, mein Motorrad und mein Apartment und zahle zurück, was Philip der Firma schuldet."

„Aber warum …"

„Tiffany braucht dieses Haus. Ihre Kinder brauchen es. Ich will, dass es ihr gehört."

„Ich versuche doch nicht, meinen Enkelkindern das Dach über dem Kopf zu nehmen", sagte Carlo. „Ich möchte sie nur in meiner Nähe haben."

„Vergiss es. Dies ist ihr Zuhause. Ich zahle Philips Schulden zurück, und du nimmst das Geld, sonst sprechen wir uns vor Gericht wieder."

„Einmal Anwalt, immer Anwalt."

„Richtig." J. D. wollte kein Nein akzeptieren.

„Du musst das nicht tun."

„Doch, das muss ich, Dad."

„Sie hat dich am Haken."

„Und wie."

Carlo seufzte. „Ich weiß nicht, was bei euch los ist, Junge, aber wenn diese Frau dir den Kopf verdreht hat …"

„Was dann?", fragte J. D. scharf. „Dann bereitest du ihr noch größere finanzielle Probleme, als sie jetzt schon hat? Damit sie gezwungen ist, in eure Nähe zu ziehen?"

„Wäre das so schlimm?"

„Ja, Dad, ich glaube, das wäre es. Sie ist eine eigenständige Frau. Unabhängig und zäh. Sie kann gut auf deine Einmischung verzichten. Du solltest … wir sollten etwas Vertrauen in sie haben."

„Aber …"

„Setz die notwendigen Verträge auf. Wir sehen uns morgen." J. D. legte auf und rechnete damit, dass sein Vater sofort zurückrief. Zum Glück blieb das Handy stumm. Er öffnete das Fenster einen Spaltbreit, um die Abendbrise hereinzulassen. Zusammen mit der frischen Luft drangen junge Stimmen herein.

„Das ist mein Ernst, Santini. Ein Wort zu jemand anderem, und du bist tot."

J. D. blickte nach unten. Stephen und ein etwas älterer Junge standen unter dem Basketballkorb.

„Ich halte dicht."

„Das hoffe ich. Wir haben nämlich eine Abmachung."

„Ich weiß, Miles."

Der Bursche mit dunkelblondem Haar und Pickeln im Gesicht war also der berüchtigte Miles Dean. Er sah gar nicht so einschüchternd aus. Im Gegenteil, auch er wirkte ein wenig verängstigt.

„Na ja, du hast die Sache schon einmal verbockt."

„Das ... war Pech."

„Du wolltest mir die Schlüssel nicht geben, du Idiot. Hättest du dich an unsere Abmachung gehalten, hätte die Polizei sie nicht gefunden."

„Hättest du mich nicht geschlagen, wäre die Polizei gar nicht erst aufgetaucht."

Miles kniff die Augen zusammen und machte einen Schritt auf Stephen zu. „Mach das nicht noch mal. Halt dich an das, was wir besprochen haben. Du weißt, was passiert, wenn du noch mal Mist baust."

J. D. hatte genug gehört. Mit schnellen Schritten durchquerte er das Zimmer, sprang mit einem Satz über die gepackte Reisetasche und eilte nach unten. Er riss die Hintertür auf und rannte über den Rasen. Als Miles ihn sah, ging er davon.

„Nicht so schnell." J. D. holte den älteren Jungen ein und hielt ihn am Arm fest.

„Lassen Sie mich los."

„Noch nicht."

„Lass ihn in Ruhe", bat Stephen mit schreckerfüllten Augen.

J. D. lockerte den Griff etwas. „Ich habe gehört, worüber ihr gesprochen habt."

Die beiden schwiegen. Um sie herum summten Moskitos.

„Du solltest niemanden bedrohen", sagte J. D. zu Miles.

„Blödsinn!", murmelte der Junge.

„Ich schlage vor, ihr erzählt mir, um was es geht. Was wisst ihr über Isaac Wells' Verschwinden?"

„Ich weiß gar nichts", sagte Miles.

„Nein? Warum hast du dann Stephen gedroht?" J. D. zeigte auf seinen Neffen, der immer blasser wurde und heftig schwitzte.

„Ich habe keine Ahnung, wovon Sie reden!", höhnte Miles.

„So? Dann finden wir es anders heraus. Wir fahren jetzt zur Polizei. Ruf deine Mutter an. Mal sehen, was sie dazu sagt."

„Das können Sie nicht machen!"
„Warte es ab."
„Nein, bitte nicht!", flehte Stephen.
„Warum nicht?"
„Weil … weil …" Stephen warf Miles einen Hilfe suchenden Blick zu.
Miles riss sich los und rannte davon. Er hechtete über den Zaun und durchquerte den Nachbargarten. J. D. zögerte. Sollte er ihn verfolgen? Nein, zu Fuß würde der Junge nicht weit kommen.
„Das hättest du nicht tun sollen", sagte Stephen verzweifelt. „Die Sache geht dich nichts an."
„Doch, das tut sie", widersprach J. D. und drehte sich zu ihm um. „Weil du darin verwickelt bist."
„Na und?"
„Ich mache mir Sorgen um dich."
Stephen schnaubte. „Du bist nicht mein Dad."
Der Stich war so schmerzhaft, dass J. D. tief durchatmen musste.
„Nur weil Chrissie dich toll findet, muss ich das noch lange nicht tun." Die Ängste, die sich in Stephen aufgestaut hatten, sprudelten heraus. „Ich habe dich und Mom gesehen, weißt du. Euch beide zusammen. Christina ist noch klein. Was weiß sie schon? Nach Dads Tod hat sie alle diese Albträume gehabt und jetzt … schläft sie wieder besser, nur weil du hier bist. Aber die kommen wieder. Sobald du weg bist."
Seine blauen Augen blitzten herausfordernd, und J. D. zuckte innerlich zusammen. Vielleicht hatte der Junge recht. Christina hatte sich an ihn gewöhnt, und falls … nein, *wenn* er morgen früh abreiste, würde das kleine Mädchen enttäuscht sein.
Enttäuscht? Mehr als das. Viel mehr. Gib es zu, Santini, du hast Mist gebaut. Und er selbst würde auch unter der Trennung leiden, denn inzwischen sah er Christina als sein kleines Mädchen an. Und Stephen als seinen Sohn.
„Ich bin dein Onkel, Stephen. Du bist mir wichtig."
„Ja, sicher."
„Wirklich."
Stephen biss die Zähne zusammen. Seine Hände waren zu Fäusten geballt, und seine Nasenflügel bebten.
„Jetzt erzähl mir, was du über Isaac Wells weißt", sagte J. D. ruhig.
„Da gibt es nichts zu erzählen."

J. D. legte eine Hand auf seinen Arm. „Fang einfach ganz vorn an. Und diesmal keine Lügen, okay?"

„Lass mich los!"

J. D. tat es. „Ich will doch nur nicht, dass du wie dein Freund davonrennst."

„Miles Dean ist nicht mein Freund."

Sehr gut, dachte J. D. erleichtert. „Das freut mich. Jetzt erzähl mir von Isaac Wells und seinen Autoschlüsseln."

„Das kann ich nicht." Stephen nagte an seiner Unterlippe. „Du … du verstehst es nicht."

„Gib mir eine Chance."

Stephen blinzelte heftig. „Miles bringt mich um."

„Der bringt niemanden um."

„Du kennst ihn nicht. Und seinen Dad auch nicht."

„Ray Dean?" J. D. spitzte die Ohren. „Was ist mit ihm?"

„Er ist wieder in der Stadt und … gemein."

„Du sprichst entweder mit mir oder der Polizei." J. D. tat der Junge leid. Offenbar steckte Stephen in einem gewaltigen Dilemma, aber helfen konnte er ihm nur, wenn er die Wahrheit kannte.

„Ich … kann nicht."

„Warum nicht?"

Stephen zögerte. Er rieb sich einen Ellbogen und zuckte zusammen, als die Katze unter der Veranda hervorpreschte.

„Was immer es ist, so schlimm kann es nicht sein."

Der Junge schaute über die Schulter. Nackte Angst lag in seinem Blick. „Das verstehst du nicht. Wenn ich dir oder der Polizei etwas erzähle … tun sie Mom und Chrissie etwas an."

J. D. sah rot. „Wer? Wer tut ihnen etwas an?"

„Niemand." Stephens Stimme versagte fast, als er die Lüge aussprach.

J. D. packte ihn an den Schultern und schüttelte ihn leicht. „Hör mir zu. Egal, in was du verwickelt bist … egal, was passiert ist, ich helfe dir. Hast du das verstanden?" Als der Junge ihn nicht ansah, schüttelte er ihn erneut. „Hast du das verstanden?"

Stephen nickte. „Ja."

„Okay. Also? Was ist los? Wer droht damit, deiner Mutter und deiner Schwester etwas anzutun?"

Sein Neffe schluckte schwer. Seine Lippen waren blass. „Miles", flüsterte er. „Miles und sein Dad."

„Also steckt Ray dahinter."

„Nein … ja … oh Mann.“ Stephen strich sich das Haar aus dem Gesicht. „Er … war schon oft im Gefängnis und er … er ist derjenige, der Mr Wells’ Schlüssel wollte.“

„Wozu?“

Stephen schüttelte den Kopf. „Keine Ahnung. Er hat gehört, dass ich die Schlüssel mal genommen habe und eins der Autos gefahren habe. Miles hat ihm davon erzählt und wollte, dass ich die Schlüssel noch mal nehme und ihm den Wagen bringe, aber das habe ich nicht getan. Ich habe nur die Schlüssel gestohlen, aber nicht den Wagen … und … und mir überlegt, dass ich damit nichts zu tun haben will. Deshalb habe ich die Schlüssel behalten und wollte sie wieder loswerden, aber dann ist Mr Wells verschwunden, und …“

„Und was?“, fragte J. D.

„Ich … ich habe sie einfach versteckt. Miles war echt wütend. Hat mich zusammengeschlagen. Hat gesagt, dass er und sein Dad Mom und Chrissie wehtun, wenn ich ihm nicht die Schlüssel gebe. Und dann war plötzlich die Polizei da, und … ich hatte einen Riesenärger.“

J. D. hielt den Jungen auf Armeslänge von sich ab und sah ihm in die Augen. Er spürte eine Verbindung mit dem Sohn seines Bruders. Stephen war ihm so ähnlich. „Okay“, sagte er entschlossen. „Ich finde, es ist höchste Zeit, diese Geschichte ein für alle Mal zu beenden.“

Mit der schlafenden Christina auf dem Arm versuchte Tiffany, die Hintertür zu öffnen, doch die war verschlossen.

„Was soll das denn?“, fragte sie laut und wühlte in ihrer Tasche nach den Schlüsseln. Stephen hätte schon vor Stunden zu Hause sein sollen, und auch J. D. war um diese Zeit meistens da. Sie schaute zur Einfahrt hinüber. Sein Wagen stand nicht an der gewohnten Stelle.

Gut.

Einerseits sehnte sie sich nach ihm, nach seiner Nähe, um die Erinnerung an ihre gemeinsame Nacht noch lebhafter werden zu lassen. Andererseits brauchte sie noch Zeit, um sich über ihre Gefühle klar zu werden.

Gähnend schlug Christina die Augen auf.

„Wir sind zu Hause, mein Schatz.“ Endlich fand Tiffany die Schlüssel und öffnete die Tür. „Stephen?“, rief sie, bekam jedoch keine Antwort. „Großartig.“ Sie warf einen Blick auf den Tisch. Keine Nachricht.

„Gehen wir erst mal nach oben und bringen dich zu Bett“, sagte sie zu ihrer Tochter, die ausnahmsweise nicht protestierte.

Keine zwanzig Minuten später war Christina gewaschen, zugedeckt und eingeschlafen und nuckelte zufrieden am Daumen, als Tiffany das Licht ausmachte.

Ohne ihren Sohn erschien ihr das Haus leer.

Und ohne J. D.

Sie ging nach draußen und die Stufen zur Souterrainwohnung hinunter. Als Tiffany klopfte, öffnete Mrs Ellingsworth sofort. Mit Lockenwicklern im grauen Haar und ohne jedes Make-up wirkte sie noch älter als sonst. „Ich will nicht stören, aber ich suche Stephen."

„Ist er denn nicht hier?" Mrs Ellingsworth runzelte besorgt die Stirn.

„Ich glaube nicht."

„Na ja, vorhin habe ich ihn noch gesehen, mit dem anderen Jungen ... du weißt, wen ich meine ... dieser Rüpel ... er sieht jedenfalls aus wie einer ..."

„Miles Dean." Tiffany blieb fast das Herz stehen. Sie ahnte, dass der Sommerabend nicht so friedlich bleiben würde. Sie spürte es geradezu.

„Es war der ältere Junge der Deans. Ich kann die beiden nie auseinanderhalten. Jedenfalls waren er und Stephen vorhin hier. Ich habe sie durchs Küchenfenster gesehen." Sie zeigte hinüber. Obwohl ihre Wohnung so tief lag, war es darin taghell, weil das Grundstück nach Norden hin abfiel.

Tiffany wehrte sich gegen die Panik, die langsam, aber sicher in ihr aufstieg. „Danke."

„Keine Ursache. Oh ..." Mrs Ellingsworth schnippte mit den Fingern. „Hast du J. D. schon gefragt, wohin Stephen gegangen ist?"

„Der ist auch nicht hier."

„Nein? Seltsam, vorhin dachte ich, ich hätte seinen Jeep gehört. Na ja." Sie plauderten noch ein paar Minuten und wünschten einander eine gute Nacht. Zutiefst besorgt stieg Tiffany die Stufen hinauf und umrundete gerade die Ecke zum Garten, als sie Luke Gates bemerkte. Der neue Mieter schloss gerade die Tür seiner Wohnung im Kutscherhaus ab.

Er lächelte matt. „Abend."

„Hallo, Luke", sagte sie. „Haben Sie zufällig Stephen gesehen?"

Luke nickte. „Ja, vorhin. Mit J. D. und seinem nicht sehr vertrauenerweckenden Freund."

„Miles?" Was hatte J. D. mit den beiden zu schaffen? Sie atmete tief durch.

„Ich weiß nicht, wie er heißt. Ich habe sie nur kurz in der Einfahrt gesehen, dann fuhr ein Wagen auf die Straße. Ich dachte mir, dass es wahrscheinlich J. D.s Jeep ist."

„Danke."

„Kein Problem."

Luke stieg in seinen alten Pick-up, und Tiffany ging zur Hintertür. Wo steckte ihr Sohn? Die Angst um ihn ließ sie frösteln, als sie mit schweren Schritten nach oben ging, nach der schlafenden Christina schaute und Stephens Zimmer ansteuerte.

Es war aufgeräumter als sonst, denn er hatte seinen Hausarrest dazu genutzt. Natürlich lagen noch immer ein paar CDs und Zeitschriften herum, aber sie fand keinen Hinweis darauf, wohin er sein konnte. *Bestimmt ist er mit J. D. zusammen. Es geht ihm gut.* Tiffany befahl sich, ruhig zu bleiben, während sie über sein Bücherregal strich und das kleine Holzauto betrachtete, das er sich vor Jahren gebaut hatte, als Philip noch am Leben gewesen war. *Aber Miles Dean war hier. Das ist kein gutes Zeichen. Miles Dean bedeutet Ärger. Großen Ärger.*

Sie verließ Stephens Zimmer und blieb auf dem Flur stehen. Die Tür zum Dachgeschoss stand offen. Tiffany zögerte. Sie wollte J. D.s Privatsphäre respektieren, aber die Gelegenheit war einfach zu verlockend. Sie stieg die Treppe hinauf und machte einen zaghaften Schritt in sein Zimmer hinein. Als sie das Licht einschaltete, sah sie seine gepackte Reisetasche an der Tür stehen und erstarrte. Er wollte abreisen. Einfach so. Nachdem sie miteinander geschlafen hatten.

Obwohl sie gewusst hatte, dass er irgendwann gehen würde, versetzte der Anblick ihr einen Stich. Warum überraschte es sie? Er war ein Mann, und wie die meisten Männer in ihrem Leben verließ auch er sie.

Denk nicht darüber nach. Reiß dich zusammen.

Doch der dumpfe Schmerz in ihrer Brust nahm nur noch zu. Als sie ans Fenster trat, um in den dunklen Garten zu sehen, bemerkte sie seinen geöffneten Aktenkoffer auf dem Tisch. Daneben lag ein Dokument.

Nicht. Es geht dich nichts an.

Aber dann fiel ihr Blick auf die beiden Namen. Es waren ihr eigener und Philips. Sie standen auf einem Vertrag.

Vertrag?

Mit zitternden Fingern hob sie ihn auf und las jede einzelne Seite. Je mehr sie von dem juristischen Jargon verstand, desto klarer wurde ihr, warum J. D. Santini nach Bittersweet gekommen war. Er war nicht nur hier, um Land für ein Weingut zu kaufen. Oder um seine Nichte und seinen Neffen zu besuchen. Oder sie. Nein, es gab nur einen Grund, warum er so plötzlich aufgetaucht war und sich bei ihr eingemietet hatte – um zu überprüfen, wie es um die Investition seines Vaters in dieses Haus stand. In die viktorianische Villa, in der sie sich geborgen fühlte.

Aber sie gehörte ihr gar nicht.

Der Löwenanteil befand sich im Eigentum von Santini Brothers. Philip hatte ihn nicht ihr hinterlassen, sondern schon vorher an die Firma seiner Familie überschrieben. Viel blieb ihr nicht.

Und J. D.s Auftrag bestand darin, es ihr mitzuteilen. Doch dazu war er zu feige gewesen.

Ihre Augen brannten. Sie fühlte sich verraten. Wie hatte sie ihm bloß vertrauen können? Warum hatte sie an ihn geglaubt? Und sogar mit ihm geschlafen?

Weil der Mann deinen Verstand vernebelt. Das hat er immer getan.

Ihre Knie wurden weich, und sie musste sich am Tisch festhalten. Als die ersten Tränen über ihre Wangen rannen, hörte sie einen Wagen. Sie eilte ans Fenster und sah, wie der Jeep von J. D. in der Einfahrt hielt. Sie presste den Vertrag an sich und verließ seine Wohnung. Es war höchste Zeit, ihn zur Rede zu stellen.

„Was glaubst du eigentlich, wer du bist?", fuhr Tiffany J. D. an, noch bevor sie ihn erreicht hatte. Ihre Augen blitzten, das Gesicht war gerötet, und das schwarze Haar wehte, als sie über den Rasen rannte. In der Hand hielt sie ein zerknülltes Dokument.

Mit angehaltenem Atem stieg J. D. aus dem Jeep. Er wusste, warum sie so zornig war.

Stephen nicht. „Mom …"

„Geh ins Haus, Stephen", befahl sie.

„Aber …"

„Du hast mich gehört!" Sie war so wütend, dass sie zitterte. Am Kotflügel blieb sie stehen und funkelte J. D. an. „Dein Onkel und ich haben etwas Wichtiges zu besprechen."

„Das haben wir schon erledigt", erwiderte Stephen.

„Ihr habt was?", fragte sie verwirrt.

„Wir waren bei der Polizei und …"

„Sie redet nicht von Isaac Wells", unterbrach J. D. den Jungen.

Tiffany wich einen Schritt zurück. „Isaac Wells? Polizei?" Erst jetzt sah sie ihren Sohn richtig an. „Wovon sprichst du?"

„Wovon sprichst *du*?", entgegnete Stephen.

„Ich denke, wir sollten uns alle erst mal hinsetzen.“ J.D. nahm Tiffanys Arm, denn sie sah aus, als könnte sie sich kaum noch auf den Beinen halten. Doch sie zuckte zurück, als wäre jede Berührung unerträglich.

„Erzähl mir einfach, was passiert ist.“

„Stephen hatte eine lange Unterhaltung mit Sergeant Pearson.“

„Oh Gott …“ Als sie eine Hand vor die Brust schlug, segelten die Papiere zu Boden. Sie achtete nicht darauf. Im Moment gab es Wichtigeres.

„Es ist alles in Ordnung, Mom“, versicherte Stephen.

„In Ordnung?“

„Ja“, sagte J.D. „Stephen hat uns erklärt, was los ist. Warum er sich so … geheimnisvoll benommen hat. Und was es mit Isaacs Schlüsseln auf sich hatte.“ Er bückte sich nach den Papieren, hob sie auf und legte sie zusammen. „Ich könnte mir vorstellen, dass Ray Dean und sein Sohn Miles inzwischen auf der Polizeiwache sind und befragt werden.“

„Ray Dean?“, wiederholte sie. „Was hat der denn damit zu tun?“ Sie befeuchtete die Lippen. „Ich weiß, dass er aus dem Gefängnis entlassen worden ist, aber … ist er in die Geschichte verwickelt?“

„Sieht so aus.“

„Du meine Güte.“ Ihre Knie drohten nachzugeben.

J.D. nahm ihren Arm, und diesmal ließ sie es geschehen. Er half ihr in die Küche und stellte plötzlich fest, wie gemütlich es hier war. In den aufgehängten Töpfen blühten Blumen und dufteten Kräuter. Am Kühlschrank und an den Wänden hingen Kinderzeichnungen. Das hier würde ihm fehlen. Das Haus, die Kinder und Tiffany. Ja, er würde sie vermissen.

„Erzähl deiner Mutter, was du der Polizei und mir gesagt hast“, forderte J.D. den Jungen auf, als Stephen und Tiffany am Tisch saßen. Er schenkte ihr ein Glas Wasser ein, doch sie ignorierte es, und er wünschte, er könnte etwas tun, um ihren Schmerz zu lindern. Auch wenn ihr Sohn in dem Drama um Isaac Wells' Verschwinden nur eine Nebenrolle spielte, so hatte er doch etwas damit zu tun.

„Also … Miles hat gesagt, wenn ich nicht mache, was er will, und ihm die Schlüssel und das Auto verschaffe, tut sein Vater dir etwas an, Mom. Dir und Chrissie.“ Stephen kamen die Tränen, und in diesem Moment glich er mehr einem Kind als einem Jugendlichen. Tiffany hielt es kaum aus, ihn so niedergeschlagen zu sehen. „Ich wollte euch doch nur beschützen.“

„Oh, mein Lieber, das hättest du nicht …“

„Doch, Mom. Das musste ich. Dad war nicht mehr da. Wer hätte denn auf euch aufpassen können?“

Sie stand auf, zog ihren Sohn hoch und drückte ihn fest an sich. Auch sie begann zu weinen, als sie fühlte, wie er an ihrer Schulter ängstlich schluchzte. „Du brauchst dir nie wieder Sorgen um mich zu machen. Ich bin diejenige, die auf unsere Familie aufpassen muss, und ich tue es gern." Über Stephens Kopf hinweg sah sie J.D. an. „Ich bin immer für dich und Chrissie da", flüsterte sie und küsste den Jungen auf die Schläfe.

„Ich glaube nicht, dass du dir Sorgen machen musst", sagte J.D. leise. Er lehnte an der Arbeitsfläche, die langen Beine von sich gestreckt, und stützte sich mit den Händen an der Kante ab. Er sah verdammt sexy aus, aber Tiffany nahm sich vor, dagegen immun zu sein. Nie wieder würde er ihr unter die Haut gehen.

„Die Polizei konzentriert ihre Ermittlungen auf die Deans", fuhr er fort. „Noch weiß niemand mit Bestimmtheit, was aus Isaac Wells geworden ist, aber es ist nur eine Frage der Zeit, bis sie es herausfinden. Ich habe Jarrod Smith angerufen, und er stellt eigene Nachforschungen an. Ich könnte mir vorstellen, dass der alte Mann in ein paar Tagen wieder auftaucht."

„Du glaubst, Ray Dean hat ihn als Geisel genommen?"

„Das ist möglich."

„Aber du bist nicht sicher?"

„Noch nicht." Er stieß sich von der Kante ab. „Wichtig ist, dass Stephen nicht mehr unter Verdacht steht. Seine Aussage wird die Polizei auf die richtige Spur führen. Pearson hat mit dem Jugendamt telefoniert. Der Sozialarbeiter wird mit dem Richter sprechen und ihn informieren, dass Stephen freiwillig bei der Aufklärung hilft. Ich glaube nicht, dass er vor Gericht kommt."

Tiffany atmete auf. „Das ist die beste Nachricht seit Wochen."

„Das habe ich J.D. zu verdanken", sagte Stephen, und in seiner Stimme klang so etwas wie Ehrfurcht mit. „Er hat darauf bestanden, dass ich nicht bestraft werde."

„Stimmt das?", fragte sie und sah den Mann mit neuen Augen.

„Ich habe auch mal Strafrecht praktiziert", gab er zu. „Auch wenn es lange her ist."

„Dann muss ich dir wohl sehr dankbar sein."

„So?" Er holte die zerknüllten Papiere aus der Tasche, und sie erstarrte. Der Vertrag.

„Stephen, warum gehst du nicht auf dein Zimmer? Onkel Jay und ich haben etwas zu bereden."

„Was?“ Stephen blickte von einem zum anderen. „Was wollt ihr bereden?“

„Etwas Persönliches. Ich erkläre es dir nachher.“

Der Junge zögerte, aber J.D. nickte. „Geh schon. Es dauert höchstens zwei Minuten.“

Stephen setzte sich in Bewegung, doch an der Tür blieb er stehen. „Hat es mit mir zu tun?“, fragte er, ohne sie anzusehen.

„Nein!“, antworteten sie wie aus einem Mund.

Stephen rang sich ein Lächeln ab. „Gut. Ich dachte schon, ich hätte das nächste Problem.“ Er ging hinaus, und Tiffany hörte seine Schritte auf der Treppe. Sekunden später stimmte er seine Gitarre, und die ersten Akkorde drangen durch die Decke.

„Ich sollte ihm sagen, dass er Christina nicht wecken darf“, sagte sie. Aber dazu war jetzt nicht die Zeit, also drehte sie sich zu dem Mann um, den sie liebte. Der sie dazu ermutigt hatte, nicht mehr zu trauern. Der sie benutzt hatte.

Sie zeigte auf den Vertrag in seiner Hand. „Was soll das?“

„Ganz einfach. Ich bin nach Bittersweet gekommen, um dir mitzuteilen, dass dieses Haus nicht dir, sondern Santini Brothers gehört. Sie haben es Philip abgekauft, um seine Spielschulden zu begleichen.“

Der Schmerz war gewaltig. „Du wirfst mich hinaus? Mich und die Kinder?“

„Nein.“ J.D. zerriss den Vertrag. „Die Sache ist erledigt.“

„Was meinst du?“

„Die Schulden sind bezahlt.“

„Wieso das?“

„Mein Vater hat es sich anders überlegt.“ Er riss den Vertrag in Fetzen und ließ sie wie Konfetti zu Boden fallen.

„Du hast ihm das Geld gegeben.“

J.D. antwortete nicht.

„Das hättest du nicht zu tun brauchen, weißt du. Ich hätte es schon irgendwie hinbekommen.“ Aber anstatt gekränkt zu sein, war sie ihm dankbar. „Ich zahle es dir zurück.“

„Mach dir keine Gedanken.“

„Ich habe gesagt, ich zahle es dir zurück.“

„Hör auf, Tiffany. Du und die Kinder, ihr gehört zur Familie.“

„Lüg mich nicht an, Jay. Das haben wir beide nicht verdient. Ich habe nie zum Santini-Clan gehört und werde es auch nie. Das hat dein Vater entschieden, nicht ich.“

„Die Dinge haben sich geändert“, erwiderte er leise.

Sie glaubte ihm nicht, aber viel mehr beschäftigte sie, was sie in seinem Zimmer gesehen hatte. „Du reist ab, nicht wahr?“, flüsterte sie.

„Morgen früh.“

„Nett von dir, Jay.“ Tiffany konnte ihre Enttäuschung nicht verbergen. Wie konnte sie ohne ihn leben? Die letzten Wochen waren trotz allem ein bittersüßes Vergnügen gewesen, das ihr fehlen würde. Genau wie er. Sie sah ihn an und fragte sich, ob er sie jemals wieder anlächeln würde. Ob sie jemals wieder seine Lippen an ihren fühlen würde. *Sei nicht albern. Reiß dich zusammen. Du bedeutest ihm nichts. Das hast du nie. Und wirst es auch nicht. Deine Liebe zu ihm ist ein Witz.*

„Und wann wolltest du mir von dem Vertrag erzählen?“, fragte sie verbittert. „Oder wolltest du damit warten, bis Carlo mich auf die Straße setzt?“

„Das wird nicht passieren.“

„Nein? Wozu dann die Heimlichtuerei? Warum hast du mir nicht längst die Wahrheit gesagt?“ Sie ging zu ihm, bis ihre Schuhe seine Stiefel berührten.

Er hielt ihrem Blick nicht nur stand, sondern erwiderte ihn mit einer Intensität, die ihr den Atem raubte. „Willst du es wirklich hören?“

„Ja.“

„Weil ich dich nur wiederzusehen brauchte, um zu wissen, dass ich verloren bin, Lady.“

„Verloren?“ Was wollte er ihr damit sagen? Plötzlich war es zu heiß in der Küche. Viel zu heiß.

„Richtig, Tiffany.“ Er beugte sich vor, bis seine Nase fast gegen ihre stieß und sein verführerischer Duft sie einhüllte. „Als du an meinem ersten Tag hier aus deinem Wagen gestiegen bist, war es um mich geschehen.“

„Ich … verstehe nicht.“

„Ich versuche gerade, dir zu sagen, dass ich mich in dich verliebt habe, verdammt.“

„Verliebt? In mich?“ Durfte sie ihm glauben? Auf keinen Fall. So naiv war sie nicht mehr.

„Ja.“

Tiffany schluckte und brachte kein Wort heraus. Liebe? J.D. *liebte* sie?

„Ich weiß nicht, was ich sagen soll“, gestand sie nach einem langen Moment.

Er straffte sich. „Du brauchst gar nichts zu sagen, Tiffany." Resigniert schüttelte er den Kopf und wollte an ihr vorbeigehen.

Sie ließ es nicht zu, sondern hielt ihn fest. „Warte."

Unter ihren Fingern spannten sich seine Muskeln. Über eine muskulöse Schulter hinweg sah er sie an. Sein Blick war voller Schmerz. „Worauf?"

„Auf mich", wisperte sie mit einem Kloß im Hals. „Warte auf mich."

Er schloss die Augen.

„Ich liebe dich auch, Jay", sagte sie mit Tränen in den Augen. „Ich liebe dich schon sehr, sehr lange."

Erst nach einigen Sekunden öffnete er die Augen wieder, dann packte er sie und küsste sie. Sie legte die Hände in seinen Nacken, er die Arme um ihre Taille. Sie klammerten sich aneinander, als wären sie jahrelang getrennt gewesen – und hätten sehnsüchtig auf diesen Moment gewartet.

J. D. hob den Kopf und lächelte. „Was jetzt?"

„Jetzt heiratest du mich, Santini." Sie lachte. „Und machst aus mir eine anständige Frau."

„Meinst du, das geht?"

„Versuch es einfach."

„Na gut. Du willst es nicht anders. Wir fahren morgen nach Portland, suchen uns einen Friedensrichter und heiraten."

„Kommt nicht infrage. Keine Blitzheirat mehr. Diesmal machen wir es richtig. Mein Sohn übergibt mich, meine Tochter streut Blumen, und meine Schwestern ..." Tiffany staunte über sich selbst. „Die sind auch dabei."

„Was ist mit deinem Vater?"

Sie zögerte. Vielleicht war es an der Zeit, noch mal von vorn anzufangen. Den Schmerz der Vergangenheit zu begraben. „Den laden wir ebenfalls ein. Als Gast, mehr nicht. Wenn er kommt, soll es mir recht sein."

„Und wenn nicht?"

„Sein Pech."

J. D. küsste sie auf die Stirn. „Bist du ganz sicher, dass du es so willst?"

„So sicher wie noch nie in meinem Leben."

„Wir können das Haus noch immer verlieren. Wenn Dad sich nicht auf meinen Vorschlag einlässt."

„Dann ziehen wir eben um", antwortete Tiffany unbeschwert. „Aber was ist mit deinem Job?"

„Schon gekündigt." Seine Augen leuchteten. „Weißt du, ich glaube, ich werde mich hier als Anwalt niederlassen."

„Gute Idee."

„Außerdem bin ich nicht gerade mittellos."

„Nein?"

„Nein. Aber es gibt da noch ein Hindernis, das wir überwinden müssen."

„Welches?"

„Ich will die Kinder adoptieren."

„Du bist doch schon ihr Onkel."

„Ich weiß." An seiner Wange zeigte sich ein Grübchen. „Aber wenn sie einverstanden sind, möchte ich, dass sie mich als ihren Vater ansehen."

„Meinst du, das werden sie?", fragte sie skeptisch.

Er hob sie von den Füßen. „Habe ich dir nicht immer gesagt, dass alles möglich ist?"

„Das hast du, J. D.", gab sie zu.

„Dann vertrau mir endlich mal, Tiff."

„Das tue ich", versprach sie, und er küsste sie, als wollte er nie wieder aufhören.

EPILOG

Zwei Wochen später drehte Tiffany sich vor dem Spiegel. Das blaue Seidenkleid umspielte ihre Beine. „Es ist wunderhübsch“, sagte sie zu ihren Halbschwestern.

„Ja, sieht toll aus“, bestätigte Katie, die das gleiche Kleid trug.

„Gut.“ Bliss ließ sich in einen Sessel im Anproberaum der Schneiderin fallen, bei der sie nicht nur ihr Hochzeitskleid, sondern auch die der beiden Brautjungfern bestellt hatte.

Endlich hatte Tiffany das Gefühl, zu einer richtigen Familie zu gehören. Sie und J. D. wollten heiraten, ihre Halbschwestern und sie lernten sich immer besser kennen, und ihre Kinder kamen langsam zur Ruhe. Stephen rebellierte nicht mehr, und Christina schwebte auf einer rosa Wolke.

„Okay“, sagte Bliss, „lasst uns von hier verschwinden. Ich gebe euch einen Softdrink aus.“

„Ich finde, wir haben uns einen Gin Tonic verdient“, erwiderte Katie, während sie vorsichtig aus ihrem Kleid mit dem markierten Saum stieg und es der Schneiderin reichte.

„Wie wäre es mit einem Glas Chablis?“

„Einverstanden.“

Sie zogen sich um und gingen hinaus. Es war ein sonniger Nachmittag, doch die Straße lag im Schatten.

„Ich kann noch gar nicht glauben, dass ihr beide heiraten wollt“, sagte Katie seufzend, als sie Bliss’ unter eine Eiche geparktes Cabrio erreichten. Das Verdeck war geöffnet, und ihr Hund Oscar bellte freudig. Sie zeigte auf die Rückbank, und gehorsam kletterte er nach hinten.

„Du bist die Nächste“, entgegnete Bliss und setzte sich ans Steuer. Tiffany nahm auf dem Beifahrersitz Platz, während Katie hinten einstieg und Oscar streichelte.

„Niemals. Ich bin viel zu beschäftigt, um zu heiraten.“

„Womit denn?“ Bliss startete den Motor.

„Ich will herausfinden, was Ray Dean mit Isaac Wells’ Verschwinden zu tun hat.“

„Kannst du das nicht der Polizei überlassen?“, fragte Tiffany, als Bliss vom Parkplatz fuhr.

„Und verpasse die Story meines Lebens? Auf keinen Fall.“

Der Fahrtwind wehte durch ihr Haar. Lächelnd lehnte Tiffany sich zurück.

Katie beugte sich zu ihr. „Weißt du inzwischen mehr über deinen neuen Mieter?"

„Über Luke? Nein. Er bleibt meistens für sich."

„Ich möchte wissen, warum er das tut."

„Warum fragst du ihn nicht?", sagte Tiffany.

„Vielleicht tue ich das sogar." Katie lachte fröhlich.

Tiffanys Lächeln wurde breiter, als ihr Haus in Sicht kam. Ihr Schwiegervater hatte es ihr als vorgezogenes Hochzeitsgeschenk überschrieben. J. D.s Geld hatte er abgelehnt und versuchte stattdessen, seinen Sohn zu Santini Brothers zurückzuholen. Aber J. D. war fest entschlossen, in Bittersweet eine Rechtsanwaltskanzlei zu eröffnen.

„Mommy!" Christina rannte über den Rasen, als Bliss in der Einfahrt hielt. J. D. folgte ihr. Er humpelte fast gar nicht mehr. Oscar sprang aus dem Wagen und leckte dem kleinen Mädchen das Gesicht ab. Christina kreischte freudig.

J. D. hielt Tiffany die Beifahrertür auf. „Ich bin froh, dass du nach Hause kommst."

„So? Ich dachte, du liebst es, den Babysitter zu spielen."

„Das tue ich."

In diesem Moment bog Luke Gates' klappriger Pick-up aufs Grundstück ein.

„Das ist deine Chance", flüsterte Bliss Katie zu.

„Stimmt." Katie stieg aus. „Du kennst mich ja. Eine solche Gelegenheit lasse ich mir nicht entgehen."

„Worum geht es?", fragte J. D. neugierig.

„Das ist eine lange Geschichte." Lächelnd sah Tiffany Katie nach, die ohne jede Scheu auf den hochgewachsenen Texaner zuging. „Aber wundere dich nicht, wenn du sie demnächst in der Zeitung liest."

„Katie ist mal wieder hinter einer heißen Story her, was?"

„Das hofft sie nur", warf Bliss ein.

Tiffany seufzte zufrieden, als J. D. einen Arm um sie legte. So glücklich war sie schon lange nicht mehr gewesen.

Eines Tages würde sie vielleicht sogar ihrem Vater vergeben können.

Eines Tages.

Vorläufig gab es für sie nur J. D. und ihre Liebe zu ihm.

– ENDE –

Lisa Jackson

Herz über Kopf

Roman

Aus dem Amerikanischen von
Patrick Hansen

mtb

1. KAPITEL

„Ich verlasse mich auf dich, mein Junge. Jetzt, da Dave von uns gegangen ist, bleibt uns nur noch der Trost, dass er uns vielleicht einen Sohn oder eine Tochter hinterlassen hat. Natürlich wissen wir nicht, ob es stimmt, aber bei seinem letzten Besuch hat er so etwas angedeutet." Die Stimme des alten Mannes klang brüchig. „Du findest es doch für Daves Mutter und mich heraus, ja?"

„Ich kümmere mich darum", versprach Luke Gates, bevor er den Hörer auf die Gabel knallte und leise fluchte. Was hatte er sich jetzt bloß wieder eingebrockt? Der Schweiß rann ihm über den Rücken, denn in der winzigen Wohnung unter dem Dach des alten Kutscherhauses im südlichen Oregon war es an diesem Septembertag unerträglich heiß.

Sollte Ralph Sorenson sich doch selbst auf die Suche machen. Wie kam Luke dazu, dem alten Mann Hoffnungen zu machen, die zu nichts als Enttäuschung und Leid führen würden? Insgeheim war Sorenson fest davon überzeugt, dass er ein Enkelkind hatte, und wollte unbedingt, dass Luke es suchte. Und er zahlte gut dafür. Sehr gut sogar.

Geld war Lukes größte Schwäche. Er war in armen Verhältnissen aufgewachsen, von einer Tante zur nächsten herumgereicht worden und hatte immer wieder zu hören bekommen, dass er sich Kost und Logis gefälligst selbst verdienen sollte. Seitdem war sein Leben eine einzige Jagd nach dem allmächtigen Dollar.

Dieser Auftrag allerdings war eine Ausnahme. Er gefiel Luke ganz und gar nicht.

Doch Ralph gab nicht auf. Der alte Mann war verzweifelt.

In Luke regte sich ein flaues Gefühl, als er an den Menschen dachte, der tatkräftig mitgeholfen hatte, aus einem rebellischen Jugendlichen einen halbwegs anständigen Geschäftsmann zu machen. Luke hatte seinen Vater nie gekannt, und Ralph war für ihn so etwas wie ein Ersatz gewesen.

Trotzdem graute ihm davor, längst vergessene Leichen aus Kellern zu holen und das Leben unschuldiger Menschen auf den Kopf zu stellen.

Na ja, so unschuldig sind sie wohl nicht, sagte er sich.

Ralph Sorenson hatte ein Recht darauf, seine Nachkommen kennenzulernen. Was machte es schon, wenn irgendeine Frau darunter leiden musste? Außerdem ging es um eine ganze Menge Geld.

Luke zog seine Stiefel an und ging nach draußen. Auf der Treppe traf ihn die Nachmittagshitze mit aller Macht. Die Luft war so trocken wie der Wind im Westen von Texas, die Septembersonne unbarmherzig. Genau das Wetter, das er mochte.

Er eilte die Stufen hinunter und über den fleckigen Rasen dorthin, wo aus seinem klapprigen Pick-up Öl auf den Zement tropfte. Seit einigen Wochen wohnte er jetzt hier und wollte bleiben, bis er das alte Ranchhaus auf Vordermann gebracht hatte. Das würde eine Weile dauern.

Als er den Kies in der Einfahrt knirschen hörte, drehte er sich um. Gefolgt von einer blauen Abgaswolke rollte das Cabrio aus. Noch bevor es richtig stand, sprang die rothaarige Fahrerin heraus.

„Hi!“ Sie winkte ihm zu.

Wie hieß sie noch gleich? Katie Irgendwas, dachte er – eine Verwandte, vielleicht sogar eine Schwester von Tiffany Santini, der Witwe, bei der er sich eingemietet hatte.

Lächelnd kam sie auf ihn zu. Sie hatte eine leuchtend rote Mähne und Sommersprossen auf der kleinen Stupsnase und war alles andere als schüchtern. „Sie sind Luke Gates, nicht wahr? Ich habe Sie schon ein paarmal gesehen und hätte mich längst vorstellen sollen.“ Sie strahlte ihn an und streckte die Hand aus. „Ich bin Katie Kinkaid, Tiffanys Schwester. Na ja, eigentlich Halbschwester.“ Ihr Gesicht war gerötet.

Ihm blieb nichts anderes übrig, als die kleine Hand zu schütteln. „Freut mich“, erwiderte er, obwohl er keineswegs sicher war. Für seinen Geschmack war sie zu lebhaft. Zu selbstsicher.

„Mich auch.“ Sie ließ seine Hand los. „Sie haben nicht zufällig meinen Sohn gesehen? Zehn Jahre alt, rötliches Haar, schon ziemlich groß. Seit einigen Tagen ist er ständig mit Stephen zusammen.“

Luke kannte den Jungen, von dem sie sprach. „Ich glaube, ich habe ihn gesehen.“ Sein Blick zuckte zur Gartenpforte. „Aber heute nicht.“

„Hm.“ Sie strich sich das Haar aus den Augen, und ihr blumiger Duft stieg ihm in die Nase. „Tiffany hat erzählt, dass sie mit den Jungen zur Farm will – zu der, die Santini Brothers Enterprises den Zalinskis abgekauft haben, um dort Wein anzubauen. Wahrscheinlich sind sie nur noch nicht zurück.“ Sie nahm die Sonnenbrille ab und kaute an einem Bügel, während sie zur Straße schaute. „Dann muss ich wohl warten.“ Sie warf ihm einen Blick zu. „Was führt Sie nach Bittersweet?“

„Geschäfte.“ Was für eine aufdringliche Frau, dachte Luke. Sie musterte ihn von Kopf bis Fuß, und ihre Miene verriet, was ihr durch den Kopf ging. In verwaschenen Jeans, T-Shirt und abgetragenen Stiefeln sah er nicht aus wie ein Geschäftsmann.

„Was für Geschäfte?“

Auch wenn er für Ralph ein paar Nachforschungen anstellen wollte, war er aus einem anderen Grund nach Bittersweet gekommen. „Ich habe ein paar Meilen außerhalb der Stadt Land gekauft und möchte daraus eine Ferienranch machen.“

Sie setzte die Sonnenbrille wieder auf. „Für Touristen, die sich eine Woche lang als harte Cowboys versuchen wollen?“

Luke musste lächeln. „So ungefähr.“ Als sein Blick wie von selbst auf ihren Ausschnitt fiel, gab er sich einen Ruck und konzentrierte sich auf eine Rostbeule an seinem Pick-up. Katie Kinkaid verströmte eine Sinnlichkeit, die ihm unter die Haut ging. Offenbar war er zu lange mit keiner Frau mehr zusammen gewesen.

„Wann wollen Sie eröffnen?“, fragte sie.

Er räusperte sich. „Im nächsten Jahr. Sobald der Schnee schmilzt.“

„Wo genau liegt Ihre Ranch?“

„Etwa drei Meilen außerhalb.“ Katie Kinkaid war entschieden zu neugierig. „Ich muss los.“

„Warten Sie. Ich bin Reporterin beim *Rogue River Review*, das ist unsere Lokalzeitung, und würde gern eine Story über Ihre Ranch machen.“

Das war es also. Er hätte es wissen müssen.

„Sehen Sie es als Gratiswerbung an“, fuhr sie fort, als er zögerte, und legte den Kopf zurück, um ihm gerade ins Gesicht zu sehen.

„Danke. Ich melde mich.“

„Hier ist meine Karte.“ Sie wühlte in ihrer Handtasche, holte ihre Geldbörse heraus und zog eine weiße Visitenkarte hinter einem Foto hervor, das vermutlich ihren Sohn zeigte. „Rufen Sie mich einfach an. Oder ich Sie.“

Luke nahm die Karte und drehte sie zwischen den Fingern. „Ich habe noch keine. Ich habe den Vertrag gerade erst unterschrieben.“

„Oder ich Sie“, wiederholte sie.

„Na gut. War nett, Sie kennenzulernen.“ Er schob die Karte in die Gesäßtasche seiner Jeans und ging zu seinem Wagen. Eine schwarze Katze, die sich auf der Motorhaube gesonnt hatte, sprang herunter.

„Komm her, Charcoal“, sagte Katie und hob sie hoch.

Als Luke den Rückwärtsgang einlegte und Gas gab, sah er Katie im Seitenspiegel. Ihr Anblick ließ sein Herz schneller schlagen.

Aber sein Bauchgefühl war unmissverständlich – Katie Kinkaid war eine Frau, der er von jetzt an besser aus dem Weg ging.

Katie hielt noch immer die Katze auf dem Arm, schaute zur Straße hinüber und dachte über den rätselhaften Cowboy aus dem Kutscherhaus nach, als ein Jeep aufs Grundstück einbog. Am Steuer saß J. D. Santini, Tiffanys Schwager und zukünftiger Ehemann.

Katie ging zur Seite.

Mit leuchtenden Augen stieg ihre Halbschwester aus dem Cherokee. „Tut mir leid, dass wir uns verspäten. Wir waren auf der Farm, und die Kinder haben im Teich gebadet, und ... na ja, wir haben nicht auf die Zeit geachtet."

J. D. folgte ihr. „Stimmt nicht", widersprach er und zwinkerte Katie zu. „Stephen, Josh und Christina hatten viel Spaß, und die Dame hier", er legte den Arm um Tiffany, „konnte die Hände nicht von mir lassen."

Lachend verpasste Tiffany ihm einen Rippenstoß. „Träum weiter", neckte sie ihn, doch ihr war anzusehen, wie verliebt sie war.

Katie war kein bisschen neidisch. Sie glaubte fest an die Liebe – bei anderen Menschen. „Ich bin gerade erst angekommen und habe inzwischen deinen neuen Mieter kennengelernt."

„Luke? Hm." Tiffany runzelte die Stirn. „Er ist ziemlich verschlossen."

Die Jungen kletterten vom Rücksitz, und Christina, Tiffanys dreijährige Tochter, rannte mit wippenden Locken und ausgestreckten Armen zu J. D., dem Mann, der ihr Onkel war und bald ihr Stiefvater sein würde. „Huckepack!"

„Zu Befehl." J. D. hob sie auf seine Schultern.

Kichernd umklammerte das Mädchen seinen Kopf, und zum ersten Mal seit langer Zeit tat es Katie wieder weh, dass ihr Sohn seinem Vater noch nie begegnet war. Na ja, alles zu seiner Zeit, dachte sie.

„Hey, Mom, was machst du denn hier?" Josh war zehn, hatte riesige kaffeebraune Augen und wie sie viele Sommersprossen im Gesicht.

„Ich hole dich ab."

„Jetzt schon?"

„Du hast Fußballtraining."

„Erst um fünf."

„Er kann gern noch ..." Tiffany verstummte, als Katie den Kopf schüttelte.

„Ein andermal."

Tiffany fuhr fort: „Na gut, aber dann kommt wenigstens auf ein Glas Eistee oder Limonade ins Haus. Wir haben etwas zu besprechen."

„Das klingt ja spannend", erwiderte Katie.

„Für dich klingt alles spannend. Aber glaub mir, darüber willst du in deiner Zeitung nicht schreiben."

„Das kann man nie wissen." Katie war in einem Haus voller älterer Halbbrüder aufgewachsen und daher überglücklich gewesen, als sie erfuhr, dass sie nicht nur eine, sondern gleich zwei Halbschwestern hatte. Tiffany war erst nach dem Tod ihres Mannes nach Bittersweet gezogen, wo ihre Großmutter Octavia Nesbitt fast ihr ganzes Leben verbracht hatte.

Die Jungen rannten davon, und als Katie, Tiffany und J. D. die Veranda betraten, drangen bereits die ersten Akkorde einer E-Gitarre aus Stephens Zimmer. „Mein Sohn, der Rockstar", lachte Tiffany.

Christina zappelte, bis J. D. sie absetzte, und eilte nach oben. In der Küche duftete es nach getrockneten Kräutern und Wildblumen, die in Büscheln von den Deckenbalken hingen. Kinderzeichnungen, Termine und alte Schulzeugnisse zierten den Kühlschrank, und über der Kochinsel baumelten Kupferpfannen.

„Ich wette, die Jungs freuen sich über Christinas Besuch." Tiffany holte einen Krug mit Eistee heraus.

„Wenn sie wie meine Brüder sind, schließen sie sich ein und verbieten den Mädchen den Zutritt", sagte Katie. „Das machen alle älteren Brüder, um ihre Schwestern zu unterdrücken."

„Bei dir scheint das nicht funktioniert zu haben", warf J. D. ein, während Tiffany den Eistee eingoss.

„Vorsicht, J. D., du bist in der Unterzahl", warnte sie und reichte Katie ihr Glas. „Freust du dich auf die Hochzeit am Wochenende?"

„Ich kann es kaum erwarten. Und du?"

Tiffany setzte sich zu ihr. „Natürlich freue ich mich für Bliss und Mason, aber … lass mich raten – du hast noch immer Probleme mit unserem lieben alten Dad."

„Nennen wir ihn einfach John, okay?"

„Dich stört, dass John Cawthorne auch kommt, richtig?"

„Nicht nur das, er übergibt auch noch die Braut." Seufzend stützte Tiffany das Kinn auf eine Hand und blickte aus dem Fenster. „Das reißt alte Wunden auf."

Katie wusste, was ihre Schwester meinte. John Cawthorne hatte Töchter von drei verschiedenen Frauen. Sie selbst hatte erst spät herausgefunden, dass sie nicht von Hal Kinkaid, dem dritten Ehemann ihrer Mutter, abstammte. Rose Nesbitt, Tiffanys Mutter, war von John sitzen gelassen worden. Bliss war seine einzige eheliche Tochter. „Was willst du tun, wenn du J. D. heiratest?"

„Wir gehen zu einem Friedensrichter."

„Niemals." J. D. stellte sein Glas ab. „Dies ist meine erste und letzte Heirat, und ich will eine kirchliche Trauung."

„Ich weiß, ich weiß. Dann … muss Stephen mich übergeben."

„Schön." J. D. nickte zufrieden. „Jetzt, da ich meine Rechte angemeldet habe, verschwinde ich besser." Er ging zu Tiffany und küsste sie aufs Haar. „Außerdem muss ich noch Papierkram erledigen und meinen Vater anrufen." Er prostete Katie zu. „Katie, es war mir wie immer ein Vergnügen."

„Mir auch, J. D."

Sehnsüchtig blickte Tiffany ihm nach, als er hinausging.

„Dich hat es ganz schön erwischt", stellte Katie fest.

„Sieht man das?"

„Ein Schild um den Hals wäre subtiler."

„Oh, vielleicht sollte ich diskreter sein."

„Auf gar keinen Fall! Liebe ist etwas Herrliches", schwärmte Katie. Leider hatte sie nichts davon. „Womit wir wieder bei Bliss' Hochzeit wären. Wie willst du mit Johns Auftritt umgehen?"

„Ich weiß es nicht", gab Tiffany zu und rieb sich eine Schläfe. „Was erwartest du von mir? Dass ich mich mit dem Mann versöhne? Vergesse, dass er mich über dreißig Jahre lang ignoriert hat?" Heftig schüttelte sie den Kopf und ließ die Eiswürfel in ihrem Glas klirren. „Tut mir leid. Ich wollte nicht so verbittert klingen, und eigentlich war John in letzter Zeit gut zu mir und den Kindern. Offenbar hat der Herzinfarkt ihn verändert. Aber ich kann die Vergangenheit nicht einfach ungeschehen machen."

„Das verlangt auch niemand."

„Ich soll sie nur für eine Weile unter den Teppich kehren, was?"

„Nein, aber … gib ihm eine Chance. Das habe ich auch getan."

„Du hast keine Mutter, die sein Foto als Dartscheibe verwendet."

„Stimmt. Meine hat ihn geheiratet. Unglaublich, was?" Katie stieß einen leisen Pfiff aus. „Was ist denn nun mit dir und J. D.? Wann wagt ihr den Schritt?"

„Wahrscheinlich im Herbst, aber … ich glaube nicht, dass ich eine große Hochzeit möchte", gestand Tiffany.

„Warum nicht?"

„Ich war schon mal verheiratet."

„Das waren John und meine Mutter auch."

„Die verrückte Brynnie …" Tiffany betrachtete ihr Glas. „Na ja, wir werden sehen. Ich finde jedenfalls, wir sollten noch etwas warten."

„Wozu?" Katie wusste, dass es sie nichts anging, aber sie war nun mal eine hoffnungslose Romantikerin.

„Es gibt etwas, das ich mit dir bereden muss", begann Tiffany. „Es hat mit mir und J. D. zu tun."

„Was denn?"

„Sein Vater Carlo will, dass J. D., die Kinder und ich auf die Farm ziehen, die die Santini Brothers in ein Weingut umwandeln. Er hat J. D. ein äußerst reizvolles Angebot gemacht. Er hat mir nicht nur dieses Haus überschrieben, er bietet uns auch das auf der Farm an. J. D. kann als Rechtsanwalt arbeiten, soll aber zugleich als Berater für Santini Brothers tätig sein." Tiffany sah sich in der Küche um. „Ich bin hier nach Philips Tod eingezogen. Die Kinder fanden es schrecklich. Das ist lange vorbei, aber J. D., die Kinder und ich brauchen einen Neuanfang."

„Klingt doch gut."

„Das Problem ist, ich brauche jemanden, der sich um dieses Haus, die Wohnungen und die Mieter kümmert. Und zwar vor Ort. Ich dachte mir, es wäre ideal für dich und Josh. Du könntest mietfrei hier wohnen, ein Gehalt verdienen und weiterhin für die Zeitung arbeiten."

„Das ist nicht dein Ernst!"

„Doch. Du könntest dein Haus verkaufen oder vermieten." Tiffany leerte ihr Glas.

Katie wusste nicht, was sie sagen sollte. Sie ließ den Blick über die Körbe mit Blumen, die getrockneten Kräuter und die glänzenden Pfannen wandern. „Ich … muss erst darüber nachdenken. Und mit Josh reden."

„Tu das. Komm, ich zeig dir, worauf du dich einlassen würdest. Fangen wir ganz oben an." Sie stiegen die beiden Treppen hinauf und betraten das kleine Studio unter dem Dach, in dem J. D. an seinem Laptop saß.

„Hast du mich vermisst?", fragte er Tiffany.

„Schrecklich."

Er lehnte sich zurück, ihre Blicke verschmolzen kurz, und was sie in seinem las, trieb ihr eine leichte Röte ins Gesicht. „Dies ist die kleinste Wohnung", sagte sie rasch und zeigte Katie die winzige Küche und das Bad, bevor sie das erste Stockwerk erkundeten.

Vom Elternschlafzimmer aus konnte man das Kutscherhaus sehen, und sofort musste Katie an den hochgewachsenen Texaner denken, der dort wohnte. Er war ein schlanker, attraktiver Cowboy. Meistens lächelte er gelassen. Aber sie spürte, dass sich hinter der entspannten Fassade einige Geheimnisse verbargen. Oder ging mal wieder ihre Fantasie mit ihr durch? Als Reporterin witterte sie überall sensationelle Geschichten. „Erzähl mir von Luke Gates“, bat sie leise.

„Da gibt es nicht viel zu erzählen“, antwortete Tiffany. „Er ist der perfekte Mieter. Ruhig. Ordentlich. Zahlt immer pünktlich.“

„Er ist aus Texas, nicht wahr?“

„Ja, aus der Gegend von El Paso, glaube ich. Er hat auch erwähnt, dass er eine Zeit lang auf einer Ranch in der Nähe von Dallas gearbeitet hat. Aber er redet kaum.“ Sie warf Katie einen neugierigen Blick zu. „Warum fragst du?“

„Nur so.“ Das war stark untertrieben, denn für Katie war Luke der interessanteste Mann, der seit Jahren in Bittersweet aufgetaucht war.

Tiffany zog eine Augenbraue hoch. „Er sieht gut aus, was?“

Katie zuckte mit den Schultern. „Wenn man auf selbstsichere, nicht aus der Ruhe zu bringende Typen steht.“

Tiffany lachte. „Tun wir das nicht alle?“, flüsterte sie, als wollte sie nicht, dass J. D. es hörte.

Katie antwortete nicht, sondern lächelte nur, als sie über den Flur gingen und vor einer Tür stehen blieben, an der ein großes Zutritt-verboten-Schild hing.

Tiffany zwinkerte ihr zu, klopfte an und ging hinein. Überall lagen Sammelkarten, leere Tüten und Dosen, Schuhe und Kleidungsstücke herum. Im Regal stapelten sich Bücher und Videospiele. An sämtlichen Wänden hingen Poster von Rockstars und Baseballspielern. Das Bett war ungemacht. Mitten im Chaos saßen Josh und Stephen auf dem Fußboden und blätterten in einer Sportzeitschrift. Christina wühlte im Schrank.

„In der Küche sind Chips und Kekse“, sagte Tiffany zu ihnen.

„Cool!“, rief Josh. Die Jungs eilten nach unten. Das kleine Mädchen folgte ihnen.

Tiffany wartete, bis sie außer Hörweite waren. „Ich habe den Kampf gegen dieses Chaos aufgegeben, weil ich mit Stephen größere Probleme hatte“, gab sie zu. Katie erinnerte sich. Der Junge war von der Polizei nach Isaac Wells' Verschwinden befragt worden, nachdem er die Schlüssel zu einem der Oldtimer des alten Farmers gestohlen hatte.

„Hat sich die Lage inzwischen beruhigt?“

„Sehr.“ Tiffany seufzte. „J.D. war mir eine große Hilfe. Jeder hat mir erzählt, dass ein Junge in Stephens Alter ein Vorbild braucht, einen Mann, zu dem er aufsehen kann. Ich wollte es nicht glauben und war nach Philips Tod eisern entschlossen, nie wieder zu heiraten.“

Sie sammelte ein paar leere Getränkedosen auf. „Dann erschien J.D. auf der Bildfläche – und hat sich geradezu in mein Leben gedrängt. Ich habe es zugelassen, weil er schließlich Philips Bruder ist und die Kinder sein Neffe und seine Nichte sind. Aber ich habe nicht damit gerechnet, dass … Na ja, so war es eben. Komm schon, ich zeige dir Christinas Zimmer.“

Als Katie das Himmelbett und die pastellfarbenen Wände und Gardinen sah, wurde ihr ein wenig weh ums Herz. Sie hatte sich immer eine kleine Schwester für Josh gewünscht, sich inzwischen jedoch damit abgefunden, dass sie beide wohl allein bleiben würden.

Als Nächstes besichtigten sie die Räume im ersten Stockwerk der alten Villa und die vier Wohnungen im Souterrain und im Kutscherhaus. Die Jungen spielten vor der Garage Basketball, und Christina jagte die Katze über den Rasen.

„Was hältst du von meinem Vorschlag?“, fragte Tiffany ihre Schwester.

„Ich finde ihn gar nicht schlecht.“ Am liebsten hätte Katie schon hier und jetzt zugesagt. „Ich denke darüber nach.“ Sie könnte ihr eigenes Haus vermieten, eine Menge Geld sparen, mehr Zeit mit ihrem Sohn verbringen und sich auf ihren Beruf konzentrieren. Vielleicht könnte sie dann sogar ihren alten Wagen gegen ein neueres Modell eintauschen.

„Im Moment sind alle Wohnungen vermietet. Bis auf das Dachgeschoss, in dem J.D. sein Büro eingerichtet hat. Sobald wir umziehen, setze ich es in die Zeitung. Chrissie! Pass auf!“ Tiffanys Warnung kam zu spät – ihre Tochter stürzte über eine aus der Erde ragende Baumwurzel. Einige Schrecksekunden lang herrschte atemlose Stille, dann heulte Christina so laut los, dass selbst die Jungen zusammenzuckten und ihr Spiel unterbrachen.

Tiffany rannte hinüber und nahm das Mädchen auf den Arm. „Alles wieder gut“, sagte sie und strich ihr über den Kopf.

„Mommy, Mommy, Mommy!“, rief ihre Tochter schluchzend.

„Wir sollten besser gehen.“ Katie winkte ihrem Sohn. „Lass uns fahren, Josh.“

„Ach, Mom, kann ich nicht noch eine Weile bleiben?“

Christina schrie wie am Spieß.

„Nein.“

„Aber …“

„In den Wagen. Sofort.“ Sie ignorierte Joshs flehentlichen Blick und sah Tiffany an, die Christina die Tränen abwischte. „Danke für das Angebot. Ich rede mit Josh und rufe dich an.“

„Gut.“

In diesem Moment wurde die Hintertür aufgestoßen. J. D. eilte die Verandatreppe herunter. „Was ist passiert?“, fragte er besorgt und sprintete mit langen Schritten durch den Garten. Als Christina ihn sah, erhellte sich ihre Miene.

„Eine kleine Katastrophe.“ Tiffany drückte ihre Tochter an sich, und sofort begann das kleine Mädchen wieder zu weinen.

„Klein? Für mich sieht sie groß aus“, erwiderte J. D. und nahm ihr Christina ab. „Komm her, mein Küken. Schauen wir uns mal an, wie schwer du verletzt bist.“

Christinas Tränen versiegten schlagartig, und ihr verlegenes Lächeln ließ Tiffany vermuten, dass ihre Schmerzen nicht so groß waren, wie sie tat.

Katie winkte ihnen zum Abschied zu, stieg in den Wagen und drehte den Zündschlüssel. Stotternd sprang der Motor an. Als sie Gas gab, ertönte ein lauter Knall, und aus dem Auspuff schoss eine blaue Wolke. „Gott sei Dank.“ Dankbar streichelte sie das Armaturenbrett. Ihre Klapperkiste hatte viele Macken, aber noch fuhr sie.

„Können wir uns einen Hamburger holen?“, fragte Josh hoffnungsvoll.

„Eigentlich wollte ich Nudelsalat machen, aber …“ Lächelnd schaute Katie in sein angewidertes Gesicht. „Cheeseburger mit Pommes klingt besser, oder?“

„Und ein Milchshake.“

„Schokolade.“

„Gut.“ Josh reckte einen Daumen. „Ich hasse Nudelsalat.“

„Ich weiß.“ Wehmütig zerzauste Katie ihm das Haar. Manchmal erinnerte er sie an seinen Vater. Den Mann, den sie seit elf Jahren nicht mehr gesehen hatte. Den Mann, der vermutlich noch immer nicht wusste, dass er ein Kind hatte. Jahrelang hatte sie sich eingeredet, dass Dave es nicht zu erfahren brauchte. Schließlich hatte er sie im Stich gelassen, als sie schwanger geworden war.

Doch in letzter Zeit war ihr klar geworden, welchen Schaden ihr eigener Vater mit all seinen Lügen angerichtet hatte. Sie war damals ein verängstigter schwangerer Teenager gewesen und hatte sich allein auf ihr Gefühl verlassen. Inzwischen war sie nicht mehr sicher, ob ihre hastig getroffene Entscheidung richtig gewesen war. Wäre es für Josh nicht besser, seinen Vater zu kennen? Zu wissen, von wem er abstammte?

Als junges Mädchen hätte sie alles dafür gegeben, die Wahrheit über ihre Herkunft zu hören. War sie es ihrem Sohn nicht schuldig, ehrlich zu ihm zu sein?

2. KAPITEL

„Ich sage es nur ungern, Katie, aber was du brauchst, ist ein Mann.“ Jarrod Smith, Katie Kinkaids ältester Halbbruder, knallte die Motorhaube ihres alten Cabrios zu und schlug nach einem Moskito.

„Was ich brauche, ist ein neuer Wagen“, erwiderte Katie und schaute zu dem kleinen Bungalow hinüber, in dem sie und ihr Sohn seit fast zehn Jahren wohnten. Zwei Fensterscheiben waren gesprungen, der Trockner funktionierte nur, wenn er Lust hatte, und der Teppichboden hätte längst erneuert werden müssen. Nein, im Moment konnte sie sich kein anderes Auto leisten.

„Das hier“, Jarrod klopfte mit einer ölverschmierten Hand auf den verwitterten Lack, „ist dein geringstes Problem.“ Der Schweiß rann ihm übers Gesicht. „Du hast Josh und …“

„… und ich kann auf deinen Rat verzichten.“ Nur weil ihre Mutter in diesem Sommer zum fünften Mal heiratete und ihre Halbschwestern bereits verlobt waren, musste sie sich nicht auch noch einen Ehemann suchen. Sicher, einen Jungen allein großzuziehen war nicht leicht, aber ein Stiefvater würde es vermutlich noch komplizierter machen. „Niemand *braucht* einen Mann, Jarrod.“ Sie warf ihm einen wütenden Blick zu. „Ich schon gar nicht.“

„Ich sage doch nur, dass es nicht schaden würde.“ Er ließ seinen Blick vom schief hängenden Basketballkorb an der Garage über die vom Unkraut überwucherten Blumenbeete zu den verrosteten Gartenmöbeln auf der Veranda wandern. Alles hier musste dringend renoviert werden. Selbst Blue, Katies alter Hund, döste im Schatten und träumte vermutlich von einem Besuch im Hundesalon. „Ein Mann, Katie“, wiederholte er.

„Du klingst wie eine kaputte CD.“ Sie stützte die Hände auf die Hüften. „Was schlägst du vor? Soll ich mir einen Untermieter suchen, damit meine faulen Brüder sich nicht mehr um meinen Trockner, den Geschirrspüler oder dieses alte Gefährt kümmern müssen?“

Jarrod lächelte. „Keine schlechte Idee.“ Er wischte sich die Stirn ab und ließ einen Ölfleck zurück.

„Oder wie wäre es mit einer Stellenanzeige? Suche handwerklich begabten Teilzeitvater? Sollte auch kochen, bügeln und den Rasen mähen können?“

„Vielleicht solltest du einfach heiraten.“

Katie wollte nicht heiraten. Es gab nicht mal jemanden, mit dem sie hin und wieder ausging. Eine Sekunde lang musste sie an Luke Gates denken, bevor sie entsetzt ihre Fantasie zügelte. „Jarrod, ich habe keine Zeit für einen Mann in meinem Leben. Glaub mir, Josh ist genug."

„Er ist dein Sohn."

„Und ein toller Junge", ergänzte sie automatisch, während sie die Fliegengittertür öffnete. Der Riss darin wurde von Tag zu Tag größer, aber wie immer achtete sie nicht darauf. Sie hatte größere Sorgen, aber von denen würde sie ihrem Bruder nichts erzählen.

In der Küche war es drückend heiß. Trotz des offenen Fensters über der Spüle drang kein Windhauch hinein, um den Duft von Ahornsirup und Bacon zu vertreiben, der seit dem Frühstück in der stickigen Luft hing. Winselnd hob Blue den Kopf und schnupperte in Richtung des fettigen Wassers, in dem die Bratpfanne lag.

„Glaub mir, Junge, das willst du nicht", sagte sie zu ihm.

Jarrod sah sich um und rümpfte die Nase. „Wo steckt Josh?"

„Beim Fußballtraining. Davor war er bei Tiffany. Er und Stephen verstehen sich ganz gut."

„Besser als du und Tiffany?"

„Sie möchte, dass ich dieses Haus vermiete und ihres übernehme, wenn sie mit J. D. auf die alte Ranch zieht. Zwischen uns gibt es keinerlei Probleme."

„Richtige Schwestern, was?"

„Halbschwestern."

„Reicht doch, oder?" Jarrod zwinkerte ihr zu. „Wie bei uns beiden."

„Genau."

„Also bekommt John, was er will."

„Nicht ganz, aber diese Patchworkfamilie findet endlich zusammen. Tiffany und ich sind Bliss' Brautjungfern. Das hätte ich nie für möglich gehalten." Bliss war John Cawthornes einzige eheliche Tochter, aber Katie beneidete sie nicht mehr. Sie steckte sich eine Erdnuss in den Mund. „Kaum zu glauben, dass Tiffany mitmacht ..."

„Siehst du? Einen Mann zu finden hat ihr gutgetan."

„Ich werde *nicht* heiraten, ist das klar?" Katie biss sich auf die Zunge, bevor ihr etwas herausrutschte, das sie vielleicht bereuen würde. Stattdessen griff sie nach dem Schwamm und scheuerte die Pfanne so heftig, dass sie Angst um die Beschichtung bekam. „Mein Familienstand geht dich nichts an."

Er lachte. „Nur dein Wagen, was?"

Sie seufzte. „Möchtest du etwas trinken?"

„Hast du ein Bier da?"

„Nein. Mineralwasser, Tomatensaft, Grapefruit."

„Ich verzichte. Das ist mir zu gesund." Er nahm sich eine Handvoll Erdnüsse, warf sie einzeln in die Luft und fing sie mit dem Mund auf.

„Danke für deine Hilfe", sagte sie über die Schulter.

„Jederzeit."

Die Türe fiel hinter ihm zu. Katie trocknete sich die Hände ab. Da Josh noch beim Training war, blieb ihr genug Zeit, um für eine Story zu recherchieren – seit Jahren die spannendste Geschichte in Bittersweet. Sie hängte sich die Tasche um und eilte zum Wagen. Jemand musste das Rätsel lösen, das Isaac Wells' Verschwinden umgab, und sie war entschlossen, den Stein ins Rollen zu bringen. Wenn der Artikel in der Zeitung erschien, sollte ihr Name darüberstehen.

Mit zusammengekniffenen Augen blickte Luke in die untergehende Sonne. Seit sechs Stunden saß er jetzt schon im Sattel. Die rotbraune Stute war erschöpft, und er selbst sehnte sich nach einer kalten Dusche und einem noch kälteren Bier. Es war ein raues, zerklüftetes Gelände. Er war staubbedeckt, und ihm tat jeder Knochen weh, als er das Pferd vorsichtig über den steilen Pfad nach unten lenkte.

Paradiesisch war dieses Land nicht, aber ideal für die kleinen Viehtriebe, mit denen er den Gästen seiner Ferienranch etwas „Abenteuerliches" bieten konnte. Und im Osten war es dicht bewaldet und wie geschaffen für Urlauber, die wandern, jagen oder campen wollten.

Stirnrunzelnd fragte Luke sich, ob er zum ersten Mal in seinen sechsunddreißig Jahren innerlich zur Ruhe kommen würde. „Keine Chance", sagte er zu seiner Stute, die – wie er von Max Renfro, dem einstigen Vormann der Ranch erfahren hatte – Lizzy hieß.

Schon gar nicht, bevor er Ralphs Enkelkind gefunden hatte. Falls es überhaupt eins gab. Gut möglich, dass er nur hinter dem Hirngespinst eines alten Mannes herjagte. Er trieb das Pferd wieder an.

In der Ferne blitzte etwas Metallisches auf.

„Wow."

Unterhalb des Hügels erstreckte sich das Land des verschwundenen Isaac Wells. Trotz des gelben Absperrbands, das die Polizei vors Haupttor gespannt hatte, trieben sich immer wieder Neugierige herum.

Auch jetzt stand in der Einfahrt ein Wagen. Es war ein Cabrio, und Luke fühlte, wie der Anblick etwas in ihm auslöste. Er griff in die

Satteltasche, holte das Fernglas heraus und hob es an die Augen. Katie Kinkaid kletterte gerade über den Zaun. Er beobachtete, wie sie zum Haus ging und durch ein Fenster schaute.

„Neugierige Frau“, murmelte er. Dann erinnerte er sich, dass sie Reporterin war. Als sie sich vorbeugte, fiel sein Blick wie von selbst auf den runden Po in den engen Shorts. Sein Mund wurde trocken, und plötzlich kam er sich vor wie ein unreifer Schuljunge. Was machte es schon, dass sie sich auf einer verlassenen Ranch umsah? Es ging ihn nichts an.

Doch die Gerüchte, die er in Bars und Coffeeshops gehört hatte, gingen ihm nicht aus dem Kopf. Was, wenn Isaac Wells einem Verbrechen zum Opfer gefallen war? Wenn er ermordet worden und der Mörder noch auf freiem Fuß war?

Nicht dein Problem, sagte er sich. Falls es einen Täter gab, so war er bestimmt längst über alle Berge. Luke warf einen letzten Blick auf die rothaarige Frau. Als sie sich umdrehte, sah er, wie sie die vollen Lippen spitzte und die anmutig geschwungenen Brauen zusammenzog.

Er schluckte. Was war los mit ihm? Warum fiel es ihm schwer, sich von ihrem Anblick loszureißen? „Komm schon.“ Er gab sich einen Ruck, schnalzte und ritt weiter.

Nein, er durfte sich keine Sorgen um Miss Kinkaid oder sonst jemanden machen. Er hatte früh gelernt, sich nur um seine eigenen Angelegenheiten zu kümmern. Als er die Ebene erreichte, presste er die Knie an Lizzys verschwitzte Flanken. Obwohl sie müde war, reagierte die Stute sofort. Sie spitzte die Ohren und wieherte leise, als sie die kleine Herde passierten, die sich am verwitterten Weidezaun versammelt hatte.

„Ja, sie vermissen dich auch, Lizzy“, sagte Luke. Schon jetzt fühlte er sich auf diesem staubigen Fleckchen Erde zu Hause. Die Nebengebäude brauchten neue Dächer, die Fassaden frische Farbe, und die meisten Fenster waren blind.

Aber erst musste er herausfinden, ob Ralph hier irgendwo eine Frau mit seinem Kind zurückgelassen hatte. Das konnte nicht allzu schwierig sein. Luke hatte sich bereits die zehn und elf Jahre alten Geburtsanzeigen angesehen. Morgen würde er die Einwohnerverzeichnisse durchgehen und sich unauffällig in Bittersweet umhören. Klatsch und Tratsch waren noch immer die besten Informationsquellen.

Er nahm Lizzy Sattel und Zaumzeug ab und ließ sie auf die Weide. Freudig wiehernd gesellte sie sich zu ihrer kleinen Herde. Luke lächelte. Die Tiere sahen gesund und kräftig aus. Es waren insgesamt zehn, wenn man die drei Fohlen mitzählte. Eine gute Grundlage für das, was er vorhatte.

Die Rinder, die frei zwischen den Hügeln grasten, waren eher klein und schmal – und schwer zu verkaufen. Aber für das, was er sich vorstellte, reichten sie.

Sobald er die Baugenehmigung hatte, würde er das Haupthaus renovieren und im Januar mit der Werbung für die Ferienranch beginnen. Um im Frühjahr richtig loslegen zu können, brauchte er Personal – eine Köchin und Haushälterin, einige Cowboys und ein oder zwei Leute, die sich in der Gegend auskannten und die Urlauber auf ihren Touren begleiteten. Mit etwas Glück würden die ersten Gäste Mitte Mai eintreffen. Vermutlich würde er zwei Jahre lang rote Zahlen schreiben, aber das hatte er einkalkuliert.

Danach musste die Ranch Gewinn abwerfen. Sie musste es einfach. Er hatte alle seine Träume und Hoffnungen in dieses Stück Land gesteckt.

Früher hatte er andere Ziele gehabt. Eine Familie, ein gemeinsames Zuhause. Aber sein Leben war anders verlaufen. In ihm zog sich jedes Mal etwas zusammen, wenn er an seine Ehe dachte. Verdammt. Sieben Jahre Pech. Dann die Scheidung. Die Ehe war schon übel gewesen, die Scheidung sogar noch schlimmer.

Na ja, es war vorbei. Es lag lange zurück. Seitdem hatte er tagaus, tagein geschuftet, um das Geld zusammenzubekommen, mit dem er eine Ranch kaufen konnte. Das hatte er jetzt geschafft. Sein Projekt durfte keinesfalls scheitern, sonst war er am Ende.

Luke schloss das Haupthaus ab und stieg in seinen Pick-up. Morgen würde er sämtliche Gebäude ausräumen und sich noch mal nach der Genehmigung für den Anbau erkundigen – sobald er ein bisschen in der Vergangenheit gewühlt hatte. Wahrscheinlich würde es nicht lange dauern, die Wahrheit aufzudecken. Falls Dave Sorenson vor elf Jahren ein Kind gezeugt hatte, musste jemand davon wissen. Bittersweet war eine kleine, überschaubare Stadt. Es war nur eine Frage der Zeit.

„Tu mir das nicht an!“

Katie trat das Gaspedal durch, doch das Cabrio wurde immer langsamer. Der Motor war ausgegangen, und ihr blieb nichts anderes übrig, als den Wagen am Straßenrand ausrollen zu lassen.

„Na toll“, murmelte sie. Die Stadt lag fast drei Meilen entfernt, die Sonne ging unter, sie trug Sandaletten, und wenn sie laufen musste … „Einfach super.“

Sie drehte den Zündschlüssel.

Nichts.

„Komm schon, komm schon." Sie versuchte es noch zwei, drei Mal, aber der Motor rührte sich nicht. „Großartig!" Sie dachte an ihren Halbbruder, der sich vor einer Weile unter der Haube zu schaffen gemacht hatte. „Netter Versuch, Jarrod."

Aber er konnte nichts dafür. Er war Privatdetektiv, ein Expolizist, und niemals Automechaniker gewesen. Nur weil er ein Mann war, musste er sich nicht mit Lichtmaschinen, Verteilern, Zündkerzen oder was auch immer auskennen.

Seufzend legte sie den Kopf aufs Lenkrad. „Ein Handy", flüsterte sie. „Ein Königreich für ein Handy." Der Schweiß rann ihr den Nacken hinab, und Sekunden später hörte sie eine Biene summen.

Katie holte tief Luft und gab sich einen Ruck.

„Okay, okay, du bist eine kluge Frau, Kinkaid. Vielleicht hat Jarrod irgendein Kabel oder einen Schlauch falsch verbunden. Bestimmt ist es keine große Sache." Sie stieg aus und schaute unter die Motorhaube. Alles sah so aus wie immer, aber was wusste sie schon?

Plötzlich hörte sie, wie sich ein anderer Wagen näherte.

Sie missachtete sämtliche Warnungen, die ihr als junges Mädchen eingetrichtert worden waren, stellte sich neben das Cabrio und winkte mit beiden Armen.

Ein klappriger Pick-up überquerte den Hügel, und sie erstarrte. Sie erkannte Luke Gates, noch bevor er hielt.

„Auch das noch", murmelte sie. „Mir bleibt ja wohl nichts erspart." Dabei sollte sie erleichtert sein. Er war ein Mann, dem sie traute. Jedenfalls war er niemand, von dem eine Frau an einer einsamen Landstraße etwas zu befürchten hatte.

Er parkte vor dem Cabrio und stieg aus. Seine langen Beine steckten in ausgeblichenen Jeans, und seine Stiefel, die schon bessere Zeiten gesehen hatten, wirbelten Staub auf. „Gibt es ein Problem?", fragte er.

„Ein kleines." Katies Herz schlug etwas schneller, und sie ärgerte sich darüber. Was machte es denn schon, dass er groß und schlank war und eine geheimnisvolle Ausstrahlung besaß? Sie war in ihrem Leben schon vielen Männern begegnet, die genauso gut aussahen und ebenso viel ungekünstelten Charme und natürliche Sinnlichkeit verströmten.

Oder nicht?

„Sieht mir eher nach einem großen Problem aus."

„Kann sein. Der Motor ist einfach ausgegangen", sagte sie, als sein Oberkörper unter der Haube verschwand.

„Und vorher lief er rund?"

„Nein, nicht wirklich." Ihre Schulter streifte mehrfach seinen Arm, während sie ihm beschrieb, wie launisch sich ihr Wagen seit sechs Monaten benahm. „Manchmal bleibt er einfach stehen. Irgendwie schaffe ich es, ihn wieder in Gang zu bringen. Dann fahre ich in die Werkstatt, und dort schnurrt er wie ein zufriedenes Kätzchen." Sie bedachte das Cabrio mit einem wütenden Blick. „Natürlich finden die Mechaniker nichts."

„Wie viel hat er auf dem Tacho?"

„Über zweihunderttausend."

Luke stieß einen Pfiff aus. „Er ist müde. Stellen Sie sich vor, wie Sie sich nach einer solchen Strecke fühlen würden."

„Manchmal kommt es mir vor, als hätte ich auch so viel hinter mir."

„Steigen Sie ein und starten Sie."

„Sinnlos."

„Mag sein, aber ich möchte mir den Motor in Aktion ansehen."

„Na gut." Katie setzte sich ans Steuer, drehte den Zündschlüssel und hörte, wie der Anlasser sich mühsam drehte.

„Noch mal", befahl er. Durch den Spalt an der Haube sah sie, wie er in den Motorraum griff. Sie gab Gas und startete erneut. Es klang noch kränklicher.

Sie probierten es drei weitere Male, bevor er aufgab. „Da tut sich nichts."

„Was Sie nicht sagen."

Er blickte zum Himmel. „Ich glaube, ich fahre Sie jetzt besser in die Stadt, und wir rufen einen Abschleppwagen."

„Wunderbar", murmelte sie und kletterte in seinen Pick-up, ein älteres Modell mit neuen Schonbezügen und einer dicken Staubschicht. Beide Fenster waren offen, und als er losfuhr, wehte die Sommerbrise herein und spielte mit ihrem Haar.

Sie sah auf die Uhr. „Toll."

„Stimmt noch etwas nicht?"

Warum kam sie sich neben ihm so unfähig vor? Sie wollte die hartgesottene Reporterin spielen, die so schnell nichts aus der Fassung brachte. Stattdessen fühlte sie sich wie eine verwirrte Frau, die nichts auf die Reihe bekam. „Ich muss Josh vom Fußballtraining abholen – in fünf Minuten." Frustriert verschränkte sie die Arme. „Verdammte Klapperkiste." Sie schluckte ihren Stolz herunter und warf ihrem Retter einen unsicheren Blick zu. „Ich frage nur ungern, aber … würde es Ihnen etwas ausmachen, am Reed Field vorbeizufahren? Nicht weit von der Highschool."

„Kein Problem."

„Danke." Aber sie hatte ein Problem. Es gefiel ihr nicht, in jemandes Schuld zu stehen – erst recht nicht in der eines Fremden. Leider blieb ihr nichts anderes übrig. Sie starrte durch die mit toten Insekten übersäte Windschutzscheibe und beobachtete, wie die Sonne hinter den Hügeln im Westen verschwand. Als ihr bewusst wurde, dass selbst der malerische Anblick sie nicht von dem sexy Texaner neben ihr ablenkte, trommelte sie nervös mit den Fingern auf dem Armaturenbrett.

„Alles in Ordnung?", fragte er nach einer Weile.

Sie legte die Hände in den Schoß. „Bestens."

„Was wollten Sie auf der Wells-Ranch?"

Katie erstarrte. „Sie haben mich gesehen?"

Er nickte nur und bog auf den Highway zur Stadt ein.

„Ich war schon ein paarmal dort, seit Isaac verschwunden ist", gab sie verlegen zu. „Leider habe ich nichts Interessantes gefunden."

„Auf der Suche nach einer Story?"

„Mehr als nur eine Story." Wie immer wenn sie daran dachte, begann ihr Herz zu klopfen. „Es könnte der Knüller des Jahrhunderts sein, jedenfalls in dieser Gegend." Sie betrachtete sein Profil. Er nahm den Blick nicht von der Fahrbahn und wirkte konzentriert. „Wo waren Sie denn, als Sie mich gesehen haben?"

„Auf meiner neuen Ranch."

„Auf Ihrer neuen …" Sie befeuchtete sich die Lippen. Er meinte die Sorenson-Ranch. Das durfte nicht wahr sein. Plötzlich fiel ihr das Atmen schwer. „Sagen Sie nicht, Sie haben sie Ralph Sorenson abgekauft." Nur mit Mühe brachte sie es fertig, den Namen auszusprechen. Sie schnappte nach Luft, als ihr übel wurde.

„Doch, das habe ich."

Oh Gott. Erst jetzt merkte sie, dass sie die Hände zu Fäusten geballt hatte. Langsam entspannte sie sich wieder. „Sie kennen Ralph Sorenson?"

„Sicher." Er fuhr langsamer, als sie die Stadtgrenze erreichten. Die Straßenlaternen tauchten die schmalen Straßen von Bittersweet in gelbliches Licht. „Ralph hat mir vor langer Zeit geholfen und mir einen Job gegeben. Seitdem behandelt er mich wie einen Sohn."

„Tatsächlich?" Katie fühlte, wie sie blass wurde. „Ich nehme an, Sie haben auch seinen richtigen Sohn kennengelernt", sagte sie so beiläufig wie möglich, obwohl ihr das Herz bis zum Hals schlug.

„Dave?" Sein Lächeln verblasste.

„Ja … Dave."

„Ich kannte ihn." Seine Stimme klang plötzlich ausdruckslos. Bildete sie es sich nur ein, oder hatte er das Lenkrad fester gepackt? „Toller Typ."

„Ist er das?" Sie dachte an den Jungen, den sie mal geliebt hatte. Er war ihr erster Mann. Und der Vater ihres Sohnes.

„Er war es", verbesserte Luke und hielt auf dem Parkplatz neben der Highschool.

Katie fröstelte.

Er rieb sich das Kinn, stellte den Motor ab und drehte sich zu ihr. „Hat es sich denn noch nicht herumgesprochen?", fragte er leise.

Eisig lief es ihr den Rücken herunter. Sie wagte nicht, ihn anzusehen.

„Dave Sorenson ist vor sechs Monaten umgekommen."

3. KAPITEL

Katies Welt geriet aus den Fugen, und von einer Sekunde zur anderen erwies sich alles, woran sie jahrelang geglaubt hatte, als Lüge. Nein! Das kann nicht sein. Dave Sorenson lebt.

Aber der Blick, den Luke Gates ihr zuwarf, bewies, dass er die Wahrheit sagte, dass dies kein grausamer Scherz war.

Joshs Vater ist tot.

„Großer Gott", flüsterte sie und wehrte sich gegen die Tränen. „Das ... wusste ich nicht." Sie räusperte sich, schaute zur Seite und blinzelte heftig. Ihr Hals war wie zugeschnürt. Sie schluckte mühsam. Ihre Augen brannten.

So lange hatte sie sich gefragt, ob sie Dave Sorenson suchen und ihm sagen sollte, dass er einen Sohn hatte. Einen wunderbaren, fröhlichen kleinen Jungen namens Joshua Lee.

Aber sie hatte es immer wieder hinausgeschoben und auf den idealen Moment gewartet, in dem sie Josh erzählen konnte, dass sein Vater ein Mann war, den das Leben nach Texas verschlagen hatte. Ein Mann, der selbst noch ein Kind gewesen war, als sie von ihm einen Sohn bekommen hatte. Ein Mann, von dem sie damals nicht erwarten konnte, dass er bei ihr blieb und sich der Verantwortung stellte.

Sie malte sich aus, wie sie Dave aufspürte. Dass er gereift war und sie verstand. Dass Josh endlich seinen Vater kennenlernte. Aber ... wenn Luke die Wahrheit sagte, war es zu spät. Josh würde für immer vaterlos bleiben.

„Katie?" Lukes Stimme riss sie aus den Erinnerungen.

„Das ... kann nicht sein." Sie sah ihn an. „Er war so jung ... kaum älter als ich."

„Ich weiß." In seinen Augen spiegelte sich echte Besorgnis. „Geht es Ihnen gut?"

„Ja." Es war gelogen.

„Sicher?"

„Es geht mir gut", wisperte sie, obwohl sie sich innerlich wie betäubt fühlte. Sie zitterte am ganzen Körper, aber niemand durfte wissen, was die Nachricht in ihr auslöste. Mit der Fingerspitze tupfte sie eine Träne ab und starrte nach vorn.

„Ich ... kannte Dave ... Er war auf der Highschool in der Klasse der Zwillinge, meiner Halbbrüder, und manchmal bei uns zu Hause.

Ich mochte ihn und wusste nicht, dass ... dass er ...“ Sie schluckte wieder und seufzte tief. „Ich bin wohl ein bisschen ... schockiert“, gestand sie. „Was ist passiert?“, fragte sie und rang sich ein Lächeln ab, das jedoch sofort verblasste. „Oh nein ...“

Erst jetzt nahm sie Jungen in Shorts und T-Shirts wahr, die mit roten Gesichtern, verschwitztem Haar und schmutzigen Knien vom Sportplatz kamen. Einige von ihnen spielten sich noch den Fußball zu, andere sammelten ihre Taschen und Trinkflaschen ein. Ein Teil des Teams drängte sich um den Trainer, der einen humpelnden Spieler stützte.

Josh.

Katie sprang aus dem Pick-up. „Josh?“, rief sie und winkte mit beiden Armen. „Hierher!“

Sein Gesicht war so rot, dass die Sommersprossen kaum noch zu erkennen waren, und jedes Mal, wenn er den rechten Fuß belastete, zuckte er zusammen und biss sich auf die Lippe. Er hatte einen Arm um die Schultern des Trainers gelegt und humpelte mühsam über den Parkplatz. Seine Augen waren feucht, doch sie sah ihm an, dass er unter keinen Umständen weinen wollte.

„Was ist passiert?“, fragte Katie, als sie die beiden erreichte. Auch Luke war ausgestiegen und lehnte am Kotflügel.

„Ein kleiner Unfall“, erklärte der Trainer. „Josh und Tom haben um den Ball gekämpft, Josh ist gestürzt und hat sich den Knöchel verdreht.“

„Lass mich mal sehen ...“ Sie beugte sich hinab und betrachtete den verletzten Fuß. Er trug keine Schienbeinschützer mehr, und die Schwellung war deutlich zu erkennen. Als sie das Gelenk berührte, hielt Josh hörbar die Luft an.

„Toller Saisonstart“, sagte der Trainer, ein Mann namens Gary Miller.

„Ich kann trotzdem spielen“, beteuerte Josh.

„Nur wenn der Arzt das auch meint.“ Gary half Josh zu Lukes Wagen. „Sie sollten den Fuß röntgen lassen.“

Katie nickte. „Das machen wir.“

Langsam und vorsichtig stemmte Josh sich auf den Beifahrersitz. „Wo ist unser Wagen?“

„Das ist eine lange Geschichte.“

„Er ist mal wieder liegen geblieben.“

Hinter Katies Schläfen begann es zu pochen. Sie wollte nicht daran denken, was noch alles schiefgehen konnte. Erst gab das Cabrio den Geist auf, dann erfuhr sie, dass Dave tot war, und inzwischen war Joshs Fußgelenk auf die doppelte Größe angeschwollen. „Ja, stimmt.“

„Ich dachte, Onkel Jarrod wollte ihn reparieren … Oooh!“ Josh schrie auf, als er in die Mitte zu rutschen versuchte.

„Das hat er. Irgendwie jedenfalls. Komm schon, wir bringen dich zum Arzt.“ Sie quetschte sich zu ihrem Sohn in den Wagen und zog die Tür zu.

„Ich rufe nachher noch mal an“, versprach der Trainer und zerzauste Josh durchs offene Fenster das Haar.

Luke setzte sich ans Steuer. „Wohin?“

„Cawthorne Acres, nehme ich an“, antwortete Katie, ohne lange zu überlegen. „Wir können den Wagen meiner Mutter leihen.“

Er startete den Motor. „Das liegt weit außerhalb der Stadt.“

„Ich weiß, aber …“

„Gibt es hier keine Unfallstation?“

„Etwa eine halbe Meile von hier.“ Sie zeigte die Straße entlang. „Aber ich will Sie nicht …“

„Das tun Sie auch nicht“, unterbrach er sie und fuhr los. Keine zwei Minuten später trug er Josh in die Notaufnahme der kleinen Klinik. Die Verletzung erwies sich als nicht lebensbedrohlich. Im schlimmsten Fall würde der Junge ein paar Wochen einen Gips tragen müssen.

„Ich möchte Sie nicht länger aufhalten“, sagte Katie zu Luke, nachdem der Papierkram erledigt und ihr Sohn von einer Krankenschwester zum Röntgen gebracht worden war. „Ich rufe Bliss oder Tiffany oder meine Mutter an.“

„Nicht nötig.“

„Aber das hier kann eine Weile dauern.“

„Ich bleibe.“

„Bestimmt haben Sie etwas Besseres zu tun.“

Er zuckte mit den Schultern. „Falls ja, würde ich es sagen.“

Sie war zu besorgt, um zu widersprechen. Luke nahm auf einem der Plastikstühle Platz und blätterte in einer Zeitschrift, während Katie nervös auf und ab ging. Eine Million Gedanken schossen ihr durch den Kopf. Die meisten davon hatten mit Luke, Josh und Dave Sorenson zu tun. Wie hatte Dave sterben können, ohne dass sie es erfuhr?

Sicher, er und seine Familie waren vor über zehn Jahren fortgezogen und hatten kaum noch Kontakt mit jemandem in Bittersweet gehabt, aber bis vor Kurzem hatte ihnen die Ranch neben der von Isaac Wells gehört. Meistens verbreiteten sich schlechte Nachrichten selbst über weite Entfernung. Der Schmerz und die Trauer nahmen ihr fast die Luft zum Atmen. Was sollte sie Josh sagen?

Jahrelang hatte sie den Namen seines Vaters verheimlicht. Nur sie und ihre Mutter kannten die Wahrheit. Nicht mal die Zwillinge Nathan und Trevor wussten, dass einer ihrer Freunde ihre Halbschwester im Stich gelassen hatte. Katies Hände waren schweißnass, trotzdem fröstelte sie.

„Joshs Fuß wird wieder“, sagte Luke, als sie zum dreißigsten Mal an ihm vorbeikam. „Wenn Sie nicht aufpassen, laufen Sie einen Graben in den Fußboden.“

Obwohl er aufmunternd lächelte, wirkte er noch immer verschlossen, und nicht zum ersten Mal fragte Katie sich, ob er etwas zu verbergen hatte. Seit er in der Stadt aufgetaucht war, galt er allen als mysteriöser Mann ohne Vergangenheit – ein hochgewachsener, schlanker Texaner mit verführerischer Stimme und offenbar ohne Bindungen. Als Reporterin hatte sie sich ausgemalt, wie sie über ihn eine Enthüllungsstory schrieb. Stattdessen hatte er sich in ihr Leben gedrängt und eine Bombe platzen lassen.

Luke musterte sie über die Zeitschrift hinweg. „Kann ich Ihnen etwas holen? Einen Kaffee?“

„Koffein ist das Letzte, was ich jetzt brauche.“

„Dann einen koffeinfreien.“

„Oder einen Tranquilizer.“ Sie wusste, dass sie überreagierte, konnte jedoch nicht anders.

Sein Lächeln wurde breiter. „Hier bekommen Sie bestimmt einen.“

„Das war ein Witz.“

„Ich weiß.“ Er schlug das Magazin zu. „Wir sollten einen Abschleppwagen für Ihr Cabrio rufen.“

„Oh … gute Idee, aber ich kann nicht weg.“

„Sobald Josh entlassen wird.“ Er las weiter. Katie setzte sich, hielt das Nichtstun jedoch nicht lange aus. Sekunden später ging sie erneut hin und her und zerbrach sich den Kopf darüber, wie sie Josh beibringen sollte, dass sein Vater tot war. Gern hätte sie Luke gefragt, was Dave zugestoßen war, aber sie wollte lieber warten, bis sie beide allein waren und sie sich wieder im Griff hatte.

Nach zwanzig Minuten wurde Josh im Rollstuhl in den Wartebereich geschoben. Er trug einen Gipsverband, und eine junge Ärztin mit braunem Haar, großen Augen und runder Brille folgte ihm. „Sind Sie Joshs Mutter?“

„Ja. Katie Kinkaid.“

„Dr. Thatcher.“ Die Ärztin gab ihr die Hand. „Ihr Sohn wird es überleben", scherzte sie. „Ich glaube nicht, dass er sich etwas gebrochen hat, schicke das Röntgenbild aber vorsichtshalber einem Spezialisten. Josh hat sich das Gelenk verstaucht und muss den Fuß ein paar Tage hochlegen. Ich habe ihm für die ersten achtundvierzig Stunden ein leichtes Schmerzmittel verschrieben, und bis die Schwellung sich legt, muss er an Krücken gehen."

Katie fragte sich, wie um alles in der Welt sie einen aktiven Zehnjährigen dazu bringen konnte, einen Fuß zu schonen. Sollte sie ihn etwa ans Bett fesseln?

Mit Lukes Hilfe humpelte Josh zum Pick-up, und sie fuhren zur Apotheke, wo sie das Schmerzmittel und die Gehhilfen bekamen – fünf Minuten vor Ladenschluss. Als sie schließlich an ihrem kleinen Bungalow hielten, war es dunkel, und die Laternen tauchten die Straße in bläuliches Licht. Grillen zirpten, und aus einem Nachbarhaus drang Jazzmusik. Blue, ihr Hund, lag vor der Hintertür und knurrte den fremden Besucher an, als Luke mit Josh die Veranda betrat.

„Aus!", befahl Katie scharf. „Er ist alt und mürrisch", sagte sie zu Luke und tätschelte Blue liebevoll den Kopf. Der Hund stand auf, streckte sich gähnend und trottete hinter ihnen in die Küche.

Als Josh auf seinem Bett lag, schob Katie ihm ein Kissen unter das verletzte Bein und gab ihm einen feuchten Waschlappen. „Weißt du, Josh, wenn du dich nicht von den Hausaufgaben abhalten lässt, könnte ich dir den kleinen Fernseher aus der Küche in dein Zimmer stellen."

„Wirklich?"

„Ja. Aber die Schule hat gerade wieder angefangen, da darfst du nichts versäumen."

„Das werde ich nicht", versprach er.

„Ich kümmere mich darum", sagte Luke und ging hinaus. Er kehrte mit dem TV-Gerät zurück, stellte es aufs Bücherregal, richtete die Antenne aus und fand ein Baseballspiel, das live übertragen wurde.

„Stark."

Er warf dem Jungen die Fernbedienung zu. „Versprichst du, alles zu tun, was die Ärztin gesagt hat, und deine Hausaufgaben zu erledigen?"

„Klar." Josh nickte heftig. Zum ersten Mal, seit sie ihn am Sportplatz abgeholt hatten, lächelte er. Dann lehnte er sich zurück, wechselte den Sender und konzentrierte sich auf die neueste Folge seiner Lieblingsserie.

Blue kam herein, betrachtete Luke misstrauisch, drehte sich mehrmals und ließ sich neben Joshs Bett nieder.

„Sei brav“, sagte Katie zu ihm, und er wedelte mit dem Schwanz. Sie sah ihren Sohn an. „Brauchst du noch etwas? Möchtest du essen?“

Joshs dunkle Augen leuchteten. Offenbar gewöhnte er sich bereits daran, bedient zu werden. „Pizza?“

„Morgen vielleicht. Wenn der Wagen wieder fährt.“

„Papa Luigi liefert nach Hause.“

„Morgen.“ Sie zwinkerte ihm zu. „Ich sehe mal, was ich im Kühlschrank finde.“

Er machte ein langes Gesicht, doch sie ignorierte es. „Was ist mit Ihnen?“, fragte sie Luke. „Wenn Sie mögen, mache ich Sandwiches.“

„Sie müssen mich nicht ...“

„Natürlich muss ich nicht. Aber Sie haben es sich verdient.“

Auf dem Weg zur Küche kamen sie an Katies Zimmer vorbei. Die Tür stand offen, eine Tiffanylampe warf ihren milden Schein auf die roséfarbenen Kissen auf ihrem Bett. Alles war betont feminin gestaltet, mit Antiquitäten, vielen kleinen Teppichen und Stoffen mit Rüschen und Fransen. Dass Luke einen Blick hineinwarf, war ihr unangenehm. Dies war ihr Reich. Hier schrieb sie ihre Artikel, sorgte sich um Josh und träumte davon, eine erfolgreiche Journalistin zu werden und eines Tages für eine große Zeitung zu arbeiten. In diesem Zimmer hatte noch nie ein Mann geschlafen. Ihr Herz schlug schneller, und als ihr Blick sich mit Lukes traf, fühlte sie, wie sie errötete.

„Wie wäre es mit Schinken auf Weißbrot?“, fragte sie rasch.

„Klingt lecker.“

„Gut.“ In der Küche atmete sie auf. Sie wusste nicht, warum es sie nervös machte, dass er ihr Schlafzimmer sah. Sie *wollte* es auch nicht wissen. Doch dass dieser lässige Mann sie ... beunruhigte, stand fest.

Auch er wirkte plötzlich etwas verlegen. „Ich mache das Eis, das die Ärztin Josh verordnet hat“, bot er an, als müsste er sich ablenken.

„Danke.“ Sie gab ihm, was er dafür brauchte, und bestrich Brotscheiben mit Mayonnaise. Geschickt zerkleinerte er das Eis aus dem Kühlschrank und füllte es in einen Plastikbeutel. „Sie machen das nicht zum ersten Mal“, stellte sie fest, während sie das Brot mit Schinken, Salat und Tomaten belegte.

„Zu oft, um zu zählen.“

„Haben Sie Kinder?“, fragte sie automatisch, und als er zögerte, sah sie ihn neugierig an.

„Nein, keine eigenen. Aber ich habe mit Teenagern gearbeitet. Wir haben Heu geerntet, Zäune aufgestellt, Kälber eingefangen – alles, was dazugehört. Dauernd wurde jemand getreten oder fiel vom Wagen."

Er hob den Kopf, warf ihr einen Blick zu, und ihr stockte der Atem. Seine Augen waren unglaublich blau, und ihnen schien nichts zu entgehen. Hastig wandte sie sich wieder ab. Warum brachte er sie so aus der Fassung? Sie war mit drei Brüdern aufgewachsen, doch dieser Fremde brauchte sie nur anzusehen, und schon begann ihr Herz zu klopfen. Ihre Finger zitterten leicht, als sie die Sandwiches in Hälften schnitt. „Also waren Sie schon mal Rancher?"

„Ja."

„In Texas?"

„Überall. Wyoming und Montana, aber die längste Zeit in Texas."

„Und dort sind Sie Ralph Sorenson begegnet?"

Er nickte. „Vor Jahren." Er reichte ihr den Eisbeutel, und obwohl sie ihn noch vieles fragen wollte, ging sie damit und mit einem Teller Sandwiches zu Josh.

Was mochte Luke von ihr und ihrem beengten kleinen Zuhause halten? Es war voller Erinnerungsstücke aus ihrer Jugend, Antiquitäten und Bücher, die für eine kleine Bibliothek ausreichten. Über dem alten Schreibtisch, den sie in einer Ecke des Wohnzimmers untergebracht hatte, brannte das ganze Jahr hindurch eine Lichterkette, die mal einen Weihnachtsbaum geschmückt hatte, und an sämtlichen Wänden hingen Bilder. Aber hier fühlte sie sich wohl, und wenn sie in Tiffanys Haus umzog, würde sie alles mitnehmen.

Sie vermutete, dass Luke Gates ein spartanischeres Leben führte. Bestimmt machte es ihm nicht das Geringste aus, unter freiem Himmel zu schlafen, mit einem Büffelfell als Decke und einem Sattel als Kopfkissen.

„Alles okay?", fragte sie ihren Sohn.

„Ja, Mom, mach dir keine Sorgen."

„Ich bin deine Mutter."

„Richtig." Josh verdrehte die Augen.

Blue hob den Kopf, als sie ihrem Sohn den Teller reichte. „Besser als von *Papa Luigi*."

„Klar."

„Da kannst du jeden fragen." Sie legte den Eisbeutel um sein Fußgelenk.

Er zuckte zusammen, und fast wäre ein Sandwich vom Teller gerutscht. „Mom, das ist kalt!"

„Das soll es auch."

„Ich weiß, Mom, aber es ist *eisig*."

„Hoffentlich."

„Ich will es nicht."

„Warte." Sie holte einen Waschlappen und legte ihn zwischen den Eisbeutel und seinen Fuß. „Besser?"

„Viel besser." Er biss in ein Sandwich und konzentrierte sich wieder auf das Baseballspiel, das über den Bildschirm flimmerte.

„Gut." Sie strich ihm über den Kopf und widerstand der mütterlichen Versuchung, ihn auf die Wange zu küssen.

Als sie in die Küche zurückkehrte, saß Luke an dem kleinen Tisch, den sie Jahre zuvor auf einem Flohmarkt gekauft hatte. Er hatte die langen Beine ausgestreckt und blätterte im Telefonbuch. „Abschleppwagen", beantwortete er die Frage, die sie noch gar nicht gestellt hatte.

„Gute Idee." Ihr graute davor, tagelang unmotorisiert zu sein, bis die Werkstatt den Fehler gefunden hatte. Außerdem konnte sie sich im Moment keine teure Reparatur leisten. Wieder dachte sie an Tiffanys Angebot. Ob es Josh nun gefiel oder nicht, sie würden umziehen müssen. Sie stellte einen Teller mit Sandwiches auf den Tisch und schenkte Luke ein Glas Milch ein, während er bereits mit dem Abschleppunternehmen telefonierte.

„Wir sind in einer Dreiviertelstunde da", versprach er und legte auf. „Alles klar", sagte er und zwinkerte Katie zu.

Sofort begann ihr albernes Herz wieder zu klopfen. „Danke." Verlegen wühlte sie in einer Schublade und fand zwei Servietten, die mit ihren roten und blauen Sternchen nicht in die Jahreszeit passten. „Ich weiß zu schätzen, was Sie für mich getan haben." Sie zeigte auf die Sandwiches. „Bitte … nehmen Sie sich eins. In diesem Haus herrscht Selbstbedienung."

„Gut."

„Möchten Sie etwas trinken? Ich habe Saft, Milch und Mineralwasser. Oder Kaffee."

„Koffeinfreien?" Er zog eine Augenbraue hoch.

Sie füllte die Kaffeemaschine und schaltete sie ein. „Ich glaube, heute brauche ich einen kräftigen. Hoffentlich lässt sich mein Cabrio wiederbeleben."

„Bestimmt, aber es könnte teuer werden."

Sie nahm Platz und griff sich ein Sandwich. Bevor sie hineinbeißen konnte, läutete das Telefon. Es war Gary Miller. Katie berichtete ihm vom Besuch im Krankenhaus, und sie beschlossen, dass Josh das Training ausfallen lassen würde, bis der Arzt ihm grünes Licht gab. „Sie können selbst mit ihm sprechen“, sagte sie und ging mit dem Hörer in das Zimmer ihres Sohnes.

Josh sprach kurz mit Gary, gab ihr das Telefon zurück und starrte wieder auf den Bildschirm.

In der Küche war der Kaffee fertig. Sie schenkte gerade zwei Becher ein, als es erneut läutete. „Könnten Sie rangehen?“

„Sicher.“ Luke tat es. „Hallo?“ Er wartete. „Hallo? Hier bei Kinkaid.“ Er schwieg und runzelte die Stirn. „Ist da jemand?“ Nach einem Moment legte er auf und starrte den Hörer an.

„Niemand dran?“

„Doch, da war jemand. Aber dann hat er meine Stimme gehört und nichts gesagt.“

„Oder sie.“

„Oder sie“, bestätigte er und rieb sich nachdenklich eine Wange.

Katie zuckte mit den Schultern. „Vielleicht hat der Anrufer gedacht, er habe sich verwählt.“

„Kann sein.“ Er wirkte nicht überzeugt. „Passiert so etwas oft?“

„Hin und wieder. Kommen Sie, essen Sie. Uns bleibt nicht viel Zeit.“ Sie gab ihm einen Becher und setzte sich.

Luke nahm sich ein halbes Sandwich, und sie aßen schweigend. Es war ungewohnt, einen Mann in ihrer Küche zu haben, der nicht zur Familie gehörte. Katie war mit drei Halbbrüdern und wechselnden Stiefvätern aufgewachsen, aber in ihrem Haus war sie immer mit Josh allein gewesen. Natürlich war sie vor und nach Dave mit Jungen und Männern ausgegangen, doch sie hatte sich nie verliebt und die Beziehung immer beendet, bevor sich daraus etwas emotional Bedrohliches entwickeln konnte.

Ihre Mutter hatte ihr vorgeworfen, „zu wählerisch“ zu sein. Für die Zwillinge war sie „zu flatterhaft“ und für Jarrod „mit dem Job verheiratet“. Aber der wahre Grund war, dass sie erst auf eigenen Beinen stehen wollte, bevor sie sich auf einen Mann verließ. Egal auf welchen.

Außerdem musste sie an Josh denken. Luke Gates war interessant, aber was bedeutete das schon?

Er sah auf die Uhr und trank den Becher aus. „Wir sollten aufbrechen, wenn wir den Abschleppdienst nicht verpassen wollen.“

„Sie müssen mich nicht fahren. Ich habe Dutzende von Verwandten, die mir helfen können.“

Luke stellte seinen Teller in die Spüle. „Ich weiß, aber ich bringe gern zu Ende, was ich begonnen habe."

Nach kurzem Zögern gab sie nach. Er wollte unbedingt etwas für sie tun, also warum sollte sie es nicht annehmen? Sie erzählte Josh, wohin sie wollte, und folgte Luke zum Pick-up.

Als sie die Stadt hinter sich ließen, glitzerten die Sterne am Himmel, und im Mondschein zeichneten sich die Rinder und Pferde als dunkle Umrisse auf den Weiden ab. Katie lehnte sich gegen die Beifahrertür. Obwohl das Fenster offen war, empfand sie die Fahrt durch die Nacht als viel zu intim. Sie sagte sich, dass sie zu empfindlich war, aber auch wenn sie es nicht wollte, fiel ihr Blick auf die kräftigen Finger am Schalthebel und die Muskeln an den entblößten Unterarmen.

So männlich.

So nahe.

Mach dich nicht lächerlich. Der Mann tut dir einen Gefallen, mehr nicht. Ihr ganzes Leben lang war ihre idiotische Fantasie mit ihr durchgegangen. Immer wieder hatte sie versucht, sie zu zügeln. Auch heute Abend schien es ihr nicht zu gelingen – und deshalb bildete sie sich ein, dass dieser attraktive, rätselhafte Mann unbedingt mit ihr allein sein wollte. Was für ein Witz. Trotzdem schlug ihr Herz schneller, und sie schaffte es nicht, seinen herben, äußerst verführerischen Duft nach Heu, Staub und Leder zu ignorieren.

Lass es, Katie. Dein Leben ist kompliziert genug. Du brauchst keinen Mann darin, schon gar keinen stillen, geheimnisvollen Fremden, über den du keine einzige handfeste Information hast. Denk an Josh. Denk an die Isaac-Wells-Geschichte. Denk an deine Karriere. Und um Himmels willen, vergiss die albernen romantischen Hoffnungen, die du dir im Hinblick auf diesen Mann machst!

Sie biss sich auf die Lippe, trommelte mit den Fingern auf die Fensterkante und schaute in die Dunkelheit hinaus, bis sie eine kleine Anhöhe erreichten. Ihr Wagen stand noch dort, wo sie ihn zurückgelassen hatte.

Luke hielt auf der anderen Straßenseite. „Versuchen wir es noch ein letztes Mal", schlug er vor. Seine Finger fühlten sich warm an, als er ihr aus dem Pick-up half.

„Und wenn er anspringt?"

„Dann bezahlen wir den Abschleppdienst und schicken ihn weg."

Katie ließ seine Hand los. „Ich soll also für etwas bezahlen, das ich nicht brauche."

„Noch ist es nicht passiert."

„Das wird es aber.“ Sie schloss den Wagen auf und setzte sich ans Steuer. „Hier tut sich gar nichts“, flüsterte sie und drehte den Zündschlüssel. Der Motor gab keinen Laut von sich. „Zufrieden?“, fragte sie Luke.

„Das muss ich wohl sein.“ Er lehnte sich gegen den Kotflügel und versuchte, nicht auf ihre Beine zu starren, als sie ausstieg. Als sie die Tür mit der Hüfte zuwarf, atmete er tief durch. Eine Million Fragen über sie schossen ihm durch den Kopf, doch er wehrte sich dagegen. Er war nicht an ihr interessiert. Ebenso wenig wie sie an ihm.

Als er ihr Parfüm wahrnahm, stellte er sich vor, wie es wäre, sie zu küssen. Katie Kinkaid war anders als die Frauen, die ihn sonst reizten – klein und wohlproportioniert, statt hochgewachsen und schmal. Er hatte sich eingeredet, dass er Frauen mochte, die so still waren wie er. Nachdenklich und leise. Aber dieser rothaarige Wirbelwind ließ ihn an seinem Geschmack zweifeln.

Nicht, dass er ihn auf die Probe stellen würde.

„Sind Sie sicher, dass der Abschleppdienst weiß, wo wir sind?“, fragte sie besorgt.

„Ja.“

Sie schaute erst auf die Uhr, dann die Straße entlang und legte die Stirn in Falten.

„Ihr Nachname ist Kinkaid“, sagte er.

„Stimmt.“

„Aber Ihr Vater ist John Cawthorne, richtig?“

„Kennen Sie die Geschichte nicht?“ Sie sah ihn an. „Ich dachte, das tut jeder.“

„Ich bin neu in der Stadt.“

„Aber Sie wissen, dass Tiffany meine Schwester … Halbschwester ist.“

„So viel habe ich mitbekommen.“

„Wahrscheinlich sollte ich mich meiner Familie schämen“, gab sie zu, als wäre sie froh, über etwas reden zu können. „Sie ist … na ja, ungewöhnlich. Bis vor einem Jahr wusste ich nicht mal, dass ich überhaupt Schwestern habe.“ Sie erklärte ihm, dass ihr Vater drei Töchter mit drei verschiedenen Frauen hatte und Bliss als Einzige ehelich zur Welt gekommen war.

„Keine Frage, die ganze Sache war skandalös, denn anstatt Johns Ehe zu zerstören, hat meine Mutter Hal Kinkaid geheiratet und ihm gesagt, dass ich von ihm bin. Außer ihr kannte nur John die Wahrheit.“

„Und er hat es zugelassen?“, entgegnete Luke empört.

„Jedenfalls hat er nicht protestiert“, erzählte sie und versuchte zu verbergen, wie weh es ihr tat, dass ihr leiblicher Vater sie fast ihr Leben lang verleugnet hatte. „John wollte keine Scheidung. Und er hatte Angst, Bliss zu verlieren. Also …“

„… sind Sie mit einer Lüge aufgewachsen.“

Katie seufzte traurig. Als die Brise ihr das Haar aus dem Gesicht wehte, verspürte Luke das Bedürfnis, den Arm um sie zu legen und sie tröstend an sich zu ziehen.

„Inzwischen bin ich darüber hinweg“, fuhr sie fort. „Ich mochte Hal sowieso nicht. Ich habe ihm keine Träne nachgeweint, als meine Mutter und er sich getrennt haben. Bei ihr war es fast schon Tradition, einen Mann zu heiraten, sich ein paar Jahre später scheiden zu lassen und einen anderen zu nehmen.“

Sie schüttelte den Kopf. „Meine Mutter ist kein schlechter Mensch, nur etwas … flatterhaft. Oder impulsiv. Jedenfalls, wenn es um Männer geht. Aber sie hat John immer geliebt, das muss ich ihr lassen.“

„Obwohl er mit einer anderen verheiratet war.“

„Ja. Seltsam, oder?“

„Für manche Menschen offenbar nicht.“ Aber für ihn. Eine Ehe war eine Ehe. Man ging eine Bindung ein. Eine Verpflichtung. Und man hielt sich daran. Man betrog seinen Partner nicht. Luke wusste, wovon er sprach. Damals hatte er sich geschworen, dass ihm das nie wieder passieren würde. „Und … was ist mit Ihnen? Ich dachte, Kinkaid ist Ihr angeheirateter Name.“

„Mein was? Ich war nie verheiratet. Aber der Gedanke liegt nahe.“ Sie lachte nervös. Es war ein heikles Thema.

„Ja.“

„Ich bin wohl nie dem Richtigen begegnet.“

Verlegen wich sie seinem Blick aus, und er hätte sich treten können. Was fiel ihm ein, das hinreißende Lächeln aus ihrem elfenhaften Gesicht zu vertreiben? Trotzdem konnte er nicht aufhören. Er hatte noch so viele Fragen. „Und … was ist zwischen Ihnen und Joshs Vater passiert?“

„Joshs Vater“, wiederholte sie und räusperte sich. „Er und ich … wir waren noch Kinder.“ Sie rieb sich die Arme und entspannte sich erst, als auf der Kuppe zwei Scheinwerfer auftauchten. Sie atmete hörbar auf, und Luke hätte gern gewusst, warum sie so erleichtert war – weil endlich Hilfe kam oder weil sie einem schmerzhaften Thema ausweichen konnte?

„Gott sei Dank", sagte sie und zwang sich zu einem Lächeln. „Die Kavallerie hat es doch noch geschafft."

Mit quietschenden Reifen hielt der Abschleppwagen neben ihnen. Katie schaute zum Fahrer hinauf und beschrieb ihm, wie ihr Cabrio den Geist aufgegeben hatte. Er war noch jung, sah aus wie frisch von der Highschool, packte jedoch an wie ein Profi. Wenige Minuten später stand ihr Wagen auf der Ladefläche. Er sicherte ihn, ließ sich von Katie eine Unterschrift geben und versprach ihr, das Cabrio zu *Len's Service Station* zu bringen.

„Ich hoffe, das hier kostet mich kein Vermögen", dachte sie laut, als der Abschleppwagen in einer Staubwolke davonfuhr.

„Sollte es nicht."

„Ich drücke die Daumen." Die Sorgenfalten auf ihrer sonst so glatten Stirn waren nicht zu übersehen. Ihm fiel auch auf, wie heftig der Puls an ihrem Hals schlug und wie der Wind in ihrem Haar spielte.

Eine Sekunde lang war der Drang, sie in die Arme zu nehmen, so stark, dass Luke ihm fast nachgegeben hätte. Allein mit ihr am Straßenrand, während das Motorengeräusch des Abschleppwagens immer leiser wurde, war er versucht, Katie an sich zu ziehen. Sie war klein und warm, duftete nach Flieder und Honig, und er wusste, dass sie sich himmlisch anfühlen würde.

Mit leuchtenden Augen schaute sie zu ihm hoch, und er musste die Zähne zusammenbeißen, um sie nicht einfach zu küssen, bis sie beide nach Luft schnappten.

Hastig verdrängte er die gefährliche Idee und räusperte sich. „Wir sollten jetzt fahren."

„Oh. Natürlich." Als könnte sie seine Gedanken lesen, stieg sie rasch in den Pick-up. Während der ganzen Fahrt nach Hause saß sie an die Beifahrertür geschmiegt neben ihm. Machte die immer intimere Atmosphäre zwischen ihnen ihr Angst? Sie sah aus, als wollte sie aus dem Wagen flüchten, sobald er in ihrer Einfahrt hielt.

Luke schaltete das Radio ein und suchte, bis er einen Rockmusiksender fand, auf dem meistens mehr Heavy Metal lief, als ihm lieb war. Sie sprachen nicht viel, und obwohl er es nicht wollte, fragte er sich etwas, das ihn nichts anging: Wer war Joshs Vater?

Der Junge war zehn oder elf. Genau das richtige Alter.

Aber Luke glaubte nicht an Zufälle. Josh konnte unmöglich Dave Sorensons Sohn sein. Es gab viele Kinder in Joshs Alter, die nicht bei ihrem Vater lebten. Außerdem war Ralph nicht sicher, ob Dave einen

Sohn oder eine Tochter hatte. Er wusste nicht mal, ob es überhaupt ein Enkelkind gab. Vielleicht war es reines Wunschdenken, und der alte Mann klammerte sich an einen Traum, den er nicht aufgeben wollte.

Doch der Verdacht, dass Josh Kinkaid Ralph Sorensons Enkel war, ging Luke nicht aus dem Kopf. Ob es ihm nun gefiel oder nicht, er würde nachforschen müssen. Als die Lichter von Bittersweet vor ihnen auftauchten, warf er Katie einen Blick zu. Sie lehnte an der Wagentür und kaute nervös an einem Fingernagel.

Sie schien es zu spüren und ließ die Hand sinken. Luke konzentrierte sich wieder auf die schmalen, winkligen Straßen der Kleinstadt. Soweit er wusste, hatte sie ihr ganzes Leben hier verbracht. Es konnte nicht allzu schwierig sein, die Wahrheit herauszufinden. Ihre Reaktion ließ ihm keine Ruhe. Die Nachricht von Daves Tod hatte sie sichtlich getroffen.

Konnte es sein?

Waren sie und Dave auf der Highschool ein Liebespaar gewesen? Luke packte das Lenkrad noch fester. Verdammt, auf was hatte er sich bloß eingelassen?

Er hielt nur eine Handbreit vom schiefen Tor ihrer halb verfallenen Garage entfernt. Am offenen Fenster von Joshs Zimmer begrüßte Blue sie mit einem Bellen.

„Wachhund", murmelte Luke, bevor er den Motor abstellte und die plötzliche Anspannung im Pick-up zu ignorieren versuchte.

„Jedenfalls hält er sich dafür." Katie brachte ein mattes, kaum wahrnehmbares Lächeln zustande. Dennoch starrte er auf ihre Lippen und spürte, wie der Anblick in ihm etwas auslöste, das er schon lange nicht mehr gefühlt hatte.

„Ich glaube, beim ersten Einbrecher würde er den Schwanz zwischen die Beine klemmen und sich verstecken." Sie lehnte sich zurück. „Er ist nicht sehr mutig, aber er ist ein treuer Freund und freut sich immer, wenn er mich sieht. Ich habe ihn länger als Josh. Meine Mutter hat ihn mir zum sechzehnten Geburtstag geschenkt."

Sie strich sich das Haar aus den Augen. „Die meisten Kinder wünschten sich ein Auto, aber ich wollte einen kleinen Hund, den ich lieben und …" Sie verstummte, als hätte sie schon viel zu viel von sich preisgegeben.

„Er war damals ein graues Energiebündel, wedelte wie wild, machte überall hin und leckte mir das Gesicht ab, und ich … habe mich auf der Stelle in ihn verliebt." Sie schlug sich auf die Oberschenkel. „Na ja, so viel zur sentimentalen Geschichte von Blue und mir." Sie sah Luke an. Ihre Augen schimmerten feucht. „Ich muss mich bei Ihnen bedanken. Sie waren …"

Er verlor die Beherrschung.

„… wunderbar … Oh!"

Ohne zu überlegen, nahm er ihr Gesicht zwischen die Hände und küsste sie mit einer Leidenschaft, die er seit Jahren nicht mehr an sich erlebt hatte.

Ihre Lippen waren warm und anschmiegsam, ihre Haut weich und seidig unter seinen schwieligen Fingern. Sie schrie leise auf, vor Schreck oder Überraschung, und das Verlangen, das unaufhaltsam in ihm aufstieg, raubte ihm den Atem.

Dann stöhnte sie leise und wich bis zur Beifahrertür zurück.

Luke ließ die Arme sinken und fragte sich wütend, was in ihn gefahren war. Wie kam er dazu, sie zu küssen? Er durfte sich nicht von einer Frau ablenken lassen – von keiner Frau. Erst recht nicht von einer, die möglicherweise die Mutter von Dave Sorensons Kind war.

„Ich … ich … weiß nicht, was ich sagen soll. Das … passiert mir nicht oft", stammelte sie, biss sich wieder auf die Lippe und starrte ihn mit großen grünen Augen an.

„Sag nichts." Er umklammerte das Lenkrad. „Das hätte ich nicht tun dürfen."

Sie tastete nach dem Türgriff. „Ich auch nicht." Sie zeigte zum Haus hinüber. „Ich … muss jetzt gehen. Nochmals vielen Dank für deine Hilfe." Sie stieg aus und rannte durch die Dunkelheit.

Er beobachtete, wie sie die Stufen hinaufeilte. Ihre weißen Shorts schienen im Mondschein zu leuchten, ihr Haar wippte auf den Schultern. Auf der Veranda drehte sie sich noch einmal zu ihm um, winkte kurz, öffnete die Tür und verschwand in ihrem behaglichen kleinen Bungalow.

„Du Idiot", knurrte er und startete den Motor. „Verdammter Trottel." Er fuhr auf die Straße, schaltete das Licht ein und machte sich auf den Weg zum alten Kutscherhaus, in dem er sich eingemietet hatte.

Als er daran dachte, wie ihr Mund sich an seinem angefühlt hatte, zog sich in ihm etwas zusammen. Was an ihr ging ihm so unter die Haut?

„Verdammt." Er war schon einmal auf eine Frau hereingefallen und hatte sich geschworen, dass ihm das nie wieder passieren würde.

Bis jetzt hatte er sich daran gehalten.

Das war ihm nicht schwergefallen, denn noch nie war er einer Frau wie Katie Kinkaid begegnet.

4. KAPITEL

„Dummkopf!“ Katie funkelte ihr Spiegelbild an, während sie sich die Zähne putzte. Wie um alles in der Welt hatte sie Luke Gates küssen können?

Die Antwort war, dass sie gar nicht darüber nachgedacht, sondern es einfach getan hatte. Es war dunkel im Pick-up gewesen, und sie hatte gespürt, was er wollte. Aber sie war gar nicht auf die Idee gekommen, die Beifahrertür aufzustoßen und aus der plötzlich viel zu engen Fahrerkabine zu springen, bevor seine Lippen ihre berührten.

Schlimmer noch, sie hatte die ganze Nacht über ihre Reaktion nachgedacht und sich daran erinnert, wie es sich angefühlt hatte, als er sein Gesicht zwischen die Hände nahm und ihr tief in die Augen schaute. Selbst jetzt spürte sie noch ein erregendes Kribbeln und fragte sich, ob er sie jemals wieder küssen würde. Sie hielt sich am Waschbecken fest, zählte stumm bis zehn und stieß den angehaltenen Atem aus.

„Reiß dich zusammen“, sagte sie zu der Frau, die ihr aus dem Spiegel entgegenstarrte. „Du weißt nichts über den Mann.“ Sie beugte sich hinab und spülte sich den Mund aus.

Josh schlief noch – nachdem er bis zum frühen Morgen ferngesehen hatte. Draußen winselte Blue, und sie gab ihm frisches Wasser und füllte seinen Napf auf der Veranda. Schmetterlinge und Bienen umschwirrten die Blumen, die an der Garage wuchsen, und zwei Zaunkönige hockten zwitschernd auf der durchhängenden Dachrinne. Katie lächelte und sagte sich, dass ein Umzug wirklich das Vernünftigste wäre.

Dieses Haus zu kaufen war ein echter Kraftakt gewesen. Sie hatte sich die Anzahlung von ihrer Mutter leihen müssen, denn keine Bank der Welt hätte ihr einen Kredit gegeben. Aber sie hatte es geschafft, die Monatsraten pünktlich zu bezahlen, und seitdem war das kleine Cottage ihr Zuhause. Sie seufzte. Jetzt würden sie und Josh ausziehen und die längst überfälligen Reparaturen dem Nachmieter überlassen.

Sie lehnte sich gegen einen Pfosten des Verandadachs und dachte an Luke Gates – den rätselhaften Cowboy mit dem Killerkuss. Nach einem Moment stieß sie sich ab und schlug mit der flachen Hand aufs Holz. Es gab Wichtigeres. Sie rief *Len's Service Station* an und erfuhr, dass der Mechaniker sich gerade ihren Wagen ansah. Len wollte sie anrufen, sobald er mehr wusste. Ihr graute schon jetzt vor der Rechnung, und zum fünfzigsten Mal nahm sie sich vor, einen Selbsthilfekurs für Autofahrer zu besuchen.

Aber nicht jetzt. Sie wählte die Nummer der Redaktion und schaute in den Garten hinaus, während es am anderen Ende läutete.

„*Rogue River Review*", meldete sich Becky, die Kaugummi kauende Sekretärin. Wie immer klang sie gelangweilt.

„Hallo, hier ist Katie. Ich komme heute etwas später, weil Josh einen Unfall hatte. Nichts Ernstes, aber ich muss heute Vormittag zu Hause bleiben." Sie berichtete Becky, was passiert war, wurde mit dem Chefredakteur verbunden und erzählte es auch ihm. „Ich arbeite hier, bis ich weiß, was mit dem Wagen ist, dann komme ich", versprach sie.

Danach fühlte sie sich etwas besser. Sie nahm sich einen Softdrink aus dem Kühlschrank und setzte sich an den Schreibtisch. In der Schublade lag der Brief. War er gefälscht oder echt? Er war gestern gekommen, und obwohl sie den Text inzwischen auswendig konnte, überflog sie ihn noch einmal.

Liebe Miss Kinkaid,

mit großem Interesse habe ich Ihre Artikel über mein Verschwinden gelesen. In anderen Zeitungen sind ähnliche Berichte erschienen, aber Ihre waren am verständnisvollsten.

Daher habe ich mich entschieden, Ihnen zu vertrauen.

Ich hätte mich gern früher gemeldet, aber die Umstände haben es nicht zugelassen. Sie hören bald wieder von mir.

Mit freundlichen Grüßen
Isaac Wells

Jedes Mal, wenn Katie die kurze Nachricht las, schlug ihr Herz schneller. Gestern hatte sie verblüfft auf den handschriftlichen Brief gestarrt. War es ein schlechter Scherz? Oder stammte er wirklich von Isaac Wells?

Warum ging er nicht zur Polizei oder kam einfach nach Hause? Und welche „Umstände" hinderten ihn daran? Wäre er entführt worden, hätte er bestimmt keinen Brief schreiben können. Hatte er etwas verbrochen und war deshalb untergetaucht? War er vor einem alten Feind geflohen? Sie sichtete ihre spärlichen Unterlagen – Kopien der Polizeiberichte und der Artikel, die sie bisher über Isaac Wells geschrieben hatte, Notizen über die Gespräche, die sie mit seinen wenigen Angehörigen und Freunden geführt hatte.

Sie lehnte sich zurück und klopfte mit dem Bleistift gegen ihre Zähne. Wells war ein Einzelgänger gewesen. Seine Ranch hatte nicht viel abgeworfen, und er hatte hart arbeiten müssen. Der einzige Luxus, den er sich gegönnt hatte, waren die Oldtimer, die er sammelte und selbst restaurierte. Er hatte zurückgezogen gelebt und war nie mit dem Gesetz in Konflikt geraten.

Warum sollte so ein Mann über Nacht verschwinden?

Hatte jemand ihn dazu gezwungen?

War er senil geworden und hatte sich verlaufen?

Oder war er absichtlich fortgegangen?

Die Polizei, die Ermittler der Versicherung und seine Familie hatten noch keine Hinweise darauf, was vorgefallen war.

Dies war der erste. Katie kniff die Augen zusammen.

Der Brief war in Eureka aufgegeben worden. Hundert Meilen südlich von Bittersweet in Kalifornien. Die Unterschrift wirkte echt, konnte jedoch gefälscht sein.

Was sollte sie tun?

Sie trank einen Schluck, ließ Blue wieder ins Haus und schrieb einen Bericht über den Brief, danach einen Artikel über den neuen Chef der Schulverwaltung und einen darüber, wie man mit Beeren und anderen Zutaten den Geschmack und die Farbe der traditionellen Apfelsoße verändern konnte.

Sie schickte ihre Arbeit in die Redaktion und ging noch mal ihr Material über Isaac Wells durch. Als sie ein Geräusch aus Joshs Zimmer hörte, schaltete sie den Computer aus und ging hinüber.

„Mom?“ Gähnend setzte ihr Sohn sich auf.

Wieder einmal war sie fasziniert, wie ähnlich er Dave sah. „Wie fühlst du dich?“

Er rümpfte die Nase. „Nicht besonders.“

„Wie wäre es mit Frühstück – oder Mittagessen? Es ist schon spät.“

„Mir egal.“ Er wollte aufstehen. „Autsch.“

„Hey, nimm die Gehhilfen.“

„Ich muss nur kurz ins Bad“, erwiderte er und humpelte über den Flur.

Lass ihn, befahl sie sich, als er es schaffte, die Tür hinter sich zu schließen. Er hat Schmerzen, aber ich darf ihn nicht zu sehr bemuttern. In der Küche hörte sie, wie er in sein Zimmer zurückkehrte und dabei etwas murmelte, das nicht für ihre Ohren bestimmt war.

Blue winselte an der Hintertür. Katie öffnete ihm und wischte gerade die Arbeitsfläche ab, als ihr Sohn im Durchgang zum Esszimmer erschien.

„Ist der Wagen wieder in Ordnung?“, fragte er und stützte sich auf die Gehhilfen, um den alten Hund zwischen den Ohren zu kraulen.

„Hoffentlich. Die Werkstatt hat noch nicht angerufen.“

„Ich finde, wir sollten uns einen neuen holen.“

„Und auf das coole Cabrio verzichten?“, entgegnete sie lächelnd.

Er verdrehte die Augen. „Es wäre cool, wenn es nicht eine Million Jahre alt wäre. Wir brauchen so etwas wie eine Corvette oder einen Porsche oder … einen Ferrari.“

„Klar. Oder vielleicht einen Jaguar oder …

„Einen BMW.“

„Träum weiter.“

„Mom?“

„Zurück in die Realität, Partner. Was möchtest du zum Frühstück?“

„Aber wir brauchen einen neuen Wagen“, beharrte Josh.

„Ganz meine Meinung. Ich muss ihn mir nur leisten können.“ Sie warf den Schwamm ins Spülbecken. „Wenn ich dir etwas zu essen machen soll, sag es jetzt oder schweig für immer.“

Er ließ sich auf den Stuhl sinken, auf dem Luke am Abend zuvor gesessen hatte. „Ein Bagel mit doppelt Käse?“

„Du hast Glück. Einen haben wir noch.“ Sie nahm ihn aus dem Schrank und zeigte auf Joshs Fuß. „Leg den hoch, ja?“

„Ja.“ Er zog einen zweiten Stuhl heran und gehorchte. Sein Haar war zerzaust, und er trug noch die Sportsachen vom Training.

„Wir müssen uns überlegen, wie du duschen kannst“, sagte sie, während sie die Bagelhälften in den Toaster schob.

„*Ich* überlege es mir.“

„Okay, okay.“ Sie biss sich auf die Zunge und wühlte im Kühlschrank, bis sie den Becher mit Streichkäse fand.

„Warum war der Typ gestern Abend bei dir?“, fragte Josh.

„Du meinst Luke.“

„Ja. Warum war er hier?“

„Er hat mich gerettet, als der Wagen liegen geblieben ist.“ Der Bagel sprang aus dem Toaster, und während sie die Hälften mit Käse bestrich, erzählte sie ihm, was gestern Abend passiert war, und sie ließ nur den Kuss aus. Der war nämlich ein Fehler gewesen, von dem niemand erfahren durfte. Vermutlich war er Luke ebenso peinlich wie ihr – falls er sich überhaupt daran erinnerte.

Sie stellte Josh den Bagel und ein Glas Orangensaft hin.

„Warum war er hier? Warum hast du nicht Onkel Jarrod oder Onkel Trevor …"

„Das wollte ich ja", unterbrach sie ihn. „Aber Luke hat darauf bestanden, mich nach Hause zu bringen."

„Hm." Josh biss in den Bagel.

Das Telefon läutete. Katie nahm ab.

„Miss Kinkaid?"

„Ja."

„Hier ist Len von der Werkstatt. Ich habe mir Ihren Wagen angesehen …"

„Und?", fragte sie nervös.

„Sie brauchen einen neuen Motor. Oder der alte muss runderneuert werden."

„Oh nein." Die Last auf ihren Schultern wurde schlagartig schwerer. Obwohl sie auf das Schlimmste vorbereitet gewesen war, traf die Diagnose sie hart.

„Leider doch." Len zählte auf, was alles nicht mehr zu reparieren war. „Vielleicht sollten Sie ihn verschrotten und sich einen neuen kaufen. Für das, was ein Motor kosten würde, könnten Sie sich einen guten Gebrauchten kaufen."

„Ich denke darüber nach", erwiderte Katie und legte auf.

Josh sah sie fragend an.

„Das war Len von der Werkstatt. Wie es aussieht, gibt es eine Beerdigung."

„Was meinst du?"

„Unser Wagen ist gerade offiziell für tot erklärt worden."

Ihr Sohn strahlte. „Also bekommen wir einen neuen?"

„Vielleicht", sagte sie. „Wahrscheinlich sogar." Aber wie sie es schaffen sollte, war ihr noch unklar.

„Hurra!"

„Das Wichtigste ist, dass wir umziehen werden."

„Umziehen? Wohin?"

„In Tiffanys Haus."

„Niemals." Josh starrte sie an, als hätte sie gerade verkündet, dass sie auf den Jupiter umziehen würden.

„Tiffany zieht auf eine Farm, die J. D.s Familie gekauft hat, und hat vorgeschlagen, dass ich mich um die Wohnungen kümmere und dafür keine Miete zahlen muss. Wir wären näher an der Innenstadt und deiner

Schule. Wenn wir dieses Haus vermieten, können wir uns vielleicht ein neues Auto leisten – allerdings keinen BMW."

Sein Lächeln verblasste. Misstrauisch kniff er die Augen zusammen. „Warte mal. Wohnt da nicht der Typ, der gestern Abend hier war?"

„Ja." Sie dachte daran, wie nahe sie und Luke einander sein würden, und wehrte sich vergeblich gegen die Vorfreude, die in ihr aufstieg. „Aber nicht mehr lange. Er hat jetzt eine Ranch außerhalb der Stadt."

„Gut." Mit dem gesunden Fuß stieß Josh die Hintertür auf, damit Blue zu seinem Lieblingsplatz unter dem Rhododendron neben der Treppe trotten konnte. „Ich mag ihn nämlich überhaupt nicht."

„Warum nicht?"

„Keine Ahnung. Ist nur so ein Gefühl."

Das überraschte Katie nicht. Vermutlich spürte Josh, dass sie sich für Luke interessierte. Der Gedanke ließ sie erstarren. Sie war *nicht* an ihm interessiert. Nicht wirklich. Es war einfach nur so lange her, dass ein Mann ihr Aufmerksamkeit geschenkt hatte. Und dass sie es zugelassen hatte, dass er mit ihr flirtete. Unwillkürlich berührte sie ihre Lippen.

Als sie sah, dass ihr Sohn sie beobachtete, nahm sie die Hand rasch fort, klemmte sich den Hörer ans Ohr und wählte John Cawthornes Nummer. „Mal sehen, ob ich Grandmas Wagen leihen kann. Ich muss heute Nachmittag ein paar Dinge erledigen. Kannst du ein, zwei Stunden allein bleiben?"

„Ich bin kein Baby mehr."

„Ich weiß, aber du bist erst zehn und …"

„Fast elf." Er schob sich einen halben Bagel in den Mund.

„Hallo", meldete sich ihre Mutter.

„Hi, Mom", sagte sie und freute sich wie immer, Brynnies Stimme zu hören. „Hier ist Katie. Ich habe ein Problem – der Wagen ist mal wieder in der Werkstatt."

„Ich dachte, Jarrod hat ihn gestern repariert."

„Er hat es versucht, aber er ist nun mal Privatdetektiv und kein Automechaniker."

„Oh."

„Jedenfalls werde ich mir wohl bald einen neuen Wagen kaufen müssen, denn Len meint, eine Reparatur kostet mehr, als das Cabrio wert ist. Josh hat sich das Fußgelenk verstaucht, und ich muss ein paar Sachen besorgen. Kann ich deinen Wagen leihen?"

„Natürlich." Brynnie zögerte keine Sekunde. „Ich bringe ihn dir und bleibe eine Weile bei Josh."

Katie warf ihrem Sohn einen Blick zu. „Danke."

„Ich fahre gleich los und … Warte mal, dein Vater möchte mit dir reden."

Katie zuckte zusammen, denn John Cawthorne war nicht ihr richtiger Vater. Sosehr sie ihre Mutter liebte, sie konnte nicht vergessen, dass Brynnie sie jahrelang angelogen und ihr sogar den Nachnamen eines anderen Mannes gegeben hatte.

„Katie? Was höre ich da? Dein Cabrio hat den Geist aufgegeben?", fragte John.

Sie erzählte ihm, was passiert war.

„Du kannst unseren Jeep haben. Der steht nur in der Garage herum und setzt Staub an. Kommst du mit einem Schaltgetriebe zurecht?"

Sie wollte keine Almosen. Schon gar nicht von ihm. „Ich brauche nur einen Ersatzwagen. Höchstens ein paar Tage."

Wie immer ignorierte John ihren Einwand. „Brynnie bringt dir den Jeep, bleibt eine Weile bei Josh, und ich hole sie nachher ab. Übrigens, ich verstehe nicht, warum dein Sohn ausgerechnet Fußball spielt. Football ist viel ungefährlicher, weil man dabei Polster trägt und viel besser geschützt ist."

Katie wusste nicht, wie oft sie sich schon hatte anhören müssen, dass ein so „strammer" Junge sich endlich eine „anständige" Sportart aussuchen sollte. Als John Cawthorne endlich fertig war, legte sie verärgert auf. Hal Kinkaid war ihr nicht gerade sympathisch, aber wenigstens mischte er sich nicht in ihr Leben ein. Im Gegenteil, er hatte nie viel Interesse an ihr gezeigt.

Als Teenager hatte Katie sich vernachlässigt gefühlt und immer aufgemuckt, um Hal auf sich aufmerksam zu machen. In der Highschool gehörte sie zu den „Wilden", die rauchten und Alkohol tranken. Sie flirtete mit vielen Jungen, erwarb sich einen eher schlechten Ruf und verlor ihre Jungfräulichkeit früh an Dave.

Aber rückblickend gesehen war die Schwangerschaft das Beste, was ihr passieren konnte. Sie wurde solide, ertrug tapfer die schiefen Blicke, die eine ledige Mutter damals noch auf sich zog, und bekam das tollste Kind der Welt. Katie warf einen Blick ins Wohnzimmer, wo Josh es sich auf der Couch so bequem wie möglich gemacht hatte, und lächelte. Nein, sie würde nichts anders machen. Sie war mit ihrem Leben zufrieden.

„Das wird nicht billig", sagte Bliss Cawthorne und beugte sich über die Pläne, die sie für Luke gezeichnet hatte. „Aber für das, was Ihnen vorschwebt, ist es die kostengünstigste Lösung."

Luke nickte, aber es fiel ihm schwer, sich auf die Entwürfe zu konzentrieren. Er dachte fast nur noch daran, dass er sich zum ersten Mal seit Jahren zu einem spontanen Kuss hatte hinreißen lassen. Dabei war er immer stolz darauf gewesen, dass er seine Gefühle unter Kontrolle hatte und sich niemals kopflos in ein Abenteuer stürzte.

Noch schlimmer war, dass Katie vielleicht die Mutter von Dave Sorensons Kind war. Vorausgesetzt, es gab überhaupt eins.

„Sieht gut aus", gab er zu. Endlich hatte er ein richtiges Zuhause. „Danke, dass Sie so schnell waren." Er hatte sie erst vor zehn Tagen darum gebeten, die notwendigen Umbauten auf seiner neuen Ranch zu planen, und sie hatte genau das zu Papier gebracht, was er sich vorstellte.

„Ich wollte es vor meinem großen Tag erledigen." Sie lächelte. „Er ist an diesem Wochenende."

„Das habe ich gehört. Die ganze Stadt spricht darüber."

„In Bittersweet passiert sonst nicht viel." Sie rollte die Pläne zusammen. „Falls Sie kommen möchten, die Trauung findet in der Kirche am Marktplatz statt, und danach geben wir einen Empfang im *Reed Hotel* am Stadtrand." Als er nicht antwortete, lächelte sie ihn aufmunternd an. „Ich weiß, es ist kurzfristig, aber Sie sind mein Kunde, und Mason und ich würden uns sehr freuen."

„Danke, aber ich fürchte, ich schaffe es nicht." Er wusste, dass sie sich nur verpflichtet fühlte, ihn einzuladen. Außerdem war er nicht interessiert.

„Falls Sie es sich anders überlegen, die Trauung ist um sieben, und der Empfang dauert bestimmt bis spät in die Nacht."

Die Glocke über der Tür läutete, und als Luke sich umdrehte, sah er Katie hereinkommen. Sie trug ein blau-weißes Sommerkleid. „Bliss, sag mal … Oh." Der rothaarige Wirbelwind blieb wie angewurzelt stehen. „Hallo", sagte sie zu Luke. Als ihre Blicke sich trafen, musste er wieder an den Kuss denken, der ihm den Schlaf geraubt hatte. Er hatte von ihr geträumt, war schweißgebadet aufgewacht und hatte kalt geduscht – so lange wie noch nie zuvor.

„Ist der Wagen repariert?", fragte er.

Sie schüttelte so heftig den Kopf, dass die roten Locken an ihrem Nacken hüpften. Er verstand nicht, warum, aber er fand den Anblick unglaublich erregend.

„Nein. Du hattest recht, mein Cabrio ist schrottreif." Sie zeigte nach draußen. „Ich habe mir einen von Johns Wagen geliehen."

„Ihr kennt euch?", fragte Bliss neugierig.

„Luke hat mir gestern geholfen." Katie erzählte ihrer Schwester von ihrer Panne und Joshs Unfall beim Training.

„Wie geht es ihm?"

„Im Moment genießt er es, sich bedienen zu lassen."

Bliss verschränkte die Arme. „Und was wolltest du auf Isaac Wells' Ranch? Ich dachte, die ist abgesperrt."

Katie zuckte mit den Schultern. „Ja, schon, aber ich hatte gehofft, einen Hinweis darauf zu finden, wo er steckt."

„Ist das nicht der Job der Polizei?"

„Sicher, aber ... ich dachte mir, vielleicht sehe ich mit den Augen einer Frau ... einer Journalistin etwas, das allen anderen entgangen ist." Sie klang aufgeregt, und Luke begriff, wie sehr sie ihren Beruf liebte. Katie Kinkaid, die Spitzenreporterin.

„Isaac ist seit Monaten verschwunden", erinnerte Bliss sie.

„Das stimmt, aber ..." Katie zögerte. „Ich will die Story. Ich bin es nämlich leid, über Bridge-Klub-Treffen und die Sitzungen vom Schulbeirat zu berichten."

„Du willst etwas Spannendes." Ihre Schwester nickte, als hätte sie das alles schon mal gehört.

„Mindestens." Katie schaute aus dem Fenster, und Lukes Blick fiel wie von selbst auf ihren Hals. Sie war höllisch sexy und schien es nicht zu wissen. Hastig schob er den Gedanken beiseite. Wichtig war für ihn nur, ob Dave Sorenson der Vater ihres Sohnes war.

„Ich muss los", sagte er. „Sie schicken mir eine Rechnung, ja?"

„Verlassen Sie sich darauf."

„Bliss hat für dich gearbeitet?", fragte Katie.

„Sie hat ein paar Entwürfe für die Umbauten auf der Ranch gemacht. Ich will das Haus erweitern."

„Oh."

„Also weißt du schon, dass er die Ranch der Sorensons gekauft hat", sagte Bliss, und wieder spürte Katie den dumpfen Schmerz in der Brust, den die Nachricht von Daves Tod in ihr ausgelöst hatte.

„Ich habe davon gehört."

„Und ich habe gehört, dass du in Tiffanys Haus ziehst."

„Ich überlege noch."

„Ja, das hat Tiffany auch gesagt, als ich sie heute Morgen getroffen habe."

„Josh ist einverstanden. Sobald ich mein Haus vermietet habe und Tiffany und J.D. ihr Weingut eröffnen, ziehen wir um. Ich wollte gerade nach nebenan, um es Tiffany zu erzählen, und dachte mir, ich frage mal, wie deine Hochzeitsvorbereitungen laufen."

„Hektisch", erwiderte Bliss seufzend. „Heute ist mein letzter Arbeitstag." Sie zeigte auf die Pläne und sah Luke an. „Wenn Sie noch etwas geändert haben wollen, kann ich die erst vornehmen, wenn ich in zwei Wochen zurück bin."

„Die Pläne können so bleiben." Er ging zur Tür. „Danke."

„Gern geschehen. Ich würde mich wirklich freuen, wenn Sie in die Kirche und zum Empfang kommen."

„Das solltest du unbedingt." Katie schenkte ihm ihr Tausend-Watt-Lächeln. „Es wird das Event des Sommers."

„Ich stehe nicht auf ‚Events'."

„Dann kommen Sie wenigstens zum Empfang", bat Bliss.

„Ich überlege es mir." Als Luke hinausging, wurde er das Gefühl nicht los, dass die beiden Schwestern ihn manipulierten. Aber das war ihm egal. Auf die Trauung konnte er verzichten, aber vielleicht würde er auf dem Empfang vorbeischauen.

Natürlich hatte es nichts damit zu tun, dass auch Katie Kinkaid dort sein würde. Absolut nichts. Jedenfalls redete er sich das ein.

„Du glaubst, das hier ist echt?", fragte Jarrod mit einem Blick auf die Nachricht, die Katie von Isaac Wells bekommen hatte.

Nur mit abgeschnittenen Jeans bekleidet stand er am felsigen Ufer des Rogue River und trocknete sich das Haar ab. Seit zehn Jahren lebte er bereits in dem kleinen Blockhaus inmitten der Natur. Inzwischen hatte er wenigstens einen Hund. Er schien es so zu wollen. Keine Frau, die Ansprüche stellte. Keine Kinder, für die er verantwortlich war.

„Ich wünschte, ich wüsste es", gab Katie zu.

„Was hat die Polizei gesagt?"

„Nur, dass sie nachforschen wollen."

Ein junger Labrador kam angerannt, Jarrod hob einen Ast auf und warf ihn ins Wasser. Der Hund stürzte sich in die Strömung und schnappte sich das Holz, bevor es davontrieb.

„Meinst du, es ist eine Fälschung?"

„Könnte sein." Jarrod blinzelte in die Sonne, die hinter den Bergen im Westen unterging. Am Himmel über ihnen kreiste ein Falke.

„Aber warum?“ Er strich sich das Haar aus den Augen. „Das gefällt mir nicht. Da stimmt etwas nicht.“

„Was denn?“

„Warum sollte Isaac Wells dir schreiben? Oder jemand, der sich für ihn ausgibt?“

„Publicity?“

„Ein Mann, der ein Einsiedlerdasein geführt hat?“ Jarrod behielt Watson im Auge, als der Hund mit seiner Beute ans Ufer trottete und sich das Wasser aus dem Fell schüttelte. „Sag mir, dass du ihn nicht abdrucken willst.“

„Zu spät.“

„Das ist nicht klug.“ Jarrod zog die Brauen zusammen. „Du könntest ihm in die Hände spielen.“

„In wessen Hände? Ray Deans?“ Ray Dean war ein stadtbekannter Krimineller, der immer mal wieder hinter Gittern landete.

„Wer weiß?“

„Na ja, vielleicht finden wir es ja bald heraus.“

„Sei vorsichtig, Katie. Ein Mensch ist bereits verschwunden. Leg dich bloß nicht mit Ray Dean an – selbst wenn er nicht dahintersteckt. Der Typ ist ein Verbrecher, der vor nichts zurückschreckt, vergiss das nicht.“ Jarrod sah ihr in die Augen. „Ich will nicht, dass dir etwas zustößt.“

„Das wird es nicht. Ich passe auf“, versprach Katie. „Und du solltest diesen Fall schnell lösen, sonst komme ich dir zuvor.“ Sie sah auf die Uhr. „Ich muss los. Mom ist bei Josh, und ich will sie nicht zu lange warten lassen.“ Sie winkte ihm zu und fuhr davon.

Als sie an Isaac Wells’ Ranch vorbeikam, dachte sie kurz an sein rätselhaftes Verschwinden, bog jedoch nicht ab. Das tat sie erst dort, wo früher die Sorensons gelebt hatten. Schmerzhafte Erinnerungen stiegen in ihr auf, als sie durch das offene, von wuchernden Wildblumen und Brombeerbüschen gesäumte Tor fuhr.

Warum hatte sie in all den Jahren kein einziges Mal versucht, mit Dave Kontakt aufzunehmen und ihm von Josh zu erzählen? Warum war sie immer zu stolz gewesen, um sich offen zur Wahrheit zu bekennen? Sie schluckte schwer, als das große Blockhaus der Sorensons in Sicht kam.

Am Zaun neben der Scheune lehnte Luke an einem schiefen Zaunpfahl. Er schaute kurz in ihre Richtung, und der Schweiß rann ihm übers Gesicht und den nackten Oberkörper. Katie wehrte sich gegen die Enttäuschung. Freute er sich denn gar nicht, sie zu sehen? Sie versuchte, nicht auf die gebräunte Haut über den straffen Muskeln zu starren, und tat so, als wären die gekräuselten Haare, die am flachen Bauch in den verwaschenen Jeans verschwanden, für sie ein alltäglicher Anblick.

Trotzdem schlug ihr Herz schneller, als der Zaunpfahl endlich nachgab und Luke sich aufrichtete. Er verschränkte die muskulösen Arme vor der Brust und drehte sich zu ihr um. Sie stieg aus dem Jeep und brachte ein nervöses Lächeln zustande.

„Hi."

„Ist das Cabrio noch in der Werkstatt?", fragte er.

Sie zuckte mit den Schultern. „Ich muss mir wohl einen neuen Wagen besorgen", erwiderte sie unbeschwerter, als sie sich fühlte.

„Hm." Luke zog die Handschuhe aus und stopfte sie in eine Gesäßtasche. „Kann ich etwas für dich tun?"

Ihr Mund wurde trocken. Sie dachte daran, wie er ihr Gesicht zwischen die Hände genommen und sie geküsst hatte. Als ihr Atem schneller ging, räusperte sie sich und blickte zur Seite. „Noch mal danke, dass du mir geholfen hast. Ich weiß nicht, was ich ohne dich getan hätte."

„Nicht der Rede wert."

Sie sah sich um. „Dies war also die Ranch der Sorensons."

„Richtig."

„Und du hast Dave gekannt."

Er nickte und kniff die Augen zusammen. „Ich war etwa zwanzig, als ich hier angefangen habe. Davor hatte ich nichts als Ärger, aber er hat es riskiert und mir einen Job gegeben. So habe ich Dave kennengelernt."

„Wurdet ihr Freunde?"

„Könnte man sagen." Luke ging zum Haus. „Aber er war nicht oft hier. Gleich nach der Highschool ist er Berufssoldat geworden."

„Wie ist er gestorben?", fragte Katie, als sie in den Schatten der breiten Veranda traten.

Er runzelte die Stirn. „Ein Unfall. Sein Hubschrauber ist bei einem Routinemanöver abgestürzt."

Fröstelnd schloss sie die Augen und hielt sich am Geländer fest.

„Es hat Ralph und Loretta hart getroffen."

„Das glaube ich." Ihre Hand zitterte, als sie sich die Stirn rieb. „Was für ein Schicksalsschlag."

„Kanntest du ihn gut?"

Besser als die meisten Menschen, dachte sie. Aber das stimmte nicht ganz. Dave war immer verschlossen gewesen. Auch wenn sie damals noch jung und naiv gewesen war, hatte sie gespürt, dass er eine Seite besaß, die er nicht zeigte. „Ich bin nicht sicher, ob jemand Dave wirklich gekannt hat“, gab sie zu. „Sehr lange hat er hier nicht gelebt.“

„Ein Jahr oder zwei.“

„Ja, etwa achtzehn Monate.“

„War er mit einem Mädchen zusammen?“

Katie erstarrte. „Ich ... glaube nicht, dass er viel ausgegangen ist. Warum?“

„Ralph meinte, dass er vielleicht eine Freundin hatte.“

„Das kann sein“, antwortete Katie ausweichend. Sie hatte nicht vor, diesem attraktiven Fremden zu erzählen, dass sie mit Dave Sorenson zusammen gewesen war. Erst musste sie mit Josh reden. Ihr Sohn verdiente es, die Wahrheit zu erfahren. Die ganze Wahrheit. „Wie sehen deine Pläne für die Ranch aus?“

Luke zögerte. Ahnte er etwa, warum sie abrupt das Thema wechselte? „Ich zeige es dir“, sagte er schließlich und öffnete die Haustür.

Sie folgte ihm hinein. Hier war sie erst zwei Mal gewesen, vor langer Zeit und mitten in der Nacht. Dave hatte ihre Hand genommen und sie durch die dunklen Räume geführt.

Alles sah noch so aus wie früher. Die zerschlissenen Vorhänge waren mindestens zwanzig Jahre alt, genau wie die Möbel. Eine Couch mit hölzernen Armlehnen, verschrammte Tische, ein durchgesessener Ledersessel.

„Das Haus wird komplett renoviert“, sagte Luke, als sie durch den kleinen Essbereich in die Küche gingen. Er zeigte ihr, wo er Wände einreißen und das Haupthaus mit der Garage und der früheren Unterkunft der Cowboys verbinden wollte.

„Wenn alles klappt, will ich auch die Stallungen erweitern“, fuhr er fort. Sie kamen an der Tür zu Daves altem Zimmer vorbei, und Katie musste tief durchatmen. Er öffnete die Tür zum Elternschlafzimmer. Am gemauerten Kamin fehlte ein Stein, und eine Maus verschwand in der Öffnung. An der Wand darüber war ein Geweih befestigt, und an einem der Dachbalken hing ein Wagenrad als rustikaler Kronleuchter.

„Hier werde ich wohnen“, verkündete Luke und lächelte verlegen. „Eigentlich wollte ich es als einzige Gästesuite einrichten, aber dann habe ich mich entschieden, doch nicht bei den Cowboys zu schlafen.“ Er öffnete das Fenster. Eine milde Sommerbrise wehte herein und brachte den Duft der Rosen mit sich.

„Wann hast du beschlossen, dich in Oregon niederzulassen?“, fragte sie, als er zur Tür ging, die vom Schlafzimmer direkt in den Garten führte.

„Ralph und ich hatten eine Abmachung. Ich habe zehn Jahre für ihn gearbeitet, er hat die Hälfte meines Lohns einbehalten und damit Land gekauft. Eigentlich sollte ich eine kleine Ranch außerhalb von Dallas übernehmen, aber dann hat er mir diese hier überlassen." Er schaute zu den zerklüfteten Bergen hinüber. „Ich brauchte einen guten Grund, um aus Texas wegzukommen." Luke drehte sich zu ihr um, und sie spürte seinen Blick wie eine Berührung.

„Warum?"

Wieder antwortete er nicht sofort. War ihm die Frage zu aufdringlich? „Es war an der Zeit. Ich hatte fast mein ganzes Leben dort verbracht."

Katie spürte, dass mehr dahintersteckte. Aber Luke Gates war ein Mann, der ungern über seine Vergangenheit sprach. Ein rätselhafter Mensch, an dem eine Frau sich leicht die Zähne ausbeißen konnte.

Sie gingen durch den Garten mit den wild wuchernden Rosenstöcken und der durchhängenden Wäscheleine. Luke runzelte die Stirn. „Es braucht viel Arbeit."

„Aber die lohnt sich, meinst du nicht?"

„Hoffentlich."

„Oh, bestimmt. Diese Gegend ist ideal für Touristen. Dürfen deine Gäste auch Kälber einfangen und mit Brandzeichen versehen? Und was immer ein Cowboy so macht?"

„Wenn sie wollen. Außerdem plane ich Ausritte, die zwischen acht Stunden und vier Tagen dauern. Wie bei einem echten Viehtrieb – raues Gelände, Packpferde und ein Planwagen mit Ausrüstung. Aber natürlich gibt es auch die Luxusvariante mit Picknick und Unterhaltungsprogramm. Die Gäste müssen nur reiten und sich um nichts kümmern. Lagerfeuer, Zelte, Feldbetten und Schlafsäcke warten auf sie, wenn sie an einem malerischen Ort übernachten. Es gibt Essen für Feinschmecker und sogar Campingduschen, um sich den Staub von der zarten Haut zu waschen."

Katie war beeindruckt. Offenbar träumte Luke schon lange davon.

„Für die Gäste, die lieber auf der Ranch bleiben, organisieren wir Pferderennen. Sie können im Fluss schwimmen und paddeln oder mit dem Floß fahren. Im Winter gibt es Skitouren auf den Mount Ashley oder Jagdausflüge oben in den Bergen."

„Also ist die Ranch das ganze Jahr geöffnet?"

„Mmh." Er musterte sie. „Das hier ist kein offizieller Besuch, oder?"

„Offizieller Besuch?"

„Du bist nicht hier, um für eine Story in deiner Zeitung zu recherchieren?“

„Heute nicht.“ Sie lächelte. „Glaub mir, wenn ich dich interviewe, merkst du es.“

„Gut.“

„Ich wollte mich nur noch mal bedanken.“ *Und herausfinden, was Dave Sorenson passiert ist.* Und jetzt kannte Katie die traurige Wahrheit. Die tat weh, und sie wusste, dass sie besser gehen sollte. Das alte Haus weckte zu viele Erinnerungen. Und dann war da natürlich der hochgewachsene Texaner, der in ihr etwas wachrief, das sie nicht empfinden wollte. „Ich muss los. Vermutlich hat Josh seine Großmutter schon um den Verstand gebracht.“

„Wie geht es ihm?“

„Besser, glaube ich jedenfalls. Er ist missmutig, und meine Mutter schwört, dass schlechte Laune bei einem Patienten ein gutes Zeichen ist.“

„Sie scheint eine kluge Frau zu sein.“

Katie dachte an Brynnie und ihre vielen Ehemänner. „Da wäre ich nicht so sicher. Sie heiratet ziemlich schnell.“

„Aber du nicht.“

„Ich?“ Verblüfft sah sie ihn an. „Na ja, für mich ist eine Ehe eine größere Verpflichtung als für meine Mutter.“

„Hast du Joshs Vater deshalb nicht geheiratet?“

Sie wusste, dass sie vorsichtig sein musste. „Wir waren noch jung.“

„Trotzdem wollen die meisten Männer tun, was richtig ist.“

„Das bezweifle ich“, erwiderte sie automatisch. Sofort meldete sich ihr schlechtes Gewissen. „Es war kompliziert.“

„Sieht er Josh oft?“, fragte Luke.

„Nein.“ Sollte sie ihm die Wahrheit sagen? Er hatte Dave gekannt. Nein, erst musste sie mit Josh reden. Dann mit den Sorensons und danach mit ihrer eigenen Familie.

Luke schien zu spüren, wie heikel das Thema für sie war. „Bleib doch noch eine Weile. Da du schon mal hier bist, möchtest du vielleicht auch den Rest sehen.“

„Sogar sehr gern“, gab sie zu. Das stimmte, denn sie wollte Luke besser kennenlernen. Den Rancher mit der tiefen Stimme, dem Schlafzimmerblick und der Vergangenheit, die sie neugierig machte. „Aber ein anderes Mal.“ Er schaute ihr in die Augen, und in seinen nahm sie etwas Gefährliches wahr. Etwas unglaublich Erotisches.

„Ich nehme dich beim Wort", sagte er, und ihre Knie wurden weich. Er war ihr einfach zu nahe, zu männlich und hatte zu wenig an. Die Versuchung, die schlafenden Hunde zu wecken, wurde fast übermächtig.

„Ich muss jetzt zu Josh", sagte sie rasch. „Aber vielleicht sehen wir uns bei Tiffany. Oder auf Bliss' Hochzeitsempfang."

„Das glaube ich nicht."

„Ich halte trotzdem nach dir Ausschau", erwiderte sie und konnte kaum fassen, dass sie so offensichtlich mit ihm flirtete. Hatte sie sich nicht tausend Mal gesagt, dass sie einem Mann wie ihm niemals trauen durfte?

„Ich bezweifle, dass ich komme."

„Dein Pech." Sie schaffte es, sich auf dem Absatz umzudrehen und zum Jeep zu gehen. Doch ihre Finger zitterten, als sie den Schlüssel heftiger als nötig ins Zündschloss steckte. „Mach dich nicht lächerlich", flüsterte sie, als der Motor ansprang. Sie setzte eine unbeschwerte Miene auf, winkte ihm zu und fuhr in einer Staubwolke davon.

„Halt dich von ihm fern, Katie!", ermahnte sie sich. „Sei wenigstens einmal in deinem Leben vernünftig!" Sie schaute in den Rückspiegel. Luke stand mit verschränkten Armen da und sah ihr nach. Die verwaschene Jeans schien ihm fast von den Hüften zu rutschen.

Ihr Mund wurde trocken. Sie schluckte mühsam und ahnte, dass sie ein Problem hatte. Ein ernstes Problem.

5. KAPITEL

Luke taten sämtliche Muskeln weh. Stundenlang hatte er Zaunpfähle gesetzt und die Stallungen ausgemistet, roch schlecht und sah vermutlich noch schlimmer aus, doch an der Tankstelle zuckte die Frau hinter der Kasse mit keiner Wimper. Mit einem Sixpack Bier, einer Tüte Chips und der Lokalzeitung stieg er wieder in den Wagen.

Als er kurz darauf neben der Garage hielt, kam gerade die Santini-Familie festlich gekleidet aus der Hintertür der Villa. Christina, das kleine Mädchen, streckte ihrem Bruder Stephen hinter dem Rücken der Mutter die Zunge heraus. Der Junge verdrehte die Augen und zerrte an seiner Krawatte.

Tiffany ignorierte es. „Kommt schon. Wir müssen Tante Katie und Josh abholen."

„Hat sie noch immer keinen Wagen?", fragte J. D., während er die Tür abschloss.

„Nein. Ich würde den Verstand verlieren. Es gibt aber auch gute Nachrichten: Josh muss nicht mehr an Stützen gehen, und die Anrufe haben aufgehört."

„Was für Anrufe?"

„Es klingelt, und niemand meldet sich."

„Wahrscheinlich Kinderstreiche." J. D. schüttelte den Kopf, aber Luke kniff die Augen zusammen. Er hatte Katie seit ihrem Besuch auf der Ranch nicht mehr gesehen.

Tiffany scheuchte ihre Familie über den Rasen und bemerkte Luke. „Oh, hallo!", rief sie und sah ihren Kindern nach, die zu J. D.s Jeep rannten. „Hier herrscht mal wieder das reine Chaos. Es wäre ein Wunder, wenn wir es rechtzeitig zur Hochzeit schaffen." Lachend betrachtete sie sein verschwitztes T-Shirt und die staubigen Jeans. „Ich dachte … ich meine, hat Katie Ihnen nicht erzählt, dass sie zu Bliss' Trauung will …" Sie errötete.

„Ich glaube, sie erwartet, dass ich zum Empfang komme."

„Das sollten Sie unbedingt tun!"

„Ich habe Bliss gesagt, dass ich es mir überlege."

Es hupte, und als Luke sich umdrehte, sah er Stephen am Lenkrad des Jeeps sitzen.

„Stephen, hör auf!", befahl Tiffany und wandte sich wieder Luke zu. „Wir müssen los", sagte sie, während J. D. seinen zukünftigen Stiefsohn auf den Rücksitz beförderte.

Luke winkte ihnen nach, verschwand in seiner Wohnung über der Garage und versuchte, nicht daran zu denken, wie Katie auf dem Empfang nach ihm Ausschau hielt. Er war selbst mal verheiratet gewesen und hatte sich gewaltig die Finger verbrannt. Natürlich wünschte er Mason und Bliss viel Glück, wollte jedoch nicht dabei sein, wenn sie einen Fehler begingen, den er nie wiederholen würde.

Er öffnete die Fenster und setzte sich mit einem Bier und der Zeitung in einen Sessel. Die Titelgeschichte drehte sich mal wieder um Isaac Wells' rätselhaftes Verschwinden. Geschrieben hatte sie Katie Kinkaid. „Großartig", knurrte er und trank einen kräftigen Schluck. Er überflog den Artikel. „Wie kann man nur so dämlich sein?"

Kein Zweifel, sie tat alles, um sich in Lebensgefahr zu bringen.

Es geht dich nichts an, Gates. Absolut nichts.

„Verdammt." Luke blätterte die Zeitung durch, musste aber immer wieder an Katie denken. Und an ihren Ehrgeiz, eine Spitzenreporterin zu werden. In Bittersweet, Oregon. Kein Wunder, dass sie sich auf diesen Fall stürzte.

Er leerte die Flasche und knallte sie auf den Tisch. Sosehr er es auch wollte, er konnte nicht vergessen, dass sie anonyme Anrufe und geheimnisvolle Briefe bekam.

Müde und gereizt warf er den *Rogue River Review* hin und stand auf. Obwohl ihm klar war, dass es falsch war, streifte er die Stiefel ab und eilte ins Bad. „Mann, dich hat es schwer erwischt", sagte er wütend, als er sich unter die Dusche stellte. Während er sich den Schweiß und den Schmutz abwusch, zählte er alle die Gründe auf, warum Katie Kinkaid für ihn tabu war.

Er zog ein weißes Hemd, eine schwarze Hose und seine besten Stiefel an, entschied sich gegen eine Krawatte und ging zum Wagen. In der alten Villa brannte kein Licht, durch den Garten rannten keine Kinder, niemand ließ seinen Ärger an der Gitarre aus, auf der Veranda stapelten sich Kartons – der Santini-Clan stand kurz vor dem Auszug.

Und Katie Kinkaid zog bald ein. Der Gedanke machte ihn nervös. Wahrscheinlich würde sie einen Mann brauchen, der ihr half, aber er kam dafür nicht infrage. Er tröstete sich damit, dass er nicht mehr lange hier sein würde. Sobald der Stromanschluss und das Telefon installiert waren, würde er sich auf der Ranch einrichten.

Ach ja? Und was dann? Vergisst du sie einfach? Sie und die Tatsache, dass sie sich in Gefahr bringt? Dass du davon träumst, sie zu küssen und auszuziehen und eine leidenschaftliche Nacht mit ihr zu verbringen?

Und was ist mit dem Verdacht, dass ihr Sohn möglicherweise Ralph Sorensons Enkel ist?

Luke fuhr durch die Stadt, vorbei an der Kirche, in der Bliss und Mason gerade geheiratet hatten, und zum alten *Reed Hotel*. Er gab die Wagenschlüssel einem Jungen, der nicht alt genug aussah, um sich ans Steuer zu setzen. Als wäre schon Weihnachten und nicht Anfang September, funkelten in den Bäumen neben dem Eingang tausend Lichter. Nach kurzem Zögern ging er hinein. Obwohl sich im Ballsaal halb Bittersweet versammelt hatte, entdeckte er Katie sofort.

In einem langen blauen Kleid, das rote Haar zu einer eleganten Frisur gesteckt, tanzte sie mit einem Mann, den Luke nicht kannte. Der Kerl hatte ein Lächeln, das so echt war wie ein Dreidollarschein, und hielt sie in den Armen, als wäre sie sein persönlicher Besitz.

Und Katie schien es auch noch zu gefallen. Sie redete und lachte, legte den Kopf in den Nacken und flirtete geradezu unverschämt. Ihre Wangen waren gerötet, die grünen Augen blitzten, und sie strahlte ihn immer wieder an. Luke spürte etwas, das sich verdächtig nach Eifersucht anfühlte, und fluchte stumm.

Als ein Kellner ihm ein Glas Champagner anbot, nahm er es und leerte es in einem Zug. Die Musik war ihm zu laut, die Luft zu stickig. Er zupfte am Hemdkragen und wehrte sich gegen die Versuchung, unauffällig zu verschwinden.

Mason und Bliss tanzten an ihm vorbei, sie in weißer Seide und Spitze, er in einem schwarzen Smoking. Er wirbelte sie herum, und sie lachte ausgelassen. Die beiden schienen wirklich verliebt zu sein.

Ruckartig wandte Luke sich ab und nahm sich ein zweites Glas Champagner. Als Katies Lachen die Musik, das Stimmengewirr und das Klirren der Gläser übertönte, schlenderte er auf die Veranda, wo es etwas leiser und kühler war. Am Geländer lehnten mehrere Gäste, plaudernd, rauchend, mit einem Drink in der Hand, und schauten auf den Fluss hinaus, der hinter dem Hotel verlief.

Zwei Frauen kamen heraus und unterhielten sich über Isaac Wells.

„Bestimmt ist ihm etwas zugestoßen“, sagte die eine. Sie war klein und rundlich, mit langem, fast weißem Haar, und wühlte in ihrer Handtasche.

„Also glaubst du nicht, dass der Brief echt ist?“, entgegnete ihre Begleiterin, eine gertenschlanke Frau mit mehr Make-up als nötig.

„Der Brief, der in der Zeitung abgedruckt war? Nein.“ Sie fand ihre Zigaretten und schüttelte eine heraus. „Wenn du mich fragst, Isaac Wells kommt nicht wieder.“

In diesem Moment trat Mason ins Freie. Als er Luke bemerkte, lächelte er.

„Sollten Sie nicht die Hochzeitstorte anschneiden, auf die Braut trinken oder so etwas?“, fragte Luke, als sie einander die Hand gaben.

„Ich brauche eine Pause.“ Der Bräutigam atmete tief durch. „Wie ich hörte, hat Bliss für Sie den Umbau geplant. Auf der Ferienranch, die Sie auf dem Land der Sorensons eröffnen wollen.“

„Stimmt.“ Luke nippte an seinem Glas. Small Talk war nicht seine Stärke, aber Lafferty war ihm sympathisch. In dem edlen Smoking steckte ein hart arbeitender Rancher, mit dem er viel gemeinsam hatte.

„Ich würde mich gern mal bei Ihnen umsehen, wenn es losgeht.“

„Jederzeit“, erwiderte Luke. „Sie sind mit Isaac Wells verwandt, richtig?“

„Ja.“

„Was glauben Sie, was ihm passiert ist?“

„Keine Ahnung.“ Mason rieb sich das Kinn. „Durchaus möglich, dass es der nächste ungelöste Fall in dieser Gegend ist. Wie bei Octavia Nesbitt vor ein paar Jahren.“

„Nesbitt?“, wiederholte Luke. Der Name kam ihm bekannt vor.

„Tiffanys Großmutter. Sie wurde bestohlen. Der Schmuck war weg, sogar die verdammte Katze. Der Fall wurde nie gelöst und hat alle beunruhigt.“

„Aber niemand wurde verletzt?“

„Nein.“ Mason runzelte die Stirn. „Ich frage mich, ob der alte Isaac tot ist oder noch lebt.“

„Da bist du ja!“ Atemlos schmiegte Bliss sich an ihren Ehemann. „Versteckst du dich etwa?“

„Vor dir? Natürlich“, scherzte Mason.

„Charmant wie immer.“

Zur Freude der beiden älteren Ladies hob er sie auf die Arme und küsste sie, als wollte er nie wieder aufhören. Eine der beiden fächerte sich Luft zu, die andere wandte sich kichernd ab. Luke lächelte nur. Er konnte gut nachempfinden, wie es Mason ging.

„Ich würde mich ja gern mit Ihnen in die Büsche schlagen, Mr Lafferty, aber wir haben Pflichten“, sagte Bliss.

„Schade.“

Sie tippte ihm auf die Nase. „Wenn du Glück hast, hole ich es nach.“

„Ich nehme Sie beim Wort, Mrs Lafferty.“

Hand in Hand gingen sie hinein.

Luke leerte sein Glas, schaute durchs Fenster und sah Katie auf der Tanzfläche. Sie schien den Abend zu genießen und weder an den Brief noch an die anonymen Anrufe zu denken. Ihm dagegen gingen sie nicht aus dem Kopf. Er schaute auf den dunklen Fluss hinunter, in dem sich die Lichter des Hotels spiegelten. Plötzlich kniff er die Augen zusammen. Täuschte er sich, oder war gerade jemand hinter einigen dicht stehenden Bäumen am Ufer verschwunden?

Ein Jugendlicher, der heimlich Alkohol trank oder sich mit seiner Freundin traf? Luke spitzte die Ohren und hoffte darauf, eine helle Stimme zu hören.

Nimm dich in Acht, Gates, du siehst schon Gespenster. Dennoch war er drauf und dran, übers Geländer zu springen und nachzusehen.

„Mir war, als hätte ich dich vorhin gesehen." Katies Stimme ließ ihn zusammenzucken.

Hastig blickte er über die Schulter. Sie stand direkt hinter ihm, den Kopf in den Nacken gelegt. Ihre Augen funkelten, und in dieser Sekunde war sie für ihn die reizvollste Frau, der er jemals begegnet war.

„Schön, dass du doch noch gekommen bist." Sie lächelte.

„Du hast mich eingeladen", erwiderte er und stellte sich zwischen sie und den Fremden am Fluss – falls es den überhaupt gab. Sie schwitzte leicht, und ihre seidige Haut schimmerte noch mehr als sonst.

„Ja, das habe ich", antwortete sie. Als sie ihm eine Hand auf den Arm legte, musste er daran denken, wie eng sie mit dem anderen Mann getanzt hatte. „Wollen wir tanzen?"

Dazu war er seit der Highschool nicht mehr aufgefordert worden. „Ich bin kein besonders guter Tänzer."

„Dann sind wir schon zwei. Komm." Bevor er protestieren konnte, zog sie ihn in den Ballsaal und schmiegte sich an ihn, als wäre es das Natürlichste auf der Welt.

„Siehst du?" Sie strahlte ihn an. „So schwer ist es doch gar nicht."

„Könnte schlimmer sein", gab er zu und staunte darüber, wie herrlich es sich anfühlte, sie in den Armen zu halten und sich zum Big-Band-Sound mit ihr zu drehen.

„Viel schlimmer", flüsterte Katie.

Wie von selbst legten seine Arme sich noch fester um sie. Ihr Kopf ruhte an seiner Schulter, das Licht wurde gedämpft, und Lukes Herz begann zu klopfen. Er malte sich aus, wie er sie erst zärtlich, dann immer leidenschaftlicher küsste. Wie er die Hände unter ihr Kleid schob und sich ihre Haut anfühlte, während er die blaue Seide von ihrem Körper streifte.

Tiffany und J. D. glitten vorbei. Tiffany lachte unbeschwert und zwinkerte ihrer Schwester zu, als hätten sie ein Geheimnis.

„Darf ich auch mal?", fragte John Cawthorne, und Luke blieb stehen. „Ich möchte nämlich mit allen meinen Töchtern tanzen."

Luke trat zur Seite, hielt plötzlich Brynnie in den Armen und beobachtete, wie der Vater der Braut voller Stolz mit seiner dritten Tochter über die Tanzfläche schwebte. Mit Bliss hatte er bereits getanzt, und sie hatte sich dabei sichtlich wohlgefühlt. Tiffany dagegen hatte sich bewegt, als wäre es eine Strafe, und ihren Vater kein einziges Mal angelächelt. Jetzt passte sich Katie den schwungvollen Schritten ihres wiedergefundenen Vaters an, als gehörten sie seit Jahren zu einer Familie.

„Er liebt sie, wissen Sie, jede von ihnen", sagte Brynnie, als sie und Luke eine Pause einlegten, um ein Glas Champagner zu trinken. „Aber die Entfremdung zwischen ihm und den Mädchen ist nicht spurlos an ihm vorübergegangen. Er hat immer davon geträumt, seine Familie zu vereinen."

„Für die Mädchen war es auch nicht leicht", warf Luke ein.

„Ja, ich weiß." Nachdenklich nippte Brynnie an ihrem Glas. Ihr Gesicht war gerötet, und aus der gewagten Hochsteckfrisur lösten sich immer mehr blassrote Locken. „Könnten Sie das mal halten?", bat sie und reichte ihm das Glas. Sie zog eine Nadel aus dem Haar und klemmte sie zwischen die Lippen, bevor sie die Frisur geschickt wieder in Ordnung brachte. „So, das wäre erledigt", sagte sie zufrieden, schob die Nadel ins Haar zurück und nahm ihm das Glas ab. „Ich würde ja so gern eine Zigarette rauchen", gab sie zu. „Aber ich versuche gerade aufzuhören. Auch Johns wegen. Bestimmt haben Sie gehört, dass er einen Herzinfarkt hatte."

„Ja, das habe ich", bestätigte Luke, ohne Katie und ihren Vater aus den Augen zu lassen.

Brynnie seufzte. „Damit hat es angefangen. Seit wir beide zusammen sind, will er uns alle zu einer großen glücklichen Familie machen." Sie sah Luke an. „Leider bin ich ziemlich sicher, dass es nicht so schnell gehen wird, wie er es sich erhofft. Emotionale Verletzungen heilen nur langsam … Was rede ich da? Du meine Güte, dies ist eine Hochzeit, und ich jammere Ihnen etwas vor." Sie blinzelte heftig und wischte sich mit einem Finger, an dem ein großer Edelstein funkelte, eine Träne ab. „Ich möchte einfach nur, dass John glücklich ist."

„Ich glaube, er ist es jetzt", stellte Luke fest, als die Musik verklang. Katie hakte sich bei ihrem Vater ein und schlängelte sich mit ihm zwischen den Paaren hindurch, die sich auf der Tanzfläche drängten.

„Das hoffe ich so sehr“, sagte Brynnie leise, als John und Katie näher kamen. Sie lächelte ihm entgegen, schmiegte sich an ihn, und dann waren die beiden fort.

„Was hat sie dir erzählt?“, fragte Katie. „Ich habe gesehen, wie ihr die Köpfe zusammengesteckt habt.“

„Wir haben uns über deine Familie unterhalten.“ Er nahm sie in die Arme.

„Worüber genau?“

„Deine Mutter ist nicht gerade optimistisch. Sie glaubt nicht, dass ihr alle euch aussöhnt.“

„Vielleicht nicht, aber ich finde, wir sollten das Kriegsbeil begraben und von vorn anfangen. Bliss ist jetzt verheiratet und führt ihr eigenes Leben mit Mason und seiner Tochter Dee Dee – das ist sie, sie tanzt mit ihrem Vater.“ Katie zeigte auf ein neun oder zehn Jahre altes Mädchen, dem es sichtlich peinlich war, als Mason sie durch die Luft wirbelte. Aber es lachte trotzdem.

„Bliss ist glücklich, und Tiffany und J. D. wollen auch heiraten, also sollten wir endlich mit der traurigen Vergangenheit abschließen. Versteh mich nicht falsch – John und meine Mutter hätten nie eine Affäre haben dürfen, solange er noch verheiratet war. Aber wenn sie keine gehabt hätten, wäre ich jetzt nicht hier, oder?“ Sie lächelte, und in ihren Augen spiegelten sich die unzähligen Lichter des Kronleuchters über ihren Köpfen wider.

„Und das wäre wirklich schlimm.“ Luke strich ihr eine Locke von der Wange und sah, wie ihr Lächeln langsam verblasste. Er vergaß, dass sie nicht allein waren, und verlor sich in ihrem hinreißenden Anblick.

„Sehr schlimm“, bestätigte sie und wich seinem Blick aus.

„Was ist mit dir?“, fragte er.

„Was soll mit mir sein?“

„Deine Schwestern sind verheiratet.“

„Ich habe meinen Beruf“, antwortete sie automatisch.

„Und der ist das Wichtigste in deinem Leben.“

„Das Zweitwichtigste. An erster Stelle steht Josh.“ Das stand fest, aber sie wollte nicht über ihren Sohn reden. Nicht mit diesem Mann, der wenig über sich sprach, aber viel zu viel über sie wissen wollte. Rasch wechselte Katie das Thema. „In ein paar Wochen sind wir also Nachbarn.“

„Mehr als Nachbarn“, erwiderte er.

Ausgerechnet in diesem Moment endete die Musik, und der Bandleader kündigte eine Pause an.

„So?"

„Du wirst meine Vermieterin."

„Oh." Sie atmete auf und lachte. „Das gibt mir Macht, oder?"

Sein Lächeln war verlegen und unglaublich sexy. „Ein bisschen", bestätigte er. „Aber ich ziehe auch bald um."

„Das habe ich mir gedacht", sagte sie und ärgerte sich über den enttäuschten Unterton in ihrer Stimme. „Komm, ich mache dich mit einigen Leuten bekannt." Sie verließen die Tanzfläche und unterhielten sich nicht nur mit Mason und J. D., sondern auch mit ihren Halbbrüdern und vielen anderen Gästen. Katie schien fast jeden im Ballsaal zu kennen.

Beim Abendessen bekam sie kaum einen Bissen herunter. Lukes Nähe war viel zu aufregend. Katie genoss jede noch so kleine Berührung, seine tiefe Stimme und den herben Duft. Sie trank noch etwas Champagner und freute sich darauf, wieder mit Luke zu tanzen. Danach sahen sie zu, wie Bliss und Mason die fünfstöckige Hochzeitstorte anschnitten und sich damit fütterten. Mason küsste ihr die Glasur von den Wangen, und sie tupfte ihm einen Klecks Sahne auf die Nasenspitze.

Die Gäste lachten. Katie warf Luke einen Blick zu. „Albern, was?"

„Aber lustig", erwiderte er und schaute ihr dabei so tief in die Augen, dass ihr Mund trocken wurde und sie schlucken musste.

Gegen elf rannten die Jungvermählten aus dem Hotel, wurden dabei mit Vogelfutter beworfen und verschwanden in der weißen Limousine, die mit laufendem Motor vor dem Eingang wartete.

Katie verspürte einen Anflug von Neid und schämte sich ihrer romantischen Anwandlung. Sie war froh, dass Bliss und Mason zusammen waren und Tiffany J.D. gefunden hatte. Aber das musste nicht bedeuten, dass sie es sich für sich selbst wünschte. Sie wagte es nicht. Der erste Versuch hatte ihr das Herz gebrochen, und das wollte sie kein zweites Mal durchmachen.

Sie blieben noch eine Weile, tanzten, unterhielten sich mit Freunden und tranken Kaffee. Als der Ballsaal sich langsam leerte, steuerte Katie die Veranda an, doch Luke hielt sie fest.

„Lass uns drinbleiben."

„Soll das ein Witz sein? Hier herrschen mindestens vierzig Grad." Sie zog ihn nach draußen. „Sag jetzt nicht, du hast Angst, mit mir allein zu sein."

„Das ist nicht ..."

„Gut."

Sie ignorierte sein Stirnrunzeln, ging ans Geländer und beugte sich hinüber. Tief unter ihnen rauschte das Wasser über die Steine und freiliegenden Baumwurzeln.

„Erzähl mir von dem Brief, den du bekommen hast", bat Luke, während er sich mit der Hüfte ans Geländer lehnte und die Arme verschränkte. Mit zusammengekniffenen Augen starrte er in die Schlucht. „Von dem, der angeblich von Isaac Wells kommt."

„Ich nehme an, du hast den Artikel im *Review* gelesen."

„Jedes Wort."

„Das höre ich gern." Sie lächelte stolz. „Viel mehr gibt es da nicht zu erzählen. Ich habe den Brief bekommen, das Original der Polizei übergeben und den Artikel geschrieben. Ich weiß nicht, ob er echt ist."

„Er könnte von einem Verrückten stammen."

„Jetzt klingst du wie Jarrod."

„Sei einfach nur vorsichtig."

Erstaunt sah sie ihn an. „Du glaubst, ich könnte in Gefahr sein?"

„Machst du dir etwa keine Sorgen deswegen?", entgegnete er. „Du bist Mutter und musst …"

„Vor allem solltest *du* dir keine Sorgen um *mich* machen", unterbrach Katie ihn scharf. Was fiel ihm ein, ihr Vorschriften zu machen? „Nur damit das klar ist, ich brauche nicht noch einen Bruder, okay? Drei Halbbrüder, die sich in mein Leben einmischen, reichen mir völlig." Ruckartig drehte sie sich um und ging zur Verandatür.

Sie kam keine drei Schritte weit. Luke hielt sie am Arm fest, riss sie zu sich herum und küsste sie. Sie schrie leise auf, als er sie an sich zog, und wollte protestieren und ihn von sich schieben. Doch dann fühlte sie seine Hände an der nackten Haut ihres Rückens, und das plötzliche Verlangen nahm ihr die Kraft zum Widerstand.

Tu es nicht, Katie. Küss ihn nicht. Das hier war viel gefährlicher als die Sache mit Isaac Wells – gefährlicher für ihre Gefühle.

Erst nach einer Weile schaffte sie es, den Mund von seinem zu lösen und Luke wegzuschieben. „Ist das deine Art?", fragte sie keuchend und ärgerte sich darüber, wie schwach er sie machte. „Wenn eine Frau dir widerspricht, packst du sie und küsst sie, nur damit sie den Mund hält?"

„Nein, meistens nicht."

„Das freut mich. Für dich. Denn wir leben nicht mehr in der Steinzeit, und so etwas ist …" Der verdammte Mann lächelte doch tatsächlich!

„Was? Wirksam?"

„Primitiv, machohaft und … absolut unmöglich!“

Er lachte.

„Ich finde das nicht komisch!“ Fast hätte sie mit dem Fuß aufgestampft. „Gute Nacht, Luke. Der Abend war … unterhaltsam, aber ich sollte jetzt besser gehen.“

Bevor sie ihn stehen lassen konnte, kam Josh an seinen Krücken auf die Veranda gehumpelt. „Darf ich bei Stephen übernachten?“

„Aber du bist noch nicht wieder fit.“

„Ich passe auf mich auf. Versprochen.“ Josh schenkte ihr sein unschuldigstes Lächeln.

Mit einem Stück Hochzeitstorte in der Hand, gesellte sich Stephen zu ihnen. Er hatte seine Krawatte gelockert und leckte sich Zuckerguss von den Lippen.

„Warum kommt Stephen nicht mit zu uns?“, fragte Katie und versuchte zu vergessen, dass Luke sie gerade geküsst hatte.

„Weil wir im Garten zelten.“

Tiffany und J. D. kamen aus dem Ballsaal. J. D. trug die erschöpfte Christina auf dem Arm. „Du weißt schon Bescheid?“, sagte Tiffany.

Katie betrachtete ihren Sohn. „Eigentlich sollte er zu Hause schlafen, das Bein hochlegen und …“

„Ach, Mom. Es geht mir schon viel besser.“ Josh reckte beide Krücken und machte ein paar Schritte. „Außerdem ist es doch schon fast unser Haus, oder?“

„Nicht ganz.“ Katie zuckte mit den Schultern. „Also meinetwegen, aber nur, wenn es dir wirklich recht ist.“ Sie sah Tiffany an.

Ihre Schwester nickte. „Ist es. Ich sorge dafür, dass er auf seinen Fuß aufpasst. Und wenn er es sich zutraut, kann er Stephen morgen früh helfen, seine Sachen zusammenzupacken.“

„Er hat keinen Schlafanzug …“

„Brauche ich nicht“, warf Josh ein.

„Er kann einen haben, aus dem Stephen herausgewachsen ist“, bot Tiffany an.

Josh warf seiner Mutter einen flehentlichen Blick zu.

„Bist du sicher?“, fragte sie Tiffany.

„Bin ich.“

„Na gut. Ich rufe euch morgen früh an.“ Katie küsste ihren Sohn auf die Wange.

J. D. und ihre Schwester scheuchten die Jungen durch den Ballsaal und zu einem Seitenausgang. Erst als Katie ihnen nachsah, fiel ihr ein, dass sie sich von Tiffany zu Hause hatte absetzen lassen wollen. „Wartet!“, rief sie. „Ihr müsst mich erst …“

„Nicht nötig“, sagte Luke.

Sie drehte sich zu ihm um. „Aber …“

„Ich kann dich nach Hause bringen, Katie. Es wäre mir ein Vergnügen.“

Als Luke in ihrer Einfahrt hielt und den Motor abstellte, tastete Katie nach dem Türgriff. Schon einmal hatte sie am späten Abend in diesem Pick-up gesessen und sich von der intimen Atmosphäre überwältigen lassen. Das durfte ihr nicht wieder passieren. Jedenfalls sagte sie sich das. „Danke fürs Mitnehmen.“

„Vielleicht sollte ich mit hineingehen und nachsehen, ob alles in Ordnung ist.“

Ihr blieb fast das Herz stehen. Sie hörte, wie die Schlüssel klirrten, als er sie aus dem Zündschloss zog.

„In Ordnung? Was sollte denn nicht in Ordnung sein?“, fragte sie, um Zeit zu gewinnen. Einerseits war sie kurz davor, ihn einzuladen und das Risiko einzugehen. Andererseits hatte sie genau davor Angst, denn Luke Gates stand mit Ralph Sorenson, Joshs Großvater, in Verbindung. Sie stemmte sich mit der Schulter gegen die Tür und versuchte, ihren rasenden Puls und den trockenen Mund zu ignorieren. *Komm schon, Katie, lass ihn herein. Was kann es schaden?*

„Ich weiß nicht. Es ist nur so ein Gefühl, dass irgendetwas nicht stimmen könnte“, antwortete er.

„Hat dir schon mal jemand gesagt, dass du dir zu viele Sorgen machst?“

„Ja, einige Menschen“, gab er zu und stieg aus.

Blue bellte leise, als Katie die Haustür öffnen wollte und feststellte, dass sie nicht verschlossen war. „Seltsam“, sagte sie und steckte die Schlüssel wieder ein. Stirnrunzelnd ging sie in die Küche. „Ich bin sicher, dass ich abgeschlossen habe.“

„Du erinnerst dich daran?“

„Nein …“ Sie schaltete das Licht ein. Der Hund begrüßte sie schwanzwedelnd. „Wir hatten es eilig. Josh bekam seinen Krawattenknoten nicht hin und regte sich auf, weil er seine Gehhilfen mitnehmen sollte. Und dann klopfte auch schon Tiffany an die Hintertür. Ich weiß nicht mehr, aber ich schließe immer ab. Aus Gewohnheit.“

Lukes Blick war nachdenklich. Skeptisch. Plötzlich war Katie die

Situation unangenehm. „Möchtest du einen Kaffee … oder etwas anderes?"

„Nicht nötig." Er ging ins Wohnzimmer. Ohne sie zu fragen, drückte er auf einen Knopf an ihrem Anrufbeantworter.

„Hey, warte! Du kannst doch nicht …"

Sie hörte, wie jemand anrief, sich nicht meldete und auflegte.

Katie lief es kalt den Rücken herunter. „Wer war das?"

„Das möchte ich auch wissen." Luke sah sich auf dem Schreibtisch um. „Fast jeder, den du kennst, war heute Abend auf Bliss' Hochzeit, richtig?"

„Natürlich, aber …"

„Wer kann damit gerechnet haben, dass du zu Hause bist?"

„Niemand. Du meinst, es könnte mit dem Brief zu tun haben?"

„Ich weiß es nicht. Vielleicht hat sich nur jemand verwählt, oder es war Wells. Oder jemand, der nach ihm sucht." Luke drehte sich zu ihr um. „Aber deine Tür war nicht verschlossen. Möglicherweise hattest du einen ungebetenen Besucher."

Katies Knie wurden weich.

Sie lachte nervös. „Ich kann nicht glauben …"

„Doch, du kannst. Jetzt schau dich um. Fehlt etwas?"

Langsam ging sie durchs Wohnzimmer. „Nein. Und alles sieht so aus wie immer", sagte sie nach einem Moment.

„Sicher?"

„Ziemlich sicher."

„Hätte euer Hund einen Fremden hereingelassen?"

„Wahrscheinlich, aber ich glaube nicht, dass jemand hier war", erwiderte sie, obwohl das mulmige Gefühl in ihrem Bauch immer stärker wurde. Die Vorstellung, dass ein Fremder, ein Eindringling in ihrem Haus, in Joshs Zimmer gewesen war, ließ ihr das Blut in den Adern gefrieren.

„Vielleicht solltest du die Polizei anrufen?"

„Und ihnen was sagen? Dass ich nicht abgeschlossen habe? Dass nichts fehlt und jemand angerufen und sich nicht gemeldet hat? Was könnte die Polizei unternehmen?"

„Das Haus beobachten."

„Nur weil ich einen Brief von Isaac Wells bekommen habe?"

„Ja."

Fast hätte sie gelacht. „Selbst in einer Kleinstadt wie Bittersweet hat die Polizei Besseres zu tun."

Luke ging ans Fenster und starrte in den Garten. Trotz der Straßenlaterne war es dunkel. „Vermutlich hast du recht."

„Ich weiß, dass ich recht habe. Niemand kann etwas tun."

„Doch." Langsam drehte er sich zu ihr um. „Ich kann hierbleiben."

„Was?" Hatte er den Verstand verloren? „Hier? Niemals." Katie traute ihren Ohren nicht.

„Auf der Couch", ergänzte er.

„Ich will keinen Bodyguard!", protestierte sie. „Dieser Vorschlag ist … lächerlich."

„Das finde ich nicht." Luke sah aus wie ein Mann, der sich unter keinen Umständen von seinem Plan abbringen lassen würde.

Doch der Gedanke, mit ihm allein zu sein, war zutiefst beunruhigend. „Mach dir keine Sorgen. Blue ist bei mir."

„Und wenn der Kerl einen Schlüssel hat?"

„Einen Schlüssel? Augenblick mal. Erstens bezweifle ich, dass es einen Kerl gibt, und zweitens, warum sollte er einen Schlüssel haben?"

„Hast du nicht draußen einen für Josh versteckt?"

„Ja, aber …" Katie fühlte, wie sie blass wurde. „Du machst mir Angst."

„Ich bin nur realistisch."

Sie ging auf die hintere Veranda und tastete oberhalb der Tür nach dem Schlüssel. „Er ist noch da." Sie hielt ihn hoch.

„Gut."

„Hier war niemand", beharrte sie, während sie den Schlüssel in eine Schublade legte. „Du kannst nicht hierbleiben."

„Warum nicht?"

Eine Million Gründe. „Ich kenne dich kaum."

Er lächelte. „Vielleicht könntest du mich auf die Weise besser kennenlernen."

„Ich bin nicht sicher, ob ich das will."

Sein Blick verriet, dass er ihr nicht glaubte. „Ich schlafe auf der Couch. Deine Tugend ist nicht in Gefahr."

„Meine Tugend?" Hatte er das wirklich gesagt? „Meine *Tugend*? Bist du verrückt? Traust du mir etwa nicht zu, dir zu widerstehen?", fragte sie empört, obwohl sie genau das befürchtete.

„So ungefähr, ja."

„Wie kann man nur so eingebildet, selbstsüchtig und … hey! Was soll das?" Sie folgte ihm zu ihrem Schlafzimmer. Er öffnete die Tür und marschierte hinein, als hätte er jedes Recht dazu!

Das Herz schlug ihr bis zum Hals, als er zu ihrem Bett ging und nach dem Quilt griff, den ihre Großmutter vor fünfundsiebzig Jahren aus Stoffresten genäht hatte. „Ich schlafe im Wohnzimmer", sagte er. „Du bleibst hier."

„Aber ..."

„Keine Widerrede." Zu ihrer Überraschung zog er Katie an sich und küsste sie. Sie öffnete den Mund, um zu protestieren, und er nutzte die Gelegenheit, um den Kuss zu vertiefen. Sie versuchte sich zu konzentrieren und die Worte zu finden, mit denen sie ihn zurechtweisen und ihm sagen konnte, was sie von seiner unverschämten Art hielt. Aber sie schaffte es nicht.

Luke stöhnte leise auf, und ihr Herz schlug noch schneller. Als sie seine Zunge an ihrer fühlte, durchströmte das Verlangen ihren Körper. Noch während sie sich einzureden bemühte, dass sie es nicht wollte, dass er sie nicht einfach berühren durfte, begriff sie, dass es zu spät war. Viel zu spät. Sie konnte nicht mehr aufhören und hörte, wie er den Reißverschluss ihres Kleids öffnete. Kühle Luft strich über ihren Rücken, und dann spürte sie seine rauen Fingerspitzen an der Haut.

Tausend Alarmsirenen schrillten in ihr, als er ihre Wangen, die Augen und den Hals küsste, doch sie ignorierte sie alle. Stattdessen legte sie den Kopf in den Nacken.

Nicht! Nicht! Verzweifelt wehrte sich ihr Verstand, als ihre Knie nachgaben und Luke sie auffing. *Das hier ist verrückt! Katie, sei vernünftig!* Doch die Warnung hatte keine Chance gegen das, was ihre Sinne erlebten. Den zarten, aber unnachgiebigen Druck seiner kräftigen Hände. Die Hitze, die sein muskulöser Köper ausstrahlte. Den herben, unglaublich männlichen Duft, der so unverwechselbar war. Luke legte sie aufs Bett und streifte ihr das Kleid von den Schultern.

„Ich ... ich weiß nicht, ob das hier richtig ist", wisperte sie, als er sich neben sie kniete und sich über sie beugte. Mit den Lippen liebkoste er ihre Brüste, und tief pulsierte das Verlangen immer heftiger.

„Ich auch nicht." Trotzdem schob er ihr Kleid weiter nach unten.

Katie schloss die Augen. *Hör auf! Lass es nicht zu!*

Sein Atem war warm, sein Duft erregend, als er mit zärtlichen Fingern eine Brust aus dem BH befreite. Katie hielt den Atem an, als sie seine Lippen an der Spitze fühlte. Mit der Zunge umkreiste er sie und sog behutsam daran.

Wie von selbst zerzausten Katies Hände sein Haar. Sie musste sich beherrschen, um nicht aufzuschreien, als sie seine Zähne fühlte und das

Kleid sich an ihrer Taille bauschte. Sie begann zu keuchen. Ein Zittern durchlief sie vom Kopf bis zu den Füßen.

„Katie“, flüsterte er mit rauer Stimme und sah ihr ins Gesicht.

„Psst.“

„Oh, verdammt.“ Seine Miene verhärtete sich, als er mit sich kämpfte. „Ich … denke, wir sollten aufhören. Solange ich noch kann.“

Enttäuschung stieg in ihr auf, als er das Kleid wieder nach oben zog und ihre Brüste bedeckte. Ihre Blicke trafen sich. Seiner war noch immer voller Leidenschaft. „Ich bin im Wohnzimmer.“

Am liebsten hätte sie Luke festgehalten und angefleht, bei ihr zu bleiben und zu beenden, was er begonnen hatte. Fassungslos beobachtete sie, wie er aufstand, ihr den Rücken zukehrte, mit langen Schritten hinausging und die Tür schloss.

Katie fühlte, wie ihr die Tränen kamen. Sie wusste nicht, warum sie weinte. Aus Scham, Enttäuschung oder Frustration? Egal. Hastig wischte sie sich die brennenden Wangen ab. Was hatte sie sich nur gedacht? Wie hatte sie diesen Mann, diesen *Fremden*, vom dem sie kaum etwas wusste, in ihr Haus und auch noch in ihr Schlafzimmer lassen können? In ihr Bett?

„Du lernst es nie“, tadelte sie sich und versuchte zu verdrängen, was gerade geschehen war. Luke war hier, auf der Couch, um ihr zu helfen, und es ließ sich nicht mehr ändern.

Katie zog das Kleid aus, hängte es auf einen Bügel und streifte sich ihr Lieblingsnachthemd über. Sie musste sich das Gesicht waschen, doch dazu würde sie über den Flur gehen müssen. „Na und?“, sagte sie leise. Dass Luke im Haus war, durfte sie nicht daran hindern. Der Mann würde sie nicht einschüchtern! Dies war ihr Zuhause. Ihr Leben. Sie nahm den Bademantel vom Haken an der Tür, zog ihn an und band den Gürtel fest zu. Barfuß schlüpfte sie ins Bad und spitzte andauernd die Ohren, während sie sich bettfertig machte.

Luke störte sie nicht dabei. Ein paar Minuten später kroch sie unter die Decke und fragte sich, wie sie einschlafen sollte, während er nur wenige Meter entfernt auf der Couch lag. Blue war ins Schlafzimmer getrottet, als sie im Bad war. Jetzt drehte er sich um sich selbst und ließ sich am Fußende nieder. „Braver Hund“, lobte sie ihn gähnend, und er klopfte mit dem Schwanz auf den Fußboden. Seufzend schloss Katie die Augen. Es war ein anstrengender Tag gewesen, und vor Erschöpfung schlief sie bald ein.

6. *KAPITEL*

Ein stechender Schmerz im Nacken riss Luke aus dem unruhigen Schlaf. Blinzelnd schlug er die Augen auf, sah sich im kleinen Wohnzimmer um und erinnerte sich daran, dass er in Katies Haus übernachtet hatte.

Aus der Küche kam Kaffeeduft. Er hob den Kopf und sah, wie Katie um die Ecke schaute. Sie hatte das Haar zu einem Knoten gebunden und trug kein Make-up.

„Guten Morgen."

„Morgen."

„Du bist ja ein toller Bodyguard." Sie lachte.

Er lächelte schwach. „Dir ist doch nichts passiert, oder?"

„Stimmt, aber bilde dir bloß nicht ein, dass das dein Verdienst ist."

„Das stimmt aber. Ich habe heute Nacht jede Menge Bösewichte verscheucht."

„Tatsächlich?" In der Küche läutete etwas, und sie verschwand aus seinem Blickfeld.

Luke stand auf, rieb sich den verspannten Nacken und schlenderte in die Küche, wo sie gerade Brotscheiben in einen altmodischen Toaster schob.

„Frühstück?", fragte sie.

„Du musst mich nicht …"

„Kein Problem. Sieh es als Bezahlung an. Schinken und Eier?"

Sie konnte nicht wissen, dass er bis zum Morgengrauen wach geblieben und erst eingeschlafen war, als er sicher war, dass niemand ums Haus schlich. „Gern."

Sie drehte sich zu ihm um, und als ihre Blicke sich trafen, errötete sie. Sofort musste er daran denken, wie er am Abend zuvor ihre Brüste geküsst hatte. Fast die ganze Nacht hindurch hatte er an nichts anderes denken können und sich beherrschen müssen, um nicht in ihr Schlafzimmer zu schleichen. Luke atmete tief durch. „Wenn es dir nichts ausmacht, würde ich gern duschen."

Sie zögerte. „Natürlich. Im Flurschrank sind Handtücher."

„Danke."

Als er zwei Minuten später aus dem Bad kam, hörte er sie telefonieren. „Sag Josh, dass ich ihn gegen Mittag abhole. Noch mal danke." Sie legte auf, als er die Küche betrat.

„Hier.“ Sie gab ihm einen Becher Kaffee. „Jetzt setz dich.“ Der Tisch war für zwei gedeckt, komplett mit Orangensaft, Schinken, Eiern und Bratkartoffeln.

„Jawohl, Ma'am“, erwiderte er mit seinem besten texanischen Akzent, und ihr Lachen klang so melodisch wie ein Windspiel in einer Sommerbrise.

Blue saß neben Katie und sah jedem Bissen nach, der in ihrem Mund verschwand, während sie ohne Hast frühstückten und sich über ihren Sohn, ihren Beruf und die Familie unterhielten. In ihrem flauschigen Bademantel und den Hausschuhen wirkte sie auf unschuldige Weise verführerisch, und jede Geste und jeder Blick verstärkten den Eindruck.

„Es ist also ziemlich kompliziert“, gab sie zu und schenkte den letzten Kaffee ein. „Jahrelang habe ich meine Halbbrüder ertragen und hätte mir nie träumen lassen, dass ich auch noch zwei Halbschwestern habe.“ Ihr Lächeln ging ihm unter die Haut. „Was ist mit dir? Hast du Geschwister?“

„Nein.“

„Wo leben deine Eltern?“

Er leerte den Becher. „Meine Mutter ist mit einem anderen Mann durchgebrannt, als ich zwei war. Mein Vater ist kurz darauf in Vietnam gefallen.“ Er sah, wie sie erbleichte. „Ich bin von einer Tante zur nächsten verschoben worden.“

„Das tut mir leid.“

„Muss es nicht.“ Luke wollte kein Mitleid. „Glaub mir, es war für sie härter als für mich. Bevor ich meine Frau kennengelernt habe, war ich Stammgast in Erziehungsheimen.“

„Deine ... Frau?“, wiederholte sie verblüfft.

„Exfrau.“ Er schob den Stuhl zurück. „Ich bin seit Jahren geschieden.“

„Oh.“

„Es ist vorbei, Katie. Schon lange.“ Er verstand selbst nicht, warum er ihr davon erzählte. „Wir hatten keine Kinder. Inzwischen hat Celia die zweite Ehe hinter sich und steht kurz vor der dritten. Es macht mir nichts aus. Ich weiß nicht mal, wo sie wohnt.“ Katie hatte den Kopf gesenkt, und Luke spürte, dass sich hinter der zähen Reporterschale ein weicher Kern verbarg.

Er ging zu ihr und zog sie hoch. „Danke für das Frühstück“, sagte er leise und beugte sich hinab, bis seine Nasenspitze ihre berührte.

„Danke ... dass du hiergeblieben bist.“

„Es war mir ein Vergnügen, Miss Kinkaid."

„Mir auch."

Und dann küsste er sie einfach. Wieder. Das Verlangen, das sie erneut durchströmte, kam ihr fast vertraut vor. Ich könnte mich daran gewöhnen, dachte sie und verlor fast das Gleichgewicht.

„Ich muss los", sagte er.

„Ja."

Er küsste sie noch einmal auf die Wange und verschwand durch die Hintertür.

Katie sank auf einen Stuhl, stützte den Kopf auf die Hände und wehrte sich verzweifelt gegen die Erkenntnis, dass sie gerade dabei war, sich in einen Mann zu verlieben, den sie kaum kannte.

Ein paar Tage später starrte Luke gebannt auf eine Kopie von Josh Kinkaids Geburtsurkunde. Der Name des Vaters fehlte, aber das Datum passte. Etwa einen Monat bis sechs Wochen bevor Dave Sorenson Bittersweet verlassen hatte, war Katie schwanger geworden.

Natürlich konnte ein Liebhaber im Spiel gewesen sein, doch Luke wurde das Gefühl nicht los, dass Josh Kinkaid tatsächlich Ralph Sorensons einziges Enkelkind war. Er fragte sich, wo die Erleichterung blieb, die er erwartet hatte. Dabei hatte er sich das zugesagte Geld verdient und konnte einem alten Mann kurz vor seinem Tod eine Freude machen. Dass er damit eine Frau verriet, in die er sich ...

Luke schnaubte. Er war nicht dabei, sich in sie zu verlieben! Was er für Katie Kinkaid empfand, war höchstens Verlangen. „Verdammt", knurrte er, denn er ahnte, dass er sich etwas vormachte. Fluchend nahm er den Hut vom Haken, um nach den Pferden und Rindern zu sehen. Als er ins Freie trat, war die Luft stickig, und irgendwo über den Bergen donnerte es.

„Ich glaube dir nicht." Mit weit aufgerissenen Augen starrte Josh seine Mutter an.

Katie zuckte zusammen. „Es ist wahr. Warum sollte ich lügen?"

„Aber du hast doch gelogen. Die ganze Zeit."

„Jetzt nicht mehr. Dave Sorenson ist ... dein Vater." Sie setzte sich auf die Bettkante und schlug das alte Jahrbuch ihrer Highschool auf. „Ich dachte immer, ich hätte mehr Zeit ... und könnte warten, bis du älter bist. Oh Josh, das war ein schrecklicher Fehler." Ihre Stimme klang belegt, und sie musste sich jedes Wort abringen. „Dein Dad und ich ..."

Wie konnte sie einem Jungen, der noch nicht mal elf war, eine kurze Liebesaffäre erklären? „Wir waren fast noch Kinder. Und dann ist er fortgezogen. Als ich merkte, dass ich schwanger war, war er längst weg und wahrscheinlich schon irgendwo mit einem anderen Mädchen zusammen."

Sie zeigte auf das Foto von Daves Abschlussklasse. Er sah so jungenhaft aus und war ihre erste große Liebe gewesen. „Ich bin sicher, er hätte dich über alles geliebt, aber er hat nie erfahren, dass es dich gibt."

„Weil du gelogen hast."

„Ja." Katie biss sich auf die Lippe, um nicht laut aufzuschluchzen. „Ja."

„Du hättest es mir erzählen müssen."

Natürlich hätte sie das. „Ich weiß."

Ihr Sohn schluckte schwer und verschränkte die Arme. „Schickst du mich zu ihm, oder kommt er her oder was?"

„Nein." Sie nahm ihren ganzen Mut zusammen. „Das kann er nicht. Nicht mehr. Er ist … vor ein paar Monaten gestorben. Ich wusste nichts davon. Er war in der Army. Beim Manöver gab es einen Unfall. Er ist abgestürzt und … hat nicht überlebt."

Josh wurde kreideweiß. Ihm kamen die Tränen. „Ich … glaube dir nicht", stammelte er.

„Es stimmt."

„Woher weißt du das?"

„Ein Freund … hat es mir erzählt." Zum ersten Mal fragte Katie sich, ob Luke sich geirrt oder gelogen hatte. Warum hatte sie es nicht nachgeprüft? Du meine Güte, wozu war sie Reporterin?

Nein, er hätte sie nicht belogen.

„Es tut mir leid, Josh." Eine Träne lief ihr über die Wange.

„Warum hast du mir nicht von ihm erzählt?"

„Ich … ich konnte nicht. Es war falsch, ich weiß. Ich wünschte, ich hätte es getan." Sie seufzte. Am liebsten hätte sie sich unter der Bettdecke verkrochen. Aber sie musste stark sein. Für Josh.

Er schaute zum Fenster. Über den Bergen tobte ein Gewitter, und die ersten Tropfen prasselten gegen die Scheibe.

Josh wischte sich die Nase ab, und als Katie seine Schulter berührte, wandte er sich ruckartig ab.

Sie waren nur eine Handbreit voneinander entfernt, doch die Distanz zwischen ihnen erschien ihr gewaltig. Unüberbrückbar.

„Josh …"

„Lass mich in Ruhe."

„Bitte …"

Er sprang auf, verzog das Gesicht, als er den verletzten Fuß belastete, und starrte sie verächtlich an. „Du hättest es mir sagen sollen." Seine Stimme versagte, und sein Anblick brach Katie das Herz.

„Du hast recht", gestand sie. Wie gern hätte sie ihn einfach in die Arme genommen, aber sie wagte es nicht. „Ich habe einen Fehler gemacht, Josh. Es lässt sich nicht mehr ändern. Jetzt kann ich nur noch dafür sorgen, dass du deine anderen Großeltern kennenlernst. Die Eltern deines Vaters. Sie möchten dich sehen."

„Lass mich einfach nur in Ruhe." Er griff nach dem Jahrbuch.

Sie schluckte. „Denk darüber nach, okay?"

„Ich will mit niemandem reden!"

„Na gut. Ich lasse dich jetzt allein." Sie wusste, dass er Zeit brauchte, um die Nachricht zu verkraften, die sie ihm gerade zugemutet hatte. „Aber Grandma kommt vorbei und …"

„Ich will sie nicht sehen." Josh schnappte sich die Fernbedienung und schaltete seinen kleinen Fernseher ein. „Und ich will mit niemandem reden."

„Später vielleicht."

Mit geröteten Augen sah er seine Mutter an. Sein Blick war anklagend. Sein Kinn zitterte, und die Schultern bebten, als er verzweifelt versuchte, ein Mann zu sein und nicht zu weinen.

„Ich bin im Wohnzimmer", sagte Katie leise. „Wenn Grandma kommt, schicke ich sie zu dir."

„Nein."

„Josh …"

Sie hob die Hände. „Okay, okay. Aber irgendwann müssen wir reden."

„Ich will nicht."

Sie ging aus dem Zimmer und zuckte zusammen, als er die Tür zuknallte.

Katie parkte an der Garage und sah sofort, dass Lukes Pick-up nicht an der gewohnten Stelle stand. „Vergiss ihn", flüsterte sie verärgert und wehrte sich gegen die Enttäuschung. Sie lud die Kartons aus und trug sie in Tiffanys Haus, das trotz der neuen Farbe an den Wänden und der glänzenden Holzfußböden wenig einladend wirkte.

Die Möbel fehlten ebenso wie die getrockneten Kräuter und die Kinderzeichnungen in der früher so gemütlichen Küche. Keine schwarze Katze schlich umher, und ohne Stephens Gitarre, Christinas aufgeregtes Trippeln und Tiffanys fröhliches Lachen kam ihr das Haus wie ein Mausoleum vor.

„Hör auf damit", ermahnte Katie sich und verteilte die Kartons auf die Zimmer. Sie hängte gerade Sachen in den Garderobenschrank, als sie ein Geräusch an der Hintertür hörte.

Sie erstarrte.

„Hallo?" Es war Luke.

„Ich bin hier." Ihr Herz schlug schneller, als er in Sicht kam. Er trug Jeans und ein verwaschenes Denim-Shirt, das Haar war vom Wind zerzaust, und er brachte den Geruch von Regen und Pferden mit sich.

„Du ziehst ein?"

„Die erste Fuhre." Sie schloss die Schranktür. „Die Möbel kommen in ein paar Tagen. Meine Brüder helfen mir."

Luke sah sich um. „Ist dein Sohn auch hier?"

„Der ist zu Hause, mit seiner Großmutter." Sie dachte an Josh und seine heftige Reaktion auf die Nachricht, dass sein Vater tot war.

Luke schien es ihr anzusehen. „Warte, ich habe eine Idee."

„Was meinst du?", fragte Katie, aber er ging bereits davon. Neugierig folgte sie ihm und sah durchs Küchenfenster, wie er durch den Regen zu seiner Wohnung im Garagenhaus eilte. Sekunden später tauchte er mit einer Flasche Wein und zwei Gläsern wieder auf.

„Ich finde, wir sollten dein neues Zuhause einweihen", verkündete er und holte einen Korkenzieher aus der Tasche. „Komm schon", sagte er und schaute in ihr skeptisches Gesicht. Auf dem Weg ins Wohnzimmer entkorkte er die Flasche. „Hier, du schenkst ein." Er drückte ihr den Wein und die Gläser in die Hände und eilte wieder hinaus.

„Ich hätte nicht gedacht, dass du Weingläser hast", sagte sie, als er mit Brennholz für den Marmorkamin zurückkehrte.

„Die sind bei der Scheidung übrig geblieben", erwiderte er über die Schulter.

„Oh." Katie wollte nicht daran erinnert werden, dass Luke mal verheiratet gewesen war. Nicht heute Abend. „Ich meinte nur, ich hätte dich eher für einen Biertrinker gehalten."

„Das kommt auf die Stimmung an." Seine Augen glitzerten.

„Ja, das kann sein." Als er sich hinabbeugte, um ein Feuer zu machen, starrte sie wie gebannt dorthin, wo ein Regentropfen aus dem Haar über den Nacken rann und zwischen den breiten Schultern verschwand.

Sofort musste sie an seine muskulöse Brust und den kräftigen Rücken denken und wäre am liebsten geflüchtet. Diese Situation – allein im leeren Haus, mit Wein und einem Feuer im Kamin – war viel zu intim.

Das hier kam einem emotionalen Selbstmord gleich. Sie verstand nicht, warum er sie so faszinierte, brachte es jedoch nicht fertig, sich umzudrehen und sich und ihr bedrohtes Gefühlsleben in Sicherheit zu bringen.

Das Feuer flackerte auf und erfasste das Holz. Eine Rauchwolke drang aus dem Kamin. „Verdammt", murmelte Luke und schob die Hand zwischen die Flammen, um den Abzug zu öffnen. „Manche Leute sind vernünftig und schließen ihn, wenn sie das Haus räumen."

Lachend beobachtete sie, wie er sich aufrichtete und sich die rußigen Hände an den Jeans abwischte.

Er öffnete ein Fenster. „Besser?"

„Viel besser."

„Und ich rede von der richtigen Stimmung, was?", scherzte er. „Ein geborener Verführer."

„Das ist schon in Ordnung. Ich stehe nicht auf aalglatte Charmeure."

„Da habe ich ja Glück." Sein verlegenes Lächeln ging ihr direkt ins Herz.

Sie gab ihm ein Glas. „Worauf trinken wir?"

„Auf dich, Katie Kinkaid." Luke stieß mit ihr an und sah ihr tief in die Augen. „Darauf, dass du hier glücklich und in Sicherheit bist."

Katie brachte ein schwaches Lächeln zustande. „Und auf dich, Luke Gates. Den Mann mit der rätselhaften Vergangenheit, Cowboy und Bittersweets neuesten Unternehmer. Darauf, dass deine Ranch ein voller Erfolg wird."

„Das wird sie." Ohne den Blickkontakt zu unterbrechen, trank er einen Schluck. Ihr Mund wurde immer trockener, und die Hand zitterte leicht, als Katie das Glas an die Lippen hob. Der Feuerschein spielte in seinem Haar und ließ die gebräunte Haut wie Bronze schimmern.

„Erzähl mir von dir", bat er.

„Da gibt es nicht viel." Sie nahm einen zweiten Schluck. „Die Höhepunkte kennst du schon."

„Tue ich das?" Er zog eine Augenbraue hoch, und als er am Wein nippte, bewegte sich sein Adamsapfel. Zu ihrem Erstaunen fand Katie selbst das ungeheuer verführerisch. Was war los mit ihr? Warum sah sie in Luke Gates immer nur den Mann und nie den guten Freund? „Was ist mit den Männern in deinem Leben?", fragte er leise.

„Den Männern?“, wiederholte sie. „Den Dutzenden von Männern?“ Sein Lächeln verblasste, und sie schüttelte rasch den Kopf. „So viele waren es nicht.“

„Es gab Joshs Vater.“

Dave. „Das ist lange her. Ich war noch auf der Highschool.“

„Und seitdem?“

„Nichts Ernstes. Ich musste an Josh denken. Und an meinen Job. Ich … habe mir gesagt, dass ich zu viele Verpflichtungen habe, um mich auf eine feste Beziehung einzulassen. Aber vielleicht war das nur ein Vorwand. In Wirklichkeit hat mich kein Mann interessiert.“ *Bis du kamst.*

„Die meisten Frauen möchten einen Vater für ihr Kind.“

„Ich bin keine von den meisten Frauen“, erwiderte sie und hob den Kopf.

„Das ist mir schon aufgefallen.“ Wieder trafen sich ihre Blicke, und in diesem Moment wusste Katie, dass sie mit Luke schlafen würde. Es war so unausweichlich wie der Strom der Gezeiten. Der Wein entfaltete seine Wirkung, und die Intimität des flackernden Feuers hüllte sie in einen schützenden, verführerischen Kokon. Die Regentropfen an der Scheibe schienen zu funkeln, und plötzlich kam es Katie vor, als wären sie und Luke die einzigen Menschen auf der Welt. Sie leckte sich den Rotwein von der Lippe, und sein Blick folgte der Bewegung.

Langsam nahm er ihr das Glas aus der Hand, stellte es ab und ließ sich mit ihr auf dem Teppich vor dem Kamin nieder. Erwartungsvoll sah sie ihn an, doch als er sie ohne Vorwarnung küsste, raubte es ihr den Atem. Der Kuss war so stürmisch, dass sie ihn, ohne zu überlegen, ebenso leidenschaftlich erwiderte.

Diesmal gab es keine Ausflüchte, kein Zögern. Sie zog ihn an sich, und vor ihrem geistigen Auge liefen erotische Bilder ab, während sie seinen heißen Mund an ihren Augen, dem Hals, den Schultern fühlte. Ohne Hast, aber entschlossen zog er sie aus, und fieberhaft tastete sie nach den Knöpfen an seinen Jeans. Ungeduldig zerrte sie daran und genoss das erregende Geräusch, mit dem einer nach dem anderen sich öffnete.

Sein Körper war schlank und sehnig. Unter der fast überall gebräunten Haut zeichneten sich die kräftigen Muskeln deutlich ab. Und es war nicht zu übersehen, wie sehr er sie begehrte.

Mit Fingern, Lippen und Zunge erkundete er sie dort, wo sie es am meisten ersehnte. Mit angehaltenem Atem nahm sie ihren Mut zusammen und streichelte ihn, bis er laut aufstöhnte.

Katie dachte nicht an die möglichen Folgen, als er über sie glitt, sondern bog sich ihm entgegen. Sie fühlte seine Hände an den Brüsten, die Daumen an den längst festen Spitzen. Sein dunkelblondes Haar schien im Feuerschein zu leuchten, als er den Kopf senkte und es ihm ins Gesicht fiel. Mit dem Mund folgte er dem Weg, den seine Finger vorgaben, und weckte in ihr ein Verlangen, das sie seit Jahren nicht mehr verspürt hatte.

„Katie", keuchte Luke und sah ihr in die Augen, als sie seinen Po umklammerte. „Meine süße Katie."

Sie öffnete den Mund, brachte jedoch kein Wort heraus.

„Willst du es auch?"

„Ja", antwortete sie sofort. Es war so lange her. Zu lange. Sie legte die Hände in seinen Nacken, zog seinen Mund auf ihren und küsste ihn ohne jede Hemmung. In ihrem Körper pulsierte eine Leidenschaft, von der sie nicht gewusst hatte, dass sie dazu noch fähig war.

Er sah ihr noch einmal tief in die Augen, bevor er behutsam in sie eindrang, als hätte er sein ganzes Leben auf nichts anderes gewartet.

Sie hielt sich an den Armen fest, mit denen er sich neben ihrem Kopf aufstützte, und passte sich seinem Rhythmus an. Sämtliche Zweifel und Sorgen verflogen, und sie verlor sich in dem überwältigenden, alles andere verdrängenden Gefühl, diesen rätselhaften, einzelgängerischen Mann so zu lieben, wie sie noch keinen geliebt hatte.

„Katie!", rief er und warf den Kopf zurück, als sie die ersehnte Erfüllung fanden.

Sie klammerte sich an ihn, als ihr Körper zu erbeben schien, und wusste, dass ab jetzt nichts mehr so sein würde, wie es gewesen war. Schwer atmend glitt er von ihr, ohne sie loszulassen.

Ihr kamen die Tränen, und er beugte sich über sie, um ihre Lider zu küssen. „Bereust du es?", fragte er leise und mit betrübtem Blick.

„Nein."

„Gut."

In seinen starken Armen fühlte sie sich sicher und geborgen und schloss erleichtert die Augen. Dieser herrliche Moment würde bald vorbeigehen, aber sie wollte jede Sekunde auskosten. Sein Atem strich durch ihr Haar, als Luke seufzte, und sie schmiegte sich fest an ihn.

Ein paar Tage später dachte Katie noch immer daran, was sie vor dem flackernden Kamin in ihrem neuen, aber noch leeren Zuhause mit Luke erlebt hatte. Sie trug gerade einen Karton mit Töpfen und Pfannen auf die Veranda, als ihre Halbbrüder eintrafen, um ihr beim Umzug zu helfen.

„Fangt mit den schweren Sachen an", befahl Jarrod beim Aussteigen. „Und vergesst den Kühlschrank nicht."

„Der Kühlschrank bleibt hier!", rief Katie.

Sie folgte ihren Brüdern in die Küche, wo Trevor sich gleich daranmachte, die Schläuche der Waschmaschine abzumontieren. Jarrod warf einen Blick auf das schief hängende und reichlich lädierte Fliegengitter an der Hintertür. „Habe ich dir nicht versprochen, das Ding zu reparieren?", fragte er und schob einen Finger durch ein Loch.

„Hast du." Katie zwinkerte ihm zu. „Und du hältst dein Versprechen. Ich ziehe zwar aus, aber so möchte ich es nicht zurücklassen."

„Ist so gut wie erledigt."

„Das habe ich schon mal gehört."

„Hey, fasst gefälligst mit an", forderte Trevor sie auf.

Jarrod eilte hinüber. „Hallo, mein Junge. Wir können jede Hand gebrauchen", sagte er zu Josh, der neugierig um die Ecke schaute. Katie lächelte ihrem Sohn aufmunternd zu. Er erwiderte es nicht, und sie hoffte, dass er ihr irgendwann würde verzeihen können.

Während die Männer Betten, Sofas, Tische und Stühle nach draußen trugen, leerte sie die Schränke und verstaute alles in Kartons.

„Du meine Güte, was hier alles herumsteht", beschwerte sich Trevor und wischte sich den Schweiß von der Stirn.

„Ich will nicht so spartanisch leben wie du."

„Es macht das Leben einfacher."

Nathan lachte. „Trevor reichen Essbesteck, Schlafsack und Fernseher."

„Stimmt. Viel mehr brauche ich nicht", bestätigte sein Bruder.

Eine Stunde später hatten sie alles verladen und fuhren in zwei Wagen zu Katies neuem Zuhause. Josh richtete sich sofort in Stephens altem Zimmer ein, Katie baute ihr kleines Büro in Christinas auf. Als sie ihren Brüdern zeigte, wohin sie die Möbel im Wohnzimmer stellen sollten, bemerkte sie die Asche im Kamin. Auf dem Sims standen noch die beiden Gläser und die leere Flasche Merlot.

„Sieht aus, als hätte hier jemand eine kleine Privatparty gefeiert", sagte Trevor.

„Ja." Hastig sammelte Katie Flasche und Gläser ein und hoffte inständig, dass niemand sah, wie sie errötete.

Trevor ließ nicht locker. „Ich möchte zu gern wissen, wer …"

„Vorsicht!", warnte Nathan, denn das schwere Bücherregal wäre Trevor fast aus den Händen gerutscht.

„Stellt es neben das Fenster“, bat Katie und atmete erleichtert auf. Rasch brachte sie die stummen Beweise ihres leidenschaftlichen Abends mit Luke in die Küche. Sie wollte nicht daran denken. Nicht jetzt. Und erst recht wollte sie niemandem erklären, was passiert war. Schon gar nicht ihren neugierigen Brüdern.

Kurz darauf kam jemand von der Telefongesellschaft und ließ die Leitungen freischalten. Kaum war er wieder fort, atmete sie tief durch, suchte Ralph Sorensons Nummer heraus und wählte. Niemand nahm ab. Kein Anrufbeantworter. Enttäuscht legte sie auf und nahm sich vor, es später noch einmal zu versuchen.

Wenig später kamen Tiffany und J.D. vorbei und halfen ihr, das Chaos zu beseitigen. Josh streifte mit Stephen, seinem drei Jahre älteren Cousin, ums Haus, und die kleine Christina jagte den aufgeregten Hund durch sämtliche Zimmer.

„Was haltet ihr davon, wenn wir Pizza bestellen?“, rief Trevor nach unten.

Katie lächelte. „Habt ihr euch eine verdient?“

„Auf jeden Fall. Und ein Bier wäre auch nicht schlecht.“

„Gut. Komm, Tiffany, wir fahren zu *Papa Luigi's* und überlegen uns, womit wir die hungrigen Männermäuler stopfen können.“

„Peperoni!“, verkündete Josh.

„Mit doppelt Käse“, fügte Jarrod hinzu.

„Nein, Salami“, warf Trevor ein und holte seine Geldbörse heraus. „Extragroß und mit viel …“

„Lass nur“, unterbrach Katie ihn. „Die Pizza geht auf mich.“ Als sie mit Tiffany zum Wagen ging, schaute sie so unauffällig wie möglich zu den Fenstern über den Garagen hinauf. Dort oben wohnte Luke. Ab jetzt nur ein paar Schritte von ihr entfernt. Wieder dachte sie daran, wie sie vor dem flackernden Kamin miteinander geschlafen hatten. Aber sie durfte sich nicht den Kopf darüber zerbrechen, ob ihre Beziehung eine Zukunft hatte. Oder ob es überhaupt eine Beziehung gab.

„Ich habe mich schon gefragt, wann ich endlich von dir höre. Wie läuft es auf der Ranch?“ Ralph Sorenson klang hoffnungsvoll.

Luke hatte sich zwingen müssen, ihn anzurufen. „Geht so“, erwiderte er ausweichend. „Die Renovierung hat begonnen, und in ein oder zwei Monaten ziehe ich ein.“

„Und was macht die andere Sache? Hast du herausgefunden, ob Dave wirklich Vater geworden ist?“

Luke konnte sich vorstellen, wie die knorrigen Finger des alten Mannes den Hörer umklammerten, während er gespannt auf die Antwort wartete. „Ich bin noch nicht sicher“, gab er zu. „Aber ich verfolge einige Spuren. Sobald ich mehr weiß, melde ich mich wieder.“

„Es bedeutet mir viel. Mehr ist mir von meinem Jungen nicht geblieben.“

„Ich weiß. Ich arbeite daran.“ Luke hörte Ralph seufzen und fragte sich, warum er sich bloß auf diese Mission eingelassen hatte. Rasch lenkte er das Gespräch auf das Wetter, die Futterpreise, den neuen Virus, der Rinderherden im Westen von Texas befallen hatte – alles, nur nicht Dave Sorensons Kind. Er ging mit dem Hörer ans Fenster und schaute zu Josh Kinkaid und Stephen Santini hinunter, die unter dem Korb an der Garagenwand Basketball spielten.

Der größere Junge erzielte mehr Treffer, aber Josh gab nicht so schnell auf. Für Luke gab es kaum noch Zweifel, dass er der Sohn von Dave war. Das Alter kam hin, und Katie reagierte seltsam, sobald er sie auf Joshs Vater ansprach. Außerdem war sie zutiefst erschüttert gewesen, als sie von Daves Tod erfahren hatte. Verdammt, was für ein Schlamassel.

Aber er konnte es nicht beweisen. Vermutlich kannte nur ein Mensch die Wahrheit.

„Ich rufe dich in ein paar Tagen an“, versprach er und legte auf. Es war an der Zeit, Miss Kinkaid mit seinem Verdacht zu konfrontieren. Sobald ihre Halbbrüder und der Santini-Clan fort waren, würde er sie zur Rede stellen.

Eine Sekunde lang dachte er daran, wie sie unter ihm gelegen und ihn mit großen, erwartungsvoll leuchtenden Augen angesehen hatte.

Noch nie hatte er sich so sehr dafür geschämt, jemanden verführt zu haben. Katie Kinkaid war anders als sämtliche Frauen vor ihr. Ganz anders. Und das war ein Problem. Ein gewaltiges Problem.

7. KAPITEL

Katie ging gerade ihre Notizen zum Fall des verschwundenen Isaac Wells durch, als sie hörte, wie ein Wagen in der Einfahrt hielt. Mit klopfendem Herzen schaute sie durch die Jalousie. Es war Luke.

Sie rannte nach unten und riss die Hintertür auf. Er stand bereits auf der Veranda. Mit finsterer Miene sah er sie an. So unfreundlich hatte sie ihn noch nie erlebt.

„Irgendetwas ist nicht in Ordnung", erriet sie.

„Das könnte man sagen."

„Komm herein. Was ist los?"

In der Küche setzte er sich rittlings auf einen Stuhl und stützte die verschränkten Arme auf die Lehne.

Katie lief es kalt den Rücken herunter. Plötzlich ahnte sie, worum es ging.

„Ich will über Joshs Vater reden", bestätigte Luke ihren Verdacht.

„Das habe ich mir gedacht. Warum?"

„Es ist Zeit."

Sie wollte ihm sagen, dass es ihn nichts anging. Aber Josh wusste Bescheid. Wozu sollte sie da noch lügen? „Josh ist Dave Sorensons Sohn", begann sie tapfer. „Wir waren in der Highschool zusammen, und kurz bevor er fortgegangen ist, bin ich schwanger geworden." Ihre Wangen brannten.

„Du hast ihm nie erzählt, dass er einen Sohn hatte."

„Nein." Sie schüttelte den Kopf. „Ich hätte es tun sollen, ich weiß. Aber ich … war jung und naiv. Ich hatte Dave gesagt, dass ich vielleicht schwanger sein könnte, aber er ist trotzdem weggegangen. Und als ich Gewissheit hatte, fand ich heraus, dass er sich in Texas schon mit einem anderen Mädchen eingelassen hatte. Ich glaube, ich war einfach zu stolz, um ihm nachzulaufen und ihm etwas zu erzählen, das er nicht hören wollte – dass er Vater wurde."

Katie holte tief Luft. „Deshalb habe ich es nur meiner Mutter gesagt. Sonst wusste es niemand, und sie hat mein Geheimnis bewahrt. Selbst Jarrod habe ich es nicht erzählt, obwohl er immer zu mir gehalten hat. Aber er hat keine Fragen gestellt und mir keine Vorträge gehalten."

Luke zog eine Augenbraue hoch.

„Ja, ich hätte es Dave sagen sollen", fuhr sie fort. „Ich wollte meinen Sohn und mich schützen, aber … letzten Endes habe ich Josh nur wehgetan." Sie lächelte melancholisch. „Ich habe einen Fehler gemacht. Einen großen."

„Jeder macht Fehler."

Sie wehrte sich gegen die Tränen. „Warum interessiert es dich so sehr?"

„Ich kannte Dave. Ich habe für seinen Vater gearbeitet. Für Ralph."

„Oh."

„Und du weißt, dass ich ihm seine Ranch abgekauft habe." Luke wirkte so angespannt wie sie.

„Vielleicht solltest du mir etwas erzählen, das ich noch nicht weiß." Sie war vorsichtig. Misstrauisch. Wo war der warmherzige Mann geblieben, mit dem sie geschlafen hatte?

„Die Ranch habe ich nicht bar bezahlt. Ich habe für Ralph gearbeitet, und er hat einen Teil meines Lohns einbehalten, weil ich ihn eines Tages als Anzahlung für eine Ranch in der Nähe von Dallas verwenden wollte. Aber das hat nicht geklappt, deshalb hat er mir seine Ranch hier draußen angeboten."

Das alles wusste sie, und es erklärte nicht, warum er so aufgebracht war. „Und?", fragte sie gespannt.

„Er hat mich um einen Gefallen gebeten."

Jetzt kommt es. „Was für einen Gefallen?"

„Ralph hat mich gebeten, in Bittersweet ein paar Nachforschungen anzustellen. Vor seinem Tod hat Dave erwähnt, dass er vielleicht Vater geworden ist, und Ralph will wissen, ob er ein Enkelkind hat. Deshalb bin ich jetzt hier. Um die Wahrheit herauszufinden."

Katie fühlte sich in die Enge getrieben. „Ich habe mich bereits entschieden, mit den Sorensons zu sprechen. Aber vorher musste ich mit Josh reden."

„Er wusste es nicht?"

Sie schüttelte den Kopf und fühlte, wie sie zu schwitzen begann. „Niemand wusste es. Ich wollte ihn schützen." Sie strich sich das Haar aus dem Gesicht. „Ich wollte nicht, dass er das Gleiche durchmacht wie ich." Sie lehnte sich gegen die Kochinsel und schaute in den dunklen Garten hinaus. „Ich war noch jung und sicher, dass ich das Richtige tat. Und später habe ich mir eingeredet, dass er noch zu jung war, um es zu verstehen. Aber dann bist du aufgetaucht und hast mir erzählt, dass Dave tot ist. Ich habe es nicht mehr ausgehalten, mit einer Lüge zu leben. Ich wusste, dass ich ehrlich zu Josh sein musste. Vor ein paar Tagen habe ich endlich mit ihm darüber gesprochen."

„Wie hat er es aufgenommen?"

„Er war ... erschüttert. Nein, entsetzt. Und dann war er wütend. Auf mich." Sie nahm ein Glas aus dem Schrank. „Ich kann es ihm nicht verdenken. Ich war auch wütend auf meine Mutter, weil sie mich belogen hatte, aber wenigstens hatte ich die Chance, meinen richtigen Vater kennenzulernen. Das konnte Josh nicht mehr. Ich habe es nicht zugelassen. Und jetzt ist es zu spät." Sie füllte das Glas mit Leitungswasser und befeuchtete ihren trockenen Hals.

„Du hast getan, was du für das Beste gehalten hast", sagte Luke leise.

„Ja, aber das war es nicht." Sie hob das Glas. „Möchtest du auch etwas?"

„Nein, danke." Er stand auf, ging zu ihr und nahm sie in die Arme. „Du darfst dir keine Vorwürfe machen."

„Nein?" Sie legte den Kopf in den Nacken, bis ihre Blicke sich trafen, und hörte, wie er den Atem anhielt, als ihre Brüste ihn streiften.

„Nein." Er starrte auf ihren Mund. „Außerdem haben wir ganz andere Probleme."

„Haben wir?"

„Mmh." Er zog sie fester an sich. „Das hier ist ein viel größeres Problem", flüsterte er und küsste sie.

Sie legte die Hände in seinen Nacken, und er hob sie von den Füßen. „Es geht nicht", wisperte sie, als er sie durch die Küche trug. „Josh ist hier."

„Keine Sorge. Wenn er aufwacht, merken wir es", erwiderte er, bevor er mit ihr nach draußen und über den mondbeschienenen Rasen ging. Dann stieg er die Treppe zu seiner Wohnung hinauf, stieß die Tür mit dem Fuß auf, schloss hinter ihnen ab und legte Katie aufs Bett, um sie zu küssen, als wollte er nie wieder aufhören.

„Du hast dich in einen Mann verliebt", stellte Octavia Nesbitt fest. Katie hatte die achtzig Jahre alte Lady für einen Artikel interviewt. Dabei hatten sie Tee getrunken, und jetzt bestand Octavia darauf, ihre Zukunft aus den Teeblättern zu lesen, die auf dem Grund von Katies Porzellantasse lagen. „Und er bedeutet dir sehr viel."

Katie errötete. „Noch etwas?"

„Mmh." Octavia runzelte die Stirn und spitzte die Lippen. „Ich kann es nicht genau erkennen, aber ich würde sagen, du wirst demnächst in eine gefährliche Situation geraten."

Katie blieb fast das Herz stehen, doch dann schüttelte sie den Kopf und erinnerte sich daran, dass sie noch nie etwas von Octavias Hobby gehalten hatte. Lesen aus dem Kaffeesatz, Kristallkugeln und solche Dinge waren für sie esoterische Spinnereien. Trotzdem wurde sie ein beunruhigendes Gefühl nicht los, als sie sich von der Frau verabschiedete, die immer aussah, als wäre sie zu einer Premiere am Broadway eingeladen.

„Pass auf dich auf", warnte Octavia und legte Katie eine Hand auf den Arm. „Auf was immer du dich einlässt, es könnte gefährlich werden."

„Mir wird schon nichts zustoßen", erwiderte Katie und winkte ihr noch einmal zu, bevor sie in den Wagen ihres Vaters stieg. Der Jeep hatte sich in der Sonne aufgeheizt, und sie sehnte sich nach ihrem alten Cabrio. „Ich bin eine hartgesottene Reporterin und glaube nicht an solchen Unsinn", sagte sie sich, als sie durch Bittersweet zu dem Restaurant fuhr, in dem sie mit ihren Halbschwestern zum Mittagessen verabredet war.

Aber Octavia hat in den Teeblättern von Luke und mir gelesen.

Und wenn schon, dachte Katie. Sie hatte im Nebel gestochert und einen Glückstreffer gelandet. Ein Zufall, mehr nicht, sagte sie sich, als sie auf den Parkplatz des kleinen Cottages fuhr, das in ein gemütliches Restaurant verwandelt worden war. Voller Antiquitäten, Bücher und Farne, war *Claudia's* für die Tagessuppe und die entspannte Atmosphäre bekannt.

Tiffany und Bliss saßen in einer Nische und plauderten angeregt, als wären sie seit Jahren eng befreundet. Dabei hatten sie erst kürzlich erfahren, dass sie miteinander verwandt waren. Langsam, aber sicher wuchsen die drei Frauen zu einer richtigen Familie zusammen.

Bliss schwärmte gerade von ihrer Hochzeitsreise nach Hawaii, als Katie sich zu ihnen setzte. „Wir sind getaucht, haben ein Segelboot gemietet und lange Spaziergänge am Strand gemacht. Es war atemberaubend. Direkt hinter unserem Hotel begann der Dschungel."

Katie bestellte ein Sandwich, Bliss einen Salat, Tiffany einen Obstteller und die Suppe. Sie ließen es sich schmecken, unterhielten sich über alles Mögliche und lachten viel. Katie wurde warm ums Herz. Sosehr sie ihre Halbbrüder auch liebte, sie hatte sich immer Schwestern gewünscht, denen sie alles anvertrauen konnte.

„Ich war vorhin bei Octavia", berichtete sie. „Eine wirklich interessante Frau."

„Mehr als das", erwiderte Tiffany. „Hat sie dir einen Tee serviert und dann aus den Blättern gelesen?"

„Ja." Verblüfft sah Katie sie an. „Woher weißt du?"

„Das hat sie für mich auch schon mal getan. Lass mich raten … sie hat dir eine Romanze vorhergesagt, richtig?"

„Ja."

„Was noch?“

Katie dachte an die Gefahr, von der Octavia gesprochen hatte. „Nicht viel.“

Ungläubig sah Tiffany sie an. „Das wundert mich. Normalerweise macht sie zwei oder drei Weissagungen. Es ist ihre … Leidenschaft.“

„Gutes Stichwort“, warf Bliss ein. „Leidenschaft.“ Sie strahlte Katie an. „Erzähl uns von deiner Romanze mit Luke Gates.“

Katie verschluckte sich fast an ihrem Eistee. „Ich glaube nicht, dass ich es als ‚Romanze‘ bezeichnen würde.“

„Sah für mich aber so aus. Auf dem Hochzeitsempfang.“ Bliss schob den Teller zur Seite. „Echt praktisch, dass er im Kutscherhaus wohnt.“

„Praktisch?“, wiederholte Katie.

Bliss verschränkte die Arme. „Etwa nicht?“

„Ich weiß nicht, ob ‚praktisch‘ das angemessene Wort ist. Aber ja, wenn du schon fragst, ich mag ihn. Das ist alles. Mehr gibt es nicht zu erzählen“, beharrte Katie.

Tiffany verdrehte die Augen. „Hey, ich bin doch nicht blind.“ Sie warf Bliss einen verschwörerischen Blick zu. „Katie ist an ihm interessiert, seit er hier aufgetaucht ist.“

„Ich erinnere mich.“ Bliss lächelte ihrer jüngsten Halbschwester zu. „Du warst sicher, dass er ein Geheimnis hat.“

„Meine Fantasie neigt zum Melodramatischen.“

Bliss ließ sich nicht beirren. „Auf dem Empfang ist Mason und mir nicht entgangen, dass er dein Interesse erwidert.“

„Er ist ein interessanter Mann“, gab Katie zu.

„Mehr nicht? Einfach nur interessant?“ Bliss lachte. „Komm schon, Katie.“

„Okay, okay, *etwas* mehr als interessant.“

„*Viel* mehr“, verbesserte Tiffany und tupfte sich die Mundwinkel mit der Serviette ab. „Und jetzt seid ihr auch noch Nachbarn. Wenn du mich fragst, ist das ideal für eine Romanze.“

Katie kniff die Augen zusammen. „Wenn ich es nicht besser wüsste, würde ich vermuten, dass ihr beide euch verschworen habt, um mir einen Mann zu besorgen.“ Sie zeigte auf Tiffany. „Wenn ich mich recht erinnere, hast *du* mir vorgeschlagen, in die Villa umzuziehen.“

Tiffany kicherte. „Schuldig im Sinne der Anklage.“

„Aber ich hatte damit nichts zu tun“, verteidigte sich Bliss.

„Hey, ich brauchte nur jemanden, der sich um die Mieter kümmert“, warf Tiffany ein.

„Hoffentlich." Katie schob die Krümel in eine Ecke des Tellers. „Du hast nämlich eine eigene Beziehung. Wann heiratest du J. D. denn nun?"

Tiffany wich ihrem fragenden Blick aus. „Bald."

„Wie bald?"

Tiffany biss sich auf die Lippe und beugte sich vor. „Vielleicht fahren wir einfach nach Reno und lassen uns dort trauen."

„Das ist nicht dein Ernst!" Enttäuscht starrte Bliss sie an. „Du brauchst eine richtige Hochzeit!"

„Das finde ich auch." Katie war ehrlich genug, sich ihre romantische Ader einzugestehen. Für sie gehörten zu einer Hochzeit ein weißes Brautkleid, eine mehrstöckige Torte und Blumenkinder.

„Die habe ich schon hinter mir", erinnerte Tiffany sie. „Ich war mit J. D.s älterem Bruder verheiratet."

„Das ist kein Grund, auf euren großen Tag zu verzichten."

Tiffany lehnte sich zurück, als die Kellnerin die Rechnung brachte. „Wir werden sehen."

„Na ja, es ist deine Entscheidung." Bliss drückte Tiffanys Hand.

Sie teilten sich die Rechnung, und Katie fuhr in die Redaktion zurück. Sie schrieb ihren Artikel über Octavia Nesbitt und beschloss, die Teeblätter wegzulassen. Danach checkte sie ihre E-Mails und überflog die Post. Bisher hatte sich niemand gemeldet, der ihr Haus mieten wollte. Und von Isaac Wells gab es auch nichts Neues.

Um vier Uhr fuhr sie nach Hause. Josh war beim Fußballtraining, und eine andere Mutter hatte angeboten, ihn heimzufahren. Sie wollte die Stunde nutzen, um sauber zu machen und die letzten Sachen einzuräumen. Bei den Mietern hatte sie sich bereits vorgestellt. Roberta Ellingsworth, genannt Ellie, die ältere Lady, die im Souterrain wohnte, hatte ihr einen selbst gebackenen Kuchen und einen Strauß Astern vorbeigebracht. Außerdem hatte sie angeboten, auf Josh aufzupassen, wenn Katie Hilfe brauchte. Katie war sicher, dass sie sich schon bald in der viktorianischen Villa einleben würde.

Wäre da nur nicht die Tatsache, dass Luke im Kutscherhaus wohnte. Die Nähe war beunruhigend. Und aufregend. Immer wieder ertappte Katie sich dabei, wie sie hinüberschaute, wenn er kam oder ging. Sie sah zu seinem erleuchteten Fenster hinauf und träumte davon, wieder mit ihm zu schlafen.

Du darfst ihm nicht vertrauen, sagte sie sich dann. Sie kannte ihn doch kaum und konnte nicht ausschließen, dass irgendwo eine andere Frau auf ihn wartete. Vielleicht sogar mehrere.

8. KAPITEL

„Loretta und ich fliegen sofort nach Oregon. Gute Arbeit, Luke.“ Ralph Sorensons Stimme zitterte vor Rührung.

„Nicht so schnell“, warf Luke ein. „Katie Kinkaid hat mir zwar erzählt, dass Dave Joshs Vater ist, und dem Jungen auch, aber du solltest warten, bis der Staub sich gelegt hat.“

„Warum?“

„Damit alle sich an den Gedanken gewöhnen können.“

„Unsinn, Junge. Ich bin siebzig. Im nächsten Monat liege ich vielleicht schon unter der Erde.“

Das bezweifelte Luke. Ralph war noch immer topfit.

„Warum gibst du mir nicht die Nummer des Jungen, und ich rufe ihn an?“

„Warte.“ Hinter Lukes Stirn begann es schmerzhaft zu pochen. „Wie wäre es umgekehrt? Katie und Josh rufen dich an – falls er dazu bereit ist.“

„Warum sollte er es nicht sein?“

„Er ist zehn. Lass ihm etwas Zeit, okay?“

„Da könntest du recht haben“, gab Joshs Großvater zu.

„Ich melde mich.“

„Tu das“, bat Ralph. „Loretta und ich … na ja, wir sind seit Jahren getrennt. Nach Daves Tod hätten wir uns fast scheiden lassen, aber im Moment hängt unsere Beziehung an einem seidenen Faden, Luke. Und der Faden ist Daves Sohn.“

„Ich rufe dich an“, versprach Luke und legte auf. Er würde mit Katie reden müssen, und diesmal durfte er sich nicht durch das ablenken lassen, was sie in ihm auslöste. Er wagte es nicht, seinem Verlangen auf den Grund zu gehen.

„Du bist ein Idiot, Luke Gates“, murmelte er und nahm den Hut vom Haken. Er war auf der Ranch mit dem Bauleiter verabredet.

Um Katie, Josh und Ralph würde er sich später kümmern.

„Gibt es etwas Neues über Isaac Wells?“, fragte Pat Johnson, Katies Chefredakteur, und lehnte sich gegen ihren Schreibtisch.

„Leider nicht.“ Betrübt schüttelte sie den Kopf. „Der anonyme Briefschreiber hat sich nicht wieder gemeldet, und ich habe nicht herausfinden können, wer er ist.“

„Schade.“ Pat nahm die Brille ab und putzte sie mit seinem Taschentuch. „Ich hatte gehofft, dass es die Story des Jahres wird.“

„Ich auch." Katie lächelte matt.

„Na ja, vielleicht ergibt sich noch etwas Sensationelles." Er setzte die Brille wieder auf und ging hinaus.

Trotz der Turbulenzen in ihrem Leben – das Durcheinander in ihrer Familie, Joshs rebellische Haltung, Daves Tod und ihre Gefühle für Luke Gates – war Katie noch immer entschlossen, das Rätsel um Isaac Wells zu lösen. Sie zwang sich, den Artikel über die neuen Lehrpläne im Schuldistrikt zu Ende zu schreiben, ging ins Internet und fand den Nachruf auf Dave Sorenson. Also stimmte es. Sie hatte nicht an Lukes Ehrlichkeit gezweifelt, aber schwarz auf weiß von Daves viel zu kurzem Leben zu lesen – das erfüllte sie mit tiefer Trauer.

„Na toll", flüsterte sie. Josh hatte seine „neuen" Großeltern noch immer nicht angerufen. Wenn er es bis heute Abend nicht tat, würde sie es übernehmen müssen. Die Sorensons hatten ein Recht darauf, ihren Enkel kennenzulernen.

Schweren Herzens fuhr sie nach Hause und bereitete zum Abendessen einen Salat zu. Josh war noch beim Training. Sie war gerade dabei, die letzten Umzugskartons auszupacken, als das Telefon läutete.

„Hallo?"

„Miss Kinkaid?", fragte eine heisere Stimme.

„Ja."

„Hier ist Ralph Sorenson."

Katie erstarrte. „Hallo", brachte sie nach einem Moment heraus.

„Ich weiß von dem Jungen. Dass er Daves Sohn ist."

„Ich verstehe", erwiderte sie mit ausdrucksloser Stimme.

„Das hier ist für mich eine schwierige Situation."

„Für mich auch", gab sie zu.

„Das beruhigt mich." Er klang erleichtert. „Ich freue mich, dass ich einen Enkel habe, in dem etwas von Dave weiterlebt."

„Natürlich." Katies Augen brannten.

„Aber ich kann nicht begreifen, warum Sie ihn uns zehn Jahre lang verheimlicht haben. Mein Sohn hätte bestimmt gern gewusst, dass er ..."

„Ich wollte ihn nicht verheimlichen."

„Na ja, jetzt ist Dave tot, und es spielt keine Rolle mehr." Die Stimme des alten Mannes drohte zu versagen.

„Ich habe versucht, es ihm zu sagen, bevor er Oregon verlassen hat. Aber er hat nicht angerufen und ist auch nicht zurückgekommen."

„Also ist es jetzt seine Schuld?“, entgegnete Ralph aufgebracht.

„Nein, das habe ich nicht gemeint.“

„Hoffentlich nicht, denn unser Junge ist tot. Es hätte Loretta fast umgebracht.“ Er holte tief Luft.

„Das tut mir leid. Wirklich. Dave war ein guter Mensch.“

„Aber nicht gut genug, um zu erfahren, dass er einen Sohn hatte.“

„Das war wohl ein Fehler“, gestand Katie leise.

„Allerdings.“

„Ich war jung und hatte Angst …“

„Das verstehe ich. Aber Loretta und ich haben jetzt ein Enkelkind und möchten es kennenlernen“, beharrte Daves Vater.

„Natürlich.“

„Dann sollten wir uns treffen. Je früher, desto besser.“

Katie hatte ganz vergessen, wie dominierend Ralph Sorenson sein konnte. Dave hatte sich oft darüber beklagt. „Hören Sie, Mr Sorenson, ich habe zugegeben, dass ich einen Fehler gemacht habe, aber … ich muss auch an Josh denken. Ich will sicher sein, dass er stark genug ist, um mit dieser neuen Situation umzugehen. Bestimmt will er Sie auch bald treffen.“

Ein Seufzen kam durch die Leitung. „Na gut, Miss Kinkaid. Tun Sie, was Sie für das Beste halten. Aber vergessen Sie nicht, dass meine Frau und ich sehnlichst darauf warten, Daves Sohn kennenzulernen.“

„Ich weiß. Ich melde mich, sobald Josh bereit ist. Selbstverständlich sind Sie uns dann willkommen. Wenn Sie möchten, können Sie bei uns wohnen.“

„Das ist sehr freundlich.“ Er klang versöhnlich, und ihr war, als hörte sie ihn leise schluchzen. Jedenfalls schnäuzte er sich die Nase.

Auch Katie war den Tränen nahe, und die Hand am Hörer schwitzte. Doch sie durfte sich jetzt nicht gehen lassen.

„Erzählen Sie Luke, dass wir telefoniert haben“, bat Ralph. „Und dass er bezahlt wird, wie versprochen.“

„Das mache ich“, erwiderte sie verwirrt. Wie meinte er das?

„Er hat mir gesagt, dass ich nicht anrufen soll, dass er ein Treffen arrangieren will, aber … ach, verdammt, Loretta und ich konnten einfach nicht auf ihn warten.“

„Auf ihn warten?“, wiederholte Katie nervös.

„Sie lassen uns wissen, wann wir kommen können?“

„Selbstverständlich.“ Verunsichert legte sie auf. Warum sprach Ralph Sorenson davon, dass er Luke bezahlen wollte? Und wofür? Sie hatte einen Verdacht, wollte sich darüber jedoch nicht den Kopf zerbrechen. Im Moment hatte sie genug andere Probleme.

Um sich abzulenken, schaute sie in den Ofen. Der Auflauf war noch nicht fertig. Sie kannte sich mit dem neuen Herd noch nicht aus und wollte gerade einen Blick in die Bedienungsanleitung werfen, da läutete das Telefon schon wieder. Hoffentlich war es nicht Ralph Sorenson. „Hallo?"

„Ich rufe wegen Ihrer Anzeige an."

Katies Herz klopfte wie wild. Eine Sekunde lang fragte sie sich, ob der Anrufer Isaac Wells war. Sie hatte in der Stadt, in der der anonyme Brief abgeschickt worden war, eine Anzeige aufgegeben und den Schreiber gebeten, sich noch mal bei ihr zu melden.

„Wegen des Hauses, das Sie vermieten wollen", fuhr der Mann fort.

„Oh." Sie stieß den angehaltenen Atem aus. Rasch beschrieb sie ihm das Grundstück und die Räumlichkeiten und die vertraglichen Einzelheiten. Dann fragte sie ihn nach seinem Namen.

„Ben Francis. Ich bin verheiratet, aber wir haben noch keine Kinder. Und keine Haustiere. Wenn es Ihnen passt, würde ich mir das Haus gern möglichst bald ansehen."

„Wir könnten uns dort treffen, um …" Sie warf einen Blick auf die Küchenuhr und überlegte, wann Josh vom Training kam. „Sieben?"

Er antwortete nicht sofort, und ohne den Grund dafür zu kennen, hatte Katie plötzlich das Gefühl, dass irgendetwas nicht stimmte.

„Das wäre schön", sagte er schließlich.

„Ich gebe Ihnen die Adresse."

„Nicht nötig. Sie steht auf dem Schild vor dem Haus. Ich war vorhin dort."

Sie zögerte. „Ich dachte, Sie haben es aus der Zeitung." Ging ihre Fantasie mal wieder mit ihr durch?

„Habe ich", antwortete er nach einem Moment. „Zuerst habe ich das Schild gesehen und dann in der Zeitung nachgelesen, wie hoch die Miete ist."

„Oh." Warum war sie immer so misstrauisch? „Na gut, Mr Francis …"

„Ben."

„Okay, Ben, dann sehen wir uns am Haus." Nachdenklich legte sie auf.

Luke schaute in die Baugrube neben dem alten Ranchhaus. In drei Tagen würden die Fundamente gegossen werden, und Ende nächster Woche würde der Bautrupp die beiden Gebäude miteinander verbinden. Natürlich ging es ihm nicht schnell genug, aber er wollte die Männer nicht unter Druck setzen.

Auf dem Weg zu den Stallungen erinnerte er sich daran, dass Geduld noch nie zu seinen Stärken gehört hatte. Als er frisches Wasser in die Tränke laufen ließ, hoben mehrere Pferde die Köpfe. Eine hellbraune Stute wieherte freudig.

„Hallo, Trudy", begrüßte er sie, und zum ersten Mal hatte er das Gefühl, irgendwo zu Hause zu sein. Schade war nur, dass er es allein genießen musste. Dass er es bedauerte, erstaunte ihn. Seit der Scheidung von Celia hatte er nie das Bedürfnis verspürt, sich auf eine feste Beziehung einzulassen oder gar eine Familie zu gründen.

Luke wurde den Verdacht nicht los, dass seine neue Lebenseinstellung mit Katie Kinkaid zu tun hatte. Sie war ihm unter die Haut gegangen, und er musste viel zu oft an sie denken.

„Dann hör auf damit", befahl er sich. Wütend auf sich selbst, drehte er den Hahn zu und schaute zu den Pferden hinüber. Die Fohlen tollten über die Weide, und die Muttertiere grasten ruhig vor sich hin.

Es war ein friedliches Bild, und plötzlich graute ihm ein bisschen vor den vielen Menschen, die die Ranch in wenigen Monaten bevölkern würden. Aber ohne Einnahmen konnte er sie nicht halten.

„Gute Nacht, meine Lieben", sagte er, doch die Pferde reagierten nicht. „Wir sehen uns morgen."

Luke stopfte die Handschuhe in die Hosentasche und schlenderte zum Pick-up. Das Wageninnere hatte sich aufgeheizt, und eine lästige Fliege schwirrte wie benommen zwischen Armaturenbrett und Windschutzscheibe umher, bevor sie den Weg nach draußen fand.

Auf dem Weg in die Stadt musste er wieder an Katie denken. Verdammt, er träumte mal wieder davon, sie in sein Bett zu bekommen. Er stellte sich ihr rotes Haar vor, wie ein Fächer auf dem Kissen ausgebreitet, malte sich aus, wie er die Sommersprossen auf ihrer Nase küsste, und sah ihren verführerisch geöffneten Mund vor sich.

„Lass es", knurrte er verärgert und fragte sich, ob er den Rest seines Lebens damit verbringen würde, sich nach der spitzzüngigen, aber wunderschönen Frau zu sehnen. Er warf einen Blick in den Rückspiegel, sah den Ausdruck in seinen Augen und lachte bitter. Wenn er es nicht besser wüsste, würde er sagen, er sei verliebt.

Ja, sicher. Deshalb hast du sie und ihren Sohn für Geld verraten.

Vielleicht war es höchste Zeit, ihr die Wahrheit zu beichten. Er packte das Lenkrad fester. Würde sie ihn dafür hassen? Das konnte sein, aber es war ein Risiko, das er eingehen musste.

Ja, er würde ehrlich zu ihr sein und die Konsequenzen in Kauf nehmen.

„Ich bin in einer Stunde zurück", sagte Katie zu Josh, der nicht begeistert war, dass er sich um den Abwasch kümmern musste. „Vielleicht früher. Ich treffe mich in unserem alten Haus mit jemandem, der es mieten möchte." Er antwortete nicht, und sie legte ihm eine Hand auf die Schulter. „Du kannst mitkommen, wenn du willst."

„Keine Lust."

„Na gut. Ellie ... Mrs Ellingsworth ist zu Hause und sieht nach dir."

„Das braucht sie nicht."

„Ich weiß." Katie zerzauste ihm das Haar. Zum ersten Mal seit einer Woche hatte Josh wieder mit ihr gesprochen, vom Training erzählt und sogar nach Dave gefragt. Natürlich waren seine Großeltern ihm noch fremd, aber er war bereit, sich mit ihnen zu treffen. Bald. Lass ihm Zeit, ermahnte Katie sich.

Sie schnappte sich einen Mietvertrag und den Fragebogen, den sie für Mietinteressenten vorbereitet hatte, und ging nach draußen. Blue döste auf der Veranda, begann jedoch zu bellen, als Lukes Pick-up in der Einfahrt hielt.

Ihr Herz schlug schneller. Sie atmete tief durch und ging hinüber, als er in verwaschenen Jeans und einem alten – nicht zugeknöpften – Shirt ausstieg.

„Miss Kinkaid", begrüßte er sie mit einem sexy Lächeln. „Sie sehen aus, als würden Sie gleich Feuer spucken."

„So fühle ich mich auch", gab sie zu, während der Hund an den Trittbrettern schnupperte.

„Gibt es einen Grund?", fragte Luke mit Unschuldsmiene, doch sein Blick verriet Besorgnis.

„Ralph Sorenson hat angerufen."

Sein Lächeln verblasste.

„Er wollte gleich herkommen, um Josh kennenzulernen. Ich soll dir ausrichten, dass er dir dankbar ist und dich für deine Mühe bezahlen wird", fuhr sie mit eisiger Stimme fort.

Luke erstarrte, und aus dem flirtenden Nachbarn wurde ein wachsamer, auf alles gefasster Cowboy. „Du willst eine Erklärung."

„Und zwar eine verdammt gute."

Er schaute zum Haus hinüber. „Vielleicht sollten wir besser hineingehen."

„Damit Josh uns hört? Er mag dich auch so schon nicht besonders. Willst du dich noch unbeliebter machen?"

„Nein." Er lehnte sich gegen den Kotflügel, verschränkte die Arme und sah ihr ins Gesicht. Sie wich seinem Blick nicht aus. Dazu war sie zu verletzt. Und zu aufgebracht.

„Als Ralph und ich über die Ranch verhandelt haben, hat er sein Angebot ein bisschen versüßt", sagte Luke.

Katie zitterte innerlich. Sie hatte diesem Mann vertraut, an ihn geglaubt, mit ihm geschlafen. Sie hatte ihm ihr Herz geschenkt, und er hatte sie verraten. Sie ausgenutzt. Aber damit war jetzt Schluss. „Womit?"

„Mit ein paar mehr Dollars, wenn ich herausfinde, ob sein Sohn Vater war oder nicht."

Sie hatte damit gerechnet. Nach dem Telefonat mit Ralph Sorenson hätte Lukes Geständnis sie nicht so hart treffen dürfen, aber der Schmerz raubte ihr fast den Atem. „Ich hoffe, es hat sich für dich gelohnt", flüsterte sie und musste sich beherrschen, um ihn nicht zu ohrfeigen.

„Katie …" Er streckte eine Hand nach ihr aus, doch sie wich zurück. „Hör mir einfach zu", bat er.

„Ich habe genug gehört." Sie drehte sich um und ging zum Jeep ihres Vaters.

„Lass mich doch erklären …"

„Was?" Sie sah über die Schulter. „Wie du mich angelogen hast? Mich getäuscht hast? Mich verführt hast? Vergiss es, Luke. Es ist vorbei." Sie schluckte. „Eigentlich war es das schon, bevor es begonnen hat."

Katie riss die Fahrertür auf. „Das Einzige, was du nicht vergessen solltest, ist deine Miete. Sie ist am Ersten fällig." Sie stieg ein, startete den Motor, fuhr rückwärts auf die Straße, gab Gas und raste davon. Weg von Luke Gates. Diesmal für immer.

9. KAPITEL

Als Katie in der Einfahrt ihres alten Cottages hielt, wurde ihr weh ums Herz. Sie stieg aus und musste lächeln, als ihr Blick auf Joshs schief hängenden Basketballkorb fiel. Noch bevor sie den braunen Minivan sah, der hinter dem Jeep hielt, hörte sie den Kies unter den Reifen knirschen. Ein hochgewachsener, schlanker Mann kletterte heraus, und sie hatte das vage Gefühl, dass sie ihm schon mal begegnet war. Er hatte einen grauen Vollbart und trug eine Sonnenbrille und eine in die Stirn gezogene Baseballkappe. Sein Overall hatte Ölflecken, und der Lappen, der ihm aus der Hosentasche hing, war verschmiert.

„Sind Sie Katie Kinkaid?"

„Ja."

„Hi." Lächelnd streckte er die Hand aus. „Benjamin Francis." Er nickte zum Haus hinüber. „Hier könnte es meiner Frau und mir gefallen. Ich arbeite an einer Tankstelle in Ashland, sie ist Vorschullehrerin."

Das erklärte die schmutzige Kleidung, aber Katie fragte sich, warum auf dem Overall weder sein Name noch der der Tankstelle standen. Irgendetwas stimmte an dem Mann nicht, auch wenn sie nicht hätte sagen können, was es war.

„Darf ich es mir mal ansehen?"

„Natürlich." Sie ging mit ihm zur Hintertür und schloss auf. In der drückend heißen Küche legte sie eine Hand auf den Fenstergriff, um frische Luft hereinzulassen. „Ein paar Dinge müssen noch repariert werden, bevor jemand einzieht. Außerdem will ich die Wände streichen, die Holzböden bohnern und …"

Sie hörte, wie er hinter ihr die Tür abschloss. „Lassen Sie das Fenster zu", sagte er leise, doch es klang wie ein Befehl.

Katie erstarrte. „Aber hier drin ist es wie im Backofen, und draußen …" Sie verstummte und drehte sich um.

Er lehnte an der Hintertür und sah nicht mehr freundlich, sondern kalt und berechnend aus. „Ich muss Ihnen etwas gestehen."

Sie stellte ihn sich ohne Bart und Kappe vor und schluckte.

„Ich bin nicht Ben Francis." Seine Augen funkelten.

„Ich weiß." Verzweifelt wehrte sie sich gegen die Panik, die sie zu lähmen drohte. „Sie sind Ray Dean. Ich verstehe nur nicht, was Sie von mir wollen."

Hastig zog Luke sich an. Die eiskalte Dusche hatte nicht geholfen. Seine Muskeln schmerzten, und ihm ging nicht aus dem Kopf, was Katie ihm vorgeworfen hatte. Und sie hatte recht. Er hatte sie zwar nicht ausgenutzt, aber er war nicht ehrlich zu ihr gewesen. „Verdammt."

Noch bevor die Tür hinter ihm ins Schloss fiel, eilte er mit langen Schritten durch den Garten. Auf der Veranda ignorierte er Blues leises Knurren und hämmerte mit der Faust gegen die Hintertür.

Sekunden später erschien Katies Sohn hinter dem Fliegengitter. „Ja?"

„Ist deine Mom da?", fragte Luke, obwohl der Jeep nicht in der Einfahrt stand.

„Nein."

„Wann kommt sie zurück?"

Josh zuckte mit den Schultern. „In etwa einer Stunde, hat sie gesagt."

Luke schätzte, dass sie höchstens zwanzig Minuten fort war. Bevor er den Jungen fragen konnte, wohin sie gefahren war, bog Tiffanys Wagen aufs Grundstück ein. Sie hielt in einer Staubwolke und stieg aus. Ihr Sohn Stephen folgte ihr.

„Ist Katie hier?", rief sie, noch bevor sie die Veranda erreicht hatte.

„Im anderen Haus."

Bingo.

Josh öffnete seiner Tante und seinem Cousin die Tür. „Jemand will es sich ansehen."

„Gut. Ich muss mit ihr reden, also warten Stephen und ich auf sie, wenn das in Ordnung ist."

„Ja. Wo ist Christina?"

„Die ist müde und wollte schlafen, deshalb ist J. D. bei ihr geblieben." Tiffany zwinkerte ihrem Neffen zu. „Du wirst dich mit Stephen begnügen müssen."

„Sei froh", sagte Stephen und machte keinen Hehl daraus, dass er es leid war, auf seine kleine Schwester aufpassen zu müssen. „Sie nervt."

„Tut sie nicht", widersprach seine Mutter. „Freu dich, dass du sie hast."

„Ja, sicher."

„Stephen", warnte sie und sah Luke an. „Man sollte meinen, dass sie vom Alter her weit genug auseinander sind, um sich zu vertragen."

Josh grinste. Vermutlich konnte er es kaum abwarten, mit seinem älteren Cousin allein zu sein. Er trat zur Seite, und Stephen stürmte hinein. Die beiden Jungen trampelten die Treppe hinauf. Tiffany lächelte Luke zu, der ihr die Tür aufhielt.

„Kommen Sie doch herein und leisten mir Gesellschaft, während ich warte“, lud sie ihn ein. „Katie hat bestimmt nichts dagegen. Erzählen Sie mir von Ihrer Ranch. Was macht der Umbau?“

„Sie wissen davon?“

„Katie hat erwähnt, dass Sie im kommenden Frühjahr die ersten Feriengäste unterbringen wollen.“

„So ist es geplant“, antwortete Luke.

Mit roten Lakritzstangen im Mund rannten die Jungen durch die Küche, schnappten sich die Skateboards, die am Verandageländer lehnten, und sausten davon.

„Hey, wartet! Wohin wollt ihr?“, rief Tiffany ihnen nach.

„Nur zum Supermarkt.“ Josh verschwand um die Hausecke.

„Seid vorsichtig und kommt gleich zurück!“

Stephen warf ihr einen Blick zu. Wir sind keine Babys mehr, sollte er wohl bedeuten.

Tiffany drehte sich zu Luke um. „Für Teenager sind ihre Mütter nichts als Nervensägen.“

„Ist das so?“ Er konnte es nicht wissen, denn er war nicht von seiner eigenen Mutter aufgezogen worden, aber das brauchte sie nicht zu wissen. „Bestimmt sieht er es in ein paar Jahren ganz anders.“

„Hoffentlich.“ Sie seufzte, und Luke sah ihr an, wie schwer sie es als alleinerziehende Mutter und trauernde Witwe gehabt haben musste. Er freute sich für sie, dass sie jetzt mit J.D. zusammen war. Neugierig schaute sie sich in der Küche um. „So langsam wird es hier wieder wohnlich, was?“ Sie schüttelte den Kopf. „Ich kann noch immer nicht recht glauben, dass ich ausgezogen bin. Ich hatte nicht vor, wieder zu heiraten“, gab sie zu, und ein winziges Lächeln umspielte ihren vollen Mund. „Da sieht man mal, dass man nie weiß, was einen hinter der nächsten Ecke erwartet.“

„Stimmt.“

Sie winkte ihn auf einen Stuhl. „Also ich finde die Idee mit der Ferienranch toll. Erzählen Sie mir mehr darüber?“

„Sie klingen wie Ihre Schwester.“

„Ich bin keine Reporterin, aber es interessiert mich trotzdem. Außerdem müssen wir die Zeit rumkriegen, bis Katie wiederkommt.“ Sie strahlte ihn an. „Ich muss zugeben, es ist ein eigenartiges Gefühl, in *ihrem* Haus auf sie zu warten, aber ich weiß, sie hätte nichts dagegen.“

Tiffany kochte Kaffee, während Luke ihr von seinen Plänen erzählte. Zuerst zögerte er etwas, denn er war nicht sicher, ob er einer

Frau, die er kaum kannte, sein ganzes Leben offenbaren wollte. Aber wie ihre dynamische Halbschwester machte auch Tiffany es ihrem Gesprächspartner leicht, wenn auch auf andere Weise. Während Katie, das Energiebündel, ihn immer wieder unterbrochen und zugleich ein Dutzend andere Dinge erledigt hätte, hörte Tiffany ihm ruhig und aufmerksam zu.

Mit dem Kaffeebecher in den Händen, lachte sie hin und wieder, stellte Fragen, scherzte und hielt das Gespräch in Gang, ohne dass jemals Langeweile aufkam. Die Jungen kehrten zurück, stellten ihre Skateboards ab und bauten aus den Pfosten und der Sperrholzplatte, die sie gekauft hatten, eine Sprungschanze.

„Hoffentlich brechen sie sich nicht den Hals", sagte Tiffany besorgt, als Josh und Stephen die ziemlich wacklig aussehende Konstruktion ausprobierten.

„Skateboarder sind hart im Nehmen", beruhigte Luke sie.

„Aber Joshs Fuß ist noch nicht ganz verheilt." Sie ging ans Fenster, um etwas nach draußen zu rufen, zügelte sich jedoch im letzten Moment und setzte sich wieder. „Einmal Mutter, immer Mutter."

„Eine Gewohnheit, die sich schwer ablegen lässt."

„Am schwersten." Lachend sahen sie den Jungen zu, dann schaute Luke nicht zum ersten Mal auf die Uhr. Langsam wurde er rastlos, auch wenn es dazu keinen Grund gab. Das Gespräch mit Katie konnte warten.

„Ich möchte wissen, wo sie bleibt", sagte Tiffany schließlich, als Luke seinen zweiten Becher Kaffee leerte. Er war jetzt fast eine Stunde hier. „Seltsam, dass sie Josh so lange allein lässt." Sie seufzte. „Vielleicht musste sie noch etwas einkaufen." Sie stand auf und spülte ihren Becher aus. „Wenn sie nicht bald kommt, muss ich ihr eine Nachricht hinterlassen."

„Ich könnte ihr etwas ausrichten", bot Luke an. Seine Unruhe nahm zu, und inzwischen war er fast so besorgt wie damals, als sie noch nicht hier gewohnt und die anonymen Anrufe bekommen hatte. Er sagte sich, dass er mal wieder überreagierte, doch es half nicht.

Als das Telefon läutete, zuckten sie beide zusammen. „Das könnte Katie sein", meinte Tiffany hoffnungsvoll. „Vielleicht ruft sie an, um Josh zu sagen, dass sie später kommt."

Aus einem Grund, der ihm nicht bewusst war, lief es Luke kalt den Rücken hinunter. Bevor Tiffany abnehmen konnte, tat er es. „Bei Kinkaid."

„Wer ist da?“, fragte eine Männerstimme. Luke umklammerte den Hörer, als wollte er ihn zerbrechen.

„Luke Gates. Ich bin ein Nachbar. Miss Kinkaid ist nicht zu Hause.“

„Wo ist sie?“

Er kniff die Augen zusammen und dachte an den unbekannten Anrufer, der immer wieder aufgelegt hatte. „Wer sind Sie?“

„Hier ist Jarrod Smith, Gates“, erwiderte ihr Bruder gereizt. „Ich suche meine Schwester.“

Luke entspannte sich ein wenig. Die Stimme passte. Er hatte zwar noch nicht oft mit Katie Kinkaids ältestem Bruder gesprochen, aber er glaubte dem Mann am anderen Ende. „Wie gesagt, sie ist nicht hier.“

„Wo ist sie denn?“

Luke lehnte sich gegen die Tür. „Laut Josh ist sie zu ihrem alten Haus gefahren, um sich mit einem möglichen Mieter zu treffen.“

„Wann?“

„Vor über einer Stunde.“

„Verdammt!“ Jarrod stieß noch einen Fluch aus. „Hoffen wir, dass es stimmt.“

„Was meinen Sie?“, fragte Luke.

„Wahrscheinlich ist es nur ein Zufall, aber vor zwei Stunden ist Isaac Wells mit seinem Anwalt auf der Polizeiwache erschienen. Er fühlt sich von Ray Dean bedroht und befürchtet, dass Ray sie sich vorknöpft, weil sie so viel Interesse an der Geschichte gezeigt hat.“

Luke erstarrte. Er glaubte nicht an Zufälle. Dass Katie sich ausgerechnet dann verspätete, wenn Isaac Wells wieder auftauchte, machte ihn mehr als nervös. Aber er zwang sich, ruhig zu bleiben. „Woher wissen Sie das alles?“

„Ich habe einen Freund bei der Polizei. Wir waren Partner, bevor ich mich selbstständig gemacht habe. Er hat mich darüber informiert, weil ich an diesem Fall arbeitete. Der Brief, den Katie bekommen hat, wurde in Eureka aufgegeben. Ich habe mich dort umgehört, weil ich mir dachte, dass Wells sich möglicherweise einen Anwalt nimmt. Ich war auf der richtigen Spur. Der Anwalt, mit dem Isaac vorhin bei der Polizei aufgetaucht ist, kommt von dort.“ Jarrod klang frustriert. „Ich habe Katie versprochen, sie sofort zu informieren, wenn er wieder in der Stadt ist.“

„Ich sage es ihr“, versprach Luke.

Jarrod zögerte, als wüsste er nicht, wie viel er erzählen durfte.

„Gibt es noch etwas?“

„Ich weiß nicht."

Luke hörte buchstäblich, wie ihr Bruder sich den Kopf zerbrach. Tiffany stand neben ihm und schaute ihn immer ängstlicher an.

„Ich will keine Pferde scheu machen", fuhr Jarrod schließlich fort. „Aber Wells behauptet, dass Ray Dean viele Straftaten begangen hat, die die Polizei ihm nicht nachweisen kann."

„Woher will Wells das wissen?"

„Wells?", wiederholte Tiffany mit weit aufgerissenen Augen. „Isaac Wells?"

„Er behauptet, dass er die Raubüberfälle geplant hat, die Ray begangen hat. Er hat die Stadt verlassen, weil Ray seine letzte Strafe abgesessen hatte und er um sein Leben fürchtete. Jedenfalls ist er jetzt bereit, als Kronzeuge gegen Ray Dean auszusagen, wenn er selbst dafür straffrei ausgeht."

Luke hörte kaum noch zu. Was aus Isaac Wells und Ray Dean wurde, war ihm egal, aber er hatte Angst um Katie. Er dachte an die anonymen Anrufe und die Artikel, die sie geschrieben hatte. „Hat Isaac Wells ihr den Brief geschrieben?"

„Das weiß ich nicht. Aber falls ja, hat er sich nicht wieder bei ihr gemeldet. Sein Anwalt hat ihm geraten, direkt zur Polizei zu gehen."

„Glauben Sie, dass Katie in Gefahr ist?"

„Keine Ahnung. Verdammt, hoffentlich nicht." Aber Jarrod klang besorgter, als er zugeben wollte. „Sagen Sie ihr einfach, was los ist. Und sie soll mich anrufen, sobald sie zurück ist."

„Das mache ich", versprach Luke und legte auf.

Tiffany zeigte aufs Telefon. „Wer war das? Und warum kann es sein, dass Katie in Gefahr ist."

„Das war Jarrod. Isaac Wells ist wieder in der Stadt." Auf dem Weg zur Tür berichtete er ihr kurz, was er gerade erfahren hatte. „Wenn Sie mehr wissen wollen, rufen Sie Jarrod an. Ich sehe nach Katie."

„Ich bleibe bei den Kindern." Sie war blass geworden.

„Tun Sie das." Luke rannte zum Pick-up. Wenn er sich beeilte, konnte er in weniger als zehn Minuten am Cottage sein. Die Jungen sahen ihm nach, als er losfuhr. Wahrscheinlich machte er sich unnötig Sorgen. Vielleicht war Katie gar nicht dort, aber er würde nicht ruhen, bis er sie gefunden hatte.

Dass er sich vielleicht lächerlich machte, war ihm egal. Er durfte kein Risiko eingehen. Es ging um das Leben der Frau, die er liebte.

„Ich denke, wir sollten zusammen einen Ausflug unternehmen“, sagte Ray Dean.

Verzweifelt versuchte Katie, nicht die Nerven zu verlieren. Sie durfte jetzt keinen Fehler machen. Der Mann war unberechenbar. Langsam schüttelte sie den Kopf.

„Was immer Sie mir sagen wollen, Sie können es auch hier tun.“ Mit ihm wegzufahren wäre viel gefährlicher. Hier kannte sie die Umgebung, und ganz in der Nähe gab es Nachbarn.

„Ich will nicht gestört werden.“

Katie ahnte, dass sie dem Geheimnis, das Isaac Wells umgab, auf der Spur war. Aber was, wenn Ray ihr etwas antun wollte? Ihre Beine drohten nachzugeben, und plötzlich dachte sie nicht mehr an die sensationelle Story, mit der sie berühmt werden konnte, sondern an die Gefahr, in die sie sich mit ihren Nachforschungen gebracht hatte. „Sie haben doch keinen Ärger mit der Polizei, oder?“

„Den habe ich immer.“ Er zuckte mit der Schulter, und sie fragte sich, ob er eine Waffe trug. Die Taschen waren nicht ausgebeult, aber ein Messer ließ sich leicht verbergen. Selbst ein Revolver musste nicht sofort zu erkennen sein. Aber er brauchte gar keine Waffe. Der Mann war viel größer und kräftiger als sie und konnte sie mühelos zum Schweigen bringen. Ihre einzige Chance war, ihn irgendwie hereinzulegen.

„Wissen Sie, wo Isaac Wells ist?“, fragte Katie ihn.

„Nein.“

„Ist er noch am Leben?“

„Ich glaube schon.“

„Warum?“

Ray Dean musterte sie, als wäre er nicht sicher, wie viel er ihr verraten durfte. „Ich habe Verbindungen.“

„Verbindungen? Zu wem?“

„Zu jemandem, der vertrauenswürdig ist.“

Katie schwitzte vor Angst. „Ein Spitzel? Ein vertrauenswürdiger Spitzel?“, entgegnete sie und versuchte, nicht allzu abfällig zu klingen.

Rays Mund wurde schmal. „Hat er sich bei Ihnen noch mal gemeldet, seit Sie den Brief bekommen haben?“

„Nein.“ Sie schüttelte den Kopf. „Ich habe damit gerechnet, aber … nichts. Keine Briefe, keine Anrufe … abgesehen von jemandem, der jedes Mal aufgelegt hat.“

„Das war ich.“

„Sie?“ Sie spürte, wie das Adrenalin durch ihren Körper strömte.

„Aber die anonymen Anrufe fingen an, bevor ich den Brief in die Zeitung gesetzt habe …" Sie fragte sich, wie lange dieser Mann sie schon beobachtet hatte. Bei der Vorstellung, was er vielleicht alles gesehen hatte, wurde ihr fast schlecht. „Sie … haben mich verfolgt?"

„Ich musste herausfinden, wie viel Sie wissen."

Also hatte Luke recht gehabt. Jetzt bereute sie, dass sie seine Besorgnis als übertrieben abgetan hatte. „Hören Sie, wenn Sie wollen, dass ich Ihnen helfe … Wollen Sie das? Was soll ich tun?"

„Sie sollen mir die Wahrheit sagen. Ich glaube, Sie wissen, wo Isaac Wells ist."

„Nein. Das schwöre ich."

„Mein Informant hat mir erzählt, dass er zurückkommt, um sich der Polizei zu stellen. Dass er sich aber vorher bei Ihnen melden will."

„Warum?"

„Gute Frage. Vielleicht will er, dass Sie noch mehr Lügen in die Zeitung setzen."

„Nein", beteuerte Katie und zuckte zusammen, als sie das vertraute Motorengeräusch eines Pick-ups in der Einfahrt hörte.

Auch Ray entging es nicht. „Wer ist das?"

„Ich weiß es nicht."

„Sie lügen."

„Niemand weiß, dass ich hier bin."

Sein Gesicht verfinsterte sich. Er griff in die Tasche, und Katie wich ängstlich einen Schritt zurück. Es gab ein metallisches Geräusch, und ein Klappmesser blitzte auf. „Oh Gott", flüsterte sie.

In diesem Moment näherten sich Lukes Schritte auf der Veranda. Sie schaute durchs Fenster, sah seine besorgte Miene und schüttelte hastig den Kopf.

„Katie?", rief er. Ray postierte sich neben der Tür. „Bist du da?"

„Geh weg!", rief Katie.

„Psst." Ray packte ihren Arm.

Sie versuchte sich loszureißen und trat nach ihm, während Luke fluchend gegen die Tür hämmerte.

„Lassen Sie mich los!" Sie schaffte es, sich zu befreien, doch Ray packte sie erneut und zog sie an sich. Der Geruch von Schmieröl stieg ihr in die Nase. Entsetzt starrte sie auf das Messer in seiner linken Hand.

„Katie!" Lukes Stimme hallte durchs Haus.

„Wer ist das?", fauchte Ray.

„Ein Freund."

„Sagen Sie ihm, er soll verschwinden."
„Luke, geh weg!", rief sie verzweifelt.
Einige Sekunden lang herrschte Stille.
Dann zersplitterte Glas. Splitter flogen durch die Luft. Das Fenster zerbarst, und ein Körper landete auf dem Küchenboden.
„Verdammt." Ray wirbelte herum und riss Katie von den Füßen, als Luke sich aufrichtete und auf ihn zuging.
„Stehen bleiben!", befahl Ray.
„Lassen Sie sie los", erwiderte Luke mit eisiger Stimme.
Ray hielt Katie so fest an sich gepresst, dass sie kaum noch Luft bekam. „Verschwinden Sie!", herrschte er Luke an.
Luke sah ihr kurz in die Augen. „Alles okay, Katie?"
„Hauen Sie ab, oder sie wird dafür büßen", drohte Ray. Die Klinge glänzte rötlich im Schein der untergehenden Sonne. „Ich schwöre es, Mann."
„Lassen Sie sie los", wiederholte Luke, den Blick auf das Messer gerichtet.
Katie begann zu zittern. „Lassen Sie mich los", flehte sie. „Sie haben von mir nichts zu befürchten."
Luke machte einen Schritt auf Ray zu. „Wer sind Sie?"
„Bleiben Sie, wo Sie sind."
Katie schrie auf, als Ray sie rückwärts ins Wohnzimmer schleifte. Die Glasscherben knirschten unter seinen Stiefeln.
Ihr Herz schlug wie wild. Sie war dem Verbrecher ausgeliefert. „Machen Sie es nicht noch schlimmer, als es ist, Ray", keuchte sie.
„Ray?" Luke kniff die Augen zusammen. „Ray Dean?"
Der Schweiß rann Ray übers Gesicht, und er blinzelte heftig.
„Lassen Sie sie gehen, dann reden wir", versprach Luke.
„Da gibt es nichts zu reden."
„Doch. Sie haben mir von Isaac Wells erzählt", warf Katie ein. „Sie haben Angst, dass er Sie hereinlegt. Was halten Sie davon, wenn ich *Ihre* Seite der Geschichte in die Zeitung bringe?"
Sie spürte, wie er zögerte.
„Sie wollen doch nicht wieder im Gefängnis landen", fuhr sie rasch fort. „Und zwar für lange Zeit. Isaac würde straffrei ausgehen. Denken Sie an Ihre Kinder", sagte sie eindringlich. „Die brauchen einen Dad, der nicht hinter Gittern sitzt."
„Sie kennen es nicht anders." Ray sah Katie an. Luke sprang vor. Ray erschrak, taumelte zurück und lockerte seinen Griff um sie. Sie

riss sich los. „Keine Bewegung!“, schrie Ray und stach zu. Katie schloss die Augen. Luke packte Rays Handgelenk. Das Messer zitterte, als die Männer miteinander kämpften und gemeinsam zu Boden gingen.

Katie rannte zur Tür und wäre fast auf den Glassplittern ausgerutscht. Sie riss die Tür auf, rief laut um Hilfe und griff nach dem ersten Gegenstand, der ihr in die Hände kam – Joshs alter Baseballschläger.

In der Ferne heulten Sirenen auf, und ein Pick-up hielt mit quietschenden Reifen hinter Rays Minivan. Aus den Augenwinkeln sah sie, wie Jarrod heraussprang. „Lauf weg!“, rief er und rannte auf die Veranda.

Aber es war schon vorbei. Luke hatte Ray entwaffnet und kniete auf seiner Brust.

„Verdammt, Katie, wie konntest du nur so leichtsinnig sein?“, fuhr Jarrod seine Schwester an, als sie ihm ins Haus folgte. Mit eingeschaltetem Blaulicht hielt ein Streifenwagen an der Straße.

„Ich wollte mein Haus vermieten.“

„Was ist hier los?“, fragte eine Polizistin. Mit gezogenen Revolvern stürmten sie und ihr Kollege in die Küche. „Wen haben wir denn da?“, sagte sie, als sie den Mann auf dem Boden erkannte. „Wenn das nicht Ray Dean ist. Warum wundert es mich nicht, dass Sie sich mal wieder Ärger eingehandelt haben?“

„Lassen Sie mich in Ruhe.“

„Keine Chance.“ Sie bedeutete Luke aufzustehen. „Den Rest können Sie uns überlassen, aber Sie alle müssen zur Polizeiwache kommen, um eine Aussage zu machen“, verkündete sie streng.

Luke ignorierte die Polizisten, ging zu Katie und nahm sie in die Arme. „Gott sei Dank ist dir nichts passiert“, flüsterte er. Sie fühlte, wie er zitterte und sein Herz klopfte, und am liebsten hätte sie ihn nie wieder losgelassen. Ihr Hals war wie zugeschnürt. Tränen brannten in ihren Augen.

„Ich hatte solche Angst um dich“, sagte er. Als er sie küsste, brach in ihr ein Damm, und schluchzend klammerte sie sich an ihn. „Alles ist wieder gut“, flüsterte er. „Ich bin bei dir.“ Sie war so erleichtert, dass sie sich ihrer Tränen nicht schämte. Sollten die anderen doch denken, was sie wollten.

„Das ist alles … ein Missverständnis“, stammelte Ray, als Officer Barnes, der zweite Polizist, ihn unsanft auf die Füße zerrte und ihm Handschellen anlegte.

„Ray Dean“, begann der Officer. „Sie haben das Recht, zu schweigen …“ Er las Ray seine Rechte vor.

Doch der hörte gar nicht hin, sondern warf Katie einen flehentlichen Blick zu. „Hören Sie, ich habe Mist gebaut.“

„Das kann man wohl sagen“, erwiderte sie.

„Halten Sie den Mund“, befahl Barnes ihm. „Sie haben das Recht, zu schweigen …“

Wieder ignorierte Ray ihn. „Ich will, dass Sie meine Geschichte schreiben. In der Zeitung.“

Katie zögerte.

„Vergessen Sie es, Dean“, sagte Jarrod. Er nickte den Polizisten zu. „Schaffen Sie ihn von hier weg.“

„Sie haben gesagt, Sie wollen über mich schreiben“, beharrte Dean.

„Mann, Sie haben ihr ein Messer an die Kehle gehalten“, fuhr Luke ihn fassungslos an. Sein Gesicht war gerötet.

„Ich denke darüber nach“, antwortete Katie.

Ungläubig starrte Luke sie an.

„Bist du verrückt?“ Jarrod baute sich vor ihr auf. „Der Kerl hätte dich fast umgebracht!“

„Es ist mein Leben, Jarrod“, erwiderte sie.

„Und du hättest es beinahe verloren!“

Erst als die Polizisten Ray abführten, ließ Luke Katie los.

Leise fluchend kickte Jarrod eine Glasscherbe in die Ecke.

Mit Ray Dean auf dem Rücksitz fuhr der Streifenwagen davon. Mehrere Nachbarn hatten sich auf der Veranda versammelt. Leona Cartwright, eine ältere Lady, der dank ihres Hörgeräts kaum etwas entging, erzählte aufgeregt, dass sie die Polizei gerufen hatte. „Ich wusste, dass etwas nicht stimmt“, berichtete sie stolz.

„Danke.“

„Bestimmt schreiben Sie darüber in der Zeitung.“

„Ganz bestimmt“, bestätigte Katie, und Leona strahlte sämtliche Nachbarn an.

Luke blieb den ganzen Abend an Katies Seite. Als sie endlich von der Polizeistation nach Hause zurückkehrten, war es fast zehn.

Dort erwartete sie die ganze Familie. Katies Vater und Mutter, ihre Halbbrüder und Halbschwestern drängten sich mit besorgten Gesichtern in der Küche. Als Katie aus dem Jeep stieg, eilten alle auf die Veranda.

„Katie, Gott sei Dank!“ Brynnie drückte ihre einzige Tochter an sich. „Ich habe mir solche Sorgen gemacht.“

„Das haben wir alle“, versicherte John.

Luke parkte hinter dem Jeep, den Katie gefahren hatte, ließ sich Zeit und ging langsam über den Rasen, während ihre Familie sie erleichtert in die Arme schloss. Jarrod hielt an der Straße und eilte durch den Garten, ganz der ältere Bruder, der seine kleine Schwester beschützen wollte.

„Es geht mir gut, Mom“, sagte Katie zu Brynnie.

„Gott sei Dank“, wiederholte ihre Mutter und strich ihr übers Haar. „Oh, was würde ich jetzt für eine Zigarette geben.“

„Mom!“ Die Fliegengittertür flog auf, und Josh warf sich in Katies Arme.

Sie schluckte vor Rührung, blinzelte heftig und lächelte ihn aufmunternd an. „Hallo, mein Junge.“

„Geht es dir gut?“, fragte er.

„Ja, mir ist nichts passiert.“ Sie küsste ihn auf den Kopf, und zum ersten Mal schien es ihm nicht peinlich zu sein, dass seine Mutter öffentlich zeigte, wie sehr sie ihren Sohn liebte.

„Was war denn los? Ich dachte, du wolltest das Haus vermieten?“ Seine Augen waren groß, sein Blick war bewundernd, und er sah sie an, als wäre sie eine Heldin.

„Das wollte ich, aber ich bin in eine Falle getappt“, gab Katie zu und zerzauste ihm das Haar.

„Der Kerl war also ein Betrüger.“

„Und was für einer.“

John Cawthorne trat vor. „Komm ins Haus und leg dich etwas hin. Du siehst aus, als könntest du dich kaum noch auf den Beinen halten.“

„Es geht mir gut“, log sie.

„Dad hat recht.“ Bliss hielt ihr die Tür auf. „Vielleicht solltest du dich wirklich für eine Weile ausruhen.“

„Gute Idee“, pflichtete Jarrod ihr bei. „Und komm bloß nicht auf die absurde Idee, Ray Dean für deinen Artikel zu interviewen.“

„Ray Dean? Miles' Dad? Der war es?“, fragte Josh und starrte seine Mutter staunend an.

„Halt dich von solchen Verbrechern fern“, knurrte John.

Tiffany drückte Katies Hand. „Oh Katie. Jarrod und … John haben recht. Ray Dean ist ein gefährlicher Krimineller, und du bist eine Mutter. Du darfst nicht das geringste Risiko eingehen.“ Zu Katies Verblüffung war ihre Schwester mit John Cawthorne, ihrem entfremdeten Vater, einer Meinung. Trotz der bitteren Erinnerungen, des Misstrauens und der schlimmen Erfahrungen stand ihre Familie in dieser kritischen Situation zusammen. Ohne es zu wollen, hatte sie selbst dazu beigetragen.

„Vielleicht sollten wir uns erst mal anhören, was Katie zu sagen hat“, warf Luke ein, obwohl er nicht dazugehörte. Er lehnte an einem Baum und hatte die Hände in die Hosentaschen gestopft. „Schließlich ist es *ihr* Leben.“

Jarrod schien protestieren zu wollen. Er öffnete den Mund, schloss ihn jedoch wieder. „Er hat recht“, gab er zu.

„Erzähl uns, was passiert ist“, bat Bliss.

„Und zwar alles“, fügte Tiffany hinzu. „Kommt schon, ich glaube, wir passen alle ins Wohnzimmer.“

John Cawthorne scheuchte alle hinein. Stephen und Josh setzten sich auf den Kaminsims, Christina schmiegte sich in die Arme ihrer Mutter, Bliss und Mason fanden auf der Fensterbank Platz, die anderen nahmen den Fußboden oder holten sich Stühle aus der Küche.

John wies Katie einen alten Ohrensessel zu, und Blue rollte sich an ihren Füßen zusammen. Seine Ohren zuckten, und er schaute von einem zum anderen, als sie mit ihrer Geschichte begann. Alle, selbst ihre sonst so rastlosen Brüder, lauschten gebannt. Und als sie zu Lukes dramatischer Rettungsaktion kam, richteten sich sämtliche Blicke auf ihn.

Er stand im Durchgang zum Flur, reglos und mit nahezu ausdrucksloser Miene, aber selbst jetzt war er der attraktivste Mann, dem Katie jemals begegnet war. Ihre Blicke trafen sich einige Sekunden lang, und in diesem Moment vergaß sie, dass er sie verraten hatte. Wichtig war nur noch, dass er für sie sein Leben aufs Spiel gesetzt hatte. Hastig schaute sie zur Seite, bevor jemand bemerkte, was in ihr vorging.

„Ich denke, wir alle schulden Ihnen Dank“, sagte John und musterte Luke von Kopf bis Fuß.

„Nicht nötig.“

„Trotzdem finde ich, Sie haben sich eine Belohnung …“

„Nein.“ Luke straffte die Schultern, und Katie fiel ein, dass er vermutlich schon dafür bezahlt worden war, dass er Ralph Sorensons Enkelkind aufgespürt hatte. Sie presste die Lippen zusammen. Dies war nicht der richtige Zeitpunkt, es anzusprechen.

„Sie haben Katie das Leben gerettet“, beharrte John.

„Das hat sie selbst getan“, wehrte Luke ab.

„Unsinn!“, widersprach Jarrod aufgebracht. „Sie hatte das Messer eines vorbestraften Kriminellen am Hals!“

„So war es nicht“, warf Katie ein.

„Doch, genau so war es.“

Sie warf ihrem Bruder einen wütenden Blick zu, aber dann lächelte sie. Sie konnte ihm nicht böse sein, denn aus ihm sprach die tiefe Sorge um seine Schwester. „Und wieso seid ihr alle hier?“, fragte sie in die Runde, um sich abzulenken.

„Nachdem Luke losgefahren war, hat Tiffany mich sofort angerufen“, sagte John.

Tiffany strich Christina über die Locken und nickte. „Ich habe mir Sorgen gemacht. Luke war schon weg, und plötzlich hatte ich das Gefühl, dass etwas passiert sein musste.“ Sie sah Katie an, und in diesem Moment wurde das Band zwischen den beiden Schwestern noch fester. „Deshalb habe ich auf der Ranch angerufen und John informiert.“

Katie traute ihren Ohren nicht. Dass Tiffany sich an den Mann wandte, der sie jahrelang verleugnet hatte, war ein gewaltiger Schritt zur Aussöhnung. Vielleicht gab es doch noch Hoffnung für ihre chaotische Familie.

„Ich war bei John, als Tiffanys Anruf kam“, erzählte Jarrod. „Und da habe ich beschlossen, selbst nachzusehen, was los ist. Bliss und Mason haben alle anderen zusammengetrommelt.“

„Ich habe die Polizei verständigt.“ John stand hinter seiner Frau und legte ihr eine Hand auf die Schulter. Brynnie tastete danach und hielt sie fest. „Aber die wusste schon Bescheid. Irgendein Nachbar hat sie informiert, glaube ich.“

„Das war Leona.“

„Was für ein Anlass für ein Familientreffen“, scherzte Nathan.

Katie rang sich ein Lächeln ab. „Ich verspreche, ich mache es nie wieder.“

„Das ist gut. Ein zweites Mal möchte ich so etwas nicht durchmachen“, sagte Brynnie.

„Wenn du dich mal wieder mit jemandem triffst, der sich für das Haus interessiert, ruf mich an“, sagte Jarrod streng.

„Ich brauche keinen …“ Katie brach ab. Wie konnte sie sich darüber beschweren, dass ihr großer, etwas machohafter Bruder sie beschützen wollte? „Okay“, gab sie nach. „Ab jetzt bin ich vorsichtiger und gehe nicht mehr allein hin.“

„Ich nehme dich beim Wort“, erwiderte Jarrod und wedelte mit dem Zeigefinger. Aber das Lächeln, das seine Mundwinkel umspielte, bewies, dass er ihr längst verziehen hatte.

Die Unterhaltung wurde unbeschwerter, und die Kinder gingen nach oben, um wieder unter sich zu sein. Luke wollte sich unauffällig zurückziehen, doch Jarrod ließ es nicht zu. Im Flur hielt er ihn auf. „Mir scheint, wir haben es vor allem Ihnen zu verdanken, dass meine Schwester noch am Leben ist."

Luke warf ihr einen Blick zu, und Katies Herz schlug schneller. Wie schaffte er das bloß immer wieder? Entweder war sie drauf und dran, ihn zu ohrfeigen, weil er so verdammt starrsinnig war, oder sie träumte davon, mit ihm zu schlafen. Was war bloß mit ihr los? Sie gab sich einen Ruck und schlenderte hinüber.

Luke lächelte. „Ihre Schwester hätte es auch ohne mich geschafft, da bin ich sicher", sagte er zu Jarrod, bevor er Katie ansah. „Aber ich wollte einfach kein Risiko eingehen."

„Ich bin wirklich froh, dass Sie es nicht getan haben. Bleiben Sie", lud Jarrod ihn ein.

„Ja, bitte, bleib. Ich wette, mein Clan schreit gleich nach Essen", fügte Katie hinzu.

John kam aus dem Wohnzimmer. „Das tut er schon. Ihr seid alle auf die Ranch eingeladen. Ich weiß, es ist schon spät, aber wir müssen feiern. Brynnie und ich fahren bei *Mel's Barbecue* vorbei und holen Spareribs und Chicken Wings. Wir treffen uns in einer Stunde auf der Ranch."

Luke wollte ablehnen, aber John ließ ihm keine Chance. „Es kommt nicht jeden Tag vor, dass jemand meiner Tochter das Leben rettet, auch wenn es nicht das erste Mal ist." Er warf Mason einen kurzen Blick zu. „Bitte, mein Junge. Das ist das Mindeste, was wir für Sie tun können." John streckte die Hand aus, und Luke ergriff sie.

„Na gut, ich komme", versprach er.

„Es ist wirklich schon spät." Tiffany betrachtete Christina, die laut gähnte und sich die Augen rieb.

„Sie kann in einem der Gästezimmer schlafen", bot Brynnie an.

„Ich weiß nicht …" Tiffany befeuchtete sich die Lippen und sah erst Katie, dann Bliss an. „Okay", sagte sie schließlich und straffte die Schultern, als sie erstmals akzeptierte, dass sie zu John Cawthornes Familie gehörte. „Wir kommen auch."

Katie war sprachlos. Nie im Leben hätte sie gedacht, dass Tiffany die Vergangenheit ruhen lassen konnte.

„Sehr schön!" John strahlte übers ganze Gesicht. „Komm schon, Brynnie, fahren wir. Bis nachher", rief er allen zu.

Katie konnte es kaum fassen. Jedes Mitglied der Familie hatte zugesagt, sich in Cawthorne Acres zu treffen. Als alle hektisch aufbrachen und in ihre Wagen stiegen, blieben Josh, Katie und Luke im mondbeschienenen Garten zurück.

„Wer hätte das erwartet?“, flüsterte sie und strich ihrem Sohn übers Haar.

„Was meinst du?“

„Ich hätte nie gedacht, dass diese Familie zusammenfindet. Niemals. Diesen Tag streiche ich mir im Kalender an.“

„Ich bin froh, dass dir nichts passiert ist, Mom.“

„Ich auch.“

„Warum schaust du nicht noch mal nach Blue? Dann fahren wir auch.“

Josh zögerte einen Moment, dann zuckte er mit den Schultern. „Klar“, sagte er und verschwand im Haus.

Katie drehte sich zu Luke um. Eine Wolke driftete vor den Mond. „Und jetzt müssen wir beide reden.“

„Müssen wir das?“, entgegnete er lächelnd.

Trotz allem war sie ihm noch immer böse. Er hatte sie verraten, das konnte sie nicht so schnell vergessen. „Ja. Auch weil du mir das Leben gerettet hast, Luke, verzeihe ich dir nicht alles.“ Sie legte den Kopf in den Nacken und schaute ihm in die Augen. „Da gibt es noch immer deine kleine Abmachung mit Ralph Sorenson. Ich glaube, du hast mich und meinen Sohn ausgenutzt. Zu deinem eigenen Vorteil.“

Luke hielt ihrem Blick stand, und eine Sekunde lang war sie sicher, dass er sie küssen würde. Doch dann kniff er die Augen zusammen und sah zur Seite. „Du hast das Recht, zu denken, was du willst“, flüsterte er schließlich. „Und ich kann es dir nicht übel nehmen.“ Er drehte sich um und ging zum Kutscherhaus. „Entschuldige mich bitte bei deinem Vater und Brynnie.“

„Aber … nein, warte.“ Sie holte ihn ein und berührte seinen Arm.

Er wirbelte herum. In seinem Gesicht spiegelten sich Erschöpfung und Schmerz. „Nur damit du es weißt, Katie“, begann er leise und eindringlich. „Ich wollte dir nie wehtun“, versicherte er, bevor er sie stehen ließ und aus ihrem Leben marschierte.

10. KAPITEL

„Ich will das Geld nicht."

Luke hätte nie gedacht, dass er diese Worte jemals aussprechen würde. Da er in Armut aufgewachsen war, hatte er stets nach der Devise gehandelt, dass er sich mit Geld ein glückliches Leben erkaufen konnte. Nicht, dass er viel davon brauchte. Nein, einfach nur genug, um seinen Unterhalt zu bestreiten und etwas zurückzulegen, damit er nicht bis neunzig arbeiten musste. Aber inzwischen dachte er anders darüber. Und das hatte er Katie Kinkaid zu verdanken.

Am anderen Ende der Leitung schien Ralph Sorenson aus einem tiefen Schlaf gerissen worden zu sein, denn er war nicht in der Stimmung für Lukes Meinungsänderung. „Du hast es dir verdient, mein Junge. Es gehört dir."

„Nein."

„Was zum Teufel ist los mit dir?", fragte Ralph unwirsch.

Ich habe mich verliebt. „Mein Herz hängt nicht mehr am Geld." Das war nicht gelogen.

„Du bist wütend, weil ich die Mutter meines Enkels angerufen habe, ohne es mit dir abzusprechen", sagte Ralph. „Na ja, ich gebe zu, ich war etwas ungeduldig, aber andererseits sehe ich keinen Grund, warum ich warten sollte. Das musst du verstehen. Der Junge ist Daves Sohn. Es ist höchste Zeit, dass wir uns kennenlernen."

„Ich glaube nicht, dass es da ein Problem geben wird."

„Siehst du? Und dafür will ich dich bezahlen", beharrte Ralph.

„Gib das Geld Josh", erwiderte Luke. „Gute Nacht, Ralph."

„Was für eine freundliche Verabschiedung", knurrte der alte Mann und legte auf.

Luke fühlte sich nur wenig besser als vor dem Telefonat. Er ging ans Fenster und starrte in die Nacht hinaus. Als er an Katie dachte, verspürte er tief in sich einen schmerzhaften Stich – eine in seinen Augen primitive und vollkommen irrationale Reaktion. Okay, sie war eine schöne Frau. Ihre Lebenseinstellung faszinierte ihn. Na und? Zornig auf sich selbst trank er die Bierflasche aus, überlegte kurz, ob er sich eine zweite gönnen sollte, und verwarf die Idee.

Alkohol würde ihm nicht helfen. Das hatte das Zeug nie getan.

Sein Gewissen nagte an ihm. Nein, mehr als das. Es verschlang ihn mit Haut und Haaren. Was er getan hatte, war unverzeihlich. Dass er Ralph angerufen und ihm erklärt hatte, dass ihre Abmachung nicht mehr galt,

machte sein Versagen nicht wieder gut. Sicher, er hatte Ralphs Schmiergeld abgelehnt, aber das war zu wenig. Und er hatte es viel zu spät getan.
Zu wenig, zu spät. Das schien das Motto seines Lebens zu sein.

„Wo steckt denn Luke?“, fragte Bliss.
Auch Tiffany war aufgefallen, dass er fehlte. „Ich dachte, er wollte herkommen.“
„Ich habe ihn doch ausdrücklich eingeladen“, warf John Cawthorne enttäuscht ein. „Ganz schön unhöflich, wenn ihr mich fragt.“
Natürlich hatte niemand John nach seiner Meinung gefragt. Aber das hatte ihn noch nie davon abgehalten, sie bei jeder sich bietenden Gelegenheit zu äußern. Während der Rest der Familie angeregt plauderte, fröhlich lachte und sich Spareribs, Chicken Wings, warmes Brot und Krautsalat schmecken ließ, bekam Katie kaum einen Bissen herunter.
Jeder nahm an, dass das schreckliche Erlebnis mit Ray Dean ihr den Appetit verdorben hatte, aber in Wirklichkeit lag es daran, dass sie immer wieder an den schlanken Cowboy mit dem texanischen Akzent und dem unwiderstehlichen Lächeln denken musste. Verdammt, auch wenn sie es nicht wollte, sie vermisste ihn. Sehr sogar.
Sie ließ eine Anstandsfrist verstreichen, schnappte sich Josh und verabschiedete sich von den anderen. Ihre Brüder ermahnten sie noch einmal, in Zukunft vorsichtiger zu sein – ob sie sich nun mit möglichen Mietern traf oder für einen Artikel Nachforschungen anstellte. Ihre Schwestern flüsterten ihr zu, wie toll sie Luke fanden.
Als wären sie ein Paar. Fast hätte Katie aufgelacht – es wäre ein bitteres, herzzerreißendes Lachen gewesen. Als sie durch die dunklen Straßen von Bittersweet fuhr, sagte sie sich, dass sie einen Mann wie Luke Gates nicht lieben konnte. Sie durfte es nicht – und sie würde es nicht. Es tat einfach zu weh.
Er hat dich ausgenutzt, dachte sie, als sie herunterschaltete und in die Einfahrt ihres neuen Zuhauses einbog. Das Licht ihrer Scheinwerfer fiel auf das Heck von Lukes Jeep. Er war hier. Nur wenige Meter entfernt. Aber was bedeutete das schon? Ob er nebenan oder am Nordpol wohnte, spielte keine Rolle mehr.
Nein, das stimmte nicht. Sie musste aufhören, sich etwas vorzumachen. „Was soll ich bloß tun?“, flüsterte sie.
„Was hast du gesagt?“, fragte Josh schläfrig, ohne die Augen zu öffnen.

Sie parkte und zog die Handbremse an. „Komm schon, Partner." Sie berührte ihren Sohn an der Schulter. „Zeit fürs Bett."

„Ich bin zu müde, um aufzustehen." Gähnend ließ er den Kopf wieder zurückfallen.

„Das schaffst du schon. Na los." Sie half ihm beim Aussteigen und führte ihn ins Haus und die Treppe hinauf. In seinem Zimmer taumelte er gleich zum Bett und ließ sich darauffallen, mit dem Gesicht nach unten.

Katie küsste ihren Sohn auf die Stirn. „Wir sehen uns morgen früh."

Als sie das Licht ausschaltete und leise die Tür schließen wollte, richtete Josh sich noch einmal mühsam auf. „Ich bin echt froh, dass dir nichts passiert ist, Mom."

„Danke, mein Junge." Ihr wurde warm ums Herz. „Ich habe dich lieb."

„Ich dich auch. Und Mom? Erinnerst du dich, was ich über Luke gesagt habe? Dass ich ihn nicht mag?"

Sie nickte. Das war kurz nach seinem Unfall beim Fußballtraining gewesen. „Ja. Das habe ich nicht vergessen."

„Eigentlich ist er doch ganz in Ordnung."

„Gut." Katie wusste nicht, ob es darauf noch ankam, denn Luke hatte sie ausgenutzt. Sie und Josh. „Bis morgen früh", sagte sie leise, schloss die Tür und ging über den Flur. Ihr Zimmer erschien ihr leer und ungemütlich. Selbst nachdem sie die Lampe auf dem Nachttisch eingeschaltet hatte, fühlte sie sich darin nicht wohl.

Was hatte Jarrod immer gesagt – dass sie einen Mann brauchte? Sie hatte ihm nie geglaubt. Jetzt tat sie es. Und daran war allein Luke Gates schuld. „Oh Katie, dich hat es schwer erwischt", flüsterte sie und stellte sich der schmerzhaften Wahrheit, dass sie den Cowboy aus Texas liebte.

Ich wollte dir nie wehtun. Das waren seine letzten Worte gewesen, und sie bekam sie die ganze Nacht nicht aus dem Kopf. Aber es spielte keine Rolle mehr, was er gewollt hatte. Er hatte ihr wehgetan. Und dass sie ihn liebte, machte alles nur noch schlimmer.

„Okay, Katie, ich weiß, man sollte mich dafür erschießen. Aber ich habe nun mal versprochen, dich zu informieren, wenn ich etwas Neues über den Isaac-Wells-Fall herausfinde", begann Jarrod, als er Katie am Morgen darauf anrief.

„Das klingt, als hättest du deine Meinung geändert. Du hast also nichts dagegen, dass ich mich in die Geschichte verbeiße?" Sie schenkte sich einen Becher Kaffee ein, schaute durchs Fenster und stellte fest, dass Lukes Pick-up nicht mehr in der Einfahrt stand.

„Das hättest du wohl gern, was? Nein, ich finde immer noch, dass du vorsichtiger sein müsstest. Aber wenn die Story unbedingt in deinem Blatt erscheinen soll, kannst du sie auch schreiben."

„Das sehe ich genauso." Katie klemmte sich den Hörer ans Ohr und suchte in einer Schublade nach einem Stift und einem Notizblock. „Okay, Bruderherz. Schieß los." Sie setzte sich an den Küchentisch und hörte ihm aufmerksam zu.

„Also, wie es aussieht, war Isaac gar nicht der einsame Einsiedler, für den ihn alle Leute gehalten haben. Im Gegenteil, er hat Straftaten geplant und Ray Dean dazu angestiftet. Die Polizei kann es ihm zwar noch nicht nachweisen, hat aber den Verdacht, dass Isaac hinter einer ganzen Serie von Einbrüchen steckt, die vor einigen Jahren in der Gegend von Medford und Ashland begangen wurden. Es war Ray Dean, aber Isaac war sein Komplize und hat alles geplant. Ray hat seinen Kopf riskiert und dafür den Löwenanteil der Beute bekommen. Nur bei einer Sache nicht – bei der richtig großen."

„Welche war das?"

„Der Einbruch bei Octavia Nesbitt."

Katie hörte auf zu schreiben. Ihre Hand erstarrte über dem Block. „Das waren Wells und Dean?"

„Sieht ganz so aus. Sie wurden nicht erwischt und wollten gerade die Beute aufteilen, als Dean wegen eines früheren Einbruchs festgenommen wurde. Er wurde verurteilt und landete hinter Gittern. Aber er hat geschwiegen und niemandem erzählt, wer bei Octavia eingebrochen hatte. Er hat dichtgehalten, weil er sich die Beute nicht entgehen lassen wollte. Es war die größte, die er je gemacht hatte. Die Polizei ist auf sein falsches Alibi hereingefallen und hat ihn nicht verdächtigt. Niemand ist auf die Idee gekommen, dass Isaac Wells dahintersteckte."

Jarrod lachte. „Aber Dean hatte Pech. Als er auf Bewährung entlassen wurde, hatte Isaac das Geld auf den Kopf gehauen. Er hat es verspielt, Steuerschulden bezahlt, sich einen Oldtimer für seine Sammlung gekauft, was auch immer."

„Das hat er gestanden?"

„Nicht alles, aber die Polizei hat es sich so zusammengereimt. Als Ray Dean kurz vor der Entlassung stand, hat Isaac kalte Füße bekommen und ist untergetaucht. Wahrscheinlich hat er gehofft, dass Ray schnell wieder hinter Gittern landet. Bis dahin war er nie lange sauber geblieben, aber dieses Mal hat er sich nichts zuschulden kommen lassen. Oder man hat ihn nicht erwischt. Jedenfalls musste Isaac befürchten, dass Ray ihn doch noch verrät. Deshalb hat er sich gestern gestellt und arbeitet mit der Polizei zusammen."

Verblüfft lehnte Katie sich zurück. „Und was ist mit Octavias Schmuck?"

„Den hat er zum Pfandleiher gebracht."

„Und ihr Kater?"

„Ich glaube, nach dem haben sie ihn nicht gefragt. Vermutlich ist er längst über alle Berge."

„Wow." Katie schrieb so schnell, wie sie konnte. „Und warum hat die Polizei Stephen verdächtigt?" Sie erinnerte sich daran, dass man ihren Neffen vernommen hatte.

„Einen konkreten Verdacht gab es nicht, aber er hatte Schlüssel, die Isaac Wells gehörten – und Ray Dean hat gehofft, dass sie ihn zur Beute führen. Auf die Idee sind die Ermittler damals nicht gekommen. Das haben sie erst jetzt herausgefunden."

„Wie geht es weiter?"

„Da kann man nur spekulieren. Vermutlich wird Ray wieder ins Gefängnis verfrachtet und demnächst angeklagt. Isaac dürfte mit einer geringeren Strafe davonkommen, weil er gegen Ray ausgesagt hat. Octavias Versicherung wird ihn wahrscheinlich verklagen, um ihr Geld zurückzuholen. Wenn er noch etwas von der Beute hat, wird er sie herausrücken müssen."

Katie kaute an ihrem Bleistift. „Wie sind sie denn in Octavias Haus eingebrochen?"

„Isaac kannte jemanden, der früher mal bei Octavia geputzt hatte, und wusste, wo sie ihre Ersatzschlüssel aufbewahrte. Die alte Lady war ziemlich leichtsinnig, glaube ich."

Sie schaute durchs Fenster zu Lukes Wohnung hinüber. Ein Eichhörnchen rannte die Dachrinne entlang und verschwand zwischen den Zweigen einer übers Dach hängenden Pinie. Blue preschte laut bellend durch den Garten, die Nase in der Luft, den Blick fest auf den Nager gerichtet. Doch Katie nahm es gar nicht richtig wahr. Im Kopf schrieb sie bereits an ihrem Artikel, aber sie freute sich nicht so sehr, wie sie erwartet hatte. Der Triumph hatte einen faden Beigeschmack. „Du hast etwas bei mir gut, Jarrod."

„Pass einfach nur auf dich auf, ja?"

„Das mache ich. Danke."
„Kein Problem."
„Du weißt, dass ich mit Ray Dean sprechen muss", sagte sie und rechnete damit, dass ihr Bruder explodierte.
„Tu das. Solange er hinter Gittern sitzt."

Während der nächsten paar Tage hatte Katie viel zu tun und war froh darüber. Auf die Weise konnte sie Luke aus dem Weg gehen. Oder war er es, der ihr aus dem Weg ging? Vermutlich. Wenn sie frühmorgens aufstand und aus dem Fenster schaute, war sein Pick-up bereits fort. Erst gegen Mitternacht hörte sie ihn zurückkehren. Sie hatte mehrfach mit Ralph Sorenson gesprochen, und nach langem Zögern hatte auch Josh sich bereit erklärt, mit seinem Großvater zu reden. Noch waren die beiden einander fremd, aber sie bemühten sich. Katie war sicher, dass sie irgendwann zusammenfinden würden.

So nah und doch so fern, dachte sie am zweiten Tag, als Josh mit wehendem Haar und seinem Rucksack aus dem Haus und die Straße entlangrannte, um den Schulbus nicht zu verpassen.

Sie räumte die Küche auf, stieg in den Wagen und tat, wovor ihre gesamte Familie mit Ausnahme von Jarrod sie eindringlich gewarnt hatte – sie fuhr zum Gefängnis, um Ray Dean zu interviewen. Den langen Artikel über seine Verhaftung und ihre Nachforschungen hatte sie bereits geschrieben und eingereicht. Der Chefredakteur war beeindruckt, wollte jedoch mehr.

Ray lag auf seiner Pritsche und sah Katie durch die Gitterstäbe hindurch an.

Sie saß auf einem Klappstuhl und hörte ihm zu, während er rauchte und ihr seine Sicht der Geschichte in allen Einzelheiten erzählte. Seine Version passte zu dem, was Isaac der Polizei gestanden hatte. Die beiden Männer waren Verbrecher, das stand fest. Aber weil er vorbestraft war und den eigentlichen Einbruch bei Octavia begangen hatte, würde Ray eine wesentlich längere Zeit absitzen müssen.

Trotzdem nahm er kein Blatt vor den Mund, und Katie bekam endlich die sensationelle Story, auf die sie gehofft hatte.

Aber warum freute sie sich nicht darüber? Wo blieb der Stolz auf ihre journalistische Leistung? Stattdessen fühlte sie sich, als hätte sie etwas verloren. Das Rätsel, das sie wochenlang in Trab gehalten hatte, war gelöst. Wahrscheinlich würde es in den kommenden Monaten andere interessante Geschichten geben, an denen sie arbeiten konnte, aber im

Grunde hatte sich nichts geändert – sie blieb die Frau, die sie war, nur mit anderen Problemen.

Als Katie nach Hause kam, lag ein Blumenstrauß auf der Vordertreppe. Mit angehaltenem Atem nahm sie die Rosen, Chrysanthemen und das Schleierkraut mit hinein. Ihre Finger zitterten, und sie gestand sich ein, worauf sie insgeheim hoffte – dass die Blumen von Luke waren.

Der Text auf der Karte war schlicht: ‚Wir sind stolz auf dich. Herzlichen Glückwunsch. Mom und Dad.'

„Wie nett", sagte sie, konnte jedoch nichts gegen die Enttäuschung tun, die jetzt mit Wucht in ihr aufstieg. Obwohl sie Luke zurückgewiesen hatte, vermisste sie ihn jetzt. „Ja, weil du dämlich bist", murmelte sie auf dem Weg nach oben und nahm dabei die Ohrringe ab. In ihrem Schlafzimmer sah sie auf die Uhr. Josh kam erst in zwei Stunden nach Hause, also blieb ihr noch genug Zeit, um ...

Das Telefon schien, schriller als sonst, zu läuten. Sie riss den Hörer von der Gabel, bevor es zum zweiten Mal läuten konnte. „Hallo?"

„Katie Kinkaid?"

Die Stimme kam ihr bekannt vor. „Ja?"

„Hier ist wieder Ralph Sorenson. Ich habe gründlich nachgedacht. Obwohl wir beide schon mehrmals telefoniert haben, werde ich das Gefühl nicht los, dass Sie gar nicht wissen, was in mir vorgeht." Er zögerte. „Vor allem muss ich mich bei Ihnen für meinen ersten Anruf entschuldigen, denn ich möchte nicht, dass zwischen uns böses Blut herrscht."

„Ich weiß nicht, was Sie ..."

„Hören Sie mir einfach zu", unterbrach er sie. Offenbar hatte er sich dazu durchgerungen, ehrlich zu ihr sein. „Als ich mich damals bei Ihnen gemeldet habe, hatte ich nur ein einziges Ziel: Ich wollte endlich Josh kennenlernen. Weil Dave gestorben war und ich unbedingt noch etwas von ihm haben wollte. Auch deshalb habe ich eine Abmachung mit Luke getroffen und ihm Geld dafür angeboten, dass er den Jungen findet – weil ich so verdammt einsam war."

Katie wurde weh ums Herz, als er ihr berichtete, wie leer sein Leben ohne Dave gewesen war. Aber was seinen Enkel betraf, sei er zu der Entscheidung gelangt, dass sie als Joshs Mutter am besten wusste, was für den Jungen gut war. Er und seine getrennt lebende Ehefrau wollten beide nichts gegen ihren Willen tun. Daher hatten sie beschlossen, mit dem Geld, das er für Luke beiseitegelegt hatte, ein Treuhandkonto für Josh einzurichten.

Katie musste schlucken. Sie packte den Hörer fester. „Aber ich dachte, Luke hat das Geld schon bekommen."

„Nein, das hat er nicht", erwiderte Dave betrübt. „Der junge Mann hat mir eine Lektion erteilt. Er hat mir gezeigt, wie wichtig es ist, eine richtige Familie zu sein und die Bedürfnisse anderer über die eigenen zu stellen. Eigentlich ist es seltsam. Luke hatte nie eine eigene Familie und wusste kaum etwas über seine Leute. Und dann hatte er auch noch das Pech, eine Frau zu heiraten, die ihn nach Strich und Faden betrogen hat."

Katie fühlte, wie ihr eine Träne über die Wange lief. Wie hatte sie nur so dumm sein können.

„Hören Sie, Mr Sorenson …"

„Nennen Sie mich Ralph, bitte. Wir sind nun mal eine Familie, ob es uns gefällt oder nicht."

„Ich möchte, dass Sie herkommen und Josh kennenlernen. Ich habe mit ihm darüber gesprochen und finde, dass wir uns treffen sollten."

Ralph antwortete nicht sofort. „Sind Sie sicher?", fragte er nach einem langen Moment.

„Absolut sicher."

„Dann … freue ich mich. Ich melde mich wieder. Vielen Dank, Katie."

„Und ich danke Ihnen." Sie legte auf, schrieb Josh eine kurze Nachricht für den Fall, dass er vor ihr nach Hause kam, und lief zum Wagen. Sie musste mit Luke reden und ihm sagen, was sie fühlte. Sie musste ihren Stolz herunterschlucken und ihm endlich gestehen, dass sie ihn trotz allem, was geschehen war, von ganzem Herzen liebte.

Sie setzte sich ans Steuer und atmete tief durch. Dann steckte sie den Schlüssel ins Zündschloss und betete, dass sie den einzigen Mann auf der Welt, den sie wirklich brauchte, nicht für immer vertrieben hatte.

An der Verkleidung des alten Stalls hatten sich viele Nägel gelöst, und Luke war gerade dabei, sie wieder ins Holz zu hämmern, da hörte er das vertraute Motorengeräusch vom Jeep. Insgeheim hoffte er, dass es Katie war, die ihn sehen wollte, doch er verwarf den Gedanken sofort. Was immer sie beide miteinander geteilt hatten, war vorbei. Irgendwie würde er sich daran gewöhnen müssen, mit ihr in einer Stadt zu leben und zu wissen, dass sie niemals zusammen sein würden.

„Das wird hart", murmelte er und schlug so heftig gegen die Verkleidung, dass der Hammer eine Delle hinterließ. Auf der Koppel wirbelte ein Windstoß den Staub auf, und das Laub und die trockenen Grashalme sahen aus, als würden sie im Kreis tanzen. Am Himmel zog ein Falke gemächliche Kreise.

Dann kam Katies Jeep in Sicht. Luke traute seinen Augen nicht. War sie es wirklich? Was konnte sie hier wollen? Vermutlich ging es um eine neue Story für ihre Zeitung. Jetzt, da das rätselhafte Verschwinden von Isaac Wells aufgeklärt war, brauchte sie wahrscheinlich ein neues Thema. Vielleicht wollte sie etwas über seine Ferienranch schreiben. Das Fundament für den Anbau war fertig, und er hoffte, in weniger als sechs Monaten die ersten Gäste empfangen zu können.

Luke schob den Hammer durch eine Schlaufe an seinen Jeans und ging dorthin, wo sie so scharf bremste, dass die Reifen über den Kies rutschten. Sie sprang heraus und kam ihm mit forschen Schritten entgegen.

„Hast du mir nichts zu sagen?", fragte sie, noch bevor sie ihn erreichte.

„Was denn zum Beispiel?"

„Ralph Sorenson hat mich angerufen."

„Und?"

„Er will für Josh ein Treuhandkonto einrichten und Geld darauf einzahlen." Sie hob eine Hand, und Luke war nicht sicher, ob sie erfreut oder empört war. „Ich glaube, du hast damit zu tun."

„Ich habe Ralph gesagt, dass ich aussteige."

„Na, da irrst du dich gründlich, Luke Gates", entgegnete Katie mit blitzenden Augen. „Du bist gerade eingestiegen."

„Wieso das?"

Sie holte tief Luft, und er machte sich auf einiges gefasst. Ihre Wangen waren rosig, am Hals war zu erkennen, wie heftig ihr Herz klopfte. Ihre Hände zitterten, und sie schien nach den richtigen Worten zu suchen. Verdammt, sie ist so schön, dachte er. Und sie wusste es gar nicht.

„Weil ich es will", sagte sie schließlich, und ihre Stimme klang etwas sanfter.

„Ist das so?"

„Ja." Sie befeuchtete sich die Lippen, und selbst in diesem Moment fand er es unglaublich erregend. „Ich … ich will dich in meinem Leben, Luke." Sie sah verlegen aus, wich seinem forschenden Blick jedoch nicht aus. „Ich liebe dich nämlich."

Reglos stand er da und merkte gar nicht, wie der Wind sein Hemd flattern ließ und ihm das Haar zerzauste. „Was hast du gesagt?"

„Ich sagte, ich liebe dich."

Er konnte es nicht glauben. Als er nicht reagierte, drehte sie sich um und ging davon.

„Warte!", rief er.

„Warum?", entgegnete sie, ohne sich umzudrehen.

Sie war schon fast am Jeep, als er endlich begriff, was ihre Worte bedeuteten. Er holte sie erst ein, als sie die Fahrertür öffnen wollte.

„Katie ..."

Sie schüttelte den Kopf. Ihre Augen waren dunkel vor Enttäuschung. „Lass mich einfach fahren, okay? Ich habe mich schon genug blamiert und ..."

„Ich liebe dich."

„Du musst jetzt nichts sagen. Wirklich nicht."

Er hielt sie an den Armen fest. „Ich liebe dich, Katie, und ich weiß es seit Wochen." Die Worte, die sich in ihm aufgestaut hatten, sprudelten heraus. Sie musste ihm glauben. „Es ist nur so, dass ich mir mies vorkomme. Wegen der Sache mit Ralph Sorenson."

„Nein, ich ..."

„Bitte, glaub mir."

„Ich ..."

„Katie, willst du mich heiraten?"

Um sie herum schien die Welt den Atem anzuhalten. Der Wind legte sich. Der Falke verschwand hinter dem Horizont. Es war, als wären sie beide ganz allein mit der einfachen Frage, die er gerade gestellt hatte. „Was ... hast ... du gesagt?", stammelte Katie fassungslos, aber überglücklich.

„Ich möchte, dass du meine Frau wirst, Katie." Er zog sie an sich. „Du verlangst doch nicht, dass ich auf die Knie falle und dich anflehe, oder?"

Sie lachte. „Nein ... aber ... es ist eine reizvolle Vorstellung." Sie schluckte mühsam und starrte ihn an. In ihren Augen sah er ihre gemeinsame Zukunft. „Natürlich heirate ich dich." Sie lächelte. „Aber eins möchte ich noch wissen."

„Was denn?"

„Warum hast du so lange damit gewartet?"

EPILOG

Der Geistliche sah Luke und Katie an und lächelte aufmunternd. „Sie dürfen die Braut jetzt küssen", sagte er und wandte sich J. D. und Tiffany zu. „Und auch Sie dürfen Ihre Braut jetzt küssen."

Die Hochzeitsgäste in der hundert Jahre alten Kirche wisperten und lächelten, als Katie sich vorbeugte, Luke ihren Schleier hob und sie küsste, als wäre sie die einzige Frau auf der Welt.

Die gemeinsame Trauung mit Tiffany und J. D. war Katies Idee gewesen. Ihr Herz klopfte heftig, sie schnappte nach Luft und strahlte übers ganze Gesicht.

„Ladies and Gentlemen", begann der Prediger. „Vor Ihnen stehen Mr und Mrs Gates und Mr und Mrs Santini."

Katie warf Tiffany einen verstohlenen Blick zu und wurde mit einem Strahlen belohnt. So sollte es immer sein, dachte sie, mit Bliss als Brautjungfer, Christina als Blumenkind und ihren Söhnen und John Cawthorne als denjenigen, die die Bräute in die Kirche führten und ihren zukünftigen Ehemännern übergaben.

Sie hatte damit gerechnet, dass Luke ihren Vorschlag ablehnen würde, aber er hatte sofort zugestimmt und freute sich darauf, endlich zu einer Familie zu gehören. Selbst Tiffany, die zuerst skeptisch gewesen war, hatte voller Begeisterung bei der Planung mitgemacht.

Als die Orgelmusik einsetzte, ging Katie an Lukes Arm durch den Mittelgang. Zwischen den Blumen und Kerzen lächelten ihnen die Einwohner von Bittersweet entgegen. Ihre Mutter weinte natürlich vor Rührung, und auch John Cawthorne hatte feuchte Augen.

Tiffanys Großmutter Octavia strahlte übers ganze Gesicht, auch weil sie wieder mit ihrem geliebten Kater vereint war. Eine Zeitung in Portland hatte Katies Artikel über den Nesbitt-Einbruch aufgegriffen, und die Frau, bei der der Perserkater seit Jahren lebte, hatte davon gelesen und sich sofort gemeldet.

Brynnie und John dachten daran, in die alte Stadtvilla zu ziehen, sobald Katie und Josh auf Lukes Ranch wohnten.

Katie fand es nur richtig, dass Josh genau dort leben würde, wo sein verstorbener Vater aufgewachsen war.

Draußen tauchte die Oktobersonne die herbstlichen Bäume in goldenes Licht. Der Winter nahte unaufhaltsam, und Katie stellte sich vor, wie sie auf der eingeschneiten Ranch mit Luke vor dem flackernden

Natursteinkamin einschlief. Sie freute sich riesig darauf, mit ihm zusammen seinen Traum zu verwirklichen und die Ranch in ein florierendes Ferienparadies zu verwandeln. Natürlich würde sie weiterhin Geschichten und Reportagen für die Zeitung schreiben, aber sie konnte es kaum abwarten, ihre Tage und Nächte mit dem Mann zu verbringen, den sie über alles liebte.

Die beiden Brautpaare stellten sich auf, um die Glückwünsche der Gäste entgegenzunehmen, und Katie wurde immer wieder von Freunden, Nachbarn und Angehörigen auf die Wange geküsst und herzlich umarmt. Ralph und Loretta Sorenson hatten Josh kennengelernt und waren zur Hochzeitsfeier geblieben. Sogar Rose Nesbitt, Tiffanys Mutter, war in die Kirche gekommen, aber Katie bezweifelte, dass sie mit John Cawthorne ein freundliches Wort wechseln würde.

Sie konnte nur hoffen, dass die Zeit tatsächlich alle Wunden heilte.

„Es war eine wunderschöne Hochzeit", schwärmte Bliss, als die Schlange der Gratulanten abnahm und sie zwischen ihren beiden Halbschwestern stand.

„Die schönste", warf Dee Dee ein.

„Oh, ich kann mir eine noch schönere vorstellen." Mason zwinkerte seiner Frau zu.

J. D. lachte und küsste Tiffany. Luke legte den Arm um Katies Taille. „Ich würde diese Hochzeit gegen nichts auf der Welt eintauschen", flüsterte er ihr ins Ohr. „Können wir uns jetzt zurückziehen?"

„Bald", wisperte Katie zurück.

„So lange kann ich nicht warten." Er ignorierte ihre verblüffte Miene und zog Katie hinter eine dichte Lorbeerhecke. Dort nahm er ihr Gesicht zwischen die schwieligen Hände, schaute ihr tief in die Augen und küsste sie, als wollte er nie wieder aufhören. Und das wollte er auch nicht.

– ENDE –

Lisa Jackson

Ein Baby für uns zwei

Roman

Aus dem Amerikanischen von
Gina Curtis

mtb

1. KAPITEL

Sam stupste Chandra mit der feuchten Nase ins Gesicht, jaulte und schleckte ihr übers Kinn.

„Lass das“, murmelte Chandra und kuschelte sich in die Decke. Hoffentlich verstand der Retriever das. Aber er blieb hartnäckig und bellte nun so laut, dass möglicherweise die Nachbarn davon aufwachten, die zehn Meilen entfernt die Straße hinunter wohnten.

Auf Chandras Weigerung, ihn zu beachten, tapste Sam die Treppe hinunter und begann erneut laut zu bellen.

Offensichtlich musste er hinaus. „Daran hättest du früher denken sollen.“ Langsam setzte sich Chandra im Bett auf. Als der Hund noch lauter bellte, überlegte sie, ihn für den Rest der Nacht auf die Veranda zu lassen. Aber da der Altweibersommer bereits in den Herbst überging, brachten die Nächte in den Vorbergen der Rocky Mountains hin und wieder Frosttemperaturen. „Aber es geschähe dir recht.“ Ungnädig warf sie einen Blick auf den Wecker auf ihrem Nachttisch. Ein Uhr dreiundvierzig. Zeit genug, noch einmal einzuschlafen, bevor der Wecker läuten würde.

Dennoch beugte sie sich hinunter und tastete unter dem Bett nach ihren Stiefeln. Da hörte sie es: Das Weinen, das bis in ihre Träume vorgedrungen war, dieses entfernte Wimmern, das sie an das hungrige Weinen eines Babys oder an das Schreien einer Siamkatze in Not erinnerte. Eine Gänsehaut überlief sie.

Du bildest dir das nur ein, sagte sie sich. Immerhin wohnte sie meilenweit von jeder Zivilisation entfernt.

Erneut unterbrach das Schweigen die Stille der Nacht. Chandra saß aufrecht in ihrem Bett. Ihr Herz schlug schneller. Rasch schwang sie die Beine aus dem Bett und ging über die abgetretenen Holzplanken zum Geländer, von wo aus sie das Erdgeschoss ihrer Hütte überblicken konnte.

Mondschein erleuchtete den Raum. Chandra konnte Sam kaum erkennen. Sein rauchfarbenes Fell vermischte sich mit den Schatten, während er winselnd und jaulend vor der Tür hin und her lief.

„Du denkst wohl, du bist Lassie, wie?“, meinte Chandra, „und willst mir mitteilen, dass draußen etwas nicht in Ordnung ist.“ Als Antwort jaulte der Hund laut auf.

„Unsinn, Sam.“ Chandras Haut prickelte. Da hörte sie es wieder, dieses Schreien, das ihre Haare zu Berge stehen ließ. Schrie da ein Baby?

Unmöglich. Nicht hier in den Bergen. Ihre Fantasie täuschte sie. Sicher befand sich ein wildes Tier in Not, war verwundet – eine streunende Katze, ein Bärenjunges, das von seiner Mutter getrennt worden war …

Knurrend sprang Sam ihr die Treppe hinauf entgegen. „Ruhig, Sam, ruhig!“ Sie schlüpfte in ihre Jeans, stopfte das Nachthemd in den Hosenbund und zog wollene Socken und Stiefel an. Die alte 22er-Winchester stand in einem Winkel ihres Kleiderschranks. Sie streifte die Daunenjacke über und schloss die rechte Hand um den Stutzen der Waffe. Lieber sichergehen als es später bereuen.

Als sie endlich vor der Haustür standen, war der Retriever außer sich vor Aufregung. Er bellte und jaulte, als wollte er die ganze Welt vergraulen. „Ruhig!“, befahl Chandra. „Keine Dummheiten!“

Kalter Wind blies ihr von den Bergen entgegen. Während Chandra über den geschotterten Hof zum Pferdestall eilte, hörte sie das von Husten und Schluckauf unterbrochene Schreien immer lauter. Es schien von einem menschlichen Wesen zu kommen. Seit Jahren hatte sie kein Baby mehr weinen hören, und doch …

Leise schob sie den Riegel beiseite, öffnete die Stalltür und folgte Sam. Ein Pferd wieherte. Der Geruch nach Staub und Heu stieg ihr in die Nase. Während sie mit einer Hand das Licht einschaltete, umklammerte sie mit der anderen das Gewehr.

Das Schreien wurde lauter und eindringlicher.

Den Finger am Abzug schlich Chandra zur letzten Box am Ende des Stalles, die als einzige leer stand. „Was, zum Teufel …“ Plötzlich sah sie das schwarze Fell, nein, den dunklen Haarschopf, nein, das weiche, flaumige Haar eines Babys. Ihr Herz drohte stehen zu bleiben. Schnellstens wurde Chandra aktiv, legte die Waffe aus der Hand und kniete neben dem kleinen Bündel.

Das Neugeborene war in ein gelbes Leinentuch und eine abgetragene Armeejacke gehüllt. „Himmel“, flüsterte Chandra und hob das Bündel vom Boden. Doch das Schreien wurde nur noch schriller. Schwarzblaue Augen blinzelten Chandra an. Das vom Weinen gerötete Gesicht des Säuglings wirkte vollkommen verkrampft.

„Liebling, weine nicht“, versuchte Chandra das Kind zu beruhigen und drückte es behutsam an sich. Suchend blickte sie sich nach der Mutter um. „Ist da jemand? Bitte, so antworten Sie!“

Aber nur das Schnauben der Pferde, das Weinen des Babys, Sams Aufheulen und ihr eigenes Herzklopfen antworteten ihr. „Pst, pst!“, flüsterte sie, als könnte das Baby sie verstehen. „Wir regeln das schon.“

Überwältigt von mütterlichen Gefühlen küsste sie die Stirn des Babys, während sie die Frau verwünschte, die dieses zauberhafte Kind allein gelassen hatte. „Wer bist du? Wo ist deine Mama?“

Liebevoll hüllte sie das Bündel in ihre Daunenjacke und schaute noch einmal in jeden staubigen Winkel des Stalles, um vielleicht doch ein Zeichen von der Mutter zu finden. Sam bellte aufgeregt und sprang an ihr hoch, schien aber auch kein weiteres menschliches Wesen aufzuspüren. „Hören Sie!“, rief Chandra, „kommen Sie mit ins Haus! Keine Angst, wir reden einfach, okay?“

Erneut keine Antwort. Nun, vorrangiges Problem war die Versorgung des Säuglings. Alles andere konnte warten. Beruhigend wiegte sie das Kind im Arm, ging zum Haus zurück und legte Holzscheite aufs Feuer im Holzofen. Dann telefonierte sie.

„Hier ist Chandra Hill.“ Nachdem sich der Notdienst gemeldet hatte, rasselte Chandra ihre Adresse herunter. „Ich habe in meinem Stall ein neugeborenes Kind gefunden. Möglicherweise leidet es an Durst, sicher an Hunger. Kann sein, dass es ausgesetzt wurde. Ich weiß nicht, wem es gehört oder warum man es hierher gebracht hat.“

„Wir können die Ambulanz zu Ihnen schicken.“

„Ich wohne zwanzig Meilen von der Stadt entfernt. Sicher geht es schneller, wenn ich mich mit der Ambulanz am Alders Corner treffe, wo der Highway auf die Flaming Moss Road führt.“

„In Ordnung. Die Ambulanz wird dort sein.“

„Hören Sie, verständigen Sie bitte sofort die Notaufnahme der Klinik.“ Automatisch begann sie zu denken, wie sie es seit Jahren nicht mehr getan hatte. Sie legte das Neugeborene auf die Couch und wickelte es vorsichtig aus den Windeln. Wütend und hungrig schrie und strampelte das Baby. „Es ist ein Junge, wahrscheinlich zwei oder drei Tage alt“, berichtete sie dem Notdienst, während sie den Stummel der Nabelschnur begutachtete. Hunderte von Säuglingen hatte sie während ihrer kurzen Karriere als Kinderärztin untersucht. Aber sie weigerte sich, ihre Gedanken mit diesem verbotenen Thema zu beschäftigen und konzentrierte sich auf das Baby. „Keine besonderen Merkmale.“ Geschickt strichen ihre Hände über die weiche Haut des Neugeborenen, prüften die Muskeln und Knochen, die kleinen Finger und Zehen, die Beine, den Hals, die Wirbelsäule, die Hüften und den Kopf …

„Warten Sie …“ Nachdem Chandra eine hellere Lampe eingeschaltet hatte, bemerkte sie die gelbe Färbung der Augäpfel. „Er scheint Gelbsucht zu haben und –“, sie tastete noch einmal sorgfältig über den

Haarflaum des Kindes – „und außerdem fühle ich eine Schwellung an seinem Hinterkopf. Wahrscheinlich ein Gehirnhämatom. Ja, da ist eine leichte Blutung der Kopfhaut, offensichtlich nur an der rechten Kopfseite. Nichts Ernstes, denke ich. Es ist nicht groß, Sie sollten jedoch einen Kinderarzt benachrichtigen, der das Baby sofort untersucht. Sonst kann ich nichts finden, jedenfalls nicht ohne medizinische Ausrüstung. Haben Sie alles?"

„Jedes Wort, Ihre Mitteilung wurde auf Band mitgeschnitten."

„Gut. Benachrichtigen Sie das Sheriffbüro. Offensichtlich handelt es sich um ein Findelkind."

„Sie kennen die Mutter nicht?"

„Ich habe keine Ahnung, wohin der Junge gehört. Der Sheriff sollte mit seinen Leuten meinen Pferdestall und den Wald in der Umgebung absuchen. Sie kann nicht weit sein. Meine Adresse kennen Sie ja."

Chandra wartete die Antwort nicht ab und legte den Hörer auf. Sie holte ein Laken aus dem Schrank und wickelte das Baby. Wie schön es ist, dachte sie. Dieser weiche schwarze Haarflaum und die Stimme, so durchdringend. Aber warum wurde es verlassen? War die Mutter wohnungslos und überließ den Kleinen dem relativ warmen Schutz des Stalles, während sie etwas zu essen suchte? Es hätte doch unbemerkt bleiben und sterben können. Chandra schüttelte sich bei dem Gedanken. Warum hatte sie nicht an Chandras Haus geklopft? Jede verantwortungsvolle Mutter hätte an die Tür geklopft und niemals ihr Kind im Stich gelassen. „Komm, Kleines", flüsterte Chandra. „Es gibt eine Menge zu tun. Du kannst hier nicht herumliegen und schreien."

Sie holte weitere Laken, legte das Kind in einen Wäschekorb und brachte ihn zu ihrem Wagen. Dort sicherte sie den Korb sorgsam auf dem Rücksitz und stellte den Motor an. Noch immer wartete sie, eine Frau aus dem Schatten des Waldes treten zu sehen, aber es erschien niemand, und Chandra trat auf das Gaspedal.

„Dr. O'Rourke! Dr. Dallas O'Rourke! Bitte rufen Sie in der Notaufnahme an!"

Dallas O'Rourke notierte einige Instruktionen für einen Patienten im dritten Stock, als die Durchsage erfolgte. Mit finsterer Miene trat er zum nächsten Haustelefon und wählte die Nummer der Zentrale der Riverbend-Klinik. Ein Blick auf die Uhr vor dem Schwesternaufenthaltsraum machte ihm bewusst, dass er zweiundzwanzig Stunden im Dienst war. Der Rücken schmerzte, und er fühlte sich ausgelaugt von dem Mangel an Schlaf. Sicherlich sehe ich noch schlimmer aus, als ich mich fühle, dachte er, nahm den Telefonhörer auf und strich mit der Hand über die Bartstoppeln.

„Hier Dr. O'Rourke. Man sucht mich."

„Richtig. Verbinde mit der Notaufnahme."

Es klickte, eine vertraute Stimme war zu hören. „Schwester Pratt. Beeilen Sie sich und kommen Sie zur Notaufnahme! Wir sind total überfüllt. Gleich kommt noch ein Findelkind."

„Komme sofort."

Was würde er nicht für eine heiße Dusche, eine heiße Tasse Kaffee und zehn Stunden in seiner Koje geben?

Um nicht auf den Lift zu warten, nahm er die Treppe zum ersten Stock und schob die Tür auf. Helles Licht und Hektik in der Notaufnahme. Mehrere Ärzte versorgten die Patienten. Auch im Warteraum saßen noch einige Leute.

Shannon Pratt war nach O'Rourkes Meinung von allen die kompetenteste Schwester. Sie lächelte O'Rourke nur kurz zu. „Sie sind schon unterwegs. Scheint, dass die Informationen aus dem ersten Anruf von dem Sanitäter im Krankenwagen bestätigt werden konnten." Sie wiederholte Chandras Angaben.

„Okay. Sorgen Sie für einen Bilirubintest, und legen Sie das Kind unter U.V., sobald ich mit der Untersuchung fertig bin! Zudem wünsche ich Informationen über die Mutter, besonders ihren RH-Faktor. Wenn sie ihn nicht kennt, nehmen wir ihr Blut ab …"

„Einen Moment, Doktor." Schwester Pratt berührte behutsam seinen Arm. „Die Mutter steht nicht zur Verfügung."

„Wie, zum Teufel …"

Shannon Pratt hob eine Hand. „Die Frau, die das Kind fand …"

„… die das Kind fand?" Dallas wiederholte Pratts Worte, als sie die Rezeption passierten, wo Schwester Alma Lindquist wie ein gestrenger Feldwebel residierte.

„Die Frau, die das Kind herbringt, ist nicht die Mutter. Es handelt sich um ein Findelkind, jedenfalls sagt das die Anruferin, Chandra Hill. Sie entdeckte den Säugling in ihrem Pferdestall. Die Polizei ist benachrichtigt, und jemand verständigte bereits einen Richter, der die Verzichtserklärung unterschreiben muss, damit das Kind als Baby John Doe geführt werden kann."

„Fabelhaft", stöhnte Dallas. Bei seinem Glück würde die Kindesmutter sicher bald auftauchen, die Vormundschaft fordern und das

Krankenhaus anzeigen. Oder noch schlimmer: Die Mutter tauchte überhaupt nicht auf, und das Kind musste vom Staat erzogen werden. „Wirklich fabelhaft."

In diesem Moment näherte sich Sirenengeheul. Das grelle Blinken des Blaulichts war durch die große Glastür auszumachen. Rasch schoben die Sanitäter die Hintertür der Notaufnahme auf, zogen eine kleine Liege heraus und eilten damit zu dem Krankenwagen, der gerade vorgefahren war.

Behutsam legten der Sanitäter und der Fahrer des Krankenwagens das Kind auf den Untersuchungstisch. Dallas hielt bereits Stethoskop und Taschenlampe bereit. Vorsichtig betastete er das Kind. Die rechte Kopfseite war an einer Stelle geschwollen, es gab jedoch keinen Hinweis auf eine innere Blutung. Ein gutes Zeichen. Die Haut des kleinen Jungen war gelblich, aber wiederum nicht bedrohlich. Die Frau, die das Kind gefunden hatte, verstand offensichtlich einiges von Medizin.

Dallas sah den Sanitäter an. „Ich möchte mit der Anruferin, Mrs Hill, sprechen. Haben Sie Ihre Telefonnummer?"

„Nicht nötig. Sie hat uns begleitet."

Dallas zweifelte, ob sie nicht doch die Mutter war. Möglich, dass sie versuchte, ohne Bezahlung medizinische Betreuung für ihr Kind zu erhalten. Aber wieso war sie in der Lage, den Zustand des Kindes so genau zu diagnostizieren? Entweder hatte sie die Diagnose selbst gestellt oder ein anderer, der sich in der Kinderheilkunde auskannte. Während er die dunklen Augen des Babys untersuchte, sagte er noch einmal zu Schwester Pratt: „Sobald sie kommt, möchte ich sie sehen."

Chandra verlor beinahe die Beherrschung, als sie von der gewichtigen Schwester an der Rezeption vor dem Notaufnahmeraum hingehalten wurde. „Ich muss das Kind sehen. Schließlich habe ich es gefunden", sagte sie so ungeduldig, wie es ihr nur möglich war.

Alma Lindquist, wie auf dem Namensschild der Schwester zu lesen stand, blieb ungerührt. Aber Chandra weigerte sich, sich von Schwester Lindquist so ohne Weiteres abspeisen zu lassen, Sie hatte in ihrem Leben – besonders im Arztberuf – öfter als ihr lieb war mit autoritären Menschen dieser Art zu tun gehabt. Eine mehr konnte Chandra nicht aufhalten.

„Wenn Sie nicht die leibliche Mutter oder ein nahestehender Verwandter sind, kann ich Ihnen nicht gestatten …"

„Ich bin die verantwortliche Person." Chandra lehnte sich über den Tresen. „Ich fand den Jungen. Ich glaube, ich kann helfen."

„Wieso das?", schnaubte die schwergewichtige Krankenschwester, offensichtlich nicht überzeugt, dass die Belegschaft Chandras Hilfe benötigte. „Dr. O'Rourke wird Sie über die Situation des Kindes unterrichten, sobald er die Untersuchung abgeschlossen hat. Wenn Sie sich jetzt bitte ins Wartezimmer begeben möchten."

Chandra war nur bestrebt, dass alles Menschenmögliche für das Baby getan wurde. „Gestatten Sie, wenn ich selber nachsehe." Selbstbewusst hob sie das Kinn. Mit der erkennbar autoritären Ausstrahlung passierte sie die Abgrenzung, die die Untersuchungsräume von den Warteräumen trennte, wie sie es schon hundertmal getan hatte.

„Hey, da können Sie nicht hinein", versuchte Schwester Lindquist Chandra aufzuhalten. Sie mochte nicht glauben, dass jemand ihre Anweisungen nicht beachtete. Als Chandra nicht stehen blieb, rief sie ihr nach: „Haltet die Frau auf!"

Aber Chandra hatte sich oft in Räumen der Notaufnahme aufgehalten und keine Mühe, sich zu orientieren. Sie eilte den gefliesten Flur entlang in die Richtung, aus der die Schreie eines Babys kamen. Sie nahm auch noch eine weitere Stimme wahr, einen tiefen Basston, der zu dem rothaarigen Sanitäter gehörte, der das Baby in den Krankenwagen verfrachtet hatte.

Beinahe wäre sie mit den Sanitätern zusammengestoßen, die gerade aus dem Untersuchungsraum kamen. „Ist er okay?", fragte sie besorgt. „Ich meine das Baby."

„Kein Problem, der wird schon wieder. Bei Doktor O'Rourke ist er in den besten Händen."

Chandra sorgte sich dennoch. Zwar war ihr das Kind fremd, dennoch fühlte sie sich verantwortlich. Sie hatte es gefunden, und aus diesem Grund war es jedenfalls für eine Zeit zu einem Teil ihres Lebens geworden.

Das Weinen des Babys kam aus einer spaltbreit offen stehenden Tür. Chandra schlüpfte in den Raum. Ein ungepflegt wirkender Arzt beugte sich über einen Tisch, auf dem ein Säugling lag.

Der Arzt war groß und schlank und trug einen zerknitterten Kittel. Chandra schätzte sein Alter auf fünfunddreißig. Das lange schwarze Haar sah aus, als hätte es lange keinen Kamm gesehen.

Das ist der Arzt, dem ich vertrauen soll? Er kann sich ja kaum mehr auf den Beinen halten, dachte Chandra wütend, überwältigt von mütterlichen Gefühlen. Doch er geht sehr behutsam mit dem Baby um.

Sie trat näher, als er die Schwester aufforderte, einen Kinderarzt zu rufen. „Wir wissen nicht viel über ihn. Versuchen Sie, ihm Wasser aus einer Flasche einzuflößen. Aber beachten Sie seine Atmung. Ich brauche eine Blut- und Urinanalyse."

„Soll ich einen Katheter anlegen?", fragte Schwester Pratt.

„Oh nein!", stieß Chandra angstvoll hervor, obwohl sie die Überlegung der Schwester nachvollziehen konnte. Irgendwie schien es Chandra grausam, dieses unerwünschte menschliche Wesen der Technologie des zwanzigsten Jahrhunderts auszusetzen.

Aber hatte sie ihn nicht hergebracht, damit er die bestmögliche medizinische Zuwendung erhielt?

Als Dr. Dallas O'Rourkes Blick sie traf, hatte sie das Gefühl, in eine Falle gegangen zu sein. Nur mühsam verdrängte sie das ungewohnte Bedürfnis, mit trockenem Hals zu schlucken.

Sein Blick wirkte eindringlich und kühl, ein aufblitzendes Blau unter schwarzen, buschig gewölbten Brauen. Seine Haut war sonnengebräunt und spannte sich über starken Wangenknochen und einer leicht gebogenen Nase. Ein dunkler Ire, dachte Chandra.

„Sie sind ..."

„Chandra Hill." Sie reckte das Kinn und straffte die Schultern.

„Soso. Die Frau, die das Kind gefunden hat. Ich bin froh, dass Sie hier sind. Ich möchte mit Ihnen reden ..."

Doch bevor er den Satz beenden konnte, flog die Tür zum Untersuchungsraum auf und prallte geräuschvoll gegen die Wand. Chandra zuckte zusammen, das Baby kreischte, der Arzt fluchte.

„Ich wusste es", sagte Schwester Lindquist anklagend zu dem Arzt. „Tut mir leid, aber diese Frau weigerte sich, mir zu gehorchen, obgleich ich ihr versicherte, Sie würden nach der Untersuchung mit ihr reden."

„Ich wollte mich vergewissern, dass sich das Baby in guten Händen befindet." Chandra blickte O'Rourke an. „Wie ich der Schwester sagte, habe ich eine medizinische Ausbildung und dachte, ich könnte helfen."

„Sind Sie Ärztin mit einer Lizenz in Colorado?"

„Nein, aber ich arbeitete bei ..."

„Es ist schon gut, Alma", beruhigte O'Rourke die aufgeregte Schwester. „Ich werde mit Miss Hill schon fertig. Zuerst kümmere ich mich jedoch um meinen Patienten."

Schwester Lindquist warf Chandra einen wütenden Blick zu und verließ steif den Raum.

Zu Chandras Überraschung schickte O'Rourke sie nicht fort. Er wandte seine Aufmerksamkeit wieder dem Baby zu und schloss die Untersuchung ab. Chandra wartete nicht. Sie nahm das Baby auf, wiegte es sanft und beruhigte es, so gut sie vermochte.

„Zeigen wir ihn dem Kinderarzt", forderte O'Rourke Schwester Pratt auf.

„Ich bringe ihn zu ihm." Die Schwester nahm Chandra das Kind aus den Armen und eilte aus dem Untersuchungszimmer.

Als sie allein waren, lehnte sich der Arzt an den Untersuchungstisch, schloss kurz die Augen und rieb sich die Schläfen. „Warum sagen Sie mir nicht alles, was Sie über das Baby wissen?"

„Das tat ich bereits. Ich fand es in meinem Stall."

„Allein?"

„Ich war allein. Das Baby war offensichtlich ausgesetzt worden."

Er zeigte einen Hauch von Lächeln. „Kommen Sie, gehen wir in die Cafeteria. Ich spendiere Ihnen einen Kaffee. Der Himmel weiß, dass ich einen gebrauchen kann."

Chandra war verblüfft. Obwohl seine Stimme freundlich klang, wirkte sein Blick noch immer streng und abschätzend. „Warum?"

„Warum was?"

„Der Kaffee. Ich glaube nicht ..."

„Tun Sie mir den Gefallen. Ich möchte Ihnen nur ein paar Fragen stellen."

Chandra zuckte die Schultern. Für sie bedeutete dieser Arzt die Verbindung zu dem Baby. Höflich hielt er ihr die Tür auf. „Die Kinderstation befindet sich auf dem anderen Flügel in der Nähe des Kreißsaals." Vor dem Lift kreuzte er die Arme vor der Brust und lehnte die Schultern gegen die Wand. Etwas freundlicher sagte er: „Gehen wir noch einmal zu dem Baby. Sie wissen nicht, wem es gehört, oder?"

„Nein."

„Sind Sie sicher, dass es nicht von einer Verwandten oder Freundin von Ihnen ausgesetzt wurde, von jemandem, der nicht interessiert ist, es zu behalten?"

„Absolut." Chandra fühlte, wie sich ihre Wangen röteten. „Doktor, ich habe Ihnen gesagt, was ich weiß. Meine Sorge gilt allein dem Kind, und ich möchte so lange wie möglich bei ihm bleiben."

„Warum?" Tausende Fragen standen in seinen Augen. Ein attraktiver Mann, stellte Chandra fest und war erstaunt, dass ihr das aufgefallen war. „Sie haben Ihrer Pflicht genügt ..."

„Es geht um mehr als Pflicht, okay?", schnitt Chandra ihm das Wort ab. Sie konnte nicht einfach nach Hause fahren und das kleine Findelkind zurücklassen. Nicht, bis feststand, dass für ihn gesorgt wurde. Dr. O'Rourke hielt die Tür des Lifts auf.

„Dr. O'Rourke! Dr. Dallas O'Rourke ..." Als der Arzt hörte, wie sein Name ausgerufen wurde, seufzte er schwer. „Ich fürchte, wir müssen den Kaffee verschieben."

Er schien enttäuscht, aber das war selbstverständlich nur Chandras Meinung.

Chandra war erleichtert, nicht noch länger mit ihm verhandeln zu müssen. Sie fand ihn irgendwie beunruhigend. Die Nacht war aufregend genug gewesen. Nachdem er den Lift verlassen hatte, war sie froh, seinem eindringlichen Blick entkommen zu sein.

„Da ist sie! Halten Sie den Lift an!"

Chandras Mut sank, als sie den anklagenden Ton von Schwester Lindquist vernahm. Sie hatte offensichtlich die Wache gerufen und war im Begriff, Chandra aus der Klinik zu verjagen. In Begleitung zweier Polizisten eilte die gewichtige Schwester auf Chandra zu.

„Chandra Hill?", fragte einer der beiden Uniformierten mit gestrenger Miene.

„Ja bitte?"

„Ich bin Deputy Bodine, und dies ist Deputy White." Er deutete mit dem Kopf auf den Kollegen. „Wenn Sie gestatten, möchten wir Ihnen einige Fragen zu dem Kind stellen, das Sie auf Ihrem Besitz gefunden haben", sagte er in amtlichem Ton.

2. KAPITEL

Also folgte ich dem Notarztwagen hierher", beendete Chandra ihren Bericht. Die Polizisten tauschten abwechselnd vielsagende Blicke und nippten an ihrem Kaffee, während Chandra erklärte, wie sie das Findelkind gefunden hatte.

Auf die Frage, ob sie wüsste, wer die Mutter sei, blickte sie den Polizisten gerade in die Augen. „Warum sollte ich lügen?"

„Wir behaupteten nicht ..."

„Okay, aber ich sehe Ihnen an, dass Sie mir nicht glauben."

„Niemand sagte, dass wir Ihnen nicht glauben. Aber es ist eine ziemlich seltsame Geschichte, finden Sie nicht?"

„Es ist die Wahrheit."

„Wir kennen viele Fälle, in denen jemand die Tatsachen ein wenig zum Schutz eines anderen veränderte."

„Ich schütze niemanden." Chandra riss allmählich der Geduldsfaden. „Überprüfen Sie gern all meine Bekannten und Verwandten. Einzige Hinweise auf seine Herkunft könnten das Leinentuch und die alte Uniformjacke sein, in die er gehüllt war."

„Wo ist die Jacke?"

„Zu Hause"

„Wir werden sie am Morgen abholen. Und verändern Sie nichts in der Box, in der Sie das Kind gefunden haben."

Chandra hatte das Gefühl, dass die Beamten gehen wollten. Aber als der eine seinen Stuhl zurückschob, betrat O'Rourke den Raum. Offensichtlich war seine Schicht beendet, denn er hatte den Kittel abgelegt. Stattdessen trug er abgetragene Jeans, ein helles Flanellhemd und eine Schaffelljacke.

„Der Mann, den wir sprechen wollten", sagte Bodine und setzte sich wieder auf seinen Stuhl. Chandra wünschte, das Interview wäre endlich vorüber.

Der Arzt regelte einige formelle Fragen bezüglich Baby Doe mit den Polizisten und erklärte ihnen, außer einer Gelbsucht und einer Schwellung am Hinterkopf – möglicherweise aufgrund einer schwierigen Geburt – sei das Kind gesund. „Es wird jedoch weiter von den anderen Kindern isoliert, bis alle Tests durchgeführt sind. Aber es trinkt und macht den Schwestern das Leben schwer."

Chandra lächelte insgeheim. O'Rourke schien wenigstens ein bisschen Humor zu haben.

Der Arzt fuhr fort: „Nachdem der Kinderarzt das Baby gesehen hat, geben wir Ihnen einen vollständigen Bericht."

„Noch etwas?" White machte Notizen auf seinem Block.

„Nur eines. Die Nabelschnur war nicht ordentlich durchtrennt, ein Hinweis, dass das Kind ohne ärztliche Hilfe auf die Welt kam. Was meinen Sie?" Tiefblaue Augen sahen Chandra eindringlich an.

„Ich weiß es nicht. Ich habe mir den Nabel nicht näher angesehen. Habe nur überprüft, ob er blutete." Warum fragte O'Rourke sie nach ihrer Meinung?

„Aber Sie untersuchten das Kind, nicht wahr?"

„Richtig." Chandra biss sich auf die Zunge. Dr. O'Rourke weiß nichts über mich, überlegte sie, und er kennt auch nicht meine Vergangenheit. Daran sollte sich auch nichts ändern. Sie war in diesen Teil des Landes gekommen, um ihre Vergangenheit zu begraben. Keinesfalls wollte sie die nun wieder ausgraben.

„Sie hatten mit Ihrer Diagnose recht, Miss Hill."

Es gab keinen Grund, Erklärungen abzugeben, nicht hier. Nicht in dieser Nacht. Der Sheriff und Dr. O'Rourke – sowie der Rest der Welt – mochten alles über sie herausfinden, nur nicht in dieser Nacht. „Ich besitze eine medizinische Ausbildung", erklärte sie, „und arbeite als Führerin von Wildwassertouren. Man erwartet von uns Kenntnisse über Erste Hilfe, und ich denke, je mehr ich weiß, umso besser meistere ich jede Situation."

O'Rourke schien zufrieden. Er blickte Chandra weniger argwöhnisch an, und die blaue Farbe seiner Augen wirkte weniger kalt.

Bodine stand auf. „Nun, selbst wenn Sie annehmen, dass das Kind nicht in einem Krankenhaus auf die Welt kam, schadet es nicht, wenn wir uns erkundigen, ob irgendwo ein Baby vermisst wird."

„Sie denken an ein Krankenhaus?", fragte Chandra.

O'Rourke hob eine dunkle Augenbraue. „Gibt es einen besseren Platz, ein Baby zu stehlen?"

„Stehlen?", wiederholte sie ungläubig.

Bodine setzte den Hut auf. „Das Babygeschäft auf dem schwarzen Markt boomt momentan geradezu."

„Sie meinen, jemand stahl das Kind und ließ es in meinem Pferdestall? Das kann doch nicht wahr sein."

Bodine lächelte. „Klingt weit hergeholt, gebe ich zu, aber wir müssen jede Überlegung in Betracht ziehen. Könnte doch sein, dass jemand Baby Doe in Ihrer Scheune für die Nacht abgelegt hatte, um es später abzuholen. Dann ist ihm etwas dazwischengekommen …"

„Vielleicht haben Sie ihn verjagt.“ Deputy White wandte sich Chandra zu. „Morgen gehen wir allen Theorien nach. Danke, Doktor. Danke, Miss Hill.“

Die Polizisten gingen. Erst da merkte Chandra, wie angespannt sie gewesen war. Nur langsam entspannte sich ihr Körper. Sie bemerkte auch die tiefen Falten um O'Rourkes Mund und Augen. „Darf ich ihn sehen?“, fragte sie.

„Morgen früh.“

„Es ist morgen.“

Ihre Blicke kreuzten sich, aber die Wärme, die sie zuvor in seinen Augen gesehen hatte, war verflogen. „Miss Hill, ich glaube, Sie und das Baby benötigen beide ein wenig Ruhe. Ich jedenfalls brauche sie jetzt. Sie können ihn gegen zehn Uhr besuchen.“

„Aber es stimmt, dass er trinkt, ja?“ Chandra konnte die Frage nicht unterdrücken.

Ein Lächeln umspielte die Lippen des Arztes. „Schwester Pratt kann kaum nachkommen.“ Er nahm noch einen Schluck von seinem Kaffee. Sein Blick verwirrte Chandra. „Also, warum glauben Sie, hat man das Kind in Ihrem Stall ausgesetzt?“

„Ich weiß es nicht.“

„Keine Freunde, die ein Kind erwarteten und Hilfe benötigten?“, fragte er.

Chandra verzog den Mund. „Sie wären zu mir ins Haus gekommen, und ich hätte sie ins Hospital gefahren. Irgendwie wäre Platz in meiner Hütte gewesen, wie man so schön sagt.“

„Sie brauchen sich nicht zu verteidigen. Ich suche nur nach einer Antwort.“

„Ich sagte bereits der Polizei, was ich weiß.“ Als Chandra sich vorbeugte, fielen ihr die Locken über die Schultern. „Hören Sie, Doktor O'Rourke, wenn ich etwas über das Baby wüsste, hätte ich die Information längst weitergegeben.“

Sein unbarmherziger Blick verwirrte sie noch immer. Der Mann wirkte so verflixt einschüchternd. Offensichtlich bekam er stets seinen Willen. Ein attraktiver, arroganter Kerl. Chandra sah, dass er müde und gestresst war, aber er schien auch belustigt über ihre Schlagfertigkeit. „Wissen Sie“, fügte sie hinzu, „ich hätte das Verhör eigentlich von der Polizei erwartet und nicht von Ihnen.“

„Je mehr ich über den Jungen weiß, umso besser kann ich für ihn sorgen. Ich möchte vor allem keine Fehler machen.“

Chandra wollte rasch antworten, überlegte es sich jedoch anders. Viel zu gut war ihr bekannt, wie leicht einem Fehler unterlaufen konnten. Die plötzlich geweckten Erinnerungen schmerzten. Nur mühsam konnte sie das Zittern ihrer Hände verbergen.

Schweigen breitete sich aus, und Chandra wollte aufstehen. Es war spät, und sie musste noch etwas schlafen, bevor sie am Vormittag zurückkehren würde. Dennoch, O'Rourke besaß eine so faszinierende Ausstrahlung, dass sie wie festgewurzelt auf dem Stuhl sitzen blieb. Sie war schon vielen gut aussehenden Männern begegnet, aber keiner war ihr derart unter die Haut gegangen. Woran mochte das liegen? An der Tatsache, dass er Arzt war? War sie nur besorgt um das Kind? Unmöglich, dass sich eine Frau wie Chandra, die nichts mehr von Männern wissen wollte, vor allem von solchen mit einem Doktortitel, derart von ihm beeindrucken ließ.

Als ahnte er, dass Chandra im Begriff war, sich aus dem Staub zu machen, trank er den Rest Kaffee und räusperte sich. „Ich meine, Sie sollten sich schnellstens daran gewöhnen, Fragen zu beantworten. Sobald die Presse Wind von dieser Sache erhält, werden Sie noch viel mehr beantworten müssen als bisher."

Die Presse!

Himmel, Chandra war nicht bereit für die Presse. Was würde geschehen, wenn irgendeiner dieser eifrigen Reporter begann, in ihrem Leben herumzustöbern?

„Ich denke, mit ein paar Reportern werde ich schon fertig", behauptete sie und hoffte, dass es selbstsicherer klang, als sie sich fühlte.

„Es werden mehr als nur ein paar sein. Es könnte die Story des Jahres werden. Bald ist Weihnachten, und die Presse liebt herzzerreißende Dramen."

„Vielleicht täuschen Sie sich."

O'Rourke schüttelte den Kopf. „Nein. Ein Findelkind in einer alten Uniformjacke, vielleicht in der des Vaters, eine komplizierte Geburt, von der niemand weiß, wo sie stattgefunden hat – das bringt eine interessante Auflage. Sie werden Reporter vom „Banner" und vielleicht auch jemandem vom „Denver" empfangen müssen, Miss Hill. Dazu kommt das Fernsehen. Diese Story wird zumindest im regionalen Fernsehen gebracht. Sie werden keinen von uns auch nur einen Moment in Ruhe lassen."

„Versuchen Sie, mir Angst einzujagen?", fragte Chandra.

„Ich will Sie nur auf das Unvermeidliche vorbereiten", lautete seine Antwort.

„Ich werde schon damit fertig."

Erneut fragte sich Chandra, wieso dieser Mann sie derart zu verwirren vermochte. In der einen Minute wollte sie mit ihm streiten, in der nächsten drängte es sie, ihm ihr Leben anzuvertrauen. Himmel, offensichtlich war sie müder, als sie gedacht hatte. Instinktiv hatte sie ihm vertraut, weil er Arzt war und eine Verbindung zu dem Baby aufrecht hielt. Immerhin konnte er sie auch daran hindern, das Kind zu sehen.

Aber tief in ihrem Innern wusste sie, ihr Ärger war nicht ausdrücklich gegen Dr. O'Rourke gerichtet. Sie verachtete nicht die Ärzte im Allgemeinen, nur einige wenige aus ihrer Vergangenheit. Besonders diesen egoistischen Facharzt für plastische Chirurgie, Douglas Patrick Pendleton, mit dem sie verheiratet gewesen war.

Sie konnte es sich nicht leisten, O'Rourke als Gegner zu haben. Er war nicht nur die Verbindung zu dem Kind, er konnte ihr auch mit der Presse und der Polizei helfen. Nicht, dass sie Hilfe benötigte, aber er schien fair zu sein, vielleicht sogar manchmal freundlich.

„Ich glaube, ich bin ziemlich müde", entschuldigte sie sich schließlich.

Nein, Dr. O'Rourke ähnelte Doug kein bisschen. Dieser attraktive Mann mit den abgetretenen Schuhen und der abgetragenen Jacke sah einem Bergsteiger ähnlicher als einem Notarzt.

Dennoch, er sorgte sich um das Findelkind. Chandra vertraute ihm. Sicherlich war er ein guter Arzt, einer, der sich mehr für Menschen in Not interessierte als für den allmächtigen Dollar. Chandra schob den Stuhl zurück. „Vielen Dank für Ihre Hilfe."

Als er Chandras Hand drückte, zwang sie sich zu einem Lächeln. O'Rourke erwiderte es jedoch nicht. Er schaute ihr so tief in die Augen, dass sie errötete. Rasch entzog sie ihm ihre Hand und steckte sie in die Jeanstasche. Fast hätte ihre Stimme versagt. „Ich komme nachher wieder", versicherte sie und verließ die Cafeteria. Hoffentlich hat er nichts von meiner Reaktion auf seine Berührung bemerkt, dachte Chandra. Sie war müde, das war alles. Und nervös wegen des Kindes.

Himmel, was für eine Nacht!

Eine faszinierende Frau, dachte Dallas und blickte hinter Chandra her. Aber sie hatte etwas an sich, das er nicht verstand, eine Haltung, die nicht in das Gesamtbild passte, das er von ihr hatte.

Sie hatte ihn durcheinandergebracht. Bei der Berührung ihrer Hände hatte sein Herz plötzlich schneller geschlagen. Jawohl, sie zeigte auch eine Reaktion. Das merkte er ihrem erschrockenen Blick an, als sie ihm die Hand entzog. Wenn sie gewusst hätte, wie sicher sie bei ihm war, hatte er doch längst allen Frauen abgeschworen. Dennoch, trotz der ungekämmten Haare, der hastig übergeworfenen Kleidung und dem mangelnden Make-up wirkte Chandra Hill einfach bezaubernd.

Diese Frau versprach, Unruhe zu stiften. Offensichtlich besaß sie enorme Autorität. Schwester Lindquist konnte das bezeugen. Dallas O'Rourke lächelte. Ja, er konnte sich vorstellen, dass Chandra jeden Menschen tief beeindruckte.

Wer war diese kleine Frau mit den ungewöhnlichen medizinischen Kenntnissen? Sie schien aus irgendeinem Grund etwas für sich zu behalten. Dallas kniff die Augen zusammen.

Das Kind war offensichtlich nicht ihres. Ihm war ihre schlanke Figur und ihr schneller Schritt aufgefallen. Plötzlich beschäftigten ihn viele Fragen, die Chandra Hill betrafen, auf die er jedoch keine Antwort fand. Sie ist mir ein Rätsel, dachte er und schob den Stuhl zurück. Aber jetzt bin ich zu müde, dieses Rätsel zu lösen.

3. KAPITEL

Nun beruhige dich schon", wehrte Chandra Sam ab, der sie beim Heimkommen wild begrüßte. „So lange war ich doch gar nicht fort."

Sie überlegte, ob sie sich noch ein letztes Mal im Stall umsehen sollte, fühlte sich jedoch zu erschöpft. Sie setzte sich auf das ungemachte Bett, streifte nur Jacke und Jeans ab und kroch unter die Daunendecke.

Der Retriever schlich die Treppe hinauf und rollte sich auf seinem bevorzugten Platz auf den Planken vor dem Bett zusammen. Chandra wünschte, ebenso schnell einschlafen zu können wie der Hund.

Nur drei Tage nach dem Umzug nach Ranger vor ein paar Jahren hatte sie Sam gefunden. Sein Körper war so ausgemergelt gewesen, dass die Rippen unter dem staubigen Fell hervortraten. Eine Wunde bedeckte seinen Leib. Nachdem Chandra ihn mit Wasser und Nahrung versorgt hatte, begann der teilnahmslose Hund langsam, ihr zu vertrauen. Sie konnte seine Wunde verarzten und nahm ihn mit ins Haus. Seitdem gehörte er zu ihrem Inventar, und sie liebte ihn.

Aber er war selbstverständlich kein Ersatz für einen Mann oder ein Kind.

Chandra lächelte traurig und kuschelte sich in die Decke. Nur weil sie ein Findelkind gefunden hatte, brauchte sie nicht die alten Träume zu träumen, die sie längst begraben hatte. Obwohl sie müde war, gingen ihre Gedanken wieder zu dem weinenden Baby und dem verwirrenden Dr. Dallas O'Rourke.

Himmel, was war los mit ihr? Frustriert schlug sie auf ihr Kissen ein. Immerhin hatte sie einen Job als Führerin von Wildwasserfahrten am Rattlesnake River auszufüllen. Für Komplikationen blieb keine Zeit, vor allem, wenn darin ein Mann eine Rolle spielte. Wütend starrte sie auf den Wecker, aber noch während sie die Augen schloss, gestand sie sich ein, dass sie eines Tages selber ein Baby haben wollte.

Die letzten sechsunddreißig Stunden waren anstrengend gewesen für Dallas. Ein Fall auf den anderen folgte. Dennoch kreisten die Gedanken in seinem müden Kopf ständig um den Säugling und die Frau, die ihn gefunden hatte. Wahrscheinlich war er überarbeitet.

Nach dem Duschen überlegte er, ob er etwas essen sollte, fand jedoch den Anblick des leeren Kühlschranks unerträglich. Die Freuden des Junggesellenlebens, dachte er fatalistisch. Schließlich war ihm nach der kurzen, qualvollen Ehe mit Jennifer Smythe O'Rourke Duncan klar, dass er sich nie wieder an eine Frau binden würde. Nein, die Medizin war seine Geliebte, eine ziemlich anspruchsvolle sogar, die mehr Zuwendung erforderte als jede Frau.

Jennifer! Noch immer hatte er einen bitteren Geschmack auf der Zunge, sobald er an diese Hexe dachte. Wie hatte er sich nur derart von ihr hintergehen lassen?

Er machte sich nicht die Mühe, sich zu rasieren. Das konnte am Morgen geschehen. Nackt ließ er sich auf das Doppelbett fallen und registrierte stöhnend das Blinken seines Anrufbeantworters. Da es sich nicht um einen Funkruf handelte, musste es ein privater Anruf sein. Er ließ das Band zurücklaufen, lehnte sich gegen das Kopfkissen und lauschte der Stimme seines Halbbruders.

„Hallo, Dal! Wie geht's? Ich dachte, ich melde mich lieber kurz telefonisch, bevor ich morgen bei dir erscheine. Du hast mich doch nicht vergessen, oder?"

Wie könnte ich ihn vergessen, dachte Dallas aufgebracht. Sein Halbbruder Brian hielt sich hier in der Gegend auf, nicht etwa um zu arbeiten. Er verbrachte den Sommer damit, Ferien zu machen. Erst jetzt, zwei Wochen vor Beginn des Studiums, begann Brian, sich auf die praktische Seite seiner Ausbildung zu besinnen.

„Hallo, Mann! Ich hasse es, dich zu belästigen, aber ich zahle dir jeden Cent zurück, kannst dich darauf verlassen. Ich brauche ein paar Extramoneten, bis mein Geld eintrifft."

Dallas zog die Brauen zusammen. Eigentlich durfte er Brian keinen Cent leihen. Der schuldete ihm bereits zehntausend Dollar. Aber Dallas' einzige Angehörigen waren nun mal die anderen Kinder seiner Mutter: Brian und dessen Zwillingsschwester Brenda sowie ihre ältere Schwester Joanna. Vielleicht sollte er die Schecks direkt auf den Namen der Universität ausstellen.

Das wollte er sich am Nachmittag überlegen, wenn er erfrischt war und seine Patienten versorgt hatte. Das Neugeborene fiel ihm ein und gleich darauf wieder Chandra. Er überlegte, ob er sie zufällig wiedersehen würde, diese Frau, die ihm trotz lässiger Kleidung attraktiver erschien als alle Frauen, denen er in letzter Zeit begegnet war. Er rollte sich unter der Decke zusammen, schaltete das Licht aus und dachte, dass sehr wohl die Chance bestand, sie wiederzusehen. Und der Gedanke missfiel ihm keineswegs.

Chandra band ihr Haar zu einem Pferdeschwanz zusammen, als sie Motorengeräusch und knirschende Reifen über der geschotterten Auffahrt hörte. Vorsichtig zog sie die Vorhänge zurück. Ein brauner Straßenkreuzer der Polizei war vor dem Stall vorgefahren.

Die Polizisten entschuldigten sich wegen ihres frühen Besuches, wollten jedoch vor Dienstbeginn Stall und Haus besichtigen.

Chandra fühlte sich an diesem Morgen besser als am Abend zuvor, obwohl sie seit vier Stunden an das dunkelhaarige Baby dachte. Gleich nach dem Aufwachen hatte sie sich telefonisch in der Klinik nach seinem Befinden erkundigt, erhielt jedoch keine weitere Information von der Schwester als die, dass Dr. O'Rourke Chandras Anruf bereits angekündigt hatte.

„Möchten Sie eine Tasse Kaffee, bevor die Arbeit beginnt?", fragte sie die Polizisten.

„Wir möchten Ihnen keine Umstände machen", lächelte White.

„Ich wollte mir gerade selber eine Tasse einschenken."

„In dem Fall machen wir Ihnen die Freude", gab Bodine nach, und die beiden Männer folgten Chandra ins Haus.

Sam knurrte leise, als sie über die Schwelle traten, aber die Männer ließen sich von dem alten Retriever nicht einschüchtern.

Chandra nahm zwei Becher vom Bord am Küchenfenster. „Haben Sie etwas gehört?"

„Über das Baby?", fragte Bodine. „Noch nicht. Wir dachten, bei Ihnen etwas zu finden. Haben Sie die Jacke?"

Chandra schenkte Kaffee ein und holte die abgetragene Uniformjacke aus dem Schrank.

„Die hätte sich jeder aus einem hiesigen G.I.-Laden besorgen können." Bodine durchsuchte die Jackentaschen, fand jedoch nichts Interessantes. „Wir setzen unsere Hoffnung darauf, dass jemand auftaucht und die Herausgabe des Kindes fordert."

„Tatsächlich?" Chandra erschrak über ihre plötzliche Angst, die sie bei dem Gedanken an mögliche Verwandte des Kindes befiel. „Und wenn diese Leute fälschlicherweise versuchen, das Baby zu bekommen?"

„Das lassen wir nicht zu." Auch Bodine schien besorgt. „Warum erzählen Sie uns die Geschichte nicht noch einmal von Anfang an?"

Chandra war nicht begeistert von diesem Vorschlag, ihr war aber klar, dass dies die einzige Chance war, das Vertrauen der Beamten zu gewinnen.

Nachdem die ihre Tassen geleert hatten, führte Chandra sie zum Stall. „Das Baby hat in der letzten Box gelegen." Liebevoll streichelte sie zwei samtene Nasen, die über die Boxen lugten, und zeigte auf die entfernte Wand am Ende des Stalles.

Während die Cops in der bezeichneten Box die Spurensuche aufnahmen, trat Chandra zu ihrem Lieblingswallach. „Ich wette, du möchtest hinaus", sagte sie und klopfte ihm den Hals. Dann öffnete sie auch die anderen Boxen. Die Pferde trotteten ins Freie, stampften mit den Hufen und galoppierten davon. Lächelnd blickte sie der kleinen Herde nach. Das Leben war so unkompliziert, seit sie nach Ranger gezogen war. Zumindest war es das bis gestern.

Die Polizisten fanden nichts. Chandra sah ihren Mienen an, dass sie nicht wussten, wo sie ihre Suche fortsetzen sollten. Schließlich versicherten sie Chandra, dass das Baby in besten Händen sei. Dr. O'Rourke sei der beste Notarzt im Bezirk, und er würde das Kind zweifellos einem guten Kinderarzt übergeben. „Dr. O'Rourke erlaubt Ihnen sicher, das Baby zu besuchen, wenn Sie es wünschen. In der Zwischenzeit suchen wir weiter nach seiner Mutter."

„Und wenn Sie sie nicht finden? Wird das Baby dann einer Behörde übergeben?" Angstvoll verkrampfte sich Chandras Herz.

„Wahrscheinlich wird es in ein Waisenhaus eingewiesen. Die Entscheidung trifft die Behörde. Deswegen machen wir uns heute keine Gedanken. Zunächst müssen wir die Mutter oder die nächsten Anverwandten finden. Wir werden Sie auf dem Laufenden halten." Bodine schien zum ersten Mal Chandras Besorgnis wahrzunehmen.

Chandra wartete, bis der Wagen mit den Beamten um die nächste Ecke gebogen war und ging zum Haus zurück. Was nun? überlegte sie. Das Baby gehörte bereits zu ihrem Leben.

Als sie das Haus betrat, läutete das Telefon. Sie nahm den Hörer ab. „Hallo?"

„Miss Hill?"

Sie erschrak, als sie Dr. O'Rourkes Stimme erkannte. „Hallo, Doktor", sagte sie automatisch. Stimmte etwas nicht mit dem Baby?

„Ich dachte, Sie würden gern erfahren, dass es dem Baby gut geht." Chandras Knie wurden weich. Tränen traten ihr in die Augen. Dr. O'Rourke lachte, seine Stimme klang tief und kehlig. „Er lässt die Schwestern Überstunden machen, aber er isst, und seine Körperfunktionen arbeiten normal."

„Dem Himmel sei Dank."

„Melden Sie sich, wann immer Sie ihn sehen möchten."
„Danke für Ihren Anruf, Doktor."
Eine lange Pause entstand, bevor O'Rourke erwiderte: „Sie schienen gestern Abend so besorgt, und da der Junge – soweit wir wissen – keine Familie hat …" Er wusste selbst nicht, was in ihn gefahren war, Chandra Hill anzurufen.
„Ich bin Ihnen sehr dankbar für Ihren Anruf."
Wenig später parkte Chandra ihren Suburban auf dem Gästeparkplatz des Riverbend Hospitals und bereitete sich innerlich auf die nächste Konfrontation mit einer autoritären Krankenschwester vor. Chandra brauchte nicht an der Notaufnahme vorbeizugehen, was gewährleistete, dass sie weder Schwester Lindquist noch Dr. O'Rourke begegnen würde. Der Arzt hatte sich am Abend zuvor kaum auf den Beinen halten können und schlief sicherlich den ganzen Vormittag. Wahrscheinlich mit seiner Frau.
Chandra kniff die Augen zusammen. Über ihrer Nase erschienen tiefe Sorgenfalten. Der Gedanke, dass O'Rourke verheiratet war, hätte keine unangenehmen Gefühle bei ihr wecken dürfen. Himmel, er verdiente ein normales Leben mit Frau und Kindern. Und doch …
Am Informationsschalter begrüßte sie eine Schwester mit aufrichtigem Lächeln und fragte nach Chandras Wünschen. Chandra erwiderte das Lächeln und nannte ihren Namen. „Ich brachte das Baby …"
Schwester Jane Winthrop lachte. „Ich habe schon von Ihnen und dem Findelkind gehört. Ich sollte mich zur Nachtschicht in die Notaufnahme versetzen lassen. Dort passiert zumindest immer etwas. Aber Spaß beiseite, was kann ich für Sie tun?"
„Ich möchte das Baby sehen."
„Kein Problem. Es befindet sich auf der Kinderstation im zweiten Stock. Nehmen Sie den Aufzug und wenden Sie sich nach links. Dann passieren Sie die Doppeltür und sind am Ziel. Die verantwortliche Schwester Pratt ist bei ihm."
Chandra verschwendete keine Zeit. Sie erkannte Schwester Pratt gleich wieder.
„Sie sind schon zurück?" Shannon Pratt blickte von ihrer Schreibarbeit auf und zwinkerte Chandra zu. „Ich wette, Sie wollen nach einem temperamentvollen kleinen Burschen sehen. Habe ich recht?" Bevor Chandra antworten konnte, deutete Shannon auf einen der langen Korridore und beugte sich zu der Schwester an ihrer Seite. „Ich bin gleich zurück. Dies ist die Frau, die Baby Doe zu uns gebracht hat."

Die blonde Schwester mit dem Namensschild „Leslie Nelson" freute sich. „Er hat bereits die gesamte Belegschaft für sich eingenommen, sogar Schwester Lindquist. Der kleine Kerl hat wirklich etwas ganz Besonderes ..." Das Telefon läutete, und Leslie nahm den Hörer auf. „Kinderstation, Schwester Nelson."

„Tatsächlich", gestand Schwester Pratt, während sie Chandra über den Flur begleitete, „Ihr kleiner Freund erwärmt die kältesten Herzen. Auch Dr. O'Rourke scheint er nicht gleichgültig zu sein."

„Meinen Sie?" Chandra war neugierig, etwas über den Arzt zu erfahren. Nicht, dass es ihr etwas bedeutet hätte. Er war nur ein Arzt, jemand, dem sie hin und wieder begegnen würde, wenn sie das Baby besuchte.

„Eine Schwester überraschte ihn heute, als er das Baby auf dem Arm schaukelte. Er hat gelächelt!" Schwester Pratt sah Chandra an. „Vielleicht besteht noch Hoffnung für ihn."

Vor einem Raum mit großem Sichtfenster blieben sie stehen. Dahinter schlief mit ernstem Gesicht das Kind unter den wärmenden UV-Strahlen.

Chandra fühlte einen Kloß in ihrem Hals. Du meine Güte, sie war Kinderärztin gewesen, und man erwartete von ihr, jede Situation zu meistern und die Gefühle im Zaum zu halten. Aber in diesem Moment fühlte sie sich hilflos wie in einer Falle, weil sie viel zu viel für dieses Kind empfand. Ungewollt berührte ihre Hand die kühle Scheibe. Wenn ich es nur an mich drücken dürfte ...

Sie fühlte Schwester Pratts Blick und fragte sich, wie weit ihre Gefühle sie verrieten.

„Sobald er die Gelbsucht überstanden hat, wird er in Ordnung sein", sagte die Schwester.

„Und die Schwellung am Kopf?"

„Nichts Ernstes. Jedenfalls laut Dr. O'Rourke, und er ist der beste Notarzt, dem ich je begegnet bin. Außerdem will sich Kinderarzt Dr. Williams das Baby später noch ansehen."

Chandra atmete erleichtert auf. Hunderte von Babys hatte sie gesehen, die jedoch alle mit ihren Müttern fest verbunden waren. Zu ihnen hatte sie sich niemals so stark hingezogen gefühlt. Ihre Empfindungen schienen aus einer inneren Quelle zu strömen, von deren Existenz sie nichts gewusst hatte.

Nun, sie war verheiratet gewesen, hatte gehofft, eigene Kinder zu haben. Aber jetzt, Jahre nach der Scheidung, gab es keinen Mann in ihrem Leben, und dennoch waren ihre mütterlichen Regungen stärker als zuvor, besonders diesem winzigen Baby gegenüber.

„Oh!“, stöhnte Schwester Pratt leise auf. „Ärger im Anzug.“

„Wie bitte?“ Chandra wandte sich um. Zwei Männer in legerer Kleidung kamen auf sie zu.

„Miss Hill?“, fragte der Mann mit dem harten Blick. „Ich bin Bob Fillmore vom ‚Ranger Banner‘.“

Chandra verzweifelte, als sich der andere Mann vorstellte. „Sid Levine, Fotograf.“

Reporter. So bald schon! „Woher wissen Sie …“

„Wer hat Ihnen erlaubt, herzukommen?“, fragte Schwester Pratt ihn freundlich.

Fillmore ignorierte sie. „Ich hörte, Sie fanden das Kind im Wald in der Nähe Ihres Hauses verlassen. Entspricht das der Wahrheit?“

„Ich glaube nicht, dass dies der geeignete Ort für ein Interview ist“, betonte Schwester Pratt.

In diesem Moment begann das Kind hinter dem Glasfenster zu weinen. Chandras Kopf ruckte herum.

„Ah, dies ist das Kind?“, erkundigte sich Fillmore eifrig. „Wissen Sie wirklich nicht, wem es gehört?“ Während er Chandra herausfordernd anblickte, nahm er ein kleines Bandgerät aus einer seiner voluminösen Jackentaschen und stellte es ein.

Chandras Rücken versteifte sich. „Ich bin nicht bereit, Ihnen ein Interview zu geben. Ich fand das Baby in meinem Pferdestall, nicht im Wald. Aber in diesem Fall stellt die Polizei Nachforschungen an. Wenden Sie sich an das Büro des Sheriffs.“

„Nur einige wenige Fragen noch …“

Offensichtlich wollte der Reporter nicht aufgeben. Chandra blickte Schwester Pratt an und befahl, ohne das Protokoll zu beachten: „Holen Sie den Sicherheitsdienst, Schwester!“

Fillmore empörte sich. „Hallo, Moment mal! Sie können hier keine Befehle erteilen …“

„Vielleicht nicht sie, aber ich.“ Dr. O’Rourke, der nur den letzten Wortwechsel gehört haben konnte, kam über den Flur. Er deutete auf Shannon Pratt. „Tun Sie, was Miss Hill gesagt hat. Rufen Sie den Sicherheitsdienst!“

Die Schwester eilte zum nächsten Telefonkasten und wählte.

„Warum diese Geheimnistuerei?“ Fillmore ließ sich nicht im Mindesten von O’Rourkes Anweisung beeindrucken. „Wir könnten Ihnen behilflich sein. Ein paar Fotos von dem Baby und ein Artikel, der beschreibt, wie es gefunden wurde … Vielleicht überlegen es sich seine Angehörigen und melden sich. Uns ist doch klar, dass dieses Kind" – er deutete mit einem Daumen auf das Fenster – „auch gestohlen oder entführt sein könnte."

Er hat recht, dachte Chandra, mochte aber den Reporter dennoch nicht leiden.

„Alles zu seiner Zeit." Der Blick des Arztes ruhte einen erregenden Augenblick auf Chandra. Etwas wie Verständnis blitzte darin auf. Dann wandte sich O'Rourke wieder den Reportern zu. „Meine Sorge gilt vor allem der Gesundheit des Kindes."

Darüber wollten die Reporter Näheres erfahren, aber O'Rourke ließ sich auf nichts ein. „Wenn Sie mich jetzt bitte entschuldigen wollen, ich muss mich um einen Patienten kümmern. Sollten Sie mit diesem Interview fortfahren wollen, tun Sie das anderswo."

Als Dr. O'Rourke sich abwenden wollte, betraten die Wachen die Station. „Okay, was geht hier vor?", fragte der eine mit dem von Akne geröteten Gesicht. Der zweite stand dicht hinter ihm, als erwartete er, dass die Reporter gleich ihre Waffen ziehen würden.

„Wir sind nur auf der Suche nach einer Story", erklärte Fillmore.

„Dann suchen Sie an anderer Stelle."

Fillmore blickte dem Arzt in die Augen. „Was ist mit Ihnen, O'Rourke? Warum sehen Sie in uns immer die Schurken?"

„Ich sehe in Ihnen nicht die Schurken, sondern die sensationshungrigen Strolche, die nur Ärger machen. Das beunruhigt mich. Aber jetzt entschuldigen Sie mich. Ich muss den kleinen Patienten untersuchen." Dr. O'Rourke entließ die Reporter und betrat mit der Schwester das Kinderzimmer.

Reporter und Fotograf eilten aus dem Flügel. „Sie auch", forderte einer der Wächter Chandra auf.

„Sie darf bleiben." Von der anderen Seite des Fensters deutete der Arzt auf Chandra, bevor er seine Aufmerksamkeit dem Säugling zuwandte, Chandra unterdrückte ein Lächeln. Der Wächter zuckte die Schultern und folgte seinem Kollegen durch die Doppelschwingtür hinaus.

Verdutzt blieb Chandra zurück. Sie wusste nicht, was sie von O'Rourke erwartet hatte, jedenfalls keine Toleranz. Seine Haltung wirkte beinahe schroff, und sie war sicher, hinter seiner höflichen Fassade verbarg sich ein höchst explosiver Charakter.

Andererseits ging er unwahrscheinlich behutsam mit dem Baby um. Nur mit größter Disziplin beherrschte sich Chandra und unterließ es, in den Raum zu stürzen, das Baby aufzunehmen, es an sich zu drücken und zu schaukeln.

Das muss aufhören, Chandra, schalt sie sich. Es gehört dir nicht. Wenn sie noch ein bisschen Verstand besaß, sollte sie das Krankenhaus verlassen und nie mehr zurückblicken. Sollten sich doch die verantwortlichen Behörden um das Kind kümmern.

Aber Chandra blieb. Angezogen von dem Kind und fasziniert von dem Arzt, der es untersuchte, schaute sie zu. Wieso sie diese besondere Bindung zu dem Kind und dem Arzt empfand, wusste sie nicht. In diesem Moment hatte sie das Gefühl, einen Schimmer von der Zukunft aus einer magischen Glaskugel zu erhaschen, der bestätigte, dass sie untrennbar miteinander verbunden waren.

4. KAPITEL

Dr. O'Rourkes Untersuchung dauerte nicht länger als fünf Minuten. Bevor er das Kinderzimmer verließ, gab er Schwester Pratt noch einige Instruktionen. „Ich glaube, ab morgen brauchen wir ihn nicht mehr zu isolieren", sagte er und trat zu Chandra.

„Das ist wundervoll."

„Haben Sie inzwischen mehr über ihn in Erfahrung gebracht?" Chandra schüttelte den Kopf. Seite an Seite gingen sie den Flur entlang.

„Ist schon jemand vom Sheriffbüro bei Ihnen aufgetaucht?", erkundigte sich der Arzt. Er klang nicht freundlich, nur neugierig.

„Heute Morgen, ganz früh." Sie steckte die Hände in die Hosentaschen. „Sie suchten im Stall und auf dem ganzen Gelände, fanden aber nichts."

O'Rourke drückte auf den Fahrstuhlknopf. „Zum Parkhaus?"

„Ja." Chandra bedachte ihn mit einem kurzen Blick, und als die Kabine sich senkte, fügte sie hinzu: „Ich staune, Sie so früh zu sehen. Gestern erweckten Sie den Eindruck, als könnten Sie zwanzig Jahre schlafen."

„Dreißig", korrigierte O'Rourke und schenkte ihr die Spur eines Lächelns. Er war glatt rasiert und strahlte einen Duft nach Seife und Leder aus. „Aber ich habe gelernt, mit wenig Schlaf zu überleben." Er musterte Chandra so eindringlich, dass ihr plötzlich der Hals wie zugeschnürt vorkam.

Sie gingen an der Rezeption vorbei und traten ins Freie. Die Sonne schien hell, und Chandra setzte die Sonnenbrille auf. Da bemerkte sie, dass O'Rourke die Augen zusammenkniff. Die tiefen Linien um seine Augen unterstrichen noch seine abweisende Miene. Der Mann sah gut aus, das musste sie zugeben. Aber es wäre leichter, mit ihm umzugehen, wenn er weniger attraktiv wäre.

„Die Reporter werden zurückkommen", warnte O'Rourke Chandra. „Wenn sie erst einmal eine Story riechen, lassen sie einem keine Ruhe mehr. Seien Sie vorsichtig mit dem, was Sie sagen."

„Warum?" Obwohl sie die Antwort aus eigener Erfahrung kannte, wollte sie seine Meinung hören.

„Worte können missverstanden werden. Verdreht und aus dem Zusammenhang gerissen, ergeben sie einen anderen Sinn."

„Klingt, als sprächen Sie aus Erfahrung."

„Es ist nur eine Warnung, zu Ihrem Nutzen."

Als er sich mit diesen Worten von ihr abwenden wollte, hielt Chandra ihn am Ärmel zurück. „Wann darf ich das Baby sehen? Ich meine, wann darf ich es einmal in den Armen halten?"

„Sie wollen es halten?"

„Oh ja", antwortete sie spontan.

„Sie fühlen sich diesem Kind besonders verbunden, nicht?"

„Ich …" Sein forschender Blick machte Chandra nervös. „Ich glaube, ich fühle mich verantwortlich. Vielleicht wollte jemand, dass ich ihn finde."

„Sie meinen, man hätte Sie auserwählt?"

„Hören Sie, Doktor, ich möchte das Kind nur einmal im Arm halten, mehr nicht, falls Sie nichts dagegen haben."

Er zögerte, erwiderte jedoch ein wenig freundlicher: „Ich weiß nicht, ob das eine gute Idee ist."

„Wie bitte?" Chandra mochte nicht glauben, dass er ihr auf einmal abriet, nachdem er sie extra angerufen hatte, um ihr zu sagen, dass es dem Kind besser ginge.

„Bis die Polizei alles geregelt hat, wäre es sicher das Beste für Sie und das Kind, wenn Sie nicht mehr in die Klinik kämen."

„Aber ich dachte …"

„Ich weiß, was Sie dachten", unterbrach O'Rourke sie. „Sie dachten, ich stünde auf Ihrer Seite, weil ich Sie aus den Händen jener Geier, Reporter genannt, errettete. Nun, leider funktioniert das nicht. Sie müssten schon mit dem Kind verwandt sein. Außerdem lasse ich mich nicht gern benutzen."

„Sie haben mich angerufen, informiert", erinnerte ihn Chandra und sah, wie er die Lippen fest aufeinanderpresste.

„Inzwischen habe ich es mir überlegt."

„Zum Teufel mit Ihren Überlegungen! Ich tue dem Kind nichts zuleide, bin nur jemand, der dem Baby ein wenig Liebe bietet."

„Oder vielleicht jemand, der die Aufmerksamkeit genießt?"

„Hätte ich in dem Fall versucht, die Reporter aus dem Haus zu jagen? Na, was sagen Sie?"

Das schien einleuchtend. Was immer er noch hatte sagen wollen, blieb ungesagt. Er musterte Chandra einige Sekunden, als suchte er nach äußeren Mängeln. „Ich bin nur aufrichtig, Miss Hill. Meine Kenntnisse über die Herkunft dieses Babys sind gering. Noch weniger kenne ich Sie. Meinetwegen dürfen Sie gern in seiner Nähe sein. Ich weiß, Sie empfinden viel für dieses Kind, aber die Klinikverwaltung und die Sozialbehörden wissen das nicht." Er drehte sich um und ließ sie mit halb offenem Mund auf dem Parkdeck stehen.

Instinktiv registrierte Dallas O'Rourke, dass Chandra Hill anders war als die anderen Frauen, denen er bisher begegnet war. Irgendwie zog sie ihn an, empfand er ihr gegenüber aber auch Misstrauen. Er vermutete, dass sie etwas verbarg. Informationen zurückhielt. In ihrer Eigenwilligkeit wirkte sie zugleich unschuldig, sie war selbstständig und schien sich doch anlehnen zu wollen. An einen Mann? Trotz dieser Anziehungskraft war er clever genug einzusehen, dass sie an ihm nur interessiert war, weil er die Verbindung zu dem Kind darstellte. Dennoch träumte sein albernes männliches Ego, sie könnte an ihm interessiert sein, an ihm als Mann.

Dummes Zeug, Dallas, schalt er sich und glitt hinter das Steuer. Da ihm bis zu dem Treffen mit Brian in der Stadt noch Zeit blieb, fuhr er zum Sheriffbüro, um dort vielleicht Antworten auf seine Fragen bezüglich Chandra Hill und ihr Findelkind zu erhalten.

Auf dem Weg nach Ranger rasten Chandras Gedanken eine Meile in der Minute. Automatisch presste sie den Fuß aufs Bremspedal und brachte es fertig, die Geschwindigkeitsbegrenzung einzuhalten.

Wem gehörte das Baby John Doe? Tatsächlich nannte sie ihn in Gedanken bereits J. D. Das Kind verdiente einen Namen. Dieser verflixte Dr. O'Rourke! In der einen Minute freundlich, in der nächsten frostig. Er brachte sie total aus dem Gleichgewicht. Je weniger sie an ihn dachte, umso besser.

Chandras Büro „Wild West Expeditions" befand sich im zweiten Stock eines Gebäudes, das 1987 erbaut worden war und aussah, als wäre es hundert Jahre alt. Ihr Chef war der Hippie früherer Jahre, Rick Benson.

Die Eingangstür stand offen. Das Schild, mit dem in Rot und Gelb geschriebenen Firmennamen, schaukelte in der leichten Brise.

„Hallo! Mir ist ein Gerücht über Sie zu Ohren gekommen", begrüßte Rick Chandra lächelnd. Er war groß, ein Meter sechsundachtzig, und trug zwanzig Extrapfunde um die Taille. Sein Haar war schütter und ergraut, aber er band es noch immer zu einem dünnen Pferdeschwanz zurück, der halb über seinen Rücken reichte. Rick lächelte gern und besaß auf der ganzen Welt keinen Feind.

„Ein Gerücht? Na so etwas." Chandra hing ihr Jackett über einen Bügel in der Nähe der Tür. „Hoffentlich nur Angenehmes?"

„Von einem Findelkind war die Rede, das bei Ihnen auf der Wiese in der Nähe des Flusses gefunden wurde. Es heißt, das Kind wäre ertrunken, wenn Sam Sie nicht zu ihm geführt hätte."

„Das entspricht zwar nicht ganz der Wahrheit, ist aber nahe dran." Wie schnell doch eine Geschichte in der Gerüchteküche übertrieben wurde. Rasch gab Chandra ihrem Chef einen Bericht von dem, was wirklich passiert war.

„Es muss doch einen Grund haben, dass das Kind ausgerechnet in Ihrem Stall ausgesetzt wurde", überlegte er laut.

„Fragen Sie mich nicht. Das ist die Million-Dollar-Frage."

„Nun, was immer mit dem Kind geschehen mag, jedenfalls wird sich die Presse der Story annehmen"

„Rick zog die Stirn kraus. „Bob Fillmore hat bereits angerufen."

„Wir sind uns schon begegnet."

„Geben Sie acht! Er ist ein Hai." Freundlich blickte er sie mit seinen hellbraunen Augen an. Er mischte sich nie in ihr Privatleben, hatte es auch damals nicht getan, als sie auf seiner Türschwelle gestanden und nach einem Job als Wildwasser- und Campingführerin gefragt hatte. Auch die Tatsache, dass sie eine Frau war, und zwar eine von kleinem Wuchs, hatte er nicht beanstandet. Er war mit ihr zu den Flussschnellen der Devils Falls am Rattlesnake River gefahren und hatte gesagt: „Zeigen Sie, was Sie können."

Nachdem Chandra das Schlauchboot geschickt durch den tückischen Fluss gelenkt hatte, hatte Rick sie vom Fleck weg eingestellt. Allerdings musste sie noch einen Erste-Hilfe-Kurs machen und sich mit Geländekunde befassen, um zu seinen „Experten" zu zählen. Rick rieb sich das Kinn. „Fillmore erwartet Ihren Rückruf. Er will einen Termin für ein Interview ausmachen."

„Sie meinen, ich sollte ablehnen?"

„Das bleibt Ihnen überlassen. Nur um eines bitte ich Sie: Lassen Sie diesen unangenehmen Kerl nicht in mein Büro."

„Sie mögen ihn nicht."

„Richtig." Er sagte nicht, warum, aber Chandra glaubte mal gehört zu haben, dass Fillmore einen ziemlich zynischen Artikel über „Wild West Tours" geschrieben hatte.

„Okay, was liegt für heute an?"

„Ich habe da einen einsamen Pfadfinder, der gern den Teufelskerl spielen möchte. Lassen Sie mich überlegen. Sein Name ist McGee, Brian McGee. Ein junger Bursche, vielleicht zweiundzwanzig. Er wünscht sich den allerhöchsten Thrill, bevor er ins College zurückgeht. Möchten Sie ihn übernehmen?"

Mit Vergnügen, dachte Chandra und stellte sich in Gedanken die sogenannten Supermänner vor, mit denen sie einst das College besucht hatte. Die Boys, die überzeugt waren, sie würde das Medizinstudium hinwerfen. „Grizzly Loop?"

„Wenn dieser Machomann nichts vom Paddeln versteht, stecken Sie ganz schön in der Klemme."

„Ich werde mich erkundigen."

„Okay. Er kommt um elf."

Vielleicht half es ja, sich auf die Arbeit zu konzentrieren, damit sie das Baby und besonders Dr. O'Rourke vergessen konnte.

Die Empfangssekretärin des Sheriffs erkannte Dallas sogleich wieder, der ihr vor zwei Jahren bei der Entbindung ihres zweiten Kindes zur Seite gestanden hatte. Lächelnd schob sie die Glasscheibe zur Seite. „Hallo, Dr. O'Rourke!"

„Hallo, Angie!" Dallas legte einen Arm auf den Tresen. „Wie geht es dem Jungen?"

„Teufel auf Rädern." Angie seufzte tief auf. „Was gibt's?"

„Ich möchte mit dem Polizisten sprechen, der heute früh gegen ein Uhr dreißig Dienst hatte. Um die Zeit erhielt ich einen Anruf wegen eines Findelkindes. Haben Sie den Anruf auf Band aufgenommen?"

Angies Finger bewegten sich rasch über die Tastatur des Computers. „Lassen Sie mich nachsehen ... Hier ist es: ein Uhr siebenundfünfzig. Maria hatte Dienst. Aber sie kommt erst um zehn Uhr heute Abend. Möchten Sie sich das Band anhören?"

„Wenn niemand etwas dagegen hat."

Angie führte ihn in einen fensterlosen Raum mit einem langen Tisch in der Mitte und vier Klappstühlen. Die beiden Aschenbecher auf dem Tisch waren geleert, aber nicht gesäubert worden. Es roch nach kaltem Zigarettenrauch.

Angie kam schon bald mit einem Tonband, einem Rekorder und einer Tasse Kaffee zurück. „Grüße von der Abteilung."

„Danke." Dallas legte das Band ein und stellte den Rekorder an. Er hörte Chandras Stimme, zuerst äußerst erregt, später, bei der Beschreibung des Gesundheitszustandes des Kindes, ruhig. Die medizinischen Ausdrücke waren okay, was absolut untypisch war für jemanden, der nur einen Erste-Hilfe-Kurs gemacht hatte. Nein, es klang eher, als wäre Chandra Ärztin von Beruf.

Das wäre allerdings ein tolles Ding. Vielleicht wollte sie einfach nur ein wenig Privatleben für sich. Es ging ihn auch absolut nichts an. Sie hatte ihm einen Patienten gebracht, und er hatte die Sorge für diesen übernommen – nicht für sie.

Er lächelte beim Klang ihrer autoritären Stimme. Wie mag es sein, überlegte er, eine Frau wie sie zu küssen? Würde sie beißen und treten oder in meinen Armen schmelzen und schwach werden?

Verflixt, dachte er bei der Wendung seiner Gedanken. Einmal mehr hörte er das Band ab, erfuhr jedoch weder etwas über das Baby noch über Chandra Hill. In der Tat, nun hatte er noch mehr Fragen, diese Frau betreffend.

„Sie sind der Führer?“ Brian McGee war geschockt. Er schaute von Chandra zum Tresen, wo Rick in die Formulierung seiner neuen Broschüre vertieft war. „Ich erwartete eigentlich einen eher …“

„… männlichen Führer?“ Chandra übersah seinen arroganten Blick und schaute ihm gerade in die Augen.

„Ja, allerdings. Ich meine, ich zweifle selbstverständlich nicht an Ihren Fähigkeiten …“

„Sie ist die beste Bootsfrau, die ich habe“, stellte Rick klar, ohne von seiner Arbeit aufzusehen.

„Kommen Sie, Mr McGee, es wird Spaß machen“, versicherte ihm Chandra, obwohl sie sich nicht sicher war. Dieser junge Schnösel hatte seine festen Absichten über die Beziehungen zwischen männlichen und weiblichen Geschlechtern. „Glauben Sie mir, auch mit einer geringen Menge Testosteron kann man Kanu fahren.“

Er schluckte. „Begleitet uns jemand auf der Tour?“

„Nein, nur Sie und ich.“

McGee blickte Rick an. „Sie ist als ernsthafte Tour gedacht?“

Rick lachte spitzbübisch. „Ich garantiere Ihnen, Sie werden den aufregendsten Kick Ihres Lebens erfahren.“

„Und genau das möchte ich“, gab McGee mit einem Grinsen zurück.

„Gut.“ Chandra war schon an der Tür. „Sie kennen sich doch aus mit dem Paddeln, oder?“, fragte sie über die Schulter.

„Sicher.“

„Dann lassen Sie uns gehen.“

Zehn Minuten später waren sie auf dem Weg. Brian McGee folgte Chandras Wagen in einem klapprigen Pontiac. Am Junction Park ließen sie seinen Wagen stehen, und der junge Mann stieg zu Chandra um. Als sie den Gang einlegte, warf sie einen kurzen Blick auf sein Profil und meinte plötzlich, Dallas O'Rourke vor sich zu haben. Das Profil wirkte allerdings jungenhafter, doch auch die klaren blauen Augen blickten ebenso eindringlich. Aber selbstverständlich war das eine alberne Täuschung. Chandra schalt sich eine Närrin und nahm sich vor, für den Rest des Tages nicht mehr an Dallas O'Rourke zu denken.

„Stimmt irgendetwas nicht?", fragte McGee, aber Chandra schüttelte lachend den Kopf.

„Sie erinnern mich nur an jemanden, den ich kenne."

„An jemanden, den Sie leiden mögen?" Brian lachte.

„Ich bin mir nicht sicher." Chandra beschloss, die Unterhaltung zu beenden und stellte das Radio ein.

McGee verstand den Hinweis. Er kurbelte das Fenster an seiner Seite herunter und klopfte mit dem Fuß den Takt zu der alten Roy-Orbison-Melodie. Chandra sah es zufrieden. Ihre Gedanken wanderten zu dem Baby und dem Arzt, der das Kind versorgte. Ja, ein Kind wünschte sie sich schon lange. Nur, was fand sie eigentlich so anziehend an Dr. O'Rourke? Er war viel zu kompliziert für sie. Nicht, dass sie einen schlichten Mann wollte. Sie wollte überhaupt keinen. Und vor allem keinen wie Dallas O'Rourke. Sie umfasste das Steuer fester, als sie den gewundenen Schotterweg, entlang dem bewaldeten Ufer des Rattlesnake River, bergauf fuhren.

Dallas blickte finster auf seine Armbanduhr. Brian hatte vorgeschlagen, sich um sechs in der Rocks Horror Bar zu treffen. Inzwischen war es bereits sechs Uhr vierzig. Noch fünf Minuten. Mehr wollte er seinem verantwortungslosen Bruder nicht zugestehen. Brian kann sich das Geld bei der Bank leihen, wie andere Menschen auch, dachte er.

Gerade als er sein Bierglas geleert hatte, schwang die Tür auf, und Brian in seiner ganzen anmaßenden Männlichkeit trat ein. Er sah sich um, entdeckte Dallas und winkte.

„Entschuldige meine Verspätung." Brian ließ sich auf einen Stuhl an Dallas' Tisch sinken, winkte die Kellnerin herbei und deutete auf Dallas' leeres Glas. „Noch zwei von diesen da ... Moment, ist das was Leichtes? Vergessen Sie es. Ich möchte was Reelles. Was immer Sie im Fass haben."

Lässig lehnte er sich zurück. „Soeben hatte ich das Abenteuer meines Lebens, das kann ich dir versichern. Bist du jemals die Flussschnellen bei Grizzly Loop hinuntergeschossen?"

„Nein", antwortete Dallas.

„Teufel, Mann, das solltest du mal tun."

„Klingt gefährlich." Dallas wartete, bis Brian sich eine Handvoll Erdnüsse in den Mund geworfen hatte. Früher oder später würde er auf das Wesentliche zu sprechen kommen, was selbstverständlich die Höhe der gewünschten Summe betraf.

„Enorm gefährlich. Aber die Führerin verstand es, die Stromschnellen zu befahren. Unglaublich! Ich bin vor Angst fast gestorben."

„Eine Frau?"

„Du sagst es." Brian deutete mit dem Daumen zum Fenster. „Sie arbeitet bei ‚Wild West Expeditions' und heißt Chandra."

„Tatsächlich?", fragte Dallas trocken. Er nahm einen Schluck von dem Bier, das er nicht wollte. Gab es zufällig noch jemand mit dem Namen Chandra in einer Stadt wie dieser? „Ist sie blond?"

„Jawohl. Und sie sieht umwerfend aus." Brian zwinkerte seinem Bruder zu. „Für mich etwas zu schlank, aber höchst attraktiv." Dallas fühlte, wie sich sein Rücken versteifte. „Mit Frauen wie dieser würde ich mir hier gern noch eine Weile die Zeit vertreiben. Vielleicht gehe ich erst nach Weihnachten wieder zur Schule."

„Den Teufel wirst du tun", zischte Dallas. Doch sogleich hatte er seine Gefühle wieder unter Kontrolle. Brian machte sich nur über ihn lustig, das war doch offensichtlich. „Vielleicht sollten wir allmählich zum Geschäftlichen kommen …"

Brians Lächeln schwand. Zum ersten Mal, seit Dallas sich erinnern konnte, wirkte sein Halbbruder ernst. „Sieh mal, Dallas, ich hasse es, dich wieder um Geld zu bitten, aber ich brauche ein paar Scheine, um über die nächsten Wochen zu kommen."

„Wie viel benötigst du?"

„Ich weiß es nicht. Vier …" Er schaute auf, um zu sehen, wie weit er gehen konnte. „Vielleicht würde ich mit fünf Großen bis zum Frühling überleben."

Brian verlangte keine Unsumme. Ein Teil seines Unterrichts und die Bücher waren durch ein Stipendium abgedeckt. Aber Unterkunft und Verpflegung mussten bezahlt werden. Der Scheck von Brians Vater reichte nicht. Dallas verstand einfach nicht, wieso Brian sich während der langen Sommerferien nicht im Geringsten bemüht hatte, ein wenig hinzuzuverdienen. Zweifelnd, ob er mehr Schaden anrichtete als Gutes, zückte Dallas das Scheckbuch und schrieb einen Scheck über dreihundert Dollar aus, den Brian mit offensichtlicher Erleichterung einsteckte.

„Ich weiß gar nicht, wie ich dir danken soll."

„Mach deinen Abschluss."

„Keine Sorge. Ach ja, ich habe ein Geschenk für dich."

„Ich dachte, du seiest pleite?"

„Das bin ich, aber ich besitze doch eine Kreditkarte und ... Nun ja, ich hatte wohl gerade meine Spendierhosen an."

Dallas wollte protestieren. Kein Wunder, dass der Junge nicht mit dem Geld auskam. Brian zog eine Art Gutschein aus der Geldbörse und reichte ihn Dallas über den Tisch. Es war ein Bon für eine Wildwasser-Camping-Tour der Firma „Wild West Expeditions".

„Du brauchst auch mal Erholung, Dal. Solltest mal was anderes tun, als immer nur in der Klinik herumzuhängen."

„Das muss dich ein Vermögen gekostet haben."

„Entspann dich, ja? Du weißt, es ist dein Geld. Lass dich von Chandra zu den Grizzly Loops fahren. Ich habe sie extra für dich angefordert. Nach der Tour bist du nicht mehr derselbe, das garantiere ich dir. Die Erfahrung deines Lebens."

„Wenn du das sagst ..." Dallas verzog den Mund bei dem Gedanken, einen Tag allein mit Miss Hill zu verbringen.

Interessant ... Und gefährlich. Ein Tag oder zwei mit Chandra Hill konnten auch größeren Ärger bedeuten. Er wusste nichts von ihr, war stattdessen noch immer misstrauisch, dass sie etwas verbarg. Nun, das wollte er zu gegebener Zeit herausfinden, auch wenn ihm das Ergebnis möglicherweise nicht gefallen würde. Aber der Gedanke, ihr nahe zu sein, wenn sie ihre Aufmerksamkeit einmal nicht ausschließlich dem Baby widmete, war zu reizvoll, um Brians Geschenk abzulehnen. Er war bereit, die Chance zu ergreifen.

Dallas steckte das Ticket in seine Brieftasche.

5. KAPITEL

Einige Tage später hatte Dallas sein erstes freies Wochenende. Er saß in seinem Pick-up-Wagen und schaute durch das Fenster zu dem rustikalen Gebäude hinauf, in dem Chandra Hill arbeitete.

Baby Doe ging es gut. Erst tags zuvor hatte Dr. Williams die Erlaubnis gegeben, das Kind aus der Isolierstation ins allgemeine Kinderzimmer zu bringen. Hätte es Eltern gehabt, wäre es bald entlassen worden. Doch bisher wollte es niemand haben, trotz der groß aufgemachten Story auf der ersten Seite des „Rangers". Chandra wurde darin nur einmal erwähnt, aber Dallas war überzeugt, dass die Presse weiterhin herumschnüffeln würde. Fillmore würde nicht aufhören, jeden Winkel von Chandras Leben zu durchleuchten.

Dallas zog den Gutschein für die Wildwasserfahrt hervor und stieg aus seinem Wagen. Wollte er dieses Abenteuer wirklich? Möglicherweise galten seine Absichten eher Chandra als dem Ziel, in den Bergen Erholung zu finden. Sein Verstand sagte, es sei ein Fehler, das Angebot seines Bruders zu nutzen. Immerhin hatte Dallas vor langer Zeit beschlossen, auf jede Art von Komplikationen in seinem Leben zu verzichten.

Langsam stieg er die Treppe hinauf, die zu „Wild West Expeditions" führte. Es konnte nicht schaden, wenn er ein wenig mehr über die mysteriöse Miss Hill herausfand. Sie war faszinierend und geradezu verrückt nach diesem kleinen Jungen. Sie schien mehr Zeit auf der Kinderstation zu verbringen als irgendwo sonst. In zwei Tagen hatte sie das Kind fünfmal besucht.

Eine Glocke läutete, als er über die Schwelle trat.

Chandra befand sich allein im Büro. Sie saß hinter einem Behelfsschreibtisch und blickte in seine Richtung. Erstaunen und Angst drückte ihre Miene aus. „Dr. O'Rourke?", sagte sie und stand auf. „Ist etwas nicht in Ordnung? Das Baby ... Ist es ..."

„Es geht ihm gut", versicherte Dallas und sah, wie sie erleichtert die Schultern senkte.

„Dem Himmel sei Dank. Ich vermutete schon das Schlimmste."

Dallas konnte den Blick nicht von ihr wenden, während er den Raum durchquerte und ihr den Gutschein auf den Schreibtisch legte. „Ich bin gekommen, um diesen Schein hier einzulösen."

Chandra prüfte den Bon. „Sie wünschen eine Wildwasserfahrt?"

„Verbunden mit einer Übernachtung im Zelt, steht hier wohl."

„Wann?“ Chandra klang nervös. Sie trommelte mit den Fingern, während sie den verflixten Gutschein noch einmal musterte.

„So bald wie möglich. Ich habe drei Tage Urlaub und dachte, wir könnten starten, sobald Ihr Zeitplan es erlaubt.“ Er hätte es verstanden, wenn Chandra versucht hätte, ihn an jemand anderen zu verweisen. Dennoch wünschte Dallas nichts sehnlicher, als die nächsten Tage mit ihr allein zu verbringen.

„Auf diesem Coupon steht mein Name“, sagte Chandra und sah Dallas mit abschätzendem Blick aus ihren haselnussbraunen Augen an. „Haben Sie mich angefordert?“

„Es handelt sich um ein Geschenk von meinem Bruder.“

„Ihr Bruder?“

„Halbbruder, besser gesagt. Brian McGee.“

„McGee! Oh!“ In ihren Augen tanzte der Schalk. „Mr Macho.“

„Finden Sie?“ Dallas war nicht sicher, ob er diese Wendung in ihrem Gespräch mochte. Offensichtlich hatte Brians zweifelhafter Charme Chandra nicht unberührt gelassen. Dallas hatte gehofft, sie würde etwas wählerischer sein.

„Er war nicht gerade begeistert, eine Frau als Führerin zu erhalten.“ Chandra lachte. „Aber er änderte seine Meinung.“

„Was immer Sie getan haben mögen, er konnte nicht aufhören, Ihnen ein Loblieb zu singen.“

„Ich habe ihm Angst eingejagt. Soll ich das auch in Ihrem Fall versuchen?“

„Meinen Sie, es würde Ihnen gelingen?“

„Ganz sicher.“ Chandra hob eine Augenbraue.

Machte sie sich über ihn lustig? Für gewöhnlich hatten Frauen nicht die Nerven, ihn zu necken. Sein Spitzname, Dr. Eis, wurde ihm nicht selten nachgesagt. Er gefiel ihm nicht schlecht, sorgte er doch dafür, dass sein Leben ohne Komplikationen verlief.

„Nun, Miss Hill, Ihr Spiel kann beginnen.“

„In dem Fall nennen Sie mich Chandra, ich werde versuchen zu vergessen, dass Sie Arzt sind.“ Chandra lächelte ihn kühl an. „Wird Ihnen das möglich sein?“

„Absolut. Aber ich denke, da wäre einiges zu klären, bevor wir uns auf den Weg machen – es sei denn, Sie möchten noch aussteigen.“ Sie lehnte sich über den Tresen, der sie voneinander trennte. „Wenn wir im Boot sitzen, Dallas, habe ich das Sagen. Und so bleibt es bis zum Ende der Tour. Verstanden?“

Für eine so kleine Frau, dachte Dallas, spielt sie sich ziemlich autoritär auf. Er lächelte belustigt. „Um wie viel Uhr?"

„Lassen Sie uns nachsehen, was noch anliegt." Mit düsterer Miene musterte sie den Kalender, als wäre sie enttäuscht herauszufinden, dass sie nicht ausgebucht war. „Seien Sie um zehn Uhr dreißig hier. Bis dahin habe ich alles vorbereitet."

„Was soll ich mitbringen?"

„Außer guten Nerven?" Chandra reichte Dallas eine Liste, auf der aufgeführt war, was von ihrer Seite zur Verpflegung und Versorgung zur Verfügung gestellt wurde, und was er mitzubringen hatte. „Aber denken Sie daran, wir reisen mit leichtem Gepäck."

„Zu Befehl, Herr Kapitän", neckte Dallas und ging zur Tür.

„Noch etwas", rief sie ihm nach. „Kommen Sie allein? Der Gutschein gilt nur für eine Person. Oder kommt … Ihre Frau mit? Werden Sie von einem Familienangehörigen begleitet?"

„Meine Frau?", schnaubte Dallas und musste an Jennifer denken. Obwohl er seit Jahren von ihr geschieden war und andere Frauen kennengelernt hatte, war sie die einzige, die ihm gezeigt hatte, wer der Herr im Haus war. „Sicher nicht. Ich komme allein." Mit diesen Worten verließ er den Raum.

Chandra stöhnte auf. Was meinte er mit seiner Antwort auf ihre Frage nach seiner Begleitung? War er nun verheiratet oder nicht?

O'Rourke war pünktlich, das musste Chandra ihm zugestehen. Um zehn Uhr dreißig lenkte er seinen Pick-up auf den Parkplatz neben ihren Wagen. „Fertig?", fragte er und stieg aus.

„Darauf können Sie wetten." Dr. O'Rourke, nein, Dallas wirkte außerhalb der Klinik nicht weniger einschüchternd als drinnen. Obgleich er abgetragene Jeans, Joggingschuhe, T-Shirt und eine alte Lederjacke trug, stand er, Autorität ausstrahlend, aufrecht und mit gestrafften Schultern da. Was für Gedanken, schalt sich Chandra, als sie auf der Ladefläche des Suburban balancierte und die Halterung befestigte, die das Schlauchboot sichern sollte.

„Brauchen Sie Hilfe?"

„Noch nicht." Chandra sprang hinunter und wischte den Staub von den Händen. „Sie folgen mir in Ihrem Truck und parken ihn bei unserem Zelt. Den Fluss hinauf nehmen wir meinen Wagen."

Wenig später brausten sie die Landstraße entlang, vorbei an den Hügeln, die die Stadt umgaben. Chandra sah immer wieder in den Rückspiegel, um Dallas in seinem Wagen zu beobachten. Etwas an diesem Mann war verdammt aufregend, und obwohl sie es nicht wahrhaben wollte, wusste sie, dass ihre Zuneigung für ihn nichts mit dem Baby J.D. zu tun hatte.

Nach beinahe zwei Stunden Fahrt bog Chandra von der glatten Asphaltstraße auf einen Schotterweg, der sich in vielen Kurven die Berge hinauf wand. Hohe Tannen umsäumten den Weg, und durch die Bäume glitzerte silbern das Wasser des Rattlesnake River.

Chandra fuhr auf einen Parkplatz neben der Straße, der sich südlich von Grizzly Loop befand. O'Rourkes Wagen kam neben ihrem zum Stehen. „Ich kann nicht bei Verstand gewesen sein", sagte er, als er auf den Boden sprang. „Wie konnte ich mich nur von Brian zu einer solchen Unternehmung überreden lassen?"

„Das war nicht Ihre Idee?"

„Keineswegs."

Chandra öffnete die rückwärtige Tür ihres Suburban und begann, Zelt und Verpflegung auszuladen. „Lassen Sie mich raten. Sie wollten heute eigentlich gar nicht mitkommen, aber Ihr männlicher Stolz gestattete keine Absage. Richtig? Da Ihr Bruder jedoch ..."

„Halbbruder", korrigierte Dallas.

„Wie auch immer. Da er die Verabredung traf, mussten Sie Ihrem Ego gerecht werden. Sie mussten beweisen, dass Sie Manns genug sind, sich dem Fluss zu stellen."

„Vielleicht vermochte ich nur nicht der Aussicht zu widerstehen, einige Zeit mit Ihnen zu verbringen." Dallas ärgerte sich über den Klang seiner Worte. Himmel, dieses abgedroschene Geschwätz könnte aus einem alten Schnulzenfilm stammen.

„Das habe ich mir gedacht", gab Chandra zurück. Das Grübchen in ihrer Wange vertiefte sich, und ihre haselnussbraunen Augen strahlten. „Okay, wollen Sie mir nun helfen oder nicht?"

„Ich dachte, Sie wären der Führer."

„Auf meinen Touren muss jeder mit anfassen." Sie warf ihm einige Zeltstangen zu. „Wir sollten das Zelt am Waldrand errichten."

„Wie Sie wünschen. Sie sind der Boss." Dallas trug Zeltstangen, Zeltbahn und eine schwere Kiste einen staubigen Weg hinunter. Zum ersten Mal dachte er, klug gehandelt zu haben, als er sich auf dieses kleine Unternehmen einließ. Brian hatte recht – auch wenn er das nur ungern eingestand. Eine Abwechslung von seinem sterilen Alltag war tatsächlich angebracht. Während der letzten drei Jahre hatte er nicht am gesellschaftlichen Leben teilgenommen, sondern sich mit Arbeit und Schlafen zufriedengegeben. Zwar pflegte er täglich im Pool eines Sportclubs zu schwimmen, um seinen Frust loszuwerden, aber selbst zum Skilaufen hatte er nicht mehr die Zeit gefunden. Er war zu beschäftigt.

„Ich glaube, hier wäre eine passende Stelle." Dallas hatte nicht einmal bemerkt, dass Chandra sich auf gleicher Höhe mit ihm befand. Der Weg hatte an einem einsamen Sandstreifen geendet. Sie nahm ihm die Zeltstangen ab. „Stellen Sie die restliche Ausrüstung ab und entladen Sie den Suburban ganz. Den Erste-Hilfe-Kasten, Rettungswesten und alles, was wir auf der Wildwasserfahrt benötigen könnten, lassen Sie im Wagen." Und als er sich nicht rührte, lächelte sie süß und fügte hinzu: „Bitte!"

Dallas war nicht daran gewöhnt, Befehle entgegenzunehmen. Aber sie hatte sich ihm gegenüber von Anfang an sehr offen verhalten, und so erfüllte er ihre Forderungen und ging den Weg zurück.

Als er zurückkehrte, stand Chandra über ihre Arbeit gebeugt. Die Zeltstangen steckten im Boden, die Halterungen waren fest angezogen. Mit aller Kraft bemühte sie sich, das Nylonzelt über den Stangen zu glätten.

„Kommen Sie, lassen Sie mich Ihnen helfen", erbot sich Dallas.

„Wissen Sie denn, wie das funktioniert?"

„Hm."

„Sagen Sie nicht, Sie wären ein verkappter Adlerpfadfinder", scherzte sie höhnisch und nutzte die Pointe ihrer Bemerkung zu einem erneuten verführerischen Lächeln.

„Keineswegs. Das kenne ich vom Militär."

„Sie waren Soldat?"

„Nein, nur mein Vater", korrigierte Dallas und fragte sich, wieso er ihr Informationen über sich gab. „Er war Militärarzt."

„Und Sie beschlossen, in seine Fußstapfen zu treten?"

„So ähnlich." Für ihn war dieses Thema abgeschlossen. Er hatte die Tour mit der festen Absicht unternommen, einiges über Miss Hill zu erfahren – nicht umgekehrt.

Nachdem das Zelt aufgestellt war, schwang Chandra ein Seil über einen Ast in fünf Meter Höhe und zog eine Nylontasche mit Lebensmitteln hinauf. „Braunbären", erklärte sie, als sie Dallas' fragenden Blick sah. „Sie sind so hungrig wie Yogibär und zweimal so clever. Wir sollten nichts Essbares herumliegen lassen."

„Niemand hat mich vor Bären auf dieser Tour gewarnt."

„Keine Sorge. Ich werde Sie beschützen." Chandra lachte. Der kehlige Laut, den Dallas nun zum wiederholten Male hörte, überraschte ihn. Sie warf einen Blick auf ihre Armbanduhr. „Kommen Sie, wir wollen vor dem Dunkelwerden zurück sein."

Ihre Kleidung, bestehend aus hellem T-Shirt und Shorts, wirkte nicht unbedingt sexy, aber etwas an ihrem Lächeln deutete auf eine schlummernde Sexualität, die darauf wartete, geweckt zu werden. Seine Gedanken eilten voraus, stellten sich vor, wie sie nackt, mit wild zerzaustem Haar auf dem gelben Strand lag, während Wassertropfen aus dem Fluss auf ihrer Haut glitzerten.

„Bereit?"

Sein Herz pochte laut. Als ihm bewusst wurde, dass Chandra ihn beobachtete, riss er sich mit aller Kraft aus seinen Fantasien. „Wann immer Sie wünschen." Seine Stimme klang tiefer, als sie es von ihm gewohnt war.

„Okay." Chandra stieg in ihren Suburban und forderte Dallas auf einzusteigen. Er hatte kaum Platz genommen, als sie bereits aufs Gaspedal drückte und losbrauste.

Dr. O'Rourke war ganz anders, als Chandra ihn sich vorgestellt hatte. Er war verdammt schweigsam. Sie wusste nie, was er dachte, und während sie über den Weg polterten zum Start der Wildwassertour bei Grizzly Loop, wünschte sie, sie hätte dieser Tour nie zugestimmt. Sein bedrückendes Schweigen machte sie nervös, und sein eindringlicher Blick ließ sie nicht zur Ruhe kommen. Das minderte seine erotische Ausstrahlung jedoch keineswegs. Sie wirkte, da sie allein mit ihm in der Wildnis war, noch faszinierender als zuvor.

„Wohin genau fahren wir?", fragte der Arzt.

„Zu einer Stelle, die sich Fools Bluff nennt."

„Dummkopfs Klippe, wie passend", murmelte Dallas und setzte sich eine entspiegelte Sonnenbrille auf.

Chandra ignorierte seine Bemerkung, riskierte jedoch einen Blick auf das Profil jenes umwerfend männlichen und attraktiven Mannes, der für die nächsten sechsunddreißig Stunden ihr Gefährte sein würde. Sie wusste, er beobachtete sie aus dem Augenwinkel, und das machte sie verlegen. Nie zuvor hatte sie sich anstrengen müssen, wenn es darum ging, Konversation zu machen. Ihre Kunden waren immer in der Lage, ein Gespräch in Gang zu halten.

Bei Dr. O'Rourke war das ganz anders.

Die Mittagssonne brannte heiß vom wolkenlosen Himmel. Chandra fuhr die kurvenreiche Straße hinauf, die dem Flussbett folgte. „Okay", sagte sie nach einer Weile, „gehen wir noch einmal die Sicherheitsregeln durch. Erstens: Ich habe das Sagen. Ich lasse Sie das Schlauchboot führen, in problematischen Situationen müssen Sie mir jedoch vertrauen und die Führung überlassen."

O'Rourke nickte leicht.

„Zweitens: Sie tragen die ganze Zeit über Ihre Schwimmweste."

„Ich habe die Regeln gelesen." Dallas kurbelte sein Fenster herunter und stützte den Ellbogen auf den Türrahmen. Kühle Bergluft und der Duft von dem frischen Wasser durchströmte das Wageninnere. Eine leichte Brise zauste an Chandras Haar und liebkoste ihren Nacken.

Schließlich endete die Straße und bildete nur noch einen schmalen Pfad, der von Gras, Unkraut und Wildblumen bewachsen war. „Dieser Teil des Flusses ist als Grizzly Loop bekannt", erklärte Chandra und sah Dallas an.

„Gibt es wirklich noch Bären hier oben? Ich dachte, Sie hätten die Lebensmittel nur so hoch gehängt, um mir Angst einzujagen."

„Habe ich Ihnen wirklich Angst gemacht?"

„Sie haben mich zu Tode erschreckt."

„Was die Bären anbetrifft, werden Sie davon ebenso wenig sehen wie von den Klapperschlangen, nach denen der Rattlesnake River benannt wurde. Der Fluss und die einzelnen Abschnitte nach den Stromschnellen haben ihre Namen vor langer Zeit erhalten. Sind Sie nun enttäuscht?"

„Erleichtert."

Chandra hantierte am Radio. Statt der leisen Countrymelodien war nur noch atmosphärisches Knistern zu hören. „Ich fürchte, wir müssen uns mit unserer brillanten Konversation begnügen."

„Ist mir recht." Dallas lehnte sich an den Türrahmen und musterte Chandra. „Worüber möchten Sie sprechen?"

„Baby Doe", antwortete Chandra automatisch. Es bestand kein Grund, lange herumzureden. Auf diese Weise konnte sie es umgehen, Dallas über ihr Leben zu informieren.

„Was ist mit Baby Doe?"

„Hat jemand Anspruch angemeldet?"

Als Dallas den Kopf schüttelte, fühlte sich Chandra unendlich erleichtert. Seit sie das kleine Kind weinend und mit rotem Gesichtchen in ihrem Stall gefunden hatte, hatte sich ein Gedanke in ihrem Kopf festgesetzt, der lauter und mit jedem Tag eindringlicher wurde. Sie wünschte sich das Baby, und trotz tausend Einwänden wusste sie, dass sie im Begriff war, die Vormundschaft für dieses Kind zu beantragen. Es war an der Zeit, dass sie Mutter wurde. Sie brauchte das Baby, und das Baby brauchte eine liebende Mutter, wie sie eine sein wollte.

Endlich erreichten sie Fools Bluff. Die felsige Klippe befand sich einhundertzwanzig Meter über dem Fluss und bot einen aufregenden Blick über den sich durch einen tiefen Canyon schlängelnden Rattlesnake River. „Dort werden wir entlangpaddeln." Chandra parkte den Wagen, kletterte heraus und zeigte nach Süden auf den unendlich langen, wilden Fluss.

„Von hier oben sieht er recht zahm aus", bemerkte Dallas.

Chandra lachte. „Wissen Sie nicht, dass das Äußere täuschen kann?"

„Ich beginne gerade, das zu lernen." Er warf ihr einen abschätzenden Blick zu, der ihr Herz sekundenlang laut hämmern ließ. Rasch drehte sie sich zu ihrem Wagen um und begann, das Schlauchboot vom Dach zu lösen.

Dallas arbeitete an der anderen Seite des Wagens, und bald trugen sie das Boot zusammen mit der ganzen Ausrüstung über den schmalen Pfad, der durch Gestrüpp und herrliche Pinien führte, die den Fluss säumten. „Wissen Sie genau, dass es ein sicheres Unternehmen ist?"

„Sie sind doch versichert, oder?"

„Höher geht es nicht. Ich bin Arzt, haben Sie das vergessen?"

„Dann entspannen Sie sich. Es gibt nichts, was Sie beunruhigen müsste", neckte Chandra. In ihren Augen glitzerte es übermütig.

6. KAPITEL

Wie eine Riesenschlange wand sich der Fluss, schoss das eiskalte Wasser über das kantige Gestein. Chandra lenkte das Schlauchboot durch die Stromschnellen, konzentrierte sich auf die Strömung und führte das Boot vorbei an Felsen und umgestürzten Bäumen.

Das Boot traf auf einen Aststumpf und wirbelte herum.

Adrenalin beschleunigte Chandras Puls, während das Boot sich neigte und Wasser aufnahm. Halte durch! beruhigte sie sich. Eiskalt zischte ihr die Gischt ins Gesicht. Weder das nasse Shirt noch die triefenden Shorts lenkten sie von ihrer Konzentration auf die Kräfte der Natur ab. Das Boot hob und senkte sich, flog dahin mit dem wilden Strom. „Weitermachen!“, schrie sie und versuchte, mit den Schultern die Balance des Bootes auszugleichen.

Als sie sich umschaute, um der beißenden Gischt auszuweichen, sah sie, dass Dallas die Position der Paddel verändert hatte und seine Körperbewegungen geschickt der Strömung anpasste, als wäre er auch ein Wildwasserführer.

In diesem Moment traf das Boot auf einen aus dem Wasser ragenden Fels, fuhr in die Höhe, wirbelte herum und landete wieder auf dem Wasser. Einen aufregenden Moment lang drehte es sich im Kreis, bevor Chandra zur Fahrrinne zurückfand. Dallas paddelte mit der Strömung und half ihr, den Kurs zu halten.

„Sie haben gelogen. Sie waren doch Pfadfinder!“, schrie Chandra ihm über das dröhnende Wildwasser zu.

„Nein, war ich nicht. Aber ich habe gelernt, für alles bereit zu sein.“

„Von Ihrem Vater?“

Dallas antwortete nicht, konzentrierte sich wieder auf sein Paddel, und sie passierten den glatten Fels, der aus der eiskalten Tiefe ragte.

„Showtime!“, rief Chandra, als die Strömung wieder schneller wurde. Geschickt glitten sie durch die Stromschnellen. Eine halbe Stunde später steuerten sie um die letzte Biegung des Rattlesnake unterhalb von Fools Bluff, wo das Zelt auf sie wartete.

„Heim, geliebtes Heim“, sang Chandra, und Dallas musste ihr einfach zustimmen.

Chandra ließ die Paddel durch das Wasser gleiten und lenkte das Boot zum Ufer. Kurz vor dem Strand sprang sie ins eisige Wasser. Dallas holte vor Schreck tief Luft, folgte ihr jedoch, und gleich darauf zogen sie gemeinsam das Boot auf den Strand, wo sie es zum Trocknen umdrehten.

„Und was kommt als Nächstes?“, fragte Dallas.

„Jetzt können Sie sich trockene Kleidung anziehen oder anbehalten, was Sie tragen. Es wird schnell trocken. Wir bereiten das Dinner zu. Und wenn es dunkel ist, erzählen wir Gruselgeschichten am Lagerfeuer und jagen uns höllische Angst ein.“

Dallas musste lachen, und Chandra fiel heiter mit ein. Hinter der unnahbaren Fassade verbarg er einen gewissen Sinn für Humor. Hier in den Bergen wirkte er entspannter. Im Laufe dieses Tages stellte sie fest, dass ihre Gedanken sich immer mit ihm beschäftigten. Schon fragte sie sich, wie Dallas als Liebhaber sein mochte. Wie als Ehemann und Vater?

Vor dem Dunkelwerden fuhren sie in Dallas' Truck den Fluss hinauf und holten den Suburban ab. Bei ihrer Rückkehr war die Sonne hinter den Bergen versunken.

Das Dinner bestand aus Sandwiches, Obst und Plätzchen. „Nicht gerade Essen aus dem Maxim's“, bemerkte Dallas. Er lehnte den Rücken an einen großen Stein und streckte die Beine aus.

„Beklagen Sie sich nicht. Warum haben Sie nicht die Tour mit Kaviar, Champagner und Appetithäppchen auf einer Jacht gebucht?“

„Unmöglich.“ Seine Mundwinkel hoben sich belustigt. „Dazu fehlt meinem Bruder das Geld.“

„Stehen Sie sich sehr nahe?“

Dallas antwortete nicht. Chandra saß an einen Baumstamm gelehnt, hatte die Beine bis unter das Kinn angewinkelt und die Arme um die Knie gelegt. „Ist es nicht zauberhaft hier oben? Als ich diese Landschaft zum ersten Mal sah, wusste ich, dass ich in dieser Gegend bleiben wollte.“

„Woher kommen Sie?“ Dallas musterte sie aufmerksam.

Eine Sekunde lang vergaß sie zu atmen. Erst dann wurde ihr klar, dass sie mit diesem Mann die Nacht verbringen musste, ganz allein in der Wildnis. Sicher, es war keine neue Erfahrung für sie, immerhin hatte sie eine nicht geringe Anzahl von Campingtouren begleitet, aber sie spürte genau, dass diese Nacht anders werden würde – wegen Dallas.

„Ich nehme an, Sie sind nicht hier geboren“, sagte er.

„Nein, ich stamme aus Idaho“, antwortete sie. „Dort bin ich aufgewachsen. Mein Vater war ein richtiger Abenteurer. Da er keine Söhne hatte, ich jedoch die älteste Tochter war, verbrachte er viel Zeit damit, mir die Kniffe beim Kanufahren, Reiten, Schwimmen, Paddeln und Bergsteigen beizubringen.“

„Und Sie machten Ihre Kenntnisse zum Beruf?"

„Mit einigen Unterbrechungen. Warum interessiert Sie das?"

Er blickte sie forschend an. „Weil ich nie zuvor einer Frau begegnet bin, die nach einem Erste-Hilfe-Kurs fähig war, eine so schnelle und genaue Diagnose zu stellen, wie Sie es taten, Miss Hill."

„Chandra. Schon vergessen?" Sie überlegte, ob sie aufrichtig sein sollte. Eigentlich verdiente er es. „Sie haben recht", gestand sie. „Ich hatte ein wenig mehr als den Grundkurs in Erster Hilfe. Ich studierte Medizin, brach das Studium jedoch ab." Sie mochte sich ihm nicht ganz anvertrauen, gab es doch zu viele quälende Gefühle, über die sie noch nicht sprechen mochte.

„Warum?" Der Mond war inzwischen aufgegangen, Nebel hüllte sie ein und trennte sie von dem Rest der Welt.

„Ich dachte, es sei nicht das Richtige für mich." Warum erzähle ich ihm nicht die Wahrheit und bringe es hinter mich? schalt sich Chandra. Sie versuchte es noch einmal, aber ihr Hals war wie zugeschnürt. Ihr war plötzlich kalt. Langsam erhob sie sich. Sie wusste nicht, wie weit sie Dallas ihr Leben offenbaren sollte.

Da sie keine weitere Erklärung gab, stand auch Dallas auf. Er ging zu ihr, ohne den Blick von ihrem Gesicht zu wenden. Als er vor ihr stehen blieb, streifte sein Ärmel ihren Arm, und ihr war seine Nähe vollkommen bewusst.

Chandra hob den Kopf, konzentrierte den Blick auf sein breites Kinn, sah, wie sein schwarzes Haar im Wind wehte. Er schien ihre Qual zu verstehen, fragte nicht, nahm sie einfach in die Arme und hielt sie fest. Seine Zärtlichkeit trieb ihr die Tränen in die Augen. Sie versuchte nicht, sich zu befreien, gab sich einfach seiner Umarmung hin und lauschte dem Rauschen des Flusses.

Seit wie langer Zeit hatte sie niemand in den Armen gehalten?

Sie spürte seinen Atem an ihrer Stirn, fühlte die Wärme seines Körpers, die wie Balsam auf die alten Wunden wirkte. Sie legte ihm die Arme um den Hals.

„Chandra", flüsterte Dallas heiser.

Himmel, was tue ich? Verflixt noch mal, er ist ein Fremder für mich.

Selbst wenn sie seine Umarmung als angenehm empfand, war er doch ein Kunde ihrer Firma und kein Mann, mit dem sie sich einlassen durfte. Vielleicht war er auch verheiratet? Was wusste sie? Vergeblich versuchte sie, sich aus seinen starken Armen zu befreien. „Das darf nicht sein, Dallas. Ich kenne Sie kaum." Sie blickte ihm in die Augen.

„Hören Sie, ich spiele nicht. Vor allem nicht mit verheirateten Männern“, sagte sie entschlossen.

„Dann sind Sie sicher.“

„Sie sind nicht verheiratet?“

Er umfasste sie fester. „Nicht mehr.“

„Oh!“ Chandra wusste nicht, was sie sagen sollte. Erneut versuchte sie, sich seinen Armen zu entwinden, aber er gab sie nicht frei. „Dennoch, ich glaube nicht, dass es klug ist.“

„Ich bin überzeugt, dass Sie recht haben.“

„Für gewöhnlich lasse ich mich nicht mit jedem ein“, stellte sie klar. Ihr Puls raste. Dallas zu umarmen war Wahnsinn.

„Soweit ich bisher feststellen konnte, tun Sie immer das, was Sie sich in den Kopf gesetzt haben, Miss Hill.“

„Chandra“, erinnerte sie ihn, aber die Worte blieben ihr beinahe im Hals stecken, als sich ihre Blicke kreuzten. In diesem Moment war ihr klar, dass er sie küssen wollte, und sie wollte ihn nicht aufhalten. Langsam beugte er den Kopf vor, und sein Mund drückte sich auf ihre Lippen.

Das ist ein Fehler, schalt sie sich, mochte jedoch nicht auf ihre innere Stimme hören. Sein Kuss weckte ihre Gefühle zum Leben, die lange schlafende Leidenschaft und unbändiges Verlangen. Chandras Knie wurden weich, als Dallas das Gewicht verlagerte, sie langsam hinunterzog und sanft auf den Sand zurücklegte.

Herrlich das Gefühl, ihn halb über ihrem Körper zu spüren. Sie wehrte sich nicht, als sein Mund von ihren Lippen zu ihrem Kinn und zu der kleinen Vertiefung am Hals glitt. Beglückt nahm sie wahr, wie er eine Hand auf ihren Körper legte, als wollte er das Schlagen ihres Herzens tief in ihrem Innern fühlen.

Dann bewegte er sich ein wenig, seine Hand glitt aufwärts, ertastete ihre Brüste. Chandra stöhnte leise auf, als ihre Spitzen fest wurden und sich ihm entgegenstreckten.

Himmel, welch ein Wahnsinn! Aber aufhören konnte sie auch nicht. Sie umfasste seine Schultern und atmete tief ein, als Dallas das weiche T-Shirt beiseiteschob, bis nur noch die weiße Spitze Haut von Haut trennte.

„Chandra“, murmelte er an ihrem Ohr, „Himmel …“ Im Schein des Mondes streifte er ihr das T-Shirt ab, und der Anblick ihrer dunklen Knospen unter der seidigen Spitze ließ ihn aufstöhnen. Einen Moment schloss er die Augen, als er Chandra aber gleich darauf wieder anschaute, wurde auch er von wilder Leidenschaft gepackt. „Das ist Wahnsinn“, flüsterte er, und Chandra brachte kein Wort hervor. Ihr Hals war wie ausgetrocknet.

Sie zitterte, als er die Träger ihres BHs abstreifte. „Du bist schön", raunte er, aber als wüsste er, dass diese Worte so oft und unbedacht ausgesprochen werden, blickte er ihr tief in die Augen. „Wahrscheinlich ist das mehr ein Fluch als eine Gnade."

Schön? Chandra wusste, dass sie hübsch war, aber schön? Niemals. Sie fühlte, wie sie errötete. Hoffentlich verbarg die Nacht die scharlachroten Flecken, die ihr den Nacken hinaufkrochen. „Es ist nicht erforderlich, so etwas zu sagen."

Dallas legte die Arme um sie und zog sie an sich. Sein Mund fand ihren in einem atemberaubenden Kuss. Chandras Innerstes begann zu schmelzen, ihr Herz brannte lichterloh und ließ sie alles um sich herum vergessen. Hingebungsvoll bog sie sich ihm entgegen, als er sich noch fester an sie schmiegte. Sein Mund liebkoste die Brustspitzen, massierte fordernd die zarte Haut.

Und Chandra zog seinen Kopf näher. Im Taumel bittersüßer Gefühle stöhnte sie auf, als sein warmer Atem die feuchten Knospen fächelte. „Bitte …", hauchte sie in heißem Verlangen. „Bitte …"

Er fand den Verschluss ihrer Shorts, seine Finger wanderten abwärts. Irgendwo über ihnen in den Bäumen erklang der leise Ruf einer Eule. Dallas' Lippen hoben sich einen Moment. „Es ist ein Fehler", murmelte er plötzlich und fuhr sich ungeduldig mit einer Hand durchs Haar, als hätte er damit die Spannung lösen können, die seine Muskeln kontrollierte. Er rollte sich zur Seite. „Verflixt, Chandra, ich weiß gar nicht, was in mich gefahren ist."

Die plötzliche Zurückweisung machte Chandra entsetzlich verlegen. Insgeheim schalt sie sich eine verdammte Närrin und suchte ihre Kleidung zusammen.

„Sieh mal, es tut mir leid …"

„Es gibt nichts zu entschuldigen", unterbrach sie ihn. „Wir haben die Beherrschung verloren, das ist alles." Sie wünschte, innerlich so ruhig zu sein, wie sie nach außen wirkte. Sie sah sich absolut nicht in der Rolle der Femme fatale! Schließlich war diese kleine Eskapade mit Dallas völlig untypisch für sie.

Dallas presste die Lippen zusammen. Beinahe hätte Chandra aufgelacht. Was dachte er wohl von ihr? Sie streifte das T-Shirt über den Kopf und zwang sich zu lächeln. „Was soeben geschehen ist, gehört eigentlich nicht zu dieser Tour, nicht einmal zu unseren kostspieligsten.“ Aber Dallas war nicht in der Stimmung für Scherze. „Mach dir deswegen keine Gedanken“, fuhr sie fort, konnte jedoch an nichts anderes denken als an seine Liebkosungen, den Duft seines Körpers, den Geschmack seiner Lippen. „Wir sollten uns um das Dinner kümmern. Und wenn du glaubst, nur weil ich eine Frau bin, mache ich alles allein, so hast du dich getäuscht … Oh!“

Dallas umfasste ihre Taille und wirbelte sie herum. Beinahe wäre sie über einen Stein gestolpert, aber Dallas fing sie rechtzeitig auf. Fest hielt er sie in seinen Armen und presste das ernste Gesicht gegen ihres.

„Ich möchte, dass du weißt, dass ich keine Spielchen spiele“, sagte er ruhig.

Chandra schluckte. „Das würde ich niemals unterstellen.“

„Also, etwas wie heute kann ich einfach nicht leichtnehmen und es abschütteln, wie du es offensichtlich vermagst.“

„So fällt es leichter“, log sie.

Dallas kniff die Augen zusammen. „Was für eine Frau bist du eigentlich, Chandra? Bist du wirklich so hart?“

„Hart genug.“ Chandra hob das Kinn vor. Dass sie in ihrem Innern erzitterte, durfte er nicht merken. Dallas sollte bei ihr keinerlei Schwächen vermuten. „Komm!“, sagte sie und entzog ihm ihre Hand. Zögernd ließ er sie gehen. „Ich sterbe vor Hunger.“

Nach dem Essen saßen sie vor dem Zelt. Die Fackeln leuchteten in der Wildnis und lockten die Insekten an. Das Rauschen des Wassers erfüllte die Nacht, und Chandra war so zufrieden wie schon lange nicht mehr. Das Zusammensein mit Dallas gab ihr ein tröstliches Gefühl der Geborgenheit. Seine heiße Leidenschaft ließ sie jedoch wachsam sein. Bedächtig tranken sie ihren Kaffee, saßen voneinander getrennt und wagten nicht, sich zu berühren.

Chandra schlang die Arme um die Knie und sah den Mann an, den sie als J. D.s Arzt kennengelernt hatte und nun als Freund, besser als guten Bekannten ansehen durfte. Vielleicht als Liebhaber? Nun, es gab wichtigere Überlegungen. „Was meinst du, wann die Behörden Baby John Doe in ein Heim oder zu Pflegeeltern geben?“

„Nach der Entlassung aus der Klinik, in ein bis zwei Tagen.“

„So bald?“ Chandras Herz stockte. Sie musste rasch handeln.

„Er kann nicht in der Klinik bleiben.“ Dallas nahm die Kaffeekanne auf und fragte, ob er Chandra auch nachschenken sollte.

Aber Chandra schüttelte den Kopf. Ihre Gedanken bewegten sich im Kreis. Wenn sich die Mutter nicht meldete, wollte sie versuchen, das Baby zu adoptieren. Warum nicht? Gleich nach ihrer Rückkehr wollte sie ihren Anwalt anrufen, alle Anträge ausfüllen und tun, was erforderlich war …

„Was beschäftigt dich so stark, Chandra?", fragte Dallas. „Den ganzen Tag über sprichst du von dem Baby." Er legte sich auf seinen Schlafsack und stützte sich auf einen Ellbogen.

Kann ich ihm trauen? Chandra brauchte einen Freund, einen Verbündeten, aber Dr. O'Rourke war keine sichere Wahl. Nervös befeuchtete sie die Lippen. „Ich hoffe, man erlaubt mir, ihn zu adoptieren", gestand sie.

„Wenn sonst niemand Anspruch auf ihn erhebt."

„Wenn J. D.s …" Chandra sah, wie Dallas die Brauen hob. „Ich nenne ihn so, weißt du, anstelle von John Doe." Als er nickte, fuhr sie fort: „Wenn J. D.s Mutter auftaucht, wird sie mir ihre Qualitäten beweisen müssen. Was ist das für eine Mutter, die ihren Säugling in einem Stall aussetzt?"

„Eine verzweifelte vielleicht?"

„Warum blieb sie nicht in der Nähe und klopfte an meine Tür? Ich hätte ihr geholfen. Nein, es gibt keinen Grund, einen Säugling dem Sterben zu überlassen."

Dallas trank seinen Kaffee aus. „Das Baby ist nicht gestorben", betonte er. „Vielleicht befand die Mutter sich in einer unerträglichen Situation, war vielleicht auf der Flucht …"

„Es gibt Anlaufstellen, bei denen man Hilfe findet …"

„Nicht genug."

Chandra blickte Dallas an und bemerkte die tiefen Linien um Mund und Augen. Dr. O'Rourke besaß also auch eine menschliche Seite. Er hatte viele Eigenschaften, und sie würde zu gern eine nach der anderen erkunden, um schließlich den Mann zu erkennen, der sich unter seiner kalten, professionellen Fassade verbarg.

„Als Notarzt sehe ich viele Unfälle bei Frauen und ihren Kindern. Du weißt nicht, ob die Mutter als Mensch mit begrenztem Wissen in ihrer Not nicht ihr Bestes gegeben hat."

„Ein Baby allein und hilflos auszusetzen kann nicht das Beste sein. Diese Frau hätte auch andere Möglichkeiten gehabt. Sie hätte ihr Baby mitnehmen können."

„Und wenn sie viele Kinder hat? Wir kennen die Motive der Frau nicht. Dennoch kann es passieren, dass sie eines Tages auftaucht und ihr Kind zurückhaben will."

Chandra wusste, er hatte recht, und als ihre Blicke sich trafen, erkannte sie, dass eine Spur von Trauer in seinen Augen lag.

„Lass dich nicht zu sehr auf J.D. ein. Gib ihm keinen Namen und stell dir nicht vor, wie du ihn bemutterst oder kleine Schuhe für ihn strickst. Du könntest enttäuscht werden."

„Adoption ist die Chance, und ich muss sie ergreifen."

Dallas schaute mit ernster Miene ins Feuer. „Es gibt andere Möglichkeiten, Mutter zu werden, einfachere. Solche, die dir die Sicherheit geben, dass dir niemand das Kind wegnimmt."

Chandra stöhnte auf. „Die meisten dieser Möglichkeiten erfordern einen Mann. Möchtest du dich als Anwärter anbieten?"

Sogleich wünschte Chandra, ihre zu schnell herausgeplapperten Worte zurücknehmen zu können. Möglicherweise dachte er, sie habe diesen Vorschlag ernst gemeint.

„Ich dachte nur, du könntest einen freundschaftlichen Rat gebrauchen", sagte er schließlich.

Ein Gefühl der Zuneigung für diesen Mann erfüllte sie. „Danke."

„Aber du wirst es dennoch versuchen, nicht?" Als sie schwieg, fuhr er fort: „Vielleicht brauchst du doch einen Mann. Die Behörden geben Kinder bevorzugt in Familien, in denen sowohl eine Vater- als auch eine Mutterfigur vorhanden ist. Und nun zu deiner vorherigen Frage: Nein, ich gehe nicht umher und zeuge Kinder. Nenne mich altmodisch, aber ich finde, der Vater hat die Pflicht, die Verantwortung und das Privileg, bei der Erziehung seiner Kinder zu helfen."

„Nun …" Chandra stand auf und säuberte ihre Hände. „Jetzt wissen wir zumindest, wie wir zueinander stehen."

„Beinahe." Dallas erhob sich und umfasste Chandras Schultern. „Sei vorsichtig, Chandra. Wenn du nicht achtgibst, könntet ihr, du und das Baby, bei diesem Vorhaben Schaden nehmen."

„Das geht nur mich etwas an."

„Es betrifft auch mich, gleichgültig, ob es dir gefällt oder nicht." Er gab Chandra frei, und sie trat zurück. Ihr Herz pochte wild. Was war los mit ihr? Bisher hatte sie problemlos den Annäherungen der Männer widerstehen können.

Vergeblich wünschte sie, sich nie auf O'Rourke eingelassen zu haben. Er hatte ihre Angst bestärkt, dass es schwierig, ja qualvoll werden könnte, ein Baby zu adoptieren. Vielleicht funktionierte es gar nicht.

Aber er kannte Chandra nicht. Er wusste nicht, dass jemand mit dem Teufel im Bunde sein musste, wenn er ihr etwas ausreden wollte, was sie sich in den Kopf gesetzt hatte.

Später, als sie warm in ihrem Schlafsack lag, blickte sie in den Sternenhimmel und war sich der Nähe des Mannes bewusst, der nur wenige Meter von ihr entfernt schlief. Ihn zu küssen war ihr richtig und natürlich erschienen. Sie berührte ihre Lippen und schalt sich eine Närrin. Dallas O'Rourke war Arzt, ein Mann, der mit seiner Arbeit verheiratet war, ein Mann, der ihr möglicherweise Steine in den Weg legte in ihren Bemühungen, J.D. zu adoptieren. Ein Mann, von dem sie fast nichts wusste.

Ihr Körper hatte auf seine Ausstrahlung reagiert, mehr nicht. Keine große Sache. Sie war seit der Scheidung mit keinem Mann zusammen gewesen, obwohl es mehr als einer versucht hatte.

Nein, prüde war sie nicht. Ihre Reaktion auf Dallas bewies das Gegenteil. Sie wollte nur absolut keine Beziehung zu irgendeinem Mann, und das schloss Dr. O'Rourke ein.

7. KAPITEL

Bereits im Morgengrauen war Chandra auf den Beinen und bestand darauf, das Camp frühzeitig zu verlassen.

„Das war alles? Wir sind schon am Ende?“, fragte Dallas. Sein Kinn zeigte die Schatten eines Bartes, seine Augen leuchteten tiefblau. Er gähnte ausgiebig und streckte sich. Der Himmel war nur leicht bewölkt, und die Temperaturen waren niedrig. Die frische Bergluft kündete den Herbst an.

„Noch nicht ganz. Wir haben noch einen Lauf zu absolvieren, bevor du in die Zivilisation zurückkehren kannst. Wir werden frühstücken, die Zelte abbauen, die Vorräte überprüfen und sichergehen, dass wir keine Löcher im Schlauchboot übersehen haben. Dann sausen wir die unteren Stromschnellen hinunter.“

„Die unteren Stromschnellen? Ruhiger als Grizzly Loop, hoffe ich.“

„Anders“, gab Chandra zurück und zog den Vorratssack vom Baum.

Nach dem Frühstück mit Muffins, Obst und Kaffee bauten sie das Lager ab. Bevor sie die Zeltplane zusammenlegten, zog Chandra einen Badeanzug an. Darüber trug sie eine Bluse und Shorts. Sie band die Haare zurück, unterdrückte jeden Gedanken an Make-up und streifte einen Nylonparka über.

Dallas hatte es nicht der Mühe wert befunden, sich zu rasieren. Er trug khakifarbene Shorts und einen blauen Pullover. „Weißt du, wir könnten die Tour auch hier beenden“, schlug er vor, während er ein Seil löste, sodass das Zelt zusammensank.

„Dein Bruder hat für eine ganz besondere Exkursion bezahlt, und ich würde ihn nicht gern enttäuschen.“

„Er würde es nie erfahren.“

„Kalte Füße, Dr. O’Rourke?“

„Ich dachte nur, ich erspare dir viel Mühe, das ist alles.“

„Von Mühe kann gar nicht die Rede sein.“

Dallas widersprach nicht länger. Chandra versteht es, einen Mann zu überzeugen, dachte er, während er ihre gewandten Bewegungen bewunderte, staunte, wie sie geschickt die Ausrüstung zusammenpackte, wobei sie nicht zu beachten schien, dass sie ihm ihr rundes Hinterteil auf schlanken Beinen zuwandte. „Du bist der Boss.“ Er wirkte jünger und jungenhafter. Chandra lachte. „Wir machen Fortschritte.“ Gemeinsam trugen sie alles zu der Stelle, wo ihre Wagen geparkt waren.

Mit Chandra allein in der Wildnis zu sein, ist mehr als nur ein wenig aufregend, dachte Dallas und dachte an ihre leidenschaftliche Umarmung, stellte sich vor, sie wieder zu küssen, erinnerte sich an ihre seidenweiche Haut, die zarten Wölbungen ihrer Brüste im blassen Schein des Mondes. Hör auf damit, dachte er und umklammerte das Steuer fester, während er Chandras Suburban über das trockene Gras folgte. Sie parkte im Schatten einiger Espen. Dallas brachte den Wagen zum Stehen und zwang sich, seine erotischen Gefühle unter Kontrolle zu bringen.

Ein letztes Mal überprüfte sie das Schlauchboot. In der Nähe des Ufers bewegte sich die Strömung ein wenig langsamer, in der Mitte wurde sie schneller und drehte sich, und die weiß aufspritzende Gischt füllte den Canyon.

Schon bei den ersten Stromschnellen wurde der Fluss zu einem reißenden Strom, der sich machtvoll über Ufer und Felsen stürzte, Chandra kniff die Augen zusammen. Die Situation war ihr vertraut. Sie verlagerte ihr Gewicht und führte geschickt die Paddel im Kampf gegen die Naturgewalt des Flusses.

Über das Rauschen des Wassers rief sie Dallas Befehle zu. Er reagierte rasch und perfekt. Als sie einem Felsen bedrohlich nahe kamen, balancierte er geschickt, und schon glitten sie über die dunkle Oberfläche dahin. Chandra biss sich auf die Unterlippe. Weiter unten bei Ridgeback Ripples schäumte das Wildwasser auf. Innerlich bereitete sie sich auf den bevorstehenden Aufschlag vor, während sie einen toten Baum umrundeten, der in den Fluss gestürzt war.

Es gelang ihr, das Boot von der Tanne zu befreien und den Teil des Flusses zu vermeiden, der bei den schwarzen toten Ästen wirbelte. Das Wasser war glasklar, die Felsen schimmerten golden und schwarz unter der Oberfläche. Chandra legte sich ins Zeug, um ins tiefere Wasser zu gelangen.

„Gib acht!“, schrie Dallas.

Zu spät!

Das Boot traf auf einen Baumstumpf. Unkontrollierbar wirbelte es schneller und schneller im Kreis herum. Chandra paddelte kräftiger. Aber das Boot tauchte tief ein, schoss in die Höhe und tanzte wild. Keinesfalls durfte sie die Ruhe verlieren. Doch dann rammten sie einen Felsen und sausten vorwärts. Chandra flog gegen die Bordwand, und noch ehe sie wieder auf den Knien war, traf das Boot, immer im Kreis wirbelnd, auf eine Untiefe und kenterte.

„Halte dich am Boot fest!“, schrie Chandra Dallas zu, ehe sie über Bord ging. Eiskalte Wassermassen überfluteten sie, drängten in ihren

Mund. Sie konnte nichts sehen, streckte jedoch instinktiv eine Hand aus und fand Halt am gekenterten Schlauchboot.

Dallas! Wo war er? Himmel!

Chandra tauchte auf. Der Sog der Strömung zog das Boot weiter den Fluss hinunter. „Dallas!", schrie Chandra aus Leibeskräften. Hustend blickte sie sich um und versuchte vergebens, Wasser zu treten. Sie konnte ihn nicht sehen.

Komm schon, Dallas, zeig dich!

Während sie mit dem Boot von der Strömung immer weiter fortgerissen wurde, suchte sie mit den Augen den Fluss ab. Wenn sie nur hätte anhalten können. Vielleicht befand er sich unter dem Schlauchboot und vermochte sich nicht zu befreien? Bei dem Versuch, mit der freien Hand einen Stein zu umfassen, verletzte sie sich den Arm. Ihr Herz pochte rasend schnell. Angst um den Mann, den sie erst seit so kurzer Zeit kannte, erfüllte sie. Wo war er?

„Dallas!", wiederholte sie, als der rasende Fluss eine Biegung machte und sich zu einem ruhigeren Becken verbreitete. Chandra kippte das Schlauchboot um.

Nichts!

Oh Himmel, bitte lass ihn nicht ertrinken. Sie durfte nicht noch einmal einen Menschen verlieren, der sich in ihrer Obhut befunden hatte, jemand, für den sie bereits Zuneigung entwickelt hatte. Denk nach, Chandra, du weißt, was zu tun ist. Sie hatte einen Halt gefunden, von wo aus sie den Fluss übersehen konnte. Mit klappernden Zähnen betete sie, ihn wiederzusehen. Immerhin musste ihn seine Schwimmweste an der Oberfläche halten, und der Helm schützte ihn vor Verletzungen. Nein, sie musste ihn finden. Er war bestimmt noch am Leben. In ihrer Angst blieb sie wie angewurzelt stehen.

„Hey, Chandra!"

Dallas' Stimme übertönte alles. Chandra drehte sich um und sah ihn in einer Flussbiegung am Ufer stehen und winken. Er bildete den wunderschönsten Anblick, den sie jemals erlebt hatte. Völlig durchnässt, aber grinsend rief er noch einmal ihren Namen. Leise schickte sie ein Dankgebet zum Himmel.

Chandra zog das Schlauchboot hinterher und watete durch das flache Wasser am Rande des Ufers Dallas entgegen den Fluss abwärts, während Dallas sich töricht grinsend den Fluss hinauf schleppte. Im bis zur Taille reichenden Wasser standen sie sich dann gegenüber. Ihre Lippen waren blau, das Wasser strömte ihnen aus den Helmen über den

Nacken. Ohne nachzudenken, warf Chandra Dallas die Arme um den Hals, wollte nichts als seinen Herzschlag und die Kraft seines Körpers spüren.

Seine Arme umfassten sie und zogen sie an sich, und für eine Weile schienen sie in dem eiskalten Wasser alles um sich zu vergessen. Chandra lachte und weinte zugleich, wollte allen Frust herausschreien und Dallas küssen. Er roch nach dem Fluss, aber seine Berührung war warm und elektrisierend. Zärtlich strich er ihr eine Haarsträhne aus dem Gesicht. Auch er genoss die glückliche Gewissheit, dass sie beide am Leben waren. Chandra boxte ihn gegen seine Brust. „Du hast mich halb zu Tode erschreckt." Glücklich warf sie den Kopf zurück und schaute ihm in die Augen.

„Es war meine Schuld."

„Deine?" Chandra schüttelte den Kopf. „Ach was. Ich hatte die Führung. Ich hätte das Boot nicht kentern lassen dürfen."

„Aber ich steuerte es gegen den Baumstumpf."

„Das lag an der Strömung. Es war mein Job, diese Situation zu vermeiden." Doch plötzlich fühlte Chandra sich schwach, sie seufzte tief und nahm den Helm vom Kopf. „Ich bin so froh, dich in einem Stück vor mir zu sehen." Seine Arme legten sich noch fester um sie, und als sie aufsah, stockte ihr beinahe der Atem. Seine Augen, blau und klar, blickten sie intensiv an. Auch er nahm den Helm ab und warf ihn auf die Steine am Ufer.

„Ich bin auch froh, dass du ganz bist." Sein Atem streifte ihre Haut. Langsam beugte er den Kopf vor und küsste sie, drückte seinen Mund auf ihre Lippen und zog sie so fest an sich, dass sie kaum noch Luft bekam.

Chandra fühlte seine Zunge, die zärtlich über ihre Zähne glitt. Mit wild klopfendem Herzen erwiderte sie seinen Kuss, und ihre Gedanken, für gewöhnlich ruhig und vernünftig, wirbelten erregt im Kreis, ehe sich Chandra in seiner Umarmung ganz verlor. Während sie sich an seine starke Brust schmiegte, fühlte sie durch das nasse T-Shirt die Wärme seines Körpers. Behutsam legte er ihr eine Hand auf die Brust.

Chandra atmete tief durch. Sein Kuss wurde leidenschaftlicher, seine Finger schoben sich unter das Top ihres Badeanzuges und streichelten ihre aufgerichteten Brustspitzen.

Das Wasser, das ihre Beine umspülte, schien nicht mehr zu existieren. Chandra war sich nur noch der Nähe dieses Mannes bewusst, seines Kusses und seiner erregenden Zärtlichkeiten. Als er sein Gesicht an ihren Körper drückte und ihre Brüste mit den Lippen liebkoste, stöhnte sie auf. Lustvoll fuhr sie ihm mit den Fingern durchs Haar und kostete beglückt alle Empfindungen aus.

Plötzlich blickte er sie kopfschüttelnd an. „Was machen wir jetzt?", überlegte er laut. Er schien nicht weniger erstaunt über diese Situation wie Chandra.

„Ich weiß es nicht."

Fürsorglich bedeckte er ihre Brüste mit ihrem T-Shirt, hielt Chandra jedoch in seinen Armen. „Abgedroschene Phrasen wie ‚immer hübsch langsam' oder ‚ein Schritt nach dem anderen' scheinen angebracht, aber ich bin nicht sicher, ob das auch in deinem oder meinem Fall zutreffend ist." Dallas seufzte frustriert auf. „Sie treiben mich zum Wahnsinn, Miss Hill. Ich glaube nicht, dass dies der Moment in meinem Leben ist, Schwächen zu offenbaren."

„Schwächen?" Chandra zitterte. „Ich bin der Grund für deine Schwäche? Nun, ich wünsche sicher nicht, Ihr wohlgeordnetes Leben durcheinanderzubringen, Dr. O'Rourke. Dies war nicht geplant, wie du weißt. Es passierte einfach."

Mit einem Mal war Chandra zornig, wusste jedoch nicht, ob ihr Zorn nur gegen sie selbst gerichtet war. „Lass uns einfach vergessen, was geschehen ist und mit unserer Tour weitermachen."

„Ich weiß nicht, ob mir das noch möglich ist."

Dallas stand noch im Fluss. Nachdenklich, beinahe ungläubig schaute er sie an, als würde etwas in ihm vorgehen, das er nicht zu kontrollieren vermochte.

„Wir haben nur noch eine Meile auf dem Wasser vor uns. Dann können wir zusammenpacken. Jeder von uns geht seiner Wege. Und vertrau mir, ich werde dein Leben nie wieder in Unordnung bringen. Nur, lass dir gefälligst nicht wieder einen Gutschein für eine Abenteuertour schenken, okay?" Chandra nahm seinen Helm auf und warf ihn Dallas zu. Entschlossen stülpte sie ihren über. „Lass uns zum Ende kommen."

„Du bist der Boss."

„Richtig. Also steig ein, und wir legen ab."

Sie kletterten ins Boot, und Chandra lenkte es flussabwärts, bemüht, professionell zu wirken. Sie sprachen nicht mehr miteinander, obgleich Chandra O'Rourke liebend gern ihre Meinung über seine Haltung gesagt hätte. Sie mochte es nicht, wenn man mit ihr spielte, und doch hatte sie seine Küsse erwidert.

Das Boot erreichte die letzte Biegung des Flusses. Chandra war halb erleichtert, halb traurig, als sie ihren Wagen unter dem Baum parken sah. Bald war diese verrückte, wundervolle Tour zu Ende.

Dallas sah ihr wechselndes Mienenspiel. Er folgte ihren Anweisungen, half ihr, das Boot aus dem Wasser zu holen und auf dem Dach ihres Wagens festzumachen. Bewundernd stellte er erneut fest, wie geschickt und effektiv sie arbeitete, mit welch natürlicher Anmut und Sicherheit sie sich bewegte. Dennoch war ihre Weiblichkeit nicht zu übersehen. Ihre Beine waren wohlgeformt und sonnengebräunt, ihre Hüften rund und fest, und ihre Brüste, die sich unter den verschiedenen Kleidungsstücken verbargen, ließen das Herz eines Mannes höher schlagen.

Aber noch verwirrender weiblich als ihre körperlichen Vorzüge schien ihm der Glanz ihrer grauen Augen, die Linie ihres Mundes beim Lächeln und der arrogante Schwung, wenn sie die schulterlangen Haare zurückwarf. Chandra Hill war es gewöhnt, ihre Autorität spielen zu lassen, und wahrscheinlich rührte diese Fähigkeit noch von den Jahren in der Universität her. Dallas fragte sich, warum sie das Medizinstudium aufgegeben hatte. Konnte sie das Geld für die Ausbildung nicht mehr aufbringen?

„Das hätten wir", sagte Chandra und öffnete die Fahrertür ihres Wagens. Dallas nahm in dem backofenheißen Führerhaus Platz und kurbelte sogleich das Fenster herunter. „Nun, was meinst du? Möchtest du das alles noch einmal erleben?" In einer Staubwolke lenkte sie den Wagen die Bergstraße hinauf.

„Vielleicht."

Chandra blickte ihn kurz an. „Trotz der Kenterung?"

„Passiert das häufig?"

„Heute das zweite Mal." Chandra furchte die Stirn, ehe sie in einer scharfen Kurve auf die Bremse trat und den Wagen zum Halten brachte. „Sieh nur." Sie zeigte auf das Unterholz, von wo aus ein Reh mit großen Augen zu ihnen herüberblickte. Ein Kitz folgte, bis es den Truck sah und sich nicht mehr von der Stelle rührte.

„Du liebst deinen Job, nicht wahr?", fragte Dallas.

Chandra zuckte die Schultern, legte den ersten Gang ein und konzentrierte sich wieder auf die kurvenreiche Straße.

„Und du willst dein Medizinstudium nicht beenden?"

„Ich denke nicht." Sie sah ihn kurz an. „Nun, die Tour ist beendet. Ich muss zurück", sagte sie, obwohl ein Teil von ihr wünschte, diese Exkursion würde nie zu Ende gehen.

„Wirst du erwartet?"

Sie lächelte. „Oh ja." Sam fühlte sich bestimmt einsam und wartete auf sein Dinner. Die Tochter ihrer Zeitungsfrau übernahm regelmäßig die Fütterung der Tiere, wenn Chandra unterwegs war, aber diesmal hatte sie versprochen, diese Pflichten zu übernehmen.

„Tatsächlich?"

„Von einem, der bei mir lebt und sehr eifersüchtig ist."

„Du bist liiert?" Dallas' Miene hatte alle Freundlichkeit verloren.

„Ja, seit meinem Einzug. Er ist sehr besitzergreifend geworden. Genauer gesagt, jeder weiß, dass er Eindringlinge beißt."

Ein Lächeln breitete sich auf Dallas' Zügen aus, und Chandra kicherte. „Sag deinem Freund ich hätte keine Angst vor ihm, meinte er lachend und schlug die Wagentür zu. „Ich bringe ihm einen Knochen mit, damit wird das Problem wohl gelöst sein."

„Er wird für immer in deiner Schuld stehen." Chandra legte den Rückwärtsgang ein und brauste davon. Dallas hörte noch ihr Lachen, als er seinen Wagenschlüssel aus der Jackentasche nahm.

Was war los mit ihm? Hatte er gerade angedeutet, er wollte Chandra wiedersehen? Nach dieser chaotischen Tour hätte er eigentlich Vernunft annehmen und einsehen müssen, dass er sich von Chandra Hill fernhalten musste. Sie war viel zu attraktiv für ihn.

Er zweifelte nicht daran, dass sie sich für gewöhnlich nicht mit ihren Kunden einließ. Aber warum mit ihm? Musste er nicht annehmen, dass sie ihn benutzte, um an das Baby heranzukommen? Dennoch, er konnte sich nicht vorstellen, ihr nie wieder in die Augen zu sehen oder ihr Lächeln zu erhaschen.

Seit Jennifer hatte er nicht mehr so starke Gefühle empfunden. Diese Erkenntnis erschütterte ihn mehr als der Sturz in die eisigen Fluten des Rattlesnake River. Er hatte sich einmal sehr wehgetan und sich geschworen, nie wieder solche Qualen zu erleiden. Seitdem sorgte er dafür, dass in seinem Leben neben seiner Arbeit keine Zeit mehr für eine Frau blieb.

8. KAPITEL

Chandra presste eine Hand gegen das Fenster und starrte auf das Baby. Es war wach und lag mit hellen Augen und entspanntem Gesicht im Bett auf der Kinderstation. Schwester Leslie Nelson war mit einem rotgesichtigen Säugling beschäftigt, der kein einziges Haar auf dem Kopf hatte.

Sie winkte Chandra durch die Scheibe zu, die das Kinderzimmer vom Flur trennte, wo Chandra stand. „Möchten Sie ihn halten?" Leslie deutete auf J. D.

„Meinen Sie das ernst?"

„Warum nicht?" Leslie öffnete die Doppeltür einen Spaltbreit. „Die anderen Kerlchen bekommen mehr als genug Aufmerksamkeit. Die haben Glück, sie haben eine Mutter." Sie ging zu J. D.s Bett und wickelte ihn in seine Decke. „Komm, mein Kleiner." Sie trat zu Chandra und legte ihr das Baby in die Arme.

Chandra meinte, das Herz würde ihr brechen. Das Baby gluckste und strampelte und versuchte an ihrer Brust zu saugen. Sehnsuchtsvolle Gefühle übermannten Chandra, während sie auf das wunderschöne Kind mit den perfekt geschwungenen Augenbrauen, den runden Wangen und dem lauten Stimmchen hinunterblickte. Sie musste es adoptieren, hatte gar keine andere Wahl. Wen interessierte, ob sich seine Mutter meldete? Dieser kleine Junge brauchte sie, und sie brauchte ihn, damit ihr Leben komplett war. Wäre es dann komplett? Fehlte dann nichts mehr? Fehlte nicht der dritte Teil, der eine Familie perfekt werden ließ, der Ehemann und Vater?

Sie drängte die quälenden Gedanken zurück, wiegte das Baby und flüsterte ihm Koseworte zu. Sanft strich sie ihm über das daunenweiche Haar. Sie merkte nicht, dass Dallas sie beobachtete, der während seiner Visite auf der Schwesternstation haltgemacht hatte.

Dallas hörte, wie sie mit dem Kind redete, konnte nur ein oder zwei Worte verstehen, aber die Szene ließ einen seiner alten Träume aufleben, den Wunsch, eines Tages Ehemann und Vater zu sein. Diese Frau mit den blonden Haaren und den lustigen graugrünen Augen weckte Gefühle in ihm, die er lange verloren glaubte.

Nachdenklich kreuzte er die Arme vor der Brust. Offensichtlich liebte sie dieses Kind wie ihr eigenes. Zu befürchten war, dass ihr diese Liebe noch viel Kummer einbringen könnte. Als er sich räusperte, zuckte Chandra zusammen und sah auf. „Sieht so aus, als hätte ich einen Konkurrenten."

Chandra erbleichte, als fühlte sie sich schuldig, weil er sie hier mit dem Kind antraf. „Konkurrenten?"

„Um deine Zuneigung."

„Ich wusste nicht, dass ich es hier mit einem Wettkampf zu tun habe." Chandra wandte ihren Blick wieder dem Kind in ihren Armen zu. „Und du wusstest es auch nicht, oder, J. D.?"

„Du nennst ihn also immer noch J. D.?"

Eine zauberhafte Röte bedeckte Chandras Wangen. „Es klingt viel persönlicher als Baby John Doe."

„Nenn ihn ruhig, wie es dir gefällt." Beim Anblick ihrer hoffnungsfroh leuchtenden Augen tat ihm das Herz weh. Die Mutter des Kindes oder ein anderer Angehöriger konnte noch immer auftauchen. Andernfalls musste das Kind den Behörden übergeben werden. Die müssten dann eine Pflegefamilie suchen und dann könnte es irgendwann adoptiert werden. „Darf ich dich zu einer Tasse Kaffee einladen?"

Chandra schien überrascht – und erfreut. „Danke, aber leider habe ich eine Verabredung. Gern ein andermal."

„Nachher irgendwann?" Was war nur los mit ihm? Warum ließ er es nicht bei ihrer Ablehnung bewenden? Sie war ihm die ganze Nacht nicht aus dem Sinn gegangen, seit sie ihn am Fluss zurückgelassen hatte. „Ich weiß, wir trennten uns gestern nicht gerade in bestem Einverständnis."

„Ich dachte, du hättest es so gewollt."

Wenn es so einfach wäre. „Was dich betrifft, so weiß ich überhaupt nicht, was ich will." Zum ersten Mal seit Jahren offenbarte er seine Seele.

„Das liebe ich." Chandra lächelte sarkastisch. „Ein Mann, der weiß, was er will."

Am liebsten hätte er sie geschüttelt. „Ich versuche großzügig zu sein, was mir jedoch nicht gerade leichtfällt. Ich bitte dich doch nur um ein wenig deiner Zeit."

Chandra blickte ihn abschätzend an. Anscheinend waren sie beide auf der Hut. „Sicher, Kaffee wäre nicht schlecht", räumte sie ein, während ihr Blick den seinen einen Moment zu lange hielt. Zögernd reichte sie das Baby Schwester Leslie. „Aber nicht heute. Ich muss mich wirklich beeilen."

Mit schnellen Schritten ging sie zum Lift. Dallas sah sie gerade noch darin verschwinden.

Er kannte ihre Anschrift. Als sie den Notdienst angerufen hatte, hatte sie sie dem Diensthabenden genannt. Irgendwo auf der Flaming Moos Road wohnte sie, weit vor der Stadt.

„Dr. O'Rourke! Dr. Dallas O'Rourke!"

Der Ruf lenkte ihn einen Moment ab, aber er beschloss, Chandra anzurufen. Zum Teufel mit seinem Schwur, allen Komplikationen aus dem Weg zu gehen. Chandra gehörte bereits zu seinem Leben. Zumindest, bis die Identität des Babys feststand. Danach ... Nun, so weit wollte er nicht in die Zukunft planen. Bald konnte das Baby entlassen werden, und danach würde Miss Hill zweifellos das Interesse an ihm verlieren.

Aber er konnte Chandras Bild nicht aus seinen Gedanken verbannen. Während er noch am Telefon auf die Verbindung mit Dr. Spangler wartete, kam er zu der Erkenntnis, dass er sich in dieser Situation absolut falsch verhielt. Solange er ihr nicht nahe sein durfte, blieb sie für ihn die sogenannte „verbotene Frucht", und ihr Zauber würde seinen Reiz nicht verlieren. Bevor er sich auf etwas einließ, was er nicht zu kontrollieren vermochte, wollte er mehr über sie wissen. Nicht noch einmal wollte er eine Frau nach ihrem Äußeren einschätzen. Nicht noch einmal durften seine Erwartungen enttäuscht werden. Was schadete es, wenn er über Chandra Erkundigungen einzog, um ihre Geschichte zu überprüfen, ehe er oder die Klinik ausgetrickst wurden.

Ein Schulfreund von Dallas lebte in Denver. Er war Privatdetektiv und verdiente seinen Lebensunterhalt damit, in anderer Leute Leben herumzustochern. Dallas wusste, Chandra würde fuchsteufelswild werden, wenn sie von seinen Nachforschungen erfuhr. Aber wenn er ein Wiedersehen mit ihr plante, so war das sinnvoll.

„Dallas?" Spanglers Stimme riss ihn aus seinen Gedanken. „Würden Sie nach einem Patienten auf Zimmer 107 sehen? Eleanor Mills, Schienbeinfraktur ..." Dallas fand in die Gegenwart zurück, wusste jedoch, dass er mit Chandra Hill nicht abgeschlossen hatte.

Roy Arnette starrte Chandra über den Rand seiner Brille an, als wäre sie geistig gestört. „Sie wollen das Kind adoptieren, das Sie in Ihrem Stall gefunden haben?" Roy war Chandras Anwalt, seit sie in Ranger lebte, und er war entsetzlich prüde und unflexibel.

„Richtig", antwortete Chandra. „Ich möchte, dass Sie die erforderlichen Unterlagen beibringen und alle nur möglichen Gesuche stellen. Ich möchte das Kind für mich."

Roy schüttelte den Kopf. „Meine Güte, sind Sie nicht im Begriff, den Wagen vor das Pferd zu spannen? Sie wissen ja noch gar nicht, ob noch jemand Anspruch auf das Kind erheben wird."

„Eine Mutter, die J. D. ausgesetzt hat, ist den Namen „Mutter“ nicht wert.“

„J. D.? Sie haben schon einen Namen für ihn?“

„Ja.“ Chandra blieb fest. Aufrecht ging sie vor Roys Schreibtisch auf und ab, ein wahres Energiebündel.

„Ich als Ihr Anwalt rate Ihnen, es langsam angehen zu lassen.“ Roy leckte sich über die Lippen und blickte Chandra besorgt an.

„Ich will es aber nicht langsam angehen lassen. Je eher wir das Kind bekommen, umso besser.“

„So leicht ist das nicht. Immerhin haben die Behörden ein Wörtchen mitzureden. Und vielleicht sind da noch andere Personen, Verwandte oder kinderlose Ehepaare, die ihn zu adoptieren wünschen.“

Roy reichte Chandra eine Zeitung und fuhr mit einem Finger über die Privatanzeigen. Die Adoptionswünsche füllten Kolumnen. Chandra sank in einen der fest ausgepolsterten Ledersessel. Allmählich dämmerte ihr, welch mühseliger Kampf ihr bevorstand.

„Dabei ist dies nur eine Zeitung aus Denver. Anzeigen wie diese erscheinen in allen Landeszeitungen. Und Sie sollten noch etwas beachten“, riet Roy mit freundschaftlich-väterlicher Stimme. „Wenn der Richter jemandem das elterliche Sorgerecht für ein Kind erteilt, wird er bestimmt einem Ehepaar den Vorzug geben.“

„Aber …“

„Ich weiß, ich weiß, die Rechte der Singles und all dieses Geschwätz. Ich nenne Ihnen nur die Fakten. Ein verheiratetes Paar mit einem Haus und Garten und einigen Dollars auf der Bank zur Sicherheit des Babys hat die besten Chancen, B. J. zu adoptieren.“

„J. D.“, verbesserte ihn Chandra automatisch. „Ich denke, ich werde eine gute Mutter sein.“

„Und Vater?“

„Ja, und Vater. Sie kennen ja meinen Job, Teufel noch mal.“

„Vater zu sein erfordert mehr als einen Job“, widersprach Roy, der mit seiner Frau fünf Kinder großgezogen hatte. „Außerdem gibt es einen höchst bedeutsamen Grund, Kinder bei einem Paar aufwachsen zu lassen.“

„Der wäre?“

„Wenn ein Elternteil stirbt, ist das Kind nicht erneut Waise.“

Chandra ließ die Schultern hängen. Dieser simplen Logik hatte sie nichts entgegenzusetzen. Dennoch, wenn sie jetzt aufgab und nicht um das Sorgerecht kämpfte, würde sie immer überzeugt sein, einen Fehler gemacht zu haben. „Es ist mir gleich, welche Bedingungen ich erfüllen muss, Roy. Ich will, dass Sie alles in Ihrer Macht Stehende tun, damit ich J. D. adoptieren kann."

„Dann darf ich Ihnen einen Vorschlag machen. Suchen Sie sich einen Ehemann. Das wird Ihre Chancen erheblich vergrößern."

„Denken Sie an jemand Bestimmtes?"

„Das ist nicht mein Problem. Ich tue meinen Teil, Sie Ihren."

Unwillkürlich stand das Bild von Dallas O'Rourke vor ihrem geistigen Auge, das sie jedoch sogleich verdrängte. „Versuchen Sie es, Roy. Versuchen Sie es einfach, okay?"

Chandra verließ das Anwaltsbüro und verbrachte die nächsten Stunden im Büro von „Wild West Expeditions", wo sie einen Eintagestrip für das kommende Wochenende plante. Während der nächsten Tage schaute sie täglich zweimal nach dem Baby, einmal auf ihrem Weg zur Firma und später noch einmal auf dem Heimweg. Jeden Tag fürchtete sie, es könnte entlassen worden sein, aber die Ärzte gingen kein Risiko ein. Dennoch, eines Tages musste es das Krankenhaus verlassen.

Dallas wollte nichts mit dem Baby zu tun haben. Jedenfalls redete er sich das ein. Sich darauf einzulassen, war ebenso gefährlich, wie sich in Chandra Hill zu verlieben. Dennoch fühlte er sich von dem Kind mit den dunklen Augen, der kräftigen Stimme und dem schwarzen Haarschopf angezogen.

Kein Wunder, dass Chandra den Jungen adoptieren wollte. Wären die Umstände andere gewesen, hätte Dallas sich vielleicht für das Kind interessiert. Aber in seinem Leben war kein Platz für Kinder oder eine Frau. Außerdem tauchten irgendwann bestimmt Angehörige des Kindes auf. „Und was tun wir dann?", fragte er das Baby und fuhr ihm mit einer Hand über den zarten Körper. Der Arzt wusste, wie traurig das Leben eines unerwünschten und ungeliebten Kindes war.

Es wäre ein Segen, wenn Chandra die Erlaubnis erhielte, das Kind zu adoptieren, überlegte er. Dann würde J. D. wahre Mutterliebe kennenlernen. „Du sollst es einmal gut haben", versicherte er dem Säugling und wünschte, die Zukunft vorhersagen zu können. Er hatte Chandra den ganzen Tag noch nicht gesehen und nach einem Vorwand gesucht, die Kinderstation aufzusuchen, um einen Blick von Chandra zu erhaschen. Aber schließlich erschien ihm das Warten sinnlos, und er eilte zur Notaufnahme.

Chandra tat alles, um sich die Chance, J.D. zu adoptieren, zu sichern. Sie füllte alle Anträge aus und befragte bereits Babysitter. Vor einem Gespräch mit den Behörden wollte sie alles geregelt haben.

Inzwischen hatte Roy Arnette begonnen, persönliche Referenzen von ihren Freunden und Bekannten einzuholen. Er überprüfte sogar ihre Eltern in Idaho, da sie nur wenige Menschen in Ranger kannte. Chandra spürte, dass das Krankenhauspersonal, und besonders die Schwestern der Kinderstation, sehr rasch zu ihren besten Freunden geworden waren.

Auch Dr. O'Rourke war mehr als nur ein Bekannter. Sie hatte ihn mehrmals in der Klinik gesehen, und meist hatte er sich ihr gegenüber freundlich verhalten. Die Exkursion wurde nie erwähnt, und falls O'Rourke sich noch an die Leidenschaft erinnerte, die während einiger zauberhafter Stunden zwischen ihnen gebrannt hatte, so zeigte er es nicht. Einmal hatte sie das Gefühl, er würde sie anstarren, aber das Interesse, das sie in seinen Augen sah – oder zu sehen hoffte – verblasste rasch, und der Arzt umgab sich wieder mit jener kalten Aura, die ihm den Namen Dr. Eis eingebracht hatte.

„Keine Frau ist jemals bis zu seinem Herzen vorgedrungen", verriet ihr Schwester Shannon einmal, als sie und Chandra bei einer Tasse Kaffee in der Cafeteria plauderten. „Als ich hierherkam, hatten sich viele ledige Schwestern um ihn geschart."

Zwei Tage nach dieser Offenbarung über Dallas machte Chandra erneut einen Besuch in der Klinik. Sie nahm all ihren Mut zusammen und schaute in Dallas' Büro vorbei in der Hoffnung, ihn anzutreffen, erfuhr aber, dass er im Moment keine Zeit habe.

Auf der Kinderstation hörte sie von Shannon, dass bisher nichts von einem Erscheinen der Mutter bekannt geworden sei. Chandra durfte J.D. auf den Arm nehmen, und wieder einmal übermannte sie der Wunsch, diesen kleinen Jungen zu besitzen. „Alles wird gut", flüsterte sie. „Wir stehen das durch."

Vom Krankenhaus aus rief Chandra das Büro des Sheriffs an und wurde mit Deputy White verbunden, der ihr mitteilte, dass es nichts Neues in dem Fall gäbe. Niemand vermisste einen Säugling. Alle Krankenhäuser in einem Radius von dreihundert Meilen waren befragt worden, aber nirgendwo war ein Baby aus der Kinderstation entwendet worden.

„Verflixt noch mal“, stieß Chandra zwei Stunden später hervor, als sie den Weg zu ihrem Haus hinauffuhr. Ein dunkler Kombi parkte in der Nähe der hinteren Veranda. Der Fahrer saß darin und rauchte. Es war Bob Fillmore vom „Banner“. Verdammt! dachte Chandra, ich hätte wissen müssen, dass sie nicht so schnell aufgeben. Ein Artikel von geringer Länge war für die nicht genug. Ihr war klar, dass sie die Reporter nicht vergraulen durfte. Sie beschloss, Fillmore zu sagen, was sie wusste, in der Hoffnung, damit dem Interesse der Presse ein Ende zu setzen.

„Keine interessanten Neuigkeiten heute?“, fragte sie, während sie aus dem Wagen sprang und ein Lächeln aufsetzte.

„Im Krankenhaus erhielt ich keine brauchbaren Informationen, und das Büro des Sheriffs war auch nicht hilfreich. Ich dachte, vielleicht könnten Sie ein paar Lücken in meiner Story ausfüllen.“ Als hätte er Chandras Ablehnung von ihren Lippen ablesen können, fuhr er fort: „Hören Sie, Sie sind die Einzige, die den Hergang des Geschehens kennt. Aber ich möchte die Story richtig wiedergeben. Die Eltern suchen das Kind vielleicht gerade in diesem Moment. Es könnte gestohlen worden sein. Sie tun ihnen und dem Baby einen Gefallen …“ Er verstummte mitten im Satz und versuchte, den Eindruck zu erwecken, als gäbe es vielleicht einen beachtlichen Finderlohn für das Kind. Als ob Geld die Antwort wäre …

Chandras Magen rebellierte plötzlich. Der Widerwillen, den sie für Bob Fillmore empfand, wuchs ins Unermessliche.

„Ich will im Falle dieses Kindes keinen Fehler machen“, räumte Chandra in dem gleichen vertraulichen Ton ein, den Fillmore ihr gegenüber angewandt hatte. „Aber ich möchte mich auch nicht in die Nachforschungen des Sheriffs einmischen.“ Von ihrem Vorhaben, die Mutter des Babys zu werden, erwähnte sie nichts.

Fillmore lächelte. „Ich habe nur ein paar Fragen, die helfen könnten, die Mutter des Babys zu finden!“

Nicht eine Minute traute Chandra seinen Worten. In Tennessee hatten die Reporter alles über ihr Leben an die Öffentlichkeit gebracht. Sie hatten ihr Leben in eine Hölle verwandelt. Unvorstellbar, was die Reporter vom „Banner“ tun würden.

Dennoch durfte sie sich nicht weigern, Auskunft zu erteilen. Das konnte den Mann nur auf den Gedanken bringen, sie hätte etwas zu verbergen. Nachdenklich holte sie zwei große Einkaufstüten aus ihrem Wagen. Fillmore erbot sich, tragen zu helfen, aber Chandra balancierte die Tüten allein zur Hintertür. Einen Eierkarton stellte sie sogleich in den Kühlschrank. „Ich war der Meinung, Ihre Leute rufen vorher an, wenn sie ein Interview wünschen."

„Das tat ich heute Morgen. Niemand antwortete. Ich hinterließ eine Nachricht, aber als Sie nicht zurückriefen, überlegte ich, welche Zeit Ihnen am besten passen würde."

„Und wenn ich nicht gekommen wäre?" Chandra bot Fillmore einen Stuhl an. Erst da sah sie, dass das Lämpchen ihres Anrufbeantworters aufleuchtete.

„Ich hätte gewartet." Der Reporter sah auf seine Armbanduhr. „Was mich daran erinnert, dass der Fotograf gleich hier sein wird. Erlauben Sie, dass ich telefoniere?" Er hielt bereits den Hörer in der Hand, als Chandra nickte.

Währenddessen nahm Chandra einige Coladosen aus dem Kühlschrank. Bei dem Gedanken an ein Interview war ihr Hals wie ausgetrocknet. Ihr einziger Trost war die Überlegung, dass es nicht schaden konnte, die Reporter auf ihrer Seite zu haben. Sie musste vorgeben, mit ihnen zusammenzuarbeiten und bei der erstbesten Gelegenheit eine Entschuldigung finden, um das Interview zu beenden. Sicher hatte er einen festen Termin und würde nicht zurückkommen. Das wäre das Ende der Pressekampagne auf ihrem Gelände. Hoffentlich. Wenn er jedoch Wind von ihrem Adoptionsplan bekam, konnte sie es auch nicht ändern. Hauptsache, er war nicht in der Lage, sie mit Schmutz zu besudeln.

Allmählich fühlte Chandra sich ein wenig sicherer. „Sehen Sie", sagte sie, nachdem Fillmore aufgelegt und am Tisch Platz genommen hatte, „ich möchte nicht, dass diese Sache außer Kontrolle gerät. Keinen Medienzirkus in diesem Fall, okay?"

„Ich bin nur hier, um eine Story zu bekommen." Fillmore zog einen Rekorder aus seiner Jackentasche. „Fangen wir also an. Wie fanden Sie das Baby?"

Chandra hatte dieselbe Geschichte bereits so viele Male erzählt, dass sie das Geschehen emotionslos wiederholte. Schließlich kam Fillmore auf die Zukunft des Babys zu sprechen. „Was geschieht, wenn sich die Mutter meldet?"

„Dann wird das Gericht darüber entscheiden, ob die Mutter eine qualifizierte Erzieherin ist." Chandra starrte auf das schmelzende Eis in ihrem Glas und hoffte, gleichmütig zu wirken.

„Und wo passen Sie in das Ganze?"

Ja, wohin passte sie? „Ich weiß es nicht."

In diesem Moment stellte Sam die Ohren auf und sprang bellend zur Tür. Chandra blickte aus dem Fenster. Ihr Mut sank. O'Rourkes Truck kam neben Fillmores Wagen zum Stehen. Großartig, dachte sie. Ihr war klar, Fillmore würde sich nicht vom Fleck rühren, sobald er den Arzt erkannte, der J.D. im Krankenhaus betreut hatte.

„Oh ja, der gute Dr. O'Rourke", freute sich Fillmore und lächelte zufrieden. „Was will der denn hier?"

„Weiß ich es?" Chandra erhob sich, die Tür zu öffnen. Dallas stand in seiner ganzen Größe vor ihr. „Hallo!", grüßte sie und deutete auf Fillmore. „Willkommen im Gedränge!"

Dallas' Miene wurde ernst, und als er die Küche betrat, schien die Zimmertemperatur um zehn Grad zu fallen. Die Männer starrten sich einige unerträgliche Sekunden lang an. „Fillmore", sagte Dallas, ohne seine Abscheu für diesen Mann zu verbergen. „Was tun Sie denn hier?"

„Bin hinter einer Story her. Und Sie?" Der Reporter ließ den Stift auf den Tisch knallen, und der Rekorder lief weiter.

„Ich habe am Wochenende eine Exkursion mit Miss Hill unternommen. Sie hatte etwas in meinem Truck vergessen."

„Exkursion? Eine Kanutour?" Fillmore blickte von Dallas zu Chandra und wieder zurück. „Wie war die Tour, aufregend?"

Dallas musterte den Reporter eiskalt. „Sehr aufregend. Miss Hill ist eine exzellente Bootsfrau. Sind Sie schon einmal den Rattlesnake hinuntergefahren bis – wie hieß es doch noch?" Hilfe suchend blickte er Chandra an, aber sie hatte das Gefühl, er wusste genau, was er sagte. „Grizzly Loop? Ich glaube, das ist genau die richtige Geschwindigkeit für Sie, Fillmore."

Dies war nicht der Moment, den Reporter einzuschüchtern. Um Himmels willen, was tat Dallas?

„Ich werde es mir überlegen", entgegnete Fillmore und schob seinen Stuhl zurück. Chandra hoffte sehnsüchtig, er würde gehen. „Sagen Sie, Doktor, da ich über das Findelkind zu schreiben beabsichtige, wie steht es zurzeit um seine Gesundheit?"

Dallas blickte zu Chandra. „Es wird bald entlassen werden."

Also deswegen ist er gekommen. Er wollte sie vorbereiten. Ihr Herzschlag beschleunigte sich. „Wohin wird es entlassen?"

„Richtig", fügte Fillmore hinzu. „Wer bekommt das Kind?"

„Das wird die Sozialbehörde entscheiden."

Fillmore grinste. „Das wird ja immer besser. Wann genau wird es entlassen?“

„Darüber entscheiden Dr. Williams und Dr. Spangler.“

„Sind das die Kinderärzte des Jungen?“

„Ja.“ Dallas nickte.

In diesem Moment begann Sam zu bellen. Ein silberblauer Ford kam in einer mächtigen Staubwolke die Auffahrt herauf.

„Es wird auch Zeit“, murmelte Fillmore. „Sid wird ein paar Fotos vom Stall machen. Dann sind wir auch schon wieder verschwunden.“

Chandra konnte es kaum erwarten. Sie gingen hinaus, und Sid Levine entlud Kamera und Ausrüstung. „Hallo, mein Alter“, sagte er zu dem Retriever, der die Zähne fletschte und auf den Besucher zueilte. „Immer langsam, ich tue niemandem etwas.“

„Wir sind gerade auf dem Weg zum Pferdestall.“ Fillmore winkte dem Fotografen über den Hof zu.

„Komme gleich nach. Lass mich hier draußen noch ein paar Fotos schießen“, gab Levine zurück.

Chandra zeigte die Box, in der sie das Baby gefunden hatte. Dallas folgte ihr und lehnte sich an die Leiter zum Heuboden, während Fillmore weitere Fragen stellte. Chandra glaubte, Dallas' Blick auf ihrem Rücken zu spüren, während sie ihrem Lieblingswallach Max die samtene Nase streichelte und die Fragen des Reporters so gut es ging beantwortete. Dallas' Anwesenheit schien die Atmosphäre zu beeinflussen. Chandra hatte den Eindruck, dass der Reporter sich einige Fragen sorgfältiger überlegte, weil der Arzt mithörte.

Der Fotograf suchte nach einer passenden Lichtquelle. Ein rundes Fenster über dem Heuboden und einige wenige rechtwinklige, verglaste Öffnungen in Augenhöhe über den Boxen ließen nur wenig Tageslicht ins Innere der Boxen. Während Chandra Levine noch einmal die Lage des Kindes erklärte, begann er zu fotografieren. Dallas schwieg, beobachtete nur, wie die Männer routinemäßig den Neuigkeiten auf der Spur waren.

Gleich ist es vorbei, dachte Chandra. Es muss vorbei sein.

Fillmore wandte sich noch einmal an Chandra. „Also … Sie wohnen schon lange in Ranger?“

„Einige Jahre.“

„Und zuvor?“

Chandra merkte, wie ihr der Schweiß ausbrach. Keinesfalls durften sie ihre Vergangenheit auf der ersten Seite des „Banners“ ausbreiten. Sie hatte ihr Leben in Tennessee begraben und hoffte, es blieb dabei. „Ich stamme aus Idaho“, antwortete sie leichthin.

„Ach so.“ Levine nickte. „Daher also Ihr Interesse am Kanufahren und Camping.“

„Damit bin ich aufgewachsen. Mein Vater lebte hauptsächlich im Freien.“ Sie sah aus dem Augenwinkel, wie Dallas sich aufrichtete, aber Fillmore schien zufrieden und packte den Rekorder ein. „Danke, dass Sie uns Ihre Zeit geschenkt haben. Ich muss los, um die Story noch heute Abend unterzubringen.“

Die Muskeln in Chandras Rücken entspannten sich leicht. Wenn sie nur endlich gingen! Dann konnte sie etwas über J. D. erfahren. Aber es dauerte noch endlos, bis Fillmores Wagen die Auffahrt hinunterfuhr.

Levine machte noch Aufnahmen im Stall, aber Chandra wollte ihre Ungeduld nicht länger zügeln. „Was wird mit dem Baby?“ Sie legte Dallas eine Hand auf den Arm. „Was unternimmt die Sozialbehörde?“

„Wahrscheinlich geben sie das Kind vorübergehend in Pflege, bis ein Richter entscheidet, wo es ständig leben wird.“

„Lieber Himmel!“, flüsterte Chandra. Ihr Hals war plötzlich wie ausgedörrt. J. D. braucht Liebe und Fürsorge. In der Klinik wurde für ihn gesorgt, er erhielt sogar ein wenig Liebe von den Schwestern, und Chandra durfte ihn dort jeden Tag besuchen …

Zu ihrer Überraschung legte ihr Dallas tröstend einen Arm um die Schulter. „Sei nicht traurig. Er wird es gut haben.“

Sein Verständnis rührte sie. „Woher weißt du das?“ Ihre Augen brannten von ungeweinten Tränen. Erst in diesem Moment wurde ihr bewusst, wie weit sie das Kind bereits als das ihre ansah.

„Er wird bei einer Familie untergebracht, die für ihn sorgt.“ Dallas lächelte Chandra an und drückte sie zärtlich an sich. „Und ich kümmere mich darum, dass du das Kind besuchen darfst.“ Chandra war skeptisch. „Bestimmt?“

„Ich kann es versuchen. Dennoch, gewöhne dich nicht zu sehr an den Jungen. Du weißt nicht, was noch passiert.“

„Wem sagst du das.“ Sie konnte kaum schlucken, als Dallas sie in die Arme nahm. Froh über den Trost seiner Umarmung, legte sie den Kopf an seine Schulter. Wie richtig erschien es ihr, von ihm beschützt zu werden. Seit Jahren stand sie auf eigenen Füßen, und nun genoss sie es, sich bei Dallas anlehnen zu dürfen. „Vielleicht taucht die Mutter noch auf, diese abscheuliche Frau.“

In dieser Sekunde klickte hinter ihr eine Kamera. Chandra zuckte zusammen.

Dallas wirbelte herum, wütend starrte er Levine an, der seine Kamera in die Tasche schob. „Fertig." Chandra sah es in seinen Augen unverschämt aufleuchten.

„Ich hoffe, ich sehe mein Foto nicht auf der ersten Seite", sagte Dallas, und die verräterische Miene Levines zeigte auf einmal eine Spur Angst. Eilig brauste er in seinem Ford davon.

„Bastarde, allesamt Bastarde!", schimpfte Dallas und blickte dem silberfarbenen Wagen mit zusammengekniffenen Augen nach.

„Erzähl mir mehr über das Baby." Chandra verschwendete keinen Gedanken an die Reporter. Was sie interessierte, war J. D. – ihr J. D.

Dallas steckte die Hände in die Jeanstaschen. „Deshalb bin ich gekommen." Chandra war plötzlich enttäuscht. Insgeheim hatte sie sich gewünscht, selbst der Grund für seinen Besuch zu sein. „Ich sprach mit Williams. Es kann sich nur noch um wenige Tage handeln, bis die Behörde ihre Entscheidung getroffen hat."

„Himmel", flüsterte sie. So bald schon. Doch noch war nicht alles verloren – noch nicht.

„Wie ich schon sagte", tröstete Dallas, „ich werde versuchen zu arrangieren, dass du das Baby weiterhin besuchen darfst."

„Ich danke dir." Automatisch schlang Chandra Dallas die Arme um seinen Hals. „Vielen Dank." Er drückte sie fest an sich. Eine Sekunde lang fühlte sie sich so atemlos wie in jener Nacht am Fluss. Ihr Herz pochte wild, als seine Hände zärtlich über ihren Rücken glitten. Aber dann löste er sich von ihr, und als sie den Blick hob, verhärtete sich seine Miene.

Er hielt sie auf Armeslänge und grub die Finger in ihre Schultern. „Sieh mal, Chandra, du brauchst mir nicht zu danken", sagte er grob. „Du musst nichts tun, um mir deine Dankbarkeit zu zeigen."

„Da bin ich ja erleichtert", schoss sie zurück. „Und ich hatte schon befürchtet, ich müsste mit dir ins Bett gehen, um dich auf meine Seite zu bekommen."

Dallas holte tief Luft. Seine Augen funkelten, und er sah aus, als hätte er einen Schlag ins Gesicht erhalten.

„Wolltest du das damit sagen? Nun, Doktor, lassen Sie mich Ihnen versichern, ich schlafe nicht mit den Männern, um zu bekommen, was ich haben will. Niemals." Als Dallas sie skeptisch ansah, musste sie noch eins draufsetzen. „Und ich dachte, du wärest anders, würdest nicht zu denen gehören, die glauben, sie seien ein Gottesgeschenk für jede Frau. Ich wollte dir nur danken."

„Dann sage es einfach."

„Das tat ich." Chandra strich sich eine Haarsträhne von den Augen und stützte die Hände auf die Hüften. „Wenn du mich jetzt entschuldigen möchtest, ich habe zu arbeiten." Wütend eilte sie zum Stall. Wütend auf sich selbst und auf ihn.

Sie kletterte auf den Heuboden und warf eine Reihe Heuballen hinunter. Dann sprang sie wieder herunter und verteilte mit einer Gabel das Heu in die Krippen. Max schnaubte erwartungsvoll, ging zu seiner Box und steckte die Nase in das frische Heu.

Ein Schatten fiel durch die offen stehende Tür über den Boden. Chandra versteifte sich und drehte sich um. O'Rourke sah aus wie in der Nacht, als sie ihn zum ersten Mal gesehen hatte, unnahbar und ernst. „Ich dachte, du würdest wieder abfahren", sagte sie und warf eine weitere Gabel voll Heu in die Krippe.

„Und ich dachte, wir hätten noch etwas zu klären."

„Worum geht es?"

„Um uns."

„Um uns", zischte sie. „Was heißt: ‚uns'? Ich benutze dich, das weißt du doch." Sie stieß die Gabel ins Heu.

Bevor sie wusste, wie ihr geschah, stand Dallas vor ihr. Hart wie Stahl fühlte sie seine Hände auf ihren Schultern, als er sie herumwirbelte. „Ich glaube nicht, dass du absichtlich versuchst, mich zu benutzen", sagte er wütend.

„Ich bin erleichtert." Sarkasmus ließ ihre Stimme schrill klingen.

„Ob es dir gefällt oder nicht, ich glaube, du siehst mich als Verbindung zwischen dir und dem Baby. Du hast dich derart darauf versteift, eine Rolle im Leben dieses Kindes zu spielen, dass du jeden manipulieren würdest, um zu bekommen, was du willst."

„Und was ich sehe, ist ein Mann, der vor seinen Gefühlen davonläuft, ein Mann, der Angst hat, spontan zu sein, weil er damit das sorgfältig aufgebaute Gleichgewicht in seinem Leben verlieren könnte." Schwer atmend hielt sie die Heugabel umfasst. „Du bist zu gar nichts verpflichtet. Du schuldest mir nichts. Ich bin fähig, mein Leben selber zu gestalten. Einschließlich dessen, was erforderlich ist, um dem Baby nahe zu sein. Geh!" Sie deutete zur Tür. „Ja, dreh dich einfach um. Mehr gibt es nicht zu sagen."

„Ich wünschte, es wäre so. Er hob eine Hand, als wollte er ihr Gesicht berühren, ließ sie aber wieder sinken. „Zum Teufel auch", murmelte er. Dann umfasste er Chandra erneut und zog sie hart an sich. Erschrocken ließ Chandra die Heugabel fallen.

Diesmal pressten sich seine Lippen mit besitzergreifender Wildheit auf ihren Mund, ließen heiße Wellen der Erregung durch Chandras Körper strömen. Sein Atem mischte sich mit ihrem, seine Lippen bewegten sich fordernd, und seine Hände, streichelten aufreizend über ihren Rücken.

Chandra versuchte mit aller Kraft, das Gesicht wegzudrehen, konnte sich seiner stählernen Umarmung jedoch nicht erwehren. Aufstöhnend legte sie den Kopf zurück. Mit einer Hand umfasste Dallas eine Haarlocke und zog ihren Kopf noch weiter zurück und presste heiße Küsse auf die zarte Vertiefung auf ihrer Schulter.

„Nein, bitte, hör auf!“, flüsterte Chandra.

Seine Berührung wirkte elektrisierend, seine Zunge, Zähne und Lippen weckten leidenschaftliches Verlangen tief in ihrem Innern. „Du willst gar nicht, dass ich aufhöre.“

„Doch … nein. Oh Dallas, bitte …“ Mit aller Kraft stieß sie ihn zurück. Plötzlich wurde ihr bewusst, dass sie laut atmete und ihr Herz wie wild bis zu den Schläfen hinauf hämmerte. Zitternd fuhr sie sich mit einer Hand durchs Haar und trat zurück. „Für jemanden, der sich nicht auf eine Beziehung einlassen will, bist du verdammt hartnäckig“, sagte sie.

„Was ich will und was offensichtlich immer wieder zwischen uns geschieht, braucht nicht dasselbe zu sein.“ Auch Dallas schien Mühe zu haben, seine Haltung wiederzufinden. Mit zitternder Hand fuhr er sich über den Mund.

„Vermutlich heißt die Antwort, wir sollten uns nicht sehen.“

„Du meinst, das sei möglich?“ Selbstbewusst sah er sie an.

„Alles ist möglich, wenn du es dir nur fest vornimmst.“

„Glaubst du wirklich?“

„Absolut.“

„Ich hoffe, Sie haben recht, Miss Hill.“ Dallas ging zur Tür, schaute aber noch einmal über die Schulter zurück. „Denn wenn du nicht recht hast, stehen wir vor einem ungeheuren Problem.“

9. KAPITEL

Mühsam zog sich Dallas aus dem Pool. Sein Körper zitterte vor Anstrengung, seine Lungen gierten nach Luft. Er war über eine Meile in weniger als fünfundvierzig Minuten geschwommen.

Und das alles wegen dieser verflixten Frau. Sollte er sie hassen oder lieben? Sie hatte sein geordnetes Leben aus dem Gleichgewicht gebracht, und das nahm er ihr übel. Aber sie hatte auch jenen Teil von ihm zum Leben erweckt, den er verborgen gehalten hatte. Er fühlte sich plötzlich viel jünger. Wenn ich sie nicht liebe, so schulde ich ihr jedoch zumindest etwas.

Langsam trocknete er sich Gesicht, Nacken und Schultern. Das Zusammentreffen Chandras mit dem Reporter hätte ihn warnen müssen. Aber nein, er musste dort herumhängen, alle Vorsicht außer Acht lassen und jenem lausigen Fotografen gestatten, eine Aufnahme von ihm und Chandra zu machen. Nicht, dass das von so großer Bedeutung gewesen wäre. Wahrscheinlich wurde das Foto ohnehin nicht gebracht. Und wenn schon, was machte es schon aus?

Viel schlimmer war, dass er sich von diesem Mann dazu hatte hinreißen lassen, Chandra im Stall anzufallen und sich wie ein Irrsinniger zu benehmen. Was war mit ihm geschehen?

Im Duschraum spülte er das Chlor von Körper und Haaren. Wie immer während der vergangenen Woche kreisten seine Gedanken um Chandra.

Chandra, die Bootsfrau. Chandra, die Verführerin. Chandra, die Möchtegernmutter. Sie war verrückt nach diesem Kind. So viel stand jedenfalls fest.

Dallas war sich nicht sicher, was Chandra ihm gegenüber empfand. Vielleicht waren ihre Gefühle ebenso durcheinander wie seine. Während er den Kopf ein letztes Mal unter den Strahl senkte, stellte er das Wasser eiskalt, murmelte atemlos diffuse Worte, schlang das Handtuch um die Hüften und trat in den Umkleideraum. Rasch kleidete er sich an, fuhr sich mit den Fingern durchs Haar, warf die Tasche über die Schulter und ging davon.

Der Tag war so dunkel wie seine Stimmung. Graue Wolken hingen über den Bergspitzen und drohten, Ströme von Spätsommerregen über dem Land auszuschütten. Großartig, dachte er, soll es regnen. Vielleicht kühlen die Tropfen vom düsteren Himmel mein Blut.

Niemals zuvor hatte er empfunden wie bei Chandra. Er konnte nicht aufhören, daran zu denken, wie es sein würde, mit ihr zu schlafen. Immer wieder. Er stieg in seinen Truck und glitt hinter das Steuer. Während er den Schlüssel ins Zündloch steckte, nahm er sich fest vor, die Lady nicht wiederzusehen.

„Mir bleibt keine Wahl, ich muss ihn entlassen“, erklärte Dr. Williams in einem Ton, der keinen Widerspruch zuließ.

Chandra hatte ihn nach Beendigung seiner Visite schließlich angetroffen und befand sich nun in seinem Büro in der Klinik, wo sie sich an dem schwarzen Schreibtisch gegenübersaßen. Hinter ihm sah sie durch das Fenster die dunklen Wolken, die ein Spätsommergewitter ankündigten. Und diese Gewitterwolken erinnerten sie an Dallas und das Wetterleuchten in seinen Augen. Aber in diesen Tagen erinnerte sie einfach alles an Dr. O'Rourke.

Oder an das Baby. Aus Sorge um das Kind war sie hier. Seinetwegen hatte sie in der letzten Nacht kein Auge zugemacht.

Dr. Williams wartete darauf, dass sie etwas sagen würde.

„Ich denke, es wäre am besten für das Kind, wenn es noch ein paar Tage länger hierbleiben dürfte.“

„Warum? Ihm fehlt nichts.“

„Aber …“

„Wirklich, Miss Hill, das Krankenhaus hat alles nur Mögliche für das Kind getan.“ Williams lächelte sie freundlich an. „Heute Nacht darf er noch hierbleiben, aber morgen holt ihn die Mitarbeiterin vom Sozialamt.“

„Und bringt ihn wohin?“ Nur mit Mühe unterdrückte Chandra ihre Panik.

„Das ist mir nicht bekannt. Die Frau vom Sozialamt heißt Marian Sedgewick. Wenden Sie sich bitte an sie.“

„Danke, Doktor“, sagte Chandra leise.

Sie ließ sich nicht entmutigen. Diese Entwicklung war zu erwarten gewesen. Sie musste schnell handeln. Vom Telefon, nahe der Schwesternstation, versuchte sie, ihren Anwalt anzurufen. Als sie von seiner Sekretärin erfuhr, dass er nicht anwesend sei, ging sie enttäuscht zur Kinderstation, wo Schwester Shannon damit beschäftigt war, Telefonate entgegenzunehmen.

„Gehen Sie hinein“, formte Shannon Pratt mit den Lippen, während sie den Hörer zwischen Ohr und Schulter drückte und etwas auf einen Block kritzelte.

Chandra benötigte keine zweite Aufforderung. Sie eilte ins Kinderzimmer. J.D. war in eine weiße Decke gehüllt und rollte mit den Augen.

Wo wird er morgen sein? Wer wird ihn wickeln, füttern und ihm den Gutenachtkuss geben?

„Bei uns ging es heute Vormittag zu wie in einem Taubenschlag." Shannon war Chandra gefolgt. „Leslie sagte mir, dass Sie ihn heute füttern wollten." Sie deutete auf J.D.s Bettchen.

„Das würde ich liebend gern tun."

„Nun, wir können jede Hand gebrauchen." Shannon ging ins Kinderzimmer vor. „Es ist zwar strikt gegen die Regeln, möchte ich betonen, aber ich bekam das ‚Okay' von oben." Sie reichte Chandra Handschuhe und eine Gesichtsmaske. „Waschen Sie sich im Waschraum, und glauben Sie mir, Ihr kleiner Junge wird hungrig sein …"

Ihr kleiner Junge! Wenn er das doch wäre! Chandra schrubbte Hände und Arme und zog die Handschuhe über.

„Hallo, Sie sehen aus wie eine von uns!", sagte Shannon, als Chandra aus dem Waschraum kam. „Und sehen Sie nur, wer wartet …"

Chandra lachte hinter ihrer Papiermaske. „Wie geht's, mein kleiner Wonneproppen?" Eifrig übernahm sie das kleine Bündel und drückte es behutsam an sich. Schwester Pratt reichte ihr eine Flasche mit Kindernahrung. Das Baby schluckte gierig, während es seinen Blick auf Chandra richtete. Kleine Schmatzlaute, leises freudiges Grunzen waren zu hören, und Chandra lächelte.

Zum ersten Mal seit sie vor zwei Jahren nach Ranger gekommen war, fühlte sie sich als Teil einer Gemeinschaft. Die Schwestern und die Belegschaft des Krankenhauses waren besonders nett. Zum ersten Mal überlegte Chandra, ob sie die richtige Wahl getroffen hatte, als sie ihren Beruf an den Nagel hängte …

Chandra war hier – schon wieder. Bereit, eine Enttäuschung hinzunehmen. Dallas beobachtete sie, als sie dem Baby behutsam die Flasche aus dem Mund nahm und es zärtlich wiegte.

War sie von Sinnen? Wusste sie denn nicht, dass sie Russisches Roulette mit ihren Gefühlen spielte? Aber auch er empfand Zuneigung und eine seltsam unerwünschte Zärtlichkeit für dieses Kind. Die beiden zusammen zu sehen verursachte ein Stechen in seiner Brust und eine tiefe Traurigkeit, weil er niemals Vater sein würde und niemals Ehemann. Er hatte einen Versuch hinter sich, und der war misslungen.

Er hustete und ging auf Chandra zu. Sie drehte sich um. Der Anblick ihres von weichen Locken eingerahmten Gesichtes verdrängte alle hart erkämpften Vorsätze, sich von ihr fernzuhalten. Ihr Mund begann zu lächeln, als sie ihn sah.

„Dem Himmel sei Dank, du bist gekommen", sagte sie. Dabei wurde ihr bewusst, dass sie schon beinahe abhängig von ihm war.

Diese eigensinnige, selbstständige Frau beginnt mir zu vertrauen, dachte Dallas, fühlte sich jedoch schuldig, wegen der Nachforschungen über ihre Vergangenheit, mit denen er seinen alten Detektivfreund beauftragt hatte. Wenn er wollte, konnte er seinen Auftrag noch rückgängig machen, aber er war überzeugt, dass es nicht schaden konnte, mehr über sie zu erfahren.

Während Chandra aufgeregt erzählte, dass Dr. Williams J.D. am nächsten Tag entlassen wollte, kam Schwester Shannon und wollte Chandra das Baby aus dem Arm nehmen.

„Er hat noch kein Bäuerchen gemacht", protestierte Chandra und kniff die Augen zusammen. Aber Schwester Pratt zupfte das Baby zärtlich an die Nase. „Das geht schon in Ordnung. Wir sorgen dafür, nicht wahr? Und ich nehme auch gleich die wunderschönen Accessoires mit." Shannon übernahm das Baby, die Flasche, Handschuhe und Maske von Chandra und zog sich nach kurzem Gespräch mit Dallas über einen besonders widerspenstigen Patienten zurück.

Dallas nahm Chandras Arm und führte sie in die Nähe des Personalraums. „Ich würde mir keine zu großen Sorgen um das Baby machen. Es kommt in gute Hände."

„Was weißt du schon?"

„Ich habe gehört, das Kind kommt vorübergehend zu den Newells."

„Ist das die Familie des Sheriffs?"

„Ja. Seine Frau Lenore ist Teilzeitschwester hier im Krankenhaus und hat schon für viele Pflegekinder gesorgt."

Angstvoll biss Chandra sich auf die Lippen, und Dallas verspürte den plötzlichen Wunsch, sie zu küssen. „Komm", sagte er, alle guten Vorsätze vergessend, und zog sie einen kurzen Flur entlang zu einem ruhigeren Flügel des Stockwerks. „Komm." Chandra holte tief Luft, ehe er ihren Mund mit seinem verschloss. Als er ihren erschrockenen Blick sah, erwartete er, sie würde sich sogleich panikartig von ihm befreien.

Aber Chandra umfasste seine Taille und schmiegte sich an ihn. Zärtlich fuhr er ihr mit der Hand durchs Haar und sog an ihrer Unterlippe. Ihr Herz klopfte. Was dachte er sich eigentlich dabei, sie hier am helllichten Tag zu küssen, wo jeden Moment ... Ihre Gedanken tanzten im Kreis. Sie schloss die Augen und genoss den Duft seines Körpers und seine Liebkosung.

„Was, zum Teufel, soll ich bloß mit dir machen?" Jetzt konnte Chandra sogar sein Herzklopfen hören.

Bevor sie antworten konnte, küsste er sie wieder lange und leidenschaftlich und weckte wundervolle Gefühle in ihr. Doch plötzlich schien er sich zusammenzureißen, seine Hände lösten sich von ihr, und Chandra fiel beinahe hintenüber.

„Was ist?" Sie drehte sich um und blickte in das hochrote Gesicht von Schwester Alma Lindquist.

„Entschuldigen Sie." Die Schwester war offensichtlich verlegen. „Ich – ach – oh! Ich suche Sie, Doktor. Shannon meinte, Sie wären diesen Flur hinuntergegangen ..."

„Worum geht es?" Dallas wirkte vollkommen geschäftsmäßig, und Chandra hätte sich am liebsten in ein Mauseloch verkrochen. Ein kaum sichtbares Lächeln spielte um Alma Lindquists Lippen.

„Dr. Warren ist nicht da, und ich muss an den Medikamentenschrank in der Notaufnahme. Wenn Sie noch beschäftigt sind ..."

„Bin gleich bei Ihnen." Dallas' Augen funkelten, als Alma vergeblich versuchte, ihr wissendes Lächeln zu unterdrücken. Sie eilte fort, aber nun war Chandras Gesicht tomatenrot.

„Das war ein Fehler." Dallas fuhr sich mit den Händen durchs Haar. „Ich darf mich auf niemanden einlassen. Es funktioniert einfach nicht."

„Ich hatte dich nicht darum gebeten", sagte Chandra schnippisch.

„Aber du hast dich auch nicht gewehrt, oder?"

„Ich habe dich auch nicht ermutigt." Chandra fühlte sich verletzt. „Du wolltest diese Wildwasserfahrt. Ich hatte dich nicht dazu eingeladen."

„Mein Bruder ..."

„Wie auch immer. Und neulich Abend kamst du zu mir. Auch damals ohne goldgeränderte Einladung."

„Und du richtest dich hier im Krankenhaus ein."

„Wegen des Babys. Und das weißt du genau. J. D. bedeutet mir alles. Und versuch gar nicht erst, mir Gründe zu nennen, die Adoption nicht anzustreben. Ich lasse mich nicht davon abbringen."

„Oh Chandra ..." Dallas war offensichtlich immer noch skeptisch. „Hast du wirklich ernsthaft vor, ihn zu adoptieren?"

„Ich habe meinen Anwalt beauftragt, die notwendigen Unterlagen zu erstellen."

„Und was sagte dein Anwalt?“

„Erst wollte er mir die Sache ausreden.“ Chandra warf Dallas einen wütenden Blick zu. „Dann meinte er, ich solle mich bemühen, meine Chancen zu verbessern.“

„Wie das?“

„Indem ich heirate.“

Dallas erbleichte. Immer langsam, Dr. Dallas O'Rourke. Offensichtlich meinte Chandra, O'Rourke müsse hin und wieder aufgerüttelt werden.

„Richtig, Doktor, ich bin auf der Suche nach einem Ehemann.“ Sie glättete ihre Bluse. „Sieht nämlich so aus, als würden die Behörden ein Paar wohlwollender beurteilen als einen Single.“

„Du machst Witze!“ Dallas war schockiert. Chandras Mut sank.

„Nur was die Suche nach einem Ehemann anbetrifft. Aber ich werde mich nicht von den Vorurteilen gegen eine alleinerziehende Mutter abschrecken lassen. Ich werde dies durchkämpfen – bis zum Obersten Bundesgericht. Ganz bestimmt.“

„Oder heiraten?“

„Das war nur ein Scherz, Doktor.“ Dann beschloss sie, die Bombe platzen zu lassen. „Ich war schon einmal verheiratet. Es war nicht das, was man sich so davon erwartet.“

Dallas löste den Blick nicht von ihr, und Chandra hielt kurz den Atem an. „Vielleicht hast du den falschen Mann geheiratet.“

„Das mag sein“, gab Chandra zu. „Aber ich glaube kaum, dass ich den Richtigen erkenne, wenn er auf meiner Türschwelle steht.“

„Oh Miss Hill, ich glaube, da täuschen Sie sich.“

„Jedenfalls lasse ich mir deshalb nicht meinen Schlaf rauben. Bis bald, Doktor!“

Chandra stolzierte davon, als hätten seine heißen Küsse und harten Worte sie nicht im Geringsten berührt.

Dallas versuchte, die Erkenntnis zu ignorieren, auf einen Mann eifersüchtig zu sein, den er nicht kannte. Wer immer Chandras Ehemann gewesen war, er war ein verdammter Narr. Unkonzentriert versorgte Dallas einige Patienten und ging anschließend in den Personalraum. Dort traf er Schwester Lenore, die, wie er erfahren hatte, das Findelkind in Pflege nehmen sollte.

Er schenkte sich eine Tasse Kaffee ein. „Ich hörte, Sie werden demnächst ein weiteres Mäulchen zu füttern haben, Lenore.“

Die Schwester lächelte. „Das Findelkind. Richter Reinecke scheint zu meinen, das Baby sei gut bei uns aufgehoben. Zumindest für eine Zeit lang. Wir haben wahrhaftig unsere Schuldigkeit getan und für eine Reihe von Waisen gesorgt."

Dallas fragte sich, ob er Chandra erwähnen sollte. Er sah noch ihre verzweifelte Miene, weil sie erwarten musste, dass man ihr das Kind fortnehmen würde.

„Wissen Sie, Chandra Hill, die Frau, die das Baby zu uns gebracht hat, möchte das Baby gern oft besuchen."

Lenore gab einen Teebeutel in eine dampfende Wassertasse. „Ich habe von ihr gehört. Sie scheint den Jungen sehr zu lieben."

„Es schadet sicher nichts, wenn sie ab und zu hereinschaut."

„Selbstverständlich nicht. Sagen Sie ihr, sie darf uns besuchen, wann immer sie mag."

Dallas leerte seine Tasse und verließ den Raum. Er hatte getan, was ihm möglich war. Alles Weitere hing von Chandra ab.

Den Rest des Tages verbrachte er in der Klinik. Gegen fünf Uhr besuchte er die Kinderstation, um J. D. ein letztes Mal zu sehen. Seufzend hielt er das Kind im Arm. „Okay, okay, wir werden sehen, was sich tun lässt", versprach er und überließ ihn einer Schwester.

Leise pfeifend ging er zu seinem Wagen, hielt jedoch abrupt inne, als er seinen Halbbruder sah, der an einem Kotflügel lehnte und auf einem Zahnstocher kaute.

„Ich dachte schon, ich müsste das ganze Wochenende hier auf dich warten", sagte Brian mit einem hochmütigen Lächeln.

„Was gibt's?"

„Keine Sorge. Ich habe das Geld noch nicht durchgebracht. Ich wollte dir nur mitteilen, dass ich hier verdufte. Ich bin auf dem Weg zur Schule."

Das wird allerdings auch Zeit. „Fabelhaft."

„Richtig, und ich werde dich wahrscheinlich erst zu Weihnachten wiedersehen. Besuchst du Mutter?"

Er zuckte die Schultern. „Bis Weihnachten vergeht noch viel Zeit."

„Sie wäre sehr enttäuscht, wenn du nicht kommst."

Vielleicht. Brian glaubte, seine Mutter liebte Dallas ebenso wie ihre anderen Kinder. Aber Dallas erinnerte sich gut an die Zeit nach der Scheidung von seinem Vater, als Eugena O'Rourke McGee sich wieder verheiratete und ausschließlich damit beschäftigt war, eine Tochter und die Zwillinge aufzuziehen. Kaum ein Lächeln hatte sie damals für ihn übrig. Dallas war meist sich selbst überlassen gewesen. Seine Mutter hatte ihm nie Liebe geschenkt wie Joanna, Brian und Brenda.

Doch seit Langem empfand Dallas keine Bitterkeit mehr gegenüber seiner Mutter. Er dachte einfach nicht mehr darüber nach.

„Bemüh dich, alter Junge. Ich mache mich auf den Weg." Brian warf sich den Matchbeutel über die Schulter. „Und nochmals vielen Dank. Oh, noch eins: Hattest du Zeit für die Wildwasserfahrt?"

Dallas lächelte. „Es war die Erfahrung meines Lebens."

„Was hältst du von der Lady?"

„Sie ist schon etwas Besonderes."

Brian grinste anzüglich. „Du hast es also auch bemerkt?"

„Allerdings kannte ich sie schon."

„He, Bruder, gibt es da etwas, was ich wissen müsste?" Dallas zwang sich zu entspannen. „Nein, absolut nichts."

„Und nun bist du ganz heiß auf sie?"

Dallas antwortete nicht, blickte seinen Halbbruder an, als fragte er sich, ob es irgendeine Gemeinsamkeit zwischen ihnen gab.

„Halt dich ran, Junge. Ich tadele dich nicht. Die Lady ist nett, richtig nett."

„Was meinst du mit ‚halt dich ran'?"

„Lade sie zum Essen ein, geh mit ihr aus, lerne sie kennen. Menschenskind, hier in dieser Einöde fällt dir eine derart tolle Frau in den Schoß. Ergreif deine Chance, Mann. Ich weiß, die Wunden, die Jennifer dir zugefügt hat, schmerzen noch, aber nicht alle Frauen sind so böse Hexen wie deine Jezabel."

„Ich soll von dir Rat für mein Liebesleben einholen?", fragte Dallas einigermaßen belustigt.

„Nun, weise ihn zumindest nicht zurück. Dein Liebesleben, falls man es überhaupt so optimistisch nennen darf, existiert doch überhaupt nicht."

Dallas hätte am liebsten die Faust in das höhnisch lächelnde Gesicht des Halbbruders geschlagen, aber zumindest dieses eine Mal hatte Brian recht. Also streckte Dallas nur einen Arm aus und schüttelte ihm die Hand. „Danke für den guten Rat."

„Danke mir nicht. Tue etwas, Mann." Lachend stieg Brian in seinen Wagen, startete den Motor und brauste in einer Staubwolke davon, die sich nur langsam in der klaren Bergluft legte.

Brians Rat ging ihm während der ganzen Heimfahrt nicht mehr aus dem Sinn. Noch diesen Morgen hatte er Chandra für immer aus seinem

Leben ausschließen wollen. Dann hatte er sie in der Klinik gesehen und kaum die Hände von ihr lassen können. Besser, er sah den Tatsachen ins Gesicht.

Brian hat recht, ich muss mich bemühen. Ich brauche mich ja nicht unbedingt zu verlieben. Verlieben!

„Ich bin auf der Suche nach einem Ehemann." Chandras Worte. Hatte sie wirklich nur gescherzt, oder sollte das ein Hinweis sein? Verdräng es, sagte Dallas sich, sonst machst du dich noch ganz verrückt. Vergessen konnte er sie jedoch nicht. Bevor es ihm bewusst wurde, machte er bereits wieder Pläne für ein Wiedersehen. Zu Hause suchte er die Telefonnummer von „Wild West Expeditions" heraus und wählte. Chandra war am Apparat.

„Ich dachte, vielleicht könnten wir uns nach Dienstschluss treffen", schlug er vor und kam sich wie ein Narr vor. Er verstand sich wirklich nicht besonders gut darauf.

„Warum?"

„Wir waren uns nicht einig, als wir auseinandergingen. Was hältst du davon, wenn ich dich zum Essen ausführe?" Pause. Tausend Herzschläge lang.

„Zum Essen? Ich weiß nicht ..."

„Ich weiß es auch nicht, aber ich dachte ..." Langsam atmete Dallas aus, dann meinte er jedoch, mit Aufrichtigkeit am weitesten zu gelangen. „Ich würde dich gern wiedersehen."

„Selbst wenn ich nur an einem Ehemann interessiert bin, genauer, an einem Vater für das Kind, das ich adoptieren will?"

Da war er wieder, dieser beißende Sarkasmus, der Dallas so faszinierte. „Selbst dann, Miss Hill. Zieh dir etwas Hübsches an. Ich habe eine Überraschung für dich. Gegen sechs Uhr dreißig hole ich dich ab."

„Und wenn ich schon andere Pläne hätte?" Offensichtlich flirtete Chandra ein wenig mit ihm. Dallas hatte den Eindruck, als wäre sie nicht weniger nervös wegen seiner Einladung als er.

„Dann sag ab." Dallas legte den Hörer auf. Er freute sich auf den Abend. Verflixt, er wollte sich mit dieser umwerfenden Miss Hill einige seiner Träume erfüllen.

Immerhin, es handelte sich um ein Rendezvous, nicht um eine Verbindung fürs ganze Leben.

10. KAPITEL

Ein Rendezvous?

Chandra vermochte es nicht zu glauben. Doch da stand sie nun und schaute in ihren Schrank voller Arbeitshemden, Jeans und alter Kleider und versuchte, ein passendes Kleidungsstück für Dallas' Überraschung zu finden.

Ihr Herz flatterte wie bei einem kleinen Schulmädchen. Immer mit der Ruhe, versuchte sie sich zu beruhigen. Sie wusste, Dallas' Stimmungen wechselten wie das Wetter hier in den Bergen.

Sie wählte einen rosafarbenen Rock und eine weit ausgeschnittene Bluse, als Sam zu jaulen begann. „Eifersüchtig?", neckte sie ihren Hund und tätschelte ihm den Kopf.

Mit zwei Einkaufstüten stand Dallas auf der Türschwelle.

„Ich dachte, wir würden ausgehen", begrüßte sie ihn.

„Das tun wir auch." Dallas stellte die Tüten auf den Küchentresen. „Besitzt du einen Picknickkorb?"

„Soll das ein Witz sein?" Aber im selben Moment sah sie das spitzbübische Lächeln in seinen Augen. Gehörten sie dem ernsthaften Dr. O'Rourke, der alles daransetzte, sie zu verwirren?

„Jemand sagte mir, ich sei nicht spontan genug", meinte er. „Deshalb. Der Korb …"

„Richtig, der Picknickkorb." Chandra überlegte, was Dallas plante, und durchsuchte den Schrank unter der Treppe. Schließlich fand sie einen völlig verstaubten Weidenkorb. Sie blies über das Weidenholz und wirbelte eine Menge Staub auf. „Er wird nicht oft benutzt", erklärte sie und säuberte ihn mit einem Tuch.

„Ich dachte, wir machen einen Ausritt in die Berge."

„Einfach so? Bist du von allen guten Geistern verlassen?"

„Nein, nur spontan." Dallas packte den Inhalt der Tüten in den Korb: eine Flasche Wein, Gläser, einen Korkenzieher und verschiedene Snacks.

„Lieferst du auch die Pferde, oder erwartest du, dass ich sie stelle?"

„Du stellst die Pferde und bestimmst das Ziel."

„Verstehe. Ich soll dich mit einem kostenlosen Campingvergnügen versorgen. Sehe ich das richtig?", neckte Chandra.

Dallas klappte den Deckel des Korbs zu und trat zu Chandra. Lachend schaute er ihr in die Augen. „Willst du mich nun auf dem ganzen Ausflug bekämpfen?"

„Ich besitze keinen Damensattel.“ Oh Himmel, er war ihr so nah. Sie brauchte ihr Kinn nur wenige Zentimeter zu heben, um seinem Blick zu begegnen. Ihr Hals war vor Erregung wie zugeschnürt.

„Improvisiere“, schlug er vor.

„Ich könnte mich rasch umziehen.“

„Unmöglich. Dann wäre ich im Vergleich zu dir zu vornehm gekleidet.“ Sein Blick wanderte über ihre Lippen abwärts zum Hals, dem Ausschnitt ihrer Bluse und dem kaum sichtbaren Ansatz ihrer Brüste. „Außerdem siehst du …“ Er berührte eine ihrer Locken und wickelte sie um einen Finger.

Der Moment schien endlos. Behutsam gab er die Locke wieder frei, und als sein Finger Chandras Haut streichelte, hielt sie den Atem an. „Ich glaube, wir sollten uns auf den Weg machen.“ Verlegen trat sie einen Schritt zurück. Allein seine Nähe brachte sie völlig aus der Fassung. „Ich … ich werde die Pferde satteln.“

„Das mache ich. Du trägst den Korb.“ Dallas stieß die Tür auf und nickte Sam zu, der ihm schwanzwedelnd folgte.

„Ich werde deinen Namen in Judas umwandeln“, warnte Chandra ihren Retriever und schloss sich den beiden an.

Innerhalb weniger Minuten hatte Dallas Max und Brandy gesattelt. Der Weg führte sie über einen staubigen Pfad in den Wald. Chandra hatte den Rock bis zu den Schenkeln hochgeschoben, kam sich absolut albern vor, genoss jedoch gleichzeitig ihre euphorische Stimmung. Der Himmel war tiefblau, zwei Habichte kreisten ruhig über ihren Köpfen.

Nach einer Stunde gabelte sich der Weg. „Bist du sicher, welche Richtung wir einschlagen sollen?“, fragte Dallas.

„Ganz sicher.“ Sie trat Brandy in die Seiten und nahm Geschwindigkeit auf. Doch es war schon zu spät. Max mit den schwarzen Beinen, die in der Sonne glänzten, flog an ihr vorüber. Die Pferde schwitzten und blähten die Nüstern. Auch Chandra war atemlos. Sam hingegen konnte der Wettlauf nichts anhaben. Er sah ein Eichhörnchen und raste über die Wiese, planschte durch den Bach, der sich durch das Gras schlängelte.

„Müssen wir uns seinetwegen Sorgen machen?“ Dallas schwang sich an einer Biegung des Baches vom Pferd, wo sich das Wasser staute und das intensive Blau des Himmels widerspiegelte.

„Er findet zurück.“ Chandra sprang auf den Boden.

Während die Pferde am Ufer grasten, breiteten Dallas und Chandra eine Decke im Schatten einer Tanne aus. Dallas entkorkte die Flasche und schenkte jedem ein Glas Chablis ein. „Worauf stoßen wir an?“, wollte Chandra wissen. „Auf uns vielleicht?“

Sie lachte, während sie im Schneidersitz die Beine unter sich zog und den Rock über die Knie schob. Er meinte es nicht ernst. Dies war alles nur ein Jux, ein Märchen. „Auf uns? Ich dachte, es gäbe kein ‚uns‘. Ich dachte, du seiest der Ansicht, dich nicht auf eine Beziehung mit einer Frau einlassen zu dürfen.“ Chandra nahm einen großen Schluck von ihrem Wein und beobachtete Dallas' Mienenspiel, das seine Gefühle nicht verbarg.

„Ich wollte keine Komplikationen. Aber manchmal ändern sich die Umstände und deine Ansichten.“ Dallas pflückte einen trockenen Grashalm und begann darauf zu kauen. „Als ich dich zum ersten Mal in der Notaufnahme sah, wusste ich, dass ich deinetwegen in Schwierigkeiten kommen würde. Ich dachte, das einzig Vernünftige könnte nur sein, dir aus dem Weg zu gehen.“

Chandra lächelte. Zum ersten Mal, seit sie ihn kannte, schien er ihr gegenüber aufrichtig zu sein. „Ach so.“

„Das tat ich. Und dann schenkte mir mein Bruder diesen verflixten“ Gutschein.“

„Aber du glaubtest noch immer, du würdest dir mit mir Probleme einhandeln.“

„Damals erkannte ich, dass ich viel größere Probleme bekommen würde, als ich es mir vorgestellt hatte.“ Er lachte und trank einen großen Schluck von seinem Wein. „Und von da ab entglitt mir alles.“ Dallas blickte ihr in die Augen. „Ich konnte meine Hände nicht mehr von dir lassen, was gar nicht meinen sonstigen Gepflogenheiten entspricht. Ich schien ja geradezu besessen.“

„Von wem?“

„Von dir. Ich fand nachts keine Ruhe und dachte nur noch daran, mit dir zu schlafen.“ Chandra fiel beinahe das Glas aus der Hand. „Damals beschloss ich, dich nicht wiederzusehen.“

„Aber du bist hier.“

„Brian sagte, ich sollte mich endlich entspannen, das Leben genießen, die Chance ergreifen …“ Dallas hob eine Schulter.

„Als was soll ich das jetzt ansehen?“, fragte sie mit leiser Stimme. „Als eine Verfügung?“

„Wenn du das möchtest.“

„Nein.“ Ihre Antwort kam schnell. Sie hatte auch daran gedacht, mit Dallas zu schlafen. Aber es war nicht dasselbe, sich etwas vorzustellen oder es auch zu tun. Sie nahm einen Schluck Wein und sah Dallas an, in der Hoffnung, einen Hinweis zu erhalten, dass er scherzte.

Aber kein Lächeln funkelte in seinen Augen. „Hast du Angst?"

„Dallas, vielleicht hast du Pläne gemacht, Wein eingekauft, den richtigen Käse und das Brot gewählt und dir einen Weg ausgemalt, der uns zusammenführt. Aber das funktioniert nicht mit mir. Ich kann nicht einfach sagen: zum Teufel mit allem und mir dann die Kleider vom Leib reißen. Das entspricht nicht meiner …" Langsam erhob sie sich. „Das klappt nicht bei mir."

Chandra pfiff nach den Pferden. Brandy ignorierte sie, aber Max gehorchte. Sie ergriff seine Zügel. Doch Dallas war schon bei ihr und umfasste behutsam ihr Handgelenk. „Man wirft mir vor, ziemlich ungeschliffen zu sein, zu ungeschliffen."

„Nun, zumindest ließest du mich nicht im Zweifel." Sie versuchte, sich zu befreien.

Dallas hielt sie fest und zwang sie, ihn anzusehen. „Es ist nur … Ich will dich eben. Ich begehre dich so sehr, dass ich an nichts anderes denken kann. Ich habe versucht, dagegen anzukämpfen. Ich sagte mir, ich brauche keine Frau. Und ich hatte recht. Ich brauche nicht irgendeine Frau, Chandra, sondern dich."

Plötzlich schlug Chandras Herz Purzelbäume, setzte dann einen Schlag aus. Sie ließ die Zügel fallen und sah Dallas an.

„Du willst mich doch auch." Er legte ihr die Hand aufs Herz. Sanft streichelten seine Fingerspitzen über die nackte Haut im Ausschnitt ihrer Bluse.

Chandras Puls beschleunigte sich. „Wollen ist nicht genug."

„Auf der Wildwasserfahrt war es genug." Er küsste sie auf den Nacken. Ihr Atem stockte. Als er ihr langsam die Bluse über die Schulter schob und die Lippen auf ihre Haut presste, begannen sich in ihrem Bauch die Schmetterlinge zu regen.

Unnachgiebig umfassten seine Finger ihr Handgelenk und zogen daran, bis Chandra mit ihm zu Boden sank, ohne sich zu wehren. Hingebungsvoll schmiegte sie sich an ihn, verwob ihre Arme und Beine mit seinen.

Wild nahmen seine Lippen Besitz von ihrem Mund, erregten ihre Sinne. Sie fühlte das fordernde Spiel seiner Zunge, den Druck seiner Hand, das heiße Verlangen, das ihren Körper übermannte.

Er zog die Bluse aus dem Rock und ließ seine Hände langsam über ihren Rippenbogen nach oben wandern, berührte die Spitze ihres BHs.

Chandra stöhnte auf, als sein Daumen zärtlich über die erregte, aufgerichtete Brustspitze streifte.

„Dallas", flüsterte sie, als er die Bluse aufknöpfte und sie die kühle Bergluft auf ihrer Haut fühlte. Aber dann war sie auf ihm, umfasste seinen Hals, und seine Lippen berührten die von zartem Material bedeckte Knospe. Dallas zog sie auf sich herab. Wieder und wieder glitt seine Zunge spielerisch über die zarte Spitze ihres BHs und weckte heiße, zauberhafte Gefühle tief in Chandras Körper.

„Bitte, bitte, bitte ...", stöhnte sie auf. Und Dallas folgte der Aufforderung, öffnete den BH und begann, sie weiter verführerisch zu liebkosen.

Nun setzte sich Chandra mit den Knöpfen seines Hemdes auseinander, schob rasch das weiße Material über seine muskulösen Schultern. Lustvoll schmiegte sie ihren Körper an seinen und genoss das erregende Gefühl, das die Berührung seiner rauen Brusthaare an ihrer Haut hervorrief. Dabei warf sie den Kopf zurück, und ihre glänzenden Locken fielen ihr weit über den Rücken.

Unter Küssen und zärtlichen Liebkosungen befreite Dallas Chandra von Rock und Wäsche. Sie half ihm bei seinen Jeans. Er warf sie von sich. Dann lag er unter ihr und wünschte, in ihren Körper einzutauchen. „Liebe mich, Chandra", flüsterte er in ihr Haar. „Um Himmels willen, liebe mich!"

Chandra schloss die Augen, presste ihre Lippen auf seinen Mund und rollte sich mit einer geschickten Drehung herum. Zärtlich schaute er ihr in die Augen, während er behutsam ihre Knie auseinanderschob. In ihrem Blick erkannte er Vertrauen, und er wusste, sie sehnte sich nach einem Leben mit ihm.

„Oh Chandra, ich begehre dich so sehr." In diesem Moment war ihm klar, sein Leben würde nie mehr sein wie vor diesem Tag. Er hatte diesen verführerischen Augenblick geplant. Ein Medizinmann verliert nie seine kühle Beherrschung, aber bei dieser Frau konnte er zu leicht das Gleichgewicht für immer verlieren. Noch einmal versuchte er, vernünftig zu sein, wollte sie beschützen und langte in die Hosentasche seiner Jeans im Gras.

„Nicht aufhören", sagte Chandra, als fürchtete sie seine Zurückweisung. Sie erschauerte, als er ihr eine Haarlocke aus den Augen strich. Einen Moment flackerte Zweifel auf, während sie sich in die Augen sahen, aber dann nahm er wild und voller Leidenschaft Besitz von ihr! Hart stöhnte er auf, während er sich auf ihr bewegte. Langsam erst, um ihre zarten Fingerspitzen auf seiner Schulter und ihre Lippen an seinem Mund auszukosten.

Plötzlich konnte er nicht mehr aufhören und wollte es auch nicht. Sein Rhythmus beschleunigte sich, und in dem Wunsch, Chandra glücklich zu machen, gab er sich dem Rausch der Sinne hin.

Chandra rief seinen Namen, als seine wilde Leidenschaft sie zu höchstem Glück führte. Tief drückten sich ihre Fingerkuppen in seine Schultern. Tränen rannen ihr über die Wangen.

Beim Anblick der Tränenspur erschrak Dallas. Er hatte sich ihr aufgedrängt und sie dazu gebracht, sich auf ein sexuelles Spiel mit ihm einzulassen. „Himmel", stöhnte er heiser, „es tut mir ja so leid. Ich wollte dich nicht verletzen."

„Nein!", protestierte Chandra. „Das hast du nicht getan. Glaub mir. Es ist … ist …" Mit dem Handrücken wischte sie die Tränen fort. „Es war zauberhaft. Es ist nur … nur so lange her …"

„Das trifft auch bei mir zu." Dallas war erleichtert, dass Chandra keine Reue empfand. Er nahm sie in die Arme und küsste sie auf die Stirn. „Ich fürchte, ich verlor die Kontrolle."

„Das gilt nicht für dich allein."

„Bist du mir nicht böse, weil ich das geplant hatte?"

„Ich hätte es unterbinden können, wenn ich es gewollt hätte."

In diesem Moment kam Sam angesprungen. Er war nass von einem Bad im Fluss und schüttelte sich heftig. Chandra schrie auf, aber Dallas lachte, hob sie vom Boden und trug sie zum Teich.

„Lass mich!", protestierte Chandra beim Anblick des kalten Wassers.

„Irgendwie müssen wir uns doch abkühlen."

„Dallas, nein. Du bist abscheulich." Chandra lachte, als er sie streichelte.

„Frech bin ich, Chandra, nicht abscheulich."

„Schlimmer als das, glaube ich." Atemlos versuchte sie ans Ufer zu gelangen. Doch Dallas fing sie ein und schlang die Arme um ihre Taille. Nasse, kalte Lippen pressten sich hungrig auf ihre. „Du kommst nicht mehr los von mir", neckte er sie.

„Soll ich dich vom Gegenteil überzeugen?" Chandra überlegte, wie viele Schritte es bis zum Ufer waren.

„Du brauchst nicht einmal darüber nachzudenken."

Übermütig spritzte sie ihm das kalte Wasser ins Gesicht und stolperte aufs Ufer zu, doch erneut zog Dallas sie ins Wasser zurück. „Wie ich schon sagte, du wirst mich nicht mehr los." Begierig zog er sie an sich und küsste sie auf Hals und Nacken.

„Ich versuche es doch gar nicht." Chandra lachte und erwiderte seinen Kuss. Sie mochte ihn, empfand zärtliche Gefühle für ihn, und die Leidenschaft, die sie miteinander geteilt hatten, genügte ihr. Zum ersten Mal in ihrem Leben lebte sie für den Augenblick.

Als die Sonne langsam zu sinken begann, kleideten sie sich an, tranken Wein und aßen Brot, Käse und Trauben. Chandra lag auf der Decke, pflückte Wildblumen und drehte die Stängel zwischen den Fingern. „Ich dachte, du wolltest dich nicht auf eine Beziehung einlassen", sagte sie und blickte über ihre Schulter zu Dallas, der sich hinter ihr ausgestreckt hatte.

„Richtig, das wollte ich nicht. Aber nun ist es geschehen."

„Wovor hattest du Angst?"

„Angst? Ich habe nie gedacht, dass ich Angst habe. Vielleicht bin ich vorsichtig, ganz sicher raffiniert, aber ängstlich?"

Chandra hob eine Augenbraue. „So sehe ich das jedenfalls."

„Ich halte nichts davon, die Vergangenheit aufleben zu lassen. Es bringt keine Vorteile." Dallas stand auf und ließ einen flachen Stein über das Wasser springen.

Chandra folgte ihm. Augenzwinkernd nahm auch sie einen Stein auf und ließ ihn über die Oberfläche tanzen.

„Und wie steht es mit dir?" Dallas blickte Chandra überrascht an. „Du hast Medizin studiert, leitest Wildwasserfahrten und Campingtouren und lässt geschickt die Steine über das Wasser springen." Sein Blick wanderte über ihren Körper. „Für eine Frau mit so vielen weiblichen Attributen liebst du es offensichtlich, dich wie ein Mann aufzuführen."

„Mich mit ihnen zu vergleichen", korrigierte Chandra.

„Warum?"

„Ich war der Sohn, den mein Vater nie besaß. Er lehrte mich, aus der Schulter heraus zu werfen statt aus dem Handgelenk, brachte mir das Bergsteigen bei und zeigte mir, dass ich alles tun kann, was ich will, ohne Rücksicht auf mein Geschlecht."

„Du kannst dich glücklich schätzen."

„Ja, aber eigentlich wollten wir über dich sprechen."

„Unwichtig", versuchte Dallas seinen Schmerz herunterzuspielen. „Meine Familie ging auseinander, als ich noch im Internat war. Mein Dad war Arzt, machte beim Militär Karriere und war sehr streng. Meine Mutter wurde es leid, immer von einem Ort zum anderen zu ziehen. Ich kann sie nicht tadeln. Mit Harrison O'Rourke war das Zusammenleben nicht einfach. Er war der Ansicht, dass man seine Gefühle nicht zeigte, weder mir gegenüber noch Mom. Erstaunlich, dass sie dennoch so lange bei ihm geblieben ist."

Dallas ließ einen weiteren Stein übers Wasser springen. Chandra tat das Herz weh. Offensichtlich fiel es ihm schwer, über seine Vergangenheit zu sprechen. „Wie auch immer, sie heiratete ein zweites Mal. Glücklich, glaube ich. Joanna kam ein Jahr später auf die Welt, die Zwillinge Brain und Brenda wiederum sechzehn Monate danach. Brian hast du kennengelernt." Chandra nickte. „Mutter hatte alle Hände voll zu tun. Ich war alt genug, um auf mich selbst gestellt zu sein. Ich beendete die Highschool und wurde zum Vorsemester an der UCLA akzeptiert."

Um deines Vaters Wohlwollen zu erlangen, dachte Chandra. Ihr Herz weinte um den Jungen, der sich so ungeliebt gefühlt hatte.

„Jennifer Smythe, das Mädchen meiner Träume, traf ich noch vor dem Examen."

„Warum war sie das Mädchen deiner Träume?"

Dallas räusperte sich. „Sie war irgendwie perfekt. Jedenfalls dachte ich das. Schön, klug, witzig und Jurastudentin. Ich glaubte, es sei richtig, zu heiraten, also heirateten wir. Aber das war Fehler Nummer eins. Sie machte bald ihren Abschluss und begann zu arbeiten. Während ich mein Studium beendete, unterstützte sie mich. Später meinte sie immer, ich schulde ihr etwas." Dallas lächelte matt. „Aber das ist höchst langweilig …"

„Absolut nicht." Chandra war überrascht, dass er ihr einen derart tiefen Einblick in sein Privatleben gestattete.

„Was ich nicht gewusst hatte: Jennifer wollte keine Kinder. Punktum. Als einziges Kind reicher Eltern konnte sie es sich nicht vorstellen, auf ein kleines Kind Rücksicht zu nehmen."

Sam sprang herbei, und Dallas streichelte seine Ohren. Der alte Hund knurrte zufrieden, und Dallas musste lachen.

„Nach meinem Examen ging ich an eine Klinik in Orange County. Ich dachte, jetzt könnten wir eine Familie gründen, doch Jennifer war nicht interessiert. Ich hätte mich damit abfinden sollen, aber ich wollte gern Kinder haben. Ich war geradezu besessen von diesem Gedanken." Er lächelte Chandra traurig an. „Gerade weil meine Eltern viele Fehler gemacht hatten, wollte ich der perfekte Vater sein."

Chandra empfand ein Gefühl der Angst, als Dallas fortfuhr. „Am allerschlimmsten war, dass Jennifer dennoch schwanger wurde, und zwar zu der Zeit, als wir unser erstes Haus kauften. Sie hat es mir selbstverständlich nicht gesagt und beendete die Schwangerschaft vorzeitig. Ich erfuhr es über einen gemeinsamen Freund, der den verantwortlichen Arzt kannte."

Kein Wunder, dass seine Gefühle so bitter waren. Sein Mund bildete einen schmalen Strich.

„Völlig außer mir stürmte ich damals in das Anwaltsbüro, in dem sie arbeitete. Ich sagte, sie hätte versuchen müssen, die Probleme mit mir zusammen zu lösen, bevor sie solche drastischen Maßnahmen ergriff. Aber Jennifer behauptete, es handele sich um ihren Körper, und ich hätte damit nichts zu tun. In Wahrheit hatte sie sich nur darüber geärgert, dass ich sie durch meinen Wutausbruch in ihrem Büro in Verlegenheit gebracht hatte."

Chandra legte eine Hand auf seinen Arm, aber Dallas schien es nicht zu bemerken. „Das wär's. Von da an war ich vollkommen verunsichert." Er streckte Schultern und Muskeln und Hals. Chandra glaubte, sein Bericht wäre zu Ende, aber die nächsten Worte zeigten beinahe noch mehr Abscheu.

„Du müsstest Jennifer kennenlernen, um dies zu verstehen. Sie kletterte in ihrer Firma die Karriereleiter hinauf. Wir besaßen Geld genug, und sie genoss den Lebensstil. Sorge machte ihr nur meine Position als Notarzt, die wahrhaftig nicht spektakulär ist. Sie dachte, ich sei klug und geschickt genug, um ein geachteter Spezialist zu werden. Aber ich liebe meine Arbeit, und ich konnte mir nicht vorstellen, sie aufzugeben. Dallas Schultern senkten sich. „Unsere Ehe wurde immer unerträglicher. Als mir ein Job in der Riverbend-Klinik hier in Ranger angeboten wurde, war sie nicht bereit umzuziehen. Mir wurde klar, dass ihr ihre Karriere wichtiger war als unsere Ehe. Also trennten wir uns. Ich zog um, sie blieb. Drei Wochen nach der Scheidung heiratete sie ihren Boss, einen Mann, der doppelt so alt war wie sie, erwachsene Kinder besaß und keine neue Familie gründen wollte. Beim nächsten Wiedersehen gab sie zu, dass das Baby, das sie verloren hatte, nicht von mir war."

Chandra war plötzlich ganz elend zumute. Wie konnte jemand diesen wundervollen Mann derart benutzen?

„Und damals hast du beschlossen, auf Liebe und Heirat zu verzichten?" Chandras Hand lag hoch immer auf seinem Arm.

„Ein Mann, der wie ich stark auf seine Arbeit konzentriert ist, hat kein Recht, eine Frau zu bitten, ihr Leben mit ihm zu teilen."

„Das ist ein gewaltiger Irrtum", flüsterte Chandra. Sein Kummer rührte sie zutiefst. Sie schlang die Arme um ihn und küsste ihn auf den Mund. „Du würdest einen wundervollen Ehemann und Vater abgeben." Als ihr bewusst wurde, was sie gesagt hatte, ließ sie die Arme sinken und schluckte.

„Nun, Miss Hill", neckte Dallas, „ist das ein Heiratsantrag?"

„Ich sagte dir schon, dass ich nicht an Heirat interessiert bin." Wie hatte sie sich nur zu etwas derart Unbedachtem hinreißen lassen? Der ganze Abend offenbarte nur zu deutlich, dass sie die Kontrolle über sich verloren hatte.

„Aber ich soll bereit sein, das Wagnis erneut einzugehen?" Er lachte ohne eine Spur von Heiterkeit, und Chandra erkannte, dass die beiden Frauen in seinem Leben, die ihn hätten lieben sollen – seine Mutter und seine Exfrau ihn so verletzt hatten, dass er möglicherweise nicht imstande war, einer Frau zu vertrauen.

„Aber was ist mit dir?", fragte er plötzlich, und Chandras Magen krampfte sich zusammen. „Ich habe meine Seele offenbart. Erzähl mir von deinem Exehemann. War er der Grund für den Abbruch deines Medizinstudiums?"

„Nun, ich … Eigentlich habe ich es gar nicht abgebrochen. Ich kann darüber nicht sprechen, aber Doug war und ist einer meiner Gründe für meinen Entschluss, nicht länger als Ärztin zu arbeiten."

Dallas umfasste ihre Hand. „Was immer geschehen ist, es war ein Fehler. Was immer er tat, war falsch."

„Du weißt ja nicht …"

„Nein, aber ich vermute, du bist eine hervorragende Ärztin."

Errötend drängte Chandra die Tränen zurück. „Komm schon, O'Rourke", sagte sie und blickte zum Himmel. Irgendwann wollte sie ihm alles erzählen. Sie wollte diesen Abend nicht mit noch mehr traurigen Erinnerungen ruinieren. „Wir sollten nach Hause reiten, solange es noch nicht ganz dunkel ist."

Nachdem die Pferde versorgt waren, schlenderten Dallas und Chandra über den Hof. Chandra lud Dallas noch zu einer Tasse Kaffee ein. Er war still, dachte offensichtlich über etwas nach. Das Schweigen war angenehm. Wie weit mochte diese Beziehung gehen? Unausgesprochen hing diese Frage in der Luft.

„Also, was tun wir als Nächstes?", fragte Dallas schließlich.

„Müssen wir Pläne machen?" Chandra hielt die fast leere Tasse in der Hand und starrte auf den Grund des irdenen Gefäßes, als hätte sie dort in die Zukunft schauen können. Ein Nachmittag in Zweisamkeit war nicht genug, sich kennenzulernen, war keine Basis, auf der sich eine Zukunft aufbauen ließ.

„Du sagtest neulich, du suchtest einen Ehemann."

„Das war wirklich nur ein Scherz, Dallas."

„Ein halber. Damals schienst du es ernst zu meinen."

Das Gespräch nahm eine Wendung, die Chandra nicht erwartet hatte, die sie verunsicherte. Aber sie musste Dallas gegenüber aufrichtig sein. „Eigentlich bin ich auf der Suche nach einem Vater für J.D. Wenn es zur Adoption kommt, und das ist bekanntlich meine Absicht, brauche ich laut meinem Anwalt eine Vaterfigur für ihn. Der Mann müsste erst an zweiter Stelle Ehemann sein ..."

„Das könnte ein beachtliches Chaos geben." Dallas blickte aus dem Fenster, sah dann Chandra tief in die Augen. „Dem Vater von J.D. könnte es missfallen, mich in deiner Nähe zu sehen."

Er war nicht interessiert. Selbstverständlich nicht. Was hatte Chandra erwartet, einen Heiratsantrag? Sie versuchte, ihre Enttäuschung zu verbergen. Aber sie wollte auch nicht zurückstecken und legte es auf ein Spiel an. „Du sagtest, du wolltest Kinder haben. J. D. braucht einen Vater, einen, auf den er sich verlassen kann, und der ihn liebt." Nervös drehte sie die Tasse in den Händen, nahm allen Mut zusammen und blickte Dallas in die Augen. „Dies könnte die Chance fürs Leben sein – für euch beide."

„Machst du mir erneut einen Heiratsantrag?" In seinen Augen war kein freudiges Funkeln zu entdecken.

Warum nicht, dachte Chandra. „Wegen des Kindes zu heiraten, wäre nicht abartig. Die Menschen heiraten aus viel weniger guten Gründen."

„Der Junge braucht Eltern, die sich lieben, zwei Menschen, die ihm ein geordnetes Leben bieten."

„Kein Baby kann dessen sicher sein."

Dallas rieb die Hände an den Jeans ab. Er wirkte nervös. „Ich will aufrichtig mit dir sein. Ich weiß nicht, ob ich meine Meinung ändern kann, Chandra. Ich war sicher, ich würde nie wieder heiraten und Kinder haben. Nun, bis heute war ich noch überzeugt, dass ich dir aus dem Weg gehen sollte."

„Und nun?" Gespannt presste sie die Hände um die leere Tasse.

„Und nun bin ich beinahe überzeugt, dass wir etwas tun sollten, was wir für den Rest unseres Lebens bereuen könnten." Er hielt ihrem Blick stand. „Dies ist absoluter Wahnsinn."

„Ich bin anderer Ansicht." Guter Gott, bin ich das, die versucht, ihn zu überreden, mit mir das Wagnis einzugehen? Warum? Nur für J.D., oder gab es tiefere Gründe, mit denen sie sich noch nicht auseinandersetzen wollte? Nein, sie mochte Dr. O'Rourke. Mit ihm zusammenzuleben war sicher nicht unangenehm. Er weckte Gefühle in ihr, die sie lieber nicht analysieren wollte.

Dallas löste den Blick nicht von ihr. „Ich weiß nicht, ob es funktioniert. Aber ich bin bereit, dich zu heiraten – wegen des Kindes. Damit du die Vormundschaft erhältst, denn ich glaube nicht, dass das Baby eine bessere Mutter findet."

Die Zeit schien stillzustehen. Chandra hatte ihre Chance. Er bot ihr an, sie wegen J.D. zu heiraten. Tausend Zweifel gingen ihr plötzlich durch den Kopf. Gerührt drängte sie die Tränen zurück. „Du … du brauchst dich nicht so edel zu geben."

Dallas räusperte sich. „Edel war ich noch nie in meinem Leben."

„Aber dies …" Chandra schüttelte den Kopf.

„Auch ich gewinne etwas dabei, weißt du."

Chandra fürchtete sich nachzufragen.

„Ich würde jede Nacht mit dir schlafen, und das ist doch viel wert. Sehr viel, in der Tat." Dallas lächelte und milderte damit sein unglaubliches Versprechen.

Dennoch zerbrachen all ihre romantischen Vorstellungen. Er wollte nur mit ihr schlafen, nichts weiter. Dennoch gab es Augenblicke, in denen seine Zärtlichkeit sie zu Tränen rührte.

„Ich möchte nur, dass du Bescheid weißt", sagte er leise. „Ich akzeptiere diese Übereinkunft nicht nur dem Papier nach. Ich will dich in meinem Bett. Und ich will die Wahrheit über deine Vergangenheit und das Baby kennenlernen."

Das erschien Chandra mehr als fair, wenn auch ein wenig herzlos.

Sie hob das Kinn und schaute ihm in die Augen. „Fair genug." Ihre Stimme vibrierte. Sie konnte nicht glauben, dass sie mit Dallas über ihre Heirat diskutierte. Immerhin hatte sie allen Männern und der Ehe abgeschworen, und hier saß sie und verhandelte. Nicht gerade der bunte Regenbogen, aus dem die Träume kommen. „Aber wenn du mich heiratest, erwarte ich, dass du mir treu bist."

„Eine schwierige Forderung, Miss Hill", scherzte Dallas. „Es wird mir nicht leichtfallen, das Herumspielen mit den Frauen aufzugeben. Dennoch, es sei dir versprochen." Mit diesen Worten hob er sie auf seine Arme, und während er sie die Treppe hinauftrug, besiegelte er den Handel mit einem Kuss.

11. KAPITEL

Chandra stand am Fenster in der Küche und beobachtete den Sonnenaufgang. Dallas hatte sich vor wenigen Minuten oben über das Geländer gebeugt und sie aufgefordert, mit ihm zu duschen. Sie hatte abgelehnt und vorgegeben, die Pferde füttern zu müssen, aber beim Anblick seines nackten, muskulösen Körpers, dem vom Bartwuchs dunklen Gesicht und den blauen Augen hätte sie am liebsten nachgegeben. „Dein Fehler", hatte Dallas verschmitzt gesagt, und dagegen vermochte sie nicht zu protestieren.

Aber sie brauchte Zeit, ihre Gedanken zu ordnen. Ja, sie wollte das Findelkind unbedingt. Aber einen Mann zu heiraten, der sie nicht liebte? Was für eine Zukunft brachte eine lieblose Ehe ein – für sie, für J.D., für Dallas? Sollte sie ihm sagen, die letzte Nacht sei ein großer Fehler gewesen?

Der heiße Kaffee verbrannte ihr beinahe die Zunge. „Komm mit", forderte sie Sam auf, nahm ihre Baumwolljacke vom Haken neben der Tür und trat ins Freie. Die Luft war klar, einige wenige bunte Blätter schwebten von den Bäumen herab auf den Hof.

„Das Frühstück kommt!", rief sie ihren Schützlingen zu, nachdem sie den Pferdestall geöffnet hatte. „Du liebe Güte, ihr wisst ja nicht, was ich mir gestern für Probleme eingehandelt habe, oder?"

Geschickt kletterte sie auf den Heuboden und warf einige Ballen Heu herab. Wenig später hörte sie, wie das Scheunentor geöffnet wurde.

„Chandra?", fragte Dallas, und die Pferde wandten die Köpfe in die Richtung, aus der seine Stimme gekommen war.

„Hier oben!" Chandra sprang herunter und schnitt die Ballen auf. Dallas nahm eine Gabel und verteilte das Heu.

„Ich dachte, du wolltest vor mir davonlaufen", sagte er. „Ich könnte mir vorstellen, dass du kalte Füße bekommen hast."

Kein Grund, die Unwahrheit zu sagen. „So etwas will reiflich überlegt sein, und ich möchte keinen Fehler machen."

Dallas richtete sich auf. „Es ist nicht schlecht, spontan zu sein. Aber ich bin mir auch nicht sicher, ob wir die Angelegenheit gestern vollkommen durchdacht haben." Als Chandra hinter ihm her zum Getreidebehälter ging, legte er ihr eine Hand auf die Schulter und zwang sie, ihn anzusehen. „Ob du es glaubst oder nicht, ich denke, wir können es schaffen, auch wenn es ein wenig verfrüht ist. Lass den Dingen Zeit,

Chandra. Gehen wir Schritt für Schritt vor. Dann wäre es kein großes Problem, falls eine Seite ihre Meinung ändern möchte. Dann lassen wir es eben sein."

Offensichtlich konnte er ihr die Erleichterung vom Gesicht ablesen, denn er musste lachen.

„Weißt du, Miss Hill, das Ganze war deine Idee. Ich wäre ja mit einer heißen, leidenschaftlichen Affäre zufrieden gewesen."

Chandras Wangen glühten. „Aber das wäre keine Hilfe für J. D."

Dallas presste die Lippen aufeinander und schaufelte den Rest Heu in eine Box.

„Glaubst du, du könntest mit einer Frau und einem Kind leben?"

„Und einem Hund und einer kleinen Herde Pferde?", fügte er hinzu. „Das ist die Hunderttausend-Dollar-Frage, nicht wahr? Zu schade, dass ich die Antwort nicht kenne. Und wie steht es mit dir, Miss Hill? Wirst du mit einem Ehemann und einem Kind leben können?"

„Das Kind ist kein Problem", prophezeite Chandra. Dallas' gute Laune steckte an. „Aber dieser Ehemann, der macht die Sache schwierig. Das spüre ich bis in die Knochen."

Ein Lächeln spielte um seinen Mund. „Zweifle ja nicht daran." Rasch packte er zu und zog Chandra an sich. Prustend versuchte sie, sich zu befreien. „Aber irgendwie findest du einen Weg", flüsterte er, bevor er ihr den Mund mit einem heißen Kuss verschloss, der ihre Knie weich werden ließ.

Als er schließlich den Kopf hob, schaute er ihr lange in die Augen. „Ja, das wird interessant. Sehr interessant sogar. Aber jetzt müssen wir uns beeilen. Ich muss gegen acht in der Klinik sein. Und du musst eine Hochzeit planen."

Chandra wusste nicht, ob sie lachen oder weinen sollte.

Anwalt Roy Arnette wollte es nicht glauben, als Chandra ihm mitteilte, dass sie heiraten würde. „Wer ist der Glückliche, Miss Hill?"

„Dallas O'Rourke."

„Doktor Dallas O'Rourke? Sie scherzen. Nach alldem, was Sie mit Doug erlebt haben. Ein Grund für Ihre Probleme war doch gerade, dass Doug Arzt war. Kommen Sie, was wissen Sie überhaupt von dem Burschen?"

Roys Sekretärin betrat den Raum und bot dem Anwalt und seiner Klientin Kaffee an.

Chandra dankte lächelnd. „Ich habe meine Entscheidung gefällt."

Roy nahm einen Schluck von seinem Kaffee. „Okay, lassen Sie uns alles von Anfang an durchgehen. Wann werden Sie heiraten?"

„Das haben wir noch nicht festgelegt. Viele Details sind noch nicht ausdiskutiert. Aber ich treffe O'Rourke heute Abend in der Klinik. Von dort nimmt er mich zu den Newells mit."

„Dem Sheriff? Sie wollen den Sheriff besuchen?"

„J. D. wird heute entlassen. Den Newells ist vorübergehend die Vormundschaft übertragen worden." Als Chandra ihre Kaffeetasse aufnahm, streifte ihr Blick die zusammengefaltete Zeitung. „Oh nein!", rief sie aus und riss das Blatt auseinander. Auf der Titelseite stand in großen Lettern die Schlagzeile: „Geheimnis um Baby im Pferdestall". Gleich daneben waren zwei Fotos abgebildet, eins vom Stall, das andere von Chandra und Dallas, der gerade einen Arm um ihre Schulter legte und den Mund an ihr Ohr drückte.

Rasch überflog Chandra den Artikel. Selbstverständlich wurde darin angedeutet, dass die Frau, die das Kind entdeckt hatte, und der Arzt, der es als Erster untersucht hatte, eine romantische Affäre miteinander hatten. Der Artikel forderte die leiblichen Eltern des Kindes auf, sich zu melden und das Kind abzuholen.

Chandras Herz tat weh. „Nein", flüsterte sie. „Nicht jetzt."

„Was? Nicht jetzt?"

Sie reichte dem Anwalt die Zeitung. Roy wiegte seinen Kopf. „Nun, das ist nicht allzu schlimm. Sie können sich sogar noch glücklich schätzen. Fillmore ist bekannt dafür, nicht gerade zimperlich zu sein. Da Sie und Dallas planen, sich zu verbinden, sehe ich nicht, dass er hier Schaden angerichtet hätte."

Dennoch. Eine Gänsehaut überlief Chandra, als sie sich eng umschlungen mit Dallas auf dem Foto sah.

„Dieser Bastard!" Dallas warf die Zeitung in den Papierkorb im Personalraum. Das Foto von ihm und Chandra war wirklich überflüssig. Seit einer halben Stunde befand er sich in der Klinik, und schon registrierte er die ersten Seitenblicke. Angefangen hatte es mit Ed Prescott, der ihn auf dem Parkplatz angesprochen und ihm seine Ausgabe des „Banners" überlassen hatte.

Noch immer hörte er Prescotts glucksendes Lachen. Idiot, schalt er und fragte sich gleich darauf, ob er mit dieser Verwünschung Prescott oder sich selbst meinte. Warte nur, bis Fillmore Wind von der Tatsache bekommen hat, dass Chandra und ich heiraten und J.D. adoptieren wollen. Das Lästern würde kein Ende nehmen.

Dallas wusste, es würde ein langer Tag werden. Er rieb sich die Stirn und machte sich auf den Weg zu seinem Büro. Zuvor holte er im Sekretariat seine Post ab. Sein Detektivfreund aus Denver hatte angerufen und ein Päckchen angekündigt – die Informationen über Chandra. Was hatte ihn nur bewogen, Nachforschungen anzustellen? Aber immerhin konnte es nicht schaden zu erfahren, auf was er sich mit dieser Heirat eingelassen hatte.

Da lag das Päckchen. Es trug den Poststempel von Denver. Einen Moment war er unruhig. Plötzlich quälten ihn Schuldgefühle. In seinem Büro öffnete er den Umschlag.

Unglaublich, aber seine Neugier war so groß, dass er Magenkrämpfe bekam. In dem Päckchen befand sich ein computergeschriebener Bericht, eine kurze Nachricht von Jay und einige Kopien von Zeitungsausschnitten, die hauptsächlich einen Prozess in Tennessee betrafen. In diesem Prozess ging es um einen medizinischen Kunstfehler, den die Eltern von Gordy Shore angestrengt hatten, weil ihr Sohn gestorben war, während er sich unter Chandras Obhut befunden hatte.

Dallas ließ seinen Kaffee kalt werden, las weiter und erfuhr mehr über seine zukünftige Frau, als er wissen wollte.

Auch Chandra erfuhr von dem Foto im „Banner“ an ihrem Arbeitsplatz. Die beiden jungen Führer von „Wild West Expeditions“, Randy und Jake, hatten ihr Bild in der Zeitung gesehen. Die beiden Kollegen scherzten oftmals mit Chandra und gaben ihr das Gefühl, ihre Familie in Ranger zu sein.

„Sie sind das Thema in dieser Stadt, Chandra“, neckte Randy. „Ich finde, Sie und der Doktor sind auf dem Foto ziemlich intim.“

„Das sind wir auch.“ Chandra zuckte die Schultern.

„Und ich dachte immer, Sie würden etwas für mich übrighaben, und wären nur zu schüchtern, den ersten Schritt zu wagen.“

„Wenn ich das bloß gewusst hätte.“ Die beiden durften sich erlauben, Chandra zu necken, denn sie wusste, sie hatten sie gern.

„Hoffentlich weiß O’Rourke, was für einen Schatz er gefunden hat“, bemerkte Jake.

„Dallas O’Rourke?“, fragte Rick nach.

„Eben dieser.“

„Wie haben Sie sich den an Land gezogen?“, wollte Rick wissen.

„Das muss auf diesem kleinen Ausflug nach Grizzly Loop geschehen sein“, stichelte Randy.

Chandra verbrachte die nächsten Stunden damit, die Regale mit Lebensmitteln aufzufüllen. Anschließend holte sie eine Wandergruppe ab und fuhr mit ihnen in die Berge.

Gegen fünf Uhr fünfzehn eilte sie in die Klinik. Leslie Nelson stand an der Rezeption der Kinderstation. „Ist er noch da?“, fragte Chandra ohne Einleitung, aber sie sah an Leslies trauriger Miene, dass J. D. bereits entlassen worden war. Panische Angst ergriff sie. Was wäre, wenn sich die Dinge anders entwickelten, als sie es erwartete? Entsetzlich, wenn sie J. D. nie wiedersähe …

Leslie seufzte. „Die Sozialarbeiterin war am frühen Nachmittag mit Sheriff Newell hier. Das Baby kommt in seine Obhut. Sie kennen doch Schwester Lenore, nicht wahr?“ Chandra schüttelte den Kopf, aber Leslie verscheuchte ihre Zweifel mit einer abwehrenden Handbewegung. „Nun, Lenore Newell ist wohl die beste Person, bei der J. D. untergebracht werden konnte.“

„Eigentlich müsste ich jetzt erleichtert sein“, meinte Chandra. Aber das war sie nicht. Sie hatte sich daran gewöhnt, J. D. hier zu besuchen, und nun war alles anders. Sein Leben hatte sich von ihrem getrennt, sie hatte keine Kontrolle mehr darüber.

„Lassen Sie nur, Chandra, es ist schon in Ordnung, dass er nicht länger hier ist.“

„Warum?“

„Wegen der Presse. Seit diese Story heute im ‚Banner‘ erschien, hört das Telefon nicht auf zu läuten. Zeitungsreporter aus Chicago und Seattle versuchten, Informationen zu erhalten. Wir leiten alle Anrufe an Dr. Trents Büro. Er ist der Hauptverwalter, und wir dürfen zu niemandem über das Baby sprechen.“

Der Medienzirkus hatte also begonnen. Chandras Magen krampfte sich zusammen. „Ist Dr. O'Rourke im Hause?“

„Vorhin war er da, erkundigte sich nach einigen Patienten, aber ich kenne seinen Zeitplan nicht.“

„Danke, Leslie.“ Auf Beinen, weich wie Pudding, wankte Chandra zu dem Flügel, in dem sich die Büros der Klinik und der Ärzte befanden. Sie hoffte, Dallas dort anzutreffen. Sie hätte wissen müssen, dass die Presse kommen und herumstöbern würde.

Die Sekretärin sagte ihr, dass Dallas nicht in seinem Büro sei. Er würde aber in einer halben Stunde zurück sein. Sie forderte Chandra auf, in der Lounge zu warten. Die Stühle dort waren höchst unbequem. Sogleich gingen ihre Gedanken wieder wirr im Kreis. Wenn die Reporter nun begännen, in ihrer Vergangenheit herumzuwühlen? Schon sah sie voll Entsetzen die Schlagzeilen …

„Ärztin wegen Kunstfehlers angeklagt.
Von Eltern eines jungen Patienten.
‚Mein Junge hätte gerettet werden können', bestätigte Gordy Shores Mutter.
Doktor Chandra Hill Pendleton unter Anklage."

Immer mehr Schlagzeilen fielen Chandra ein. Kein Wunder, dass sie ihren Mädchennamen wieder angenommen und Tennessee verlassen hatte. Vielleicht hatte es damals wie eine Flucht ausgesehen, aber nichts hielt sie dort – keine Praxis, keine Freunde, kein Ehemann und sicher auch keine Kinder. Nein, es war besser, einen sauberen Bruch zu vollziehen. Und sie war immer noch Ärztin, wenngleich ohne Lizenz in Colorado.

Lass es endlich ruhen, sagte sie sich, während sie eine Frauenzeitschrift voller Eselsohren durchblätterte. Gelangweilt beobachtete sie die Dame an der Rezeption bei ihrer Arbeit. Als sie Chandra einmal den Rücken zudrehte, eilte Chandra über den Flur und stieß die Tür auf, auf der „Dr. Dallas O'Rourke" stand. Chandra empfand kaum ein Schuldgefühl, denn sie war im Begriff, Mrs Dallas O'Rourke zu werden. Sein Büro interessierte sie.

Der Raum wirkte unaufgeräumt. Eine Lederjacke lag nachlässig über einer Stuhllehne, eine Krawatte hing an einem Fensterknauf. Dallas' Schreibtisch war überhäuft von Unterlagen. Sie schienen jedoch nach einer gewissen Ordnung gestapelt zu liegen.

Ein Stapel lag ausgebreitet vor ihr. Als Chandra die Briefe und Rechnungen überflog, fiel ihr Blick plötzlich auf ihren Namen. „Informationen über Chandra Hill".

Chandras Innerstes gefror zu Eis. Sie musste sich verlesen haben. Noch einmal las sie die erste Seite. Plötzlich war ihr ganz elend zumute. Dallas hatte sie überprüfen lassen. Offensichtlich hatte Dr. O'Rourke den Bericht bereits gelesen. „Warum nur?", flüsterte sie. Warum hatte er sie gebeten, ihn zu heiraten und überprüfte sie anschließend? Oder war es eher umgekehrt anzusehen? Sie suchte den Poststempel. Nein. Er hatte diesen unseligen Bericht gerade erst erhalten.

Ihre Hände zitterten. Sie ließ sich in einen Sessel fallen und begann zu lesen. Der Bericht begann mit ihrem Geburtsdatum, ihren Eltern und Geschwistern, Erfolge in der Highschool waren aufgeführt, ebenso wie die im College und an der Universität. Selbst Namen ihrer Freunde waren verzeichnet und die der wenigen Männer, mit denen sie ausgegangen war.

Chandra war übel. Sie las über ihr Leben, reduziert auf achtzehn Seiten, einschließlich einiger Zeitungsabschnitte über sie, die ihr Ansehen, ihre Gesundheit, Heirat, Ehe und Scheidung von Doug kommentierten.

Ihr Verbleiben in Ranger mit Rick Benson als ihrem Boss wurde zuletzt angefügt, zusammen mit der Story über J.D. aus dem „Banner" von der letzten Woche.

Chandra stützte den Kopf in die Hände. Wie sollte sie Dallas je wieder gegenübertreten? Verletzt und wütend zugleich biss sie sich auf die Lippen, versuchte die Selbstbeherrschung wiederzuerlangen. Sie wollte es nicht zulassen, dass er sie auf das Häufchen Unglück reduzierte, das sie einmal gewesen war. Wenn sie Dallas jemals wiedersah, wollte sie ihn in Stücke reißen. Was glaubte er eigentlich, wer er war, dass er es wagte, hinter ihrem Rücken Nachforschungen anzustellen, bis ihr Privatleben schließlich säuberlich aufgeschichtet auf dem Computertisch eines Privatdetektivs lag?

Die Tür ging auf. Dallas betrat den Raum. Sein Blick fiel auf den Bericht in Chandras Händen. Er holte tief Luft. „Was tust du in meinem Büro?"

Langsam erhob sich Chandra und ließ den Bericht sinken. Wut brachte ihr Blut in Wallung. Wie konnte er, der Mann, den sie heiraten wollte, ihr dies antun? Sie nahm die Seiten auf und wedelte damit vor seinem Gesicht. „Und was tust du? Nachforschungen über mich?"

„Du solltest in der Lounge warten."

„Wie töricht von mir. Ich dachte, als deine Verlobte hätte ich Privilegien."

„Nicht die, in meinem Büro herumzustöbern."

„Aber es ist okay, wenn du in meinem Leben herumschnüffelst, ja?" Sie warf den verdammten Bericht auf seinen Schreibtisch. „Wie konntest du es wagen, über mich Ermittlungen einzuziehen, als sei ich eine Verbrecherin? Ich hatte gedacht, nein, gehofft, so etwas wäre unter deinem Niveau."

Ein Muskel in seinem Mundwinkel zuckte, aber in seinen Augen war kein Ärger zu erkennen. „Was erwartest du, Chandra?"

„Vertrauen!“

„Auch ich erwartete Vertrauen, das du dann allerdings für deine Zwecke ausgenutzt hast.“

„Ich habe nichts dergleichen getan.“

„Du kamst hier vor einiger Zeit mit einem Baby hereingeschneit, von dem du behauptetest, es nie zuvor gesehen zu haben. Deine Angaben bewiesen solides medizinisches Wissen. Schließlich stelltest du das gesamte Krankenhaus auf den Kopf.“

„Das habe ich nicht getan.“

Dallas schnaubte erregt. Sein Gesicht war wie eine Maske. „Hast du die Schlagzeilen im ‚Banner‘ gelesen?“

„Ja, aber …“

„Hast du das Foto gesehen?“

„Worauf genau willst du hinaus?“ Chandra starrte ihn wütend an.

„Ich wollte wissen, mit wem ich es zu tun habe.“

„Weil du dachtest, ich hätte das Baby irgendwo entwendet und nach der Feststellung, dass es medizinische Betreuung benötigte, in die Klinik gebracht?“

„Zunächst waren das meine Überlegungen. Aber …“

„Nun, Sie befinden sich auf dem Holzweg, Doktor.“

„Inzwischen ist mir das auch klar.“ Dallas knöpfte seinen Kittel auf und fuhr mit der Hand durch sein dichtes Haar.

„Und du stellst Ermittlungen über jeden Menschen an, den du gerade kennenlernst?“

„Über jeden, den ich zu heiraten beabsichtige.“

Chandra richtete sich steif auf. Heirat? Nach diesem verdammten Bericht? Sehr zweifelhaft. „Als du diese Ermittlungen in Auftrag gabst, bestand nicht der kleinste Anlass zu vermuten, dass wir einmal den Gedanken einer Eheschließung diskutieren würden.“ Sie zitterte innerlich. Wie weit war es mit ihrer Beziehung gekommen. „Du bist ein Bastard, O'Rourke“, schloss sie verächtlich.

Ein eiskaltes Lächeln breitete sich auf seinem Gesicht aus. „Aus deinem Mund ist das eine schwere Anklage. Dein Lebenslauf ist voll von Schurken, nicht zu vergessen dein Exehemann.“

Chandra hatte das Gefühl, als hätte ihr jemand eine schallende Ohrfeige gegeben. „Ein Missgriff meinerseits. Ich kann eben nicht Nein sagen, wenn mich ein richtiger Schurke bittet, ihn zu heiraten.“

„He, meine Lady, du fragtest mich, nicht umgekehrt.“

Chandra erbleichte. „Du arroganter Sohn einer …“

„Nicht, Chandra", unterbrach Dallas sie. „Lass uns nicht so tief sinken. ‚Bastard' und ‚Schurke' waren gut genug. Ich habe verstanden."

Nun reichte es wirklich. Chandra ergriff ihre Tasche und stürmte zur Tür. Aber Dallas hielt sie zurück. „Chandra, warte! Geh nicht!"

Kalt sah sie ihn an. „Gibt es keinen Patienten oder eine andere Neue, auf die du einen Privatdetektiv ansetzen kannst?"

„Es gibt nur einen neuen Menschen in meinem Leben."

„Meinst du etwa mich? Nun, streich mich von deiner Liste. Ich spiele dieses demütigende Spiel nicht mit. Okay? Ich bleibe nicht bei Menschen, die meine Fehler ausgraben." Sie seufzte laut, versuchte, ihr Temperament zu zügeln. „Zu schade. Wenn du mit ein wenig Liebe aufgewachsen wärest, hättest du gewusst, wie man Liebe erwidert, Menschen behandelt, wie man …" Sie schwieg abrupt, als sie den Schmerz in seinen Augen sah. Sie wusste, dass sie ihn bis ins Innerste getroffen hatte, dass sie ihn nicht weniger verletzt hatte als er sie.

„Ich glaube nicht, dass wir noch etwas zu bereden haben", sagte Dallas grimmig. Er ging zum Schreibtisch, nahm den verheerenden Bericht auf und reichte ihn Chandra. „Du kannst ihn haben."

Warum kam sie sich plötzlich so entsetzlich gemein vor? Sie war im Recht, verdammt noch mal. Chandra riss ihm den Bericht aus den Händen, hatte aber das überwältigende Bedürfnis, sich zu entschuldigen. „Hör mal, Dallas, es tut mir leid. Dieser Ausfall wegen deiner Familie – das war wirklich unnötig."

„Keine Sorge." Er setzte sich in seinen Sessel und nahm den Telefonhörer auf. Er schien darauf zu warten, dass sie ging.

Seufzend warf Chandra den Bericht in einen Papierkorb. „Können wir den heutigen Nachmittag nicht noch einmal von vorn anfangen?"

„Warum?"

„Weil es mehr gibt zwischen uns als das, was in dem Bericht dieses Detektivs zu lesen steht."

Dallas ließ den Hörer sinken. „Geben wir uns doch keiner Täuschung hin. Was uns bindet, ist ein Baby, mehr nicht. Es sei denn, du möchtest den Sex mitzählen."

Er hatte selbstverständlich recht. Obwohl sie vermutet hatte, dass Liebe mit im Spiel war, schien sie sich getäuscht zu haben. Liebe, soweit O'Rourke betroffen war, existierte nicht. Sie musste sich damit begnügen, wenn sie J. D.s Mutter werden wollte. „Hauptsache, wir verstehen uns", brachte sie schließlich mit ruhiger Stimme hervor.

„Willst du mich noch immer heiraten?"

„Ich benötige noch immer einen Vater für J. D.“

Sein Blick wanderte zum Papierkorb. „Ich glaube, der Bericht hat seinen entsprechenden Platz gefunden. Ich muss nur wissen, dass du aufrichtig zu mir bist.“

„Ich habe dich nie angelogen.“

„Außer über deine Karriere.“

„Nun, jetzt weißt du ja Bescheid.“

„Ich weiß noch nicht alles, Chandra.“

„Später werde ich dir alles erzählen, jetzt nicht. Vertraust du mir in diesem Fall?“

Er verzog die Mundwinkel und griff nach seiner Lederjacke.

„Um Himmels willen, Dallas, vertraust du denn niemandem?“ Sie wusste, warum er den Menschen misstraute. Sie war auch nicht vollkommen aufrichtig mit ihm gewesen.

„Ich versuche es“, lenkte er schließlich ein, „aber es fällt mir schwer.“ Er öffnete die Tür für Chandra. „Komm“, sagte er und nahm ihre Hand. „Ich glaube, da wartet jemand auf dich.“

„J. D.?“ Ihr Herz begann zu rasen.

„Hm.“ Dallas führte sie aus dem Büro und schloss die Tür hinter sich. „Bedrohliche kriminelle Elemente in der Nähe“, erklärte er mit spitzbübischem Glanz in seinen Augen.

„Sehr witzig.“

„Dachte ich auch.“ Er geleitete sie über die Korridore zu einem Ausgang ins Freie. „Übrigens, ich dachte, wir genehmigen uns erst ein Dinner, bevor wir deinen kleinen Freund aufsuchen. Zuvor müssen wir aber noch an anderer Stelle haltmachen.“

„An anderer Stelle?“

„Am Rathaus. Ich glaube, wir sollten dort schnellstens eine Heiratslizenz beantragen. Oder hast du kalte Füße bekommen?“

„Ich? Kalte Füße? Niemals!“

12. KAPITEL

Es ist wirklich ein reizendes Kind", sagte Lenore Newell und streichelte zärtlich J.D.s Wange. Das Baby lag in Chandras Armen und gähnte herzhaft. „Ich kann einfach nicht verstehen, dass es jemand fertigbrachte, ihn zu verlassen. Frank sagte, bis jetzt hätte noch niemand nach ihm gefragt. Können Sie das glauben?"

„Es fällt mir nicht leicht", gestand Dallas.

Lenore seufzte. „Jedenfalls wäre es besser für das Kind, wenn es in einer Familie aufwachsen könnte, die es liebt." Sie nahm neben dem Schaukelstuhl Platz, in dem Chandra saß und das Baby wiegte. „Haben Sie die Absicht, ihn zu adoptieren?"

Die Frage überraschte Chandra. Offensichtlich merkte Lenore, dass sie sich dem Baby verbunden fühlte. „Ich hoffe, es klappt."

„Wundervoll, das Kind braucht eine Mutter." Sie drehte den Kopf Dallas zu und fügte augenzwinkernd hinzu: „Er könnte selbstverständlich auch einen Vater gebrauchen, wissen Sie."

„Wir sind Ihnen bereits einige Schritte voraus, Lenore", gestand Dallas. Doch als Lenore in Erwartung, Kleinstadtklatsch zu erfahren, die Brauen hob, wollte er keine Details verraten.

Chandra warf Dallas einen stechenden Blick zu. Lenore hatte das Recht, alles zu erfahren. „Dallas und ich wollen heiraten."

Lenore machte den Mund auf. Sie konnte ihr Erstaunen nicht verbergen. „Sagen Sie bloß, Dr. Eis ist geschmolzen?"

„Sehr komisch, Lenore." Dallas lächelte säuerlich.

Als in diesem Moment Frank Newell durch die Küchentür ins Haus trat, teilte Lenore ihm die Neuigkeit gleich mit. „Dallas und Chandra heiraten und adoptieren das Baby. Ist das nicht eine runde Sache?"

„Tatsächlich?" Frank wirkte müde.

„So ist es geplant."

„Von Ihnen und von ungefähr sechshundert weiteren Paaren."

Chandras Herzschlag drohte auszusetzen. „Weitere Paare?"

„Das Telefon in der Polizeistation steht keinen Moment still. Sieht so aus, als sei die Story im ‚Banner' auch von den Nachrichten aufgenommen worden. Ständig rufen Reporter an, Rechtsanwälte und kinderlose Ehepaare, die das Kind adoptieren möchten."

Plötzlich schien Chandra den Boden unter den Füßen zu verlieren. Sie fühlte Dallas' Blick auf sich und drückte J.D. automatisch noch fester an sich. Sie wollte ihn nicht aufgeben. Leise schickte sie ein Gebet zum Himmel mit der Bitte, ihr das Vorrecht einzuräumen, dieses zauberhafte Kind aufziehen zu dürfen.

„Ich bin überrascht, dass die Medien noch nicht im Vorgarten campieren, aber das ist wohl nur eine Frage der Zeit." Seufzend blickte er Chandra an. „Das bleibt Ihnen nicht erspart, wissen Sie. Bob Fillmore und der ‚Banner' waren nur die Spitze des Eisbergs. Während der nächsten Wochen, fürchte ich, wird man Sie kaum in Ruhe lassen. Ihr Telefon wird nicht aufhören zu läuten. Sie haben dem Burschen bereits einen Namen gegeben." Er deutete auf das Baby. „Einige Reporter in Denver haben erfahren, dass mehrere Paare versuchen, ihn zu ersteigern. Unser Baby John Doe ist inzwischen zu dem ‚Eine-Million-Dollar-Baby' geworden."

Chandras Mut sank, während Lenore protestierte: „Man kann ihn doch nicht wie einen preisgekrönten Quilt auf dem Jahrmarkt verscherbeln."

Frank bot Dallas ein Bier an, aber der Arzt lehnte ab. „Ich denke, Sie bekommen auch Ihren Teil von der Presse ab, O'Rourke." Er schüttelte den Kopf und trank seine Flasche in einem Zug bis zur Hälfte leer. „Uns allen steht eine Menge Spaß bevor."

Frank Newell hatte recht. Chandras Anrufbeantworter blinkte, als sie an diesem Abend nach Hause kam. Das Band war voll von Namen und Telefonnummern von Lokalreportern sowie von einem Paar aus Salt Lake City. Chandra meldete sich jedoch nur bei ihren Eltern. Sie verdienten es zu erfahren, was in Chandras Leben vorging.

Ihre Mutter war am Apparat und rief sogleich Chandras Vater herbei. „Ich kann verstehen, dass du das Baby haben willst", räumte Jill ein, „aber was ist mit diesem jungen Arzt? Wie kannst du wissen, dass es kein Fehler ist, ihn zu heiraten? Ich will dich nicht entmutigen, Liebes, möchte nur nicht erleben, dass man dich erneut verletzt."

„Das wird nicht geschehen, Mom."

„Selbstverständlich geht das in Ordnung", meldete sich Chandras Vater. „Ich stehe hundertprozentig hinter dir."

„Also … ich auch", warf Jill ein. „Ich meine nur, du solltest es langsam angehen lassen. Du hast das ganze Leben vor dir."

„Nicht, wenn es um das Baby geht."

„Tu, was du für richtig hältst." Chandras Mutter schien durch ihren Mann irritiert. „Du hast unseren Segen. Wenn du uns sagst, wann die Hochzeit stattfindet, sind wir zur Stelle."

Sie plauderten noch eine Weile. Der Vater fragte nach ihrem Job, und schließlich waren beide überzeugt, dass Chandra alt genug war, ihre eigenen Entscheidungen zu treffen, und legten auf. Chandra stellte den Anrufbeantworter wieder ein, rief Sam herbei und ging in ihren Gemüsegarten. Meine kleine Ranch eignet sich perfekt, ein Kind aufzuziehen, dachte sie erfreut. Der Gedanke, J. D. zu verlieren, brach ihr jedoch beinahe das Herz.

Und wie stand es um Dallas? Was hätte es für einen Sinn, ihn zu heiraten, wenn kein Kind da wäre, das sie miteinander verband? Sie könnte andere Kinder haben – Dallas' Kinder! Selbstverständlich gab es keine Garantie, dass sie Kinder miteinander haben konnten. Bei dem Gedanken, ein Kind von Dallas zu erwarten, kamen ihr die Tränen. Seit Jahren träumte sie davon, Kinder zu haben, und nun gab es eine Chance, ihren Traum zu verwirklichen – mit Dallas. Ein Bruder oder eine Schwester für J.D …

Wenn sie doch etwas tun könnte, um sicherzustellen, dass J. D. ihr zugesprochen wurde. Das Herumsitzen und Warten brachte sie um den Verstand. Beruhige dich, Chandra, sagte sie sich und blickte zum Himmel, der sich allmählich rosa färbte. Eine Eule ließ ihren Ruf hören und setzte sich auf einen knorrigen Ast im Apfelbaum.

Plötzlich wurde die Abendruhe gestört. Scheinwerfer erleuchteten mit ihrem hellen Licht eine Seite des Pferdestalls.

Ein weiterer Reporter? Chandra straffte gereizt die Schultern, erkannte dann jedoch Dallas' Wagen. Erleichtert atmete sie auf. Hatte er gute Nachrichten für sie? Oder schlechte? Ihr Puls raste. Sie wartete, bis er ausgestiegen war, dann winkte sie ihm zu und rief ihn an. Sam kam über den Hof gesprungen und bellte aufgeregt. Selbst der alte Hund hatte Dallas in sein Herz geschlossen.

Dallas blieb stehen und streichelte Sams Ohren. Sein Blick ging zu Chandra. Seine Miene wirkte düster. Chandras Mut sank. Irgendetwas Schreckliches war geschehen.

„Was ist?", fragte sie, bemüht, ruhig zu klingen. „Ist etwas mit J. D. passiert?"

„Dem Baby geht es gut." Dallas zog Chandra beruhigend in die Arme und hielt sie an sich gedrückt.

„Aber es gibt Ärger?", vermutete sie.

„Möglich." Dallas nahm ihre Hand und zog sie behutsam mit zum Obstgarten. Sie setzten sich auf die Zaunplanken und blickten ins Tal. „Als ich herkommen wollte, meldete sich das Funkgerät. Dr. Trent bat mich, noch einmal zur Klinik zu kommen."

„Und?“

„Er zeigte mir, was man sich unter einem ‚Ansturm‘ von Geschenken, Briefen und Karten für Baby Doe vorzustellen hat. Eine Ecke seines Büros war damit angefüllt, und das war erst der Anfang. Das Faxgerät der Klinik machte Überstunden. Flehentliche Bitten kamen von Paaren aus Colorado, Utah, Arizona und Kalifornien, die keine Kinder haben können und das Baby adoptieren wollen. Das Telefonnetz ist überbelegt, was dem Krankenhaus allerlei Probleme einbringt.“

Chandras Magen krampfte sich zusammen.

„Dr. Trent ist – gelinde gesagt – gar nicht glücklich darüber. Er rief mich wegen des Artikels über uns beide zurück. Hat sich offenbar in der Klinik herumgesprochen, dass du und ich zusammengehören. Und ich leugnete es nicht. Ich sagte zu Trent, wir würden heiraten und hofften, das Baby zu adoptieren.“

Chandras Herz klopfte wild. Dallas hielt ihre Hand umfasst. „Trent zeigte mir einige Anfragen bezüglich der Adoption. Unglaublich, einige Leute wünschen sich so verzweifelt ein Kind, dass sie der Klinik Geschenke anbieten, und zwar keine kleinen. Ein Arztehepaar aus South Dakota ist bereit, eine sehr kostspielige Einrichtung für die Kinderstation zu stiften.“

„Aber das ist doch Bestechung. Ich kann es nicht fassen.“

Er legte ihr einen Arm um die Schulter. Seiner Miene war nicht anzumerken, dass er innerlich sehr bewegt war. „Ich denke, es ist Zeit, dass wir uns die Angelegenheit gut überlegen. Es kann nämlich geschehen, dass das Baby von jemandem adoptiert wird, der tausend Meilen von hier entfernt lebt.“

Das war’s also. Er wollte mit ihr brechen. Und sie hatten das Baby verloren. Aber Chandra wollte nicht aufgeben.

„Ich kann nicht glauben, dass sich die Klinik auf Bestechung einlässt. Wir haben noch immer eine Chance.“ Chandra zitterte, war unfähig, ihre Angst zu unterdrücken, die sie ergriffen hatte.

„Wenn du noch bereit bist, unseren Hut in den Ring zu werfen.“

„Selbstverständlich.“

Bewundernd leuchteten seine Augen auf. „Ich fürchtete schon, du würdest aussteigen.“

„Keinesfalls, wir haben noch nicht verloren.“

„Nun, dann sollten wir auch nicht länger warten. Vergiss die Heiratslizenz und die Wartezeit. Ich finde, wir sollten noch heute Abend nach Las Vegas fliegen. Je schneller wir heiraten, umso schneller sind wir in der Position, als Ehepaar zu kämpfen."

„Du meinst es ernst?", flüsterte Chandra gerührt. Am liebsten hätte sie die Arme um ihn geschlungen und ihn herzhaft geküsst.

Dallas zog zwei Flugtickets aus der Tasche. „Nun, Miss Hill, jetzt oder nie. Sind wir bereit?"

Einen Moment starrte Chandra ihn fassungslos an. Heirat. So einfach. Ohne Mondschein, Rosen, Kerzen und Wein. Für eine Romanze blieb keine Zeit. Jedenfalls nicht viel. Aber sie vermochte die Gefühle der Liebe nicht zu leugnen, die in ihrer Brust erwacht waren. Darüber zu sprechen war auch nicht möglich. Endlich brachte sie ein Lächeln zustande. „Wo werden wir wohnen?"

„Wir können hier leben, oder du ziehst zu mir."

„Nein, wir bleiben hier. Das Haus ist geräumig genug. J. D. würde es hier auf dem Land gefallen." Sie hielt einen Moment inne. „Aber was möchtest du denn?"

„Ich möchte dich nur glücklich machen."

Chandra traute ihren Ohren nicht. Dies sagte der Mann, der ihr verkündet hatte, sie verbände nur das Baby und Sex …

„Du brauchst nicht vorzugeben, in mich verliebt zu sein. Wir wissen beide, dass wir die Heirat nur wegen des Babys planen."

„Und wenn wir J. D. verlieren?"

Chandra seufzte. „Das darf einfach nicht geschehen."

„Wenn es doch geschieht?"

Dann gebe ich dich frei. Oh Himmel, würde sie dazu noch fähig sein? Verliebte sie sich nicht hoffnungslos in einen Mann, der nicht in der Lage war, Liebe zu schenken? „Du hast mir gegenüber keinerlei Verantwortung, Dallas. Ich werde alle vorehelichen Verträge unterzeichnen, die du mir vorlegst."

„Ich denke, für voreheliche Absicherungen ist es jetzt zu spät. Falls du noch heiraten willst … Nun, was sagst du?"

„Ich empfehle, wir sollten uns in Trab setzen, damit wir unseren Flug nicht verpassen." Chandra sprang vom Zaun und war fest entschlossen, die allgegenwärtigen Zweifel zu ignorieren.

Chandra beobachtete Dallas von der Seite, während sie durch die in dunkle Nacht gehüllten Berge nach Denver fuhren. Was den Ehemann anbetraf, so wusste sie, dass Dallas besser war als die meisten. Er sah gut aus, umwerfend männlich, war leidenschaftlich und in jeder Hinsicht aufrichtig. Soweit es das Bett betraf, bekam sie sogar in diesem Moment eine Gänsehaut. Vielleicht lernte er zu gegebener Zeit, sie zu lieben. Es würde nicht leicht sein, mit ihm zusammenzuleben. Sein Temperament war ebenso aufbrausend wie ihres. Langweilig wäre eine Ehe mit ihm jedenfalls nie.

Die Hochzeitszeremonie ließ einiges zu wünschen übrig. Der Reverend hatte rot umränderte Augen und roch nach Alkohol. Seine Frau gähnte und lächelte zugleich während der ganzen Feier, und seine Schwester spielte Klavier.

Chandra trug ein schlichtes rosa Kleid. Sie hielt Dallas' Hand, während der Reverend das Ritual vollzog. Dallas schien die Szene zu belustigen. Er trug eine schwarze Hose und ein weißes Hemd, wobei er eher dem Besitzer eines neonerleuchteten Casinos ähnelte als einem Bräutigam.

Ringe wurden nicht ausgetauscht in dieser kleinen Kapelle außerhalb von Las Vegas, aber nachdem der Reverend Dallas aufgefordert hatte, die Braut zu küssen, nahm Dallas Chandra in die Arme und drückte ihr einen langen Kuss auf den Mund.

„Meine Familie bringt mich um, wenn sie davon erfährt", klagte Chandra später, als sie in Dallas' Plymouth saß und an die Telefonate dachte, die sie tätigen musste, und an die Fragen und Erklärungen, mit denen sie konfrontiert werden würde.

„Meine Familie wird erleichtert sein." Dallas stellte den Motor an und fädelte sich in den Verkehr ein. Er fuhr zu dem Hotel, in dem sie vor der Trauung eine Reservierung vorgenommen hatten.

„Meinst du?"

Dallas' Lächeln wirkte zynisch. „Oh, ganz sicher. Meine Mutter braucht sich nicht länger schuldig zu fühlen, weil sie mir nicht genug Liebe geschenkt hat, und mein Vater wird glauben, er erhält demnächst den verdienten Enkelsohn. Ich bin nämlich der letzte in seiner Linie der O'Rourkes."

„Er bekommt seinen Enkel", sagte Chandra und starrte auf das funkelnde Lichtermeer von Las Vegas. Als Dallas an einer roten Ampel hielt, wirkte seine Miene hart. „Tut mir leid, wenn ich deine Träume zerstören muss, Chandra, aber J. D. zählt nicht. Zumindest nicht für meinen Vater."

„Das sollte er aber, verdammt noch mal."

„Harrison O'Rourke gehört zur alten Garde, und J.D. ist nicht blutsverwandt."

„Und damit wertlos?"

„Soweit es um den Familienstammbaum geht." Als die Ampel auf Grün wechselte, trat er aufs Gaspedal. „Harrison erwartet einen O'Rourke-Sohn – keine Tochter, verstehst du?" Er sah Chandra von der Seite an und lachte. „Also enttäusche ihn nicht."

„Wird mir nicht im Traum einfallen. Sollte ich jemals dem Monster von deinem Vater begegnen, so tut er gut daran, unsere Kinder gleich zu behandeln. Und das schließt J. D. und unsere Töchter mit ein."

Dallas schüttelte den Kopf. „Wir werden auch Töchter haben?"

„Vielleicht."

„Auch wenn wir J. D. nicht adoptieren?" Nur eine Sekunde wandte Dallas Chandra den Kopf zu. „Ich kann mir nicht vorstellen, J. D. nicht zu haben, noch nicht." Fest drückte sie den Griff ihrer Handtasche und versuchte an etwas anderes zu denken.

Dallas fuhr zum Hotelparkplatz. Das zwanzig Stockwerke hohe Hotel aus Beton und Stahl glitzerte wie ein Weihnachtsbaum.

Die Lobby war hell erleuchtet. In der Mitte des Foyers schoss ein Springbrunnen sein rosa Wasser zwei Stockwerke in die Höhe. Bunter Marmor und ein grüner Teppich schmückten den Boden.

Chandra mochte kaum glauben, dass sie wirklich hier war, verheiratet und im Begriff, die Hochzeitsnacht in der Brautsuite zu verbringen. Mithilfe des Leiters des Hotelpagendienstes wurden sie ins neunzehnte Stockwerk gefahren, wo ihnen eine Dreizimmersuite zugewiesen wurde mit Champagner zur Begrüßung, einer herzförmigen Badewanne und einem runden Bett mit seidenen Laken.

„Meinst du nicht, das ist ein wenig übertrieben?", fragte sie, als sie das Bett sah.

„Ich dachte, dies sei das Mindeste, das ich tun könnte. Es ist nicht gerade eine überwältigende Hochzeitsnacht."

Chandra verdrängte das Lächeln und hob eine Braue. „Meinst du nicht?" Bedeutungsvoll schaute sie zum Bett. „Ich denke, du wirst es schon irgendwie ausgleichen, was wir verpasst haben."

„Vielleicht hast du ja recht." Dallas trat zu ihr. Beinahe berührten sie sich, und Chandras Puls beschleunigte sich. Langsam zog er sie in seine Arme und küsste sie. „Vielleicht sollten wir den Champagner entkorken und auf Braut und Bräutigam anstoßen."

„Später", flüsterte sie.

Himmel, ihr Herz klopfte so wild, obwohl er sie noch nicht einmal berührt hatte. Spitzbübisch lächelnd nahm er sie auf die Arme und trug sie zum Bett. „Weißt du, Mrs O'Rourke, ich mag deine Art zu denken."

Behutsam ließ er sie auf die seidene Decke gleiten. Seine Lippen fanden ihren Mund, während sie sich fest aneinanderschmiegten.

„Du bist wunderschön“, sagte Dallas, nachdem er Chandra das rosa Kleid von den Schultern gestreift hatte. Zärtlich streichelte er über ihren seidenen Slip und berührte den zarten Spitzen-BH, der ihre Brüste bedeckte.

Chandra knöpfte sein Hemd auf und streichelte die Haarpracht auf seiner Brust. „Das bist du auch“, flüsterte sie fasziniert.

Erneut fanden seine Lippen ihren Mund. Bei ihren Kleidern hielt er sich nicht lange auf, warf sie auf einen Stapel, ohne Chandra auch nur einen Moment freizugeben. Wo er sie berührte, schien ihre Haut zu brennen. Chandra bog sich ihm entgegen, genoss den Zauber seiner Hände und verlor sich in der Süße seines Kusses.

„Dallas“, flüsterte sie heiser, „Dallas.“ Und plötzlich war er auf ihr, presste die Knie zwischen ihre Beine und nahm zum ersten Mal als ihr Ehemann Besitz von ihr.

„Ich kann nicht warten“, gestand er und begann seinen mitreißenden Rhythmus. Chandra bewegte sich mit ihm. „Oh Liebes, oh Liebes“, seufzte er.

Beglückt hielten sie sich umfangen, bis die Erregung langsam verebbte. Chandra schloss die Augen. Sie fürchtete, weinen zu müssen. Beglückende Gefühle übermannten sie.

Als ihr Puls sich wieder normalisiert hatte, schlug sie die Augen auf und sah, dass Dallas sie anblickte. „Bist du okay?“, fragte er. Sie lächelte schüchtern und verlegen, als wäre sie zuvor nie mit einem Mann zusammen gewesen.

„Mir geht es gut. Und wie fühlst du dich?“

Zärtlich küsste Dallas sie auf die Stirn. „Mir geht es viel besser als zuvor. In der Tat, ich fühle mich großartig.“

Als Chandra kicherte, hob er sie auf und trug sie, nackt wie sie war, ins Badezimmer. „Was hast du vor?“, fragte sie, als er sie in die Badewanne gleiten ließ und das Wasser anstellte.

Er zündete zwei Kerzen an, holte den Champagner und löschte das Licht. Lächelnd stieg er in die Wanne und nahm Chandra in die Arme. Ihre Körper verschmolzen förmlich miteinander. „Reiner Wahnsinn“, lachte Chandra, als er ihre Beine um seinen Körper schlang.

„Es ist wundervoll“, murmelte Dallas. Das Wasser reichte ihnen bis an die Brust. Im Kerzenschein schaute er Chandra liebevoll an. „Nun, Mrs O’Rourke“, begann er und verfolgte einen Wassertropfen mit seinem Zeigefinger vom Hals bis zwischen ihre Brüste. „Lass uns einen Weg finden, diese wenigen Stunden so lang wie möglich auszudehnen."

Stunden später, nachdem sie den Champagner getrunken und sich auf dem runden Bett geliebt hatten, bis sie erschöpft waren, wachten sie auf und eilten nach unten. Die Morgendämmerung schickte gerade die ersten Lichtstrahlen über die Straßen der jetzt ruhigen City, als Dallas den Mietwagen zum Airport lenkte.

Vor einem Zeitungskiosk im Flughafengebäude verhielt Dallas seine Schritte. Chandra überlegte, ob er irgendein Souvenir von der Reise zu erstehen gedachte. Aber dann hörte sie ihn einen Fluch ausstoßen. Er blieb stehen und suchte in seiner Hosentasche nach Kleingeld, das er dann auf den Verkaufstresen legte.

Auf der ersten Seite der Zeitung war das Foto von J. D. abgebildet. „Findelkind in Pferdestall in Colorado gefunden", verkündete die Schlagzeile. Darunter: „Mutter noch unbekannt. Hunderte wünschen das ‚Eine-Million-Dollar-Baby' zu adoptieren."

Chandras Hals fühlte sich plötzlich trocken an. Ihre Finger umklammerten Hilfe suchend Dallas' Arm. „Wie ... wie kommen sie an das Foto?" Vor ihren Augen begannen die Nachrichten zu verschwimmen. Ihre Beine wurden weich, als sie las, dass das Kind bei Sheriff Newell lebte. „Wie sind sie an diese Informationen gekommen?"

„Ranger ist eine Kleinstadt." Dallas presste die Lippen aufeinander. Nie hatte Chandra ihn wütender gesehen. „Komm!", sagte er eisig. „Wir dürfen unseren Flug nicht verpassen."

„Du hast recht." Chandra nickte. Sie zitterte, aber sie wappnete sich gleichzeitig für den Kampf ihres Lebens.

13. KAPITEL

Chandra und Dallas waren zu Hause. Ein verheiratetes Paar. Sie waren direkt zu ihrem Haus gefahren, hatten geduscht und sich umgekleidet und bereiteten sich auf ihren Weg in die Stadt vor.

Lächelnd schenkte Chandra für sich und Dallas Kaffee ein. Es würde leicht sein, mit ihm den Alltag zu verbringen, in seinen Armen aufzuwachen, die Zeitung zu lesen und im Haus und draußen Seite an Seite zu arbeiten. Chandra fühlte sich wohl bei dem Gedanken, sich auf ihn verlassen zu dürfen.

Sie hörte ihn auf der Treppe und sah sein markantes Gesicht in sorgenvollen Falten, während er sich das Hemd zuknöpfte. „Ich könnte dir dabei helfen", erbot sie sich, und Dallas erwiderte mit einem spitzbübischen Grinsen: „Nur keine Scheu."

In der Küche drückte sie einen zärtlichen Kuss auf seine Brust und knöpfte das Hemd zu.

„Wenn du das immerzu tun willst, komme ich nie zur Arbeit." In seinen Augen funkelte eine Flamme der Leidenschaft.

Chandra reichte ihm die Kaffeetasse. „Komm mit nach draußen, ich denke, wir haben noch zu reden."

„Worüber?"

Chandra nahm ihren Mut zusammen. „Über mich und was in Tennessee geschehen ist."

„Du brauchst nicht …"

„Selbstverständlich." Sie legte Dallas eine Hand auf die Schulter. „Zu Beginn unserer Ehe müssen wir reinen Tisch machen. Keine Lügen, keine Missverständnisse, keine Überraschungen."

Chandra fühlte schon die Morgensonne auf ihrem Rücken, als sie sich gegen den Zaun lehnten und den Pferden zusahen, die sich das betaute Gras schmecken ließen.

„Was geschah damals?", fragte Dallas, und Chandra beschloss, sich von ihrer inneren Last zu befreien.

„Die Medizin war mein Leben", begann sie, während sie an die zermürbenden Jahre an der Uni dachte, wo sie nicht nur endlos viel Zeit mit Lernen verbracht hatte, sondern auch die Zielscheibe allzu vieler Scherze war. „Ich studierte in Philadelphia, arbeitete später mit einer Klinik in Collier, Tennessee, zusammen. Du hast ja gehört, dass ich einen Patienten verloren habe. Er hieß Gordy. Es war … einfach chaotisch.“ Sie konnte kaum schlucken, zwang sich jedoch, ihren Schmerz zu überwinden. „Du hast die Zeitungsartikel gelesen, doch sie erklären nicht genau, was passiert ist. Ich wurde wegen eines Kunstfehlers von den Eltern angeklagt, obgleich sie mir das Kind zu spät in die Praxis brachten. Bis wir das Kind in die Klinik überführt hatten, war es an Lungenentzündung gestorben. Die Eltern gaben mir die Schuld.“ Chandra schluckte, sah Dallas nicht an. Ihr Blick folgte einer Schwalbe, die über das Dach des Pferdestalls flog. „Es gab eine Untersuchung, ich wurde freigesprochen, aber ... Nun, ich hatte noch weitere Probleme.“

„Deine Ehe.“

„Ja.“ Chandra seufzte schwer. „Alles schien sich aufzulösen, also kam ich hierher und nahm den Job als Touristenführerin in der Abenteuerfirma an. Aber ich bin noch immer Ärztin. Ich könnte problemlos hier in Colorado eine Lizenz bekommen, doch damals war ich einfach noch nicht bereit, meinen Beruf auszuüben.“

Als Dallas sah, dass sie den Tränen nahe war, stellte er seine Kaffeetasse auf den Boden und nahm Chandra in die Arme. „Einen Patienten zu verlieren, ist schwer, aber das kommt leider vor.“

„Ich fühlte mich schuldig, weil ich dachte, wenn ich früher bei dem Kind gewesen wäre, hätte ich sein Leben retten können.“

„Du konntest doch gar nichts davon wissen.“

„Hast du jemals einen Patienten verloren?“

„Zu viele.“

„Auch Kinder?“

„Einige wenige. Ich weiß, was du durchgemacht hast. Jedes Mal, wenn du nicht helfen kannst, wünschst du dir, ein Wunder sollte geschehen und das Leben des Kindes retten.“

„Ja“, flüsterte sie, als er sie fester an sich zog und auf die Wange küsste. Chandra wollte nicht weinen. Sie hatte zu viele Jahre damit verbracht, ihren Schmerz und ihre Vergangenheit zu begraben. „Trotz all der Jahre auf der Uni, dem langen Studium, trotz all der schlaflosen Nächte vermochte ich nicht einmal einen kleinen Jungen zu retten.“

„Es ist vorbei“, sagte Dallas. „Du beginnst ein neues Leben. Wir beide beginnen ein neues Leben. Deshalb wird es Zeit, dass wir den ersten Schritt tun und versuchen, das Baby zu adoptieren.“

Chandra lächelte durch Tränen und nahm Dallas’ Hand.

Kameras blitzten, Mikrofone tanzten vor ihren Gesichtern, und eine Unmenge von Reportern drängte sich vor dem Haus der Newells.

„Wissen Sie noch immer nicht, wo sich die Mutter des Findelkindes aufhält?“, lautete eine der unzähligen Fragen, mit denen Chandra und Dallas konfrontiert wurden.

„Nein.“ Dallas führte Chandra die Vortreppe zum Haus der Newells empor. Um die Menge in Schach zu halten, stand ein Wachtposten in der Nähe der Haustür. Er ließ Chandra und Dallas passieren, offensichtlich auf Anweisung des Sheriffs oder seiner Frau.

„Wie in einem Irrenhaus geht es hier zu, nicht?“, klagte Lenore mit besorgtem Blick, aber dennoch tapfer lächelnd.

„Das war zu erwarten gewesen“, erwiderte Chandra. Sie war unglaublich gespannt, das Baby wiederzusehen.

„Ich habe schon viele Kinder aufgenommen, aber so etwas ist noch nie da gewesen.“ Vorsichtig teilte Lenore den Spitzenvorhang und deutete seufzend auf die Reporter, die in ihrem Garten lagerten. „Ich habe aufgehört, telefonische Fragen zu beantworten. Es scheint, als sei jedermann in diesem Staat daran interessiert, den kleinen J. D. zu adoptieren.“

Chandra verlor nun vollends allen Mut.

„Müssen Sie das schon lange ertragen?“, fragte Dallas Lenore.

„Seit dem Morgengrauen. Und das Telefon läutet seit sechs Uhr gestern Abend. Irgendjemand muss verraten haben, dass das Baby bei uns ist, denn zuvor wurden wir nicht belästigt. Mir gefällt das nicht, sage ich Ihnen.“

„Mir auch nicht“, gestand Dallas, und Chandra drängte die Tränen zurück, damit sie das Baby nicht benetzen sollten, das nun niemals ihr gehören würde.

Während Chandra ein angenehmes Leben mit Dallas begann, ließ das allgemeine Interesse an dem Baby nicht nach. Chandras Name und Foto erschienen in den Zeitungen, selbst in Phoenix und Santa Fe. Zuerst wurde sie für kurze Zeit als Heldin gefeiert, als die Frau, die das Baby entdeckt und es auf schnellstem Weg ins Krankenhaus befördert hatte. Aber während der darauffolgenden Woche wurde ihr Leben seziert, und all die alten Schlagzeilen wurden neu ans Licht gebracht.

Die Geschichte von dem kleinen Gordy Shore und seinem Tod wurde wieder ausgegraben, ihre Heirat mit Doug Pendleton, die Scheidung und die Namensänderung sowie ihr Lebensstil in Colorado wurden in den Zeitungen und den örtlichen Nachrichten diskutiert. Chandra gab zwei Interviews, die sie nicht zu Ende führte, als die Fragen – wie stets – zu persönlich wurden.

Es hatte sich herumgesprochen, dass Chandra, zugleich mit Hunderten von anderen Paaren, versuchte, das Baby zu adoptieren. Und es wurde auch bereits gemunkelt, dass ihre Heirat mit Dallas, die zunächst wie eine märchenhafte Romanze gewirkt hatte, eine arglistige Täuschung war, um das Sorgerecht für das Kind zu erhalten.

Dennoch war Chandras Leben mit Dallas interessant, ihr intimes Zusammensein leidenschaftlich. Chandra konnte Dallas nicht widerstehen, wenn er sie küssen wollte. Dann ergriff sie eine verzweifelte Sehnsucht in ihrem zärtlichen Zusammensein, als befürchtete sie, dies alles bald zu verlieren. Würde ihnen das Sorgerecht für J. D. nicht erteilt, gab es keinen Grund für sie beide zusammenzubleiben. Dieser Gedanke war für Chandra überaus frustrierend, empfand sie doch jeden Tag, an dem sie in Dallas' Nähe war, mehr Liebe für ihn.

„Ich denke, ich fahre jetzt ins Büro." Chandra warf sich die Segeltuchtasche über die Schulter. „Heute spreche ich mit meinem Anwalt. Mal sehen, was er herausgefunden hat."

„Ich begleite dich zu deinem Wagen", erbot sich Dallas und hielt ihr die Haustür auf. Mit großen Sprüngen jagte Sam über den Hof. Der Morgen war kühl, und am für gewöhnlich klaren Himmel hingen dunkle Wolken. Chandra zitterte. Dallas nahm ihre Hand.

„Was ist los, Doktor?" Sie blickte in sein ernstes Gesicht.

„Ich fürchte, ich habe bei dieser Heirat das Pferd vom Schwanz her aufgezäumt", gestand er.

„Das trifft doch für uns beide zu."

„Richtig, aber ich sehe ein, dass wir einiges in Ordnung zu bringen haben. Ich hoffe, dies hier ist ein Beginn." Er langte in seine Jackentasche und zog einen glänzenden Silberring hervor. Auf diesem offensichtlich antiken Schmuckstück funkelte ein einzelner Diamant inmitten von kleineren Saphiren.

„Woher hast du ihn?", flüsterte Chandra und streifte ihn auf den Ringfinger.

„Er gehörte meiner Großmutter. Harrisons Mutter. Ich erinnere mich nicht genau an sie, weiß nur noch, dass sie nett und liebevoll war und der einzige Mensch, der immer zu mir gestanden hat." Dallas räusperte sich, und Chandra empfand tiefes Mitleid für den Mann, der mal ein sehr einsamer Junge gewesen war. „Sie starb, als ich acht Jahre alt war, und hinterließ mir diesen Ring sowie eine kleine Summe für das College und das Medizinstudium."

Chandra konnte kaum schlucken vor Rührung. Zärtlich betastete sie mit einer Hand den Ring. „Er ist wundervoll. Vielen Dank." Bewegt warf sie Dallas die Arme um den Hals und küsste ihn. „Wir werden dafür sorgen, dass unser Vorhaben funktioniert, Doktor", flüsterte sie ihm ins Ohr. „Ich weiß das."

Als sie wenig später in ihrem Wagen saß, überlegte sie, ob Jennifer diesen Ring auch getragen hatte. Doch sie ließ die Eifersucht nicht aufkommen, ignorierte den Schmerz. Jennifer gehörte der Vergangenheit an, sagte sie sich. Ab jetzt ist Chandra Mrs Dallas O'Rourke.

Anwalt Roy Arnette eröffnete seiner Klientin als Erstes, dass sich eine Frau mit dem Namen Gayla Vanwyk gemeldet hatte, die vorgab, die Mutter des Findelkinds zu sein.

„Das ist unmöglich." Chandras Welt brach zusammen. „Aber vielleicht ist sie ja so eine Spinnerin, die von J.D. in der Zeitung gelesen hat." Sie schlug mit der Faust auf die Zeitung, die auf Roys Schreibtisch lag. „Oder sie ist auf Publicity aus. Vielleicht will sie einfach nur ein Kind. Weiß der Himmel."

„Hören Sie, Chandra, ich sage Ihnen nur, was ich weiß. Im Moment interessiert sich die Polizei für sie und nimmt eine Blutanalyse vor. Wenn sie die leibliche Mutter ist …"

Tränen traten ihr in die Augen. „Wenn sie es ist, warum setzte sie den Jungen aus?", fragte sie zornig.

„Wenn sie die leibliche Mutter ist, hat sie gewisse Rechte."

„Die gab sie auf, als sie ihn im Stich ließ."

„Das ist nicht gesagt, Chandra", erwiderte der Anwalt so behutsam wie möglich.

Dallas! Ich muss mit Dallas reden, dachte Chandra plötzlich. Er wird wissen, was zu tun ist. „Ich werde J.D. nicht verlieren, Roy, ganz gewiss nicht", schrie sie. Irgendwie gelang es ihr, die entsetzliche Angst, das Baby zu verlieren, unter Kontrolle zu bringen. „Ich warte. Aber bei der ersten Gelegenheit wünsche ich, mit dieser Frau zu sprechen."

„Sie ist offensichtlich von einem Baby entbunden worden", sagte Dallas. Chandra hatte ihre Hoffnungen begraben. Mit trauriger Miene saß sie in dem Sessel in Dallas' Büro und ließ die Schultern hängen. „Nun warten wir auf das Labor, das die Blutanalyse vornimmt." Dallas sah müde aus, seine blauen Augen waren dunkel umrandet, das Haar war ungekämmt. So hatte Chandra ihn das erste Mal in der Notaufnahme im Krankenhaus gesehen. Vor nur wenigen Wochen.

„Sie hat also ein Baby bekommen", flüsterte Chandra. Steif hob sie eine Schulter. „Das heißt noch lange nicht, dass sie dieses Baby bekommen hat. Sieht sie J. D. ähnlich?"

Dallas schüttelte den Kopf. „Sie hat schwarzes Haar, dunkle Augen. Aber das besagt gar nichts. Der Junge könnte seinem Vater ähnlich sehen oder irgendeinem anderen Familienmitglied."

Chandras Hände zitterten. Sie blickte auf den Ring, der der Ehering von Dallas' Großmutter gewesen war, ein Symbol für die Ehe. Vielleicht von Dallas nicht als solcher gedacht.

Sie starrte an Dallas vorbei zum Fenster, wo die ersten Regentropfen an die Scheibe schlugen. Ein Gewitter zog sich über den Bergen zusammen. „Ich kann es nicht glauben, nicht nach alledem. Sie kann doch nicht einfach auftauchen und verlangen …"

Dallas umfasste Chandras Hände. „Sag nicht, du seiest ein Feigling, Mrs O'Rourke."

„Aber es sieht so aus, als spräche alles gegen uns, nicht wahr?" Chandra brauchte ihren Hals nur ein wenig zu recken, um die Schlagzeilen der Zeitung auf seinem Schreibtisch zu lesen. „Dieser Name ‚Eine-Million-Dollar-Baby' hat sich durchgesetzt. Einige Paare versuchen tatsächlich mit allen Mitteln, J. D. zu ersteigern. Welche Chance bleibt uns da noch?"

Dallas kniff traurig die Augen zusammen. Zärtlich küsste er Chandra auf die Schläfe. „Wir haben noch nicht verloren."

„Aber es steht nicht gut."

„Erst nach der Blutanalyse wissen wir, ob sie möglicherweise die Mutter ist", erklärte Dallas. „Aber auch dann können wir nicht sicher sein. Sie besitzt keine Geburtsurkunde, gibt an, sie habe ihn draußen im Wald in der Nähe deines Hauses entbunden. Und sie kann oder will den Vater nicht nennen."

Chandras Enttäuschung wurde immer größer. Selbst wenn diese Frau einen Trick benutzte, um J. D. zu bekommen, konnten doch jederzeit andere Frauen behaupten, Mutter des Babys zu sein. Früher oder später tauchte möglicherweise doch noch die leibliche Mutter auf. Wenn sie und Dallas mit Gottes Hilfe J. D. adoptiert hatten …

Ihr Herz schmerzte. Nur mit Mühe bekämpfte sie die Tränen. Nein, sie hatten noch nicht verloren, selbst wenn sich die Chancen von Minute zu Minute zu verschlechtern drohten. Dallas half ihr auf und nahm sie so zärtlich in die Arme, als würde sie ihm wahrhaftig viel bedeuten. Sie wünschte, sich an ihn anlehnen zu dürfen, wie ein Baby zu schluchzen und an seiner Stärke Halt zu finden. Aber sie durfte keine Schwäche zeigen. Sie schmiegte nur den Kopf an seine Brust und lauschte dem beruhigenden Rhythmus seines Herzschlags. Himmel, wie sehr ich ihn liebe. Wenn er wüsste.

Aber das wollte sie ihm nicht sagen – noch nicht.

Gayla Vanwyk saß in Dr. Trents Büro und rauchte eine Zigarette. Sie war eine hübsche Frau von vielleicht dreiundzwanzig Jahren mit schwarzen Locken und beinahe perfekter Figur. Dallas stand am Fenster und blickte zum Parkplatz hinunter, wo die Reporter ziellos umherliefen.

„Sollte ich nicht meinen Anwalt zur Seite haben?", fragte Gayla und blickte die Männer und Frauen an, die das Kind gepflegt hatten.

Dr. Trent lächelte freundlich. „Dies soll kein Verhör sein, Miss Vanwyk. Diese Ärzte haben das Kind untersucht, nachdem es in die Klinik gebracht wurde, und sie möchten Ihnen den gesundheitlichen Zustand des Kindes erklären." Er versuchte ihr klarzumachen, sie seien nur an der Gesundheit des Babys interessiert, aber das nahm ihm die junge Frau nicht ab.

„Sehen Sie, ich habe getan, was ich tun musste." Abrupt drückte sie ihre Zigarette im Aschenbecher aus. „Ich kenne meine Rechte. Ich will mein Baby zurückhaben."

„Sobald die Testergebnisse kommen, geben wir sie an die Polizei und die Sozialbehörde weiter", sagte Trent.

„Gut, und wie lange wird das noch dauern?" Sie stand auf.

„Einen Tag höchstens, aber die Sozialbehörde ..."

„Streichen Sie die Sozialbehörde. Ich will mein Kind zurück."

„Sie haben es verlassen", mischte sich Dallas ein, der die Diskussion nicht so abrupt enden lassen konnte.

„Ja, dazu war ich aus persönlichen Gründen gezwungen. Ich hatte keine Wahl. Aber ich muss nicht mit Ihnen reden. Sie sind der Arzt, der ihn adoptieren will, nicht wahr? Und Sie sind mit der Frau verheiratet, die ihn gefunden hat."

„Ich wollte nur die Wahrheit erfahren."

„Jetzt kennen Sie sie." Sie drehte sich um und verließ in einer Wolke aus Parfüm und Zigarettenrauch den Raum.

Dallas ging in sein Büro und suchte dort die Nummer seines Freundes heraus. Der Privatdetektiv sollte Erkundigungen über Miss Vanwyk einholen. War sie tatsächlich J. D.s Mutter, konnte er allerdings nicht viel tun.

Sollte er alles abblasen? Die Scheidung einreichen? Neu beginnen? Mit Chandra zusammenleben, nicht wegen des Kindes, sondern weil sie sich liebten?

Liebe? Liebte er Chandra? Unmöglich. Für ihn gab es keine Liebe mehr. Oder doch? Immerhin hatte er Chandra den Ring geschenkt, einen Ring, den er Jennifer nicht einmal gezeigt hatte.

Bei der Erkenntnis, dass er nur zu bereitwillig erneut das Opfer der Liebe geworden war, stützte Dallas ein Bein auf die Kante seines Schreibtisches und fragte sich, wie er Chandra überzeugen konnte, dass sie mit oder ohne Baby zusammengehörten.

Nun, zunächst wollte er herausfinden, wer die Frau war, die vorgab, J. D.s Mutter zu sein. Dann wollte er sich um seine Ehe kümmern.

Drei Tage später war Chandra ein nervöses Wrack. Konnten Bluttests überhaupt so lange dauern? Sie hatte Dallas um Informationen gebeten, aber er behauptete, er würde als möglicher Adoptivvater ebenso im Dunkeln gelassen wie sie. „Zu gegebener Zeit kannst du es riskieren, mit Miss Vanwyk zu reden. Jetzt würde ein solches Gespräch unsere Chancen gefährden."

Und so hielt Chandra sich zurück. Aber die Presse ließ die Story nicht ruhen, und Chandra hatte das Gefühl, man untersuche ihr Leben durch ein Mikroskop.

In der Abenteuerfirma gab es zurzeit nicht viel zu tun. Der Sommer ging zu Ende. Chandra hätte ihre Zeit gern ausgefüllt, aber Rick ließ keine Diskussion zu. Er war der Meinung, Chandra sähe aus, als hätte sie seit Wochen schlaflose Nächte verbracht. Bis sich die Aufregung um das Kind gelegt hatte, sollte sie sich freinehmen – bezahlten Urlaub, Flitterwochen oder wie sie es nennen wollte. „Nehmen Sie sich Zeit und bringen Sie Ihr Leben in Ordnung, Chandra, Wenn ich mehr Zeit dazu verwendet hätte, mich mit Cindy auszusprechen, wäre sie wahrscheinlich noch mit den Kindern bei mir."

„Aber ich kann nicht einfach zu Hause herumsitzen und die Spinnweben von dem wagenradgroßen Kronleuchter wischen", protestierte sie.

„Warum nicht? Es würde Ihnen guttun. Sie haben noch keine Ferien gemacht, seit Sie bei mir arbeiten."

Randy kam herein und bekam das Ende des Streits mit. „Hallo, nutze wenigstens die gute Laune deines Chefs, Chandra“, sagte er und zwinkerte ihr zu. „Sonst tue ich das. Ich suche mir Frau und Kind und heirate. Selbstverständlich nehme ich auch ein paar Monate bezahlten Urlaub …“

„Raus hier!“, sagte Rick lachend. „Nicht Sie sind gemeint, Randy, sondern Chandra. Tun Sie sich selbst einen Gefallen, Chandra. Lernen Sie Ihren Ehemann kennen.“

Mein Ehemann, dachte Chandra traurig. Für wie lange? Sie nahm ihren langen Baumwollmantel vom Haken und eilte hinaus. Der kalte Wind ließ sie erzittern. Der erste Schnee des Jahres hatte die Gipfel wie mit Puderzucker bestaubt. Hier im Tal tanzten Regentropfen über den Parkplatz. Wenn Dallas sie nur lieben könnte …

Im Moment mochte sie noch nicht nach Hause fahren. Sie wusste, dort erwarteten sie nur weitere Nachrichten von Reportern auf ihrem Anrufbeantworter. Stattdessen fuhr sie zur Klinik in der Hoffnung, mit Dallas eine Tasse Kaffee zu trinken, nur um mit ihm ein wenig zu plaudern.

Aber Dallas war nicht anwesend. Die Sekretärin warf einen Blick auf seinen Arbeitsplan und informierte Chandra, dass Dallas erst gegen zwei Uhr in der Klinik zum Bericht über seine letzte Schicht im E-Raum zurückerwartet wurde.

Chandra besuchte die Schwestern auf der Kinderstation und nahm dann den Lift zum Untersuchungszimmer. Dallas hatte sich noch nicht gemeldet. Der Warteraum war gefüllt. Chandra befand sich in der Nähe von Schwester Lindquists Informationstresen, als sie die Stimme einer verzweifelten Mutter hörte.

„… aber er hat nichts getrunken. Ich kann ihn nicht dazu bewegen. Seit Tagen hat er hohes Fieber. Der Kinderarzt sagt, es sei nur eine Grippe, aber ich mache mir entsetzliche Sorgen.“

Da sah Chandra den kleinen Jungen in den Armen seiner Mutter. Sein Gesicht war bleich, er konnte kaum die Augen offen halten. „Ist eine Blutanalyse vorgenommen worden?“, fragte sie.

„Nein, ich glaube nicht“, antwortete die Mutter.

„Die weißen Blutkörperchen wurden nicht gezählt?“

„Nicht, dass ich wüsste.“ Die Mutter blickte Chandra erstaunt an. „Dr. Sands sagte, es geht so ein Virus herum …“

Alma Lindquist erhob sich aus ihrem Stuhl. „Mrs O’Rourke, dies ist nicht …“

Aber Chandra hörte ihr nicht zu. Beim Anblick dieses Kindes stand ihr das Gesicht eines anderen kleinen Jungen vor Augen. Sie sah Gordy Shores matte Augen und dessen bleiches Gesicht, die offensichtliche Lethargie.

„Kümmern Sie sich augenblicklich um das Kind, und lassen Sie untersuchen, wie viele weiße Blutkörperchen vorhanden sind! Lassen Sie seine Lunge durchleuchten!" Chandra wandte sich an die Mutter. „Gab es noch irgendwelche anderen Symptome? Erbrechen? Durchfall? Schwellungen?"

„Nein, aber er bewegt sich kaum, obwohl er für gewöhnlich so aktiv ist." Die Mutter war den Tränen nahe.

„Keine Sorge. Wir kümmern uns um ihn."

„Dem Himmel sei Dank."

Schwester Lindquist presste starrköpfig die Lippen aufeinander. Sie nahm keine Instruktionen von einer Frau entgegen, die in der Riverbend-Klinik nichts zu sagen hatte. Aber Chandra sah in diesem Moment Dallas die Treppe heraufkommen und stürmte an der Schwester vorbei. „Dieser Patient soll angeblich Grippe haben. Aber man hat weder die weißen Blutkörperchen nachgezählt noch ..." Und dann berichtete sie Dallas alles, was sie wusste, und zum Glück hörte er ihr zu.

„Wir haben noch andere Patienten", widersprach Schwester Lindquist, als Dallas näher trat.

„Jemand mit lebensbedrohlichem Krankheitsbild?", fragte er.

„Nein."

„Dann nehmen Sie das Kind – sofort! Und rufen Sie Dr. Hodges an, falls wir noch Hilfe brauchen!" Er führte die Mutter und das Kind in den Untersuchungsraum.

In diesem Moment begannen die Sirenen zu heulen, Helfer schoben in höchster Eile Krankentragen über den Flur in die Ambulanz. Chandra hörte, wie über Lautsprecher alle zur Verfügung stehenden Helfer angefordert wurden. Und schon wurden die ersten Patienten in die Untersuchungsräume gebracht. „Schwerer Unfall ... Lastwagen stellte sich quer auf der Landstraße ...", hörte Chandra einen Sanitäter zu einer Schwester sagen.

Chandra überlegte kaum die Konsequenzen ihres Tuns. Sie folgte Dallas in den Untersuchungsraum, wo er über den Jungen gebeugt das Stethoskop an dessen Brust hielt. „Ich höre nichts, aber wir müssen nachsehen ..."

Schwester Pratt steckte den Kopf ins Zimmer. „Dr. O'Rourke, wir brauchen Sie. Schwerer Unfall. Viele Opfer. Wir rufen das ganze Personal zurück ins Krankenhaus."

„Ich übernehme“, sagte Chandra und deutete auf das Kind. „Hast du schon Blut abgenommen?“

„Es befindet sich bereits im Labor.“

„Ich bringe ihn zum Röntgen.“ Chandra erwiderte Dallas’ fragenden Blick. Verständnis leuchtete in seinen Augen auf. „Sie brauchen dich draußen“, sagte sie. Rufe, Stöhnen, das Geräusch eiliger Schritte drangen durch die Tür.

„Bist du dir ganz sicher?“, fragte Dallas.

„Ja, vollkommen. Komm schon, mein Kleiner“, sagte sie zu dem Jungen und setzte ihn in einen Rollstuhl. „Wir machen jetzt ein paar Fotos von dir.“

An den Rest des Nachmittags erinnerte sich Chandra nur noch nebelhaft. Sie half aus, wo es erforderlich war, aber schließlich wurde sie nach Hause geschickt, als die Verwaltung Wind davon bekam, dass ein Arzt ohne Lizenz dieses Staates Ratschläge gab, wenn auch nur anderen Ärzten. Obwohl Chandra niemanden allein behandelte, wollte man kein Risiko eingehen. Eine Mordanklage konnte die Folge sein.

Aber Chandra war glücklich, dass sie hatte helfen können. Sie überlegte – inzwischen zum wiederholten Mal – wieder eine Lizenz in Colorado anzustreben.

Nun erschien ihr ihr Haus einsam und leer. Dallas hatte gesagt, sie sollte nicht aufbleiben und auf ihn warten. Nachdem sie einige Anrufe erledigt hatte, ging sie zum Pferdestall und sattelte Brandy. Der Regen hatte nachgelassen, und die unternehmungslustige Stute freute sich, sich im Galopp über nasse Felder die Beine zu vertreten. Wie so oft in letzter Zeit beschäftigten sich ihre Gedanken mit J. D. und Dallas, sie weigerte sich jedoch, depressiv zu werden. Mit den ersten Strahlen der Nachmittagssonne, die durch die dunklen Wolken schien, hob sich auch Chandras Stimmung.

Der Geruch nach regennasser Erde erfreute sie, während sie über ein Leben ohne Dallas oder J. D. nachdachte. Schließlich kam sie zu dem Schluss, dass sie Dallas unbedingt ihre Liebe zu ihm gestehen musste, auch wenn sie eine Zurückweisung zu erwarten hatte. Sie war ihm gegenüber immer aufrichtig gewesen. Auch wenn er ihr ins Gesicht lachen sollte. Sie würde es überleben. Aber das Leben wäre nie mehr dasselbe, und diese letzten zauberhaften Tage würden für alle Zeit die schönsten ihres Lebens bleiben.

Sie führte Brandy in den Stall zurück, versorgte alle Pferde, fütterte und tränkte sie, und als sie die Arbeit beendet hatte, löschte sie das Licht.

Sie duschte, kleidete sich um und begann, einen großen Topf voll Stew zu kochen. Während es köchelte, buk sie Brot und fand im Kühlschrank noch einen Behälter mit Apfelsoße. Ganz gleich, wann Dallas heimkommen würde, sie würde ein heißes Gericht auf dem Tisch für ihn bereithaben. Als wenn das genug wäre, um ihn an mich zu binden, dachte sie. Was für eine Närrin bin ich doch gewesen. Und in was für ein Chaos habe ich mich gestürzt.

Sie nahm sich das Taschenbuch vor, das sie zu lesen versuchte, seit J.D. und Dallas in ihr Leben getreten waren. Aber die Story interessierte sie nicht. Sie warf das Buch beiseite, setzte sich vor den Kamin und wünschte, die Zukunft voraussagen zu können.

Sie musste leicht eingeschlummert sein, denn sie fuhr hoch, als Sam plötzlich wie ein Wilder bellte. Hatte sie den Mut, Dallas zu sagen, dass sie ihn liebte?

Als er die Eingangstür öffnete, warf sie sich ihm in die Arme und drängte sich an ihn. Tränen traten in ihre Augen bei dem Gedanken, sie könnte nicht nur J.D., sondern auch diesen Mann verlieren. „Ich bin so froh, dich zu sehen", sagte sie schluchzend.

Dallas hielt sie fest umschlungen. „Und ich bin froh, dich zu sehen." Zärtlich küsste er sie auf die Wange, hielt sie auf Armeslänge von sich und blickte sie prüfend an.

„Wie geht es den Unfallopfern?"

„Die meisten werden durchkommen. Aber einige haben wir verloren." Seine matte Stimme unterstrich noch sein erschöpftes Aussehen.

„Das tut mir sehr leid."

„Mir auch." Dallas umarmte sie und seufzte. War es Erleichterung, Zufriedenheit? Chandra konnte es nicht erkennen. „Was hältst du von einem Glas Wein, Dallas?"

„Hast du denn Wein im Haus?"

„Eine Minute." Sie holte eine Flasche Chardonnay aus dem Kühlschrank, entkorkte sie und schenkte jedem ein Glas ein. „Auf was wollen wir anstoßen?"

„Auf dich, Chandra. Du bist schließlich der Held dieser Stadt – ich sage wohl lieber: die ‚Heldin'."

„Wirklich? Dabei dachte ich die ganze Zeit, Bob Fillmore würde mich am liebsten in der Presse teeren und federn."

„Oh, das hat sich geändert. Du hast dich selbst entlastet." Dallas zwinkerte ihr zu. „Du erinnerst dich doch an den Jungen, den ich auf deine Veranlassung hin heute Nachmittag behandeln sollte? Er hat eine Lungenentzündung. Ich glaube, wir behandelten ihn gerade noch rechtzeitig. Wir haben ihn mit Antibiotika vollgepumpt. Er reagiert bereits auf die Behandlung, dank deiner schnellen Reaktion. Hätte er länger im Wartezimmer herumgesessen, hätte es schlimm ausgehen können."

Entlastet? Chandra sah das anders. Sie hatte Gordy Shore verloren. Okay, diesmal wurde ein anderes Menschenleben gerettet.

„Weißt du, Chandra, selbst der hartgesottene Dr. Trent gestand, dass die Riverbend-Klinik einen weiteren Arzt gebrauchen könnte. Falls du interessiert bist ..."

„Ein zweiter Dr. O'Rourke?" Chandra schüttelte den Kopf, lächelte jedoch glücklich. „Könnte die Welt das ertragen?"

„Könntest du es ertragen?", fragte Dallas ernst.

„Ich weiß es nicht." Sie überlegte. Ja, sie vermisste ihren Beruf, war aber noch unsicher, ob sie schon bereit war. „Was hältst du denn davon, eine Ärztin als Ehefrau zu haben?"

„Persönlich hätte ich nichts dagegen." Dallas grinste spitzbübisch, als wüsste er etwas, was sie nicht wusste. Er trank sein Glas leer und setzte es ab. „Es würde mir gefallen, dich jeden Tag zu sehen. In der Tat, du würdest die Klinik richtig schmücken, aber ich habe das nicht allein zu überlegen. Ich weiß nicht, was unser Sohn davon halten wird, wenn seine Mutter ..."

Chandras Weinglas fiel zu Boden. Sam sprang auf und jaulte. „Unser Sohn?" Ihr Hals war plötzlich wie zugeschnürt, und Sekunden lang hörte sie nur das laute Pochen ihres Herzens.

Auf Dallas' Gesicht breitete sich ein frohes Lächeln aus. Er nahm Chandras Hand und führte sie zur Treppe, wo sie auf die unterste Stufe niedersank. „Gayla Vanwyk hat die Unwahrheit gesagt. Sie ist nicht J.D.s Mutter. Sie wurde von einem Ehepaar angestiftet, das sich so sehnsüchtig ein Kind wünschte, dass sie alles tun wollten, um eines zu bekommen. Sie zahlten Gayla zehntausend Dollar, damit sie die Rolle als Mutter spielte. Es hätte funktionieren können. Ihre Blutgruppe ist dieselbe wie die des Kindes, und da wir den Vater nicht kennen, wäre es schwer zu beweisen gewesen, dass sie nicht die Mutter ist."

Das machte noch keinen Sinn. „Aber wie ..."

„Sie schlugen einen Gentest vor. Davor schreckte Gayla jedoch zurück. Ich habe schon meinen Freund in Denver angerufen – den Privatdetektiv, weißt du noch?"

„Wie könnte ich den vergessen?", fragte Chandra trocken.

„Nun, er stellte die Einzelteile des Puzzles zusammen und rief Sheriff Newell an, der daraufhin Gayla mit der Wahrheit konfrontierte. Sie brach zusammen und gestand. Sie hatte vor einigen Wochen einem Kind das Leben geschenkt und es an ein anderes Paar verkauft. Mit dieser Mutterrolle wollte sie nur noch zusätzlich etwas Geld machen."

„Aber die Sozialarbeiterin sagte mir doch, dass viele Paare das Baby haben wollen."

„Ich weiß. Einflussreiche Leute mit Geld. Aber die Behörden befürchten einen Skandal, wenn herauskommt, dass eines der Paare, das die Adoption des ‚Eine-Million-Dollar-Babys' anstrebt, auch nur das geringste bisschen Dreck am Stecken hat."

„Also?" Chandra wagte es nicht zu hoffen, obwohl ihre Stimmung sich blitzschnell besserte.

„Bis die leibhaftige Mutter gefunden wird, soll das Baby in Pflege gegeben werden, und diese Eltern dürfen für sich hoffen, das Kind eines Tages zu adoptieren."

„Damit sind wir gemeint." Tränen rannen Chandra über die Wangen. „Gott sei Dank."

„Das bedeutet, dass wir verheiratet bleiben, weißt du." Fragend blickte Dallas Chandra an, während er sich zu ihr herabbeugte.

„Ich hätte es auch nicht anders haben mögen."

„Nein?"

„Oh Dallas, weißt du nicht, wie sehr ich dich liebe?" Auch wenn wir J.D. verloren hätten, hätte ich mit dir verheiratet bleiben wollen. „Ich – ich …"

In Dallas' Blick spiegelte sich seine Liebe wider. Er nahm Chandra in die Arme. „Und ich hatte immer befürchtet, du würdest nur wegen des Babys bei mir bleiben wollen."

„Oh Dallas", weinte sie, umfasste sein Gesicht mit beiden Händen und küsste ihn herzhaft auf die Lippen. „Ich habe die letzten Stunden überlegt, wie ich mit dir verheiratet bleiben könnte, auch wenn wir das Baby nicht bekommen. Was immer geschehen mag, Doktor, du bleibst bei mir."

„Versprochen?" Dallas konnte es kaum glauben und zog Chandra in seine Arme. „Auf immer und ewig!"

„Ich werde dich daran erinnern, Miss Hill."

„Mrs O'Rourke", Chandra lachte frohen Herzens. Mit oder ohne Baby, sie wusste, sie würde diesen Mann immer lieben. Aber die Tatsache, dass sie J.D.s Eltern sein würden, machte ihre Zukunft noch glücklicher.

14. KAPITEL

Chandra erwachte aus tiefem Schlaf und hörte das Baby schreien. Das mitleiderregende Weinen hatte sich durch ihr Unterbewusstsein hindurch Gehör verschafft. Dallas murmelte etwas und drehte sich um. „Du bist mir ein schöner Vater", flüsterte Chandra lächelnd. Sie waren länger als zwei Monate verheiratet, und sie hatte noch immer das Gefühl, in den Flitterwochen zu sein.

„Ich komme." Leise kroch sie aus dem Bett und zog ihren Morgenmantel über. „Pst!" Sanft küsste sie das Baby auf das seidenweiche Haar. Behutsam trug sie es nach unten und wärmte das Fläschchen.

Draußen hatte der Schnee den Boden gepudert, die Strahlen des Mondes tauchten Schnee und Eis in silbriges Licht. Chandra setzte sich in den Schaukelstuhl und führte das Fläschchen zum Mund des Babys. J. D. saugte gierig.

„Fröhliche Weihnachten!" Auf der Treppe stand Dallas mit zerzaustem Haar und verschlafenen Augen und sah nicht anders aus als bei ihrer ersten Begegnung in der Notaufnahme.

„Fröhliche Weihnachten auch für dich, Dallas."

Er tastete sich, nur mit Jeans bekleidet, die Treppe hinunter und entzündete die Kerzen am Tannenbaum. „Bist du bereit für die ganze Sippschaft?"

„Deine Familie? Warum nicht?"

„Sie sind laut, überheblich und …"

„Brian kenne ich bereits."

„Nun, Mom und die Mädchen sind nicht ganz so schlimm wie er."

Chandra lachte. „Du wirst dich auch mit meinen abfinden müssen."

Dallas übernahm J. D. und setzte sich ans Feuer. Chandra schmiegte sich an ihn, während Sam mit dem Schwanz wedelte und seinen Kopf in Chandras Schoß legte.

„Ich habe ein Weihnachtsgeschenk für dich." Chandra fand, dass es nun die richtige Zeit war, ihr Geheimnis zu lüften.

„Kannst du nicht warten?"

„Nein. Ich glaube, du möchtest wissen, um was es sich handelt." Eine dunkle Augenbraue hob sich interessiert.

„Allerdings erhältst du es erst im nächsten Sommer."

Dallas war verwirrt, und Chandra kicherte. Aber er schien eine Vermutung zu haben. Sein Mund verzog sich zu einem Lächeln. „Sag nicht, dass …"

„Richtig, ein Bruder oder eine Schwester für J. D. ist unterwegs.

Dallas schluckte, vergaß die Flasche, und J. D. begann laut zu schreien.

„Lass mich das machen“, sagte Chandra und übernahm das Baby. „Weißt du, ich hatte große Angst, jemand würde auftauchen und uns diesen kleinen Burschen wegnehmen.“

„Niemals“, versprach Dallas. „Ganz gleich, wie viele Kinder wir haben, J. D. ist unser erstes, und ich würde notfalls durch die Hölle gehen, damit wir ihn behalten.“

„Wirklich?“ Tränen standen in Chandras Augen.

„Du und das Baby, ihr seid das Wichtigste in meinem Leben.“ Dallas zog seine Frau und das Kind an sich. „Ich liebe dich, Chandra, und das wird bis in alle Ewigkeit so sein.“

Der heisere Klang seiner Stimme ließ Chandras Tränen fließen. „Komm!“, sagte Dallas. „Lass uns die Windeln wechseln und ihn ins Bett legen.“

Während die Kerzen brannten und das Feuer prasselte, küsste Dallas Chandra auf die Stirn. „Nie im Leben bin ich glücklicher gewesen“, gestand er, und dieses Glück war das schönste Weihnachtsgeschenk für Chandra.

– ENDE –

„In Touch“ mit MIRA!
Das Verlagsprogramm elektronisch abrufbar
Interaktiv dabei sein: Buchbesprechungen, Gewinnspiele, Aktionen, Leseproben und vieles mehr.
Folgen Sie uns auf Twitter, Facebook, Instagram, Pinterest und google+
www.mira-taschenbuch.de
MIRA TASCHENBUCH

Lesen Sie auch von Lisa Jackson:

Lisa Jackson
Zwischen Verrat und Verlangen/
Und das Herz schweigt

Band-Nr. 25736
8,99 € (D)
ISBN: 978-3-86278-864-4
528 Seiten

Lisa Jackson
See der Sehnsucht/
Flammende Zweifel

Band-Nr. 25714
8,99 € (D)
ISBN: 978-3-86278-845-3
560 Seiten

Lisa Jackson
Flammennächte/
Eiskalte Versuchung

Band-Nr. 25651
8,99 € (D)
ISBN: 978-3-86278-507-0
560 Seiten

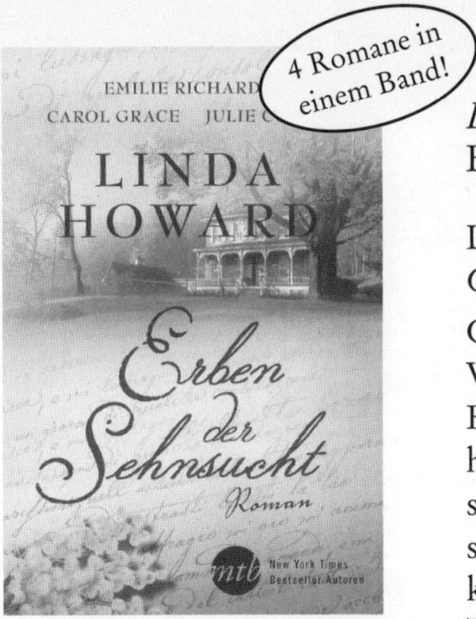

Band-Nr. 20048
9,99 € (D)
ISBN: 978-3-95649-008-8
560 Seiten

Linda Howard u. a.
Erben der Sehnsucht

LINDA HOWARD
Gegen alle Regeln:

Claudia erbt die Ranch ihres Vaters und trifft erneut auf Roland – ihren ersten Liebhaber. Schon bald nähern sie sich einander wieder. Aber als sie Gerüchte über ihn hört, kommen ihr Zweifel an seiner Treue.

EMILIE RICHARDS
Du machst es mir nicht leicht:

Überglücklich führt der Anwalt Bruce die warmherzige Olivia vor den Traualtar. Er ist sich sicher: Sie ist die Richtige für ihn. Bis eine Testamentsklausel ihre Liebe auf eine harte Probe stellt …

CAROL GRACE – *Küsse – heiß wie die Sonne Siziliens:*

Begeistert führt Carol auf der Mittelmeerinsel Sizilien das Vermächtnis ihres Onkels fort: ein malerisches Weingut. Als sie dann noch der heißblütige Dario leidenschaftlich küsst, ist sie überglücklich. Oder hat er es nur auf ihr Land abgesehen?

JULIE COHEN – *Eine rasante Affäre:*

Zoe ist geschockt: Sie ist die Alleinerbin ihrer reichen Tante – und die restliche Familie gönnt ihr das Geld nicht. Ausgerechnet der attraktive Nicholas ist nun für sie da, dabei war er doch bloß eine Affäre …